MIRA®

Der Preis dieses Bandes versteht sich einschließlich
der gesetzlichen Mehrwertsteuer.

Umwelthinweis:
Dieses Buch wurde auf chlor- und säurefreiem Papier gedruckt.

Roarke: der Abenteurer

Kaum ist der Journalist Roarke O'Malley von einem Auslandsaufenthalt zurück in seiner Heimatstadt New Orleans, gerät er in ein Abenteuer: Beim Karneval bittet ihn eine maskierte Frau flehentlich um Hilfe, um dann wenig später vor ihm zu fliehen. Als Roarke sie verfolgt, findet er sie angeschossen auf der Straße: Es ist die Staatsanwältin Daria Shea. Ungläubig hört er, was sie ihm verrät, bevor sie ohnmächtig wird ...

Shayne: der Verführer

Die attraktive Bliss Fortune, geschiedene Antiquitätenhändlerin aus New Orleans, hat sich geschworen, um bestimmte Männer einen großen Bogen zu machen. Doch dann begegnet sie in Paris, wo sie geschäftlich zu tun hat, dem interessanten Shayne, der sie charmant umwirbt. Sie ahnt nicht, dass er sie beschatten soll: Bliss steht unter dem dringenden Verdacht, eine gesuchte Juwelendiebin zu sein ...

Michael: der Beschützer

Die Briefe eines wahnsinnigen Fans ängstigen die schöne Schauspielerin Lorelei Longstreet, und sie beschließt, den Privatdetektiv Michael O'Malley einzustellen. Er war ihre große Jugendliebe, aber während sie in Hollywood Karriere machen wollte, musste er in New Orleans bleiben. Michael wiederzusehen, ist aufregend – er beschützt sie, er tröstet sie, er rettet sie. Es wird schwer, ohne ihn zurück nach Hollywood zu gehen ...

JoAnn Ross

New Orleans Gentleman

MIRA®

MIRA® TASCHENBUCH
Band 25058
Auflage: Juli 2003

MIRA® TASCHENBÜCHER
erscheinen in der Cora Verlag GmbH & Co. KG,
Axel-Springer-Platz 1, 20350 Hamburg
Deutsche Taschenbucherstausgabe

Titel der nordamerikanischen Originalausgaben:
Roarke: The Adventurer/Shayne: The Pretender/Michael: The Defender

erschienen bei: Harlequin Enterprises Ltd., Toronto
Published by arrangement with
Harlequin Enterprises II B.V., Amsterdam

Konzeption/Reihengestaltung: fredeboldpartner.network, Köln
Umschlaggestaltung: pecher und soiron, Köln
Titelabbildung: pecher und soiron, Köln
Autorenfoto: © by Harlequin Enterprise S.A., Schweiz
Satz: Berger Grafikpartner, Köln
Druck und Bindearbeiten: Ebner & Spiegel, Ulm
Printed in Germany
ISBN 3-89941-073-4

www.mira-taschenbuch.de

JoAnn Ross

Roarke: der Abenteurer

Roman

Aus dem Amerikanischen von
M. R. Heinze

MIRA®

1. KAPITEL

Es war Mardi Gras, Karneval in New Orleans. Die ganze Stadt war auf den Beinen und feierte. In dieser ausgelassenen Stimmung war ein Toter in ihrem Hotelzimmer das Letzte, was Daria Shea erwartet hatte.

Zuerst merkte sie nicht einmal, dass er tot war.

„Sie haben sich verspätet", warf sie dem Mann vor, der in dem Sessel am Fenster zum Hof saß. Daria legte die Handtasche und eine Einkaufstüte auf den Tisch. „Wir sollten beim Essen arbeiten. Ich habe uns Sandwiches besorgt."

Bestimmt schwieg er, weil er nicht einverstanden war. Damit hatte sie schon gerechnet. Und wie üblich ging sie prompt in die Defensive.

„Da draußen ist die Hölle los. Selbst wenn wir irgendwo in der Stadt einen freien Tisch gefunden hätten, wären wir nicht ungestört gewesen."

Noch immer sagte er nichts, sondern starrte sie nur stumm wie eine der handbemalten Kokosnüsse an, die beim Umzug vom Zulu-Wagen in die Menge geworfen wurden. Nahm er ihr übel, dass sie ihn bei der Ankunft aus Washington nicht erwartet hatte? Er war schließlich derjenige, der sich verspätet hatte. Gereizt holte sie zwei Flaschen aus der Tüte – Mineralwasser für sich und Bier für ihn.

„Hat Ihre Mutter Ihnen nie gesagt, dass man nicht schmollen soll?" Als sie noch immer keine Antwort erhielt, wurde ihr mulmig. „Martin? Das ist wirklich nicht komisch." Ein kalter Schauer lief ihr über den Rücken, während sie langsam zu ihm ging, und ihr Herz schlug schneller. „Martin, was ist denn?"

Sobald sie Bundesanwalt Martin Fletcher an der Schulter berührte, kippte er nach vorne und fiel auf den Fußboden.

Daria presste die Hand auf den Mund, um nicht laut loszuschreien, packte ihre Handtasche und ergriff die Flucht.

Die Blue Bayou Lounge im Whitfield Palace Hotel von New Orleans erinnerte Roarke an die Barszene aus dem Film ‚Krieg der Sterne'. Eine über zwei Meter große Marie Antoinette mit gepuderter Perücke und großem Adamsapfel unterhielt sich angeregt mit einem Mann, der sich als Riesen-Kondom verkleidet hatte, und einer üppigen Rothaarigen in BH und knappen Shorts, die bis über die Knie reichende Stiefel und eine Peitsche trug, alles aus schwarzem Leder. Jeder Sado-Maso-Anhänger wäre bei ihrem Anblick in Verzückung geraten.

Ein Mann in einem Trikot aus Silberlamee mit riesigen Flügeln und einem glitzernden Heiligenschein tanzte mit einer Nonne. Am Rand der winzigen Tanzfläche verglichen drei Bodybuilder ihre schwellenden Muskelpakete.

„Ich liebe Mardi Gras, Sie auch?" fragte eine Frau.

Roarke drehte sich zögernd zu dem neuen Gast um, der sich auf den frei gewordenen Barhocker neben ihm gesetzt hatte. Hätte er Einsamkeit gesucht, hätte er nicht ausgerechnet während des Mardi Gras nach New Orleans heimkehren dürfen.

„Unvergleichlich", bestätigte er.

Die Blondine trug unter dem durchsichtigen Minikleid nur einen silbernen Tanga. Nicht einmal der Anblick ihrer sagenhaften, offenbar chirurgisch vergrößerten Brüste löste bei Roarke auch nur die geringste Reaktion aus. Vielleicht hatte sein Chef beim Fernsehen doch Recht gehabt, als er ihm vorwarf, zeimlich ausgebrannt zu sein.

„Wie bitte?" fragte er, als er merkte, dass die Blondine noch etwas gesagt hatte.

„Ich habe gefragt, ob Sie aus New Orleans sind."

Bevor Roarke antworten konnte, dass er mit der Zeit alle Wurzeln verloren hatte, lief eine Brünette in einem hautengen schwarzen Katzenkostüm und einer Halbmaske auf ihn zu, schlang die Arme um seinen Nacken und küsste ihn mitten auf den Mund.

Ihre Lippen waren so weich, und sie duftete so gut, dass

Roarke ein leichtes Verlangen verspürte. Ihr Verhalten überraschte ihn nicht. Da hatte er während des Mardi Gras schon Verrückteres erlebt. Also legte er die Hände auf ihre schlanke Taille und wollte die Fremde näher zu sich heranziehen.

„Wo warst du denn, Darling?“ fragte sie und wich zurück. „Ich habe Jan und Harvey versprochen, dass wir sie im Perunia’s zum Abendessen treffen. Wir hätten schon vor einer halben Stunde dort sein sollen. Ich will jetzt unbedingt eine Riesenportion Shrimp Creole, und du kennst mich. Ich erwarte, dass man mir jeden Wunsch erfüllt.“

Wegen der Maske konnte er ihr Gesicht nicht erkennen, doch ihre Augen hinter den Sehschlitzen der Maske funkelten leidenschaftlich, als sie ihn förmlich vom Barhocker zog. Er ließ sich nicht unwillig mitziehen.

„Ich habe keine Ahnung, wer Jan und Harvey sind“, antwortete Roarke, während sie ihn durch die Menschenmenge führte. „Aber die Sache mit deinen Wünschen, die man dir erfüllen soll, interessiert mich, Schätzchen.“

Sie sah sich gehetzt in der Bar um. „Bitte“, drängte sie und ging eilig mit ihm durch die Hotelhalle. „Spielen Sie mit, und stellen Sie keine Fragen, bis wir auf der Straße sind.“

Schlagartig erinnerte Roarke sich an seinen letzten Einsatz als Journalist in Moskau, an die Explosion und an das riesige Loch an der Stelle, wo er seinen Wagen geparkt hatte.

Diese Frau mochte wie Cat Woman aussehen, wie die Blumen im Garten seiner Mutter duften und wie Honig schmecken, aber er hatte keine Lust, sich auf ein neues Abenteuer einzulassen.

„Hören Sie, Schätzchen ...“

„Bitte“, flehte sie. „Sie sollen mir nur helfen, einem unbeschreiblich aufdringlichen Mann zu entkommen.“

Daria hatte Roarke O’Malley sofort erkannt, als sie in die Blue Bayou Lounge geflohen war. Im Fernsehen sah er einfach hinreißend aus, wenn er von den Kriegsschauplätzen der Welt berichtete. Und weil er so hinreißend aussah, tauchten ständig Geschichten über sein wildes Liebesleben in allen Klatschzeitschriften auf.

Daria hatte keine Ahnung, was er hier in New Orleans machte, aber er bot ihr Sicherheit. Roarke O'Malley war der einzige Mann in der Stadt, der ihr garantiert nicht nach dem Leben trachtete.

Seine Reportagen hatten bewiesen, dass er mehr zu bieten hatte als ein attraktives Gesicht auf dem Bildschirm. Er war klug genug, jede Lüge zu durchschauen. Daria hätte ihm gern die Wahrheit erzählt und ihn sogar um Hilfe gebeten, doch sie kannte die Medien. Daher fürchtete sie, er könnte ihre Story veröffentlichen, bevor sie Schutz erhielt. Also durfte sie sich ihm nicht anvertrauen.

Zwar war sie eine schlechte Lügnerin, aber zum Glück hatte sie vor Gericht gelernt zu bluffen. Sie schenkte Roarke ein strahlendes Lächeln, das die härtesten Männer auf die Knie gezwungen hätte.

„Ich hatte mit ihm das schlimmste Blind Date, das man sich überhaupt vorstellen kann", behauptete sie und streichelte scheinbar unbewusst, aber sehr verführerisch seinen Arm.

Sie war gut, verdammt gut sogar. Das musste Roarke ihr zugestehen. Aber sie schwindelte. Und er wusste aus eigener Erfahrung, dass Frauen das Blaue vom Himmel herunterlogen, damit ein Mann ihre Wünsche erfüllte.

„Warum ich?"

„Was?" fragte sie ungeduldig und nervös.

„Warum soll gerade ich Ihnen helfen?"

„Oh." Sie holte tief Luft und lenkte für einen Moment seinen Blick auf ihre Brüste, die zwar nicht so üppig wie bei der Blondine in dem durchsichtigen Kleid waren, das Katzenkostüm aber gut ausfüllten. „Sie wirken Vertrauen erweckend." Durch die Sehschlitze hindurch ließ sie den Blick über ihn gleiten. „Und sehr kräftig."

„Kräftig genug, um mit dem aufdringlichsten Kerl fertig zu werden." Warum sollte er nicht eine Weile mitmachen? „Es sei denn, es handelt sich um einen Footballspieler oder einen Profiringer."

„Nein." Daria stockte. Wie sollte sie ihm erklären, dass sie keine Ahnung hatte, wie der Mann aussah, der sie umbringen wollte? „Ich nehme es wenigstens nicht an."

Wie schon in der Bar sah sie sich auch in der Hotelhalle ängstlich um und betrachtete jede einzelne Person, als suchte sie jemanden. Als ein Mann im dunklen Anzug hinter einer der Marmorsäulen auftauchte und auf sie zukam, verkrampfte sie sich.

„Könnten wir uns später unterhalten?" fragte Daria. „Sie machen die Leute auf uns aufmerksam."

Sie hastete weiter auf die Drehtür zu, ohne Roarke loszulassen. Er hätte sie allerdings auch begleitet, hätte sie sich nicht an seinem Arm festgekrallt.

„Wenn Sie keine Aufmerksamkeit erregen wollen, sollten Sie sich anders kleiden", bemerkte er. „Und wieso kennen Sie den Beruf dieses Kerls nicht?"

„Es ist Mardi Gras", erwiderte sie, als würde das ihr Aussehen und ihr Verhalten vollkommen erklären. „Welchen Kerl meinen Sie?"

„Den, mit dem Sie sich verabredet haben, ohne ihn zu kennen."

„Ach, den. Also ... wir ... wir sind nicht so weit gekommen, dass wir uns über seinen Beruf unterhalten hätten."

„Das klingt nach Abneigung auf den ersten Blick."

„Ich bin eine recht gute Menschenkennerin ... wenigstens meistens", erwiderte sie leise.

Auf dem Bürgersteig standen die Menschen dicht an dicht gedrängt, um die abendliche Parade anzusehen. Manche Leute hielten aufgespannte Regenschirme verkehrt herum. Sie hofften auf Souvenirs, die von den Wagen geworfen wurden und die sie zusammen mit ihren Hurrikanbrillen und den Voodooketten nach Hause mitnehmen wollten. Dabei ging es ziemlich derb zu.

Roarke hatte selbst gesehen, wie nette ältere Damen mit blau gefärbtem Haar einen Mann mit Fußtritten traktierten, um an eine unechte Perlenkette zu kommen.

Vor drei Stunden war Roarke auf dem Flughafen eingetroffen. Seither war die Temperatur wegen der aufziehenden Wolken um zehn Grad gefallen. Ein kräftiger Wind hatte sich erhoben, brachte den Geruch von Regen mit sich und raschelte in den Blättern der Bananenstauden in einem nahen Garten.

„Ihnen ist doch klar, dass es heute Abend bei Petunia's sehr voll sein wird."

„Ich habe nicht die Absicht, dorthin zu gehen", wehrte sie ab. „Sicher nicht, nachdem ich es in der Blue Bayou Lounge ausposaunt habe." Hufe klapperten auf dem Pflaster. Als ein berittener Polizist näher kam, wandte sie sich hastig ab.

„Hören Sie." Roarke reichten die Spielchen jetzt. „Lassen wir den Unsinn. Wenn Sie tatsächlich ein Kerl belästigt, halten wir den Polizisten an und ..."

„Nein, das ist wirklich nicht nötig", wehrte sie hastig ab, beugte sich zu Roarke und küsste ihn auf die Wange. „Vielen Dank für Ihre Hilfe. Es ist schön, dass es in den Südstaaten noch immer Kavaliere gibt."

Er hätte darauf vorbereitet sein müssen, aber der flüchtige Kuss lenkte ihn einen Moment ab. Die Frau löste sich von ihm und verschwand im Karnevalsgetümmel.

„Verdammt!" Roarke war keine Fehlschläge gewöhnt, und sein Reporterinstinkt sagte ihm, dass er einer spannenden Story auf der Spur war. Hastig nahm er die Verfolgung der schönen Unbekannten auf.

Darias Herz schlug zum Zerspringen, als sie sich einen Weg durch die bunt kostümierte Menschenmenge bahnte. Wieso hatte Martins Mörder nicht im Hotelzimmer auf sie gewartet? Vielleicht war ihm das zu riskant gewesen. Aber sie war überzeugt, dass er es auch auf sie abgesehen hatte.

Ihr Mörder konnte jeder der Maskierten sein – vielleicht Pan mit der Flöte oder Ra, der golden funkelnde Sonnengott, der plötzlich vor ihr auftauchte. Er packte sie an den Armen und erstickte ihren Schrei durch einen Kuss. Sekundenlang fühlte sie seine gepiercte Zunge in ihrem Mund. Dann ließ er sie los und suchte sich das nächste Opfer.

Eine Hand legte sich auf ihren Po, und jemand wollte sie an sich drücken. Um keine Aufmerksamkeit zu erregen, wehrte sie sich nicht gegen die plumpe Vertraulichkeit, sondern hastete weiter. In ihrem Kopf drehte sich alles, und vor ihren Augen verschwammen vor Angst die Bilder. Sie wusste nur eines: Je weiter sie sich vom Polizeirevier entfernte, desto sicherer war sie.

An der Ecke bog Daria in die Saint Peter Street ein, ließ den Fluss hinter sich und kämpfte sich durch die Menge der lachenden und singenden Menschen. Trotz des Lärms auf den Straßen hörte sie das Klicken ihrer hohen Absätze auf dem Pflaster. In ihren Ohren klang es so laut wie Schüsse.

Ihre Nerven waren zum Zerreißen angespannt, und nur mit Mühe unterdrückte sie einen Schrei, als mehrere Betrunkene sie aufhielten.

„Warum denn so eilig?“ fragte einer von ihnen und rieb sich lasziv an ihr, während sich ein anderer von hinten an sie presste.

Wütend und verängstigt rammte sie ihm den hohen Absatz auf den Fuß.

Fluchend ließ er sie los. Daria lief weiter und prallte beinahe gegen drei ältere Nonnen, die das Fest beobachteten. Schon überlegte sie, ob sie sich an die Frauen um Hilfe wenden sollte, wollte sie aber nicht in Lebensgefahr bringen. Also lief sie weiter, ohne zu wissen, wer ihr Mörder war und wo er auf sie lauerte.

Normalerweise wäre die Rampart Street völlig verlassen gewesen. An den elf Tagen des Mardi Gras, an denen Umzüge stattfanden, drängten sich jedoch überall Menschen, die auf die bunten Festwagen warteten. Auf ihrem Weg zum Municipal

Auditorium im Louis Armstrong Park mussten sie hier vorbeikommen.

Bei mehreren Laternen auf der Brücke, die in den Park führte, waren die Glühbirnen entweder kaputtgegangen oder zerschossen worden. Trotz der vielen Zeugen wäre es ein gefährlicher Fehler gewesen, nachts den Park zu betreten. Auf der Basin Street wäre Daria aber auch nicht sicherer gewesen. Die Basin Street führte in mehreren Biegungen zwischen dem Park und dem Saint Louis-Friedhof Nr. 1 hindurch, auf den sich eine Frau nicht einmal tagsüber wagte.

Daria überlegte soeben, welchen Weg sie einschlagen sollte, als sie von hinten gepackt wurde. Eine in einem Lederhandschuh steckende Hand hielt ihr den Mund so fest zu, dass sie keine Luft mehr bekam. Als der Unbekannte sie zu sich heranzog, fiel ihr Blick auf eine schwarze Henkersmütze. Gnadenlos zerrte der Angreifer sie zum Friedhof.

„Hey, Mann!“ rief ein Student in einem Sweatshirt der Tulane University. „Was machen Sie da?“

„Meine Frau und ich hatten einen kleinen Streit“, erwiderte der Mann freundlich, während sich seine Finger schmerzhaft in Darias Haut gruben. „Ich will mich nur in Ruhe mit ihr unterhalten.“

Der Student war offensichtlich nicht überzeugt. „Ist alles in Ordnung, Ma'am?“

Der Mann presste sie so fest an sich, dass sie deutlich eine Waffe in seiner Manteltasche fühlte. „Sagen Sie ja, oder der Junge ist tot“, zischte er ihr ins Ohr. Sein Atem roch nach Bourbon.

Daria zweifelte nicht daran, dass er seine Drohung wahr machen würde. „Alles bestens“, rief sie. Dabei bebte ihre Stimme vor Angst.

Der Tulane-Student betrachtete sie noch einmal eingehend. Als ihm seine Kameraden zuriefen, er solle sich beeilen, zuckte er die Schultern. Er wurde vermutlich nicht gebraucht.

„Braves Mädchen“, sagte der Mann leise. „Sie kommen jetzt mit mir. Ein Freund von Ihnen will sich mit Ihnen unterhalten.“

Daria wusste, dass es keine Unterhaltung geben würde, weil sie eine zu große Gefahr darstellte. Sie musste wie Martin sterben.

In ihrer Verzweiflung riss sie sich los, doch der Mann packte sie am Haar und riss sie derb zu Boden. Mit aller Kraft kam sie wieder auf die Knie. Hinter den Löchern in der Henkersmütze sah sie die Augen des Mörders, Augen, die sie an einen Tiger erinnerten, der seine Beute erspäht hatte.

Daria kämpfte ihre Angst nieder. Sie musste ruhig bleiben. Sie war eine intelligente Frau, hatte in Stanford Jura studiert und als Jahresbeste bestanden. Sie war sogar als Mitarbeiterin für einen Richter des Obersten Gerichtshofs im Staat vorgesehen gewesen, als sie die Stelle bei der Staatsanwaltschaft angetreten hatte. Bestimmt fand sie einen Ausweg aus ihrer Lage.

„Damit kommen Sie nie durch“, warnte sie den Mann, während ihr Herz unerträglich schlug.

„Wollen wir wetten?“ Seine Stimme klang tief und rau. „Du hättest dich nicht einmischen sollen, du Miststück. Jetzt lernst du, was mit einer Frau passiert, die ihre Nase in anderer Leute Angelegenheiten steckt.“

Er riss sie hoch und zerrte sie auf den dunklen Friedhof. Die Muscheln, die hier überall anstelle von Kies verwendet wurden, knirschten unter ihren Füßen. Die Grabmäler aus weißem Marmor schimmerten geisterhaft im silbrigen Mondschein, der zwischen den winterlich dichten Regenwolken hindurchfiel.

„Das reicht.“ Er schleuderte sie gegen eines der größeren Gräber. Daria prallte mit dem Kopf an den Marmor und glitt langsam zu Boden.

Wie ironisch! Der Mörder hatte ausgerechnet das Grab von Marie Laveau gewählt, um sie umzubringen. Jeder, der bei der früheren Voodoo-Königin von New Orleans Hilfe suchte, hatte auf das Grab ein Kreuz gemalt. Münzen, Muscheln und bunte Perlen lagen vor dem Grab als Bezahlung.

Der Mann kniete sich neben sie und zog die Pistole, die sie gefühlt hatte, aus der Tasche. In diesem Moment erschienen zwei schwarze Jugendliche hinter dem Grab.

„Polizei!" schnauzte der Killer die beiden an.

Mehr brauchte er nicht zu sagen. Die beiden warfen einen Blick auf Daria, den Mann und die Waffe und rannten weg. Auch wenn sie vermutlich nicht mit ehrlichen Absichten auf den Friedhof gekommen waren, wollte Daria sie doch nicht in Gefahr bringen, indem sie um Hilfe rief.

„Also, wo waren wir stehen geblieben?" Sein gelassener Ton war genauso Furcht einflößend wie die Mündung der Pistole, die er Daria an die Schläfe drückte. Die Waffe war mit einem Schalldämpfer ausgestattet. Dieser Mann hatte Übung im Töten und würde beim geringsten Zeichen von Widerstand sofort abdrücken.

Daria hatte nicht genug Luft zum Schreien. Kampflos wollte sie jedoch auch nicht aufgeben. Heimlich fasste sie mit beiden Händen in die Muscheln.

„Ich habe keine Ahnung, wovon Sie reden", stieß sie hervor.

„Wenn du mit einer Lüge stirbst, kommst du direkt in die Hölle", bemerkte er ganz beiläufig.

„Es ist nicht gelogen."

Er versetzte ihr einen harten Schlag ins Gesicht und strich anschließend mit einem Finger über ihre schmerzende Wange. „Wie schade, dass wir nicht mehr Zeit haben", murmelte er. „Du siehst wirklich nicht schlecht aus." Seine Hand glitt an ihrem Hals hinunter. „Ich habe nie begriffen, was du an dem Kerl findest, mit dem du dich verlobt hast. Ein Jammer, dass du stirbst, ohne zu wissen, wie gut es mit einem richtigen Mann sein kann."

Plötzlich kam ihr eine Idee. „Warum muss es denn so sein?" fragte sie.

Er zog den Reißverschluss an der Vorderseite ihres Katzenkostüms herunter. Der schwarze BH, den sie darunter trug, hob sich deutlich von ihrer blassen Haut ab.

„Was meinst du?" Er strich mit dem Lauf der Waffe zwischen

ihren Brüsten entlang und genoss es sichtlich, dass Daria erschauerte.

„Wenn Sie mich tatsächlich umbringen wollen ..."

„Sicher will ich das."

„Ich möchte nicht als Jungfrau sterben."

Volltreffer! Als die Hand mit der Waffe stockte und er sie überrascht ansah, wusste sie, dass sie das Zauberwort ausgesprochen hatte.

„Du lügst."

„Das kann man feststellen."

„Du bist verlobt."

„Na und? Ich bin ein altmodisches Mädchen. Außerdem haben Sie Recht, was James betrifft", improvisierte sie. „Einmal haben wir es fast gemacht ..." Sie verstummte und versuchte, verlegen zu wirken. „Also ... er konnte nicht ... nun ja, Sie wissen schon."

Er lachte rau. „Das kann ich mir vorstellen."

„Sogar zum Tode verurteilten Verbrechern erfüllt man einen letzten Wunsch", erinnerte sie ihn.

„Wenn du versuchst, mich hereinzulegen, bringe ich dich um."

„Sie werden mich ohnehin umbringen", erwiderte sie. „Ich will noch etwas davon haben."

Er sah sie bohrend an. „Ihr Juristen müsst immer verhandeln."

„Das liegt uns im Blut."

Sein Lachen klang sanfter und gefährlicher, während er ihre Brüste betrachtete. „Ich muss verrückt sein! Ich überlege tatsächlich, ob ich es machen soll."

Daria nahm die Maske ab und bemühte sich um einen verführerischen Gesichtsausdruck. „Ich möchte, dass Sie eine Frau aus mir machen. Danach können Sie mit mir meinetwegen tun und lassen, was Sie wollen. Töten Sie mich, wenn es sein muss. Aber vielleicht sind wir zusammen so gut, dass Sie mich behalten wollen. Niemand müsste das je erfahren."

„Ich habe mir schon immer eine Lustsklavin gewünscht. In

‚Rawhide' habe ich einen Artikel gelesen." Es überraschte Daria nicht, dass er eines der schlimmsten Pornomagazine erwähnte. „Der Typ prozessierte mit seiner Frau um das Sorgerecht für die Kinder und nahm ihre Anwältin gefangen. Das Miststück musste alles tun, was er wollte. Alles", betonte er, „sonst hätte er sie in Stücke geschnitten."

Unwillkürlich schauderte Daria. „Mich müssten Sie nicht zwingen. Ich würde alles tun, was Sie wollen." In ihrer verzweifelten Lage griff sie zu jedem erdenklichen Mittel. Sie legte die Hand auf den Reißverschluss seiner Jeans. „Ich möchte es gern." Sie ekelte sich, doch sie wollte überleben.

Er sah sich auf dem verlassenen Friedhof um. „Nicht hier."

„Wo denn?"

„Im Bayou. Dort hört dich niemand schreien."

Wenn er sie aus der Stadt hinausschaffte, war sie verloren.

Er zerrte sie so heftig auf die Beine, dass es in ihrer Schulter knackte und sie schmerzlich zusammenzuckte. Dann presste er sie an sich, zog die Henkersmütze vom Kopf und küsste sie so hart, dass ihre Zähne aufeinander stießen. Ungeduldig fasste er ihr ins Haar, schob ihren Kopf nach hinten und zwang ihr seine Zunge in den Mund. Nur mit Mühe unterdrückte sie ein Würgen. Dieser brutale Kuss war nicht mit dem zu vergleichen, den sie mit Roarke O'Malley getauscht hatte.

Sofort kam ihr ein anderer Gedanke. Wäre sie vor dem Reporter nicht weggelaufen, würde sie jetzt nicht in der Klemme stecken. Nun war sie ganz auf sich allein gestellt.

So einfach wollte sie sich nicht umbringen lassen. Mit aller Kraft rammte sie dem Mann das Knie zwischen die Beine. Als er sich zusammenkrümmte, schleuderte sie ihm die scharfkantigen Muscheln ins Gesicht.

Er brüllte wie ein verwundeter Löwe. Daria wirbelte herum und lief zurück zur Straße.

2. KAPITEL

Roarke fand die Frau schon zehn Minuten, nachdem sie vor ihm weggelaufen war. Er ging gerade durch die Rampart Street, als er auf eine Menschenansammlung unter einer Straßenlaterne traf. In der Mitte des Kreises stand ein Polizist neben einer bewusstlosen Frau.

Obwohl sie auf dem Bauch lag, erkannte Roarke sie sofort an dem hautengen Katzenkostüm. Die Blutlache wurde von dem winterlichen Regen weggespült, der inzwischen eingesetzt hatte. Neben ihr entdeckte er eine schmale schwarze Umhängetasche.

Er schlängelte sich an den Schaulustigen vorbei. „Roarke O'Malley", sagte er und zeigte dem Polizisten seinen Presseausweis. „WorldWide Broadcasting Network. Was ist passiert?"

Der Polizist, der noch nicht alt genug aussah, um sich zu rasieren, ließ sich von Roarkes Ausweis nicht beeindrucken. „Wenn ich sage, dass alle zurückbleiben sollen, dann meine ich alle, auch Reporter", sagte er so verächtlich, als wollte er Reporter mit Drogenhändlern und Serienmördern in einen Topf werfen.

Roarke hätte es in seinem Beruf nicht bis an die Spitze gebracht, wenn er nicht einen messerschafen Verstand gehabt hätte. Diese Frau wollte er nicht mehr aus den Augen lassen. „Ich bin nicht nur Reporter, sondern auch ihr Mann."

Ein aufgeregtes Raunen lief durch die Menge. Der Polizist blieb allerdings misstrauisch. „Machen Sie mit Ihrer Frau hier Urlaub?"

„Ja."

Roarke kniete sich neben die Frau. Ihr Haar war nass und blutbeschmiert. Jemand hatte ihr die Maske abgenommen. Sie war hübsch, aber jetzt war ihr Gesicht erschreckend blass.

„Merkwürdig, dass Sie nicht zusammen waren wie andere Leute im Urlaub."

„Wir wurden im Gedränge getrennt. Das kann doch leicht

passieren." Es hätte ihm gerade noch gefehlt, dass er sich jetzt verdächtig machte. „Wir müssen etwas für sie tun."

„Ich habe einen Krankenwagen angefordert", erwiderte der Polizist.

Es war auf sie geschossen worden. Roarke hatte genug Schusswunden gesehen, um sofort zu erkennen, dass eine Kugel ihren Kopf gestreift hatte.

„Bei Mordanschlägen auf eine verheiratete Frau gilt der Ehemann stets als Hauptverdächtiger", sagte der Polizist, als würde er aus dem Handbuch für angehende Polizisten zitieren.

„Ja, ich habe auch einen Fernseher und sehe mir Krimiserien an." Roarke bremste sich. Mit spöttischen Bemerkungen würde er hier nichts erreichen. „Vielleicht war es ein Unfall. Könnte sein, dass jemand in die Luft geschossen hat. Einmal muss die Kugel wieder herunterkommen."

„Zu viele Privatpersonen knallen während Mardi Gras mit ihren Waffen herum", stellte der Polizist missbilligend fest.

„Wie Recht Sie doch haben." Es lag Roarke nicht, höflich und nachgiebig zu sein, doch wenn es nötig war, konnte er sich so geben. „Eigentlich ist es ein Wunder, dass nicht die Hälfte der Leute blutend in den Straßen herumliegt." Er strich der Fremden das Haar aus der Stirn. Sie war so blass, dass ihre Haut ihn an den weißen Muschelkalk erinnerte, mit dem die Gehwege überall in der Stadt bestreut waren. „Wo bleibt denn nur der Krankenwagen?"

Wie aufs Stichwort tauchte ein rot-weißer Rettungswagen mit heulender Sirene auf. Die Schaulustigen wichen zur Seite. Das zuckende Rotlicht auf dem Dach des Wagens spiegelte sich in den Pfützen auf der Straße und verlieh der nüchternen Szene einen surrealen Hauch.

„Wohin wird sie gebracht?" fragte Roarke den Sanitäter, der Blutdruck und Puls maß, während sein Kollege eine Infusion legte.

„Ins Tulane."

„Hey“, sagte der Polizist plötzlich. „Sie heißen O’Malley?“

„Ja.“

„Sind Sie Mike O’Malleys Bruder, der Sensationsreporter?“

„Mike ist mein Bruder.“ Der ‚Sensationsreporter‘ klang nicht wie ein Kompliment, aber Roarke ging nicht näher darauf ein. „Sie kennen ihn?“

„Jeder kennt Mike. Hat uns allen echt Leid getan, dass er nach der Sache mit dem Vergewaltiger den Polizeidienst quittiert hat.“

Roarke wollte keine Zeit verlieren, indem er auf die Abneigung seines großen Bruders gegenüber der Polizei von New Orleans einging. „Man kann es niemandem verübeln, wenn er sein eigener Chef sein will.“

„Nein.“ Der Cop runzelte die Stirn. Offenbar überlegte er angestrengt, was er jetzt tun sollte.

„Hören Sie, Officer“, sagte Roarke, während die Sanitäter die Frau auf eine Trage hoben. „Ich weiß, wie knapp die Polizei zu Karneval mit Leuten ist. Ich könnte doch mit meiner Frau ins Krankenhaus fahren, während Sie einige Detectives auftreiben und zu uns schicken, damit sie uns befragen.“

Der junge Cop betrachtete die bewusstlose Frau und Roarke. „Na ja, das geht in Ordnung, weil sie mir im Moment ohnehin nichts sagen kann und Sie Mikes Bruder sind.“

„Wenn Sie mitfahren wollen, dann kommen Sie“, drängte der Sanitäter. „Die Lady ist heute Nacht nicht unsere einzige Kundin.“

Bevor der Polizist seine Meinung ändern konnte, griff Roarke nach der Handtasche und stieg in den Krankenwagen. Während sie sich mit blinkendem Rotlicht und heulender Sirene mühsam einen Weg durch die Menschenmengen auf den Straßen bahnten, griff Roarke nach der Hand der Frau.

Der Solitär, der an ihrer linken Hand glitzerte, war nur einer der Gründe, weshalb er ihr die Geschichte von der Verabredung nicht geglaubt hatte.

„Wer bist du?“ murmelte er und streichelte ihre schlaffe Hand.

Plötzlich öffnete sie die Augen. Er fand Schmerz und Angst in ihrem Blick.

„Bitte." Sie sprach so leise, dass die Sanitäter sie nicht hören konnten. „Helfen Sie mir, damit sie mich nicht umbringen. Sie sind hinter mir her."

Er beugte sich über sie. „Wer will Sie denn umbringen?"

Ihre Augen schlossen sich wieder, und sie murmelte etwas, was er jedoch nicht verstand.

„Ich kann Ihnen nur helfen, wenn Sie mir sagen, wer Sie umbringen will", raunte er ihr ins Ohr.

Sie öffnete die Augen nicht mehr. Wahrscheinlich hatte sie wieder das Bewusstsein verloren. Als er schon dachte, sie wäre nicht mehr ansprechbar, flüsterte sie: „Die Polizei."

Seine Chefs bei WBN hatten ihm vorgehalten, er wäre ausgebrannt, vielleicht sogar völlig am Ende. Auch wenn er es nie zugegeben hätte, hatte er nach seinem fehlgeschlagenen Einsatz in Moskau vor achtundvierzig Stunden gedacht, dass es stimmen könnte. Doch jetzt war Roarke auf Cat Woman gestoßen, wer immer sie auch sein mochte, und zu seinem Bedauern stellte er fest, dass er doch nicht aus seiner Haut konnte.

Er hob ihre Handtasche vom Boden des Krankenwagens auf und öffnete sie. Lippenstift und Antibabypillen interessierten ihn nicht. Er griff nach der Brieftasche. Ihrem in Louisiana ausgestellten Führerschein entnahm er die üblichen Angaben – Größe, Gewicht, Augen- und Haarfarbe. Und ihren Namen – Daria Shea. Trotz der ernsten Miene war das Foto besser als die normalen Bilder in Ausweisen, was ihn bei ihrem guten Aussehen allerdings nicht verwunderte.

Er fand zwanzig Dollar und zwei Kreditkarten.

„Treffer", sagte er leise, als er auf einen Ausweis stieß. Sie war stellvertretende Staatsanwältin. Dadurch wurde das Rätsel, das sie umgab, noch interessanter. Er hatte keine Ahnung, ob sie ihm die Wahrheit gesagt hatte, aber falls es stimmte, war er über eine brisante Sache gestolpert. Es kam nicht jeden Tag vor, dass

Polizisten jemanden umbringen wollten, der eigentlich auf derselben Seite stand wie sie.

In der Ambulanz des Tulane University Medical Centers herrschte Hochbetrieb. Ständig trafen neue Patienten mit Krankenwagen, Taxis, Privatautos und sogar zu Fuß ein. Die meisten Verletzten waren kostümiert, genau wie viele Mitglieder des medizinischen Personals, die sie versorgten.

Roarke saß ungeduldig im Warteraum und fragte sich frustriert, wieso eine einfache Computertomographie so lange dauerte. Schon wollte er sich auf die Suche nach der geheimnisvollen Frau machen, als Michael Patrick O'Malley eintraf.

„Nett von dir, die Familie von deiner Rückkehr zu verständigen", sagte er trocken zur Begrüßung.

„Ich musste ohne Vorwarnung in die Staaten zurückkommen."

Mike umarmte ihn und betrachtete seinen jüngeren Bruder mit einem Blick, der bei Verhören sicher Wunder gewirkt hatte. „Dann scheinen die Gerüchte zu stimmen, die letzte Woche bei CNN aufgetaucht sind."

Roarke war nicht in der Stimmung, sich ausfragen zu lassen. Nachdem er aus Moskau kommend auf dem Kennedy Airport gelandet war, hatte ihn Darren Fairfield, Präsident des WorldWide Broadcasting Network, in seinem Büro abgekanzelt. Daraufhin hatte Roarke ihm den Presseausweis auf den Schreibtisch geworfen.

Zum Glück hatte Jordan Conway, Vizepräsident und Chef der Nachrichtenabteilung, eingegriffen, die Gemüter beruhigt und eine Denkpause für alle Beteiligten vorgeschlagen.

Roarke hatte zögernd einem Urlaub zugestimmt und den nächsten Flug nach New Orleans gebucht. Hier hatte er sich ein Zimmer im Whitfield Palace genommen, war in die Lounge gegangen, um etwas zu trinken, und hatte Cat Woman getroffen. Obwohl er nicht zum ersten Mal in seinem Leben seit achtundvierzig Stunden pausenlos auf den Beinen war, machte sich allmählich die Erschöpfung bemerkbar.

„Ich habe niemanden umgebracht", sagte er abweisend.

„Freut mich zu hören", erwiderte sein Bruder gelassen. „Stimmt es, dass in Moskau jemand versucht hat, dich umzubringen?"

„Ja." Roarke setzte sich. Er sah noch deutlich den Feuerball vor sich, in den sich sein Wagen verwandelt hatte.

„Möchtest du darüber reden?"

„Vielleicht später." Noch waren die Wunden zu frisch.

„Wie du willst." Mike setzte sich zu ihm.

„Ich vermute, dieses Bürschchen von Polizist hat dich verständigt."

Mike lachte. „Sie werden immer jünger ... oder wir werden älter. Das ist deprimierend", fügte er seufzend hinzu.

Roarke gab ihm Recht, schwieg jedoch.

„Allerdings vermute ich, dass der Junge die Geschichte etwas durcheinander gebracht hat", fuhr Mike fort. „Er sagte, deine Frau sei angeschossen worden."

Roarke steckte in der Klemme. Nie hatte er einen seiner Brüder belogen. Sagte er jetzt jedoch die Wahrheit, mischte Michael sich unweigerlich ein. Solange er, Roarke, aber nicht genau wusste, worum es ging, wollte er niemanden gefährden. Zu deutlich hatte er noch vor Augen, wie schrecklich Natascha gestorben war.

Natascha, seine Geliebte in Moskau, die ihm Informationen über die russische Mafia und deren Boss Dimitri Davidov versprochen hatte. Davidov hatte sie umbringen lassen, weil sie für ihn eine größere Gefahr darstellte als der amerikanische Journalist.

Da er es sich nie verzeihen würde, wenn sein älterer Bruder seinetwegen umkäme, entschied Roarke sich für eine Lüge. „Das ist eine lange Geschichte, aber es stimmt mehr oder weniger. Vermutlich wurde sie von einer verirrten Kugel getroffen."

„CNN hat nicht gemeldet, dass du verheiratet bist."

„Das weiß niemand. Wir wollten es für uns behalten, bis wir mit Freunden und Verwandten richtig feiern können."

„Ich verstehe." Mike schlug einen trügerisch sanften Ton an. „Wann wolltest du Mom denn berichten, dass sie eine Schwiegertochter hat?"

„Das ist einer der Gründe, aus denen ich hergekommen bin." Verdammt, wenn man einmal log, verstrickte man sich immer tiefer. „Ich wollte meine Frau der Familie vorstellen."

„Ist sie Russin?"

„Nein, Amerikanerin."

„Wo hast du sie kennen gelernt?"

„Das ist ja ein richtiges Verhör. Wann holst du denn die grellen Lampen?"

„Ich will nur alles über unser neues Familienmitglied erfahren", erwiderte Mike ruhig. „Wie heißt sie?"

Gute Frage, dachte Roarke. Eine Frage, die der Polizist auf der Rampart Street auch schon hätte stellen sollen. Aber vielleicht hatte der Kerl es sehr genau gewusst, weil er zu den Polizisten gehörte, vor denen sie floh.

„Daria. Ihr Mädchenname ist Shea."

Roarke hatte den Eindruck, dass Mike den Namen kannte. „Hübscher Name. Ist sie es?"

„Ist sie was?" Roarke fühlte sich immer mehr wie ein Tatverdächtiger. Sein Bruder war zwar vor über einem Jahr bei der Polizei ausgeschieden und hatte seine eigene Privatdetektei eröffnet, aber ein Polizist blieb vermutlich immer Polizist.

„Ist sie hübsch?"

„Ja, aber ..."

„Ich weiß, du hast sie wegen ihres Verstandes geheiratet", sagte Mike lächelnd.

„Wie gefällt es dir denn in deinem neuen Beruf?" fragte Roarke, um das Thema zu wechseln. „Führst du das gleiche sagenhafte Leben wie Thomas Magnum, dem sich ständig die schönsten Frauen an den Hals werfen?"

„Bisher musste ich noch keiner einzigen Frau ausweichen, aber die Arbeit gefällt mir. Und weil ich nicht für den Rest meines Lebens hinter untreuen Ehepartnern her sein wollte, habe ich mich auf Personen- und Firmenschutz spezialisiert. In diesen unsicheren Zeiten habe ich viel mehr zu tun, als ich überhaupt schaffe."

„Dann hast du dich eindeutig richtig entschieden." Die Doppeltür am Ende des Raums öffnete sich.

„Ich denke schon." Mike warf einen Blick auf die Trage, die ein Pfleger vor sich herschob „Ist sie das?"

„Ja." Roarke stand auf und trat auf die Trage zu. Die Verletzung war tatsächlich nur ein Streifschuss. Der Arzt hatte sie verbunden. Von dem Sturz hatte Daria Prellungen im Gesicht. „Endlich bist du wieder wach."

„Ja." Sie betrachtete ihn verwirrt. „Kennen wir uns?"

Spielte sie, oder erkannte sie ihn wirklich nicht? Und wenn sie ihm nichts vorspielte, hatte sie noch mehr vergessen? Als sein Bruder zu ihm trat, wusste Roarke nicht, ob er sich über ihre Gedächtnislücken freuen sollte oder nicht.

Falls sie sich nicht erinnerte, konnte sie ihn nicht als Lügner entlarven. Andererseits konnte sie ihm dann auch keine Informationen über die Gründe für den Anschlag auf ihr Leben liefern.

„Aber sicher kennst du mich." Er lächelte besorgt und küsste ihre Hand. „Ich bin dein Mann."

„Mein Mann?" fragte sie, als hätte sie das Wort noch nie gehört. „Wir sind verheiratet?"

„In guten wie in schlechten Zeiten. Hoffen wir, Liebling, dass nie schlechtere Zeiten kommen und dieser Zwischenfall in unseren Flitterwochen das Schlimmste war, was uns je zustößt."

„Flitterwochen?"

„Mr. O'Malley?" Eine attraktive Ärztin trat zu ihnen und streckte ihm die Hand hin.

„Roarke O'Malley." Er drückte ihr die Hand.

„Ich weiß", versicherte die Ärztin lächelnd. „Ich sehe mir immer Ihre Sendungen an. Vorhin sagte ich zu Ihrer Frau, dass sie sich sehr glücklich schätzen kann."

„Ich werde Ihnen ganz bestimmt nicht widersprechen, aber es hat nichts mit Glück zu tun, wenn man angeschossen wird."

„Nun, Glück ist relativ", erwiderte die Ärztin. „Um ein Haar wäre Ihre Frau tot gewesen."

„Tot?" fragte Daria entsetzt.

„Es war ein Unfall, Liebling", versicherte Roarke eine Spur zu hastig. Sein Bruder zog die Augen zu schmalen Schlitzen zusammen. „Vermutlich ein übler Karnevalsscherz, der schief gelaufen ist."

Verwirrt wandte sie sich an die Ärztin. „Ich kann mich an nichts mehr erinnern."

„Das ist in einem solchen Fall nicht ungewöhnlich, Mrs. O'Malley", versicherte die Ärztin. „Die Wunde ist nicht tief, aber bei Kopfverletzungen kommt es öfters zu Gedächtnisverlust. Früher oder später wird Ihnen fast alles wieder einfallen. Sie dürfen sich nur nicht unter Druck setzen."

„Fast alles?"

„Es könnten einige Gedächtnislücken zurückbleiben. Das kann man nie vorhersehen." Durch den Eingang wurde eine Trage hereingerollt. Ein Sanitäter kauerte auf einem reglosen Mann und versuchte ihn wiederzubeleben. „Tut mir Leid, ich muss weg", sagte die Ärztin und eilte davon.

„Wie geht es jetzt weiter?" fragte Roarke.

„Ihre Frau bleibt bei uns", erklärte eine Krankenschwester, die unvermittelt neben ihm auftauchte. „Zur Beobachtung."

„Ich muss hier bleiben?" Daria war eindeutig nicht begeistert über diese Aussicht.

Roarke beobachtete sie genau und fand Angst in ihrem Blick. Selbst wenn sie sich nicht erinnerte, warum sie angeschossen worden war, wusste sie doch, dass sie in Gefahr war.

„Es ist nur für eine Nacht." Er war allerdings auch nicht begeistert, dass sie im Krankenhaus bleiben musste. „Ich werde nicht von deiner Seite weichen."

„Na, sehen Sie", meinte die Krankenschwester und rollte die Trage weiter. „Wir bringen Sie auf Ihr Zimmer, und morgen früh sind Sie so gut wie neu."

„Wir müssen miteinander reden", sagte Mike, als Roarke ihr folgen wollte.

„Kann das nicht warten?"

„Nein."

Mikes Ton duldete keinen Widerspruch. Roarke ärgerte sich darüber, dass sein Bruder sich noch immer als Polizist aufspielte, und drückte Daria einen Kuss auf die Wange. „Ich bin gleich bei dir, Liebling."

Sie nickte schwach.

„Was ist denn so wichtig, dass es nicht bis morgen warten kann?" fragte Roarke und wandte sich an seinen Bruder.

Mike sah sich in dem überfüllten Warteraum um. „Gehen wir nach draußen. Da sind wir ungestört."

Frustriert, aber neugierig gehorchte Roarke.

„Du bist nicht verheiratet", sagte Mike, sobald sie vor dem Gebäude standen.

„Wie kommst du darauf?"

„Deine ‚Ehefrau' trägt nur einen Verlobungsring."

„Vielleicht hat sie den Ehering verloren." Roarke erinnerte sich daran, wie er sich mit zehn Jahren von Johnny Druen hatte anstiften lassen, ein Batman-Heft bei Newberry's in der Saint Charles Avenue zu klauen. Als Mike die Übeltat entdeckte, hatte er seinen Bruder in den Laden gebracht und gezwungen, sich zu entschuldigen, das Heft zu bezahlen und einen Monat lang täglich die Fenster zu putzen und den Laden zu fegen.

„Vielleicht hatte sie nie einen Ehering", sagte Mike. „Darauf kommt es nicht an. Wichtig ist nur, dass du dich vielleicht mit einer Mörderin eingelassen hast. Ich will wissen, worum es geht."

„Mit einer Mörderin?" fragte Roarke ungläubig. „Das ist doch lächerlich."

„Du wohnst im Whitfield, nicht wahr?"

„Ja. Es sollte mich eigentlich nicht überraschen, dass du das herausgefunden hast."

„Ich bin noch immer ein Detektiv", erinnerte Mike ihn. „Und ich habe noch genügend Verbindungen zur Polizei, um zu wissen, dass heute Abend in einem Zimmer des Whitfield Palace Hotels eine Leiche gefunden wurde."

„Zufall", behauptete Roarke. Daria hatte behauptet, Polizisten wollten sie umbringen. Wie würde sein Bruder reagieren, wenn er das erfuhr? Die meisten Polizisten von New Orleans waren wie Mike anständige Männer, die in einer immer gefährlicheren Welt für Gerechtigkeit kämpften. Allerdings gab es bei der Polizei auch genügend schwarze Schafe. „Ich habe jedenfalls niemanden getötet."

„Natürlich nicht. Du hast deine Fehler, aber nicht einmal du würdest einen Ermittler des Justizministeriums umlegen."

„Des Justizministeriums?" Roarke horchte auf. Daria war stellvertretende Staatsanwältin. Die Sache wurde immer brisanter.

„Ja. Der Mann war kein Gast des Hotels."

„Vielleicht hat er einen anderen Namen angegeben. Oder er hat jemanden besucht." Roarke brauchte kein Hellseher zu sein, um zu wissen, was als Nächstes kam.

„Stimmt, er hat eine Frau besucht. Eine Frau, deren Beschreibung auf deine Ehefrau zutrifft."

„Behauptest du, sie hätte einen Bundesanwalt umgebracht?"

„Wenn sich herausstellt, dass der Tote in ihrem Zimmer gefunden wurde, wird sie eine Menge Fragen beantworten müssen."

Die erste Frage, dachte Roarke, war, wozu sie ein Hotelzimmer brauchte, wenn sie laut Führerschein in der Stadt wohnte.

„Vielleicht war der Mörder des Bundesanwalts auch hinter ihr her."

„Das ist eine Möglichkeit“, bestätigte Mike. „Durch ihren angeblichen Gedächtnisverlust erhält der Fall jedenfalls eine interessante Wende.“

„Jetzt redest du wieder wie ein Polizist.“

„Und du benimmst dich wie jemand, der etwas zu verbergen hat“, stellte Mike fest. „Warum erzählst du mir nicht einfach, was du weißt?“

Roarke war erleichtert, dass er nun doch die Wahrheit sagen konnte. „Ich weiß weniger als du. Ich hatte nicht einmal eine Ahnung von dem Toten.“

Dann erklärte er, wie er Daria kennen gelernt, sie in der Menge aus den Augen verloren und verletzt wiedergefunden hatte. Und er fügte hinzu, dass sie behauptet hatte, Polizisten würden ihr nach dem Leben trachten.

„Das ist eine schwere Anschuldigung“, meinte Michael grimmig.

„Ich weiß. Es ist möglich, dass sie gelogen hat, um jeden Verdacht von sich abzulenken. Aber als sie mir das von den Polizisten erzählte, war sie nahezu bewusstlos. Ich glaube nicht, dass sie in diesem Zustand noch lügen konnte.“

„Manche Menschen lügen ganz automatisch.“

„Wem sagst du das?“ Roarke hatte es nur zu oft erlebt. Zuallererst musste er Daria Shea aus dem Krankenhaus herausholen, bevor die Polizei auftauchte. Sofern sie während der Fahrt im Krankenwagen die Wahrheit gesagt hatte, war das unbedingt nötig.

Und danach wollte er ungeachtet ihrer Amnesie herausfinden, wie diese rätselhafte Frau in einen tödlichen Strudel geraten war.

3. KAPITEL

Daria lag im Bett und starrte frustriert zur Decke. Sie versuchte, sich an irgendetwas zu erinnern, was vor dem Erwachen in der Ambulanz geschehen war. Das Einzige, woran sie sich erinnerte, waren viele Menschen, Lärm und Angst.

Angst wovor?

Der Diamant an ihrer linken Hand funkelte. Bestimmt hatte er ihn ihr geschenkt – dieser Mann, der in der Ambulanz behauptet hatte, ihr Ehemann zu sein. Dieser hoch gewachsene Mann mit dem dichten schwarzen Haar und den Augen, die so dunkel waren wie die Nächte in den Bayous von Louisiana.

Aha! Hastig hielt sie diesen Gedanken fest. Sie wusste, wie ein Bayou nachts aussah. Vor ihr entstand das Bild eines stehenden Gewässers und von Bäumen, an deren Ästen Spanisches Moos herunterhing.

„Ob ich dort mit ihm wohne?"

Die Nase des Mannes sah aus, als wäre sie mehr als einmal gebrochen worden. Die Lippen erinnerten sie an einen Poeten. Das waren Lippen, die Grund genug waren, um diesen Mann tatsächlich zu heiraten. Ihr Gedächtnis versagte jedoch völlig, als sie versuchte, sich eine vertrauliche Szene zwischen ihnen vorzustellen.

„Lieber Himmel!" Daria schlug die Hände vor das Gesicht. „Was soll ich bloß machen?"

Roarke stand in der offenen Tür, wollte diese Frau trösten, hielt sich jedoch eisern zurück. In Moskau hatte es ihn fast das Leben gekostet, dass er sich mit einer wunderschönen, geheimnisvollen Frau eingelassen hatte. Vielleicht war er nicht der Allerklügste, aber er lernte aus Fehlern.

Entschlossen betrat er das Zimmer und zog leise die Tür hinter sich zu. „Ist das auch wahr?" fragte er schroffer als beabsichtigt.

Sie zuckte zusammen, senkte die Hände und blickte ihn vorsichtig an. „Ob was wahr ist?"

„Dass du dich an nichts erinnerst."

„Warum sollte ich lügen?" fragte sie abwehrend.

„Vielleicht wegen einer solchen Kleinigkeit wie einer Leiche in deinem Hotelzimmer."

„Was?" Sie wurde noch blasser.

„Die Polizei hat in einem Zimmer des Whitfield Palace einen toten Bundesanwalt gefunden. Das Zimmer war von einer Frau belegt worden, die dir laut Beschreibung zum Verwechseln ähnlich sieht."

„Ich erinnere mich an kein Hotelzimmer", behauptete sie. „Ich erinnere mich auch an keinen Mann, schon gar nicht an einen Toten."

„Das behauptest du."

„Warum sollte ich lügen?"

„Weil du ihn vielleicht umgebracht hast."

„Niemals. Ich würde nie jemanden erschießen." Davon war sie restlos überzeugt.

„Interessant, dass du weißt, dass er erschossen wurde."

„Hast du das nicht soeben gesagt?"

„Nein. Ich habe nur erzählt, dass ein Bundesanwalt tot aufgefunden wurde, sonst nichts. Ich habe keine Details erwähnt."

Daria stieß langsam den Atem aus. „Wie ist das möglich? Wieso weiß ich, dass der Mann erschossen wurde, ohne dass ich mich an etwas erinnere?"

Das war eine gute Frage, auf die Roarke unbedingt eine Antwort finden wollte. Er trat neben das Bett. „Fangen wir mit deinem Namen an. Erinnerst du dich wenigstens daran?"

„Die Ärztin hat mich Mrs. O'Malley genannt." Dabei hatte Daria allerdings das Gefühl gehabt, dass es nicht stimmte.

Roarke hielt sich an seine Geschichte, bis er genauer beurteilen konnte, woran sie sich erinnerte und woran nicht. „Stimmt, du bist meine Frau – Daria Shea O'Malley."

Er wartete, dass sie das Gegenteil behauptete oder zumindest auf ihren eigenen Namen reagierte. Doch man sah ihr nicht an, ob ihr der Name etwas sagte.

Daria wiederholte den Namen, doch er löste keine Erinnerungen aus. Sie war den Tränen nahe. „Wie heißt du mit Vornamen?"

„Roarke."

„Roarke." Der Name kam ihr nicht im Geringsten bekannt vor. „Habe ich dich so genannt?"

„Meistens schon, gelegentlich auch Schatz oder Liebling. Wenn ich die Handtücher nicht vom Fußboden im Bad aufhebe, drückst du dich deutlicher aus."

Er wollte sie zum Lächeln bringen, doch Daria konnte ihrer Lage keine humorvollen Seiten abgewinnen, und trotz der häuslichen Szene, die er erwähnt hatte, gelang es ihr noch immer nicht, sich vorzustellen, wie sie zusammenlebten.

„Wie lange sind wir schon verheiratet?"

„Noch nicht lange."

„Also, das hilft mir garantiert weiter. Kennen wir uns schon lange?" Bestimmt nicht. Daria konnte sich nicht vorstellen, einen so beindruckenden, dynamischen Mann wie ihn zu vergessen. Einem solchen Mann wollte man nicht in die Quere kommen. Er war der geborene Beschützer.

Wie kam sie jetzt ausgerechnet darauf? Hatte sie vielleicht Schutz gesucht?

„Wir haben uns Hals über Kopf ineinander verliebt. Und wir wollten unsere Ehe geheim halten, bis wir nach New Orleans zurückkehren und unsere Familien mit der Neuigkeit überraschen konnten."

„Bis wir zurückkehren konnten? Soll das heißen, dass ich hier lebe? Habe ich keinen Trauring, weil es eine Blitzhochzeit war?"

„Richtig, Mrs. O'Malley." Falls Daria den Gedächtnisverlust nur vortäuschte, machte sie das sehr überzeugend.

„Aber wieso sollte ich ein Hotelzimmer mieten, wenn ich hier lebe?" flüsterte sie verstört.

„Das weiß ich nicht, Liebling“, erwiderte Roarke gelassen. „Das müssen wir herausfinden.“

Wir ... Dieses Wort gefiel Daria nicht sonderlich. Sie erinnerte sich überhaupt nicht an diesen Mann, schon gar nicht an eine Hochzeit.

Schweigend betrachtete sie Roarke eine Weile. „Man sollte doch meinen, dass ich etwas so Wichtiges wie eine Hochzeit nicht vergessen könnte.“

„Allerdings.“ Mutwillig lächelnd beugte er sich zu ihr. „Ich muss schon sagen, Schätzchen, das schmerzt. Dass du dich nicht mehr an unsere Flitterwochen erinnerst, verletzt mein Selbstwertgefühl.“

Seine lächelnden Lippen berührten beinahe ihren Mund. Es hätte genügt, den Kopf ganz leicht anzuheben und ...

„Ich habe dich geküsst!“ Sie wusste, wie seine Lippen sich anfühlten. Ungewollt sprach sie es aus, anstatt es für sich zu behalten.

„Das ist ja schon einmal ein Anfang.“ Vielleicht sollte er sie küssen, um ihr Gedächtnis anzuregen. Nur um das auszuprobieren und aus keinem anderen Grund, beugte er sich noch tiefer über sie und berührte fast ihre weichen Lippen ...

„Tut mir Leid“, sagte eine tiefe Stimme.

Daria wich vor Roarke zurück und sah zur Tür. Sein Bruder grinste ihn an, bevor er belustigt Daria zublinzelte.

„Hat dir schon einmal jemand gesagt, dass du störst?“ fragte Roarke, ohne den Blick von Daria abzuwenden.

„Ich hielt es für angebracht, meine neue Schwägerin in der Familie willkommen zu heißen“, erwiderte Mike. „Ich muss nämlich wieder weg.“

Roarke drehte sich zu seinem Bruder um. „Hast du eine heiße Verabredung?“

„Ich muss arbeiten. Der Kasinobesitzer auf einem der Flussdampfer verdächtigt seinen Manager des Betrugs. Ich spiele schon die ganze Woche Black Jack.“ Lächelnd zeigte er Roarke und

Daria die Hände. „Das sind die flinksten Finger in der ganzen Gegend."

In der Nähe dieses netten Mannes, der seinem Bruder sehr ähnlich sah, entspannte Daria sich. „Vom Kartenspiel verstehe ich zwar nichts, aber die meisten Frauen bevorzugen Männer mit sanften Fingern."

Sein herzliches Lachen brach sicher unzähligen Frauen das Herz. Doch so attraktiv und sympathisch sie ihn auch fand und so wohl sie sich auch bei ihm fühlte, er wirkte auf sie bei weitem nicht so stark wie sein Bruder.

„Ich bin Michael Patrick, der älteste und attraktivste O'Malley-Bruder. Willkommen in unserer Familie." Er kam ans Bett, beugte sich herunter und küsste sie auf die Wange. „Ich bin überzeugt, dass du perfekt zu uns passt." Nach dem brüderlichen Kuss wandte er sich an Roarke. „Wir müssen noch einmal miteinander reden."

Roarke fürchtete ein eingehendes Verhör. Er wollte schon ablehnen, sah seinem Bruder jedoch an, dass er nicht nachgeben würde. Man hatte ihn oft stur genannt, aber was Sturheit anging, so übertraf niemand Michael Patrick O'Malley. Diese Eigenschaft hatte ihn nicht nur zu einem großartigen Polizisten gemacht, sondern oft genug auch seine Brüder schrecklich genervt.

Roarke wandte sich an seine angebliche Braut. „Mike muss sich mit mir um eine Familienangelegenheit kümmern, aber ich komme bald wieder." Er streichelte Darias Wange. Das sollte bloß wie die zärtliche Geste eines Ehemannes wirken. Trotzdem freute es ihn, als sie etwas Farbe bekam.

„Gut." Daria begriff es nicht, aber sie wollte nicht, dass er sie allein ließ. Damit sie aber nicht wie eine hilflose Frau wirkte, die sich an ihn klammerte, zwang sie sich zu einem Lächeln. „Ich laufe dir bestimmt nicht weg."

Roarke vertraute ihr nicht im Geringsten. Um nicht zu riskieren, dass sie ihm noch einmal entkam, blieb er vor der Zimmertür auf dem Korridor stehen.

„Also, fang schon an."

„Womit?"

„Mit der fälligen Predigt des großen Bruders."

„Für dich hole ich nicht mehr die Kastanien aus dem Feuer, seit du Lila Comeaux' zweifelhaften Ruf verteidigt und dich deshalb an der Sacred Heart High School mit der ganzen Footballmannschaft angelegt hast."

„Hätte ich gewusst, dass sie es mit fast jedem Typen in der Schule trieb, wäre ich auch nicht für sie eingetreten", erwiderte Roarke. Lila hatte ihm damals eine Szene gemacht, weil er Billy Jones zusammengeschlagen hatte, ohne zu wissen, dass der Fullback des Teams sie während eines Spiels hinter der Zuschauertribüne geschwängert hatte.

„Lila ist Schnee von gestern", fuhr Mike fort. „Was die gegenwärtige Geschichte angeht, wollte ich dir nur sagen, dass das Fernsehen über den Mord im bekanntesten Hotel der Stadt berichten wird."

Roarke fluchte leise vor sich hin. „Hast du das von deinen ehemaligen Kollegen erfahren?"

„Nein, von einer alten Freundin, Desiree Dupree."

„Von der Reporterin, mit der du zusammengelebt hast, als ich das letzte Mal daheim war?"

„Ja, genau die meine ich. Sie hat einen anderen geheiratet, einen ehemaligen Staatsanwalt, der jetzt Romane schreibt, aber wir stehen noch in Kontakt."

„Verstehe."

„Du brauchst nicht so zu grinsen. Wir sind nur Freunde. Nicht jeder O'Malley-Bruder bevorzugt kurzlebige Beziehungen."

Nein, nur Roarke und Shayne. Mike war stets verantwortungsbewusst gewesen. Das war kein Wunder. Ihr Vater war die meiste Zeit fort, und ihre Mutter wurde nicht mit drei Söhnen fertig. Mike hatte letztlich die Rolle des Vaters übernommen, während seine Brüder heranwuchsen.

Bei dieser Jugend war es kein Wunder, dass er Polizist

geworden war. Auf diese Weise hatte er sozusagen auch außerhalb der Familie den großen Bruder gespielt, bis er in einen Strudel politischer Interessen geraten war.

„Was weiß die Presse?"

„Nur dass man eine Leiche in einem Zimmer gefunden hat, das von einer Frau gemietet wurde. Desiree meint, die Polizei weiß, wer diese Frau ist, will jedoch noch keinen Namen nennen."

„Vielleicht will die Polizei warten, bis man sie verhaftet hat, und sich dann erst an die Presse wenden", wandte Roarke ein. „Oder sie ist selbst hinter dieser Frau her."

Mike schüttelte den Kopf. „Wie stellst du das bloß an? Du hältst dich erst seit wenigen Stunden in der Stadt auf und bist schon in einen gefährlichen Fall verwickelt."

„Das ist Talent", erwiderte Roarke lächelnd und wurde gleich wieder ernst. „Hör mal, die Sache bleibt unter uns, klar?"

Mike sah ihn finster an. „Eigentlich sollte ich dich ohrfeigen, weil du es überhaupt für nötig hältst, das zu betonen."

„Tut mir Leid. Ich habe verlernt, Menschen zu vertrauen."

„Geht mir genau wie dir. Also, worum dreht es sich denn nun? Und erzähle mir nicht, sie wäre eine russische Spionin."

„Nein, nichts dermaßen Spektakuläres. In dem Ausweis, den ich in ihrer Brieftasche fand, steht, dass sie stellvertretende Staatsanwältin ist."

„Daria Shea. Der Name hätte mir gleich etwas sagen müssen", erwiderte Mike.

„Du kennst sie?"

„Nicht persönlich. Sie trat ihre Stelle an, als ich den Polizeidienst quittierte. Aber ich habe von ihr gehört. Sie steht im Ruf, sehr klug und absolut ehrlich zu sein – völlig untypisch für diese Stadt. Man erzählt sich auch, sie würde hart arbeiten und wie ein Pitbull kämpfen, um Verbrecher hinter Gitter zu bringen – ohne Ansehen der Person. Und damit ist sie etlichen Leuten auf die Zehen getreten."

„Auch bei der Polizei?"

„Es gibt Gerüchte über eine Ermittlung wegen Korruption", erklärte Mike. „Daria Shea hat außerdem zwei Richter hochgehen lassen, die gegen Geld Anzeigen wegen Verkehrsdelikten unter den Tisch fallen ließen, und einen Richter, weil er von einem Drogenring bezahlt wurde."

„Eine aufrechte und tatkräftige Staatsanwältin macht sich in dieser Gegend zwangsläufig zahlreiche Feinde."

„Das halte ich noch für eine Untertreibung." Mike wählte seine Worte sorgfältig. „Sie macht auch nicht wie viele erfolgreiche Frauen auf ‚Magnolie aus Stahl', um sich Respekt zu verschaffen. Eigentlich zeigt sie immer ihre Krallen. Ich habe sogar gehört, dass manche Männer sie zum Ausgehen eingeladen haben und sich dabei nicht nur kalte Füße, sondern sogar Frostbeulen an den Zehen geholt haben."

Wenn Roarke allerdings an Darias heißen ersten Kuss dachte, konnte er sich nicht vorstellen, dass sein Bruder in diesem Punkt Recht hatte.

„Ich nehme nicht an, dass du nach Moskau zurückkehren wirst?" fragte Mike.

„Auf keinen Fall."

„Wie wäre es denn, wenn du dich in den New Yorker Büros der Fernsehgesellschaft zeigst?"

„Kommt nicht in Frage." Das war der letzte Ort auf der Welt, wo Roarke jetzt sein wollte.

„Ich dachte mir schon, dass du das sagen wirst."

„Ich kann dir nicht verraten, was ich machen werde, Mike", erklärte Roarke bedauernd. „Du darfst deine Lizenz nicht riskieren. Also darf ich dich nicht einweihen."

„Meine Lizenz ist unwichtig, wenn es darum geht, meinen Bruder vor einem Killer zu schützen."

„Mir wird nichts passieren."

„Den Satz habe ich doch schon einmal gehört."

„Und ich lebe noch."

„Ich weiß, und das ist in meinen Augen ein Beweis dafür, dass es Wunder gibt." Mike schüttelte den Kopf. „Versprich mir wenigstens, dass du dich bei mir melden wirst."

„Mache ich."

„Behältst du sie bei dir?" Als Roarke ihm nur stumm einen Blick zuwarf, winkte Mike ab. „Schon gut, ich habe verstanden. Es geht mich nichts an." Er holte eine Visitenkarte und einen Stift hervor und schrieb etwas auf die Rückseite der Karte. „Das ist meine Handy-Nummer. Du kannst mich jederzeit anrufen, wenn du etwas brauchst."

Roarke steckte die Karte in die Hemdtasche. „Danke, das werde ich. Es ist schon eine tolle Sache, einen großen Bruder zu haben."

„Es ist schon eine schreckliche Sache, einen kleinen Bruder zu haben, der ständig in Schwierigkeiten gerät."

Sie umarmten sich, und in diesem Moment begriff Roarke, warum er heimgekommen war. Die Familie zog einen unwiderstehlich an, besonders wenn man einen Tiefpunkt im Leben erreicht hatte. „Tust du mir einen Gefallen?"

„Gern", antwortete Mike sofort.

„Bleib ungefähr zehn Minuten hier, während ich einen Anruf erledige."

„Du meinst, ich soll Wache schieben."

„Ja", bestätigte Roarke ernst. „Genau." Nach einem besorgten Blick auf die geschlossene Tür des Krankenzimmers ging er los, um Darias Flucht vorzubereiten.

Zwanzig Minuten später rief Daria ungläubig: „Du kannst doch von mir nicht erwarten, dass ich das anziehe!"

Roarke betrachtete das hauchdünne Haremskostüm, das er einer Krankenschwester für hundert Dollar abgekauft hatte. „Das ist doch nicht schlecht."

Sie verschränkte die Arme und wirkte jetzt schon eher wie eine unerbittliche Staatsanwältin. Offenbar hatte der Schlag auf den Kopf ihren Charakter nicht verändert.

„Das ist praktisch durchsichtig."

„Nicht direkt. Darunter befindet sich immer noch ein undurchsichtiger Glitzer-Bikini."

Unwillig betrachtete sie das schimmernde und schillernde Kostüm. „Ich mag ja das Gedächtnis verloren haben, aber ich bin eindeutig nicht der richtige Typ Frau für einen Glitzer-Bikini."

Da hat sie Recht, dachte Roarke im Hinblick darauf, was Mike ihm über sie erzählt harte. Jedenfalls wollte er nicht unnötig Zeit verlieren und zügelte daher sein Temperament.

„Wir haben Mardi Gras. Wann willst du gefährlich leben, wenn nicht jetzt?"

„Ich würde sagen, ein Streifschuss am Kopf reicht mir an gefährlichem Leben für eine Nacht."

„Verdammt, bist du immer so stur?" rief er aus.

„Ich glaube schon", erwiderte sie ungerührt.

„Na, großartig!" Kein Wunder, dass jemand sie umbringen wollte. Wenn sie so weitermachte, geriet er selbst in Versuchung, ihr den hübschen Hals umzudrehen. „Das Katzenkostüm, in dem sie dich eingeliefert haben, ist voller Blut, und darum ..."

„Ich habe ein Katzenkostüm getragen?"

„Ja, und es hat ausgesehen, als wäre es dir auf die Haut gemalt. Darum verstehe ich nicht, warum du dich über dieses Kostüm dermaßen aufregst! Aber da du das Katzenkostüm nicht anziehen kannst und das Krankenhaus wohl kaum in diesem wundervollen Designer-Nachthemd, das sie dir hier verpasst haben, verlassen möchtest ..."

„Nein", fiel sie ihm ins Wort. „Ich bin zwar überzeugt, dass New Orleans nur dank der Klimaanlagen bewohnbar ist, aber ich ziehe trotzdem nichts mit eingebauter Klimaanlage an." Keinesfalls wollte sie ihren nackten Po der frischen Luft aussetzen.

„Du hast keine andere Wahl, als in den Harem einzutreten."

„Wenn ich in der Stadt wohne, könntest du mir doch von daheim etwas zum Anziehen holen."

„Kommt nicht in Frage, zumindest jetzt nicht. Es reicht, wenn heute Nacht einer von uns beiden eine Schusswunde am Kopf hat."

Sie betrachtete ihn durchdringend. „Du glaubst nicht, dass rein zufällig auf mich geschossen wurde?"

Roarke durfte nicht vergessen, dass sie eine intelligente Frau war, die ihn trotz ihrer Amnesie durchschauen konnte. „Nein, unter den gegebenen Umständen und mit diesem Toten in deinem Hotelzimmer glaube ich nicht an einen Zufall."

„Aber warum?" fragte sie verstört. „Warum sollte mich jemand erschießen wollen?"

„Das werden wir herausfinden." Er hielt ihr noch einmal das Kostüm hin. „Zuerst müssen wir aus dem Krankenhaus verschwinden."

Jetzt zögerte Daria nicht länger, nahm das Kostüm entgegen und setzte sich auf. Trotz der höllischen Kopfschmerzen nahm sie sich zusammen.

„Ich ziehe mich nicht um, wenn du zusiehst", erklärte sie.

„Hey, wir sind doch verheiratet", wandte Roarke ein. „Ich habe dich schon oft nackt gesehen."

Daria war überzeugt, sich daran erinnern zu können, falls sie mit diesem Mann schon einmal zusammen nackt gewesen wäre. „Verschwinde, O'Malley. Meinetwegen kannst du mich für verrückt halten, aber deine Ehefrau will jetzt allein sein."

Damit hatte Roarke schon gerechnet. „Ich warte draußen."

Roarke O'Malley war ein Mann, der eine Frau beschützen konnte. Und Daria brauchte Schutz. Aber vielleicht brauchte sie auch Schutz vor diesem Mann!

„Was ist denn jetzt los?"

Daria wurde klar, dass Roarke nichts entging. Das machte ihn gefährlich. „Woher soll ich wissen, dass ich dir vertrauen kann?" fragte sie rundheraus.

„Das Gleiche könnte ich dich fragen." Roarke stand ihr auf der anderen Seite des Bettes gegenüber. „Außerdem warst du es, die uns in diesen Schlamassel gebracht hat. Ich saß ganz friedlich in der Blue Bayou Lounge und trank mein erstes Bier, als du aus dem Nichts aufgetaucht bist und mich mitten auf den Mund geküsst hast."

„Ich wusste doch, dass ich dich geküsst habe!"

„Und ob du das getan hast." Jetzt lächelte er, und dieses verwegene und sehr männliche Lächeln sandte einen prickelnden Schauer durch ihren Körper. „Und glaube mir, Schätzchen, es war umwerfend."

„Es ist wohl nicht ungewöhnlich, wenn eine Frau ihren Mann küsst", erwiderte sie und freute sich unerklärlicherweise darüber, dass er den Kuss als angenehm in Erinnerung hatte.

„Nein, es ist nicht ungewöhnlich." Wahrscheinlich nahm sie ihm die Geschichte von der Heirat noch immer nicht ab. „Und da unsere Flitterwochen andauern, ist es wohl auch nicht ungewöhnlich, wenn ein Mann seine Ehefrau direkt auf der Tanzfläche lieben will, selbst wenn sie dann wegen Erregung öffentlichen Ärgernisses verhaftet werden."

„Verhaftet ..."

Das war keine Frage. Sie wiederholte das Wort, als hätte es eine besondere Bedeutung. Roarke wartete geduldig ab.

„Verdammt, ich dachte, jetzt würde mir etwas einfallen", sagte sie enttäuscht.

„Keine Sorge, die Ärztin meinte, dass du dich nicht unter Druck setzen sollst. Entspann dich."

„Du kannst leicht reden", sagte Daria enttäuscht. „Schließlich hast nicht du das Gedächtnis verloren. Ich kann mich an nichts erinnern, und das macht mir Angst."

4. KAPITEL

Daria wünschte sich vergeblich einen bodenlangen Spiegel. In dem kleinen Spiegel des schlecht beleuchteten Badezimmers sah sie sich nur mit Mühe. Klar war jedoch, dass niemand, der nicht auffallen wollte, dieses Kostüm anziehen würde.

Der durchscheinende Stoff in den Farben des Mardi Gras – Gold, Grün und Purpur – zeigte mehr von ihren Beinen als die kürzesten Shorts. Und der Glitzer-BH, der an die Kostüme der Tänzerinnen auf der Bourbon Street erinnerte, wirkte wie ein Wonderbra. Nie hätte sie sich träumen lassen, ohne plastische Chirurgie einen derartigen Busen vorweisen zu können.

Sie überlegte gerade, ob sie die Ärmel heraustrennen und irgendwie über den Brüsten befestigen konnte, als es an der Tür klopfte.

„Ich bin es", sagte die mittlerweile vertraute tiefe Stimme. „Bist du angezogen?"

„Kommt darauf an, was man darunter versteht." Seufzend schickte sie sich ins Unvermeidliche. Entweder trug sie das Kostüm oder das Krankenhausnachthemd, und das kam überhaupt nicht in Frage. „Sag jetzt bloß nichts", warnte sie, als Roarke hereinkam. „Kein einziges Wort."

Sie hatte nichts zu befürchten, weil es ihm glatt die Sprache verschlug.

„Keine frivolen Gedanken."

„Dein Wunsch sei mir Befehl."

„Und keine lüsternen Blicke."

Roarke schüttelte den Kopf. „Meine Mom, eine wahre Südstaaten-Lady, hat sich sehr bemüht, aus ihren drei Söhnen perfekte Gentlemen zu machen. Und ich habe mich meinerseits bemüht, ihre hohen Ansprüche zu erfüllen. Aber, Schätzchen, du verlangst Unmögliches."

Frustriert holte sie tief Luft und erkannte ihren Fehler, als die

Brüste beinahe aus dem Glitzer-BH sprangen. „Wieso stehen Männer mehr auf große Brüste als auf Verstand?"

„Ich weiß nicht, wie andere darüber denken. Mir persönlich ist alles, was über das Normalmaß hinausgeht, glatt zu viel. Und was den Verstand angeht, so langweilen mich geistlose Frauen. Sex spielt sich schließlich hauptsächlich im Kopf ab."

Daria war nicht in der Stimmung, sich über Sex zu unterhalten, während sie seine Blicke förmlich auf der Haut fühlte. „Wollten wir nicht das Krankenhaus verlassen?"

Sie schlug einen kühlen Ton an, der im krassen Gegensatz zu ihrem Aussehen stand. Es stimmte, was Roarke gesagt hatte. Er bevorzugte intelligente Frauen, und am liebsten hätte er sie auf dieses schmale Krankenhausbett gezogen. Doch das war eine verrückte Idee. Erst einmal musste er dafür sorgen, dass Daria am Leben blieb, damit er ihre Story bekam und seinen Chefs beweisen konnte, dass er keineswegs ausgebrannt war.

„Ich bin bereit."

Durch einen schmalen, dunklen Korridor erreichten sie einen Seitenausgang des Krankenhauses. Ein rotes Schild über der Tür warnte davor, dass dieser Ausgang für Personal reserviert war.

„Gibt es denn keinen Alarm?" fragte Daria und betrachtete die oberhalb der Tür verlaufenden Drähte.

„Es hat einen gegeben." Roarke drückte die Tür auf. „Jetzt nicht mehr."

„Ich kann mich nicht entscheiden, ob ich beeindruckt oder betroffen sein soll."

„Es ist ein altes System, das jeder ausschalten könnte."

„Aber nicht jeder würde das tun."

Er führte sie über den Parkplatz. „Hinter dir sind Killer her, Schätzchen, nicht hinter mir."

Das mochte stimmen, doch Daria passte sein herablassender Ton nicht. „Dafür habe ich das unendliche Glück, dass du dich um mich kümmerst."

Es überraschte sie nicht sonderlich, dass ihr Sarkasmus ihn

nicht beeindruckte. „Das kannst du laut sagen. Du hast schließlich nicht besonders gut auf dich selbst aufgepasst. Du kannst froh sein, dass ich bei dir bin."

Sie mochte vielleicht nicht wissen, wer sie war. Sie mochte die schlimmsten Kopfschmerzen haben, die man sich vorstellen konnte. Und sie mochte aus ihr unbekannten Gründen von einem ihr Unbekannten angeschossen worden sein. Trotzdem war Daria nicht der Typ Frau, der sich von einem Macho einfach überrollen ließ. Dabei war es unwichtig, dass er ihr vermutlich das Leben gerettet hatte.

Roarke tat noch zwei Schritte, ehe er merkte, dass sie stehen geblieben war. „Was ist denn jetzt wieder los?"

„Ich muss dir ganz klar sagen ...", setzte sie zornig an, verstummte und begann zu schwanken.

Roarke stützte sie. Dann entdeckte auch er den schwarzweißen Streifenwagen, der soeben vor der Ambulanz hielt.

„Los." Er legte den Arm um ihre Taille und führte sie weiter. „Höchste Zeit, dass wir verschwinden."

Offenbar hatte er ein klares Ziel. Er war überhaupt ein Mann, der stets wusste, was er wollte. Als er jedoch vor einem unauffälligen braunen Wagen stehen blieb, war sie enttäuscht.

„Was ist?" fragte er.

„Nichts. Ich hätte von dir nur ein anderes Auto erwartet."

„Das liegt vermutlich daran, dass der Wagen nicht mir gehört." Er öffnete die Beifahrertür. „Steig ein."

„Stehlen wir den Wagen?"

„Eine Frau, auf die geschossen wurde, sollte sich über solche Kleinigkeiten nicht den Kopf zerbrechen."

„Trotzdem ..."

„Wenn du mir noch lange widersprichst", erklärte er ganz sanft, „kommen die Polizisten dahinter, dass du untergetaucht bist, und werden uns suchen. Ich kann mich zwar ganz gut zur Wehr setzen, aber im Moment möchte ich es nicht mit zwei bewaffneten Polizisten aufnehmen."

Daria sah ihn fassungslos an. „Woher weißt du, dass die Polizei hinter mir …“

„Als sie vorfuhren, bist du wie ein Reh im Scheinwerferlicht erstarrt. Außerdem hast du mir im Krankenwagen verraten, dass Polizisten versuchen, dich umzubringen.“

„Ich habe das gesagt?“ Während sie einstieg, tauchte eine vage Erinnerung auf.

„Ja.“ Er schnallte sie an, beugte sich dabei über sie, und seine Brust berührte ihre Brüste. Es machte ihn sichtlich nervös.

Rasch richtete er sich wieder auf, schloss die Beifahrertür und setzte sich hinter das Steuer.

„Hast du die Schlüssel?“

„Wir müssen improvisieren.“ Er holte den Schraubenzieher hervor, den er aus einem Werkzeugkasten mitgenommen hatte.

„Wahrscheinlich ist es besser, ich weiß nicht, wo du das gelernt hast“, sagte sie leise, während er die Zündung kurzschloss.

„Man lernt mit den Jahren so einiges.“ Der Motor sprang an. „Du kennst doch das Motto der Pfadfinder: ‚Sei immer bereit!‘“

„Und ein Auto zu stehlen ist viel einfacher, als ein Lagerfeuer anzuzünden oder Zelte aufzustellen.“

Er verließ den Parkplatz und fuhr Richtung LaSalle. „Eines muss ich dir zugestehen, Schätzchen. Du hast Schneid.“

„Ich kann mir nicht vorstellen, dass du eine Frau ohne Schneid geheiratet hättest.“

Ihre Angst war einer Zuversicht gewichen, die er früher ebenfalls empfunden hatte. Wenn sie bei ihrer Arbeit auch nicht unterzukriegen war, wunderte es Roarke nicht, dass ihr jemand nach dem Leben trachtete.

„Hast du schon einen Plan?“ In diesem Teil der Stadt war weniger los. Alle Touristen drängten sich im Französischen Viertel.

„Verlasse nie deine Wohnung ohne Plan.“

Sein scherzhafter Ton löste eine Erinnerung aus – eine Erinnerung an diesen Mann in ihrem Wohnzimmer. Aber er war nicht persönlich dort gewesen, sondern im Fernsehen.

„Du bist Roarke O'Malley!"

„Das sagte ich doch schon."

„Du hast mir deinen Namen genannt, aber nicht deinen Beruf."

„Die meisten Ehefrauen wissen, was ihre Männer machen", entgegnete er amüsiert.

Jahrelang hatte sie seine Berichte aus den Krisengebieten der ganzen Welt verfolgt. Daria konnte nicht glauben, dass sie vergessen hatte, mit einem der berühmtesten Fernsehjournalisten des Landes verheiratet zu sein.

Gerade als sie darüber eine Bemerkung machen wollte, fuhr Roarke in ein Parkhaus. „Sag bloß, wir klauen noch einen Wagen", sagte sie seufzend.

„Nicht nötig." Auf der zweiten Ebene bog er in eine freie Parkbucht ein. „Wir steigen in meinen Wagen um. Ich lasse ihn immer hier, wenn ich nicht in der Stadt bin."

Roarke war seit einem Jahr nicht mehr in New Orleans gewesen. Hoffentlich hatten die Angestellten dafür gesorgt, dass die Batterie geladen war. Jedenfalls hatte er sie dafür extra bezahlt.

„Wird die Polizei nicht deinen Wagen suchen? Immerhin haben uns etliche Leute in der Ambulanz zusammen gesehen, und du hast allen erzählt, du wärst mit mir verheiratet. Wenn sie einfach deinen Namen in den Computer eingeben und ..."

„Du siehst zu viel fern", unterbrach er sie. „Wir kommen schon durch."

Insgeheim gestand Roarke ihr zu, dass sie Recht hatte. Sie mussten allerdings das Haus erreichen, damit Daria sich ausruhen und ihr Gedächtnis wiederfinden konnte.

Daria folgte ihm zum Aufzug, mit dem sie auf das sechste Parkdeck hinauffuhren. Roarke bog in einen Gang ein und blieb vor einem schwarzen Porsche stehen.

„Als weltbekannter Journalist verdient man offenbar gut",

stellte sie fest. Der schnittige Wagen passte zu Roarkes Persönlichkeit – dunkel und gefährlich.

„Ich bin zufrieden." Er ließ sie einsteigen, doch als er sie wieder anschnallen wollte, wehrte sie hastig ab.

„Ich mache das selbst."

Er hatte sich schon zu ihr gebeugt. Ihre Gesichter waren nur wenige Zentimeter voneinander entfernt. Nur noch ein kleines Stück, und er ...

Verdammt! Wie konnte er auch nur an einen Kuss denken, wenn gefährliche Killer hinter ihnen her waren? Daria Shea hatte etwas an sich, das ihn zu den ungünstigsten Zeitpunkten erregte.

„Wie du willst." Er ärgerte sich über seine mangelnde Selbstbeherrschung.

Daria betrachtete ihn vorsichtig aus den Augenwinkeln. Er war zornig, obwohl sie nicht wusste, womit sie ihn verärgert hatte. „Du hättest mit mir das Krankenhaus nicht verlassen müssen", sagte sie leise.

„Doch, das war nötig."

„Aber nicht, weil wir angeblich verheiratet sind. Wir sind gar nicht verheiratet, nicht wahr?"

Er überlegte kurz und seufzte. „Nein."

„Dachte ich es mir doch." Sie konnte sich nicht entscheiden, ob sie darüber erleichtert war oder nicht. „Warum hast du geschwindelt?"

„Weil ich auf diese Weise bei dir bleiben konnte, bis ich mehr erfahren würde. War doch keine schlechte Idee."

„Es ist nett von dir, dass du dich um mich kümmerst."

„Leg das bloß nicht falsch aus. Ich bin Reporter, und ich habe eine Story gewittert. Und da ich im Moment an nichts anderem arbeitete, wollte ich der Sache nachgehen."

„Verstehe." Sie hatte die Warnung begriffen. Sein Verhalten ihr gegenüber hatte keine persönlichen Gründe. Und wenn sie dumm genug war, etwas anderes zu vermuten oder zu erhoffen, stand ihr eine Enttäuschung bevor.

Roarke fuhr auf die dritte Parkebene und fluchte.

„Was ist?“ Gleich darauf entdeckte sie den Streifenwagen, der auf sie zukam. „Oh nein!“

„Im Handschuhfach liegen ein Block und ein Stift. Sieh nach!“

Sie stellte keine Fragen, sondern gehorchte. „Ich habe es. Und jetzt?“

„Halte dich bereit und notiere die Nummer, falls du sie lesen kannst.“

Er drückte das Gaspedal bis zum Anschlag durch. Der Porsche beschleunigte rasant. Das Quietschen der Reifen hallte von den Betonmauern der Parkgarage zurück, und es roch nach verbranntem Gummi.

Der Streifenwagen nahm die Verfolgung auf, doch der Fahrer musste immer wieder abbremsen, weil sein Wagen nicht so leicht zu steuern war wie der Sportwagen.

Roarke raste auf die Ausfahrt zu, durchbrach vor den Augen des entsetzten Parkwächters die Schranke, jagte auf die Lafayette hinaus, überfuhr den Mittelstreifen und wendete mit kreischenden Reifen.

Der Streifenwagen folgte ihnen zwar, aber die Polizisten schalteten weder das Blaulicht noch die Sirene ein. Bei einer solchen Jagd wäre das eigentlich normal gewesen, es sei denn, die beiden Männer waren nicht in ihrer Eigenschaft als Polizisten, sondern als Mörder hinter ihnen her.

Es knallte, als wäre ein Feuerwerkskörper explodiert. Die Heckscheibe splitterte. Roarke fluchte, Daria schrie auf.

„War das ein Schuss?“ stieß sie hervor.

„Ja“, bestätigte er. Über sein Gesicht lief ein Tropfen, der nicht vom Regen stammte. Er wischte ihn weg.

„Du bist getroffen worden!“ rief Daria.

„Nein, das war wahrscheinlich nur ein Glassplitter.“

„Und das alles, weil die Polizei auf mich geschossen hat!“ Womit hatte sie das verdient? Sie war doch kein verrückter Serienkiller.

Die breiten Reifen verschafften dem Porsche auf der glatten Straße einen Vorteil vor den Verfolgern. Als ein roter Cadillac aus der Saint Joseph Street auf die Carondelet einbog, riss Roarke das Lenkrad herum und wich ihm um Haaresbreite aus.

Daria beobachtete entsetzt, wie der Streifenwagen gegen den Cadillac prallte. Beide Wagen schlitterten über den Mittelstreifen.

„Schade, dass wir nicht anhalten und uns bei dem Fahrer bedanken können“, sagte Roarke und fuhr über den Lee Circle Richtung Garden District.

„Du hättest es auch so geschafft.“

Es war gefährlich, diese Frau zu mögen. Trotzdem gefiel Roarke ihr Vertrauen zu ihm. „Versteht sich von selbst“, behauptete er.

„Ich habe sie!“ rief Daria.

„Was hast du?“

„Die Nummer des Streifenwagens.“ Sie schwenkte das Blatt wie eine Siegesfahne. „Nach dem Zusammenstoß hat er sich gedreht. Die Nummer stand am Heck direkt über dem Kennzeichenschild.“

„Braves Mädchen“, lobte er lächelnd.

Sie erwiderte das Lächeln und unterdrückte den Impuls, ihn darauf hinzuweisen, wie machohaft und herablassend diese Bezeichnung war.

Im Französischen Viertel lagen die Häuser nach französischer Sitte direkt an den Bürgersteigen, und die Gärten lagen versteckt auf der Rückseite. Im Garden District standen die herrlichen Häuser dagegen nach amerikanischer Art weit von der Straße zurück. Hecken, Zäune und Mauern umgaben die üppig grünenden und blühenden Vorgärten.

Roarke hielt vor einem kunstvollen schmiedeeisernen Tor auf der von Bäumen gesäumten Prytania Street und senkte das Fenster auf seiner Seite elektrisch ab, beugte sich hinaus und tippte eine Zahlenreihe in ein elektronisches Schloss, das in einer Säule eingelassen war. Gleich darauf öffnete sich das Tor.

„Ist das dein Haus?“ fragte Daria beeindruckt, als sie das Gebäude im griechisch-italienischen Stil erblickte, der vor dem Bürgerkrieg in den Südstaaten beliebt gewesen war.

„Sicher nicht. Ich verdiene mehr als andere im Nachrichtengeschäft, aber ein solches Anwesen könnte ich mir nicht leisten.“

„Aber wem ...“

„Es gehört der Regierung.“ Er hielt zwischen zwei Säulen zu beiden Seiten der Zufahrt. Er tippte wieder einen Code ein, dann öffnete sich das Tor einer Garage, in der vermutlich ein Autohändler sämtliche Fahrzeuge seines Geschäfts untergebracht hätte.

„Der Regierung?“ Nachdem die Aufregung der Verfolgungsjagd abgeklungen war, verstärkten sich wieder ihre Kopfschmerzen. „Was hat die Regierung mit einem Herrenhaus in New Orleans zu tun?“

Roarke fuhr in die Garage. Das Tor schloss sich hinter ihm. „Es ist ein Versteck.“

„Wie in Spionageromanen?“

„So ungefähr.“

„Ich dachte, du bist Reporter.“

„Das bin ich auch.“ Roarke stieg aus, kam auf ihre Seite und öffnete die Tür. „Mein Bruder hat mit der Sache zu tun.“

„Michael ist ein Spion?“

„Nicht Mike.“ Er sah ihr an, dass sie Schmerzen hatte, und half ihr beim Aussteigen. „Shayne. Er ist der jüngste O’Malley-Bruder.“

„Du hast einen Bruder, der für die CIA arbeitet?“ Wie war sie bloß an Spione und berühmte Journalisten und Polizisten, die sie umbringen wollten, geraten?

Roarke tippte wieder eine Codenummer neben der Tür ein, die von der Garage ins Haus führte. „Er drückt sich nie klar aus, was er wirklich macht, aber bei seinem Beruf ist das nur logisch.“

„Ja, bestimmt.“

Sie betraten eine weitläufige Eingangshalle mit hoher Decke

und schönen Stuckarbeiten. Die bemalten Wände zeigten Szenen aus dem Leben in den Südstaaten vor dem Bürgerkrieg.

„Sagenhaft“, stellte Daria fest. „Es würde mich nicht überraschen, wenn gleich Scarlett O’Hara in Rhetts Armen vorbeitanzt.“

„Falscher Staat, aber richtige Epoche.“ Roarke sah sich um. „Kein Wunder, dass die Regierung ein Defizit im Haushalt hat.“

„Wir wollen doch nicht, dass die ehemaligen kommunistischen Spione und Informanten aus der Drogenszene unbequem wohnen, während sie ihre Aussagen machen.“

Roarke war beeindruckt, dass Daria in ihrer Lage noch zu scherzen versuchte. „Sehen wir nach, wo wir schlafen können. Du wirkst erschöpft.“

„Ich bin erschöpft.“ Sie folgte ihm durch einen stuckverzierten Durchgang in ein Foyer mit Marmorfußboden. Eine geschwungene Treppe führte in den ersten Stock hinauf.

Roarke hob sie hoch und trug sie die Stufen hinauf. Daria kam sich jetzt selbst wie Scarlett O’Hara vor und fühlte sich schrecklich albern. „Ich kann absolut selbst hinaufgehen.“

„Sei doch still“, sagte er bloß.

„Wie bitte?“ entgegnete sie eisig. Das war die Frau, von der Michael behauptet hatte, Männer würden sich bei ihr Frostbeulen holen.

„Du warst heute Abend möglicherweise Zeugin eines Mordes. Die blauen Flecken an deinen Armen deuten darauf hin, dass dich jemand angegriffen hat. Und es ist auf dich geschossen worden. Ich nehme nicht an, dass du den Abend damit abschließen willst, dass du die Treppe hinunterfällst und dir dabei das Genick brichst.“

Er hatte Recht. Trotzdem gab sie nicht gern die Kontrolle aus der Hand. Falls sie auch nur halb so schwach vor Gericht ...

Gericht ... Das Wort löste eine Sperre. „Roarke!“

„Ja?“

„Ich glaube, ich bin Juristin.“

„Stimmt", bestätigte er und stieg weiter die Treppe hinauf.

„Ja? Du hast das gewusst?"

„In deiner Brieftasche steckt ein Ausweis. Du bist stellvertretende Staatsanwältin."

„Das hast du die ganze Zeit gewusst und nicht gesagt?"

„Wir hatten bisher keine Zeit für lange Diskussionen", erwiderte er gereizt. „Ich hätte morgen mit dir darüber gesprochen, wenn du dich ausgeruht hast und in der Lage bist, einen klaren Gedanken zu fassen."

„Du hättest es mir sagen müssen", wandte sie ein. „Was weißt du noch über mich?"

Er hatte den Treppenabsatz erreicht. Der dicke Läufer war ein fein geknüpfter Perserteppich in Burgunderrot, Creme und Dunkelblau. „Lass mich überlegen. Dein Alter kenne ich aus dem Führerschein – siebenundzwanzig – und dein Gewicht ..."

„Nicht nötig", sagte sie leise und lehnte den Kopf an seine Brust, weil sie so müde war.

„Du trägst keine Kontaktlinsen, wohnst in der Gegend am Irish Channel ..."

„Das Haus habe ich vor einem halben Jahr gekauft", erinnerte sie sich. „Ein viktorianisches Landhaus. Es hat mich an ein Puppenhaus erinnert, aber ..."

„Aber?" hakte er nach, als sie verstummte.

„Ich weiß es nicht." Daria rieb sich die Schläfe. „Ich glaube, jemand hat mir davon abgeraten, aber ich weiß nicht mehr, wer das war."

„Vielleicht der Typ, der dir diesen Klunker geschenkt hat?"

Sie betrachtete den Diamanten, der an ihrer Hand funkelte. „Kann sein", überlegte sie.

„Möglicherweise ist er nicht von hier und wollte, dass du umziehst."

„Das wäre denkbar. Im Moment komme ich nicht weiter. Was weißt du noch über mich?"

„Nicht mehr viel, abgesehen von deiner BH-Größe."

„Woher, um alles in der Welt, weißt du die?"

„Im Krankenhaus haben sie mir deine Kleidung gegeben. Ich war schließlich dein Ehemann."

„Oh. Aber wir sind nicht wirklich verheiratet?"

„Nein", bestätigte er. „Wir sind nicht wirklich verheiratet."

„Gut." Sie schloss wieder die Augen. Wieso fühlte sie sich in seinen Armen so wohl, wenn sie nicht verheiratet waren? Und wieso konnte sie sich nicht an den Mann erinnern, mit dem sie offenbar verlobt war?

Das erste Schlafzimmer, das Roarke betrat, war genauso erlesen eingerichtet wie das Erdgeschoss. Er schlug die Decke zurück und legte Daria auf das Bett.

Sie erwachte, sobald sie die Matratze berührte. „Ich kann nicht in diesem Aufzug schlafen."

Auf den letzten Metern war sie zwar bereits eingeschlafen, aber Roarke wollte keine Diskussion auslösen und zog sein schwarzes T-Shirt aus.

„Was machst du da?"

„Ich gebe dir mein T-Shirt. Was hast du denn gedacht?"

„Schon gut", murmelte sie verlegen, riss ihm das Shirt aus der Hand und verschwand im angrenzenden Bad.

„Zahnpasta und eine Zahnbürste müssten im Schränkchen liegen!" rief Roarke durch die geschlossene Tür. „Shayne sagte, dass sie hier immer auf unerwartete Besucher eingestellt sind."

„Ich habe alles gefunden. Danke."

Er hörte die Toilettenspülung, danach rauschte Wasser. Er wartete eine ganze Weile. Vielleicht war ihre Kopfverletzung doch schlimmer als angenommen. Energisch klopfte er an die Tür und stieß sie auf.

Daria lehnte mit dem Rücken an der Wand und schlief tief und fest.

5. KAPITEL

Roarke stand in der offenen Tür und betrachtete Daria. Ihr Gesicht war so weiß wie das muschelförmige Waschbecken. In dem schwarzen T-Shirt, das ihr fast bis zu den Knien reichte, wirkte sie klein und zerbrechlich.

Es war erstaunlich, dass sie überhaupt schlafen konnte, noch dazu im Stehen. Andererseits wusste Roarke, wie ausgelaugt man sich nach solchen Aufregungen fühlte.

War sie Zeugin des Mordes an dem Mitarbeiter des Justizministeriums gewesen? Im Gegensatz zu Mike hielt er Daria nicht für verdächtig. Der äußere Eindruck konnte täuschen, doch diese Frau war keinesfalls eine kaltblütige Mörderin. Darauf hätte er sein Leben verwettet.

Er musste herausfinden, worauf Daria Shea gestoßen war, warum Polizisten einen Bundesanwalt umbrachten und eine stellvertretende Staatsanwältin jagten. Die Story garantierte Schlagzeilen im ganzen Land, vielleicht sogar in der ganzen Welt. Dadurch konnte er wieder die Spitzenposition in seinem Beruf erreichen. Er wunderte sich nur, dass ihn diese Vorstellung längst nicht mehr so reizte wie früher.

Vielleicht hatte Mike Recht und sie wurden allmählich alt.

Was für ein deprimierender Gedanke!

Erst jetzt wurde Roarke bewusst, dass er sich beim Abflug von Moskau, bei der Landung in New York und sogar beim Eintreffen im Whitfield Palace alt gefühlt hatte. Doch das war heute Vormittag gewesen und lag scheinbar schon Ewigkeiten zurück. Und dann hatte er Daria getroffen.

Beim Anblick ihrer schlanken Beine gestand er sich widerstrebend ein, dass er sie begehrte. Das war nicht erstaunlich. Verstand und Schönheit machten jede Frau reizvoll. Dazu kam noch die Gefahr als zusätzlicher Anreiz. Roarke hätte sich um seine Männlichkeit sorgen müssen, hätte er nicht mit Daria schlafen wollen. Doch seine Gefühle gingen tiefer. Zusätzlich zu journalistischer Neugier und männlichem Begehren verspürte er den unwiderstehlichen Drang, Daria zu beschützen. Das stärkte ihn jedoch erst recht in seinem Entschluss, Distanz zu wahren.

Unter anderen Bedingungen hätte er es genossen, die feurige und kluge Daria Shea ins Bett zu ziehen. Und ihren Blicken nach zu schließen hätte sie es auch genossen. Doch seit er sie gefunden hatte, als sie verletzt auf dem Boden lag, mit einem Polizisten neben ihr, der vielleicht versucht hatte, sie umzubringen, war sie zu einer Story geworden.

Und das bedeutete, dass er die Finger von ihr lassen musste.

„Hey." Roarke streichelte ihre Wange. Sie öffnete die Augen, die Beine knickten ihr weg, und hätte er sie nicht aufgefangen, wäre sie auf dem Marmorboden gelandet. „Wäre es für dich im Bett nicht bequemer?"

„Bett", murmelte sie, als gäbe es kein schöneres Wort. „Ja ..." Die Augen fielen ihr wieder zu, und sie schlief in seinen Armen ein.

Er hob sie hoch, trug sie ins Schlafzimmer hinüber, legte sie auf das Bett und deckte sie zu. Auf ihrer Hand zeichnete sich ein blauer Fleck ab. Roarke strich über die zarte, duftende Haut. Ob Daria sich mit dieser parfümierten Lotion am ganzen Körper einrieb? Ob es der Mann, dessen Ring sie trug, genoss, ihr den Rücken zu massieren, die Beine und die Brüste ...

Betroffen über das pure Verlangen, das ihn packte, ließ er ihre Hand los und wandte sich ab.

„Warum ziehst du dich nicht gleich aus, O'Malley, bindest Dynamitstangen an deinen Körper und gehst zu einem Treffen von Brandstiftern?" stieß er verärgert hervor, als er das Schlafzimmer verließ, um der Versuchung zu entkommen.

Zuerst musste er einige Anrufe erledigen. Danach musste er diese Story recherchieren. Und hinterher konnte er mit seinem Leben weitermachen wie geplant.

Allein.

Daria kannte die mondbeschienene Stelle nicht, wusste aber, dass sie irgendwo im Bayou lag. Im Schatten einer riesigen Zypresse kauernd starrte sie entsetzt auf den Rücken eines jungen Mannes. Ein Seil war um seinen Hals und einen Ast geschlungen. Seine Füße hingen eine Handbreit über dem Erdboden.

Dunkle Gestalten bewegten sich auf den Hängenden zu. In seiner Brust klaffte ein faustgroßes Loch, in dem sein Herz noch arbeitete. Blut spritzte heraus und auf sie hinunter.

Sie schrie.

Roarke erwachte ruckartig aus seinem unruhigen Schlaf, sprang aus dem Sessel und kam sofort ans Bett. Daria hatte sich aufgesetzt, starrte mit weit aufgerissenen Augen ins Nichts und schrie sich die Seele aus dem Leib.

„Daria!" Betroffen strich er ihr über das Haar. „Hey, es ist schon gut. Du hast nur geträumt. Es war ein Alptraum."

Es war nicht zu erkennen, ob sie ihn überhaupt hörte, doch endlich verstummten ihre schrecklichen Schreie.

„Nein!" Sie schüttelte den Kopf und sah ihn verwirrt an. „Es war ein Alptraum." Sie holte bebend tief Luft. „Aber ich habe nicht geträumt, als es passierte."

„Als was passierte?"

„Der Mord."

„Der Mord im Hotelzimmer?" fragte er betont ruhig.

„Nein", entgegnete sie und sah ihn erneut verwirrt an. „Das war im Bayou. Sie haben ihn erschossen."

Da Polizisten bestimmt nicht riskiert hatten, eine Leiche aus dem Bayou in die Stadt zu bringen und in Daria Sheas Hotelzimmer zu legen, sprachen sie also jetzt von zwei Morden, vielleicht sogar noch mehr. War deshalb ein Ermittler des Justizministeriums nach New Orleans gekommen?

„Wer wurde erschossen? Und wer hat das getan?"

Sie öffnete den Mund und schloss ihn wieder. „Ich weiß es nicht. Ich habe das Opfer nicht gekannt." Ihre Hände zitterten. „Ich verstehe nicht, wieso ich die anderen nicht sehen konnte. Das

Opfer war deutlich zu sehen. Um Himmels willen, viel zu deutlich!“

Obwohl Roarke sich geschworen hatte, sich von ihr fern zu halten, setzte er sich zu ihr und legte den Arm um ihre zitternden Schultern.

„Du darfst dich nicht so unter Druck setzen. Die Ärztin sagte, dass dieser Gedächtnisverlust zu erwarten war. Außerdem hast du uns soeben einen Hinweis geliefert.“

„Welchen?“

„Du hast von mehreren Personen gesprochen, die an diesem Mord beteiligt waren.“

Angestrengt überlegte sie eine Weile. „Du hast Recht. Die Männer waren verkleidet und mit Schrotflinten bewaffnet.“

Schrotflinten konnten grässliche Verletzungen verursachen. Kein Wunder, dass Daria Alpträume hatte.

„Siehst du, allmählich fällt dir wieder etwas ein, genau wie die Ärztin vorhergesagt hat.“

„Es geht nicht schnell genug.“ Seufzend massierte sie die Schläfen. „Ich habe unerträgliche Kopfschmerzen.“

„Ich hole dir etwas.“

„Wie denn? Ich habe im Krankenhaus kein Rezept bekommen.“

„Im Bad im Erdgeschoss habe ich schmerzstillende Tabletten gefunden.“ Als sie ihn überrascht ansah, zuckte Roarke nur die Schultern. „Vermutlich gehören sie zur Standardausrüstung im Spionagegeschäft.“

„Deine Mutter muss vor Sorge um ihre Söhne verrückt werden. Dein Bruder ist Spion, du suchst alle Kriegsschauplätze der Welt auf, Mike ...“ Sie stockte. „Hast du mir schon gesagt, was Mike macht?“

„Nein.“ Dafür hatte er einen guten Grund gehabt, doch sie würde nicht lockerlassen. „Er ist Detektiv.“

„Detektiv?“ flüsterte sie erschrocken. „Bei der Polizei von New Orleans?“

„Das war er früher. Er hat den Dienst ungefähr zu dem Zeitpunkt quittiert, als du bei der Staatsanwaltschaft angefangen hast. Er hat sich selbstständig gemacht und arbeitet im Personen- und Firmenschutz."

Jetzt fiel ihr wieder ein, dass Michael von einem betrügerischen Kasinoangestellten gesprochen hatte. Bei ihrem Zusammentreffen war sie jedoch so durcheinander gewesen, dass sie nicht darauf geachtet hatte.

„Ich fürchtete schon ..."

„Ich weiß. Mike ist anständig."

Als sie nicht sofort antwortete, fügte er hinzu: „Du glaubst mir nicht."

„Doch", behauptete sie.

„Das solltest du aber nicht tun. In deiner Lage darfst du niemandem glauben oder vertrauen."

„Nicht einmal dir?" fragte sie erstaunt.

Sein Lachen kam Daria unendlich traurig vor. „Besonders mir nicht", sagte er rau.

Sie wusste, dass sie sich gefühlsmäßig von diesem Mann fern halten und den geradezu hypnotischen Blickkontakt unterbrechen sollte. Jede vernünftige Frau hätte das getan, und sie war eine stellvertretende Staatsanwältin mit einem klar funktionierenden Verstand. Leider hatten die Gefühle, die Roarke O'Malley bei ihr auslöste, nichts mit Vernunft zu tun.

Endlich ertrug sie es nicht länger, wie er sie unverwandt und emotionslos betrachtete. „Vermutlich gleicht es sich aus, wenn ich dir nicht vertraue", erklärte sie mühsam gefasst. „Du vertraust mir schließlich auch nicht."

„Nicht im Geringsten", erwiderte er kühl lächelnd und stand auf. „Ich gehe nach unten und hole dir eine Tablette."

Er war schon an der Tür, als sie ihn rief.

„Ja, was gibt es?" fragte er und drehte sich noch einmal um.

„Danke für alles", sagte sie lächelnd.

Wie stellte sie das bloß an? Er war drei Meter von ihr entfernt, und doch zog sie ihn in gefährliche Tiefen, wie sie da mit zerzaustem Haar auf dem Bett saß.

„Du brauchst mir nicht zu danken", entgegnete er bewusst schroff. „Ich bin Reporter, und du bietest mir die beste Story, auf die ich seit Monaten gestoßen bin. Du bist meine Fahrkarte zurück an die Spitze."

Sie wurde blass und biss sich auf die Lippe, und Roarke nannte sich selbst einen Mistkerl. Aber wenn er die Wahrheit herausfinden und dafür sorgen wollte, dass ihr nichts zustieß, brauchte er einen klaren Kopf.

Daria sah ihm nach, als er das Zimmer verließ, und legte sich wieder hin. Sie war verwirrt, frustriert, verängstigt und zornig. Und sie fühlte sich zu Roarke O'Malley hingezogen.

„Er hat Recht", flüsterte sie. „Man kann niemandem vertrauen, auch ihm nicht." Obwohl sie ihm bereits ihr Leben anvertraut hatte, wollte sie ihr Herz für sich behalten.

Es hatte seine guten Seiten, Kriegsberichterstatter zu sein. Da Roarke daran gewöhnt war, in Flugzeugen, Zügen und sogar auf Kamelen oder auf harten Felsen zu schlafen, konnte er mühelos in dem Sessel neben Darias Bett dösen, wie er es vorhin für einige Stunden getan hatte. Sie schlief, als er mit der Tablette zurückkam, und er wollte sie nicht wecken.

Er hätte in einem der anderen Zimmer ein Bett für sich gefunden, wollte sie wegen der Kopfverletzung jedoch nicht die ganze Nacht allein lassen. Sogar im Schlaf lauschte er auf die Geräusche auf der Straße. Das hundertvierzig Jahre alte Haus knackte und knarrte. Gelegentlich prasselte Regen auf das Dach. Ein Hund bellte in der Ferne und wurde von seinem Besitzer zurückgepfiffen.

Kurz vor der Morgendämmerung erwachte er erstaunlich frisch, duschte in einem der anderen Bäder, rasierte sich und suchte danach die Kleidung, die er laut Shayne in den Schränken finden würde.

Offenbar gab es Spione aller Größen, aber leider nicht in seiner. Er fand lediglich seidene Boxershorts, die ihm passten und sich sehr angenehm auf der Haut anfühlten. Der Kaschmirpullover dagegen war ihm zu eng, aber da Daria jetzt sein T-Shirt trug, hatte er keine andere Wahl.

Als er die schwarze Jeans anzog, knurrte ihm der Magen. Gestern war das Abendessen ausgefallen. Nach dem Frühstück wollte er einen Plan ausarbeiten. Vielleicht erinnerte Daria sich heute schon an mehr. Voller Zuversicht und Energie machte er sich auf die Suche nach der Küche.

Daria roch Kaffee, obwohl sie noch in ihrem Traum gefangen war. Sie war wieder im Bayou und lief, so schnell sie nur konnte. Jeder Atemzug brannte in den Lungen.

Wenn die Männer mit den Schrotflinten sie entdeckten, musste sie sterben, und ihre Leiche landete dann bei den Krokodilen.

Sie versuchte, sich im Schatten der Bäume zu halten. Manchmal musste sie jedoch eine Lichtung überqueren, auf die der Vollmond schien. Sie bemühte sich, ruhig zu bleiben. Das Bayou war eine unübersichtliche Wildnis, die so mancher nicht mehr verlassen hatte – wie zum Beispiel der Mann, der da hinten auf der Erde lag und ein faustgroßes Loch in der Brust hatte.

Der Ruf einer Eule hörte sich wie der Schmerzensschrei einer Frau an. Hunde heulten. Womöglich waren das Bluthunde, die ihr bereits folgten. Ihre Beine zitterten. Das Laufen fiel ihr immer schwerer.

Als sie schon glaubte, keinen einzigen Schritt mehr zu schaffen, prallte sie gegen einen umgestürzten Baum und landete auf der Erde. Sie wollte sich wieder hochstemmen und entdeckte die Wagen, die auf einer Schotterstraße parkten.

Daria schleppte sich zu ihrem roten Kabrio und holte die Schlüssel aus der Jeans. Ihre Hände zitterten so heftig, dass sie es mehrmals versuchen musste, ehe sie die Tür öffnen und sich auf den Fahrersitz ziehen konnte. Und dann brauchte sie wieder mehrere Versuche, ehe sie den Schlüssel ins Zündschloss schieben konnte.

Sie löste die Handbremse und hoffte, der Wagen würde ein Stück rollen, doch die Straße war völlig eben, sodass das Auto sich nicht bewegte. Sie musste den Motor starten.

Das Geräusch des anspringenden Wagens kam ihr ohrenbetäubend laut vor. Ihre Verfolger mussten es hören. Hastig legte sie den Gang ein und fuhr nach New Orleans zurück. Unterwegs erinnerte sie sich an alle abscheulichen Details. Ihr wurde übel, als sie den Toten vor sich sah und begriff, dass sich ihre schlimmsten Ängste bewahrheitet hatten.

Sie bremste am Rand der leeren Landstraße, stieg aus, sank auf die Knie und musste sich übergeben.

Durch ihr Husten wurde sie endlich von dem Alptraum erlöst. Daria sah sich verwirrt um und wunderte sich über das schöne antike Bett, die Seidentapete und die Brokatvorhänge.

Dann hörte sie Stimmen aus dem Erdgeschoss. Dort lief offenbar ein Fernseher. Und endlich erinnerte sie sich daran, wie sie in dieses luxuriöse Herrenhaus gekommen war, an die Jagd durch die nächtlichen Straßen, den Aufenthalt im Krankenhaus und daran, wie sie in die Blue Bayou Lounge des Whitfield Palace Hotels gelaufen war und Roarke O'Malley geküsst hatte.

Wieso konnte sie sich nicht daran erinnern, was davor geschehen war?

„Ich soll mich nicht unter Druck setzen, hat die Ärztin gesagt“, murmelte sie vor sich hin und stieg aus dem Bett. „Die hat leicht reden.“

Das T-Shirt, das sie die ganze Nacht getragen hatte, löste Gefühle aus, über die sie lieber nicht nachdenken wollte. Was immer auch geschehen sein mochte, Roarke O'Malley machte alles nur komplizierter. Sie durfte sich bei ihm auf kein Risiko einlassen.

Entschlossen ging sie ins Bad und duschte.

Als sie wieder herauskam, stand Roarke mit verschränkten Armen neben dem Bett und wartete auf sie.

6. KAPITEL

Daria hatte sich in ein dickes Badetuch gehüllt, das von den Brüsten bis zum Boden reichte. Es verdeckte wesentlich mehr als das alberne Haremskostüm oder Roarkes T-Shirt.

„Rieche ich Speck?"

Er betrachtete sie und musste sich mühsam ermahnen, dass es ein Fehler wäre, mit Daria ins Bett zu gehen. „Und Toast."

„Ich glaube, ich bin im Himmel."

„Wir wollen vermeiden, dass du dorthin kommst." Er holte einen Bademantel von einer Stuhllehne. „Den habe ich in einem Schrank gefunden. Du siehst in dem Badetuch zwar sagenhaft, aber auch viel zu verführerisch aus ... jedenfalls für mich. Und wenn ich daran denke, wie du mich gestern Abend geküsst hast ..."

Daria hielt Angriff für die beste Verteidigung. „Ich habe nicht die Absicht, mit dir zu schlafen."

Er besaß die Unverschämtheit zu lächeln. „Nun ja, an Schlaf habe ich dabei eigentlich nicht gedacht."

Es reichte, dass Roarke sie ansah, und sie fühlte förmlich die erotische Spannung knistern. „Dann drücke ich mich genauer aus", erwiderte sie bewusst kühl. „Ich will keinen Sex mit dir."

Genau das hatte er sich auch gesagt, während er sich in der Küche zu schaffen machte und an Daria dachte, wie sie in ihrem Bett lag und nur sein T-Shirt trug. Es war sicherer, sich von ihr fern zu halten. Doch vorhin hätte er ihr am liebsten die restlichen Wassertropfen von den Brüsten geküsst. Er hatte eben nie viel von Sicherheit gehalten. Sie war eine enge Verwandte der Langeweile. Leider benebelte Lust das Gehirn und brachte einen Mann dazu, alberne Risiken einzugehen.

„Dann lasse ich dich allein, damit du dich anziehen kannst."

„Danke." Sie nahm den Bademantel entgegen. Als ihre Finger sich kurz berührten, traf es Daria wie ein elektrischer Schlag.

Roarke war allerdings nicht anzusehen, ob er auch so empfand. Seine Miene blieb undurchdringlich.

Als das Telefon auf dem Nachttisch klingelte, zuckte sie zusammen.

„Das müsste Mike sein. Er hat versprochen, mich anzurufen." Roarke griff nach dem Hörer. „Ja? Großartig! Ich treffe dich in einer halben Stunde auf dem Monkey Hill." Damit legte er auf.

Dem kurzen Gespräch hatte sie nichts entnehmen können. „Warum gehen wir in den Zoo?"

„Nicht wir gehen in den Zoo."

„Aber ..."

„Ich gehe in den Zoo, du bleibst hier." Als sie widersprechen wollte, legte er ihr den Finger an die Lippen. „Falls du es noch nicht bemerkt haben solltest – du hast zum Ausgehen nichts anzuziehen." Mit einem mutwilligen Lächeln strich er über den oberen Rand des Handtuchs. „Es sei denn, du willst wieder in den Harem eintreten."

„Das hatte ich für heute eigentlich nicht geplant."

„Das dachte ich mir." Er bewunderte es, dass sie sich nicht unterkriegen ließ. „Ich treffe mich mit Mike. Er hat bereits mein Gepäck aus dem Hotel geholt. Dann fahren wir zu deinem Haus und holen etwas für dich."

„Ist das nicht gefährlich?"

„Aber nein. Die O'Malley-Brüder können auf sich aufpassen", versicherte er. „Du hast fünfundzwanzig Minuten Zeit, um aufzuschreiben, was du aus dem Haus haben möchtest, sofern du dich erinnerst. Und du kannst den French Toast essen, sofern er nicht schon zu Stein geworden ist."

Die Hände tief in die Taschen geschoben, damit er sich zu nichts hinreißen ließ, verließ er das Schlafzimmer.

„Köstlich." Die in Eiermilch getränkte Tostscheibe war goldbraun und mit geschmolzener Butter und Sirup überzogen. „Ich hätte nie gedacht, dass du kochen kannst."

„Da jeder Mensch essen muss, habe ich schon früh beschlossen, kochen zu lernen."

„Ich bin überrascht." Sie trank einen Schluck von ihrem süßen Milchkaffee. Im Fernseher auf der Küchentheke lief ein lokales Nachrichtenmagazin. Gerade zeigte eine attraktive Blondine in einer roten Jacke und einem kurzen, engen Rock auf einer Karte von Louisiana ein Hochdruckgebiet.

„Warum bist du überrascht?" fragte Roarke.

„Du wirkst auf mich wie ein Mann, für den die Frauen nur zu gern kochen."

„Da gibt es andere Möglichkeiten, mich zu verwöhnen."

Daria wich seinem verführerischen Blick aus und sah wieder zum Fernseher.

„Um Himmels willen!" schrie sie auf.

„Was ist los?" Roarke vergaß sofort, dass er sich soeben vorgestellt hatte, sie auf dem Küchentisch zu lieben.

„Das ist James!"

Obwohl Roarke in den letzten Jahren selten in New Orleans gewesen war, erkannte er den Mann, dessen attraktives Gesicht auf dem kleinen Bildschirm erschien. James Boudreaux hatte seine politische Laufbahn als Staatsanwalt begonnen und achtundneunzig Prozent Verurteilungen erreicht, was noch nie dagewesen war. Die Wähler belohnten den unermüdlichen Kämpfer gegen das Verbrechen mit einem Sitz im Kongress. In letzter Zeit hatte es geheißen, er würde sich um einen Sitz im Senat bemühen.

Roarke fragte sich allerdings, ob die Wähler Boudreaux auch weiterhin unterstützt hätten, wenn sie hörten, was hart arbeitende Polizisten über ihn und seine Politik sagten. Er nahm nur Fälle an, die er garantiert gewann. Auf diese Weise schickte er viele Verbrecher sofort wieder zurück auf die Straße. Dadurch stieg die Verbrechensrate, und Boudreaux' Politik des harten Durchgreifens wurde noch populärer.

Mit der Fernsteuerung stellte er den Ton lauter.

„Natürlich ist es jedes Mal ein Unglück für die Stadt, wenn ein

Mord passiert", erklärte der Kongressabgeordnete, dessen Großvater noch Reisbauer gewesen war. „Dass das Opfer ein Bundesanwalt ist, lenkt natürlich mehr Aufmerksamkeit auf dieses Verbrechen. Der Tod dieses Mannes an sich ist allerdings nicht tragischer als der Verlust jedes anderen Bürgers."

Am liebsten hätte Roarke den Ton ausgeschaltet, aber er musste wissen, was über den Mann gesagt wurde, der in Darias Hotelzimmer ermordet worden war.

„James hat sich noch nie eine Gelegenheit entgehen lassen, um sich in Szene zu setzen", sagte Daria trocken. „Besonders, wenn er daraus Kapital für den Wahlkampf schlagen kann."

„Du scheinst ihn gut zu kennen."

„Stimmt." Während James Boudreaux Martin Fletchers Witwe und Kindern sein Beileid aussprach, betrachtete sie den Solitär, der in der Morgensonne funkelte und Lichtblitze an die Wände warf. „Er ist mein Verlobter."

James Boudreaux ging in seiner Bibliothek auf und ab. Das Haus lag im Herzen von Alexandria, nur wenige Schritte vom Potomac River entfernt.

So wütend war er noch nie gewesen. Und zum ersten Mal fürchtete er, alles zu verlieren, wofür er sein ganzes Leben lang gearbeitet und gekämpft hatte.

„Wieso haben die Männer sie laufen lassen?" fragte er den Mann, der ihm die schlechte Nachricht überbracht hatte.

„Sie hatten sie fast schon. Wäre Roarke O'Malley nicht aufgetaucht ..."

„O'Malley!" rief Boudreaux. „Er und seine Brüder machen mir seit Jahren nichts als Ärger. Richten Sie den Männern etwas von mir aus. Wenn sie meine Verlobte und ihren edlen Ritter finden, sollen sie sich keinesfalls hinreißen lassen, ihn zu töten."

„Soll O'Malley am Leben bleiben?"

„Nur bis ich eintreffe. Diese Exekution will ich selbst durchführen."

„Ja, Sir."

Boudreaux zündete eine dünne schwarze Zigarette mit einem silbernen Feuerzeug an. „Was machen Sie noch hier?" fragte er gereizt. „Je länger die beiden frei herumlaufen, desto mehr Schaden kann dieses Miststück anrichten. Und glauben Sie mir eines – falls sie mich hochgehen lässt, wandere ich bestimmt nicht allein ins Gefängnis." Schon bei der Vorstellung, mit Süchtigen, Vergewaltigern und gemeinen Mördern zusammen eingesperrt zu werden, gefror ihm das Blut in den Adern. „Sagen Sie den Männern, dass ich Ergebnisse erwarte. Und buchen Sie mir einen Platz für den nächsten Flug nach New Orleans."

„Ja, Sir." Sein Helfer beeilte sich, die Anweisungen auszuführen. Er sah nicht mehr, wie der Kongressabgeordnete aus Louisiana in den Ledersessel hinter dem Schreibtisch sank und die Hand nach der Nachbildung des Kapitols ausstreckte, mit der Daria ihn nach der Wahl überrascht hatte.

„Verdammt!"

Boudreaux schleuderte die teure Kristallfigur gegen den Kamin, sodass sie in tausend Stücke zersprang.

„Das verstehe ich nicht", sagte Daria, nachdem Roarke den Fernseher ausgeschaltet hatte. „Wieso erinnere ich mich daran, mit James verlobt zu sein, aber nicht daran, was ich im Whitfield Palace Hotel gemacht habe?"

„Die Ärztin hat dich gewarnt, dass man bei Kopfverletzungen keine genauen Vorhersagen machen kann." Erneut regte sich bei ihm der Verdacht, sie könnte ihn belügen. „Mal sehen, was wir bisher wissen. Du bist mit James Boudreaux verlobt."

„Seit sechs Monaten", fügte sie hinzu und sah Roarke überrascht an. „Das ist mir soeben eingefallen."

„Siehst du, allmählich erinnerst du dich wieder an alles. Und du weißt, dass du Juristin bist."

„Ich sehe nebelhaft vor mir, wie ich vor Gericht auftrete, aber ich weiß nicht mehr, welcher Fall das war."

„Ein Schritt nach dem anderen. Und du erinnerst dich auch vage daran, wie du mich geküsst hast."

Daria sah Roarke in Bomberjacke, schwarzem T-Shirt und Jeans vor sich. Er war ihr sofort zwischen all den buntkostümierten Leuten aufgefallen. Und sie erinnerte sich auch an die Frau, die ihm fast auf den Schoß geklettert war.

„Ich hatte den Eindruck, dich unbedingt retten zu müssen", gestand sie.

„Du wolltest mich retten?" fragte er und sah ihr tief in die Augen.

„Diese silikonverstärkte Blondine war eindeutig ein Hai."

In ihren Worten schwang so viel Schärfe mit, als wäre sie eifersüchtig. Eigentlich hätte ihm das eine Warnung sein müssen, doch es gefiel ihm.

Roarke lehnte sich zurück und nahm einen Schluck Kaffee. „Also, offenbar erinnerst du dich daran, wie du in die Blue Bayou Lounge gekommen bist. Wie ist es mit den Ereignissen in deinem Hotelzimmer?"

„Das kann nicht mein Zimmer gewesen sein", versicherte sie. „Warum hätte ich ein Zimmer in einem Hotel mieten sollen, obwohl ich ein Haus in der Stadt besitze?" Nach kurzem Überlegen fügte sie hinzu: „Willst du damit andeuten, dass der tote Bundesanwalt ... dass Martin und ich ..."

„Ich weiß nicht, was ihr in dem Zimmer so alles gemacht habt. Aber Mike hat einige Informanten bei der Polizei, und er behauptet, dass du der Frau ähnlich siehst, die dieses Zimmer vor zwei Tagen gemietet hat. Ich nehme also an, dass du das warst."

„Weißt du zufällig, ob ich ... ob diese Frau mit einer Kreditkarte bezahlt hat?"

„Bar."

„Oh nein! Ich hasse diese Hilflosigkeit!"

Bewundernd sah er zu, wie sie um Haltung rang. „Hey, vielleicht warst du das wirklich nicht? Oder vielleicht hattest du nur eine wilde Affäre mit dem Kerl und bist bloß zum falschen Zeitpunkt am falschen Ort gewesen."

„Er ist verheiratet."

„Na und? Nicht alle Frauen nehmen darauf Rücksicht. Du bist immerhin verlobt."

„Falls wir tatsächlich eine Affäre hatten, könnte ihm seine Frau nach New Orleans gefolgt sein. Und sie könnte ihn auch erschossen haben."

„Das wäre eine Möglichkeit."

„Und wenn ich ihn erschossen habe?" fragte sie ängstlich.

„Du warst das nicht."

„Woher willst du das wissen?"

„Ich weiß es einfach." Der Instinkt sagte ihm, dass sie nicht fähig war zu morden. Allerdings konnte er sich auch irren.

„Nur weil ich gut küsse?"

„Habe ich das denn behauptet?" fragte er gespielt überrascht.

Endlich bekam sie wieder Farbe. „Hast du den Kuss nicht umwerfend genannt?"

„Du hast Recht. Wollen wir versuchen, ob wir Weltklasse erreichen?"

Es hörte sich sehr verlockend an. „Das halte ich für keine gute Idee", wehrte sie zögernd ab.

„Ganz deiner Meinung." Seufzend stand er auf. „Ich muss weg. Ich komme ohnedies schon zu meiner Verabredung mit Mike zu spät. Soll ich dir etwas Bestimmtes aus deinem Haus holen?"

„Ich habe eine Liste gemacht." Daria zog ein zusammengefaltetes Blatt aus der Tasche des Bademantels, hielt jedoch kurz inne. „Du fährst wirklich hin?"

Roarke nahm ihr das Blatt aus der Hand. „Das haben wir doch abgesprochen."

„Aber es hat sich alles geändert."

„Nichts Wesentliches."

„Doch! Ich erinnere mich jetzt daran, Martins Leiche in dem Hotelzimmer gefunden zu haben."

„Du weißt aber nicht, warum er überhaupt dort war oder wer ihn erschossen hat."

„Stimmt, aber ..."

„Und das bedeutet, dass du noch immer eine lebende Zielscheibe bist. Ich lasse nicht zu, dass noch einmal auf dich geschossen wird."

„Ich bin nicht daran gewöhnt, dass jemand für mich Entscheidungen trifft."

„Ich bin auch nicht jemand. Und hättest du dich von Anfang an einem anderen anvertraut, wärst du vielleicht gar nicht in diese Klemme geraten. Jetzt hast du dich mir anvertraut, und darum werde ich dafür sorgen, dass du lange genug lebst, um dieses Verbrechen aufzuklären."

Es stimmte. Sie hatte ihn ausgewählt, nicht umgekehrt. „Du vergisst allerdings eines", meinte sie.

„Und das wäre?"

„James ist ein wichtiger Mann. Er kann mich beschützen."

„Sicher, aber gestern hat er dich nicht gerade beispielhaft beschützt. Und bevor du deinen hübschen Mund aufmachst und behauptest, dass er vielleicht nicht ahnt, dass du in den Fall verstrickt bist, Schätzchen ... glaube mir, die Polizei weiß verdammt genau, wer die geheimnisvolle Frau im Hotelzimmer war. Und das bedeutet, dass Boudreaux informiert ist. Bestimmt ist dir aufgefallen, dass er mit keinem Wort erwähnt hat, dass seine heiß geliebte Verlobte vermisst wird."

„Vielleicht wollte er nichts verraten, um die Ermittlungen nicht zu stören. Oder er wollte mich nicht in Gefahr bringen, falls ich entführt wurde. Vielleicht hat er versucht, mich zuhause anzurufen und ..."

„Der einzige Anruf auf deinem Anrufbeantworter stammt von der Änderungsschneiderei. Dein neues Kostüm ist fertig."

„Woher weißt du das? Du warst doch gar nicht in meinem Haus."

„Die Kriminalpolizei rät, Schatz. Schreiben Sie nie die Geheimnummer für Ihr Bankkonto, den Code für die Alarmlage in Ihrem Haus und für Ihren Anrufbeantworter auf eine Karte, die Sie in der Brieftasche bei sich tragen."

„Ich habe einen Code benützt", wehrte sie ab, gestand sich aber ein, dass Roarke Recht hatte. Ihr Büro warnte die Leute stets vor genau dieser Unvorsichtigkeit.

„Ja, es war sehr schlau von dir, die Ziffern durch Buchstaben zu ersetzen. Auch wenn ich deine James-Bond-Fantasie nur höchst ungern kritisiere, aber die meisten Kinder lernen diesen Code schon bei den Pfadfindern."

Da Daria nicht widersprechen konnte, konzentrierte sie sich auf einen anderen Punkt. „Habe ich dich falsch verstanden, oder verdächtigst du James?"

„Mein Bruder Mike würde sagen: ‚Beim gegenwärtigen Stand der Ermittlungen gilt jeder als verdächtig'. Das trifft auch auf deinen hübschen Verlobten zu."

„Aber nicht auf mich?"

Roarke entschloss sich zu schonungsloser Offenheit, damit sie nicht auf die Idee kam, sich während seiner Abwesenheit aus dem Haus zu schleichen. „Ich fühle, dass du keinen Menschen töten kannst. Aber ich wette, dass die Polizei nicht meiner Meinung ist. Solltest du das Haus allein verlassen, wirst du verhaftet. Und das wäre noch nicht mal das Schlimmste, was dir passieren kann."

Daria hatte schon einen Vorgeschmack dessen bekommen, was schlimmstenfalls geschehen konnte. Sie sah wieder vor sich, wie der Angreifer den Jugendlichen auf dem Friedhof eine Dienstmarke der Polizei zeigte.

„Ich werde das Haus nicht verlassen."

„Braves Mädchen. Geh auch nicht ans Telefon." Er war fast schon an der Tür, als ihm noch etwas einfiel. „Verdammt!"

„Was ist denn?"

„Ich habe etwas vergessen." Er kam zurück und küsste sie.

Sobald ihre Lippen sich berührten, war Roarke verloren. Darias Duft hüllte ihn ein, ihr Körper schmiegte sich weich an seinen, und ihr leises Stöhnen ließ sein Herz schneller schlagen. Er hatte geglaubt, Leidenschaft zu kennen, doch jetzt, wo Daria sein zärtliches Zungenspiel erwiderte, ging ihm auf, dass es für ihn auf diesem Gebiet noch unendlich viel zu entdecken gab.

Sehnsucht und Verlangen lagen in ihrem Kuss, als hätte sie ihr Leben lang auf diesen Augenblick gewartet. Und Roarke begehrte sie ebenso sehr wie sie ihn, ja mehr als jede andere Frau vor ihr. Trotz aller drohenden Gefahren geriet er in Versuchung, sich zu nehmen, was sie ihm so offen anbot.

Sex ist nichts weiter als Sex, sagte er sich. Lust ließ sich in seiner Welt leicht befriedigen, wenn nicht mit der einen Frau, dann eben mit einer anderen. Solange er seine Gefühle kontrollierte und darauf achtete, dass Daria ihm nicht mehr bedeutete als ein erotisches Abenteuer, brauchte er sich keine Sorgen zu machen. Doch gleichzeitig kam er sich wie ein Ertrinkender vor, der verzweifelt ums Überleben kämpft, obwohl seine Kräfte immer mehr erlahmen. Wenn er jetzt der Verlockung erlag, würde er unweigerlich untergehen, das wusste er.

Daria konnte keinen klaren Gedanken fassen. Eine leise Stimme in ihrem Kopf erinnerte sie hartnäckig daran, dass sie diesen Mann überhaupt nicht kannte. Hinzu kam ihr Gedächtnisverlust, durch den sie besonders verletzlich war. Jede vernünftige Frau hätte sich von ihm fern gehalten, bis sie sich an alles in ihrem Leben erinnerte. Doch wie sollte sie das machen, wenn Roarke sie mit einem einzigen Blick aus seinen dunklen Augen schwach machte? Und wenn sein Kuss ihr buchstäblich den Atem raubte?

Roarke zog sich zurück und wäre fast noch einmal schwach geworden, als Daria leise stöhnte. Bevor sie wusste, wie ihr geschah, war er verschwunden und ließ sie verwirrt und voll unerfüllter Sehnsucht zurück.

7. KAPITEL

Der Monkey Hill am Ufer des Mississippi war künstlich aufgeworfen worden, damit die Kinder von New Orleans überhaupt einmal einen Hügel sahen. Von dem Pavillon am Ufer hatte man den schönsten Blick auf den Fluss. Dort fand Roarke auch seinen Bruder vor.

„Tut mir Leid, dass ich so spät dran bin. Es ist etwas dazwischengekommen."

„Hatte es mit deiner geheimnisvollen Frau zu tun?"

„Sie hat sich erinnert, dass sie mit James Boudreaux verlobt ist."

Mike stieß einen leisen Pfiff aus. „Die Lady will hoch hinaus."

„Richtig." Roarke gefiel es gar nicht, dass er eifersüchtig wurde. „Interessant ist auch, dass Boudreaux bei der Pressekonferenz nicht erwähnt hat, dass seine Verlobte, eine stellvertretende Staatsanwältin, vermisst wird."

„Vielleicht weiß er es nicht."

„Er muss doch wissen, dass der Bundesanwalt in einem Hotelzimmer getötet wurde, das sie aus unbekannten Gründen gemietet hatte."

„Die Polizei verschweigt ihren Namen", erinnerte Mike seinen Bruder.

„Ja, aber wir beide wissen, dass es bei der Polizei von New Orleans mehr undichte Stellen gibt als in einem rostigen Sieb. Ich sage dir, wenn mein Gefühl mich nicht täuscht, ist Boudreaux mit in die Sache verwickelt."

„Glaubst du, dass er auf Daria geschossen hat?" Mike blieb äußerlich ruhig, doch Roarke sah ihm das berufliche Interesse mühelos an.

„Das habe ich nicht behauptet. Vermutlich lässt ein Politiker die Schmutzarbeit von anderen erledigen."

„Also geht es diesmal um mehr als damals, als wir den Kerl auf der Junior High School verprügeln mussten, weil er Shayne beim Basketball gefoult hatte?" fragte Mike.

Roarke lächelte bei der Erinnerung an den Zwischenfall. „Es geht um viel mehr. Als ich ihm im Fernsehen zuhörte, hatte ich den Eindruck, dass er etwas verschweigt. Das ist an und für sich nicht verwunderlich, weil er die Ermittlungen nicht behindern will. Aber ich glaube, er steckt bis zum Hals in der Sache drin, Mike."

„Ich werde diskret nachforschen, womit Boudreaux sich zurzeit beschäftigt und mit wem er sich abgibt."

„Danke, das könnte mir weiterhelfen."

Mike wählte seine nächsten Worte sehr sorgfältig. „Übrigens ... ich habe auch deine geheimnisvolle Frau überprüft."

„Daria?" Roarke wunderte sich, dass er sich darüber ärgerte. Es war doch nur klug und vorsichtig. „Warum hast du das getan?"

„Ich wollte dich nicht mit einer Kugel im Kopf auffinden", erklärte Mike behutsam. „Sollte dich allerdings jemand erschießen, dann wird es nicht sie sein. Die Lady ist blitzsauber."

Roarke war sehr erleichtert, und das war ein schlechtes Zeichen. Daria sollte ihm gleichgültig sein, verdammt, aber sie war es nicht.

„Freut mich, das zu hören."

Mike lächelte. Er ließ sich von dem lässigen Ton seines Bruders nicht täuschen. „Ja, das kann ich mir lebhaft vorstellen."

Gemeinsam verließen sie den Zoo und fuhren in Mikes Wagen zu Darias Haus am Irish Channel. Das viktorianische Landhaus stand in einem Arbeiterviertel, das derzeit saniert wurde. Mike kannte es nur zu gut, hatte er doch etliche Nächte unter dem mit kleinen blauen Schindeln gedeckten Dach verbracht.

„Was für ein seltsamer Zufall", bemerkte er, als er in die Einfahrt bog.

„Was soll das heißen?" fragte Roarke.

„Das Haus gehörte früher Desiree. Daria muss es ihr abgekauft haben, als Desiree Roman Falconer heiratete und ins Französische Viertel zog."

„Tut es dir Leid, dass du dir die hübsche Reporterin hast entgehen lassen?“ fragte Roarke.

„Nein, das hätte nie geklappt. Nach dem Bruch mit Desiree ging ich einige Monate mit einer Produzentin des Senders. Sie hatte Desiree und mich beobachtet und unser Hauptproblem entdeckt. Wir beide bestanden immer darauf, Recht zu haben.“

Roarke lachte, weil das genau zutraf. „Das muss eine sehr kluge Frau gewesen sein. Was wurde aus ihr?“

Mike zuckte die Schultern. „Sie nahm eine Stelle in der Sendezentrale an. Ein normaler, hart arbeitender Mann kann nicht mit dem Glanz der Großstadt konkurrieren.“

Roarke war zwar voreingenommen, aber er konnte sich einfach nicht vorstellen, dass eine Frau sich lieber für ihre Karriere als für seinen Bruder entschied. Michael O'Malley war geradezu zum Ehemann geboren.

„Bestimmt hast du dich nicht genügend bemüht, sie zurückzuhalten.“

„Das sagte sie auch, als wir uns auf dem Flughafen verabschiedeten“, bestätigte Mike. „Und das stimmt wahrscheinlich auch. Ich mochte Karyn sehr, und wir haben uns auch großartig verstanden, aber sie war für mich mehr wie eine Schwester oder eine Lieblingscousine. Bei ihr hatte ich nie das Gefühl, mich völlig zu verlieren.“ Offenbar sprach er nicht einmal mit seinem Bruder gern über dieses Thema. „Du verstehst, was ich meine?“

„Nur zu gut“, bestätigte Roarke und öffnete die Wagentür.

Das Haus war sehr gemütlich und nostalgisch eingerichtet. Cremefarbene Tapeten mit Blumenmotiven – im Eingangsbereich Veilchen – schmückten die Wände, Seidenteppiche lagen auf dem glänzenden Parkett. Das Haus wäre entzückend gewesen, wäre es nicht verwüstet worden.

„Verdammt!“ fluchte Mike.

Roarke drückte sich wesentlich schärfer aus, während er in der Tür stand und das Zerstörungswerk betrachtete. Bilder waren von den Wänden gerissen, ihre Rahmen zerbrochen worden. Die geblümten Sofabezüge waren aufgeschlitzt, die Kissenfüllungen lagen wie Schneeballen auf dem Boden herum. Bücher waren zerfetzt worden. Das war kein normaler Fall von Vandalismus.

„Was haben die hier gesucht?“ fragte er.

„Ich möchte wissen, ob sie es gefunden haben“, entgegnete Mike. „Oder ob die Lady es noch hat.“

„Ich habe in ihrer Handtasche nachgesehen. Darin war nichts, wofür jemand ein ganzes Haus verwüsten würde.“

„Bisher haben die Täter einen Bundesanwalt getötet, auf eine stellvertretende Staatsanwältin geschossen und ihr Haus verwüstet. Diese Typen werden nicht eher aufgeben, als bis sie haben, wonach sie suchen ... und bis sie die Lady zum Schweigen gebracht haben.“

Daran wollte Roarke nicht einmal denken. „Wir müssen sie eben vorher schnappen.“

„Was für eine gute Idee.“ Mike war deutlich anzuhören, wie sehr es ihn amüsierte, dass sein ruhelos durch die Welt ziehender und das Leben genießender Bruder am Haken hing. „Holen wir die Sachen der Lady, und verschwinden wir wieder.“

Im Schlafzimmer – hier hatte die Tapete ein Rosenknospenmuster – war die Kommode umgestürzt und die Kleidung auf dem Fußboden verstreut worden. Roarke hob einen winzigen, hauchdünnen schwarzen Slip auf. Der Täter hatte ihn mit krankhaft erotischem Genuss zerschnitten.

Nackte Wut stieg in ihm hoch bei der Vorstellung, dass dieser Kretin Darias Dessous berührt hatte. „Allein dafür werde ich den Kerl umbringen.“

Mike kam aus dem Bad zurück und betrachtete ihn eingehend. „Du weißt doch, dass es gefährlich wird, wenn man persönlich in einen Fall verstrickt ist.“

Roarke wusste das nur zu gut. „Ja, aber das ändert nichts mehr.“

„Nein.“ Mike seufzte. „Ich weiß nicht, ob ich dir gratulieren oder Mom bitten soll, für ihren zweitältesten Sohn zu beten.“

Roarke musste lachen. Mikes Bemerkung half ihm, etwas von dem angestauten Druck abzulassen. „Verschwinden wir mit den Sachen. Daria ist zwar in ihrem Versteck bestimmt sicher, aber ...“

„Du fürchtest, sie könnte flüchten.“

„Sie erinnert sich allmählich“, erklärte Roarke. „Ich fürchte, ihr könnte etwas einfallen, das ihr so wichtig erscheint, dass sie auf eigene Faust loszieht. Und dann könnte sie sich wieder eine Kugel einfangen.“

Mike sah sich im Zimmer um. „Willst du Anzeige erstatten?“

„Lieber nicht. Die Täter achten sorgfältig darauf, unsichtbar zu bleiben. Und da es sich um Polizisten handelt, sollten wir ihrem Beispiel folgen.“

„Ganz meine Meinung“, bestätigte Mike. „Während du packst, unterhalte ich mich mit den Nachbarn. Vielleicht haben sie etwas beobachtet.“

Roarke griff nach einem duftigen Nachthemd. Es war an der Vorderseite zerschnitten worden. „Gute Idee.“

Fünf Minuten später trafen sich die beiden Brüder auf dem Bürgersteig vor dem Haus.

„Kein Nachbar ist daheim“, berichtete Mike. „Wahrscheinlich arbeiten alle. Ich habe jetzt eine Verabredung, aber ich komme heute Abend wieder. Vielleicht finde ich dann etwas heraus.“

„Du musst dich nicht darum kümmern. Du hast doch bestimmt auch noch eigene Fälle ...“

„Keiner davon ist so wichtig wie dieser“, wehrte Mike ab. „Mom sitzt mir im Nacken, weil sie Enkel haben will. Wenn ich dich oder Shayne verheirate, wird sie mich wahrscheinlich in Ruhe lassen.“

„Wenn du auf meine Heirat spekulierst, kannst du lange warten“, entgegnete Roarke und warf die Reisetasche auf den Rücksitz. „Du warst doch immer derjenige von uns Brüdern, der mit beiden Beinen auf der Erde stand. Warum heiratest du nicht?“

„Weil man nur einmal im Leben heiraten sollte, und sogar in dieser Stadt, die für ihre tollen Frauen berühmt ist, findet man nicht so leicht die Richtige, mit der man zusammen alt werden will.“

„Ich glaube, der Trick dabei ist, gar nicht erst alt zu werden.“

„Bedenkt man, worauf du dich eingelassen hast, wird dein Wunsch wahrscheinlich erfüllt.“ Mike öffnete die Fahrertür.

Roarke verzichtete auf Widerspruch, da sein Bruder nicht Unrecht hatte.

Sie fuhren zum Audubon Park zurück, bei dem Roarke seinen Wagen abgestellt hatte. Erst als er auf der Saint Charles zu dem Versteck unterwegs war, bemerkte er, dass er verfolgt wurde. Er warf einen Blick in den Rückspiegel und wechselte die Spur. Das neutrale weiße Polizeifahrzeug folgte ihm. Um die Leute nicht zu Daria zu führen, schlug er die entgegengesetzte Richtung ein und fuhr an der Loyola University vorbei zum Interstate 90. Der weiße Wagen folgte ihm immer noch.

Roarke überlegte die verschiedenen Möglichkeiten. Er konnte den ganzen Tag durch die Stadt fahren, aber es war nicht so einfach, Polizisten abzuhängen. Schlecht war dabei, dass er einen Porsche 911 fuhr, der wie ein bunter Hund auffiel, und dass er die Guten nicht von den Bösen unterscheiden konnte.

Als er sich dem Tulane Stadium näherte, entdeckte er auf dem Parkplatz zahlreiche Autos. Die Footballsaison war zwar vorbei, aber hier fand eine Veranstaltung statt. Und da man ihn kaum vor Zeugen umbringen würde, bog er auf den Parkplatz, fuhr so dicht wie möglich an das Stadion heran und stellte den Motor ab.

Die Polizisten hielten hinter ihm. Damit hatte er gerechnet. Allerdings hatte er nicht damit gerechnet, dass plötzlich vor ihm ein Streifenwagen auftauchte und ihm jede Fluchtmöglichkeit abschnitt. Zu spät erkannte er seinen Fehler.

Die beiden Männer aus dem Wagen hinter ihm sahen aus, als stammten sie direkt aus einer Krimiserie. Der eine war klein und dünn und erinnerte Roarke mit seinem spitzen Gesicht an ein Wiesel. Der andere war ein Meter neunzig groß, und das blaue Hemd spannte sich über seinem Bauch und wies Tabasco-Flecken auf. Beide trugen verspiegelte Sonnenbrillen, sodass er ihre Augen nicht sehen konnte.

Zweifellos hätte er gegen die zwei eine Chance gehabt, nicht jedoch gegen die beiden anderen, die in ihrem Wagen abwarteten.

Als er die Zündung einschaltete, um das Fenster abzusenken, fasste der hagere Polizist sofort an das Pistolenhalfter im Hosenbund.

„Was ist, Officers?“ Er schenkte den beiden das gleiche harmlose, freundliche Lächeln, das er den serbischen Wachposten an der Straßensperre in der Herzegowina gezeigt hatte. „Falls ich zu schnell gefahren bin ...“

„Sparen Sie sich den Unsinn und steigen Sie aus“, befahl der massige Polizist.

Roarke gehorchte. Jetzt war er froh, dass er Mike für den Notfall die Adresse des Verstecks genannt hatte.

„Vermutlich wollen Sie nicht meinen Führerschein sehen.“

„Wir haben gehört, dass Sie ein kluger Mann sind.“ Der Kleinere lächelte unangenehm. „Sind Sie auch klug genug, um Ihrer Freundin eine Botschaft zu überbringen?“

„Ich habe keine Ahnung, wen Sie meinen, Officer.“ Es fiel Roarke schwer, dem Kerl nicht die Zähne auszuschlagen.

Die beiden Polizisten wechselten einen Blick. „Offenbar ist er doch nicht so klug“, stellte der Größere fest.

„Ihre Mom hätte Ihnen beibringen sollen, wie man mit der Polizei redet.“ Der dürre Polizist packte Roarkes Arme und drehte sie ihm mit überraschender Kraft auf den Rücken. „Der Officer stellt Ihnen jetzt einige Fragen, und Sie werden ganz höflich antworten, klar?“

„Und da wundert sich der Bürgermeister, wieso unsere Polizei keinen Respekt genießt“, murmelte Roarke.

Für die spöttische Bemerkung handelte er sich einen Faustschlag in den Magen ein. Roarke biss sich auf die Lippen, um nicht laut zu stöhnen. Er hatte schon viel Schlimmeres überstanden.

„Wo ist die Frau?“

„Ich habe Ihnen doch schon gesagt ..."

Die mächtigen Fäuste krachten auf seinen Kopf. Roarke verlor das Gleichgewicht. Als er sich losreißen wollte, bohrte sich ihm ein knochiges Knie in den Rücken und erinnerte ihn daran, dass seine Gegner ihm auch zahlenmäßig überlegen waren.

„Wir wollen ihr nichts tun. Sie hat uns etwas gestohlen. Sobald sie es zurückgibt, ist alles in Ordnung."

„Selbst wenn ich wüsste, wovon Sie reden", log Roarke, „arbeite ich grundsätzlich nicht mit Polizisten zusammen, die in dreckige Geschäfte verwickelt sind."

Dafür erhielt er einen schmerzhaften Schlag in die Rippen.

„Das können Sie sich alles ersparen, wenn Sie uns die Frau ausliefern. So viel kann sie Ihnen gar nicht bedeuten. Für keine Frau lohnt es sich zu sterben."

Früher hätte Roarke ihm vielleicht sogar Recht gegeben, doch zwischen ihm und Daria ging es um mehr als um Sex. Er fürchtete den Tod nicht, hatte ihn schon oft herausgefordert und jedes Mal gewonnen. Doch er wollte nicht gerade jetzt sterben. Und er wollte Daria auch nicht ausliefern.

Der Hagere hielt Roarke fest, während der Massige mit Fäusten auf ihn einschlug.

„Verdammt, sag uns, wo sie ist!"

Roarke biss die Zähne zusammen und schüttelte den Kopf.

„Wir finden sie, und was jetzt mit dir passiert, wird dir dann wie die reinste Erholung vorkommen", sagte eine Stimme ihm ins Ohr. „Etliche Leute werden gern zusehen, wenn es der Eisprinzessin an den Kragen geht."

Eisprinzessin? Hätte Roarke sich nicht so elend gefühlt, hätte er über den Ausdruck gelacht.

„Wissen Sie, mein Partner neigt leider dazu, anderen wehzutun", sagte der Mann hinter ihm. „Besonders Frauen. Sie hat sich zwar unlängst gewehrt, aber das steigert nur sein Vergnügen."

Die Vorstellung, einer dieser Männer könnte Daria auch nur berühren, ließ Roarke förmlich explodieren. Es störte ihn nicht einmal, dass sein Gegenangriff völlig sinnlos war. Mit aller Kraft riss er sich los und rammte seinem Angreifer die Faust gegen die Nase.

„Verflucht!“ brüllte der Riese.

Der andere Polizist schlug Roarke wortlos die Pistole auf den Kopf. Roarke tastete um sich und wollte sich an seinem Wagen abstützen.

Der massige Polizist bewies, dass sich nicht nur Fett unter seinem fleckigen Hemd wölbte. Er hob Roarke wie eine Puppe hoch und schleuderte ihn zu Boden. Roarke versuchte zwar noch, sich zur Seite zu rollen, doch ein harter Tritt traf ihn in die Rippen. Er lag auf dem Rücken, hielt die Augen geschlossen, riss den Mund auf und schnappte wie ein Fisch auf dem Trockenen nach Luft.

Dann fühlte er kühlen Stahl an der Schläfe. Ganz nüchtern stellte er fest, dass er jetzt vermutlich sterben würde. Und er fand es interessant, dass seine letzten Gedanken Daria galten.

Roarke dachte an den Duft ihres Haars, ihrer seidigen Haut, an ihre süßen Küsse, daran, wie sie in seinen Armen erbebte. Und er bedauerte, Daria nicht geliebt zu haben.

Er war so mit seinen Gedanken beschäftigt, dass er die näher kommende ältere Dame nicht bemerkte.

„Was macht ihr denn da?“ fragte sie laut genug, um die Toten auf dem Saint Louis-Friedhof Nr. 1 zu wecken.

Die Frau mochte Mitte sechzig sein. Ihr wütendes dunkles Gesicht verhieß nichts Gutes.

„Polizei“, sagte der hagere Polizist und zeigte seine Marke vor. Als Roarke sie sich genauer ansehen wollte, klappte er das Etui sofort wieder zu und steckte es ein. Der Streifenwagen fuhr langsam weg.

„Glauben Sie, das wüsste ich nicht?“ Die Frau zeigte weder Angst noch Respekt. „Sie sind genau die Polizisten, die der Stadt einen schlechten Ruf verschaffen.“ Sie sah Roarke an. „Was haben Sie denn getan, dass man Ihr hübsches Gesicht so zugerichtet hat?“

„Vielleicht habe ich ein Stoppschild überfahren."

Die Frau schüttelte über seine ironische Bemerkung den Kopf. „Wenn Sie sich so aufführen, dürfen Sie sich nicht wundern, dass Sie zusammengeschlagen werden." Sie richtete den Blick wieder auf die Polizisten. „Ich bin Hattie Long." Auf ihrem Gesicht erschien ein Lächeln, als die beiden Polizisten sie offenbar erkannten. „Ja, ich bin die Vorsitzende der gemeinsamen Kommission der Polizei und der Bürgerschaft zur Reformierung der Polizei. Wir halten hier eine Veranstaltung ab, und der Polizeichef hat gerade seine Rede beendet. Wenn ihr einen Moment warten wollt, hole ich ihn und ..."

Auf die rüde Antwort des hageren Polizisten antwortete sie nur mit einem Lachen, das wie Donner klang.

Zufrieden sah Hattie zu, wie die beiden Polizisten in ihren Wagen stiegen und wegfuhren. „Das hat ihnen gereicht", stellte sie fest und wandte sich an Roarke.

Mühsam setzte er sich auf und unterdrückte die aufsteigende Übelkeit. „Ich weiß nicht, wie ich Ihnen danken soll."

„Nicht nötig. Wir anständigen Menschen müssen zusammenhalten. Darum geht es auch bei unserer Veranstaltung." Sie deutete auf das Stadion, aus dem Beifall zu hören war.

„Woher wussten Sie, dass ich nicht zu den Bösen gehöre?"

„Mein Lieber, vielleicht gehören Sie zu den Bösen. Ich wette sogar, dass viele Frauen bestätigen werden, wie böse Sie sind. Aber ich kenne Sie aus dem Fernsehen, und diese Typen kenne ich von der Straße."

„Ich stehe in Ihrer Schuld."

„Vielleicht könnten Sie einen Bericht über unsere Kommission bringen, damit sich uns mehr Menschen anschließen."

„Mache ich, sobald ich wieder im Fernsehen erscheinen kann, ohne Kinder zu erschrecken."

Sie verschränkte die Arme vor ihrem mächtigen Busen. „Wenn Sie im Fernsehen eine Story über die Brutalität der Polizei bringen wollen, sehen Sie jetzt genau richtig aus."

„Das stimmt." Roarke wurde übel vor Kopfschmerzen, als er aufstand. „Haben Sie schon mal daran gedacht, ins Nachrichtengeschäft zu gehen?"

„Sollte ich dafür meine Arbeit aufgeben?"

Er lehnte sich gegen den Porsche. „Was machen Sie denn beruflich?" Eigentlich war ihm nicht nach einer Unterhaltung zumute, aber er hatte dieser Frau das Leben zu verdanken.

Ihre nächsten Worte erinnerten Roarke an die Gefahren von Vorurteilen. „Ich bin Professorin für Strafrecht an der Loyola University." Sie lachte über seine verblüffte Miene. „Ja, alle reagieren so."

„Tut mir Leid, normalerweise urteile ich nicht ..."

„Schon gut, mein Hübscher. Ich amüsiere mich immer wieder darüber."

Ihre gute Laune war so ansteckend, dass Roarke sogar lächeln konnte.

Ihre nächsten Worte überraschten ihn noch mehr. „Soll ich Ihren Bruder anrufen?"

„Sie kennen Mike?"

Dumme Frage. Wahrscheinlich kannte jeder in der Stadt seinen großen Bruder, seit er den Mann geschnappt hatte, der die Stadt mit einer Serie von Vergewaltigungen in Angst und Schrecken versetzt hatte. Er hatte den Kerl in Desirees Haus vor den Lauf seiner Waffe bekommen. Das fiel Roarke erst jetzt wieder ein. Ob Daria die Vergangenheit ihres Hauses kannte? In diesem hübschen kleinen Haus hatte sich viel Gewalttätigkeit abgespielt.

„Er ist stellvertretender Vorsitzender des Komitees." Sie hakte ihn unter und stützte ihn. „Er sollte nach dem Bürgermeister sprechen."

„Wie klein die Welt doch ist", murmelte Roarke.

„Sie sagen es", bestätigte Dr. Hattie Long lachend.

8. KAPITEL

Hattie schickte Mike die Nachricht, er sollte sich mit ihnen im Büro des Stadions treffen.

„Du lieber Himmel!“ rief er, als er seinen Bruder erblickte. „Du siehst aus, als wärst du von einem Festwagen überrollt worden.“

„Ich fühle mich, als wäre ich von dem gesamten Festzug überrollt worden.“

„Weißt du, wer dich zusammengeschlagen hat?“

„Nein, aber ich vermute, dass es kein Begrüßungskomitee war.“

Mike überlegte. „Wenn sie dich umbringen wollten ...“

„Das wollten sie nicht. Ich sollte ihnen Daria ausliefern.“

„Was du natürlich nicht getan hast.“

„Natürlich nicht.“ Mit dem Auge, das noch nicht zugeschwollen war, warf Roarke seinem Bruder einen herausfordernden Blick zu.

„Gut für dich.“ Mike betrachtete ihn genauer. „Wir müssen dich ins Krankenhaus bringen.“

„Nein, es geht auch so“, versicherte er seinem Bruder. „Nichts ist gebrochen. Das tut ein paar Tage weh, sonst nichts. Das waren Polizisten, Mike. Wenn ich ins Krankenhaus gehe, finden sie mich. Und glaube mir, das möchte ich gern vermeiden.“

Mike hatte mit keiner anderen Antwort gerechnet. „Du musst mit Daria für einige Tage aus der Stadt verschwinden. Warte, bis sie ihr Gedächtnis zurückgewinnt. Dann wissen wir wenigstens, wer die Bösewichte sind und warum sie hinter Daria her sind. In der Zwischenzeit schicke ich dir per E-Mail einige Personalunterlagen. Vielleicht erkennst du einen der Polizisten wieder.“

„Verstößt es nicht gegen das Gesetz, sich heimlich Zugang zum Computer der Polizei zu verschaffen?“

„Es verstößt gegen das Gesetz, dass Polizisten gesetzestreue Bürger verprügeln“, entgegnete Mike. „Und das ist nur der Anfang. Falls die Spur von der Leiche im Whitfield Palace zur Polizei führt, steht dieser Stadt ein gewaltiger Skandal bevor."

„Es hat schon früher verbrecherische Polizisten gegeben."

„Stimmt, und es waren auch Mörder darunter. Aber der Mord an einem Bundesanwalt schlägt alles Dagewesene, sogar in New Orleans. Wahrscheinlich haben die Kerle mich schon im Visier. Es ist besser, jemand anderer fährt dich zum Haus zurück."

Roarke war einverstanden. Er machte sich jetzt noch größere Sorgen um Daria als vorher. Zehn Minuten später betrat ein riesenhafter kahlköpfiger Schwarzer in einem weißen Ledermantel das Büro des Stadions.

„Roarke, das ist Sugar. Sugar, das ist mein berühmter Bruder vom Fernsehen, Roarke O'Malley."

„Sugar?"

Der Riese warf Roarke einen finsteren Blick zu. „Haben Sie mit meinem Namen Probleme?"

„Absolut keine", versicherte Roarke, der keine Lust hatte, sein Gesicht noch einmal als Punchingball benützen zu lassen.

„Das dachte ich mir." Sugar wandte sich an Mike, der vergeblich versuchte, ein breites Lächeln zu unterdrücken. „Dein kleiner Bruder lernt schnell."

„Das hat er schon immer getan."

„Schade, dass er nicht gelernt hat, seine Nase nicht in Dinge zu stecken, die ihn nichts angehen."

„Wir haben alle unsere Fehler", entgegnete Mike. „Von dir natürlich abgesehen."

„Ach, ich habe auch einen Fehler", gestand Sugar ein. „Ich hätte nie meinen Job beim Fernsehen aufgeben und für dich arbeiten dürfen."

„Wenn du lieber wieder neugeborene Löwenbabys im Zoo filmen willst, kannst du gern gehen."

Sugar zeigte ihm den hochgereckten Mittelfinger, ging hinaus und bückte sich dabei, um mit dem Kopf nicht gegen den Türrahmen zu stoßen.

Roarke sah ihm nach. „Vermutlich soll ich ihm folgen.“

„Das würde ich dir raten, es sei denn, du möchtest zu Fuß gehen. Sugar wartet nicht gern. Er redet nicht viel, gleicht das aber durch Loyalität aus.“

„Und durch Körpergröße“, fügte Roarke hinzu.

„Das ist gar nicht schlecht, wenn jemand hinter einem her ist.“

„Besonders jemand mit Polizeipistolen.“ Roarke verabschiedete sich von seinem Bruder. „Und vielen Dank.“ Dann wandte er sich an seine Retterin. „Ich mache gleich heute die ersten Aufnahmen, bevor die blauen Flecke und Schwellungen verschwinden. Sobald ich die andere Story abgeschlossen habe, an der ich gerade arbeite, bringe ich den Bericht über Polizisten, die harmlose Bürger verprügeln.“

Hartie Long nickte zustimmend. „Dafür wäre ich Ihnen sehr dankbar.“

„Hey, ich stehe gewaltig in Ihrer Schuld.“ Er küsste sie auf die Wange und folgte Sugar zu einem roten Lieferwagen, auf dessen Seitenwand in grünen Buchstaben“Tricou’s Cajun Fish Market“ geschrieben stand. Dementsprechend roch es im Wagen.

Mike hatte Recht. Sugar redete tatsächlich nicht viel. Wortlos deutete er auf den Boden des Wagens, und Roarke legte sich dankbar hin. Um ihn herum drehte sich alles, aber er wäre lieber tot umgefallen, als vor diesem Mann Schwäche zu zeigen. Sie hielten neben dem Porsche, und Sugar holte Roarkes und Darias Gepäck heraus.

„Ihre Freunde warten auf Sie“, sagte Sugar, als sie den Parkplatz des Stadions verließen.

Das überraschte Roarke nicht. „Wie viele?“

„Ein Streifenwagen und ein neutraler Wagen.“ Sugar blickte in den Rückspiegel. „Sie rühren sich nicht von der Stelle. Wir haben sie hereingelegt.“

„Sugar, Sie kommen mir bekannt vor“, sagte Roarke.

„Man sagt doch, dass wir alle gleich aussehen.“

„Witzig“, meinte Roarke.

Sugar zuckte nur die breiten Schultern, und genau diese Schultern brachten Roarke auf die richtige Spur. Er hatte sie schon gesehen, und mit den Schulterpolstern beim Football hatten sie noch breiter gewirkt.

„Sie haben für Louisiana State in der Abwehr gespielt."

Vom Vordersitz kam keine Antwort.

„Ich habe für Vanderbilt gespielt. Ihr habt uns vier Jahre hintereinander geschlagen."

„Jeder hat Vanderbilt geschlagen", erwiderte Sugar. „Ja, ich erinnere mich daran, wie ich Ihnen ein Ding verpasst habe. Sie haben sich für einen guten Läufer gehalten, aber Sie waren ein wenig zu langsam."

„Mehr als nur ein wenig", räumte Roarke ein und erinnerte sich an seine unrühmliche Karriere beim Collegesport. „Sie haben mir das Schlüsselbein gebrochen."

„Sie waren unterwegs zur Torlinie. Ich musste verhindern, dass Sie Punkte machen."

„Habe ich nicht irgendwo gelesen, dass Sie Profiringer wurden?"

„Woher soll ich wissen, was Sie wo lesen?" entgegnete Sugar.

Das war offenbar ein heikles Thema, und Roarkte verfolgte es nicht weiter. Nach und nach fiel ihm die Geschichte wieder ein. Der Riese, der diesen Wagen einer Fischhandlung fuhr und jetzt für Mike arbeitete, war dem Bundesverband der Ringer beigetreten. Er hatte sich „Schwarzer Rächer" genannt und war beim Publikum blendend angekommen. In Sportberichten war angedeutet worden, seine Karriere wäre gescheitert, weil er nicht begriff, dass er nur so tun sollte, als würde er seine Gegner zermalmen.

Da er in besten Händen war, schloss Roarke die Augen und konzentrierte sich auf etwas Schönes, eine Technik, die er gelernt hatte, nachdem er zu Beginn des Krieges in Sarajewo von einem Heckenschützen angeschossen worden war.

Er stellte sich vor, mit Daria vor einem knisternden Feuer in einem Chalet in den französischen Alpen zu liegen. Neben ihnen auf dem Tisch standen Cognacschwenker. Die Kleidungsstücke, die sie sich vom Leib gerissen hatten, bildeten einen Pfad von der Tür bis zum Kaminvorleger. Soeben senkte er die Lippen auf die rosige Spitze ihrer Brust, als eine tiefe Stimme seine erotischen Fantasien zerstörte.

„Ich brauche den Code für das Tor", sagte Sugar in einem Ton, der verriet, dass er schon mehrmals gefragt hatte.

„Richtig." Roarke kehrte aus dem Chalet in die Wirklichkeit zurück. Die erste Ziffernfolge war falsch.

„Beeilen Sie sich", drängte Sugar. „Ich muss nach Iberville zu einer Überwachung."

„Lassen Sie mir einen Moment Zeit."

Der zweite Versuch scheiterte ebenfalls. Sugar fluchte ausgiebig.

„Vielleicht sollte ich selbst die Knöpfe drücken", schlug Roarke vor. „Wenn ich nachdenke, wird es nur noch schlimmer."

Sugar wirkte keineswegs begeistert, rutschte jedoch auf den Beifahrersitz und ließ Roarke hinter das Steuer.

Roarke schloss die Augen, konzentrierte sich, öffnete die Augen wieder und versuchte es noch einmal. Diesmal klappte es, und das Tor öffnete sich. Am Garagentor wandte Roarke die gleiche Technik erfolgreich an.

„Ich sage Ihrem Bruder, dass Sie sicher heimgekommen sind. Seien Sie vorsichtig."

„Mache ich." Roarke gab ihm die Hand. „Und vielen Dank. Durchaus möglich, dass Sie mir das Leben gerettet haben."

„Das ist mein Job", erwiderte Sugar. „Früher habe ich weiße Kerle verprügelt, heute rette ich sie." Lachend fuhr er aus der Garage hinaus.

Roarke drehte sich um und stand Daria gegenüber.

„Um Himmels willen!" rief sie aus, als sie sein Gesicht sah. „Was ist denn mit dir passiert?"

„Wenn du findest, dass ich schlimm aussehe, solltest du erst einmal die anderen sehen.“ Roarke schwor sich Rache an den beiden Schlägern. Er stellte das Gepäck neben der Tür ab.

„Haben sie bei meinem Haus gewartet?“

„Vermutlich.“ Es ärgerte ihn, dass er sie nicht bemerkt hatte, als er mit Mike hinkam. „Ich habe leider schlechte Neuigkeiten für dich. Sie haben dein Haus übel zugerichtet.“

„Das interessiert mich nicht“, wehrte sie unbeeindruckt ab. „Dabei geht es nur um Gegenstände.“ Sie berührte vorsichtig seine Wange, die sich schon dunkler verfärbt hatte als ihre. „Diese Männer waren hinter mir her?“

„Ja, aber ich hätte nie zugelassen, dass sie dich bekommen, Daria.“

„Ich weiß.“

Es gefiel ihm, wie sie ihn berührte und betrachtete. Die dunkle Verfärbung in ihrem Gesicht ging schon zurück. Sie hatte die Schränke durchwühlt und trug jetzt Shorts, Socken und ein T-Shirt, das zwar sehr weit war, sich aber trotzdem an den richtigen Stellen an ihren Körper schmiegte.

„Ich möchte wissen, wonach sie gesucht haben“, sagte sie leise.

„Ich habe gehofft, du könntest mir das verraten. Sie haben davon gesprochen, du hättest etwas, das ihnen gehört. Da sie mir aufgelauert haben, um an dich heranzukommen, haben sie es im Haus offenbar nicht gefunden.“

„Ich fühle mich so schuldig.“ Während seiner Abwesenheit hatte sie nachgedacht, warum jemand sie umbringen wollte, war jedoch auf nichts gestoßen. „Du hast gesagt, du hättest in meiner Handtasche nachgesehen?“

„Ich habe nichts gefunden, wofür man töten würde.“

„Vielleicht irrt sich derjenige, der auf mich geschossen und dich zusammengeschlagen hat. Vielleicht war das, wonach sie suchen, nie in meinem Besitz.“

„Das könnte sein.“ Daran hatte er auch schon gedacht. Doch dann erinnerte er sich daran, wie krampfhaft sie beim Verlassen des Hotels ihre Tasche festgehalten hatte.

Daria konzentrierte sich auf das nächstliegende Problem. „Wir müssen dich ins Bett bringen."

Er lächelte aufreizend. „Das ist zwar das beste Angebot, das ich heute bekommen habe, Schätzchen, aber ich verzichte lieber. Im Moment wäre ich vermutlich nicht fähig, wie üblich durch meine sagenhaften Fähigkeiten zu glänzen."

„Ich schätze Männer, die ihre Grenzen kennen", erwiderte sie kühl lächelnd.

„Manchmal kann es einem das Leben retten, wenn man den Unterschied zwischen Wollen und Können begreift. Außerdem wäre es vermutlich mein größter Fehler, mit dir ins Bett zu gehen. Und du kannst mir glauben, dass ich schon viele gewaltige Fehler begangen habe."

Obwohl sie versichert hatte, keinen Sex mit ihm zu wollen, schmerzte sie die Zurückweisung. „Begehrst du mich nicht?"

Er lachte kurz auf. „Was denkst du denn?"

„Ich weiß es nicht", gestand sie. „Es ist alles so verwirrend. Ich weiß nicht, wer ich bin, wie ich in diese Lage geraten bin und wer mich umbringen will. Aber am verwirrendsten finde ich, was sich zwischen uns abspielt."

„Gar nichts spielt sich zwischen uns ab. Das ist nur sexuelle Anziehungskraft, mehr nicht. Genau darum werde ich mich zurückhalten und nicht tun, was ich mir seit deinem ersten Kuss wünsche – auch wenn es mir schwer fällt."

„Also begehrst du mich doch?"

„Wieso fragst du nicht, ob ich atmen möchte? Ja, ich begehre dich mehr als jemals eine andere Frau in meinem Leben. Aber der Zeitpunkt ist falsch."

Das stimmte, und doch ...

„Was ist später, wenn alles vorüber ist?" fragte sie und fühlte sich noch verletzlicher als beim Erwachen im Krankenhaus, als sie nicht mehr gewusst hatte, wer sie war.

„Falls du es vergessen haben solltest – du bist verlobt."

„Eine Verlobung kann man auflösen."

„Sicher, und wenn du meine Meinung hören willst, solltest du dich schnellstens von James Boudreaux trennen. Der Mann ist ein hochgradiger Blender. Außerdem ist er so mit sich selbst und seinen ehrgeizigen Plänen beschäftigt, dass er nicht begriffen hat, was für einen Schatz er in dir hat."

Er hatte sie einen Schatz genannt! Daria strahlte vor Freude.

Roarke hatte sie entmutigen wollen, doch jetzt war es schlimmer geworden. Er würde dafür sorgen, dass sie am Leben blieb, aber er konnte wahrscheinlich nicht verhindern, dass ihre Gefühle verletzt wurden.

„Du verdienst mehr, als Boudreaux bereit ist, dir zu geben", fügte er hinzu. „Und wesentlich mehr, als ich dir geben kann."

„Woher willst du wissen, was ich mir wünsche und was ich brauche?"

Er strich sich durch das Haar. „Du weißt vieles von mir nicht."

„Dann erzähle es mir."

Er seufzte so tief, dass seine Rippen schmerzten. „Du bist die geborene Staatsanwältin. Ich komme mir wie beim Kreuzverhör vor. Darin erinnerst du mich stark an Michael. Ihr beide wärt ein ideales Paar. Wenn am Ende die Bösewichte hinter Gittern sitzen, kannst du vielleicht mit Mike ein hollywoodreifes Happyend erleben."

„So nett dein Bruder auch ist, ich will ihn nicht. Ich will dich, wenn auch nicht jetzt, wo du verletzt bist. So habe ich noch nie für einen Mann empfunden."

„Woher weißt du das?" entgegnete er. „Du hast dein Gedächtnis verloren."

„Das wüsste ich trotzdem. Ich weiß auch, dass wir an unserem Lebensende nicht unbedingt bereuen werden, was wir getan, sondern was wir nicht getan haben." Ohne sich an den getrockneten Blutflecken auf seinem Sweater zu stören, berührte sie sanft seine Brust. „Ich will nicht bereuen, dass ich dich nicht geliebt habe."

Er hielt ihre Hand fest. „Das ist das entscheidende Wort,

Schätzchen. Liebe! Du solltest auf einen Mann warten, der fähig ist, dich so zu lieben, wie du es verdienst."

„Und das bist nicht du?"

„Nein. Und nachdem wir das geklärt haben, muss ich schnell eine Aufnahme für eine Freundin machen."

„Das kannst du später erledigen."

„Nein, es muss jetzt sein. Hattie hat mir wahrscheinlich durch ihr Eingreifen das Leben gerettet. Ich bin ihr das schuldig."

Die Vorstellung, er hätte ihretwegen umgebracht werden können, war entsetzlich. Daria drückte gegen seine Brust und merkte, dass ihm sogar diese leichte Berührung Schmerzen verursachte.

„Brauchst du Hilfe?"

Er brauchte Daria!

„Wobei?"

„Bei der Aufnahme. Wenn ich die Kamera bedienen soll ..."

„Nein, damit komme ich klar. Ich will nur im Bild festhalten, was diese Kerle mit mir angestellt haben. Die Story selbst nehme ich später auf."

Daria wurde klar, dass er so starrsinnig war wie sie selbst. Es hatte keinen Sinn, Roarke zu widersprechen. Er tat nur, was er wollte, und sie konnte ihn nicht umstimmen.

„Ich könnte dir etwas zu trinken und eine von den schmerzstillenden Tabletten holen, die du mir gestern Abend versprochen hast."

„Lass die Pillen weg." Er glaubte zwar nicht, dass die brutalen Polizisten dieses Haus entdecken würden, doch er wollte auf jeden Fall einen klaren Kopf behalten, falls er mit Daria fliehen musste. „Ich würde aber gern etwas trinken."

„Kommt sofort." Sie freute sich, dass zur Abwechslung sie sich um ihn kümmern konnte. „In der Bibliothek habe ich einige Karaffen gesehen. Scotch oder Brandy?"

„Scotch."

„Ich bringe ihn dir nach oben."

„Wunderbar." Er betrachtete ihren Hüftschwung, als sie das Zimmer verließ. Auch wenn es im Moment nicht angebracht war, seine Gedanken in diese Richtung treiben zu lassen, stellte er sich vor, mit ihr zu duschen.

Dafür allein hätte es sich gelohnt, sich zusammenschlagen zu lassen.

Es dauerte nur wenige Minuten, um die Videokamera aufzustellen und die Eingangssequenz aufzuzeichnen. Danach entschied er, dass eine lange heiße Dusche genau das Richtige für ihn war, und ging nach oben.

Daria erwartete ihn im Bad. Sie hatte die Wanne voll laufen lassen. Der ganze Raum duftete.

„Hast du Badeschaum ins Wasser getan?"

Sein geringschätziger Ton störte sie nicht im Geringsten. „Das nennt man Aromatherapie. Dabei entspannt man sich."

„Ich will nicht wie ein Mädchen riechen", beschwerte er sich, als ihm der Duft von Jasmin und Gardenien entgegenstieg.

„Keine Sorge, Roarke." Sie öffnete die drei Knöpfe am Ausschnitt seines Sweaters. „Niemand wird dich jemals irrtümlich für eine Frau halten." Mit seiner Hilfe zog sie ihm den Pullover über den Kopf. „Um Himmels willen!" rief sie entsetzt, als sie seine nackte Brust erblickte.

„Es ist nicht so schlimm", beruhigte er sie. „Außerdem heilt das wieder. Das passiert mir nicht zum ersten Mal."

Daria stiegen Tränen in die Augen. „Das ist alles meine Schuld. Hätte ich dich nicht in der Hotelbar angesprochen und dich in diese schreckliche Geschichte mit hineingezogen ..."

„Dann hätte ich eine fantastische Story verpasst." Er griff nach dem Glas, das sie auf die Marmorkonsole gestellt hatte, und nahm einen großen Schluck. „Ich bin ein erwachsener Mann, Daria, und kann meine eigenen Entscheidungen treffen."

„Hättest du gewusst, dass du so brutal zusammengeschlagen wirst, wenn du mit mir das Hotel verlässt ..."

„Dann wäre ich trotzdem mit dir gegangen."

Er antwortete so schnell und entschieden, dass sie ihm glauben musste. „Warum?“ flüsterte sie.

Diese Frage hatte er sich selbst auch schon gestellt, und die Antwort hatte ihn wie ein Blitz aus heiterem Himmel getroffen. „Weil ich gar keine andere Wahl hatte.“

„Man hat immer eine andere Wahl.“ Als sie die Worte aussprach, erinnerte sie sich daran, dass sie genau das stets sagte, wenn ein Verteidiger behauptete, sein Mandant hätte wegen seiner schlimmen Jugend keine andere Wahl gehabt.

„Früher war ich davon überzeugt“, entgegnete er lächelnd. „Jetzt nicht mehr.“

Zuerst wollte sie widersprechen, änderte jedoch ihre Meinung, als er den Knopf am Bund seiner Jeans öffnete. „Ich lasse dich jetzt in Ruhe baden“, erklärte sie leise.

„Du kannst gern bleiben, wenn du willst.“ Der nächste Knopf folgte. „Wir können über unseren Fall sprechen und vielleicht deine Erinnerung anregen.“

Daria war klar, dass er sie auf die Probe stellte und dass sie sie nicht bestehen konnte. Sie konnte nicht in dem warmen, dampferfüllten Bad zusammen mit dem nackten Roarke O’Malley bleiben und an etwas anderes denken als an die berauschenden Empfindungen, die er in ihr auslöste. „Vielleicht später.“ Mit einem gespielt kühlen Lächeln, das sie vor Gericht gegnerischen Anwälten zeigte, verließ sie das Bad und schloss hinter sich die Tür.

Roarke zog sich vollständig aus, ließ sich in das warme Wasser sinken, nippte an dem Scotch und fragte sich, was Daria getan haben könnte, dass James Boudreaux ihren Tod wollte. Würde ein Politiker zu Mord als letztem Mittel greifen, falls jemand entdeckte, dass er illegale Wahlkampfspenden angenommen hatte?

Ein Klopfen an der Tür riss ihn aus seinen Gedanken.

„Darf ich hereinkommen?“

Er zögerte, doch wenn es Daria nichts ausmachte, ihn nackt zu sehen, brauchte er sich auch nicht daran zu stören. „Sicher.“

„Ich habe nachgedacht." Sie richtete ihre ganze Aufmerksamkeit auf sein Gesicht.

„Über den Fall?"

„Nein, darüber, was du gesagt hast ... über Liebe und Sex." Sie schlug einen energischen Ton an, war jedoch sichtlich nervös.

„Und?"

„Du hast wahrscheinlich Recht, dass die Anziehung zwischen uns etwas mit unserer Situation zu tun hat. Gefahr ist zweifellos ein starkes Aphrodisiakum."

„Ganz sicher."

„Dann wollen wir auf einer rein körperlichen Ebene genießen, solange es geht. Wenn es vorüber ist und, wie du sagst, die Bösewichte hinter Gittern sitzen, führt jeder von uns sein bisheriges Leben fort."

Roarke sah sie überrascht an. „Damit wärst du zufrieden?"

„Ja." Daria hatte keine Ahnung, ob das stimmte oder nicht, aber unter den gegebenen Umständen war es die einzig mögliche Antwort.

„Damit ich dich richtig verstehe: Du glaubst, du könntest heißen Sex mit mir haben, bis diese Morde aufgeklärt sind. Dann drücken wir uns die Hand, du ziehst ein weißes Kleid an und trittst mit deinem Verlobten vor den Traualtar?"

„Ich bin mir nicht sicher, was James angeht ..." Das hatte nicht nur damit zu tun, dass sie sich nicht an die Verlobung erinnerte. Es gab noch einen Grund, das spürte sie, auch wenn sie ihn nicht klar benennen konnte, weil sie ihr Gedächtnis noch nicht wiedererlangt hatte.

„Aha!"

Sie überging seinen triumphierenden Ausruf. „Allerdings hätte ich nach dem heißen Sex zum Abschied lieber einen Kuss als einen Händedruck. Nein, ich meine es ernst. Ich kann meine eigenen Entscheidungen fällen. Und wenn ich mir eine Affäre mit dir wünsche und du Sex mit mir haben willst, kann uns niemand daran hindern. Wir sind beide erwachsen."

Das klang sehr einfach, und doch war Roarke überzeugt, dass irgendwo eine Falle lauerte. Er kam jedoch nicht dahinter, weil sein ganzer Körper schmerzte.

„Du musst zugeben, dass es eine perfekte Lösung ist." Sie nahm einen roten Waschlappen von einem vergoldeten Halter und kniete sich neben die Wanne. Roarke vergaß bei ihren verführerischen Bewegungen schlagartig die Schmerzen. Behutsam wusch sie das getrocknete Blut von seinem Gesicht und fuhr dann mit dem Waschlappen über seinen Hals und seine Schultern.

„Die Lösung ist attraktiv", räumte er ein, „aber ob sie auch perfekt ist, möchte ich bezweifeln."

„Doch, glaube mir." Betroffen betrachtete sie die dunkel verfärbten Stellen auf seinem Oberkörper. „Du hast mir in den letzten zwei Tagen dreimal das Leben gerettet. Ich weiß gar nicht, wie ich dir dafür danken kann."

Er hielt den Atem an, als der Waschlappen unter Wasser über seine Rippen und seinen Bauch glitt. „Da hätte ich mehrere Ideen. Du führst mich in Versuchung, aber du brauchst mir nichts als Gegenleistung für meinen Schutz zu bieten. Ich bleibe bei dir, bis ich meine Story habe. Da das aber nur klappt, solange dir nichts zustößt, schuldest du mir gar nichts, auch keinen Sex."

Er wusste, wie schwer es ihr gefallen war, ihm eine Affäre ohne Bindungen anzubieten. Jetzt fühlte er sich wie ein Bastard, als er sah, wie demütigend seine Abfuhr für sie war.

„Vermutlich kann ein Macho wie du sich um den Rest selbst kümmern", erklärte sie kühl, doch das Zittern ihrer Hand strafte ihre äußerliche Gelassenheit Lügen.

„Ich kümmere mich schon sehr lange um mich selbst."

„Und du willst es auch weiterhin so haben."

Er hielt ihrem herausfordernden Blick stand. „Du hast es erfasst! Und das schon beim ersten Versuch!"

„Fein!" Sie warf ihm den Waschlappen auf die Brust, drehte sich hastig um, ging hinaus und schlug hinter sich die Tür zu.

Roarke war überzeugt, für sie beide das Richtige getan

zu haben. Seufzend griff er nach dem Lappen, schrubbte sich kraftvoll ab und hoffte, der Schmerz würde sein Verlangen auslöschen.

9. KAPITEL

Roarke war daran gewöhnt, manchmal tagelang ohne Schlaf auszukommen. Daher fiel es ihm nicht schwer, schon vor Sonnenaufgang aufzustehen und in der Küche Kaffee zu machen. Ursprünglich hatte er die Stadt noch bei Dunkelheit verlassen wollen. Daria hatte jedoch viel durchgemacht und brauchte den Schlaf.

Sugar hatte den Lieferwagen gebracht und ihnen zur Verfügung gestellt. Eine Detektivin war Sugar zum Haus gefolgt. Die beiden waren in einem unauffälligen PKW weggefahren.

„Das duftet wunderbar“, stellte Daria fest, als sie die Küche betrat. Sie trug graue Leggings und ein weites Sweatshirt mit dem Emblem der Loyola-Universität.

Beim Packen ihrer Sachen hatte Roarke ihre hauptsächlich aus Kostümen bestehende Garderobe zu schlicht gefunden. Mit ihren Dessous war das ganz anders. Er hatte zusammengesucht, was die Vandalen verschont hatten. Es sah ganz so aus, als hätte sie die Abteilung für Dessous im berühmten „Fleur de Paris“ an der Royal Street leer gekauft. Es erregte ihn schon, wenn er sich vorstellte, was sie unter der einfachen Kleidung trug.

Roarke reichte ihr eine Tasse.

Daria nahm einen Schluck und seufzte behaglich. „Er schmeckt auch so gut, wie er riecht.“

Am liebsten hätte er sie auf den Küchentisch oder auch darunter gezogen. Unter seinem verlangenden Blick wurde sie rot. Höchste Zeit, dass er sich wieder mit ihren Problemen beschäftigte.

„Was macht dein Gedächtnis?“

Viel zu viel, fand sie und erinnerte sich bis ins Detail an den erotischen Traum kurz vor dem Erwachen. „Mir ist nichts über die Morde eingefallen."

„Wenn du mitmachst, hätte ich einen Plan, wie wir das beheben könnten."

„Natürlich mache ich mit." Sie hätte alles getan, um die Schleier zu vertreiben, die noch immer über Teilen ihrer Erinnerungen lagen.

„Es könnte gefährlich werden."

„Na, das wäre ja etwas ganz Neues."

Er lächelte über ihren trockenen Humor. „Nichts treibt den Blutdruck so schnell hoch wie ein wenig Gefahr."

Ihn gestern Abend zu waschen hatte ihren Blutdruck ebenfalls hochschnellen lassen.

„Ach ja, Mike will einen Zeichner herschicken, damit er ein Bild des Mordopfers im Bayou anfertigt."

Allein der Gedanke daran jagte ihr einen Schauer über den Rücken. „In Ordnung." Sie hätte den Tod dieses armen Mannes gern verdrängt, wusste aber, dass sie sich damit auseinander setzen musste.

„Danach bringe ich dich aus der Stadt."

„Wohin? Wieder in ein Versteck?"

„Ja. Es liegt im Bayou. Ich habe es früher benützt, wenn ich auf die Jagd oder zum Angeln ging. Dort sind wir sicher, während Mike hier weiterermittelt, und wir können abwarten, woran du dich erinnerst."

Sie war bei der Erwähnung des Bayous zusammengezuckt. „Es steckt doch mehr dahinter, nicht wahr? Du hoffst, ich könnte mich im Bayou leichter an die Gesichter der Männer erinnern, die den Mann erschossen haben."

„Stimmt", bestätigte er.

Daria war ihm für die Offenheit dankbar, auch wenn er wissen musste, dass sie Angst davor hatte, an den Ort ihrer Alpträume zurückzukehren.

„Ich mache mit“, sagte sie leise. Es blieb ihr gar nichts anderes übrig. Die Antwort auf alle Fragen lag dort draußen in den unheimlichen Sümpfen des Bayou.

Roarke war überzeugt gewesen, dass er auf sie zählen konnte. Jetzt hoffte er nur, dass sein Plan sie nicht beide das Leben kostete.

Der ehemalige Polizeizeichner war freundlich, tüchtig und sehr talentiert. Geduldig veränderte er die Skizzen, bis sie mit dem Gesicht des Mordopfers übereinstimmten, wie Daria es geschildert harte. Sie war jedoch immer noch nicht zufrieden.

„Das könnte jeder sein“, stellte sie nach einem Blick auf die Zeichnung fest.

„Sie wären überrascht, wie hilfreich ein solches Bild ist“, versicherte er. „Und Sie haben eine sehr gute Beschreibung geliefert, Miss Shea. Diese eintätowierte Träne zum Beispiel bedeutet, dass er jemanden umgebracht hat. Falls er im Gefängnis war, müssten wir auf ein Foto von ihm stoßen.“

Daria hielt die Chancen für sehr gering. Sie hoffte nur, dass Michael O'Malley als Detektiv so gut war, wie Roarke es behauptete. Um nämlich etwas mit dieser Skizze anfangen zu können, hätte er schon Sherlock Holmes, Columbo und Sam Spade in einer Person sein müssen.

„Vielleicht habe ich die Anklage gegen ihn vertreten“, bemerkte sie nachdenklich.

„Möglich, dass du ihn mal hinter Gitter gebracht hast“, sagte Roarke gleichzeitig.

Daria sah ihn an, und er lächelte ihr zum ersten Mal herzlich zu.

„Das ist durchaus möglich“, bestätigte der Zeichner, fixierte die Skizze und steckte seine Zeichenutensilien wieder ein. „Es könnte sich um einen Bandenmord handeln. Melden Sie sich wieder?“ fragte er Roarke.

„Ja“, versicherte Roarke. „Und Mike weiß, wie ich zu erreichen bin.“

Daria blieb in der Küche, während er den Zeichner zur Tür

brachte. Sie hörte die beiden gedämpft miteinander reden, ohne etwas zu verstehen.

„Keith war früher Leiter eines Ortsverbandes der Polizeigewerkschaft in New Orleans“, sagte Roarke, als er zurückkam.

„Ja?“ Da er nichts ohne Absicht sagte, wartete sie ab, worauf er hinauswollte.

„Merkwürdig.“ Er schenkte sich Kaffee ein und hielt ihr die Kanne hin. Daria schüttelte ablehnend den Kopf. „Es hat sich herausgestellt, dass die Gewerkschaft den Wahlkampf deines Verlobten unterstützt hat.“

„Das ist nicht ungewöhnlich. Kandidaten stellen sich gern mit den Ortsverbänden der Polizeigewerkschaft gut.“

„Sicher, aber das lief etwas anders. Einer der Spitzenmänner deutete ziemlich unverhohlen an, es wäre für alle Beteiligten gut, wenn die Polizisten den Wahlkampf aus eigener Tasche unterstützten.“

„Wurde Zwang ausgeübt?“

„So würde ich das nicht nennen.“ Er nahm einen Schluck. „Man könnte eher sagen, sie wurden ermutigt, ihrer Bürgerpflicht dadurch nachzukommen, dass sie einen Kandidaten wählten, der für Recht und Ordnung eintritt.“

„Ich kann mir nicht vorstellen, dass jemand umgebracht wurde, weil er kein Geld für den Wahlkampf spenden wollte.“

„Das wäre sogar für Boudreaux eine zu drastische Maßnahme“, räumte Roarke ein. „Die ganze Sache bewegte sich allerdings juristisch gesehen auf sehr dünnem Eis. Was hättest du getan, wenn du auf illegale Wahlkampfspenden gestoßen wärst?“

„Ich hätte Anklage erhoben“, erwiderte sie ohne zu zögern.

„Gegen deinen eigenen Verlobten?“

„Falls er gegen das Gesetz verstoßen hätte, wäre mir gar keine andere Wahl geblieben.“

Roarke schüttelte den Kopf. Wie einfach wäre es doch, gäbe es in der Welt nur Schwarz und Weiß, Gut und Böse!

„Ich weiß, was du jetzt denkst“, meinte sie, als er nicht gleich antwortete. „Du findest, ich bin zu altmodisch und habe zu strenge Grundsätze."

„Louisiana ist nicht gerade für seine strengen Grundsätze berühmt", erwiderte er.

„Sicher, und genau das ist ja das Problem – nicht nur hier, sondern überall. Die Leute glauben, Vorschriften und Gesetze hätten keine Bedeutung mehr. Und sie denken, sie könnten die Gesetze nach Belieben brechen. Das fängt damit an, dass die Leute schneller fahren als erlaubt, dann betrügen sie bei der Steuer, danach zahlen sie keine Alimente mehr für ihre Kinder und ..."

„Und früher oder später landen sie bei der Schwerstkriminalität", ergänzte Roarke schmunzelnd und hätte sie am liebsten geküsst. Hastig wandte er sich ab und stellte seine Tasse in die Spülmaschine. Als er sich wieder zu Daria umdrehte, grinste er nicht mehr. „Ich bewundere dich. Allerdings sind nicht viele Menschen so gesetzestreu wie du."

„Das ist mir klar." Zu seiner Überraschung lachte sie. „Als stellvertretende Staatsanwältin erlebt man so einiges." Sie sah ihn plötzlich mit weit aufgerissenen Augen an. „Roarke ..."

Er sagte kein Wort und wartete darauf zu hören, woran sie sich gerade erinnerte.

„Oh nein!" rief sie enttäuscht. „Ich war so nahe dran!"

„Es wird dir schon wieder einfallen", tröstete er sie.

Daria bedeutete ihm von Tag zu Tag mehr. Dabei war er eigentlich seinem Vater zu ähnlich – ein ruheloser Herumtreiber, der es nie lange an einem Ort aushielt, oder bei einer einzigen Frau.

Seine Erfahrungen als Reporter hatten Roarke zynisch gemacht. Er vertraute niemandem, seine Brüder ausgenommen. Eine intelligente Frau wie Daria sollte ihn nicht begehren. Doch erstaunlicherweise tat sie es. Und darum küsste er sie.

Im Gegensatz zu den früheren Küssen fiel dieser Kuss nicht leidenschaftlich aus, sondern sanft und zärtlich. Trotzdem machte er sie schwach, und sie fürchtete, dass sie für immer ihr Herz an Roarke verlieren könnte.

„Wofür war das?“ fragte sie, als Roarke schließlich ihre Lippen freigab.

„Für dich.“ Lächelnd streichelte er ihre Wange. „Und für mich.“

Lange sahen sie einander in die Augen.

„Wir sollten gehen“, sagte Roarke endlich.

Als sie das Haus verließen, wusste Daria, dass sich in diesem zärtlichen Moment alles zwischen ihnen verändert hatte.

Viele Menschen dachten bei dem Wort „Sumpf“ an Schlangen, feuchtschwüle Luft und Krokodile. Trotzdem hatte Roarke auf all seinen Reisen um die Welt nie einen so schönen Ort gesehen wie Louisianas Bayous mit den riesigen Wäldern. Tausende von Vögeln lebten in diesem Ökosystem, und im Frühjahr verschwanden unzählige Seen unter den herrlichsten Seerosenblüten.

Sosehr er die Großstadt liebte, wahren Frieden verspürte er doch nur am Atchafalaya River. Sein Onkel hatte ihn zum ersten Mal zum Jagen dorthin mitgenommen.

„Wenn ich daran denke, was hier draußen Schreckliches passiert ist, sollte ich Angst haben“, überlegte Daria laut, während sie durch das riesige Sumpfgebiet fuhren.

Vor einer Stunde hatten sie New Orleans verlassen. Seither hatte Daria geschwiegen.

„Aber?“ hakte Roarke nach.

„Aber die Schönheit der Landschaft beruhigt mich.“

„Das Bayou liegt nicht jedem.“

„Und das ist gut so. Als wir über die Brücke fuhren, erinnerte ich mich an etwas. Ich hatte einmal einen Mordfall, in dem der Verdächtige aus Houma stammte. Damals verbrachte ich viel Zeit hier draußen und verliebte mich.“

„Hoffentlich nicht in den Verdächtigen.“

„Nein, in das Land“, erwiderte sie lächelnd. „Es ist keine Liebe, die einen wie ein Blitz trifft. Sie ergreift einen langsam und füllt eine innere Leere aus, die einem vorher gar nicht bewusst war.

Als ich das Bayou verließ, blieb ein Stück von mir zurück. Tut mir Leid", fügte sie hinzu, „das klingt hoffnungslos romantisch, aber ..."

„Es stimmt."

Roarke geriet in Versuchung, sie auf der Stelle zu bitten, ihn zu heiraten. Sie war einfach perfekt. Wenn er sich noch retten wollte, musste er bei ihr einen Fehler finden.

„Die Touristen steigen in die Ausflugsboote, sehen einige Biberratten, der Führer füttert ein Krokodil mit Hühnerfleisch, dann essen sie gekochte Krebse mit Tabasco-Soße und glauben, sie wären im Bayou gewesen. Aber so geht das nicht. Man kann nicht hinfahren, schnell ein paar Schnappschüsse machen und dann die nächste Plantage, das Französische Viertel oder Elvis' Grab in Memphis besichtigen. Das Bayou muss man erwandern."

„Vielleicht liebst du es gerade deshalb", bemerkte Daria. „Ich meine, weil man dort wandern muss. Und wenn man sich deine Karriere ansieht, so bist du ein Mann, dem das Wandern im Blut liegt."

„Du bist genau wie dein Vater." Wie oft hatte er seine Mutter das sagen hören? Doch Roarke kannte einen Unterschied. Patrick O'Malley zog noch immer durch die Welt und schoss Fotos, die ihm den Pulitzer-Preis eintrugen. Sein zweitältester Sohn dagegen war es allmählich leid, hinter etwas herzujagen, das man nie erreichen konnte.

„Du könntest Recht haben", sagte er nur, weil er nicht über seine Zweifel sprechen wollte, und schaltete das Radio ein.

Daria verstand von dem melancholischen Cajun-Song zwar nur die Hälfte, aber es ging um eine tragische Liebe. Da sie schon deprimiert genug war, atmete sie erleichtert auf, als ein fröhlicheres Lied folgte.

Zwischen Reisfeldern fuhren sie immer tiefer ins Bayou hinein. Da sich hier die Landschaft ständig veränderte, staunte Daria, wie Roarke überhaupt den richtigen Weg fand.

Sie kamen an einem Friedhof vorbei, dessen Gräber oberirdisch angelegt waren, damit die Toten nicht vom Grundwasser hochgedrückt wurden. Ein Sonnenstrahl glitzerte auf dem abgebrochenen Flügel eines Engels und löste eine Erinnerung aus.

„Roarke!“ Sie packte ihn so fest am Arm, dass er beinahe von der schmalen Straße abgekommen wäre.

„Was ist?“

„Ich habe mich gerade an etwas erinnert.“

Er hielt am Straßenrand und stellte den Motor aus. Offenbar erfüllte sich seine Hoffnung, dass diese Fahrt ihrem Erinnerungsvermögen auf die Sprünge helfen würde.

„Nachdem ich dich vor dem Hotel abgehängt hatte, lief ich durch das Französische Viertel zum Armstrong Park. Dort hat mich ein Mann mit einer Henkersmütze überfallen.“

„Ich erinnere mich an den Kerl.“ Roarke ballte die Hände zu Fäusten. Der Mann war an ihm vorbeigelaufen.

„Er zerrte mich auf den Friedhof und drohte, mich ins Bayou zu bringen. Mir war klar, dass er mich töten wollte. Also bot ich ihm etwas an, um ihn umzustimmen.“

„Und was?“ Roarke hoffte, endlich zu erfahren, was die Kerle in ihrem Haus gesucht hatten.

„Mich.“

„Dich?“ fragte er fassungslos. „Hast du den Verstand verloren?“

„Was blieb mir denn anderes übrig?“ verteidigte sie sich. „Es ging um mein Leben! Außerdem wollte ich es nicht wirklich tun. Ich habe das nur gesagt, um Zeit gewinnen.“

„Ein großartiger Plan“, bemerkte Roarke spöttisch.

„Es hat jedenfalls geklappt. Ich konnte ihn ablenken und fliehen. Ich erinnere mich auch, dass ich meine Tasche vom Boden aufgehoben habe. Das war für mich sehr wichtig. Und ich bemerkte, dass sie sich geöffnet hatte. An mehr erinnere ich mich nicht.“

Es war nicht viel, aber jedenfalls wussten sie jetzt mehr als vorher. „Ich setze Mike darauf an.“ Der Lieferwagen, der eindeutig nicht nur zum Fischtransport gedacht war, besaß ein Funktelefon. Roarke wählte die Nummer von Mikes Detektei.

„Ich lasse den Friedhof sofort von einigen Leuten überprüfen“, versicherte Michael, sobald Roarke ihn unterrichtet hatte. „Mal sehen, was wir finden, obwohl alles Wertvolle garantiert schon mitgenommen wurde. Wir werden auch den Louis Armstrong-Park durchkämmen und den Weg bis zur Stelle verfolgen, an der du Daria gefunden hast. Falls sie den Gegenstand auf der Straße verloren hat, hat die Straßenreinigung ihn allerdings schon mitgenommen.“

„Vielleicht haben wir Glück, und sie hat diesen Gegenstand auf dem Friedhof verloren“, meinte Roarke.

„Ich stifte der Voodoo-Queen Marie Laveau eine Kerze.“

Trotz der ernsten Lage lachte Roarke über die Bemerkung seines Bruders. „Danke, Mike, ich stehe in deiner Schuld. Ich werde es nicht vergessen.“

„Hey, dafür sind Brüder doch da“, erwiderte Michael und legte wieder auf.

„Wahrscheinlich kommen wir nicht weiter“, sagte Daria niedergeschlagen.

„Oder wir lösen den Fall“, entgegnete Roarke. „Außerdem wissen wir jetzt schon mehr als noch vor fünf Minuten.“

Das stimmte, und als Daria sich zurücklehnte und die herrliche Landschaft betrachtete, hoffte sie, dass ihr Gedächtnis auch noch weiter angeregt wurde.

Die Sonne stand schon sehr tief, als Roarke auf eine einspurige Schotterstraße bog, die durch morastiges Gebiet führte. Wenige Minuten später hielt er vor einer kleinen Anlegestelle, an der ein Boot mit flachem Kiel vertäut lag.

„Fahren wir mit dem Boot?“

„Ansonsten müssen wir schwimmen.“

Allein hätte Daria niemals den Weg zurück in die Zivilisation gefunden, sie war Roarke völlig ausgeliefert. Sie stieg in das Boot und setzte sich hoheitsvoll wie eine Prinzessin.

Roarke unterdrückte ein Lächeln und holte das Gepäck aus dem Wagen, warf den Motor an und fuhr los.

Das Boot glitt sanft durch das dunkle Wasser. Das einzige Geräusch, das man hörte, war das Brummen des Innenbordmotors, und auch das verstummte, als sie eine flache, morastige Stelle erreichten. Roarke griff nach einer langen Stange, die auf dem Boden des Bootes lag, und manövrierte geschickt durch den Sumpf. Tiefe Stille herrschte, während sie unter hohen Zypressen dahinglitten. Nirgendwo war es ruhiger als in einem Sumpf in der Abenddämmerung.

Daria entspannte sich immer mehr. Diese Landschaft wirkte tröstlich und zugleich melancholisch. Irgendwo spielte jemand auf einem Akkordeon. Am Horizont türmten sich Gewitterwolken.

Sie kamen an einem kleinen Schild vorbei, das an eine Zypresse genagelt war. „Öl- und Gaspipeline. Nicht ankern!"

„Mein Vater war Manager bei einer Ölfirma", sagte Daria plötzlich.

Es freute Roarke, dass wieder ein Teil ihres Gedächtnisses zurückgekehrt war. Es wäre jedoch besser gewesen, wenn der Erinnerungsfetzen mit dem aktuellen Fall zu tun gehabt hätte. „Mike hat versucht, deine Familie aufzuspüren. Bisher hatte er kein Glück."

„Ich war ein Einzelkind. Meine Eltern kamen bei einem Flugzeugabsturz in den Rocky Mountains ums Leben, kurz bevor ich mit dem Studium fertig war."

Das erklärt ihre Unabhängigkeit, dachte Roarke. Wenn man sich auf niemanden stützen kann, lernt man zwangsläufig, auf eigenen Beinen zu stehen. „Bist du in Colorado aufgewachsen?"

„Nein, ich wurde in New Orleans geboren und ging in Europa auf Privatschulen. Da Dad aus beruflichen Gründen viel reisen musste, hielten meine Eltern es für besser, mich in ein Internat in der Schweiz zu geben, wo ich in stabilen Verhältnissen aufwachsen konnte." Sie sah kristallklare Seen und schneebedeckte Berge vor sich.

Roarke dachte an sein lautes Elternhaus mit Brüdern, Tanten, Onkeln, Cousins und Cousinen. „Du musst dich oft einsam gefühlt haben."

Daria seufzte. „Oh ja, das habe ich. Und kalt war es! Mit vierzehn wollte ich meine Eltern dazu bringen, mich auf Hawaii zur Schule gehen zu lassen. Mein Vater fürchtete jedoch, ich könnte mich zu viel am Strand mit Surfern und Seeleuten herumtreiben."

„Die meisten Väter vierzehnjähriger Mädchen hätten das befürchtet."

Sie lächelte, als sie sich an die telefonischen Kämpfe jener Zeit erinnerte. „Auch wenn ich es nur ungern zugebe, wahrscheinlich hatte er Recht."

„Also hat er dich bei den Nonnen gelassen."

„Bis ich die Schule beendet hatte und nach Stanford gehen durfte."

„Hast du dort das Versäumte nachgeholt?"

Sie überlegte einen Moment und schüttelte den Kopf. „Nein, eigentlich nicht. Ich habe ständig gelernt, und da ich jahrelang nur mit weiblichen Wesen zusammengelebt hatte, wusste ich gar nicht, wie ich mit Jungen reden sollte."

Roarke dachte an ihr erstes Zusammentreffen in der Bar. „Offenbar hast du in der Zwischenzeit gewaltig dazugelernt."

„Offenbar", bestätigte sie lächelnd. „Vielleicht ist es mir bei dir auch nur besonders leicht gefallen."

Sie verließen das schlammige Gebiet und erreichten einen Flussarm. Roarke holte die Stange ein und warf wieder den Motor an. Die Sonne ging bereits unter, die letzten Strahlen tauchten alles in ein unwirkliches orange- und rosafarbenes Licht.

Hinter einer Flussbiegung lag ein See. An einer Uferseite stand unter den Ästen einer mächtigen, uralten Eiche eine geräumige Holzhütte auf Stelzen.

Die Hütte besaß eine Veranda und eine im Freien angebrachte Treppe zur „Gargonniere", dem Raum unter dem Dach, in dem früher die jungen Männer der dort wohnenden Großfamilie geschlafen hatten. Die Sonne war mittlerweile fast ganz verschwunden, die Hütte lag bereits im Schatten.

„Ich will ja nicht meckern", meinte Daria zögernd, als Roarke das Boot am Steg festmachte. „Aber wie lange war denn schon niemand mehr hier?"

„Was ist? Stört es dich, eine Behausung mit Schlangen zu teilen?"

„In meinem Leben gibt es schon genug Schlangen, wenn auch nur solche mit zwei Beinen. Ich brauche nicht noch mehr."

„Keine Sorge", wehrte er lachend ab. „Mike zieht sich oft hierher zurück. Und mein Onkel Claude wohnt auch gelegentlich hier. Vor meiner Abreise aus Moskau habe ich ihn angerufen. Er hat mir versprochen, die Hütte für mich zu säubern und die Speisekammer aufzufüllen."

„Tut mir Leid", meinte Daria erleichtert. „Wahrscheinlich hältst du mich für zu ängstlich und nervös, aber ..."

„Sei still." Als er sich zu ihr beugte, erwartete sie wieder einen Kuss, doch er drückte nur kurz die Lippen auf ihre Stirn. „Du gehörst zu den tapfersten Menschen, die ich jemals kennen gelernt habe."

„Wirklich?" fragte sie freudig. Sein Lob bedeutete ihr unbeschreiblich viel.

Ihr warmes Lächeln ließ einen Teil des Eises schmelzen, das sein Herz umgab. Schon zu Beginn seiner Laufbahn hatte Roarke gelernt, dass man sich keine Gefühle erlauben durfte, sonst fraß einen der Schmerz auf. Manche Korrespondenten tranken, um das Grauen zu vergessen, das sie mit ansehen mussten. Andere gaben sich Sex und Drogen hin. Einige entschieden sich für Selbstmord.

Die erste Eisschicht als Selbstverteidigung hatte sich um sein Herz gebildet, als er den ABC-Reporter, der ihn in den Beruf eingeführt hatte, in einem ausgebombten Haus in Beirut an einem Balken hängend vorgefunden hatte. Im Lauf der Jahre war die Eisschicht immer dicker geworden. Manchmal hatte sie Risse bekommen, aber jetzt geriet sie zum ersten Mal in Gefahr zu schmelzen.

„Du bist nicht nur mutig, sondern auch verrückt." Weil er dem Drang, sie zu küssen, kaum widerstehen konnte, zog er sich zurück. „Bist du nie auf die Idee gekommen, dass es dich das Leben kosten könnte, mit einem Fremden hierher in diese Einsamkeit zu fahren?"

„Nein, nicht mit dir", versicherte sie ernst.

Ihre Blicke trafen sich.

Daria hatte versichert, sich mit einer kurzen Affäre zufrieden zu geben. Doch er wusste, dass sie nicht die Frau dafür war. Sie war wie seine Mutter, für die es nur eine große Liebe gegeben hatte.

Er hatte im Lauf der Jahre den Schmerz und die Einsamkeit erlebt, die Mary O'Malley als Frau eines um die Welt reisenden Fotoreporters erlitten hatte. Als er selbst sich für eine ähnliche Laufbahn entschied, hatte er beschlossen, nie eine enge Bindung einzugehen.

Nun kam er sich vor, als wäre er auf Treibsand geraten. Schon überlegte er, ob er Daria in die Stadt zurückbringen und beim FBI abliefern sollte. Doch plötzlich krachte direkt über ihnen ein Donnerschlag, und Sekunden später setzte ein Wolkenbruch ein.

10. KAPITEL

Roarke nahm das Gepäck und lief mit Daria zu der Treppe, die zur Veranda hinaufführte. Als sie die Hütte betraten, waren sie bereits bis auf die Haut durchnässt.

Drinnen war es dunkel. Die Regentropfen trommelten auf das Blechdach, Donner grollte und die Blitze tauchten den Raum in bläuliches Licht.

„Du bist klatschnass“, sagte er und strich ihr über Schultern und Arme.

„Du auch“, erwiderte sie.

„Hier gibt es keinen Strom. Ein Gastank versorgt die Heizung, den Durchlauferhitzer, den Herd und den Kühlschrank. Ich könnte dir ein Bad einlassen.“ Er schob die Hände unter ihr Sweatshirt und streichelte ihre Brüste. „Wenn du allerdings nicht so lange warten willst, könnten wir uns selbst ein wenig einheizen.“

Genau das taten sie bereits. Daria wurde es heiß, als sie sein Hemd aufknöpfte und es auseinander schob. Betroffen betrachtete sie die Prellungen, die sich fast schwarz verfärbt hatten.

„Bist du denn überhaupt dazu in der Lage?“ fragte sie, als er unter ihrer Berührung automatisch tief Luft holte.

Er hielt ihre Hand fest und führte sie über seine angeschlagenen Rippen und den flachen Bauch. „An dem Tag, an dem ich nicht mehr mit einer schönen Frau ins Bett gehen kann, legen sie mich ins Broussard-Familiengrab.“

„Broussard?“ Es lenkte sie ab, dass er so erregt war. Trotzdem war sie neugierig. „Du heißt doch O’Malley.“

„Das ist der Name meines Vaters. Meine Mom ist eine hundertprozentige Cajun – stammt also von frankokanadischen Einwanderern ab. Dieses Land hier hat sogar den Broussards gehört, bevor mein Großvater in die Salzbergwerke auf Jefferson Island ging. Er brachte seine Familie in die Stadt. Dort lernten meine Eltern sich kennen, als mein Vater in den Süden kam und eine Fotoreportage über den Ölboom machte.“

Seine Eltern hatten erzählt, es hätte sie wie ein Blitz getroffen. Seine Mutter war bereits schwanger gewesen, als sie geheiratet hatte. Michael war auf den Tag neun Monate nach ihrem ersten Zusammentreffen geboren worden. Patrick O’Malley, der damals auf Cape Canaveral den Start der Mercury-Kapsel „Freedom 7“ fotografierte, verpasste die Geburt – genau wie später die Ankunft seiner beiden jüngeren Söhne.

„Stimmt etwas nicht?“ Daria streichelte seine Wange, weil er ein so finsteres Gesicht machte.

„Es ist nichts“, wehrte er ab. „Deine Zähne klappern schon. Ich mache Feuer.“ Bevor sie widersprechen konnte, ging er hinaus und holte Holz von dem Stapel, den sein Onkel für ihn auf der überdachten Veranda aufgeschichtet hatte.

Daria sah zu, wie er in dem schwarzen Ofen, der mit offenen Türen als Kamin diente, Feuer anzündete. Roarke bewegte sich nicht so geschmeidig wie sonst, sondern vorsichtiger. „Tut dir etwas weh?“

„Ja, aber nicht, wie du denkst.“ Zum Teufel mit aller Vorsicht! dachte er, packte den Saum ihres nassen T-Shirts und zog es ihr über den Kopf. „Diesen Schmerz kannst nur du vertreiben.“

Daria rang nach Luft, als er ihr den BH abstreifte und sie so fest an sich presste, dass die feinen Haare auf seiner Brust ihre nackte Haut kitzelten. Ein heißer Schauer überlief sie, und ihre Brustspitzen richteten sich auf.

Roarke zog sie vor dem Kamin auf den Fellvorleger.

„Hast du nicht gesagt, das wäre ein Fehler?“ flüsterte sie.

„Ja, aber ich habe auch gesagt, dass ich in meinem Leben schon viele Fehler gemacht habe. Da kommt es auf einen mehr oder weniger auch nicht mehr an.“

Unter seinem verlangenden Blick vergaß sie, dass sie sonst nie mit Männern schlief, die sie in Bars kennen gelernt hatte. Und sie vergaß völlig, dass sie noch mit einem anderen verlobt war. Sie wusste nur, dass sie es bis an ihr Lebensende bereuen würde, wenn sie sich jetzt nicht liebten.

„Ich habe ständig an dich gedacht“, sagte er leise und küsste sie auf den Hals. „Sogar gestern, als mich diese Kerle zusammenschlugen.“

Sie legte den Kopf in den Nacken und ließ sich von seinen Lippen und seiner Zunge verwöhnen. „Ich habe auch an dich gedacht. Ich hatte schreckliche Angst, du könntest umkommen.“

Er hauchte Küsse auf ihr Dekolletee und schob die Hand in

ihre vom Regen feuchten Leggings. „Einen Moment dachte ich wirklich, dass ich sterben würde. Mein ganzes Leben zog noch einmal an mir vorbei, genau wie man es oft im Film sieht. Und weißt du, was ich als Einziges bereute?"

Sie seufzte und schmiegte sich seinen streichelnden Fingern entgegen. „Was?"

„Dass ich sterben sollte, ohne dich geliebt zu haben", flüsterte er und senkte den Mund auf ihre Brust. „Sag mir, dass du mich willst, Daria." Er rieb sich an ihr, und sie war wie elektrisiert, als sie den Beweis seiner Begierde fühlte. Es hätte sie nicht gewundert, wenn zwischen ihnen Funken gesprüht hätten.

„Ich will dich." Sie umklammerte ihn so fest, dass ihre Fingernägel sich tief in seinen muskulösen Rücken bohrten. Sie wollte seine Küsse auf ihrer erhitzten Haut fühlen, sie sehnte sich danach, ihn in sich zu spüren. Er sollte das Verlangen stillen, das sie verzehrte.

Mehr brauchte er nicht zu hören. Rasch streifte er ihr die nassen Leggings und den Slip ab und bog dann sanft ihre Beine auseinander. Er stöhnte auf bei dem erregenden intimen Anblick, der sich ihm bot.

„Wie schön du bist", flüsterte er und berührte sie zart, sah ihr in die Augen und las nackte Begierde in ihrem Blick.

Ausgeliefert wie nie zuvor lag sie auf dem weichen Fell, doch sie wurde keinen Moment verlegen, als er einen Finger eindringen ließ. Ein zweiter Finger folgte, und sie wand sich lustvoll.

„So ist es gut, Darling. Halt dich nicht zurück", flüsterte er und umschloss eine Brustspitze mit den Lippen. „Ich will alles."

Verzückt schloss sie die Augen, überließ sich hemmungslos seinen betörenden Zärtlichkeiten, bis sie laut aufstöhnend den Höhepunkt erreichte. Doch sobald die wilden Schauer abklangen, glitt Roarke tiefer und begann ihren empfindsamsten Punkt mit Lippen und Zunge zu reizen.

Daria stieß kleine, kehlige Laute aus, als sie den nächsten Höhepunkt erlebte. Aber auch jetzt gönnte Roarke ihr keine

Ruhe, sondern steigerte ihre Lust immer weiter, bis sie einen Gipfel nach dem anderen erklomm.

Der Sturm rüttelte an den Fenstern und heulte wie ein böser Geist um die Hütte. Der Regen trommelte auf das Dach, der Donner rollte. Doch das war nichts nichts im Vergleich zu dem Sturm, der in Daria tobte.

„Roarke", stammelte sie, „ich kann nicht ..."

„Doch, du kannst", flüsterte er, ließ die Zunge über ihre Brustspitze gleiten und verwöhnte Daria mit der Hand. Er konnte sich selbst kaum noch zügeln, aber er wusste, wenn er sie jetzt nahm, würde es zu schnell vorbei sein, weil er viel zu erregt war, um sich zu gedulden. Doch er wollte sie in Schwindel erregende Höhen der Lust führen, die sie niemals wieder vergessen würde.

Nie hätte sie es für möglich gehalten, so leidenschaftlich empfinden zu können wie bei Roarke. Und als er die Hand wegzog und aufstand, schnappte sie frustriert nach Luft. Keine Sekunde lang wollte sie ihn entbehren, jede Unterbrechung war eine unerträgliche Qual. Mit klopfendem Herzen lag sie da, bereit, alles mitzumachen, was er wollte.

Endlich entledigte er sich seiner nassen Sachen, streckte sich neben ihr aus und zog sie an sich. Mit seiner Geduld war es jetzt vorbei, sein schmerzlich angespannter Körper verlangte gebieterisch Erfüllung. Geschmeidig und kraftvoll drang er in sie ein. Noch nie hatte ein Mann sie so vollkommen in Besitz genommen, noch nie hatte sie sich so rückhaltlos hingegeben.

Erregt, wie sie war, erreichte sie fast sofort den nächsten Höhepunkt. Daria keuchte laut und hielt sich an Roarke fest, als wäre er der Anker, ohne den sie hoffnungslos im Meer der Leidenschaft davontreiben würde. Immer härter, immer fordernder bewegte er sich, bis die ekstatischen Wonneschauer auch ihn durchzuckten und er ans Ziel seiner Wünsche gelangte.

Beide konnten nicht sprechen, sich nicht bewegen. Schwer atmend lagen sie eng umschlungen auf dem Fell.

Schließlich brach Roarke das Schweigen. „Tut mir Leid, das hätte ich nicht tun sollen."

„Was?" Sie hatte gerade gedacht, dass sie tatsächlich „Weltklasse" erreicht hatten, wie er versprochen hatte.

„Ich hätte dich nicht wie ein Wilder auf dem Fußboden lieben sollen."

„Ach, das war schön", versicherte sie lächelnd. „Es war wunderbar, wie du über mich hergefallen bist."

Er strich ihr das nasse Haar aus dem Gesicht. „Ich kann auch in einem Bett über dich herfallen."

Daria hatte keine Ahnung, ob sie sich jemals wieder bewegen konnte. „Du willst doch nicht ..." Sie stockte, als sie fühlte, wie hart er schon wieder war. „Roarke, du magst ein Mann aus Eisen sein, aber ich kann unmöglich ..."

Er schnitt ihren Widerspruch mit einem leidenschaftlichen Kuss ab, der ihr den Atem raubte. „Wollen wir wetten?"

Behutsam hob er sie hoch, trug sie ins angrenzende Schlafzimmer, legte sie auf die mit getrocknetem Spanischen Moos gefüllte Matratze und küsste sie, bis ihr beinahe die Sinne schwanden.

Während das Gewitter weiterzog und der Mond auf das Bayou schien, bewies Roarke, wie sehr Daria ihre eigene Ausdauer in Sachen Leidenschaft unterschätzt hatte.

Das Schlafzimmer war in das graue Licht der Morgendämmerung getaucht, als Roarke erwachte. Jetzt fühlte er den Schmerz, der von seinem sexuellen Verlangen überlagert worden war, in allen Muskeln. Seit er in Athen mit einem UPI-Reporter ein Ouzo-Wettrinken veranstaltet hatte, war er nicht mehr von solchen Kopfschmerzen heimgesucht worden.

Und er begriff, dass er den größten Fehler seines Lebens begangen hatte.

Daria schlief in seinen Armen. Ihr Haar war zu zerzausten Locken getrocknet, die ihr auf die Brust fielen, und ihre dichten schwarzen Wimpern warfen winzige halbmondförmige Schatten auf ihre Wangen. Die Ringe unter ihren Augen zeugten von Schlafmangel, und die vom Kontakt mit seinen Bartstoppeln gerötete Haut an Wangen und Hals verriet, womit sie die Nacht verbracht hatten.

Sie wirkte unschuldig wie ein Neugeborenes. In der letzten Nacht hatte sie sich ihm vollkommen hingegeben und in nichts zurückgehalten. Sie hätte alles getan, was er von ihr verlangte, hätte jedes Geheimnis gelüftet, wenn er es gewollt hätte, das wusste er.

Roarke hatte kein schlechtes Gewissen, weil er Sex mit Daria Shea gehabt hatte. Immerhin war er ein leidenschaftlicher Mann. Sein Fehler war gewesen, dass er nicht an Schutz gedacht hatte. Obwohl er die Schuld den Kerlen zuschieben wollte, die ihn zusammengeschlagen hatten, war ihm klar, dass das nicht stimmte. Es lag an Daria. Sie hatte ihm so sehr den Kopf verdreht, dass er selbst die simpelsten Vorsichtsmaßnahmen vergessen hatte. Trotzdem trug er die Verantwortung für die möglichen Folgen seines Leichtsinns.

Daria öffnete verschlafen die Augen und fand Roarkes Blick auf sich gerichtet. „Guten Morgen." Obwohl sie seinen inneren Aufruhr fühlte, lächelte sie.

Roarke fiel das Lächeln schwer. „Ich muss mich bei dir entschuldigen."

Das hatte sie nun davon, dass sie sich mit einem Mann eingelassen hatte, den sie nicht gut kannte. Was hatte sie schon erwartet? Dass er ihr ewige Liebe schwor? So albern das auch war, aber das hatte sie tatsächlich gehofft. „Das haben wir doch schon besprochen, Roarke. Du brauchst dich nicht zu entschuldigen." Sie bemühte sich um einen ruhigen und lässigen Ton. „Ich wollte, dass du mich ..." Sie hielt das Wort „liebst" gerade noch zurück. „Ich wollte Sex mit dir."

„Sex ja, aber keine Schwangerschaft."

„Schwangerschaft?" fragte sie überrascht. „Oh ..." Sie setzte sich auf und zog die Decke über ihre nackten Brüste. „Du brauchst dir keine Sorgen zu machen. Ich nehme die Pille."

„Merkwürdig, dass du dich daran erinnerst."

„Ich habe mich nicht erinnert, sondern die Pillen in meiner Tasche gefunden. Du hast die Tasche durchsucht und musst sie auch gesehen haben."

„Du könntest einmal oder sogar öfters vergessen haben, sie zu nehmen. In letzter Zeit hast du ein etwas unruhiges Leben geführt", bemerkte er.

„Das stimmt."

„Außerdem muss man sich in der heutigen Zeit nicht nur wegen einer unerwünschten Schwangerschaft Sorgen machen."

„Auch das stimmt", bestätigte sie. Ihre Miene hatte sich verdüstert.

„Eine Ansteckung brauchst du nicht zu fürchten. Die Fernsehstation hat vor meiner Abreise nach Moskau meine Lebensversicherung erhöht, und aus diesem Anlass hat man mich gründlich durchgecheckt."

„James und ich haben uns testen lassen, bevor wir vor zwei Wochen unsere Heiratslizenz holten", erinnerte sie sich. „Bei mir ist auch alles in Ordnung."

„Dann brauchen wir uns also keine Sorgen zu machen."

„Nein", bestätigte sie.

„Die Pille ist nicht hundertprozentig zuverlässig", meinte er nach einer Weile. „Falls etwas passiert, werde ich mich nicht vor der Verantwortung drücken."

Bot er ihr tatsächlich an, sie im Fall einer Schwangerschaft zu heiraten? Nein, entschied sie. Er wollte ihr nur mit Geld helfen. „Das ist nicht nötig."

Er legte die Hand unter ihr Kinn. „Hast du mich nicht verstanden? Ich sagte, ich würde mich nicht drücken."

Sie versuchte, ihn abzuschütteln, doch er gab sie nicht frei. „Sehr schön", entgegnete sie eisig.

Wenn sie sich bebend in seine Arme schmiegte, gefiel sie ihm besser. „Gut“, flüsterte er und kam näher. „Nachdem wir das geklärt haben ...“

„Roarke ...“ Sie seufzte, als er einen Kuss auf ihre Lippen hauchte. „Ich kann nicht glauben, dass du das nach der letzten Nacht willst.“

„Ich kann es auch nicht glauben.“ Die Schmerzen schwanden, während seine Begierde wuchs. „Aber ich will ...“ Behutsam schob er die Hand zwischen ihre Schenkel. „Und du willst offenbar auch.“

„Bei dir bin ich hilflos“, gestand sie, als er sich auf den Rücken rollte und sie über sich zog.

Und während die winterlich blasse Sonne über dem Bayou aufging, verschmolzen ihre Lippen und Körper, als wären sie füreinander geschaffen worden.

„Möchten Sie noch Wein, Herr Abgeordneter?“

James Boudreaux blickte in das lächelnde Gesicht der Stewardess. Seit er die Maschine betreten hatte, versorgte sie ihn mit heißen Handtüchern, Drinks und Essen. Sie hieß Heather, arbeitete seit einiger Zeit in der Business-Klasse der Route Washington, D.C. – New Orleans und hatte mehr als eine Nacht in seinem Bett verbracht. In letzter Zeit hatte er den Eindruck gewonnen, dass sie Mrs. Boudreaux werden wollte.

Dazu würde es natürlich nie kommen. Er hatte sein Leben schon seit langem genau geplant – zuerst eine Stelle in der Regierung von Louisiana, dann zwei Perioden im U.S.-Kongress, danach ein Sitz im Senat, von dem aus er den Sprung ins Weiße Haus schaffen konnte.

In den letzten Jahren hatte er als einer der begehrtesten Junggesellen von Washington gegolten und große Publicity genossen. Doch Umfragen hatten ergeben, dass Wähler von einem Senator Stabilität erwarteten. Sie bevorzugten liebevolle Familienväter. Darum hatte er Daria einen Heiratsantrag gemacht. Sie hatte keine Angehörigen, die sich einmischen konnten, war attraktiv und intelligent und würde eine gute Mutter für die Kinder abgeben, die er für sein öffentliches Image brauchte, um Präsident zu werden.

Das Problem war nur, dass er nicht erkannt hatte, wie ernst sie ihren Beruf nahm. Sie bestand eisern darauf, Staatsanwältin zu bleiben. Und sie hatte nicht begriffen, dass sie seine Zukunft gefährdete, wenn sie gegen die Mächtigen im Staat vorging. Noch nie hatte es seines Wissens nach jemand gewagt, einen amtierenden Richter anzuklagen.

Einflussreiche Leute mit viel Geld hatten ihn gewarnt, dass Daria zu einer Gefahr wurde. Und als sie gegen das „Tribunal" zu ermitteln begann, dachte er, sie könne als seine Ehefrau nicht gegen ihn aussagen, falls seine Rolle in der Gruppe bekannt wurde. Doch dann war sie Zeugin eines Mordes geworden und hatte herausgefunden, dass er die Männer anführte, die Selbstjustiz übten, wenn die Gerichte versagten. Da war ihm klar geworden, dass Daria ausgeschaltet werden musste. Und jetzt sollte er auch das Vergnügen haben, mit seinem Feind aus der Jugendzeit abrechnen zu können. Er konnte O'Malley in die Knie zwingen. Es würde ihm ein Genuss sein, Roarke O'Malley zu vernichten.

„Danke, meine Liebe", sagte er lächelnd zu der hübschen Brünetten, die eine Flasche Cabernet Sauvignon in der Hand hielt. Er musste sich zurückhalten, um nicht ihren Schenkel zu streicheln. „Ich hätte gern noch ein Glas."

Als sie sich herunterbeugte und sein Glas füllte, betrachtete James ihre Brüste und bedauerte, dass er ihr Angebot aus beruflichen Gründen nicht annehmen konnte.

Während er einen Schluck Wein trank, überlegte er, ob er ein letztes Mal Sex mit Daria haben sollte, auch wenn er sie nie hatte erregen können. Möglicherweise lag das daran, dass er sie stets zu behutsam behandelt hatte.

Vielleicht lockerte Angst sie auf, und ein wenig Schmerz mochte ihren Eispanzer zum Schmelzen bringen. Seine Männer konnten sie ja erst mal ein bisschen einschüchtern, und dann würde er sie so hart rannehmen, dass ihr Hören und Sehen verging. Und wenn er sie endlich zum Schreien gebracht hatte, würde er sie töten.

Bei der Vorstellung lächelte er. Die Frau auf der anderen Seite des Mittelganges bezog das Lächeln auf sich und erwiderte es.

11. KAPITEL

Daria saß auf der Veranda der Hütte und hatte die Füße auf das Geländer gelegt. Sie trank Kaffee, den Roarke gemacht hatte, und genoss die morgendliche Stille im Bayou. Das Gewitter war vorüber, und Sonnenstrahlen fielen durch die Bäume und ließen das stille, dunkle Wasser golden glitzern.

Auf den ersten Blick schienen sie und Roarke die einzigen Lebewesen zu sein. Doch dann bemerkte sie Silberreiher, die zum Frühstück Fische fingen, während in der Nähe Rehe friedlich grasten. Zwei Biberratten schwammen so dicht an ihr vorbei, dass sie die beiden hätte berühren können. Neben der Hütte lief ein Eichhörnchen über eine Zypresse. Enten ließen sich dahintreiben, Ochsenfrösche quakten.

„Das ist es fast wert“, sagte sie leise.

Roarke öffnete die Fliegengittertür und kam auf die Veranda heraus. „Was ist es wert?“

„Dass ich jetzt hier an diesem herrlichen Ort bin, entschädigt mich fast für alles, was mir in den letzten Tagen zugestoßen ist.“ Lächelnd blickte sie zu ihm hoch. „Und dass ich mit dir hier bin, macht alles noch schöner.“

Er wusste genau, was sie meinte, weil es ihm auch so erging. Trotzdem musste er sie daran erinnern, dass sie nicht im Urlaub waren.

„Das Bayou hat keine Erinnerungen an den Mord ausgelöst, den du gesehen hast?“

Sie seufzte. Auch wenn es richtig war, dass er auf den Grund ihres Aufenthalts zurückkam, wollte sie sich die angenehme Stimmung noch nicht verderben lassen. „Wie kann ich mich an etwas so Schreckliches erinnern, wenn ich nur daran denke, wie wundervoll ich mich bei dir gefühlt habe?“ fragte sie leise.

Spätestens jetzt hätte er die Flucht ergreifen müssen, doch er setzte sich in einen knarrenden Korbsessel und legte seine Füße neben Darias auf das Geländer. Während er einem Waschbären beim Fressen zusah, malte er sich aus, dass er für immer mit Daria hier bleiben könnte.

„Ich werde aus dir nicht schlau“, stellte er fest.

„Ich habe nichts zurückgehalten“, erwiderte sie überrascht. „Zumindest kann ich mich nicht daran erinnern.“

„Das werfe ich dir auch nicht vor.“ Er wandte den Blick nicht vom Wasser. „Aber du wirkst so offen. Und ich denke, ein Vertreter der Anklage muss seine – oder ihre – Karten verdeckt halten.“

Sie überlegte eine Weile. „Vielleicht hat mich das in Schwierigkeiten gebracht.“

„Das denke ich auch.“ Er konnte ihr nicht widerstehen und streichelte ihren Schenkel unter den schwarzen Leggings. „Ich habe auch schon überlegt, ob es außer dem Streifschuss noch etwas anderes gab, wodurch dein Gedächtnis blockiert wurde.“

„Wie meinst du das?“

„Vielleicht hast du etwas dermaßen Traumatisches miterlebt, dass dein Verstand damit nicht fertig wurde.“

„Mord ist hässlich“, versicherte sie. „Aber ich hatte täglich damit zu tun.“

„Mike überprüft übrigens die Fälle, die du in den letzten Monaten bearbeitet hast. Vielleicht findet er heraus, ob du mächtigen Leuten auf die Zehen getreten bist. Wenn es eine Spur gibt, wird er sie finden.“

„Aber wie erfährst du es?“ Das Funktelefon war im Lieferwagen fest eingebaut, und hierher hatte man keine Telefonleitung verlegt.

„Einige Meilen entfernt gibt es einen Laden für Anglerbedarf. Mit dem Boot sind es ungefähr zwanzig Minuten. Von dort aus kann ich Mike anrufen und auch mein Laptop-Modem anschließen. Er hat mir versprochen, dass er mir Akten per Computer schickt."

„Michael können wir ja wohl vertrauen", stellte sie mit einem fragenden Unterton fest.

„Absolut", bekräftigte er.

Daria nickte. „Du hast Glück, solche Brüder zu haben."

„Davon war ich auch stets überzeugt, sofern sie mich nicht gerade verprügelt haben."

„Sie haben dich verprügelt?"

„Als Jugendliche haben wir uns ständig geschlagen. Das war keine große Sache."

„Wahrscheinlich ist das typisch für Jungen."

„Wahrscheinlich", bestätigte er lächelnd.

Eine Weile genossen sie schlicht das Beisammensein. Als sich ein Boot näherte, spannte Roarke sich an.

Daria wollte schon aufspringen, als er sagte: „Keine Angst, das ist nur mein Onkel Claude, der seine Fallen kontrolliert."

„Seine Fallen?"

„Jetzt ist die Krebssaison. Nach dem Wasserstand zu schließen wird es ein gutes Jahr. Onkel Claude hat Glück. Mike hat mir erzählt, dass Tante Evangeline ihr sechstes Kind erwartet."

„Das sind viele hungrige Mäuler, die gestopft werden müssen."

„Dafür braucht man viele Krebse", erwiderte Roarke. „Aber Claude arbeitet als Ingenieur in der Ölbranche und kommt gut zurecht."

„Sicher. Er muss die Kinder ja auch nicht zur Welt bringen", bemerkte Daria.

„Stimmt." Roarke winkte dem Mann in dem karierten Hemd zu. Er winkte zurück. „Und was ist mit dir?" fragte er betont lässig.

„Was soll mit mir sein?"

„Hast du mit deinem Verlobten jemals über Kinder gesprochen?“

„Natürlich.“ Seine Frage löste die Erinnerung an ein Gespräch aus. „James findet, dass ein Politiker eine Familie haben muss.“

„Eine hübsche Frau und einige niedliche kleine Kinder sind bestimmt im Wahlkampf eine große Hilfe.“

Von Mike hatte er Gerüchte gehört, dass James Boudreaux eine lange Beziehung zu einer rothaarigen Mitarbeiterin eines Hostessen-Dienstes in New Orleans gehabt hatte, bevor diese ihre eigene „Model-Agentur“ eröffnete. Ob Daria etwas davon wusste?

„Genau das sagte James auch“, bemerkte sie wenig begeistert.

„Klingt nicht so, als wärst du seiner Meinung.“

„Ich will Kinder, und ich habe mir immer eine große Familie gewünscht ... allerdings nicht so groß wie die deines Onkels Claude“, fügte sie hastig hinzu. „Aber ich will Kinder nicht für eine politische Karriere einsetzen.“

„Damit wirst du dich aber abfinden müssen, wenn du die Frau eine Politikers wirst.“ Er griff nach ihrer Hand und strich über den funkelnden Diamantring, den sie noch immer trug.

„Wie kannst du annehmen, dass ich nach der letzten Nacht James heirate?“ fragte sie leise.

Er versuchte, sich von den Tränen, die in ihren Augen schimmerten, nicht beeindrucken zu lassen.

„Korrigiere mich, falls ich mich irre“, sagte er lässig. „Aber hatten wir nicht eine Abmachung? So gut die letzte Nacht war, Süße, und so gut auch du warst – das war nur Sex. Keine Bindung, keine Verpflichtungen. Wir genießen das Beisammensein, bis die Bösewichte hinter Gittern gelandet sind. Dann macht jeder von uns weiter wie bisher.“

„Das war die Abmachung, aber ...“

„Ich wusste, dass es ein Fehler ist!“ unterbrach er sie. „Ich wusste, dass du dich nicht daran halten würdest.“

„Ich habe mir in meinem Leben noch nie etwas erschwindelt.

Und wenn du glaubst, ich würde dich anflehen, mich zu lieben, kannst du warten, bis das Bayou zufriert." Sie stand zornig auf und blickte auf ihn hinunter. „Letzte Nacht habe ich erkannt, dass ich James nicht heiraten kann. Aber nur, weil du aufgeblasen und eingebildet bist und annimmst, ich möchte den Rest meines Lebens mit dir verbringen, muss ich das noch lange nicht wollen!"

Vielleicht glaubte sie das sogar, aber Roarke kaufte es ihr nicht ab. „Das hat absolut nichts damit zu tun, dass ich angeblich aufgeblasen und eingebildet bin. Aber nur weil wir den Großteil der Nacht Sex hatten, hörst du schon die Hochzeitsglocken läuten."

„Das ist nicht wahr!" Nun ja, heute Morgen hatte sie sich vorgestellt, hier in dieser zauberhaften Gegend mit Roarke den Rest ihres Lebens zu verbringen. Doch sie hatte genau gewusst, dass das unmöglich war. „Und die Tatsache, dass wir uns letzte Nacht wild und heftig geliebt haben, gibt dir noch lange nicht das Recht, mich wie eine billige Nutte zu behandeln, die du im Französischen Viertel aufgegabelt hast!"

Ihr Vorwurf ärgerte ihn, doch noch mehr ärgerte er sich über seine eigenen Gefühle. Unzählige Frauen hatte er verlassen, ohne auch nur einen Blick zurückzuwerfen, und er hatte nie Gewissensbisse bekommen. Doch jetzt tat es ihm Leid, dass er Daria verletzt hatte, obwohl sie behauptete, nichts von Heirat wissen zu wollen.

„Hättest du mir gleich gesagt, dass du hübsche Reden hören willst, hätte ich dich gewarnt, dass ich der Falsche bin."

„Du hast mir gesagt, dass du für mich der Falsche bist", erinnerte sie ihn.

„Und du hättest auf mich hören sollen."

„Ich habe auf dich gehört."

„Trotzdem hast du dich dazu entschlossen, mit mir zu schlafen."

„Weil ich dir nicht geglaubt habe."

Daraufhin warf er ihr nur einen herausfordernden Blick zu.

Es juckte sie in den Fingern, in sein zufrieden lächelndes Gesicht zu schlagen, als sie plötzlich begriff.

„Ich weiß nicht, was du früher erlebt hast, aber das hat offenbar bei dir gefühlsmäßig Narben ...“

Roarke sprang auf. „Du hast keine Ahnung, wovon du redest!“

„Doch, das habe ich.“ Und sie erkannte auch, dass sie sich in diesen verschlossenen Mann verliebt hatte. „Offenbar glaubst du, nie wieder einem Menschen vertrauen zu können. Doch du irrst dich. Und tief in deinem Inneren weißt du das auch, denn du vertraust Mike ...“

„Er ist mein Bruder.“‘

„Stimmt, aber das sagt noch gar nichts. Wahrscheinlich hast du schon von Kain und Abel gehört.“

Er schüttelte den Kopf. „Man sollte sich mit Juristen nie auf einen Streit einlassen.“

„Und du hast mir vertraut“, fügte Daria unbeirrt hinzu.

„Ich hatte keine andere Wahl. Ich bin hinter einer Story her, und ich ...“

„Und du bist ein schlechter Lügner.“ Sie stellte ihre Kaffeetasse auf das Geländer, trat auf Roarke zu und legte die Arme um seinen Nacken. „Es geht nicht um eine Story.“ Verlockend drückte sie sich an ihn. „Du vertraust mir, O’Malley, wie ich dir vertraue, und ich sage dir auch den Grund. Wir können es bis zum Jüngsten Gericht abstreiten, aber wir bedeuten einander etwas – vielleicht mehr, als gut ist.“

Es gab viele Gründe, aus denen er gehen sollte, solange er es noch konnte. Doch das erneut einsetzende Verlangen schaltete seine Vernunft aus.

Er legte die Hand auf ihren Po, drückte Dara fest an sich und rieb sich so lange an ihr, bis sie leise stöhnte.

„Das Einzige, was mir momentan etwas bedeutet, ist, dich ranzunehmen.“

Sie wusste, dass er sich absichtlich so derb ausdrückte, um sie zu entmutigen. Aber Roarke war ein viel besserer Mensch, als er von sich selbst annahm, und das wollte sie ihm unbedingt beweisen. Er war es wert, geliebt zu werden, und er war fähig, seinerseits zu lieben.

Sie trat einen Schritt zurück und zog sich das Shirt über den Kopf. Er wollte die Lippen auf ihre nackten Brüste senken, doch sie wehrte ihn ab. „Noch nicht."

Langsam streifte sie die Leggings ab und trug nur noch einen dunkelroten Slip und weiße Kniestrümpfe mit roten Herzen.

„Hübsche Strümpfe", stellte er fest, blickte jedoch bloß auf den Slip.

Auf Darias Gesicht erschien jenes Lächeln, mit dem Frauen seit Anbeginn der Zeiten Männer verführt haben. „Herzen sind angebracht. Der Valentinstag steht vor der Tür."

„Ja, richtig." Er konnte sich kaum noch konzentrieren. Nach der letzten Nacht kannte er ihren Körper so gut wie seinen eigenen. Trotzdem erregte ihn ihr Anblick, als wäre er ein unerfahrener, sexbesessener Jugendlicher. Er lehnte sich an das Geländer und sah zu, wie sie den Fuß auf den Sessel stellte und den Strumpf so provozierend langsam herunterrollte wie eine Stripperin von der Bourbon Street.

Der zweite Strumpf folgte und landete neben dem ersten auf der Lehne des Korbsessels. Als Daria auf Roarke zutrat und ihn berührte, glaubte er, sich nicht länger zurückhalten zu können.

Er riss ihr den roten Slip vom Leib, hob sie hoch, lehnte sie gegen das Geländer und vereinigte sich mit ihr. Fast unmittelbar darauf packte ihn ein Höhepunkt, der jeden klaren Gedanken auslöschte. Heftig erschauernd hielt er Daria im Arm und presste den Mund auf ihren Hals.

Erst als er sich etwas beruhigt hatte, ertastete er ihre empfindlichste Stelle, schmiegte sich dagegen und hörte Daria stöhnen. „Schling die Beine um mich, Baby", lockte er.

Sie tat es, und er ließ die Hüften kreisen und reizte sie, bis er fühlte, wie sie Erfüllung fand.

Trotz der kühlen Morgenluft waren sie schweißgebadet. Erst als Roarke das ferne Dröhnen eines Bootsmotors hörte, wurde ihm bewusst, dass er Daria im Freien stehend geliebt hatte. Hier konnte jeder sie sehen. Und jetzt war im Bayou am meisten los. Seine Hütte lag isoliert, aber er kannte außer seinem Onkel noch einige Männer, die in der Nähe Krebsfallen aufstellten.

„Was hast du nur an dir, dass ich bei dir immer den Kopf verliere?“ fragte er und griff nach ihrem Sweatshirt.

„Ich habe keine Ahnung.“ Sie zog das Hemd an und zuckte zusammen, als es die noch überreizten Brustspitzen berührte. „Aber wenn du dahinterkommst, sag es mir. Mir ergeht es mit dir nämlich genauso.“

Das wusste er, und es verschaffte ihm große Befriedigung. Aber nichts hatte sich geändert. Er war noch immer ein ruheloser Wanderer. Es lag ihm im Blut, vom Vater auf den Sohn vererbt. Sein Leben lang war er ein Einzelgänger gewesen.

„Ich verschwinde jetzt lieber“, sagte er, nachdem sie sich angezogen hatten.

Daria seufzte. „Ich wünschte, ich könnte mich an mehr erinnern. Dieser Mann wurde im Bayou ermordet. Man sollte meinen, dass mir hier draußen etwas einfällt.“

„Das war meine Absicht.“ Er setzte sich und zog sie auf den Schoß. „Aber du bist ein wenig abgelenkt worden.“

Als er die Hand unter dem Sweatshirt auf ihre Brust legte, fühlte sie sich nicht erregt, sondern behaglich und sicher. „Mehr als nur ein wenig“, erwiderte sie lachend.

„Vermutlich geht die Welt nicht unter, wenn wir frühstücken, bevor ich losfahre.“

„Das ist eine ausgezeichnete Idee. Du musst bei Kräften bleiben.“

„Sehr richtig.“ Lächelnd küsste er sie. „Ich brauche meine ganze Kraft, wenn ich die Bösewichte jagen will.“

„Tust du mir einen Gefallen, bevor du fährst?“

„Welchen?“ Er ging auf nichts ein, das er nicht im Vorhinein kannte. Allerdings konnte er sich auch nicht vorstellen, Daria einen Wunsch abzuschlagen.

„Erzählst du mir, was in Moskau geschehen ist?"

Er erstarrte.

„Das trennt uns", fuhr sie leise und eindringlich fort. „Eine Frau trennt uns. Wir waren uns einig, dass es zwischen uns nur um Sex geht, aber ich halte nichts von dieser Spielart."

„Was heißt Spielart?" fragte er mit einem warnenden Unterton.

Sie störte sich nicht daran. „Es heißt, dass ich keine Dreiecksverhältnisse mag."

„Denkst du, ich mag sie?"

„Diese Frau steht zwischen uns, Roarke." Sie sah ihm ernst in die Augen. „So war das von Anfang an."

„Nicht, wenn wir uns ... wenn wir im Bett sind", verbesserte er sich.

„Nein, dann nicht."

Nur in diesen Momenten hatte er seinen Gefühlen freien Lauf gelassen und ihr einen Blick in sein Innerstes erlaubt. Unter der kalten, abweisenden Oberfläche verbarg sich ein warmherziger, mitfühlender Mann, der leidenschaftlichste Liebhaber, den sie jemals gehabt hatte. Doch da er so bereitwillig alles von sich gab, wollte sie ihm umgekehrt auch alles geben.

Er seufzte tief. „Du lässt nicht locker, nicht wahr?"

„Tut mir Leid, aber ich kann nicht." Sie wartete geduldig, während er mit sich rang.

„Wenn du wirklich denkst, dass Nataschas Geist zwischen uns steht, schulde ich dir die Wahrheit."

Ihre Rivalin hatte jetzt einen Namen – Natascha. Und wenn sie Roarke richtig verstanden hatte, war diese Frau tot.

Meistens erinnerten Menschen sich nur an die guten Seiten von Verstorbenen. Wie sollte sie dagegen ankämpfen?

„Natascha war die egoistischste und unmoralischste Frau, die ich jemals getroffen habe. Es sollte mir Leid tun, dass sie tot ist, aber das tut es nicht."

„Ist sie bei einem Unfall gestorben?"

„Nein."

Sag nicht, dass du sie umgebracht hast, dachte Daria.

„Der einzige Unfall bestand darin, dass sie an meiner Stelle starb. Es ist pure Ironie, aber sie hat meine Ermordung vorbereitet. Unglücklicherweise vertraute sie ihren eigenen Leuten. Und ich wiederum beging den Fehler, ihr zu vertrauen."

Auch wenn sie die Details nicht kannte, begriff Daria jetzt, wieso Roarke bei ihr stets reserviert geblieben war – außer wenn sie sich liebten. Er mochte es „Sex" nennen, aber sie hatten sich geliebt.

„Es hat wohl keinen Sinn, wenn ich dir versichere, dass du mir vertrauen kannst?"

Er hätte gern erwidert, dass er ihr alles glaubte, doch er behielt einen kühlen Kopf.

„Nimm es nicht persönlich, Schatz, aber diese hübschen Worte habe ich schon einmal gehört."

Er hatte ihr wehgetan, das fühlte er. Jetzt rechnete er mit Tränen oder einem Wutausbruch, doch sie stand auf und blickte ruhig auf ihn herunter.

„Wenn deine Geschichte stimmt ..."

„Sie stimmt."

„Dann verstehe ich, dass du schrecklich enttäuscht bist. Aber ich bin nicht Natascha, wer immer sie war. Und was zwischen uns ist, hat nichts mit eurer Beziehung zu tun."

Er wollte ihr nicht die Oberhand lassen. „Möchtest du wetten?" fragte er spöttisch.

Daria war oft genug vor Gericht aufgetreten, um schauspielerische Fähigkeiten zu entwickeln. Jedenfalls bewahrte sie unter seinem ironischen Blick ihre Würde. „Ich wette nie", erklärte sie und kehrte in die Hütte zurück.

12. KAPITEL

Roarke war klar, dass Darias Verfolger unter Umständen vor dem Laden für Anglerbedarf auf ihn lauerten. Und diesmal brachten sie ihn womöglich wirklich um, nachdem er ihnen einmal entkommen war.

Er wollte Daria nicht in dem Glauben zurücklassen, dass er sie in irgendeiner Form mit Natascha verglich. Sie verrührte Eier mit einer Gabel, als er die Hütte betrat.

„Es ist sinnlos, deinen Zorn über mich an den armen Eiern auszulassen“, sagte er.

Sie sah ihn nicht an und fuhr mit dem Verquirlen fort. „Ich möchte uns ein Omelett machen. Dein Onkel Claude hat Käse, Pilze, grüne Zwiebeln und Tabasco-Soße eingekauft.“

Da sie sich nicht umdrehte, sah sie nicht, dass er versöhnlich lächelte. „Es ist gar nicht erstaunlich, dass er reichlich eingekauft hat. Bei Cajuns gilt Kochen als Männerarbeit.“

„Wie faszinierend“, erwiderte sie und gab ein Stück Butter in eine gusseiserne Pfanne.

Er verdiente diese Behandlung, wollte jedoch nicht gehen, ohne sich auszusprechen. „Ich hätte nie gedacht, dass du der Typ bist, der lange grollt.“

Seufzend stellte sie die Schüssel auf die Theke und drehte sich um. „Der bin ich auch nicht. Ich könnte meinen Beruf gar nicht ausüben, wenn ich nicht fähig wäre, innerlich einen Schlussstrich zu ziehen, wenn ein Fall abgeschlossen ist.“

„Dabei handelt es sich um deine Arbeit. Zwischen uns ist es anders.“

„Ja.“ Sie biss sich auf die Unterlippe, was sie vor Gericht sicher nie tat.

Am liebsten hätte Roarke den Schmerz weggeküsst, den er mit seinen Worten ausgelöst hatte. Die Butter in der Pfanne, in der er für gewöhnlich Fisch briet, begann zu rauchen. Er stellte die Flamme ab. „Wir können später essen. Jetzt müssen wir miteinander reden ... über Moskau, Natascha und vor allem über uns."

Es war schon ein Fortschritt, dass er „uns" sagte. Daria antwortete nicht, wehrte sich jedoch auch nicht, als er sie auf die Veranda hinausführte.

Sie hatte nicht erwartet, dass er ihr sein Leben schildern würde. Er begann mit seiner Kindheit und beschrieb, wie er mit Mike und Shayne aufgewachsen war. Bestimmt hatte er noch nicht oft darüber gesprochen.

„Natürlich hatte Mom eine große Familie, die für unseren Dad einspringen konnte", berichtete er. „Aber das war nicht dasselbe."

„Nein." Daria dachte an die Jahre, die sie allein in Privatschulen verbracht hatte, während ihre Eltern um die Welt reisten. „Aber du hattest wenigstens deine Mutter."

„Stimmt", bestätigte er mit einem warmen Lächeln. „Sie ist großartig. Du wirst sie mögen, und ich bin überzeugt, sie dich auch."

„Werde ich sie denn kennen lernen?"

„Würde sie nicht in New Iberia ihre Schwester besuchen, wäre sie schon längst bei uns aufgetaucht. Und Mike hat ihr mittlerweile garantiert erzählt, dass ihr zweitältester Sohn eine Freundin hat."

„Ich kann mir kaum vorstellen, dass das ungewöhnlich ist", stellte sie fest. Kein Mann erreichte eine solche Meisterschaft in der Liebe, ohne gehörig trainiert zu haben.

„Mit dir ist es anders. Mike ist das sofort aufgefallen."

Hoffnung stieg in Daria hoch. „Das kommt wahrscheinlich daher, dass er Detektiv ist."

Roarke lachte. „Mike war ein großartiger Polizist. Und er wird auch einmal ein großartiger Ehemann sein."

„Das hast du schon mal gesagt. Guter Versuch, aber du wirst mich nicht an deinen Bruder weitergeben, wenn du genug von mir hast. Da mache ich nämlich nicht mit. Vermutlich wäre Michael auch nicht einverstanden."

Roarke hätte ihr sagen können, dass er wahrscheinlich nie

genug von ihr haben würde. Doch diese Erkenntnis war für ihn selbst noch so neu, dass er schwieg.

„Ich wollte dich nur warnen ..."

„Ich bin gewarnt. Seid ihr O'Malley-Brüder eigentlich nie auf den Gedanken gekommen, dass eure Mutter ihr Leben möglicherweise gar nicht als verpfuscht betrachtet? Vielleicht war die Zeit, die sie mit eurem Vater verbracht hat, all die Jahre wert, die er fort war, um seinem Traum hinterherzujagen."

„So habe ich das noch nie gesehen", gestand er. Mike sicher auch nicht. Von ihnen dreien hasste Mike seinen Vater am meisten, weil er die Familie verlassen hatte.

„Du bist eben ein Mann."

„Und was ist mit dir?" fragte er interessiert. „Wärst du mit einem Ehemann zufrieden, der sich nur alle paar Monate oder sogar Jahre unerwartet bei dir zeigt?"

„Nein." Das war die Antwort, mit der er gerechnet hatte. „Wenn ich heirate, dann will ich einen Mann, der sich auf eine gleichwertige Partnerschaft einlässt. Und das wäre unmöglich, wenn er nie daheim ist."

Genau das war Roarkes Problem, sofern er an ein gemeinsames Leben mit Daria dachte ... was er natürlich nicht tat.

„Du könntest ihn auf seinen Reisen begleiten."

„Ich mag Kriege nicht. Ich lese nicht gern darüber in der Zeitung, ich sehe nicht gern Berichte darüber im Fernsehen, und ich brauche nicht an einen Kriegsschauplatz zu reisen, um zu wissen, dass ich dort nicht sein will."

„Niemand will dort sein."

„Du hast mit Kriegsberichten Karriere gemacht."

„Stimmt, aber bist du noch nicht auf die Idee gekommen, dass ich vielleicht müde werde? Dass ich nicht mehr sehen will, wie unschuldige Menschen sterben, nur weil einige unersättlich gierige Leute hartnäckig ihre Ziele verfolgen, obwohl andere deswegen ihr Leben verlieren?"

„Wenn es so ist, solltest du vielleicht über deine berufliche Zukunft nachdenken“, sagte sie leise und bekam plötzlich Herzklopfen.

„Aus diesem Grund bin ich heimgekehrt.“ Er fing ihren hoffnungsvollen Blick auf. „Ich war bereit, beim Sender zu kündigen.“

„Du wolltest kündigen? Warum?“

„Ich dachte, wenn ich nicht kündige, nimmt es mit mir ein schlimmes Ende. Ich hätte beinahe den Kerl umgebracht, der für den Bombenanschlag verantwortlich war, durch den Natascha starb. Mit bloßen Händen!“

Seine Chefs beim Sender hatten Recht gehabt. Er war wirklich zu weit gegangen. Die jahrelange Berichterstattung über die schlimmsten Verbrechen der Menschheit hatte seine menschlichen Instinkte abgestumpft.

Daria betrachtete seine Hand. „Das kann ich mir nur schwer vorstellen.“

„Du hättest dort sein müssen“, meinte er. „Natascha war die Geliebte eines russischen Bandenführers. Ich saß in der Bar meines Hotels, als sie zu mir kam und mir Informationen über die Arbeit des organisierten Verbrechens anbot. Und sie sagte, sie fürchte, ihr Geliebter wolle sie umbringen.“

„Kein Wunder, dass du mir nicht vertraut hast“, sagte Daria leise.

„Die äußeren Umstände glichen sich fast aufs Haar.“

„Es muss schwer sein, den edlen Ritter zu spielen und in Not geratene Frauen zu retten. Trotzdem hast du dich um mich gekümmert“, fügte Daria hinzu. „Um eine Story zu bekommen.“

„Nein“, versicherte er. „Das habe ich mir zwar anfangs eingeredet, aber du warst für mich mehr als nur eine Story. Glaubst du an Schicksal?“

„Nein.“

„Ich bisher auch nicht, aber in den letzten Tagen habe ich viel darüber nachgedacht, was in Moskau schief ging. Wieso hatte ich einen so schlimmen Fehler begangen, obwohl ich mich auf meine Menschenkenntnis immer verlassen konnte? Jetzt ist mir klar, dass alles vorherbestimmt war, damit ich wieder hier in New Orleans lande – genau zu diesem Zeitpunkt und bei dir."

Daria staunte über seine Offenheit. Jetzt wollte sie genauso ehrlich sein. „Ich muss gestehen, dass ich schon seit Jahren für dich schwärme."

„Das ist nicht dein Ernst."

Etwas Ähnliches hatte er schon von anderen gehört, aber das waren Frauen, die sich in den Hotelbars herumtrieben, in denen sich Presseleute trafen. Sie verhielten sich ähnlich wie Frauen, die sich in Sportlerkreisen bewegten, weil sie hofften, mit einem der Athleten schlafen zu können. In jüngeren Jahren hatte er entsprechende Angebote angenommen. Mittlerweile war er zwar kein Heiliger, aber doch wählerischer geworden.

„Du brauchst mich nicht so überrascht anzusehen", meinte sie und wurde verlegen. „Du machst deine Arbeit sehr gut, und du hast immer so toll ausgesehen. Als ich dich in der Hotelbar entdeckte, habe ich vermutlich dein Fernseh-Image mit dem wahren Menschen verwechselt."

So war es allen ergangen, die mit ihm ins Bett wollten. „Und jetzt?"

„Ich weiß jetzt, dass der wahre Mensch viel besser als der Fernsehreporter ist." Daria entschied, dass die anderen Frauen sich noch so bemühen konnten. Es würde ihnen nichts mehr helfen, weil sie fest entschlossen war, mit Roarke zusammenzubleiben, auch wenn er das noch nicht ahnte.

„Genau diese Worte habe ich von dir erhofft, Schatz." Er küsste sie liebevoll, und mit diesem Kuss versprach er ihr eine Zukunft, die er ihr noch nicht offen anbieten konnte. „Allerdings hast du dich bisher nicht gerade bewährt, wenn es um die Beurteilung von Männern geht."

Sie zog sich ein Stück zurück. „Jetzt sind wir wieder bei James angelangt, nicht wahr?"

„Der Kerl taugt nichts, Daria. Er war schon als Jugendlicher ein unangenehmer Typ, und seit er Macht gewonnen hat, ist er wahrscheinlich noch schlimmer geworden. Ich begreife nicht, dass eine intelligente Frau wie du sich mit ihm einlassen konnte."

„Er war eine Zeit lang Staatsanwalt."

„Na und?"

„Es war nett, jemanden zu haben, mit dem ich über meine Arbeit sprechen konnte."

„Ich fachsimple auch gern mit Reporterinnen. Trotzdem wollte ich noch keine heiraten."

„Ich weiß nicht, wieso ich mich verlobt habe", räumte sie ein. „Vor einem halben Jahr kam er über das Wochenende heim. Wir gingen zum Abendessen aus, und er holte plötzlich einen Ring hervor. Da ich nicht wusste, was ich sagen sollte ..."

„Wie wäre es mit ‚nein' gewesen?"

„Zuerst habe ich nein gesagt", erwiderte sie seufzend. „Doch James kann sehr überzeugend sein. Er erklärte mir sehr logisch, wieso wir ein perfektes Team abgeben würden."

„Sich in jemanden zu verlieben und ihn zu heiraten hat meiner Meinung nach nicht viel mit Logik zu tun."

„Vermutlich hast du Recht."

„Hast du ihn geliebt?"

„Warum interessiert dich das?" wollte Daria wissen.

Das hatte er sich auch schon gefragt, und die Antwort hatte ihm gar nicht gefallen. „Ich sagte dir doch, dass der Kerl eine unangenehme Type ist. Ich möchte nicht, dass er Macht über dich hat."

„Glaube mir, Roarke", erwiderte sie energisch. „Ich habe nicht die Absicht, mich in die Hand irgendeines Mannes zu begeben."

Das Gespräch war für seinen Geschmack viel zu persönlich geworden. „Ich muss jetzt los", stellte er fest und küsste sie.

„Du solltest vorher frühstücken", flüsterte sie und erwiderte seinen Kuss.

Er hatte mächtigen Appetit, aber nicht auf ein Omelett. „Ich habe eine bessere Idee." Er stand auf, hob sie hoch und trug sie zurück ins Bett.

Sie liebten sich zärtlicher als zuvor, denn zwischen ihnen herrschte nun eine Vertrautheit, die vorher nicht da gewesen war. Auch wenn keiner von ihnen es offen ausgesprochen hatte, bestand eine tiefe Bindung zwischen ihnen. Schöne Worte konnten sie später finden, entschied Roarke. Denn eines stand fest: Nichts und niemand würde sie daran hindern, für immer zusammenzubleiben.

Roarke betrachtete die schlafende Daria und malte sich aus, für den Rest seines Lebens neben dieser Frau aufzuwachen. Womit hatte er dieses Glück verdient?

Er fühlte sich so gut, dass er beinahe laut gelacht hätte. So gern er sie hier draußen im Bayou für immer versteckt hätte, eines war sicher: Sie konnten ihr Leben erst dann ungestört fortsetzen, wenn Darias Verfolger hinter Gittern saßen.

Ein verrückter Gedanke kam ihm. Sie konnten in ein fernes Land fliehen, ihre Namen ändern und unerkannt unter den Einheimischen leben. Doch selbst wenn das möglich gewesen wäre, hätte er das weder Daria noch seiner Familie antun dürfen.

Früher wäre ihm das nicht so wichtig erschienen. Erst seit seiner Rückkehr nach Louisiana hatte er erkannt, wie viel ihm die Familie bedeutete. Schon jetzt freute er sich auf den Tag, an dem er seiner Mutter eröffnen könnte, dass Daria und er sie demnächst zur Großmutter machen würden.

Lautlos stieg er aus dem Bett, sammelte seine Sachen ein und zog sich auf der Veranda an, um Daria nicht zu wecken. Sie brauchte den Schlaf. Er beschloss, ihr eine Nachricht zu hinterlassen. Doch in Wirklichkeit weckte er sie nur deshalb nicht, weil er es hasste, sich von ihr zu verabschieden, und sei es auch nur für kurze Zeit.

Er schrieb die Nachricht auf die Rückseite eines Briefumschlags. Dann manövrierte er das Boot mit Hilfe der Stange so weit von der Hütte fort, dass der Bootsmotor Daria nicht mehr wecken konnte.

Daria war enttäuscht, aber nicht überrascht, dass Roarke fort war, als sie aufwachte. Sie hatte gewusst, dass er zum Laden für Anglerbedarf fuhr, um zu hören, ob Michael etwas Neues herausgefunden hatte. Hätte er sie doch geweckt! Sollte ihm etwas zustoßen, ohne dass sie ihm vorher sagen konnte, dass sie ihn liebte ...

Nein, etwas so Schreckliches durfte sie nicht einmal denken.

Sie zog Leggings, Sweatshirt und Schuhe an, ging in die Küche, schüttete die verquirlten Eier weg und begnügte sich mit Toast und Kaffee.

Nervös ging sie in der Hütte auf und ab und wartete auf Roarkes Rückkehr. Wäre sie doch mit ihm gefahren! Sie hatte ihn schließlich in diese Sache hineingezogen. Und wenn Michael nun eine Frage an sie hatte? Wie sollte sie denn helfen, wenn sie hier in der Wildnis festsaß?

„Verdammt, Roarke, wenn du zurückkommst, müssen wir uns über Gleichberechtigung in einer Beziehung unterhalten."

Natürlich wollte er nur für ihre Sicherheit sorgen, aber sie ärgerte sich trotzdem. Und dafür war sie dankbar, weil es sie von ihren Sorgen ablenkte.

Ohne richtiges Interesse sah sie einen Stapel Zeitschriften durch, die sich alle mit Angeln oder Jagen beschäftigten. Unter dem Stapel fand sie in einer Lederscheide das hässlichste Messer, das sie jemals gesehen hatte. Und in ihrem Beruf hatte sie leider schon viele sehen müssen.

Als sie das Messer zurücklegte, tauchte eine Erinnerung auf ... die Erinnerung an ein Messer, das einem Mann an die Kehle gehalten wurde, während man ihm eine Schlinge um den Hals legte.

Die Beine drohten ihr wegzuknicken. Sie sank auf einen Stuhl. Instinktiv wollte sie sich gegen das Bild wehren, doch sie musste wichtige Hinweise sammeln.

Wie schon einmal sah sie wieder die Männer im Bayou vor sich. Sie hielten Fackeln in den Händen, trugen Henkersmützen und bildeten einen Kreis. In der Mitte dieses Kreises flehte ein verängstigter junger Mann um Gnade.

„Du hast bereits Gnade gefunden", erwiderte eine tiefe und sehr vertraute Stimme. „Und zwar bei der Einrichtung, die man fälschlicherweise unser Justizsystem nennt. Und jetzt erhältst du deine Strafe."

Der Mann zog am Ende des Seils, das über den Ast einer Zypresse verlief. Die Füße des Gefangenen hoben sich von der Erde.

„Damit kommt ihr nie durch!" schluchzte der junge Mann. „Bitte, lasst mich laufen! Ich werde es niemandem erzählen! Ich verlasse die Stadt, den Staat! Ich fahre nach ..."

„Du fährst zur Hölle", sagte der Mann und wich zurück.

Einer der anderen Maskierten hob eine Schrotflinte. Daria hörte, wie er den Hahn spannte, während der Gefangene weiter um sein Leben flehte. Im Licht der Fackeln sah sie seine weit aufgerissenen Augen.

Und dann passierte etwas. Seine Miene veränderte sich, und jetzt wirkte er so kalt und böse wie die Männer, die ihn töten wollten.

„Vielleicht fahre ich zur Hölle, aber ihr werdet auch dort landen", drohte er.

„Kann schon sein", erwiderte der Mann, dessen Stimme Daria erkannt hatte. „Aber du gehst zuerst."

Er nickte. Im nächsten Moment krachte die Schrotflinte. Ein faustgroßes Loch klaffte in der Brust des Gefangenen. Aus seinem Herzen spritzte Blut auf die Erde.

Die Männer standen schweigend da. Als die Beine des Mannes zu zucken aufhörten und kein Blut mehr floss, schnitten sie ihn los und warfen ihn ins Bayou.

Die Männer nahmen die Mützen ab, und Daria betrachtete sie schockiert. Sie kannte diese Männer persönlich – Polizisten und Richter, mit denen sie täglich zusammenarbeitete. Sie alle schüttelten die Hand ihres Anführers James Boudreaux.

„Um Himmels willen", flüsterte sie, stützte den Kopf in die Hände und weinte, was sie in jener Nacht nicht gekonnt hatte.

Alles fiel ihr wieder ein. Die sechs Monate dauernde Ermittlung, die sie in jener Nacht ins Bayou geführt hatte. Der Verdacht, über den sie mit niemandem zu sprechen wagte, auch nicht mit dem Mann, mit dem sie verlobt war. *Vor allem nicht mit dem Mann, mit dem sie verlobt war.*

Sie hob den Kopf und betrachtete den glitzernden Diamantring an der linken Hand. Und sie war immer so stolz darauf gewesen, dass sie Menschen durchschaute. Doch als es wirklich darauf ankam, hatte sie einen fatalen Fehler begangen.

Nervös stand sie auf und wanderte wieder unruhig umher. Sie musste Roarke schildern, was ihr eingefallen war. Aber wie?

Daria trat auf die Veranda und blickte auf das menschenleere Bayou hinaus. Sie konnte ihn nicht erreichen und musste auf seine Rückkehr warten. Und sie hoffte, dass es nicht zu spät war.

Der Laden für Anglerbedarf war typisch für diese Gegend. Die Wände bestanden aus Zypressenholz, das Dach aus Wellblech. Es gab eine Bootsanlegestelle, Waagen für den täglichen Fang, Krebsfallen und Behälter mit Köderfischen. Über der Tür machte ein handgeschriebenes Schild die Angler darauf aufmerksam, dass sie den ebenfalls als Köder verwendeten Käse im Laden kaufen sollten, wenn sie ihren Fang hier verkaufen wollten.

In dieser Gegend galt es als höchst unhöflich, sich zu beeilen. Roarke war gezwungen, sich zu den Männern zu setzen, die auf dem Pier Bier tranken und aßen. Sie unterhielten sich über das Wetter, die Fische, die Jagd und über diese verdammten Ölgesellschaften, die Geld, aber auch Umweltgefahren ins Bayou brachten.

„Irgendwann wird das Leben, wie wir es kennen, verschwinden", prophezeite ein alter Mann. „Das Öl war schon schlimm genug. Mit allen diesen Krokodilsfarmen und Krebszuchtstationen wird es auch nicht besser. Die Leute werden weggehen."

„Ich würde krank werden, wenn ich von hier fort müsste", sagte ein anderer Mann.

Die Übrigen nickten. Niemand fragte Roarke, was er während seiner Abwesenheit gemacht hatte. Das Leben der „Amerikaner", wie einige der alten Cajuns die übrigen Einwohner des Landes nannten, interessierte sie nicht. Ihre Welt war das Bayou, und nur das zählte. Roarke verstand ihre Denkweise und fürchtete, dass er es mit einer aussterbenden Gattung zu tun hatte.

Nach einer Weile ging er ins Büro und schloss seinen tragbaren Computer ans Telefon auf dem wackeligen alten Schreibtisch an.

Mike hatte offenbar Erfolg gehabt. Zusätzlich zu den Unterlagen kam allerdings die Nachricht, ihn sofort anzurufen.

„Wieso hat das so lange gedauert?" fragte Mike in New Orleans.

„Ich wurde ein wenig abgelenkt."

„Kann ich mir denken. Wie geht es Daria?"

„Sehr gut. Sie ist in Sicherheit."

„Das bleibt abzuwarten. Wir haben gefunden, was diese Polizisten gesucht haben."

„Wie? Und was ist es?"

„Sugar hat sich in der Umgebung des Friedhofs erkundigt. Er hat gehört, dass ein Jugendlicher die Leute ausraubt, die dumm genug sind, Marie Laveaus Grab zu besuchen. Er wurde von dem Kerl verjagt, der deine Freundin umbringen wollte. Aber er kam am nächsten Morgen wieder, um Geld einzusammeln, das vielleicht jemand auf das Grab gelegt hat. Er fand eine Computerdiskette."

„Was war darauf?"

„Eine Liste der Fälle der letzten sechs Monate, die die Staatsanwaltschaft verloren hat."

„Und? Diese Angaben kann man jeder offiziellen Statistik entnehmen."

„Das war aber eine ganz besondere Liste", erklärte Mike. „Alle Freigesprochenen waren Männer. Und alle verschwanden kurz nach dem Freispruch unter mysteriösen Umständen aus der Gegend."

„Es ist kaum ungewöhnlich, wenn sie woanders neu anfangen wollten." Roarke war klar, dass er lediglich alle Möglichkeiten in Betracht zog. Ortsansässige Kriminelle verließen nur selten den Ort, an dem sie sich sicher fühlten und Leute kannten, die ihnen halfen.

„Es gibt immer wieder Ausnahmen", räumte Mike ein. „Aber hier geht es um sechs Männer in sechs Monaten."

Roarke stieß einen leisen Pfiff aus.

„Das ist noch nicht alles", fuhr Mike fort. „Sie sind alle an Wochenenden verschwunden, an denen der Kongressabgeordnete nach Louisiana heimkam, um seine Wähler zu besuchen."

Und seine Verlobte.

„Das sieht nach Selbstjustiz aus."

„Genau. Als ich noch bei der Polizei war, gab es Gerüchte über ein so genanntes Tribunal. Ich habe sie nicht geglaubt, und niemand hat mich je aufgefordert mitzumachen." Mike legte eine kurze Pause ein. „Es wird noch schlimmer."

„Was gibt es?"

„Boudreaux ist heute Morgen in New Orleans gelandet. Und er ist vor kurzem mit einem Polizeihubschrauber in Richtung Bayou geflogen."

Schlagartig wurde Roarke klar, dass James Boudreaux die Hütte durchaus finden konnte. Seit ihrer Jugend hatte sich das Bayou wesentlich verändert. Die meisten der verschlungenen, schmalen Wasserwege waren begradigt und kanalisiert worden. Und aus der Luft ...

„Höchste Zeit, die Kavallerie loszuschicken", sagte Roarke, legte auf, schaltete den Computer aus und verließ das Büro. „Ich muss los", erklärte er dem Eigentümer des Ladens und warf einen Zwanziger auf die Theke. „Das reicht für den Anruf und eine Runde Bier für die Jungs."

Er lief zum Boot, band es los und fuhr mit Vollgas zurück. Während er durch den Sumpf zu seiner Hütte unterwegs war, behielt er den dunkler werdenden Himmel im Auge. Und obwohl es schon sehr lange her war, dass er zuletzt eine Kirche betreten hatte, betete er, dass er nicht zu spät kam.

13. KAPITEL

Daria glaubte zuerst, dass das Geräusch von einem Bootsmotor stammte. Vielleicht kam Roarkes Onkel Claude von seinen Fallen zurück. Er konnte sie zu Roarke bringen. Vielleicht war es sogar Roarke, der Nachricht von Michael brachte. Jetzt war das allerdings nicht mehr so wichtig, weil sie sich an alles erinnerte.

Ihr war sogar noch eingefallen, dass die Rächer ihre Opfer auf einer Krokodilsfarm ermordeten, wo sie die Leichen mühelos verschwinden lassen konnten.

Bei dem Gedanken schauderte sie, stützte sich auf das Geländer und blickte in die Richtung, aus der sich das Motorengeräusch näherte.

Und dann sah sie den Hubschrauber, der hinter einer dunklen Wolke wie ein riesiger Vogel auf der Suche nach Beute auftauchte. Sobald sie den Polizeihubschrauber erkannte, schlug ihr Herz rasend schnell. Ihre Gedanken wirbelten durcheinander.

„Es muss einen Ausweg geben", sagte sie energisch.

Sie war eine intelligente Frau, die ungewöhnlich viele Verurteilungen erreicht hatte. Hätte sie nicht so viele Kriminelle ins Gefängnis geschickt, wären noch viel mehr Opfer den Krokodilen vorgeworfen worden. Wahrscheinlich ahnten die Männer, die sie hinter Gitter gebracht hatte, gar nicht, wie viel Glück sie gehabt hatten.

Sie lief ins Haus zurück, als der Hubschrauber in der Luft stehen blieb und der Pilot offenbar nach einem Landeplatz suchte.

„Was ist das denn bloß für eine Jagdhütte?" schrie sie, als sie keine einzige Schrotflinte, kein Gewehr und keinen Revolver fand.

Die Rotorblätter zischten durch die Luft, als der Hubschrauber immer tiefer sank. Und dann herrschte plötzlich tödliche Stille.

In ihrer Verzweiflung griff Daria nach dem Messer in der Lederscheide, schob es in den Bund der Leggings und zog das Sweatshirt darüber. Es half ihr allerdings nichts gegen die Waffen der Polizisten.

Da es nichts brachte, sich in der Hütte zu verstecken, weil die Männer sie bestimmt schon gesehen hatten, trat sie wieder auf die Veranda und wartete.

„James!“ rief sie überrascht, als sie den Mann erkannte, der auf sie zukam. „Was machst du hier?“

Er lächelte so strahlend und freundlich, wie er das stets bei Wahlkampfveranstaltungen tat, um seine Wähler zu beeindrucken. Genau so hatte er auch gelächelt, als er sie zur Verlobung überredete.

„Das liegt doch auf der Hand. Ich suche dich. In letzter Zeit habe ich sehr beunruhigende Dinge über dich gehört, Liebling.“

„Wirklich? Was denn?“

„Ich weiß gar nicht, wo ich anfangen soll.“ Er kam die Stufen herauf, und einen Moment überlegte sie, ob sie ihn hinunterstoßen und weglaufen sollte. Doch der Himmel wurde dunkler. Ein Gewitter zog auf, und die Vorstellung, sich in der Dunkelheit in dem riesigen Sumpfgebiet zu verlaufen, jagte ihr mehr Angst ein als dieser Mann.

„Wenn es um Roarke O’Malley geht, kann ich das erklären ...“

„Du brauchst gar nichts zu erklären. Roarke und ich sind alte Freunde.“

„Wirklich?“ Roarke hatte sich völlig anders ausgedrückt.

„Natürlich. Was meinst du denn, woher ich sonst über diese Hütte Bescheid wüsste? Hier haben wir als Kinder viel Zeit mit Angeln verbracht. Und wir haben Ochsenfrösche gefangen.“ Er hatte jetzt die Veranda erreicht, blieb vor ihr stehen und sah sich um. „Sobald wir in die High School kamen, brachten die

O'Malley-Brüder Mädchen hierher." Sein kalter Blick erinnerte sie an ein Reptil. „Wie ich sehe, hat sich daran nicht viel geändert."

„Tut mir Leid." Das war eine Untertreibung. Daria tat es sehr Leid, dass sie sich mit einem Mörder eingelassen hatte. Noch mehr bedauerte sie, bis jetzt keinen Weg gefunden zu haben, wie sie überleben sollte. Zweifellos hatte James ihr ein schreckliches Schicksal zugedacht. „Vermutlich spielt es keine Rolle, wenn ich dir versichere, dass es nur eine kurze Affäre war, dass ich ihn in einer Bar getroffen habe und ..."

Er versetzte ihr eine schallende Ohrfeige.

„Ich hätte dich nie für eine Schlampe gehalten, Liebling." Bei seinem Ton gefror ihr das Blut in den Adern. Genauso sanft hatte er gesprochen, bevor er den Drogenhändler ermorden ließ. „Hätte ich geahnt, dass du mit jedem Mann schläfst, der sich an dich ranmacht, hätte ich mich nie mit dir verlobt." Sein Lächeln erreichte die Augen nicht. „Als gewählter Vertreter des Volkes von Louisiana bin ich verpflichtet, eine geeignete Frau auszusuchen." Behutsam strich er über ihre gerötete Wange. „Das trifft auf dich eindeutig nicht zu."

„Eindeutig." Sie zog den Ring vom Finger und reichte ihn James. „Du hast Recht, ich verdiene nicht ..."

Den nächsten Schlag versetzte er ihr auf die andere Wange. Sie verstummte und ließ den Ring fallen. „Wir haben jetzt lange genug gespielt. Wo ist sie?"

„Wovon sprichst du?"

Jetzt schlug er so hart zu, dass ihr schwarz vor Augen wurde. „Die Diskette. Wo, zum Teufel, ist die Diskette?"

„Ich weiß es nicht. Es ist wahr!" rief sie und hob schützend die Arme, als er die Hand zur Faust ballte. „Ich hatte sie im Hotel bei mir, als ich Martins Leiche fand. Aber dann hat mich dein Schläger auf den Friedhof gezerrt. Meine Handtasche ist aufgegangen, und als ich im Krankenhaus erwachte, war die Diskette verschwunden."

Er zog die Augen zu schmalen Schlitzen zusammen. „Wenn du mich belügst ..."

„Ich sage die Wahrheit."

Er sah sie bohrend an und zuckte dann die Schultern. „Es spielt keine Rolle. Die Diskette beweist gar nichts. Wenn du nicht aussagen kannst, was du im Bayou gesehen hast ..."

„Ich habe gar nichts gesehen", versicherte sie hastig.

Zu hastig, wie sie an seiner zufriedenen Miene erkannte. Er hatte geblufft, und sie war darauf hereingefallen.

„Wahrscheinlich glaubst du mir nicht, wenn ich verspreche, kein Wort zu verraten."

„Du? Die unerschrockene Kämpferin für das Gesetz?" fragte er lachend. „Kein Wort glaube ich dir."

Daria entschied sich für eine andere Taktik. „Warum, James?" fragte sie ruhig. „Du hast so viel erreicht, du hast solchen Erfolg. Warum riskierst du alles, um diese Männer zu töten?"

„Diese Kerle waren Abschaum. Sie begingen verabscheuungswürdige Verbrechen und verdienten die Todesstrafe." Sein lässiger Ton verriet keine Spur von Reue.

„Aber die Geschworenen hatten sie für nicht schuldig befunden."

Er stieß einen wilden Fluch aus. „Hättest du zusammen mit deinen Kollegen deine Arbeit gut gemacht, wären diese Kerle niemals in die Gesellschaft entlassen worden. Aber du hast versagt, Daria, und mit dir alle diese unfähigen Ankläger. Und darum mussten wir für euch die Arbeit erledigen."

„Ihr seid das Tribunal." Sie erinnerte sich an die Details über diese Gruppe von Polizisten und Richtern, Details, die ihr eingefallen waren, während sie auf Roarkes Rückkehr gewartet hatte.

„Du bist ein kluges Mädchen, Daria. Zu schade, dass es dich das Leben kostet."

„Da wir schon davon sprechen ... warum hast du Martin ermordet? Er wusste noch gar nichts über diesen Fall."

„Wir hatten keine Ahnung, was du ihm erzählt hast. Und leider war einer meiner Männer übereifrig."

„Damit kommst du nicht durch, das ist dir doch klar", behauptete sie ruhig, obwohl ihre Nerven zum Zerreißen angespannt waren. „Roarke weiß alles ..."

„Dein Geliebter stirbt noch vor Einbruch der Nacht. Und sein Bruder auch."

Für einen Moment schloss sie die Augen, so sehr schmerzte es sie. Die beiden Männer, die ihr Leben für eine Frau riskiert hatten, die sie erst vor knapp vier Tagen kennen gelernt hatten, sollten sterben.

„Bitte, James, wenn du Roarke nicht tötest ..."

„Aber sicher werde ich das tun, Liebling, glaube mir. Ich werde mich sogar persönlich um euch beide kümmern. Die O'Malleys sind mir schon seit Jahren ein Dorn im Auge. Das begann nicht erst, als Roarke beschloss, mit meiner Verlobten zu schlafen. Es wird mir ein Vergnügen sein, wenn die beiden um Gnade betteln."

„Sie werden niemals betteln."

Er streichelte ihre Wange. „Glaube mir, Daria, nach einigen Stunden werden sie mich anflehen, sie von ihrem Elend zu erlösen." Er ließ die Fingerspitzen über ihren Hals und in das Sweatshirt gleiten. „Weißt du, vielleicht möchtest du zusehen, bevor ich dann ein letztes Mal mit dir ins Bett gehen."

Daria schwor sich, dass dieser Mörder sie nie wieder berühren sollte. Da es ganz danach aussah, dass sie sterben musste, wollte sie wenigstens kämpfend untergehen. Verzweifelt überlegte sie, wie sie das Messer am besten einsetzen konnte, als ein Knistern und Knacken sie ablenkte.

„Verdammt." James griff nach dem Funkgerät an seinem Gürtel. „Was ist los?"

„Vom Golf her zieht ein Gewitter auf", sagte eine Stimme. „Wenn wir nicht sofort aufbrechen, werden wir womöglich hier festsitzen."

James fluchte und ließ wieder seinen kalten Blick über Daria gleiten. „Dann müssen wir mit dem Vergnügen warten. Wenn ich mit dir fertig bin, könnte ich dich eigentlich den anderen Mitgliedern des Tribunals überlassen – als Belohnung für gute Arbeit."

Bevor sie das zuließ, wollte sie das Messer gegen sich selbst richten. Doch noch hatte sie Zeit.

Er zog eine Pistole aus dem Schulterhalfter unter der Jacke und richtete die Waffe auf sie. „Vorwärts."

Daria stieg die Treppe hinunter. Wenn sie erst einmal im Hubschrauber war, würde Roarke sie nie finden.

Sie war ganz auf sich gestellt.

Daria erkannte den Polizisten im Hubschrauber sofort. Es war der Mann, der sie beinahe auf dem Friedhof getötet hätte. Er besaß die Frechheit, sogar noch zu grinsen. „Freut mich, Sie wiederzusehen", sagte er mit einem lüsternen Blick.

„Ist die Welt nicht klein", erwiderte sie. „Wenn wir schon zusammentreffen, könnten Sie doch James verraten, wie Sie wirklich über ihn denken."

„Wovon redet sie?" fragte James.

„Was weiß ich?" meinte der Pilot achselzuckend. „Sie ist eine Frau. Die lügen doch alle." Er startete von dem festen Boden, den er mitten im Sumpf gefunden hatte. Daria verließ der Mut, als Roarkes Hütte unter ihr immer kleiner wurde.

„Er hält dich für keinen richtigen Mann", bemerkte sie. „Er hat dich einen Weichling genannt." Sie wandte sich an den Piloten. „War das nicht der Ausdruck, den Sie verwendet haben?"

Er warf ihr einen wütenden Blick zu. „Miststück!"

„Das ist alles sehr schön", erklärte James. „Aber es funktioniert nicht, Daria."

„Was funktioniert nicht?"

„Du willst einen Streit zwischen uns anzetteln. Erstens bist du das gar nicht wert. Sie ist frigide", erklärte er dem Piloten. „Wenn wir zusammen waren, hatte sie keinen einzigen Orgasmus."

Donner übertönte das Motorengeräusch. Blitze zuckten über den Horizont. Regen prasselte gegen die Scheiben. „Du weißt doch, dass es keine frigiden Frauen gibt“, erwiderte Daria. „Nur schlechte Liebhaber. Und genau darauf wollte dein Freund hinaus.“

„Sie haben behauptet, Sie wären noch Jungfrau“, warf der Pilot ein.

„Das war eigentlich gar keine Lüge“, behauptete Daria. „James hat bestätigt, dass ich Ihnen die Wahrheit gesagt habe. Er machte nie eine richtige Frau aus mir.“ Sie seufzte. „Ich glaube auch nicht, dass er das jemals könnte.“ Sie wandte sich ihrem ehemaligen Verlobten zu. „Roarke schafft es“, fuhr sie fort, als würden sie sich nur über das Wetter unterhalten, das immer schlechter wurde. „Ich konnte gar nicht mitzählen, wie oft er mir in einer einzigen Nacht die Erfüllung verschafft hat. Er hat mich sogar zum Schreien gebracht.“

Wie sie gehofft hatte, wurde James eifersüchtig und lief im Gesicht rot an. „Ich werde dich auch zum Schreien bringen.“

Er zog sie an sich, schob eine Hand unter das Sweatshirt und drückte ihre Brust so fest, dass es schmerzte. Mit der anderen Hand wollte er ihr die Leggings herunterreißen.

Als sie sich gegen ihn stemmte, prallte er gegen den Piloten.

„Wenn Sie die Kleine vergewaltigen möchten, warten Sie wenigstens, bis ich den Vogel gelandet habe, sonst kommen wir alle um.“

James wandte sich an den Mann, der den Hubschrauber wieder unter Kontrolle brachte. „Konzentrieren Sie sich aufs Fliegen! Und wenn ich sie aufgewärmt habe, können Sie vielleicht sogar Ihre angeblich so tollen sexuellen Künste beweisen.“

Das war die Gelegenheit, auf die Daria gehofft hatte. Sie riss das Messer aus der Scheide, zielte auf seinen Rücken und stach zu. In letzter Sekunde drehte James sich wieder um, und das Messer traf nicht seinen Rücken, sondern seine Schulter.

Er schrie vor Schmerz und Wut und stieß sie von sich. Daria

prallte hart gegen den Piloten, der fluchend versuchte, den Hubschrauber abzufangen, der in Schwindel erregenden Kreisen absackte.

Sie hatte keine Ahnung, wie lange es dauerte. Scheinbar eine Ewigkeit drehte sich die Maschine um die eigene Achse. Daria verlor das Gleichgewicht und wusste nicht einmal mehr, wo oben und unten war. Vor ihren Augen wurde es schwarz. Mit einem gewaltigen Schlag prallten sie auf dem Wasser auf. Es wurde totenstill.

Es dauerte einen Moment, bis Daria begriff, dass sie noch lebte. Die beiden Männer waren bewusstlos. Es roch nach Benzin.

Obwohl James sie ermorden wollte, fiel es ihr schwer, auf ihn zu steigen, um die Tür des Hubschraubers zu erreichen, die sich über ihrem Kopf befand. Beim ersten Versuch gab die Tür nicht nach. Daria versuchte es noch zweimal.

Sie schrie vor Verzweiflung und versuchte es erneut. Und diesmal bewegte sich die Tür weit genug, dass Daria sich aus dem Cockpit stemmen konnte.

Laufend und schwimmend kämpfte sie sich durch das morastige Wasser, um festen Grund zu erreichen, während der kalte Regen auf sie herunterprasselte. Sie hatte gerade eine Grasinsel erreicht und richtete sich keuchend und hustend auf die Knie auf, als ein gewaltiger Donner ertönte.

Der Hubschrauber löste sich in einem Feuerball auf, der das Bayou erschütterte. Eine dicke Rauchsäule stieg in den Himmel.

Und dann wurde alles um sie herum schwarz.

Roarke jagte über das Wasser zurück zur Hütte. Er fürchtete, zu spät zu kommen, als er das Motorengeräusch eines Hubschraubers hörte. Die Maschine erhob sich über die Bäume und entfernte sich.

Hoffentlich hatten sie Daria mitgenommen und nicht sofort umgebracht. Er fürchtete, dass Mike ihnen nicht rechtzeitig zu Hilfe kommen konnte, und überlegte gerade, was er jetzt machen sollte, als ihm fast das Herz stehen blieb.

Der Hubschrauber stürzte ab.

„Nein!" Entsetzt beobachtete er, wie die Maschine auf das Wasser prallte. Und er schrie, als sie explodierte.

Daria ist nicht in der Maschine, sagte er sich. Zwar hatte die Erfahrung ihn gelehrt, dass das Leben nicht fair war, doch er wollte nicht glauben, dass das Schicksal so grausam war, zwei seiner Geliebten durch Explosionen sterben zu lassen.

Nataschas Tod hatte ihn beinahe dazu gebracht, seinen Beruf aufzugeben. Falls Daria in dem explodierenden Hubschrauber gesessen hatte, wollte er nicht weiterleben.

Daria lag auf dem kalten und nassen Untergrund. Zwar hatte sie das Bewusstsein wiedererlangt, war jedoch benommen und durcheinander. Noch konnte sie keinen klaren Gedanken fassen, als sie glaubte, trotz Regen und Donners ein vertrautes Geräusch zu hören.

„Das ist er nicht", warnte sie sich. „Du fantasierst. Er weiß gar nicht, wo er nach dir suchen soll."

Doch sobald sie zusammenhängend denken konnte, war ihr klar, dass die allmählich erlöschenden Flammen jemanden angelockt hatten. Vielleicht war es nicht Roarke, sondern ein Fallensteller, der die Explosion gesehen hatte. Doch das reichte ihr.

„Bloß nicht die Nacht hier draußen verbringen müssen", murmelte sie schaudernd.

Das Geräusch kam immer näher. Daria hob mühsam den Kopf und blickte sich angestrengt um.

Und dann sah sie Roarke, wie er das flache Boot aus dem Wasser zog und auf sie zulief. Sie versuchte aufzustehen, doch die Beine trugen sie nicht. Regentropfen und Freudentränen liefen ihr über das Gesicht, als sie auf ihn zukroch.

Sein Herz schlug so heftig, dass Roarke schon glaubte, einen Herzinfarkt zu bekommen. Seine Beine zitterten, als er Daria erreichte, auf die Knie sank und sie in die Arme zog.

Er küsste sie – ihre Lippen, die geröteten Wangen, die Stirn, die

Lider. Er schmeckte salzige Tränen und wusste nicht, ob er oder Daria sie weinte.

Er hatte einen Beruf gewählt, in dem man redegewandt sein musste, und während er das Boot durch das Bayou gesteuert hatte, war ihm alles durch den Kopf gegangen, was er ihr sagen wollte, was er ihr sagen musste. Er wollte ihr so viel versprechen.

Doch das konnte warten. Sie hatten viel Zeit, ein ganzes Leben.

Zärtlich legte er die Hände an ihre Wangen. „Du wirst mich heiraten."

Daria lachte und weinte gleichzeitig. „Ist das ein Heiratsantrag?"

„Hat es sich vielleicht nicht so angehört?"

„Es hat sich wie ein Befehl angehört." Wie ein wunderbarer, herrlicher, himmlischer Befehl.

„Na bitte, das habe ich davon, dass ich mich in eine Juristin verliebt habe", beklagte er sich. „Warum sagst du nicht einfach ja, verdammt nochmal?"

Er liebte sie! Nicht nur das, er hatte diese alles entscheidenden Worte auch ausgesprochen. Obwohl sie bereit gewesen wäre, so lange wie nötig darauf zu warten, war es Daria doch lieber, sie jetzt schon zu hören. Es ließ sie den Regen, die Kälte und die Schrecken vergessen.

„Ja, verdammt nochmal!" Daria lachte über den Ausdruck grenzenloser Erleichterung, der auf seinem Gesicht erschien, und küsste ihn.

– ENDE –

JoAnn Ross

Shayne: der Verführer

Roman

Aus dem Amerikanischen von

M. R. Heinze

MIRA®

1. KAPITEL

Bliss Fortune sah nicht wie eine Juwelendiebin aus. Könnte man allerdings Diebe an ihrem Aussehen erkennen, wären sie bereits alle hinter Gittern gelandet und Shayne O'Malley wäre arbeitslos gewesen.

Er beobachtete die rothaarige Fremde schon seit einer Stunde, wie sie mit den reichen Teilnehmern dieser Party umging. Die Franzosen – und ganz besonders die Pariser – waren dafür bekannt, dass sie Ausländern reserviert gegenüberstanden. Bliss Fortune gelang es jedoch eindeutig, sowohl Männer als auch Frauen mit ihrem strahlenden Lächeln zu verzaubern.

Es war Frühling in Paris. Die grauen Wolken des Winters hatten sich verzogen, der kalte Aprilregen war überstanden. Jetzt blühten die Kastanienbäume, und die Pariser genossen die schönen Tage und sternklaren Nächte in Cafés, auf den Straßen und in den Parks.

Die Farbe der Saison war das klassische Schwarz, doch heute Abend hielten die Gäste sich nicht an diese Vorschrift. Die Damen trugen bunte Kleider, die mit den Blumen im Jardin du Luxembourg um die Wette leuchteten.

Die Party fand in einem luxuriösen Apartment in einem Haus aus dem siebzehnten Jahrhundert statt, das auf der Ile Saint-Louis stand, einer winzigen Insel in der Seine. Früher hatten auf der Insel die Rothschilds und Madame Pompadour gewohnt. Fast vierhundert Jahre später gehörte sie zu einer der begehrtesten Wohngegenden der Lichterstadt an der Seine.

Shayne schätzte, dass man von den Juwelen der Damen mühelos eine zweite Französische Revolution hätte finanzieren können. Gold, Diamanten und Perlen funkelten und schimmerten im Licht der Kristalllüster um die Wette. Keine Juwelendiebin konnte einer solchen Versuchung widerstehen.

Bliss Fortune trug ein ärmelloses weißes Seidenkleid mit tief angesetzter Taille. Es schmiegte sich um ihre Rundungen und enthüllte schlanke, wohlgeformte Beine. An ihren Ohren funkelten zwei herrliche Diamantstecker. Shayne hätte gern gewusst, aus welcher gestohlenen Halskette oder aus welchem Diadem sie stammten.

Seit zehn Tagen folgte er dieser Frau durch Paris. Sie schien genau das zu sein, was sie angeblich war – eine Antiquitätenhändlerin, die in regelmäßigen Abständen zum Einkaufen nach Paris kam. Vermutlich hatte sie mittlerweile alle Antiquitätenläden von Paris abgeklappert. Shayne war es ein Rätsel, wie sie tagsüber die Konkurrenz besuchen und abends noch so energiegeladen wirken konnte. Müde wurde diese Frau offenbar nie

Es war höchste Zeit, ihre Bekanntschaft zu machen. Er nahm zwei Gläser Champagner von dem Tablett eines Kellners und ging auf sie zu.

Verdammt, verdammt, verdammt! Bliss konnte es einfach nicht glauben. In Paris fanden so viele Partys statt! Wieso musste diese Ratte von Exmann ausgerechnet auf dieser auftauchen?

Sie verkrampfte sich, als er die Unterhaltung mit einer attraktiven Brünetten abbrach und auf sie zukam.

„Hallo, Bliss!“ Alan Fortune umarmte sie, als wäre das sein gutes Recht.

Bliss hielt sich steif wie eine Statue. Alan gab sie zwar sofort wieder frei, wich jedoch nicht von ihrer Seite. Sein umwerfend charmantes Lächeln hatte noch vor relativ kurzer Zeit ihr Herz zum Schmelzen gebracht.

„Du siehst wundervoll aus, Liebling.“ Mit seinen dunklen Augen betrachtete er sie vom Scheitel bis zur Sohle.

Als er sich zu ihr beugte, als wollte er sie küssen, wich Bliss zwei Schritte zurück. „Du brauchst gar nicht so überrascht zu klingen.“ Es freute sie, dass man ihr nicht anhörte, wie sehr sie sich über das Zusammentreffen ärgerte.

Er ignorierte ihren ironischen Ton wie damals ihren Wutausbruch, als sie ihn mit ihrer besten Freundin im Bett ertappte. Erst danach hatte sie erfahren, dass er sie schon mehrmals betrogen hatte, unter anderem bereits in den Flitterwochen.

„An dir haben schon immer billige Sachen elegant gewirkt.“ Alan lächelte, als hätte sie nicht bei ihrem letzten Zusammentreffen eine Vase nach ihm geworfen.

Bliss überlegte gerade, wie sie von hier verschwinden konnte, ohne eine Szene zu machen, als sich das Problem von selbst löste. Eine hoch gewachsene Frau in einem Corsagenkleid, das sicher mehr als Bliss’ Wagen gekostet hatte, unterbrach das Gespräch.

„Alan, Schatz“, beklagte sie sich lächelnd, „ohne dich fühle ich mich schrecklich allein.“

„Ich habe dich noch nie allein gesehen, Monique“, erwiderte er lachend.

Monique war ein Supermodel und Liebling der internationalen Modeszene. Offenbar war sie momentan auch Alans Liebling.

„War nett, dich zu treffen, Alan“, meinte Bliss lässig. „Aber jetzt kümmere ich mich lieber wieder um die anderen Gäste.“

„Das ist ganz meine Bliss. Immer denkt sie ans Geschäft.“

Er betrachtete sie, als wäre sie etwas Besonderes. Früher hatte er ihr dieses Gefühl vermittelt, für ihn etwas Besonderes zu sein. Erst im Lauf der Zeit hatte sie herausgefunden, dass er und seine gelangweilten Bekannten ihre Arbeitswut nur verächtlich belächelten.

Sie zeigte ihm ein gespielt reizendes Lächeln. „Es gibt eben Menschen, die nicht mit einem antiken Silberlöffel im Mund und etlichen goldenen Kreditkarten in der Hand geboren werden.“

Wie hätte er wohl reagiert, wenn sie ihm verriet, dass sie seine wahre Identität entdeckt hatte? Bestimmt hätte sie nur noch mehr Lügen zu hören bekommen, weil er garantiert alles abstritt. Und das war ihr das Vergnügen nicht wert, seine Fassade zum Einsturz zu bringen.

„Du könntest mir beinahe Leid tun“, erwiderte er locker.

Bevor sie ihm eine Champagnerflasche aus einem der Silberkühler über den Kopf schlug und damit ihren Ruf ruinierte, ließ sie ihn stehen und entfernte sich so würdevoll wie nur möglich.

Nach diesem Zusammentreffen brauchte Bliss dringend frische Luft. Sie stand am offenen Fenster, als jemand hinter sie trat. Hastig drehte sie sich um und wollte ihren verlogenen und betrügerischen Exmann schon zum Teufel jagen, als sie einem Fremden gegenüberstand.

„Von dem vielen Sprechen müssen Sie durstig sein. Champagner?“ Shayne fand zwar seine Bemerkung selbst nicht sonderlich originell, aber Bliss Fortune lächelte verhalten.

„Danke.“ Sie nahm das Glas an und trank einen Schluck, um den schlechten Nachgeschmack von der Unterhaltung mit Alan zu vertreiben. „Ich bin schrecklich, nicht wahr?“

„Finden Sie?“ fragte er leise.

„Man sollte auf einer Party nicht über Geschäfte sprechen, nicht einmal in Amerika. Und hier in Paris tut man das einfach nicht.“

„Mag sein“, erwiderte er und betrachtete sie über den Rand seines Glases hinweg. „Aber in Ihrem Fall stört sich offenbar niemand daran.“

„Alle waren sehr höflich und sogar erstaunlich freundlich, wenn man bedenkt, gegen wie viele Regeln ich heute Abend verstoßen habe. Mit Höflichkeit kann man allerdings keine Rechnungen bezahlen.“

Er streckte die Hand aus und berührte mit einer Fingerspitze ihr Ohrläppchen. Der Einkaräter funkelte bläulich weiß, ein makelloser Stein. „Ich glaube nicht, dass Sie sich wegen Ihrer Rechnungen Sorgen machen müssen.“

„Muss das nicht jeder?“ Sie unterdrückte bei der leichten Berührung einen wohligen Schauer. „Ich bin Antiquitätenhändlerin. Mir gehört die Treasure Trove, die Schatztruhe, in New Orleans. In meinem Beruf muss ich Geld investieren, um welches zu verdienen. Bei der großen Konkurrenz ist es wichtig, beste Qualität und erlesene Stücke anzubieten. Darum bin ich auch so begeistert über die Funde, die ich auf dieser erfolgreichen Reise gemacht habe." Erfolgreich bis zu dem Moment, dachte sie, in dem ich Alan traf. „Mein Kreditkarteninstitut wird sich allerdings nicht darüber freuen, dass ich mein Limit stark überzogen habe. Ich wollte die Ausgaben auf ein Minimum beschränken, aber hier ist alles schrecklich teuer, und ich besitze leider keine Selbstdisziplin." Offenbar reichte ihre Selbstdisziplin nicht einmal dazu aus, dass sie den Mund hielt. Sie hatte schon immer zu viel geredet, und das wurde noch schlimmer, wenn sie verunsichert wurde. Das war im Moment eindeutig durch diese hellblauen Augen, die unverwandt auf sie gerichtet waren, der Fall. „Wussten Sie, dass Hemingway, als er in Paris lebte, ein hervorragendes Essen für zwei Personen mit Wein für nur zwölf Francs bekam?"

„Nein."

„Heute kostet schon ein einfaches Käsesandwich fast dreimal so viel." Sie warf einen verstohlenen Blick zum Büffet. Auf weißem Damast und im Schein von Kandelabern stand genug Essen, um Napoleons Armeen zu versorgen.

„Hier gibt es ein reichliches Angebot", bemerkte Shayne.

„Ja, nicht wahr? Ich fürchte nur, dass ich wie ein Fernfahrer zuschlage, wenn ich erst einmal einen Teller fülle." Seufzend strich Bliss sich über die rötlich blonden Locken. „Französinnen essen nie etwas. Sie sitzen ständig hochelegant in Straßencafes und haben Teller vor sich stehen, aber man sieht nicht, wie sie einen Bissen zu sich nehmen. Bestimmt verstößt das gegen das Gesetz." Sie ließ den Blick durch den Raum wandern und zu dem Tisch zurückkehren, der sich unter Delikatessen bog. „Im Moment würde ich für ein Steak morden."

„Ich könnte doch einen Teller füllen", schlug Shayne vor. „Sie nehmen sich ganz damenhaft nur ein Stückchen Käse oder Obst. Dann gehen wir auf die Terrasse hinaus, und Sie essen, so viel Sie wollen, ohne dass es jemand merkt."

Sie lächelte ihn so reizend an, dass er sie für völlig harmlos gehalten hätte, wenn er es nicht besser gewusst hätte.

„Das ist reizend von Ihnen. Normalerweise bin ich gar nicht so gierig, aber seit gestern habe ich kaum etwas gegessen. Man könnte meinen, ich wäre in der Bastille eingesperrt gewesen.“ Sie stockte kurz. „Ich weiß gar nicht, warum ich Ihnen das alles erzähle. Ich weiß nicht einmal, wer Sie sind.“

„Ich bin Shayne Broussard.“ Das war der Mädchenname seiner Mutter, ein typischer Cajun-Name aus der Gegend von New Orleans, der aber auch gut nach Paris passte.

„Bliss Fortune.“ Sie reichte ihm die Hand.

Als ihre Finger sich berührten, durchzuckte es Shayne so heftig, dass er beinahe sein Glas fallen gelassen hätte.

Bliss fühlte es offenbar auch. Ihre Augen weiteten sich, und als er mit dem Daumen ihr Handgelenk berührte, spürte er, wie ihr Puls heftig klopfte.

„Das liegt am Teppich“, meinte sie, weil sie nicht glauben wollte, dass zwischen zwei Menschen im wahrsten Sinn des Wortes Funken sprühen konnten.

„Sicher“, bestätigte er, ließ den Blick über ihr Gesicht gleiten und betrachtete ihren Mund. Shayne musste sich ernsthaft daran erinnern, dass er auf Bliss Fortune angesetzt war. Wenn er diesen Auftrag erfolgreich erledigte, landete die hübsche Dame zwar nicht in der Bastille, aber in einem netten Gefängnis in den Vereinigten Staaten.

„Wollen wir essen?“

Sein eindringlicher Blick hatte nichts mit Essen zu tun, doch Bliss dachte daran, dass alle Männer und Frauen in Paris ständig flirteten. Schließlich hatten die Franzosen den Ausdruck le coup de foudre, Liebe auf den ersten Blick, erfunden. Aber warum sollte sie es nicht genießen, dass sie einem so sagenhaften Mann gefiel?

„Ich bin am Verhungern.“

Shayne blickte zu dem Mann, der sie vorhin begrüßt hatte. „Was ist mit Ihrem Freund?“

„Freund?“ Sie folgte seinem Blick. „Ach, Alan. Er ist ganz sicher kein Freund, bloß ein Geist aus einer früheren Ehe.“ Um sich die Stimmung nicht zu verderben, dachte sie nicht weiter über ihre kurze gescheiterte Ehe nach, sondern ging zum Büffet.

Shayne folgte ihr. Ohne das geringste schlechte Gewissen genoss er den reizvollen Schwung ihrer Hüften unter dem kurzen weißen Kleid. Cunningham hatte von ihm verlangt, Bliss Fortune zu beobachten. Und genau das tat er. Eine angenehme Aufgabe, fand er, als Bliss nach einem Teller griff und dabei das Kleid noch etwas höher rutschte.

Die Nacht war kühl und feucht. Als sie mit den Tellern auf die Terrasse traten, fröstelte Bliss leicht.

„Hier." Shayne zog sein Jackett aus und legte es ihr um die Schultern. „Ich kann nicht zulassen, dass Sie sich eine Lungenentzündung holen. Wenn Sie schon das Essen teuer finden, können Sie sich vorstellen, was ein Arzt für einen Hausbesuch in Ihrem Hotel verlangt."

„Das möchte ich mir gar nicht vorstellen." Sie setzte sich auf einen schmiedeeisernen Stuhl, nahm eine Muschel von Shaynes Teller und schloss beim Kauen die Augen. „Himmlisch!"

„Das sind moules brules doigts. Sie werden in Salzwasser gezüchtet. Dann legt man sie auf eine sehr heiße Eisenplatte. Dadurch öffnen sie sich, und der Geschmack wird besonders intensiv."

„Himmlisch", wiederholte sie und nahm sich noch eine.

Shayne sah ihr beim Essen zu. Wenn sie schon dermaßen verzückt auf eine Muschel reagierte, wie war sie dann erst im Bett?

„Woher wissen Sie das?" fragte sie.

Er hatte sich soeben vorgestellt, wie das Seidenkleid an ihrem Körper zu Boden glitt. „Woher ich was weiß?" fragte er und schrak aus seiner Fantasie hoch.

„Das von den Muscheln. Wollen Sie den Käse?"

„Bedienen Sie sich." Er reichte ihr den Teller und setzte sich. „Ich koche gern. Es entspannt. Vor einigen Jahren habe ich einen Kurs im ‚Cordon Bleu' mitgemacht. Daher weiß ich Bescheid."

Bliss strich den weichen Camembert auf eine knusprige

Brotscheibe. „Sie hatten wirklich einen Kochkurs im ‚Cordon Bleu'?"

„Warum nicht? Ich sagte doch, kochen entspannt. Und wenn ich mich schon an die französische Küche heranwagte, wollte ich auch die beste Ausbildung."

Sie genoss den Käse genau wie zuvor die Muscheln. „Wahrscheinlich haben Sie sich wegen Ihrer Herkunft für Französisch entschieden. Sie sind doch Amerikaner, nicht wahr?"

„Ja, und ich habe Französisch als Herausforderung betrachtet."

„Sie mögen Herausforderungen?"

„Für mein Leben gern."

„Ich auch. In letzter Zeit gab es zwar mehr als nötig, aber ohne diese kleinen Bewährungsproben wäre das Leben unglaublich langweilig, finden Sie nicht?"

„Genau meine Meinung."

Diese Frau besaß eine unglaubliche Fähigkeit, zu genießen und sich zu freuen. Sie wirkte absolut nicht wie eine Verbrecherin. Doch dann dachte er daran, wie geschickt sie sich um die Gäste gekümmert hatte. Offenbar war sie wesentlich raffinierter, als sie aussah.

„Sind Sie reich?"

Ihre direkte Frage überraschte ihn. „Spielt das eine Rolle?" fragte er, nahm noch einen Schluck Champagner und sehnte sich nach einem schönen kalten Bier. Die Rolle des Playboys hinderte ihn an so manchen einfachen Freuden des Lebens. Dazu gehörten ein kaltes Bier an einem heißen Sommertag, ein Hotdog beim Baseball oder Angeln im Bayou. Unvermittelt befiel ihn Heimweh.

„Es ist nur so, dass ich Sie sympathisch finde", erklärte Bliss. „Schließlich würde nicht jeder Mann diese wundervollen Muscheln mit einer Fremden teilen. Aber was Beziehungen zu reichen Männern angeht, so bleibe ich strikt bei meinem Grundsatz, Zurückhaltung zu üben."

„In Ihrem Beruf sind Sie meiner Meinung nach auf reiche Leute angewiesen“, entgegnete Shayne. Arme besaßen schließlich keine kostbaren Juwelen. „Und glauben Sie, dass zwischen uns eine Beziehung besteht?“

„Ich habe immer versucht, Beruf und Vergnügen zu trennen. Eine Beziehung zwischen uns? Nein“, wehrte sie lächelnd ab. „Es hätte sich aber vielleicht eine entwickeln können.“ Sie stand auf und reichte ihm die Hand. „Gute Nacht, Mr. Broussard. Es war mir ein Vergnügen.“

Er hielt ihre schlanke Hand fest. „Sie gehen doch nicht schon vor dem Dessert?“

„Tut mir Leid, aber ich lasse mich mit reichen Männern grundsätzlich auf nichts ein.“

„Wir müssen uns auf nichts einlassen.“

„Aber das ist mein Problem.“ Sie richtete ernst die grünen Augen auf ihn. „Ich sagte doch schon, dass ich keine Selbstdisziplin besitze. Das heißt, ich bin diszipliniert, wenn es um mein Geschäft oder Wahlen oder Steuern geht. In meinem Privatleben war ich leider immer sehr impulsiv. Ich gebe zu, dass ich mich zu Ihnen hingezogen fühle, seit Sie auf der Party erschienen ...“

„Ich wusste gar nicht, dass Sie mich überhaupt zur Kenntnis genommen haben.“

„Es ist schwer, einen so umwerfend gut aussehenden Mann zu übersehen, der einen nicht aus den Augen lässt“, erwiderte Bliss.

„Sie boten den reizvollsten Anblick im ganzen Raum.“ Er sah auf den Fluss hinunter, auf dem ein Schiff vorbeiglitt, das wie die Bourbon Street in New Orleans beleuchtet war. „Sie haben die Lichterstadt nicht wirklich gesehen, wenn Sie sie nicht vom Fluss aus betrachtet haben. Machen Sie mit mir eine Schiffsfahrt, Bliss. Die Touristen werden als Leibwächter dienen. Und wenn Sie sich dadurch sicherer fühlen, behalte ich die Hände die ganze Zeit in den Hosentaschen.“

Er schlug ihr ausgerechnet eine Bootsfahrt vor, die sie mehr als alles andere in Paris lockte. Einmal war sie mit Alan hier gewesen, und er hatte ihr die Bitte abgeschlagen, weil er die Rundfahrten als typische Touristenattraktion abtat.

Bliss betrachtete Shayne nachdenklich. Trotz der starken Anziehung zwischen ihnen hatte sie beschlossen, der Versuchung nicht nachzugeben. Shayne Broussard war zu charmant, zu weltgewandt und zu selbstbewusst. Und darüber hinaus auch noch zu reich!

„Tut mir Leid“, wiederholte sie. „Ihre Absichten mögen absolut ehrlich sein, aber letztlich würde ich mich doch auf eine Beziehung mit Ihnen einlassen, und dann läuft es wieder schief.“ Ihr trauriges Lächeln erinnerte an ein hungriges Kind, das in das Schaufenster einer Bäckerei blickt. „Es ist besser, wenn ich jetzt gehe, bevor es zu Komplikationen kommt.“

Sie zog die Hand zurück, legte sein Jackett über die Stuhllehne und kehrte zur Party zurück. Durch die Terrassentür beobachtete Shayne, wie sie im Schlafzimmer verschwand, in dem die Mäntel abgelegt worden waren.

„Diesmal hat der Broussard-Charme versagt“, stellte er fest. Da er ein Mikrophon am Körper trug, hatte sein Vorgesetzter alles mitgehört und lachte jetzt bestimmt schallend los.

Shayne nickte einer Frau am Büffet kaum merklich zu. Sie verschwand daraufhin im Schlafzimmer, um ihr Zielobjekt nicht aus den Augen zu lassen, während er das Haus verließ.

„Was für eine hübsche Jacke.“

Bliss lächelte der Frau mittleren Alters zu, die nach einem Nerzmantel auf dem Bett griff. „Danke.“ Sie schlüpfte in die rote Baseballjacke, auf die sich die Bemerkung bezogen hatte. „Sicher nicht passend für eine solche Party, aber ich reise gern mit leichtem Gepäck.“

„Sehr klug“, meinte die äußerst elegante Frau lächelnd.

„Sind Sie Amerikanerin?“ erkundigte sich Bliss.

„Aus Seattle, aber ich lebe seit zehn Jahren in Paris. Habe ich vorhin richtig gehört, dass Sie Antiquitätenhändlerin sind?“

„Ja.“ Bliss holte eilig eine Geschäftskarte aus der Handtasche.

„Sollten Sie jemals nach New Orleans kommen, schauen Sie doch mal bei mir vorbei."

„Vielleicht mache ich das." Die Frau steckte die Karte in ihre elfenbeinfarbene Handtasche, ohne einen Blick darauf zu werfen. „Bleiben Sie lange in der Stadt? Wir könnten zusammen zum Essen gehen."

„Ich reise morgen ab."

„Ach, dann haben Sie erfolgreiche Geschäfte getätigt?"

„Eigentlich nicht." Bliss unterdrückte ein Seufzen. „Aber ich habe meinen Laden schon zu lange allein gelassen." Möglicherweise hatte Zelda, die in ihrer Abwesenheit aushalf, bereits das halbe Inventar verschenkt. Ihre geliebte Großmutter schätzte zwar schöne Gegenstände, besaß jedoch keinen Geschäftssinn.

„Dann wünsche ich Ihnen eine gute Heimreise. Und sollte ich jemals nach New Orleans kommen, besuche ich Sie bestimmt."

„Das würde mich freuen." Mit einem freundlichen Lächeln verließ Bliss das Schlafzimmer.

Während sie auf den Aufzug wartete, bedauerte sie, dass sie kein Essen mitgenommen hatte. Dann hätte sie auf dem Flughafen nichts kaufen müssen, während sie auf ihre Maschine wartete. Leider hatte sie das Zusammentreffen mit Shayne Broussard von allem anderen abgelenkt.

Er machte eigentlich einen netten Eindruck, aber warum sollten reiche Leute nicht nett sein? Wenn man sich keine Sorgen um Hypothekenzahlungen, Stromrechnungen und tägliche Einkäufe machen musste, hatte man weniger Grund, gereizt zu sein.

Anfangs hatte auch Alan nett gewirkt. Und Shayne Broussard war genauso weltgewandt und charmant wie ihr Exmann. Er sah allerdings noch besser aus. Während sie den altmodischen Fahrstuhl betrat, dachte sie, dass ihr noch nie ein so attraktiver Mann begegnet war.

Sein Haar war pechschwarz, seine Augen himmelblau. Die Nase war gerade, die Lippen perfekt geformt, und wenn seine Zähne nicht von einem Fachmann hergerichtet worden waren, bewiesen sie einmal mehr, wie ungerecht im Leben alles verteilt war.

Shayne war sehr groß. Sie selbst war ein Meter siebzig groß und hatte den Kopf in den Nacken legen müssen, um zu ihm aufzublicken. Seine tiefe Bräune deutete darauf hin, dass er sich viel in der Sonne aufhielt, vermutlich an den Nacktbadestränden in Südfrankreich. Der italienische Maßanzug hatte seinen schlanken, sportlichen Körper betont.

Ob er regelmäßig trainierte? Nein, sie konnte sich nicht vorstellen, dass er in einem gewöhnlichen Fitnessstudio schwitzte. Polo, Fechten oder Skilaufen in einem berühmten Wintersportort in den Alpen passte schon besser zu ihm.

Er ist nichts für mich, erinnerte sie sich, als der Aufzug das Erdgeschoss erreichte. Ich habe die Reichen und Berühmten kennen gelernt und teuer dafür bezahlt.

Die ersten drei Monate ihrer Ehe waren die schönste Zeit ihres Lebens gewesen. Die Flitterwochen hatte sie mit Alan auf einer Yacht vor Griechenland verbracht. In der Provence hatten sie sich in alten Bauernhäusern geliebt. Bei den Filmfestspielen von Cannes hatten sie Filmstars getroffen. Und kurz vor dem bitteren Ende hatten sie in New York eine Party besucht, an der John Kennedy jr. und Madonna teilnahmen – wenn auch nicht zusammen.

Das Leben war ein einziges Fest gewesen, und sie hatte sich wie Aschenputtel gefühlt. Leider hatte sie nicht geahnt, dass ihr Märchenprinz sich um Mitternacht in eine Ratte verwandeln würde.

2. KAPITEL

Als Bliss das Haus verließ, wartete Shayne auf sie. Das überraschte sie nicht so sehr wie die Freude, die sie bei seinem Anblick empfand. „Wie viel wäre nötig?“ fragte er, als hätte Bliss nicht oben auf der Party die Unterhaltung so abrupt beendet.

Sie betrachtete ihn vorsichtig. Trotz seiner lässigen Art fühlte sie unnachgiebige Stärke in ihm. Vermutlich war dieser Mann für Frauen extrem gefährlich.

„Wie viel sollte wofür nötig sein?“

„Wie viel Geld müsste ich weggeben, damit Sie mit mir Nachtisch essen?“

„Ich sagte schon ...“

„Ich weiß, was Sie gesagt haben.“ Er passte sich ihrem Tempo an.

„Sie lassen sich mit reichen Männern auf nichts ein. Ich weiß nicht, wieso Sie so denken, aber finden Sie diese Einstellung nicht etwas streng? Vor allem hier in Paris?“

Ihre hohen Absätze klapperten auf dem Pflaster des Bürgersteigs. Das Geräusch erinnerte Bliss daran, dass sie nachts allein mit einem Unbekannten in einer fremden Stadt unterwegs war. „Genau das meine ich. In Paris lassen sich die Menschen leicht auf Affären ein.“

„Dann sind Sie auch gegen Affären mit reichen Männern? Ich dachte, Sie wollten nur feste Bindungen vermeiden.“

Bliss blieb unter einer Straßenlaterne stehen. „Sind Sie immer so starrsinnig?“

„Ja, wenn ich etwas unbedingt will.“

Ehrlich war er, das musste sie ihm zugestehen. „Und Sie wollen mich?“

„Meine Liebe, ein Mann müsste schon tot sein, um Sie nicht erobern zu wollen. Im Moment wäre ich allerdings mit einem Spaziergang an der Seine zufrieden. Wir könnten etwas Süßes essen, uns freundlich unterhalten und einander dabei besser kennen lernen."

„Und wenn ich Sie nicht besser kennen lernen will?"

„Natürlich wollen Sie", erwiderte er lachend. „Ich mache Ihnen ein Angebot."

„Als das letzte Mal jemand diese Worte zu mir sagte, kaufte ich eine gefälschte Schäferin aus Meißen."

„Ich verkaufe keine Fälschungen", behauptete er.

In Wahrheit war alles, was er erzählte, falsch. Sein Leben bildete seit Jahren ein Netz aus Lügen. Sogar ihm fiel es manchmal schwer, sich daran zu erinnern, wer er wirklich war, und das gefiel ihm nicht. Allerdings konnte er Bliss nicht die Wahrheit sagen. Schließlich war sie selbst eine perfekte Lügnerin.

„Ich bin heute Nacht in einer seltsamen Stimmung", behauptete er, und wenigstens das stimmte. „Ich möchte nicht allein sein."

„Wie ermutigend", erwiderte sie. „Die Bemerkung über den Champagner hat mir als Einleitung für eine Unterhaltung besser gefallen. Wenn Sie Frauen gegenüber öfters in dunklen Straßen über Ihre seltsamen Stimmungen sprechen, ist es kein Wunder, dass Sie allein sind."

„Da haben Sie Recht", räumte er lachend ein. „Also, wollen wir die dunkle Straße verlassen und belebtere Gegenden aufsuchen?"

Sie sollte ablehnen, aber dieser Mann erinnerte sie an ihren Mieter Michael O'Malley. Sie konnte sich lebhaft vorstellen, was der frühere Mitarbeiter der Mordkommission und jetzige Privatdetektiv über ihr unvorsichtiges Benehmen gesagt hätte. Zweifellos wäre er an die Decke gegangen. „Was schwebt Ihnen denn vor?" fragte sie.

„Wenn ich mich recht erinnere, habe ich von einer Flussfahrt gesprochen."

Das klang unwiderstehlich. „Und Sie haben versprochen, die Hände in den Taschen zu lassen."

„Selbstverständlich“, beteuerte er und schob sie in die Taschen seiner grauen Hose.

Zwanzig Minuten später saßen sie auf dem oberen Deck eines Schiffes, das langsam auf der Seine dahinglitt. Der Eiffelturm glitzerte wie ein riesiger Weihnachtsbaum im Hintergrund, und Bliss merkte, dass sie einen Fehler begangen hatte. Das war mehr als eine Touristenattraktion. Auch wenn sich die Leute an Bord in allen möglichen Sprachen unterhielten, war es doch das schönste und romantischste Erlebnis, das sie je gehabt hatte. Sie würde es niemals in ihrem Leben vergessen.

Die Scheinwerfer des Schiffes ließen das Wasser silbern leuchten und strahlten die gotische Pracht von Notre Dame an. Bliss musste daran denken, wie sie das erste Mal in Maine das Nordlicht gesehen hatte. Das war genauso magisch und unvergesslich gewesen.

„Sie sind sehr still.“ Shayne beugte sich über den kleinen Tisch und spielte mit einer Locke, die der Wind ihr ins Gesicht geweht hatte.

Die Nachtluft war kühl. Seine Finger strichen warm über ihre Haut. Und Bliss wusste, dass sie verloren war.

„Ich habe gerade gedacht, dass diese Fahrt gar kein schlechter Abschluss für einen Aufenthalt in Paris ist“, erwiderte sie leise.

Er lächelte so verwegen und zuversichtlich, dass sie ihn dafür hätte hassen sollen. Leider versprühte er gleichzeitig so viel Charme, dass sie nicht einmal einen Hauch von Abneigung entwickeln konnte.

„Soll das heißen, dass Sie Ihre Einstellung reichen Männern gegenüber neu überdenken?“

„Nein!“ Vor ihrer Zeit mit Alan war sie stolz darauf gewesen, auf eigenen Beinen zu stehen. Jetzt hatte sie genau das wieder erreicht. Auch wenn sie mit Schwierigkeiten zu kämpfen hatte, konnte sie überleben. „Es soll nur heißen, dass ich heute Nacht auf meine ablehnende Haltung verzichte.“

„Das ist schon einmal ein Anfang.“ Shayne hielt ihre Hand fest und betrachtete sie mit einem Blick, bei dem sie Herzklopfen bekam. „Sie sehen wirklich zauberhaft aus."

„Aber natürlich." Mit einem kühlen Lächeln versuchte sie, ihre Nervosität zu überspielen. „Wir sind in Paris. Nachts sehen hier alle Frauen zauberhaft aus."

„Ich habe Ihnen jede Menge Leibwächter versprochen", meinte er, als das Schiff anlegte, um eine Gruppe Japaner an Bord zu nehmen. „Aber was halten Sie zur Abwechslung von einem Spaziergang?"

Sie verzichtete auf jegliche Vorsicht und stand auf. „Gute Idee."

Sie war in Paris, und nach dem letzten Jahr hatte sie sich einen kleinen Flirt verdient. Außerdem war es schon spät. Morgen früh saß sie in der Maschine zurück in die Vereinigten Staaten. Was konnte schon innerhalb weniger Stunden geschehen?

Am linken Seineufer schlenderten sie an einigen Liebespaaren vorbei. Die melancholischen Klänge eines Saxophons hallten von den Steinmauern zurück. Bei einem alten Straßenhändler, der schwor, Bliss wäre die schönste Frau der Stadt, kauften sie Eis. Als etwas später Aprilregen einsetzte, liefen sie lachend in ein Bistro und tranken den offenen Weißwein des Hauses, der ihnen köstlicher schmeckte als jeder Champagner.

Sobald der Regen aufgehört hatte, setzten sie den Spaziergang fort. Shayne bestand darauf, dass Bliss sich von einem Maler zeichnen ließ, der seine Staffelei auf dem Bürgersteig aufgestellt hatte. Amerikanische Touristen blieben stehen und sahen zu. Es machte Bliss zwar verlegen, im Mittelpunkt der allgemeinen Aufmerksamkeit zu stehen, aber die schmeichelnden Bemerkungen des Malers und das Endergebnis gefielen ihr.

„Jetzt Sie", entschied sie und räumte den Hocker für Shayne.

„Lieber nicht", wehrte er lächelnd ab. Es gehörte zu seinen Grundsätzen, dass keine Bilder von ihm existierten. Sogar eine Kreidezeichnung wäre in seinem Beruf ein Fehler gewesen.

„Aber ..."

Shayne wollte nicht mit Bliss diskutieren, merkte jedoch, dass sie nicht so leicht nachgeben würde. Impulsiv tat er, was ihm gerade einfiel. Er beugte sich zu ihr und gab ihr einen Kuss.

Ihre Lippen berührten einander nur für einen Moment, doch es reichte, dass ihr der Atem stockte und längst vergessenes Verlangen wieder erweckt wurde.

„Wofür war das?“ fragte sie und zeigte nicht, wie aufgewühlt sie war.

„Wir sind in Paris“, erwiderte Shayne, als würde das alles erklären.

„Sie haben versprochen, die Hände in den Taschen zu behalten.“

„Das tue ich doch.“

Zum Beweis hörte sie Münzen klimpern. Wieso hatte sie dann eine Sekunde lang geglaubt, seine Hände am ganzen Körper zu fühlen? „Ich wusste, dass ich einen Fehler mache“, sagte sie halblaut.

„Es war doch nur ein Kuss.“

„Stimmt.“

Obwohl sie den Kuss nicht gewollt hatte, ärgerte sie sich jetzt, dass Shayne etwas so Umwerfendes dermaßen lässig abtat. Sie hätte gern gewusst, wie viele Frauen er schon während eines Spaziergangs an der Seine geküsst hatte. Wie viele Frauen hatte er in einem abgeschiedenen Garten in die Arme genommen? Und wie viele hatte er geliebt?

„Sie haben natürlich Recht.“ Er zog die linke Hand aus der Hosentasche und strich über die steile Falte, die sich auf ihrer Stirn gebildet hatte. „Genau genommen habe ich Sie betrogen, aber es hat mir zu gut gefallen, um mich zu entschuldigen.“

Das erinnerte sie daran, dass er ein Mann war, der stets seinen Willen durchsetzte. Ein reicher Mann.

„Ich muss jetzt zurück in mein Hotel“, entschied sie. „Ich habe noch nicht für den Rückflug gepackt.“

„Könnten Sie nicht mit einer anderen Maschine fliegen?“

Bliss wich zurück, als er ihre Wange streicheln wollte. „Nein, das geht nicht."

Sie rechnete mit Widerspruch, doch Shayne überraschte sie erneut.

„Wie Sie wollen."

Er hielt ein Taxi an. Während der Fahrt saßen sie schweigend auf den Rücksitzen, aber die erotische Spannung zwischen ihnen konnte man förmlich mit Händen greifen. Bliss hielt den Blick starr von Shayne abgewandt.

Beim Hotel angekommen, rechnete sie damit, dass er sie unbedingt nach oben begleiten wollte. Er brachte sie jedoch nur zum Eingang.

„Vielen Dank für den schönen Abend. Es klingt zwar abgedroschen, aber es freut mich, dass uns beiden immer die Erinnerung an Paris bleiben wird."

Nach einem Handkuss schenkte er ihr noch ein hinreißendes Lächeln und ging weg.

Bliss betrat die Halle, wollte den Zauber des Abends jedoch noch nicht ganz brechen. Sie stand am Fenster und sah zu, wie das Taxi wegfuhr.

Sobald die Rücklichter verschwanden, ging sie seufzend nach oben, um für die Heimreise nach New Orleans zu packen.

„Was soll das heißen, sie hat wieder zugeschlagen?"

Zwei Tage nach dem Zusammentreffen mit Bliss Fortune stand Shayne O'Malley frustriert und ungläubig im Büro seines Vorgesetzten.

„Das Diamant- und Saphirkollier, das wir im Schlafzimmer in eine Schmuckschatulle gelegt hatten, war verschwunden, nachdem Mrs. Fortune ihre Jacke geholt hatte", erklärte David Cunningham.

Shayne fluchte. „Das ist unmöglich!"

„Offenbar nicht."

„Ich habe sie die ganze Zeit beobachtet."

„Ich weiß.“ Cunninghams Lächeln erinnerte Shayne an eine Klapperschlange. „Ich habe Ihnen noch nicht zu der großartigen Idee gratuliert, mit der Sie Ihr Porträt verhindert haben. Der Kuss war ein wahrer Geistesblitz. Und ist es nicht bewundernswert, welche Opfer ein Mann für sein Land bringt?“

Der Kuss war ein Fehler gewesen, den Shayne jedoch nicht rückgängig machen konnte. „Sie hatten mir aufgetragen, Bliss Fortune zu beobachten.“

„Und das haben Sie heldenhaft getan.“

Shayne fiel es schwer, auf die spöttische Bemerkung nichts zu erwidern, sondern sich auf die neue Wende in dem Fall zu konzentrieren.

„Ich verstehe es nicht. Gwen folgte ihr ins Schlafzimmer. Bliss Fortune war nie lange genug allein, um etwas zu stehlen.“

„Ich gebe es nur ungern zu, aber diese Frau ist eine Meisterdiebin“, erwiderte Cunningham. „Zum Glück waren die Juwelen nur eine Imitation, allerdings eine sehr gute Imitation. Das bedeutet, dass Ihr Fehler die Regierung eine ordentliche Stange Geld gekostet hat.“

„Ich verstehe es nicht“, wiederholte Shayne und blickte aus dem Fenster. Wie hatte Bliss das geschafft? Er war der Beste in seinem Fach. Niemand überlistete Shayne O'Malley.

„Washington verliert allmählich die Geduld.“ Cunningham unterbrach Shaynes Gedanken. „Die Kollegen von Interpol lachen uns aus, weil es uns nicht gelingt, eine Frau zu fassen. Sie müssen Bliss Fortune das Handwerk legen, O'Malley. Sofort!“

„Was erwarten Sie denn von mir?“ erwiderte Shayne. „Soll ich nach New Orleans fliegen, sie in ihrem Antiquitätenladen einsperren und sie im grellen Scheinwerferlicht so lange foltern, bis sie gesteht?“

„Tun Sie, was nötig ist“, erwiderte sein Vorgesetzter mit sanfter Stimme. Sein grimmiger Blick zeigte Shayne jedoch, dass Cunningham die Anweisung ernst meinte.

3. KAPITEL

Shayne hätte sich eigentlich andere Bedingungen gewünscht. Der Vollmond stand am Nachthimmel und schien hell auf das Französische Viertel von New Orleans. Dunkelheit wäre ihm lieber gewesen. Bei einem Einbruch wollte niemand im Scheinwerferlicht stehen.

Leider musste man in seinem Beruf oft unter ungünstigen Voraussetzungen arbeiten. Anstatt zu klagen, machte er sich an die Arbeit und öffnete die Tür im Handumdrehen mit seinem Werkzeug. Drinnen knipste er die Taschenlampe an. Die elektronische Alarmanlage stellte kein Problem dar. Vermutlich hätte jeder zwölfjährige Hacker sie innerhalb von Minuten ausschalten können. Shayne brauchte lediglich zehn Sekunden.

Er verschloss die Tür hinter sich. Das Licht wagte er nicht einzuschalten, sondern ließ den Strahl der Taschenlampe durch den Raum wandern. Trotz seines aufregenden Lebens legte Shayne großen Wert auf Ordnung. Mit einem einzigen Blick stellte er fest, dass er sie hier nicht finden würde.

Bliss Fortunes geliebte Treasure Trove bot ein Durcheinander an verschiedensten Sachen. Es gab alles, von einem herrlich geschnitzten Mahagonistuhl mit Hahnenkampfmotiv über eine Porzellanstatue Buddhas bis hin zu einer Sammlung von Helmen auf einem Brett über einem Sarkophag, der aus Holz gefertigt war, durch seinen Anstrich jedoch wie Stein wirkte. Abgesehen von den Helmen und dem Sarkophag erinnerte ihn der Laden an den Dachboden seiner Großmutter Broussard.

Leicht wurde es bestimmt nicht, das Kollier zu finden. Doch Shayne hatte ohnedies aus bitterer Erfahrung gelernt, misstrauisch zu werden, wenn etwas einfach war. Genau genommen vertraute er mit wenigen Ausnahmen nichts und niemandem. Deshalb war er in seinem Beruf so gut. Und deshalb ärgerte es ihn auch so, dass diese Frau in Paris die Juwelen gestohlen hatte.

Er stellte den Strahl der Taschenlampe breiter ein, betrachtete etliche Stofftiere und richtete ihn auf eine Sammlung von Tabaksdosen. Aus zuverlässiger Quelle wusste er, dass Bliss sie an diesem Vormittag mit der Lieferung aus Frankreich erhalten hatte. Mit etwas Glück fand er das Diebesgut, konnte die Juwelendiebin verhaften und die Stadt verlassen, bevor jemand erfuhr, dass er hier gewesen war.

Und nach dem Debakel in Paris musste ihm eigentlich wieder das Glück lächeln.

Zuerst glaubte Michael O'Malley Mäuse zu hören. Das ergab aber keinen Sinn, weil Bliss Fortunes schreckliche Katze nicht nur ihn anfauchte, sondern auch Insekten und Nagetiere verschlang. Michael hatte Beweise dafür gesehen, was für ein fleißiger Jäger der Kater war. Mehr als einmal war er morgens zur Arbeit gekommen und hatte eine tote Maus vor seiner Tür gefunden.

Beschwerte er sich bei seiner Vermieterin, lächelte Bliss nur hinreißend und versicherte ihm, das gemeuchelte Nagetier wäre ein Geschenk und Hercules würde ihm auf diese Weise seine Zuneigung zeigen. Doch Michael bezweifelte das.

Mit angehaltenem Atem lauschte er auf die Schritte im Erdgeschoss. Nachdem er spät von Baton Rouge zurückgekehrt war, hatte er im Büro noch einige Notizen in einer Akte gemacht. Anstatt heimzufahren, hatte er sich nach einer vierundzwanzigstündigen Beobachtung einfach auf die Ledercouch gelegt und von Ferien auf einer Insel geträumt. Spärlich bekleidete Schönheiten bevölkerten dieses Eiland und waren gerade bemüht, ihm jeden Wunsch zu erfüllen, als ihn die Schritte weckten.

Das konnte natürlich Bliss sein, die doch nicht in Lafayette übernachtete. Hoffentlich bedeutete es, dass sie heute bei der Auktion Erfolg gehabt hatte.

Sein Büro befand sich am oberen Ende der Treppe. Durch die Milchglasscheibe in der Tür hätte er Licht sehen müssen. Unten war jedoch alles dunkel. Also hatte er nicht die Besitzerin der Treasure Trove gehört.

Michael stand auf, griff nach dem Schulterhalfter, zog die 9-mm-Pistole heraus und ging vorsichtig zur Tür, um den Einbrecher zu stellen. Unter seinen Füßen knarrte ein Brett so laut wie eine Zivilschutzsirene. Michael unterdrückte einen Fluch. Hoffentlich hatte der Kerl da unten nichts gehört.

Leider hatte er es doch. Shayne erstarrte bei dem Knarren über seinem Kopf. Jemand war auf dem Weg nach unten. Sollte er sich einem Kampf stellen oder fliehen?

Vorsichtig zog er die Pistole aus dem Gürtel, spreizte die Beine und richtete die Waffe mit beiden Händen auf die Tür zum Treppenhaus.

Die Tür flog auf. Die Deckenbeleuchtung blendete beide Männer für einen Moment.

Betroffen schweigend starrten die O'Malley-Brüder einander an. Jeder zielte mit der Waffe auf den anderen wie vor vielen Jahren, als sie Räuber und Polizist spielten.

Doch sie waren keine Jungen mehr, und die Pistolen waren nicht mit Knallerbsen geladen, sondern echt.

Sie sahen einander grimmig an und fluchten.

Und dann lachten Michael und Shayne O'Malley schallend über diese absurde Situation.

Bliss war in schlechter Stimmung. Anstatt die Sendung aus Paris auszupacken, war sie nach Lafayette zu einer Antiquitätenauktion gefahren. Leider war sie fast bei allen Posten von ihrem alten Widersacher Nigel Churchill überboten worden. Trotz seines Namens und des britischen Akzents war der Kerl so amerikanisch wie sie selbst.

„Für diese Truhe hat er nur geboten, weil er wusste, dass ich sie haben will", schimpfte Bliss auf der Rückfahrt nach New Orleans. Der aufregende Tag hatte sie erschöpft. „Dafür bekommt er nie das Geld zurück, das er hineingesteckt hat."

Churchill gehörte eine Reihe von Antiquitätenläden zwischen Savannah und New Orleans. Die Frauen in den Staaten am Golf von Mexiko fanden ihn offenbar hinreißend, obwohl Bliss seinem Charme gut widerstehen konnte.

„Der Typ ist schleimig und ölig“, murmelte sie vor sich hin.

Der Mann wollte offenbar den gesamten Antiquitätenmarkt im Süden an sich reißen. Konnte er einen Ladenbesitzer nicht zum Verkauf überreden, wandte er wenig ehrenhafte Methoden an. Bliss hatte herausgefunden, wie unehrenhaft Churchill sein konnte. Als sie sein letztes Angebot ablehnte, hatte er doch tatsächlich versucht, sie zu verführen. Seit sie ihm sehr deutlich klar gemacht hatte, dass sie lieber mit einem Alligator ins Bett steigen würde als mit ihm, sorgte er dafür, dass sie möglichst nichts mehr ankaufen konnte. Darum überbot er sie bei jeder Auktion, die sie gemeinsam besuchten.

„Der Kerl bekommt meinen Laden nicht!“ sagte sie laut zu sich selbst und umklammerte vor Zorn das Lenkrad so fest, dass ihr die Finger schmerzten.

Churchill erinnerte sie stark an Alan, der sie beide beim Karneval in Venedig miteinander bekannt gemacht hatte. Wahrscheinlich hatte er deshalb gedacht, dass er ihr den Laden abnehmen konnte, indem er sich an sie heranmachte und mit ihr flirtete. Schließlich hatte sie sich bereits von einem professionellen Charmeur hereinlegen lassen. Doch da war sie auch jünger gewesen.

Nur um zwei Jahre, erinnerte sie ihre innere Stimme.

Bliss fand, das machte trotzdem einen großen Unterschied. Damals war sie noch viel naiver gewesen. Sie seufzte. Sie war älter, leider aber nicht viel klüger geworden. Churchill hatte unlängst bei einer Versteigerung eine ihrer Freundinnen, die ihren Laden in Houma nicht an ihn verkaufen wollte, ständig überboten. Sie hätte damit rechnen müssen, dass er diese Taktik wieder anwandte, und hätte sich ein Gegenmittel überlegen müssen.

Nun ja, das war schon Schnee von gestern. Sie hatte ja immer noch die wundervollen Sachen aus Paris. Mit dieser Ware konnte sie ihren Laden lange genug betreiben, bis ihr etwas einfiel, um Nigel Churchills Übernahmepläne zu durchkreuzen.

„Was machst du hier?“ fragten Michael und Shayne wie aus einem Mund.

„Ich habe ein Büro im ersten Stock gemietet“, sagte Michael. „Ich habe gesetzlich das Recht, mich hier aufzuhalten.“

Shayne achtete nicht auf die Anspielung, die sich auf sein ungesetzliches Eindringen bezog. „Bliss Fortune ist deine Vermieterin?“ Wieso war den Ermittlern in New Orleans diese wichtige Tatsache entgangen?

„Stimmt.“ Michael verschränkte die Arme und fasste seinen jüngsten Bruder scharf ins Auge. „Sie ist eine großartige Frau. Und darum frage ich mich, wieso mein Bruder mitten in der Nacht in ihren Laden einbricht.“

„Es ist nicht mitten in der Nacht“, wehrte Shayne ab.

Michael fluchte. „Ich hatte schon vergessen, dass du nie klar antwortest. Es ist ein Wunder, dass Mom bei deiner Erziehung keine schneeweißen Haare bekommen hat.“

„Roarke und ich haben ihr wahrscheinlich ein paar graue Haare verschafft“, gestand Shayne. „Vergiss aber nicht, dass sie eine Geheimwaffe hatte.“

„Welche?“

„Dich. Ein falscher Schritt und wir mussten uns vor unserem großen Bruder verantworten.“

„Jemand musste schließlich auf euch zwei aufpassen.“

Vor allem, da Dad nie da war ... Keiner der Brüder sprach es aus, aber sie dachten es beide.

„Hast du von ihm gehört?“

Michael sah noch finsterer drein. „Nicht mehr, seit Mom vor zwei Jahren operiert wurde. Vermutlich hat Roarke ihm damals Bescheid gesagt. Er kam nur lange genug in die Stadt, um Mom im Krankenhaus zu besuchen.“

„Das war toll von ihm.“

„Ach ja, war es das?“ fragte Mike grimmig.

Patrick O’Malley, ihr Vater, war stets ruhelos durch die Welt gezogen und hatte als Fotoreporter viele Preise bekommen. Obwohl ihre Mutter sich bemüht hatte, die drei Söhne großzuziehen, hatte Michael die eigentliche Verantwortung getragen. Er hatte sich nie beklagt, sondern willig seine Rolle als Mann im Haus angenommen.

Shayne erinnerte sich, dass Michael sogar ein Baseball-Stipendium an der UCLA, der University of California and Los Angeles, ausgeschlagen hatte. Damit hatte er auf die Profiliga und seine Freundin verzichtet, die ihn daraufhin verlassen hatte.

Shayne hatte seinen berühmten Vater in seinem ganzen Leben nur dreimal getroffen. Im Gegensatz zu Mike, der seinen Vater hasste, weil er die Familie verlassen hatte, entwickelte Shayne für Patrick O’Malley zwiespältige Gefühle.

„Du hast meine Frage noch nicht beantwortet“, drängte Michael. „Was machst du hier?“

„Wahrscheinlich glaubst du mir nicht, wenn ich sage, dass ich für Mom ein Geburtstagsgeschenk kaufen wollte.“

„Sie hat erst in zwei Monaten Geburtstag.“

„Es ist schwer, für sie etwas Passendes zu finden. Darum wollte ich mich jetzt schon umsehen.“

„Guter Versuch, aber das kaufe ich dir nicht ab.“ Mike verschränkte die Arme vor der Brust. „Zweiter Versuch!“

„Lieber Himmel, da fällt mir ein, wie ich sechzehn war und du mich erwischt hast, als ich mich fünf Minuten zu spät ins Haus schleichen wollte.“

„Es war zwei Stunden zu spät, und dein Atem hat nach Bier gerochen“, widersprach Michael.

„Wir sind in New Orleans“, erwiderte Shayne. „Jugendliche besuchen an einem Samstagabend nicht unbedingt eine Eisdiele.“ Nur zu gut erinnerte er sich, wie sein Bruder ihn verprügelt hatte, weil er betrunken mit dem Auto gefahren war. „Ich habe mich nie bei dir dafür bedankt, dass du Mom nichts verraten hast.“

„Sie hatte schon genug Probleme, ohne sich um ihren jüngsten Sohn zu sorgen."

Shayne hatte sich nie gewundert, dass Michael Polizist geworden war. Auf diese Weise war er für die ganze Stadt der große Bruder. Das war er zumindest gewesen, bis er in politische Intrigen geraten war.

„Ich habe Roarke in Barcelona getroffen. Er hat mir von den Problemen erzählt, die du im letzten Jahr bei der Polizei hattest."

Wieder zuckte Michael nur die Schultern. „Man gewöhnt sich als Polizist daran, mit Politikern auszukommen, besonders in dieser Stadt. Aber als die Mächtigen die Nachrichten über einen Mann, der im Französischen Viertel mehrere Frauen vergewaltigt hatte, unterdrückten, weil es dem Tourismus schaden konnte, reichte es mir. Es ist gut gelaufen. Ich genieße es, mein eigener Chef zu sein. Ich übernehme Aufträge, die ich haben will, und lehne die anderen ab. Und du hast meine Frage noch immer nicht beantwortet."

„Du gibst nicht auf, oder?"

„Das ist nicht meine Art."

Nein, sicher nicht. Allen drei O'Malley-Brüdern konnte man vorwerfen, sie wären starrsinnig, aber Michael führte in dieser Hinsicht eindeutig.

„Vermutlich glaubst du mir auch nicht, wenn ich behaupte, dass es um die nationale Sicherheit geht."

„Ich könnte es zwar glauben", räumte Michael ein, „aber ich würde mich damit nicht zufrieden geben. Shayne, wir sind Brüder. Dass ich dir beinahe den Kopf weggeschossen habe, gibt mir das Recht auf eine Erklärung, selbst wenn es sich um eine geheime Sache handelt."

„Wieso glaubst du denn, du hättest als Erster schießen können? Nur zu deiner Information – ich habe im Schießwettbewerb glänzend abgeschnitten."

„Du schießt sicher sehr gut auf Pappkameraden. Der Unterschied zwischen uns, Brüderchen, besteht darin, dass ich schon Verbrecher erschossen habe. Du dagegen hast dich aus allen Klemmen nur immer herausgeredet."

„Hat dir schon einmal jemand gesagt, wie schrecklich es einem auf die Nerven geht, dass du immer Recht hast?"

„Aber sicher. Damit musste ich mich abfinden." Michaels Lächeln schwand. „Ist Bliss in Schwierigkeiten?" fragte er ernst.

Shayne zwang sich dazu, seinen Bruder anzusehen. „Könnte sein."

„Verdammt, geht es um diesen elenden Exmann? Der Kerl ist eine Ratte, Shayne. Er hat sie nicht nur betrogen, sondern er ist genauso wenig wie du ein polospielender Jetsetter. Der Kerl heißt eigentlich Bernard Thompson. Seit er von der Northwestern University flog, weil er gestohlene Examensarbeiten verkaufte, lebt er vom Heiratsschwindel. Er lockt Frauen in sein Bett und nimmt ihnen ihr Vermögen ab."

„Ich wusste nicht, dass Bliss Fortune ein Vermögen hat."

„Hat sie auch nicht, zumindest jetzt nicht mehr. Dieser Kerl hat sich ihre geringen Ersparnisse unter den Nagel gerissen, bevor sie ihn hinausgeworfen hat."

„Du scheinst viel über sie zu wissen."

„Sie versuchte, mich zu engagieren. Ich sollte wenigstens das Geld ihrer Großmutter wiederbeschaffen."

„Sie hat es versucht? Soll das heißen, dass du den Fall nicht übernommen hast?"

„Ich habe für meine Arbeit kein Geld genommen", erklärte Michael. „Es war auch gar nicht so schwer. Nachdem ich mich mit dem Kerl unterhalten hatte, schrieb er der alten Dame einen Barscheck aus."

„Wieso habe ich den Eindruck, dass du dich mit ihm nicht nur unterhalten hast?"

Michaels Lächeln sprach für sich. „Kann ich was dafür, dass die Ratte ausgerutscht ist und sich den Kiefer gebrochen hat?"

Shayne war klar, dass sein Bruder Bliss sehr mochte. Und da er sich auf Mikes Menschenkenntnis stets verlassen hatte, fragte er sich, ob die Agentur sich vielleicht in Bliss Fortune täuschte. Andererseits gab es zahlreiche Beweise gegen sie, unter anderem die falschen Juwelen, die auf der Party in Paris verschwunden waren.

Natürlich war auch ihr Mann dort gewesen. Vielleicht arbeiteten die beiden trotz seiner ehelichen Untreue zusammen. Geldgier war ein Motiv, das so alt wie die Menschheit selbst war.

„Kommt Fortune jemals hierher?“ fragte Shayne.

„Machst du Scherze? Bliss würde wahrscheinlich eine antike Streitaxt nach ihm werfen, falls er den Kopf zur Tür hereinsteckt.“

„In Paris habe ich die beiden zusammen gesehen, und ich hatte nicht diesen Eindruck.“

Michael zog die Augen zu schmalen Schlitzen zusammen. „Niemals würde sie sich mit dem Bastard wieder auf etwas einlassen. Da bleibt nur eine Möglichkeit offen. Willst du andeuten, dass sie mit dem Kerl zusammen ein unsauberes Ding abzieht?“

„Ich deute gar nichts an.“

„Falls der Kerl sie irgendwie belastet, kann das nur heißen, dass er sich selbst reinwaschen will.“

„Obwohl Fortune keinen guten Ruf hat, glaube ich nicht, dass er in die Sache verwickelt ist.“ Abgesehen von dem unerwarteten Auftauchen auf der Party gab es keine Verbindung zwischen Bliss' Exmann und den Juwelendiebstählen.

„Was ist dann ...“

„Du musst die Sache absolut für dich behalten, Mike.“

„Roarke hat unlängst das Gleiche zu mir gesagt, als er in der Klemme steckte. Ich war nahe daran, ihm einen Kinnhaken zu verpassen. Und jetzt würde ich dich gern auf diese Weise daran erinnern, dass ich immer dein älterer Bruder bleibe ... und auch der Stärkere von uns beiden.“

„Du magst größer sein als ich“, räumte Shayne ein. „Das heißt aber nicht, dass du mich noch immer verprügeln kannst. Ich habe den schwarzen Gurt in Karate.“

„Ich zittere vor Angst“, erwiderte Michael breit lächelnd.

„Du kannst lachen, so viel du willst, großer Bruder, aber irgendwann verpasse ich dir ein Ding."

„Versuche es ruhig. Seit ich nicht mehr bei der Polizei bin, habe ich mich nicht mehr richtig geprügelt. Wahrscheinlich wäre es sehr gut, Aggressionen abzubauen, indem ich dir dein hübsches Gesicht poliere."

„Mein Gesicht sieht wenigstens nicht aus wie eine schlechte Straße im Bayou", entgegnete Shayne. In Wahrheit sahen alle drei O'Malley-Brüder einander sehr ähnlich, auch wenn Mike die markantesten Gesichtszüge hatte.

Mike versetzte ihm einen nicht gerade sanften Schlag auf die Schulter. „Ich hatte fast vergessen, wie sehr du mir fehlst, Kleiner. Willkommen daheim."

„Schön, wieder hier zu sein." Shayne vermied das Wort „daheim". Seit dem College hatte er fast zehn Jahre lang keine sechs Monate an einem Ort gewohnt. Vermutlich würde er sich nirgendwo wirklich daheim fühlen.

„Weißt du, langsam ist es wieder wie in alten Zeiten. Roarke ist wieder da."

„Das habe ich gehört. Ich habe auch gehört, dass er nicht mehr für das Fernsehen arbeitet."

„Er schreibt ein Buch über seine Abenteuer als Kriegsberichterstatter."

Auch davon hatte Shayne schon gehört. „Wahrscheinlich wird es weggehen wie warme Semmeln, besonders wenn ihn der Verlag auf Autogrammtour schickt. Ich sehe schon die Schlangen schöner Frauen, die von dem berühmten O'Malley-Bruder verführt werden wollen."

„Sie erhalten von ihm höchstens ein Autogramm, mehr aber auch nicht. Affären kommen für ihn nicht mehr in Frage."

„Was?" Das war tatsächlich eine Neuigkeit. „Sag jetzt nicht, dass er Priester geworden ist wie Onkel Gabriel!"

„Roarke und ein Priester?" Mike lachte dröhnend. „Niemals. Ich habe nichts von Zölibat gesagt. Er ist monogam geworden."

„Das wird nicht lange anhalten", meinte Shayne erleichtert.

„Darauf würde ich nicht wetten. Diesmal meint er es ernst. Daria Shea ist aber auch eine ganz besondere Frau und darin Bliss sehr ähnlich. Und somit sind wir wieder beim Thema angelangt. Was machst du hier?"

Allmählich begriff Shayne, wieso Mike bei der Polizei von New Orleans die meisten Geständnisse erlangt hatte. Man konnte seinem durchdringenden Blick nur schwer standhalten. Er war wie ein Pitbull, der sich in einen besonders saftigen Knochen verbissen hatte und nicht mehr losließ.

Shayne zuckte zusammen, als etwas an seinem Bein entlangstrich.

„Das ist Hercules", erklärte Michael und warf einen finsteren Blick auf den rötlichen Fellball. „Bliss Fortunes einziger ernsthafter Fehler."

Der Kater strich um Shaynes Beine. „Du magst doch Tiere."

„Die meisten ja, aber dieses Vieh ist der Satan in Katzengestalt."

„Ist das nicht übertrieben?" Shayne bückte sich und wollte den Kater streicheln, der prompt fauchte und mit den Krallen nach ihm schlug. Er zog die Hand zu langsam weg. „Verdammt!"

„Ich habe dich gewarnt", stellte Michael fest. „Nachdem ich wieder einmal Recht behalten habe, solltest du mir endlich verraten, was du hier machst."

Shaynes Hand brannte, als wäre er von Ameisen gebissen worden. Sichtlich zufrieden ging der Kater weg, sprang auf ein Queen Anne-Sofa und putzte sich die Pfoten.

Shayne warf dem Tier einen finsteren Blick zu, genau wie vorhin sein Bruder. „Das ist eine lange Geschichte."

„Ich habe nichts vor. Komm nach oben in mein Büro. Bei einem Drink ..."

Bevor er den Satz vollenden konnte, hörten sie einen Schlüssel in der Haustür. Gleich darauf waren sie nicht mehr allein.

„Shayne?" Bliss betrachtete verwirrt den Mann, den sie hier

ganz sicher nicht erwartet hätte. „Was machen Sie in New Orleans? Und wie sind Sie hereingekommen?"

Während er blitzartig nach einer halbwegs glaubhaften Erklärung suchte, stellte er fest, dass sie noch attraktiver war, als er in Erinnerung hatte. Die Ringe unter den Augen verrieten, dass sie seit Paris nicht gut geschlafen hatte.

„Sie sagten, ich sollte Sie besuchen, wenn ich jemals in die Gegend komme", erwiderte er. „Und hier bin ich."

Bliss erinnerte sich nicht, ihn eingeladen zu haben. „Der Laden ist schon längst geschlossen."

„Ich weiß, und ich wollte auch erst morgen früh herkommen", behauptete Shayne. „Aber ich saß in meinem Hotelzimmer, dachte an Sie und wollte mir einfach den Laden ansehen. Und als ich das Licht sah ..."

„Das Licht hat gebrannt?" Bliss wandte sich an Michael.

„Ich habe ein Geräusch im Erdgeschoss gehört", erwiderte Mike zögernd. Er hasste Lügen. „Ich dachte an Hercules und kam herunter ..."

„Und er hörte mich klopfen", fiel Shayne ihm ins Wort. „Als ich ihm erklärte, dass ich ein Freund von Ihnen bin, ließ er mich eintreten."

„Das verstehe ich nicht", meinte sie verwirrt. „Warum haben Sie Mr. Broussard überhaupt die Tür geöffnet, Michael? Sie kannten ihn doch gar nicht."

Mike warf Shayne einen scharfen Blick zu, als er den Namen Broussard hörte.

„Wir sind alte Freunde", behauptete Shayne.

„Tatsächlich?" fragte sie skeptisch. „Michael?"

„Unglaublich, aber wahr. Ich hatte allerdings nicht damit gerechnet, heute Nacht Shayne an der Tür vorzufinden."

„Das kann ich mir vorstellen", meinte sie verwirrt, bückte sich und nahm den Kater auf den Arm, der zu ihr gekommen war. „Was tun Sie hier überhaupt, Michael?" Hercules begann laut zu schnurren, als sie ihn streichelte.

„Ich kam spät von einem Einsatz zurück, machte noch einige Notizen und wollte auf der Couch schlafen."

Bliss bemühte sich, Shayne nicht zu zeigen, wie sehr sie sich freute, ihn zu sehen. „Und Sie?"

„Was ist mit mir?"

„Was machen Sie in New Orleans?"

„Nun, ganz einfach", erwiderte er lässig. „Ich wollte Sie besuchen."

„Sie sind von Paris hergekommen, nur um mich zu besuchen?"

„Natürlich."

„Natürlich", wiederholte sie. Shayne Broussard war ein reicher Mann, der stets allen seinen Launen nachgab. „Warum?"

Ohne sich um den finsteren Blick seines Bruders zu kümmern, musterte Shayne sie eingehend von Kopf bis Fuß und richtete dann den Blick auf ihren verlockenden Mund, den er nicht vergessen konnte.

„Das liegt doch auf der Hand."

Bliss war daran gewöhnt, von Männern gemustert zu werden. Neu war für sie jedoch, dass sie sich unter den anerkennenden Blicken eines Mannes dermaßen als Frau fühlte.

Erst jetzt wurde ihr bewusst, wie mitgenommen sie nach dem langen heißen Tag aussehen musste. „Sie hätten nicht herkommen sollen."

„Soll ich ihn hinauswerfen?" fragte Mike – für Shaynes Geschmack viel zu bereitwillig.

„Das wird nicht nötig sein." Bliss wandte sich wieder an Shayne. „Ich habe einen schweren Tag hinter mir und bin müde. Mr. Broussard wollte bestimmt gerade gehen."

Mike hatte sich offenbar auf Bliss' Seite geschlagen. Shayne entschied sich für den taktischen Rückzug. „Wie wäre es mit Frühstück bei Brennan's?"

„Das ist doch eine schreckliche Touristenfalle."

„Ich bin ein Tourist, falls Sie das schon vergessen haben", behauptete Shayne.

„Ich muss arbeiten. In der letzten Zeit habe ich meinen Laden vernachlässigt."

„Dann eben Mittagessen."

„Tut mir Leid, aber ..."

„Ich bringe etwas mit, und wir essen in Ihrem Büro hinter dem Laden. Dann hören Sie es, falls Kunden kommen."

„Woher wissen Sie, dass ich hinter dem Laden ein Büro habe?"

Verdammt, sie war viel zu scharfsinnig. „Ist das nicht in jedem Laden so? Was meinen Sie, Bliss?" fügte er lockend hinzu. „Was kann denn so ein kleines Mittagessen schon schaden?"

Ja, was schon? Allerdings hatte sie tagsüber viel zu oft an Shayne Broussard gedacht, und nachts hatte sie von dem kurzen Kuss geträumt und sich nach mehr gesehnt. „Ich weiß nicht so recht ..."

„Ich verbürge mich für Shayne", erklärte Mike. „Er hat zwar eine hässliche Visage, ist aber kein ganz schlechter Kerl."

„Vielen Dank für diese wundervolle Empfehlung", bemerkte Shayne spöttisch.

„Ich wollte dir nur helfen", erwiderte Mike. „Der arme Junge war schon immer schrecklich schüchtern", erklärte er Bliss. „Das kommt vermutlich von seinem tief sitzenden Minderwertigkeitskomplex."

Bliss lachte, während Shayne seinem Bruder einen gespielt wütenden Blick zuwarf. „Wenn Sie schon die weite Reise auf sich genommen haben, sollte ich wenigstens mit Ihnen essen."

„Großartig! Ich komme um eins."

„Lieber um zwei."

Shayne nickte und hauchte ihr einen Kuss auf die Stirn. „Ich zähle jetzt schon die Minuten."

„Bei dermaßen abgedroschenen Phrasen ist es kein Wunder, dass der Junge bei Frauen immer Pech hat", rief Mike lachend und blinzelte seinem Bruder zu.

„Du bist bloß eifersüchtig." Shayne streckte seinem Bruder die Hand hin. „War schön, dich wiederzusehen, Mike. Vielleicht laufen wir uns ja noch einmal über den Weg, während ich in der Stadt bin."

Mike drückte ihm die Hand, als wollte er ihm alle Knochen brechen. „Verlass dich darauf."

Shayne ging, ohne Bliss in die Arme zu nehmen und sie richtig zu küssen. Dafür hatte er später noch Zeit.

Er hatte schon früher Verdächtige geküsst. Vor einigen Jahren war er sogar eine feste Beziehung zu einer ehemaligen ostdeutschen Spionin eingegangen. Helga war hochintelligent gewesen, eine Blondine, die sich durch täglich drei Stunden Training fit hielt.

Zwei Monate lang hatte er ihr falsche Informationen geliefert und genau gewusst, dass sie mit ihm das Gleiche machte. Und die ganze Zeit waren sie bei jeder Gelegenheit miteinander ins Bett gefallen. Diese Vermischung aus Arbeit und Vergnügen hatte ihn nicht gestört. Manchmal hatte er es sogar als Vorteil seines lebensgefährlichen Berufs angesehen, dass er mit dem Feind schlafen konnte.

Bliss war eine der reizvollsten Frauen, die er jemals kennen gelernt hatte, und Shayne war fest entschlossen, mit ihr ins Bett zu gehen, bevor er New Orleans wieder verließ. Dieses Erlebnis würde er sich nicht entgehen lassen. Sobald er seine Lust gestillt hatte, wollte er sie den Behörden übergeben und zum nächsten Fall und zur nächsten Frau weiterwandern.

Plan und Tarnung waren perfekt. Leider gab es diesmal Sand im Getriebe. Seinen Bruder. Ob Mike etwas mit seiner hübschen Vermieterin hatte? Shayne fragte sich nur, wieso ihn dieser Gedanke störte.

Als er die elegante Halle des Whitfield Palace Hotels betrat, sprach ihn die Angestellte hinter der Rezeption an.

„Ich habe eine Nachricht für Sie, Mr. Broussard." Lächelnd reichte sie ihm einen Umschlag. Dabei strichen ihre Finger über seine Hand.

Sie war eine Schönheit, und sie hatte ihm vom ersten Moment

gezeigt, dass er sie haben konnte. Leider wirkte sie im Vergleich zu Bliss Fortune zu künstlich und war auch zu leicht zu haben.

Es ärgerte ihn, dass er diese freundliche, entgegenkommende Frau mit einer Juwelendiebin verglich. Gereizt öffnete er den Umschlag.

Shayne erkannte die präzise Handschrift auf den ersten Blick. Offenbar traute Cunningham ihm nicht zu, diesen Auftrag allein durchzuziehen. Das war mehr als ärgerlich.

Während er sich bei der Hotelangestellten bedankte und in die Hotelbar ging, bemerkte er nicht den Mann im grauen Anzug, der jeden seiner Schritte beobachtete.

4. KAPITEL

Bliss war todmüde, aber begeistert über Shayne Broussards unerwarteten Besuch, als sie die Tür des kleinen weißen Kutschenhauses aufschloss.

„Bliss, Schätzchen!“ ertönte eine Stimme im Wohnzimmer. „Bist du das?“

„Wenn ich es nicht wäre, würde es für dich jetzt sehr schlecht aussehen“ , erwiderte sie ihrer Großmutter. „Du sollst dich nicht immer melden, Zelda, wenn jemand mitten in der Nacht die Tür öffnet.“

„Ach, Unfug! Ich lebe seit fast achtzig Jahren in dieser Stadt und habe mir darüber noch nie Sorgen gemacht.“

„Die Zeiten ändern sich.“ Bliss betrat das Wohnzimmer und begrüßte ihre Großmutter mit einem Kuss auf die Wange.

„Außerdem wusste ich, dass du es bist.“ Zeldas Gesicht war erstaunlich faltenlos. Fragend richtete sie die blauen Augen auf ihr einziges Enkelkind. „Wie ist es in Lafayette gelaufen?“

„Frag nicht.“ Bliss streifte die Schuhe ab und ließ sich in einen Korbsessel fallen. „Churchill will mich aus dem Geschäft drängen.“

„Sein Großvater war bösartiger als ein alter Alligator. In diesem Fall ist der Apfel nicht weit vom Stamm gefallen.“

„Offenbar.“ Bliss seufzte. „Ich wusste gar nicht, dass du Nigels Großvater gekannt hast.“

„Er war eine Zeit lang hinter mir her“, gestand Zelda.

„Ich kann mir nicht vorstellen, dass ein Junge in der Stadt nicht hinter dir her war.“ Auch jetzt war ihre Großmutter noch eine schöne Frau. Vergilbte Fotos von früher zeigten, dass Zelda in jungen Jahren umwerfend ausgesehen hatte.

„Ich hatte so meine Verehrer“, erwiderte Zelda versonnen. „Aber ich vergaß jeden anderen Mann, mit dem ich jemals geflirtet hatte, als ich deinen Großvater kennen lernte.“

„Beim Abendessen nach der Probe der Hochzeitszeremonie“, bemerkte Bliss. Obwohl sie müde war und die Geschichte schon unzählige Male gehört hatte, freute sie sich jedes Mal über die Schilderung des leidenschaftlichen Kennenlernens ihrer Großeltern.

„Dupree kam erst am Abend vor der Hochzeit an. Nelson hatte wochenlang nur über seinen Zimmergefährten in Annapolis geredet, über den großartigen und berühmten Dupree. Dupree hat dies getan, Dupree hat das getan, Dupree hat dies gedacht und das gesagt. Und dann erschien er in einem makellosen weißen Anzug im Hotel. Er sah aus wie ein griechischer Gott. Nelson hatte nicht übertrieben. Dupree Lejeune raubte mir auf den ersten Blick das Herz.“

„Das ergab ein Problem, weil du am nächsten Morgen seinen besten Freund heiraten solltest.“

„Das war ein kleines Dilemma“, räumte Zelda ein. „Deinen Großvater hatte es genau wie mich heftig erwischt, aber er war anständig und verlangte, dass ich Nelson wie geplant heiratete.“ Zelda seufzte. „Ich mochte Nelson. Wir hätten auch eine gute Ehe geführt, wäre er nicht im Pazifik bei dem Brand auf dem Truppentransporter umgekommen. Er war ein reizender Junge, und in gewisser Weise habe ich ihn auch geliebt.“

„Aber nicht wie Großpapa."

„Nein." Zelda lächelte. „Wenn ich an Dupree dachte, stand ich innerlich in Flammen. Darum reiste ich sofort nach San Francisco, als der Krieg im Pazifik endete. Nach dem Tod des armen Nelson hatten dein Großvater und ich uns zwar geschrieben, aber er rechnete nicht damit, dass ich ihn im Hafen erwarten würde, als sein Schiff einlief. Ich hatte sogar schon ein Zimmer im Mark Hopkins Hotel genommen, nutzte die Überraschung aus und lockte den armen Mann ins Bett. Hinterher musste er mir natürlich einen Heiratsantrag machen. Wir haben am nächsten Tag in Reno geheiratet."

„Bestimmt hätte er dich auch geheiratet, wenn du nicht mit ihm ins Bett gegangen wärst."

„Natürlich, aber ich konnte doch diesen wundervollen Mann nicht frei herumlaufen lassen, wenn alle Frauen auf der Suche nach einem Ehemann waren! Viele Frauen waren durch die Kriegsjahre nach einem Mann ausgehungert. Und jede fühlte sofort, dass Dupree Lejeune den erotischen Himmel auf Erden zu bieten hatte."

Obwohl sie eine erwachsene Frau und verheiratet gewesen war, wurde Bliss rot, wenn sie sich ihre Großmutter bei einem Schäferstündchen mit einem Kriegshelden vorstellte. „Du hast Glück gehabt, einen Mann zu finden, der dich fünfzig Jahre lang über alles geliebt hat."

„Quatsch, das hatte nichts mit Glück zu tun, Schätzchen. Ich hatte den idealen Mann gefunden, das war Glück. Aber du kannst mir glauben, ich wäre eine trauernde Kriegerwitwe geblieben, hätte ich alles Dupree überlasen. Ich wollte ihn haben, Bliss, und ich hätte Himmel und Hölle in Bewegung gesetzt, um ihn zu bekommen."

„Mom sagte immer, vornehme Südstaatenladys würden nicht hinter Männern herjagen."

„Deine Mom war eine Närrin. Deshalb wurde sie ja auch schwanger, ohne einen Ehemann zu haben. Und du warst eine noch größere Närrin, dass du diesen Schuft geheiratet hast. Letztlich hast du dir noch mehr Probleme als deine Mom eingehandelt und hast nicht einmal ein hübsches Baby."

„Ich finde es besser, dass ich nicht von Alan schwanger geworden bin."

„Da hast du allerdings auch Recht", bestätigte Zelda, stand auf und schenkte Sherry ein.

„Solltest du nicht schon im Bett liegen?" fragte Bliss und nahm ein Glas entgegen.

„In meinem Alter, Schätzchen, will man die verbleibende kostbare Zeit nicht mit Schlafen vergeuden." Zelda nahm einen großen Schluck, seufzte zufrieden und schenkte nach, bevor sie sich wieder setzte. „Wir sollten miteinander reden."

Bliss erstarrte innerlich. „Ist alles in Ordnung? Du bist doch nicht krank?"

„Natürlich nicht. Ich bin kerngesund."

„Dr. Vandergrift hat etwas über deinen Blutdruck gesagt."

„Mein Blutdruck ist bestens, außer wenn ich an deinen Exmann denke, und das tat ich bei meiner letzten jährlichen Untersuchung. Übrigens ist dieser Mann fast so alt wie ich und sollte nicht mehr als Arzt praktizieren."

„Er gilt als einer der besten Internisten im Land."

„Ha! Wahrscheinlich hat er sich dieses Lob von dem Geld erkauft, das seine Vorfahren im Bürgerkrieg in ausgebrannten Herrenhäusern geraubt haben."

Zelda und Dr. Elliot Vandergrift stritten miteinander, so lange Bliss zurückdenken konnte und vermutlich auch schon länger. Sie vermutete, dass sich der Arzt für ihre Großmutter nicht nur als Patientin interessierte.

„Wenn es nicht um deine Gesundheit geht, dann ist es Geld", meinte sie bedrückt und nahm einen Schluck Sherry. „Also worum geht es denn genau? Gibt es Probleme?"

„Nein. Ich möchte nur wissen, wann du mir endlich von deiner Reise nach Paris erzählst."

„Ich habe dir doch schon erzählt, dass ich einige herrliche Sachen gefunden haben."

„Sicher, und ich freue mich sehr für dich, Schätzchen, weil ich weiß, wie viel dir dein Laden bedeutet. Aber ich warte darauf, dass du mir etwas über den Mann erzählst, den du in Paris kennen gelernt hast."

Bliss ließ beinahe das Glas fallen. „Ich weiß nicht, wovon du sprichst."

„Die Nonnen hatten Recht, als sie behaupteten, man würde es dir immer ansehen, wenn du nicht die Wahrheit sagst, Bliss. Du bist eine erbärmlich schlechte Lügnerin. Ich meine den Mann, der schuld daran ist, dass du seit zehn Tagen wie eine Schlafwandlerin herumläufst."

„Ich bin nicht ..."

„Aber sicher doch! Ich finde das wunderbar. Und jetzt möchte ich endlich mehr hören."

Bliss schüttelte den Kopf. „Entgeht dir denn gar nichts?"

„Nein, dafür sorge ich schon. Schätzchen, ich habe viel Zeit, und ich beobachte Menschen. Du hattest bei deiner Rückkehr aus Frankreich so einen entrückten Blick, und ich dachte mir gleich, dass du dich nicht nach einem Gemälde im Louvre sehnst."

„Ich habe einen Mann kennen gelernt", gab Bliss zu. „Aber wir haben nur wenig Zeit zusammen verbracht."

„Es dauert nicht lange, um sich zu verlieben."

„Es war nicht wie bei dir und Großvater. Es bestand nur eine gewisse Anziehungskraft."

„Man sollte die Anziehungskraft nie unterschätzen. Sie kann ein sehr solides Fundament für die Ehe bilden."

„Es war nur ein einziger Abend", fuhr Bliss fort. „Und es ist nichts passiert", fügte sie hastig hinzu, als sie einen wissenden Blick ihrer Großmutter auffing.

„Habe ich vielleicht etwas gesagt?" fragte Zelda unschuldig.

„Nein, aber du hast es gedacht."

Das stritt Zelda nicht ab. „Und wie seid ihr verblieben?"

„Ich sagte ihm, dass ich ihn nicht wiedersehen möchte."

„Und warum nicht, wenn ich fragen darf?"

„Weil er reich ist."

„Also, das ist einer der dümmsten Gründe, die ich je gehört habe."

„Alan war reich."

„Alan tat so, als wäre er reich", widersprach Zelda.

„Das macht es noch schlimmer."

„Arm oder reich, der Kerl war Abschaum. Was sagte denn dieser Mann, als du ihn nicht wiedersehen wolltest?"

„Ich dachte, er würde sich damit abfinden."

„Höre ich da ein ‚Aber'?"

„Na schön." Bliss seufzte und leerte ihr Glas. „Auf dem Heimweg fuhr ich beim Laden vorbei. Er hat drinnen gewartet."

„Drinnen? Lieber Himmel, Kind, hast du dich diesmal mit einem Einbrecher eingelassen?"

„Nein. Michael hat ihm aufgemacht."

„Ach, Michael O'Malley", sagte Zelda schwärmerisch. „Eine Frau könnte es viel schlimmer treffen, als diesen Mann zu heiraten."

Ihre Großmutter kam nicht zum ersten Mal darauf zu sprechen, und Bliss gab die gleiche Antwort wie immer. „Ich mag Michael als Freund."

„Aus Freunden können Liebende werden."

„Das käme mir zu abwegig vor. Seit er das Büro über dem Laden gemietet hat, ist er für mich wie ein großer Bruder."

„Dann erzähl mir mehr von diesem anderen Mann", verlangte ihre Großmutter.

„Da gibt es nicht viel zu erzählen."

„Wie heißt er?"

„Shayne Broussard."

„Ist er Franzose?"

„Amerikaner."

„Womit verdient er denn sein Geld, das du nicht haben willst?"

„Ich weiß es nicht. Auf mich hat er wie ein Playboy gewirkt."

„Oh." Zeldas Begeisterung nahm sichtlich ab. „Nun ja, du wirst dich schon richtig verhalten, Schätzchen."

Bliss verschwieg, dass ihr Verstand und ihr Gefühl absolut nicht übereinstimmten, wenn es um Shayne Broussard ging.

Shayne fühlte sofort, dass jemand in sein Zimmer eingedrungen war, und zog die Pistole.

„Völlig überflüssig", sagte eine vertraute Stimme.

„Verdammt, Cunningham", stieß Shayne hervor und schaltete das Licht ein. „Was machen Sie hier?"

„Ich habe etwas erfahren, das Sie interessieren wird."

„Noch nie etwas vom Telefon gehört?"

„Telefone können angezapft werden, auch so genannte geschützte Leitungen."

„Und wieso sind Sie sicher, dass es hier keine Wanzen gibt?"

„Weil ich das Zimmer natürlich überprüft habe, genau wie Sie das schon getan haben."

Da es stimmte, ging Shayne nicht weiter darauf ein. „Und welche weltbewegende Neuigkeit müssen Sie mir persönlich überbringen?"

Cunningham nahm einen Schluck Brandy, den er aus der Minibar geholt hatte. „Es gibt Gerüchte über einen Mordauftrag."

Shayne horchte auf. „Mordaufträge sind in unserem Geschäft nicht ungewöhnlich."

„Stimmt." Cunningham gönnte sich noch einen Schluck, bevor er weitersprach. „Sogar zwischen Ehemännern und Ehefrauen. Vielleicht sollte ich lieber von Ehemännern und Exfrauen sprechen."

„Alan Fortune hat einen Profikiller auf seine Frau angesetzt?" Das ergab für Shayne keinen Sinn. Der Kerl war doch bestens aus der Ehe ausgestiegen.

„Das wäre eine Möglichkeit. Eine andere Möglichkeit wäre, dass Bliss Fortune die Ermordung ihres Mannes in Auftrag gegeben hat."

„Das ist lächerlich.“ Shayne holte sich ein Bier aus dem Kühlschrank der Minibar und öffnete die Flasche.

„Bei Auftragsmord geht es normalerweise um Geld. Und die Frau ist völlig verschuldet.“

„Sie könnte niemanden töten.“

Cunningham betrachtete ihn fragend. „Zu diesem Schluss sind Sie nach einer mehrstündigen Unterhaltung und einem Spaziergang im Mondschein gekommen?“

„Nein, sondern nach einer mehrstündigen Unterhaltung, aufgrund meiner Menschenkenntnis und nach wochenlangen Nachforschungen über Bliss und Alan Fortune. Bliss ist harmlos. Wahrscheinlich könnte sie nicht einmal eine Küchenschabe zertreten.“

„Manche Leute sagen das Gleiche über Alan Fortune“, erwiderte Cunningham und strich sich über die grauen Haare. „Nur wenige Betrüger werden zu Mördern. Sie brauchen nicht zu töten, weil sie mit Charme und Arglist ans Ziel kommen.“

„Unwichtig“, wehrte Shayne ab. „Wenn Bliss keine Lebensversicherung für diesen Kerl hat, von der wir noch nichts wissen, müsste sie letztlich noch das Begräbnis ihres Exmannes bezahlen.“

„Der Mann ist ein wenig auf die Großzügigkeit von Frauen angewiesen“, bestätigte Cunningham.

„Mehr als nur ein wenig. Er hat das Model schon wegen einer frisch geschiedenen Prinzessin verlassen, die ihm einen Spielerurlaub in Monaco bezahlt.“

„Ich weiß aus meinen Quellen, dass die Prinzessin sehr großzügig ist.“ Cunningham blickte nachdenklich in sein Glas. „Der Kerl muss im Bett Spitze sein.“

Shayne sah plötzlich wie in einem Film vor sich, wie Bliss Fortune die langen Beine um die nackten Hüften ihres Exmannes schlang. „Wie kommen Sie jetzt darauf?“

„Der Mann ist ein gewissenloser Betrüger, aber sehr gut aussehend. Dazu kommt, dass er weltweit für seine Qualitäten im Bett bekannt ist. Ich würde sagen, das wäre ein starkes Motiv für Bliss Fortune, ihm den Tod zu wünschen.“

Shayne konnte es einfach nicht glauben. „Hier geht es nicht um eine wütende Ehefrau. Sie hat ihn hinausgeworfen, als sie entdeckte, dass er sie betrog."

„Vielleicht findet sie, dass er zu leicht davongekommen ist und mehr ... Strafe verdient." Cunningham lächelte anzüglich. „Die Nächte hier im Süden sind lang und heiß. Bliss Fortune ist bestimmt überreif für ein Abenteuer. Es sollte Ihnen daher nicht schwer fallen, in ihrer Nähe zu bleiben. Sorge bereitet mir nur, ob Ihre Fähigkeiten an die der Fortune heranreichen."

„Und mir bereitet nur Sorge, ob ich vom Dienst suspendiert werden kann, wenn ich meinem Vorgesetzten die Nase einschlage."

„Das wäre garantiert der Fall", warnte Cunningham hart. „Wir haben schon festgestellt, dass die Fortune eine Diebin und Schmugglerin ist. Jetzt sieht es so aus, als würde sie auch vor Mord nicht zurückschrecken. Darum wollte ich Sie warnen."

„Ich bin gewarnt", entgegnete Shayne mit zusammengebissenen Zähnen.

„Nachdem ich meine Pflicht erfüllt habe, werde ich der Bourbon Street einen Besuch abstatten und mir einige von diesen Striptease-Shows ansehen. Sie wollen mich vermutlich nicht begleiten?"

„Ich verzichte."

„Wahrscheinlich brauchen Sie Ihren Schönheitsschlaf, bevor Sie morgen mit Ihrer Freundin essen." Als Shayne ihn gereizt ansah, lachte Cunningham. „Vergessen Sie nicht, dass ich alles erfahre. Bliss Fortune mag süß wie Zuckerwatte aussehen, aber wir beide wissen doch, wie sehr der äußere Schein trügen kann. Und wenn wir auch unsere Differenzen hatten, O'Malley, möchte ich doch nicht, dass Sie wie das Männchen der Schwarzen Witwe enden."

Shayne blieb nachdenklich im Zimmer zurück. Er traute Bliss keinen Mord zu, aber Rache war ein starkes Motiv. Vielleicht hatte sie wirklich jemanden engagiert, um ihren Exmann umzubringen.

Ob sie womöglich mehr über mich weiß, fragte er sich. Womöglich hatte Bliss sich ganz gezielt an ihn herangemacht, um ihn für ihre Zwecke einzuspannen.

„Vielleicht soll ich für sie die Drecksarbeit erledigen ..."

Shayne trat ans Fenster, öffnete die Vorhänge, blickte ins Freie und fragte sich, worauf er sich diesmal eingelassen hatte.

Am nächsten Vormittag war im Laden so viel zu tun, dass Bliss kaum zum Nachdenken kam. Eine Busladung Touristen drängte sich in dem Laden, dessen alte Klimaanlage nicht mehr richtig funktionierte. Bliss und Lilah Middleton, ihre Angestellte, hatten alle Hände voll zu tun.

Bliss stieß soeben versehentlich das Pfefferspray um, das Michael und Zelda ihr zur Selbstverteidigung aufgedrängt hatten, als Lilah seufzte.

„Was ist?" Bliss hob die Spraydose auf. Lilah deutete auf eine rundliche Frau, die in einer Glasvitrine einen um die Jahrhundertwende gefertigten Steiff-Teddy betrachtete.

„Gestern Vormittag war eine Kundin im Laden, die überlegte, ob sie den Bären kaufen soll. Ich habe ihr versprochen, ihn für vierundzwanzig Stunden zurückzulegen. Aber dann klingelte das Telefon, und ich habe vergessen, ein entsprechendes Schild in die Vitrine zu stellen."

„Gestern Vormittag?"

„Kurz vor der Mittagspause."

Bliss sah auf die Uhr. „Es ist schon nach zwölf. Die Frist ist verstrichen."

„Aber die Kundin war aus der Stadt", erwiderte Lilah. „Sie wohnt am Audubon Place."

„Oh." Das war allerdings etwas anderes. Die Touristin würde sicher nie wiederkommen. Die einheimische Kundin dagegen wohnte in einer privilegierten, reichen Gegend der Stadt. „Kassiere bitte weiter, und ich kümmere mich um die Sache."

Bliss nahm den Schlüssel für die Vitrine mit den Teddybären

aus der Kasse und trat auf die Kundin zu. „Willkommen in der Treasure Trove", sagte sie freundlich und holte den Bären heraus. „Interessieren Sie sich für Teddys?"

„Ja", erwiderte die Frau und streichelte das braune Plüschfell.

„Leider ist dieser hier schon sehr abgewetzt."

„Das ist gut." Die Frau lächelte. „Das zeigt, dass er sehr geliebt wurde."

Letzte Woche hatte Bliss mit diesem Argument den Verkauf einer Puppe verhindert. „Er brummt auch nicht mehr", erklärte sie.

„Das spielt keine Rolle."

Bliss versuchte es noch einmal. „Haben Sie den hier schon gesehen?" fragte sie und deutete auf einen hellbraunen Bären, der die Steiff-Marke noch im Ohr trug. „Er ist etwas jünger, Nürnberg 1910, und in bestem Zustand. Und er brummt."

Der Kundin schien er zu gefallen, doch dann betrachtete sie das Preisschild. „Er ist aber auch teurer."

„Ach, das ist ein Versehen", schwindelte Bliss. „Gestern war ich nicht in der Stadt, und meine Verkäuferin hat nicht alle Sonderangebote ausgezeichnet."

„Sonderangebote?" fragte die Touristin sofort interessiert.

„Ja", bestätigte Bliss. „Wir wollten den Preis um zweihundert Dollar senken." Dadurch wurde dieser Bär um fünfzig Dollar billiger als der andere.

Die Frau zögerte.

„Und wir schicken ihn kostenlos zu Ihnen nach Hause", bot Bliss an.

Endlich stellte die Kundin den dunklen Bären wieder auf das Regal und griff nach dem hellen. „Ich nehme den."

„Eine sehr gute Wahl." Bliss ging rasch an die Kasse, bevor die Touristin es sich doch noch anders überlegte. „Rette schnell den Bären", raunte sie Lilah zu und packte den Bären ein, den sie soeben für den Preis verkauft hatte, den sie selbst in Frankreich bezahlt hatte.

5. KAPITEL

Shayne betrat Bliss' Laden pünktlich um zwei Uhr. Die Glöckchen über der Tür klingelten hell, aber Bliss konnte sie bei dem hier herrschenden Lärm bestimmt nicht hören. Er stellte sich neben eine hohe Standuhr und beobachtete sie. Ihr Gesicht war erhitzt, die Locken standen wirr vom Kopf ab. Trotzdem fand er sie wunderschön.

Sie war zu allen aufrichtig freundlich, und irgendwie schaffte sie es, gleichzeitig Fragen zu beantworten, zu kassieren, Ware zu verpacken und Tipps für die Stadtbesichtigung zu geben.

Hier war sie in ihrem Element, ganz im Gegensatz zu der Party in Paris. Zwischen den verhaltenen Franzosen hatte ihre ungezügelte Energie unpassend gewirkt.

Plötzlich blickte sie hoch und entdeckte ihn. „Hi", rief sie ihm zu. „Hoffentlich macht es Ihnen nichts aus, wenn Sie warten müssen. Ich bin im Moment beschäftigt."

Die Frauen im Laden betrachteten ihn, auch die vollbusige blonde Angestellte. „Ich sehe mich ein wenig um."

„Wir können einen anderen Termin vereinbaren."

„Ich habe Zeit." Shayne betrachtete eine in Leder gebundene Sammlung alter Karten, die auf der Liste der Gegenstände aus Paris gestanden hatte. Zwischen den Blättern konnte Bliss die Juwelen nicht versteckt haben. Er musste weitersuchen.

Hercules lag auf einem bestickten Kissen im Sonnenschein. Als Shayne dem Kater einen bösen Blick zuwarf, wandte sich dieser ab und putzte sich die Pfoten.

„Wer ist denn bloß dieser sagenhafte Mann?" flüsterte Lilah ihrer Chefin zu.

„Nur ein Mann, nichts Besonderes."

„Ich streite nicht mit meiner Arbeitgeberin, aber jetzt liegst du völlig falsch. Hier bitte", sagte sie und reichte einer der Kundinnen ein gut verpacktes Parfümfläschchen. „Hoffentlich haben Sie viel Freude damit."

Die Touristin murmelte nur etwas Unverständliches.

„Ist sie nicht ein Sonnenschein?“ flüsterte Lilah.

„Vielleicht versteht sie uns nicht“, erwiderte Bliss und war für den Themenwechsel dankbar.

Doch Lilah ließ sich nicht ablenken. „Tom Selleck ist nur ein Mann. Brad Pitt, Val Kilmer, Keanu Reeves sind nur Männer. Aber der dort ...“ Sie betrachtete Shayne, der sich für eine Sammlung Schwerter der Südstaatenarmee interessierte. „Das ist doch ein göttliches Wesen.“

„Er sieht recht gut aus, wenn man den Typ mag“, räumte Bliss ein.

„Wer mag diesen Typ nicht?“

„Ich zum Beispiel, ich mag diesen Typ nicht.“ Bliss wünschte sich nur, überzeugender zu klingen.

„Wenn das stimmt, sollte ich lieber die netten Männer in den weißen Kitteln rufen, die dich in einer bequemen Zwangsjacke wegschaffen.“ Lilah stockte und warf Bliss einen prüfenden Blick zu. „Er ist reich, nicht wahr?“

„Stinkreich.“

„Was für ein Verbrechen!“ Lilah schüttelte den Kopf. „Ehrlich, Bliss, solltest du nicht endlich aufhören, eine ganze Gruppe von Männern nur wegen deines Exmannes zu verurteilen? Du bist doch sonst gegen Vorurteile.“

„Das stimmt.“ Bliss lächelte einem untersetzten Mann zu, der vorsichtig eine alte Lumpenpuppe zur Kasse brachte. „Ach, das ist eines meiner Lieblingsstücke.“

„Für meine Tochter“, erklärte er.

„Sie wird die Puppe genauso lieben wie ich.“ Bliss verschwieg, dass sie ursprünglich diese Lumpenpuppe für ihre eigene Tochter aufbewahren wollte.

„Das war Ihre Puppe?“

„Vor langer Zeit. Ich bin erwachsen und spiele nicht mehr mit Puppen, aber Ihre Tochter wird begeistert sein.“

„Hoffentlich. Sie ist noch sehr jung, aber die Mädchen

wachsen in der heutigen Zeit in Deutschland schneller heran als früher."

„In Amerika auch." Es schmerzte Bliss, als sie die Puppe verpackte, doch Geschäft war Geschäft. Hätte sie die Puppe nicht verkaufen wollen, hätte sie sie nicht in den Laden legen dürfen.

Der Mann bezahlte und ging. Da Bliss für drei Tintenfässer das Geld kassierte, bemerkte sie nicht, wie Shayne den Laden verließ.

Erst um drei Uhr kam sie dazu, sich umzusehen. Sie war mit Lilah allein. Offenbar hatte Shayne doch die Geduld verloren.

„Meine Füße bringen mich um", klagte Lilah und ließ sich auf einen Stuhl sinken.

„Du solltest bei der Arbeit keine hohen Absätze tragen."

„Stimmt." Lilah zog die hochhackigen Sandalen aus und wackelte mit den Zehen. „Aber ich bin heute Abend zum Essen verabredet und kann mich vorher nicht umziehen. In der letzten Zeit war hier so wenig zu tun, dass ich schon diese Schuhe angezogen habe. Woher sollte ich wissen, dass wir heute eine Invasion erleben?"

Sie stöhnte, als die Glöckchen klingelten, und zeigte dann das strahlende Lächeln, das ihr an der Universität den Titel der Mardi-Gras-Queen eingetragen hatte.

„Aber hallo", sagte sie hingerissen. „Ich fürchtete schon, Sie hätten Bliss versetzt."

„Dazu wird es nie kommen", versicherte Shayne und lächelte ebenfalls strahlend. „Ich wollte bloß nicht im Weg stehen, so lange der Laden brechend voll war. Sie sehen erledigt aus", sagte er zu Bliss.

„Schmeichler", murmelte sie und strich eine Locke zurück.

Als ihr die widerspenstigen Haare sofort wieder ins Gesicht fielen, griff Shayne nach einem kleinen Perlmuttkamm, der neben der Kasse lag, strich die Locke zurück und steckte sie fest. „Perfekt."

Bliss konnte nicht entscheiden, was sie mehr störte – ihr Herzklopfen bei seiner Berührung oder sein Selbstbewusstsein. Das

Selbstbewusstsein eines reichen Mannes. „Der Kamm steht eigentlich zum Verkauf."

„Jetzt nicht mehr." Shayne holte einen goldenen Clip aus der Tasche, zog ein paar Geldscheine von dem Packen und legte sie auf die Theke. „Ich habe ihn soeben gekauft."

„Dann sollten Sie ihn auch behalten", erwiderte Bliss und zog den Kamm wieder aus dem Haar.

Shayne war klar, dass sie mit ihm Kräfte messen wollte, und betrachtete den muschelförmigen Kamm in ihrer Hand. „Er ist hübsch, aber nicht ganz mein Stil."

„Bestimmt haben Sie eine Freundin, der Sie ihn schenken können."

„Das habe ich soeben getan."

„Ach, du lieber Himmel, Bliss!" Lilah erhob sich geschmeidig. „Stell dich doch nicht so an und nimm endlich das verdammte Ding an!" Sie griff selbst nach dem Kamm und schob ihn wieder in Bliss' Haar. „Sehr hübsch." Sie lächelte Shayne zu. „Sie haben einen großartigen Geschmack."

„Ich weiß", erwiderte er, ohne den Blick von Bliss zu wenden.

Stille wie in einer schwülen Nacht im Bayou senkte sich über den Raum.

„Du liebe Zeit." Lilah griff nach einem Fächer und fächelte sich Luft zu. „Bilde ich mir nur etwas ein, oder wird es hier drin immer heißer?"

„Es reicht." Bliss griff nach ihrer Handtasche. „Sagten Sie nicht etwas von Mittagessen?"

„Natürlich." Shayne wandte sich an Lilah. „Können Sie den Laden abschließen?"

„Sicher."

Er schenkte ihr erneut jenes Lächeln, bei dem die Frauen dahinschmolzen und das Bliss zu hassen begann. „Großartig! Ich bin schon am Verhungern."

Bliss wehrte sich, als er sie aus dem Laden führen wollte. „Einen Moment. Ich bleibe nicht bis zur Sperrstunde weg."

„Das denken Sie nur. Sie waren mit einem Mittagessen einverstanden."

„Ja, aber ..."

„Und mir schwebt etwas vor, das eine Weile dauern wird."

„Hier in der Straße gibt es etliche schöne Lokale. New Orleans ist für gutes Essen bekannt. Ich könnte Ihnen auf Anhieb mindestens zehn ..."

„Bliss", unterbrach er sie. „Sie reden schon wieder zu viel, genau wie in Paris."

„Paris?" rief Lilah. „Ihr beide wart in Paris zusammen?"

„Wir haben uns auf einer Party kennen gelernt", erklärte Shayne. „Hat Bliss das nicht erzählt?"

„Nein. Sie hat nur erwähnt, dass sie das Limit bei ihren Kreditkarten weit überschritten hat."

Shayne schüttelte bedauernd den Kopf. „Jetzt bin ich aber am Boden zerstört."

„Das bezweifle ich", sagte Bliss und machte sich auf ein eingehendes Verhör durch ihre langjährige Freundin gefasst.

„Es war zweifellos eine der romantischsten Nächte meines Lebens", berichtete Shayne, während Lilah große Augen bekam. „Mitternächtlicher Spaziergang an der Seine, ein kleines Bistro, ein Geiger ... Ich habe noch die Kohlezeichnung von Ihnen", sagte er zu Bliss. „Ich sehe sie mir täglich mehrmals an und denke an Sie. Dadurch wurde mir überhaupt erst klar, dass mir gar nichts anders übrig blieb, als Sie zu besuchen."

Lilah fasste sich ans Herz. „Bliss, wenn du diesen Mann nicht willst, solltest du wenigstens uns anderen Frauen eine Chance einräumen." Sie sah Shayne schmachtend an. „Was halten Sie von Blondinen?"

„Das sind mir die liebsten ... gleich nach Rotschöpfen."

„Es wird immer alberner", wandte Bliss ein. „Wenn ich damit dieses Gespräch endlich beenden kann, gehe ich mit Ihnen, wohin Sie wollen. Lilah, du schließt bitte den Laden ab. Könntest du auch Hercules füttern?"

„Als ob dieses Vieh verhungern würde, wenn eine Mahlzeit ausfällt“, murmelte Shayne.

„Haben Sie etwas gegen Katzen, Mr. Broussard?“

„Nur gegen Bestien, die mir die Hand abhacken wollen.“ Er zeigte ihr die Spuren der Krallen.

Bliss verschwieg, dass sie der einzige Mensch war, der mit der Katze zurechtkam, die sie als Baby während eines gewaltigen Gewitters vor ihrem Laden gerettet hatte.

„Ich sollte ihm eine Extraration geben, weil er ein so guter Wächter ist“, meinte sie sanft, bevor sie sich zu der sichtlich amüsierten Lilah umdrehte. „Ach ja, sollte Michael auftauchen, bevor du gehst, richte ihm bitte etwas aus. Wenn ich heute Abend nicht wieder hier bin, um den Monatsabschluss zu machen, soll er die Bernhardiner und die Sturmtruppen losschicken.“

„Zu Befehl, Boss.“ Lilah salutierte lässig. „Klingt allerdings schrecklich, wenn du heute Abend noch Buchhaltung machen willst. Ich an deiner Stelle ...“

„Du bist nicht an meiner Stelle“, fiel Bliss ihr ins Wort.

„Ein zu niedriger Blutzuckerspiegel“, stellte Shayne fest. „Das macht sie so gereizt. Kommen Sie, essen wir etwas, bevor Sie in Ohnmacht fallen.“

„Ich bin noch nie in meinem Leben in Ohnmacht gefallen“, erwiderte sie frustriert.

„Wie schön für Sie, aber für alles gibt es ein erstes Mal. Auf Wiedersehen, Miss ...“ Er stockte. „Ich weiß gar nicht, wie Sie heißen.“ Natürlich wusste er genau, wer die Blondine war, durfte es jedoch nicht verraten. Beinahe hätte er einen Fehler begangen.

„Lilah Middleton.“

„Es war mir ein Vergnügen, Lilah. Ich bin Shayne Broussard.“

„Das Vergnügen ist ganz meinerseits, glauben Sie mir“, beteuerte Lilah. „Und falls Bliss Sie wieder vom Haken lässt, stehe ich auf Ihrer Liste ganz oben.“

„Das werde ich bestimmt nicht vergessen“, versprach er.

„Tun Sie das.“ Lilah winkte. „Viel Spaß, ihr zwei.“

„Sie sind wirklich unmöglich“, stellte Bliss fest, während sie über die Pirate’s Alley zu seinem geparkten Wagen gingen.

„Sie sind nicht die Erste, die das behauptet“, erwiderte Shayne freundlich.

„Und bestimmt auch nicht die Letzte.“

„Wahrscheinlich nicht.“

„Sie brauchen nicht so nachgiebig zu sein.“ Bliss fiel es immer schwerer, ihn nicht zu mögen. „Vor allem, da ich längst weiß, dass Sie ein Schwindler sind.“

„Tatsächlich?“ Shayne blieb stehen, und für einen Moment glaubte sie, eisige Kälte in seinem Blick zu entdecken. Sie war sich jedoch nicht sicher.

„Für reiche Leute ist es einfach, nachgiebig zu sein“, erklärte Bliss. „Sie bekommen ohnedies immer alles, was sie wollen.“

„Glauben Sie wirklich, dass ich alles bekomme, was ich will?“

„Stimmt das vielleicht nicht?“

Sein Lachen klang überraschend hart. „Kaum.“

Shayne Broussard ärgerte sie, frustrierte sie und interessierte sie – leider – auch. „Was haben Sie sich denn bisher gewünscht und nicht bekommen?“

Er ging weiter. „Zum Beispiel Sie.“

„Damit werden Sie leben müssen“, meinte sie trocken. „Was noch?“

„Das ist ja das Schlimme. Ich weiß es nicht“, gestand er.

Zum zweiten Mal hatte Bliss das Gefühl, unter die Oberfläche zu sehen. Diesmal fühlte sie eine gewisse Traurigkeit. Aber vielleicht bildete sie es sich nur ein. „Wenn Ihnen etwas einfällt, lassen Sie es mich wissen.“

„Sie werden es als Erste erfahren.“

Als sie neben einem schnittigen Jaguar stehen blieben, war Bliss zu dem Schluss gekommen, dass Shayne diesmal keinen Scherz gemacht hatte. „Das ist ein hübscher Wagen“, sagte sie leise.

Er öffnete galant die Beifahrertür. „Ich kann ihn zur

Leihwagenfirma zurückbringen und fragen, ob sie einen alten, verbeulten Wagen haben."

„Kommt gar nicht in Frage", wehrte sie zögernd lächelnd ab und ließ sich auf den weichen Ledersitz gleiten. Sie wartete, bis er den Parkplatz neben der alten Jackson-Brauerei verließ. „Wenigstens können Sie mir nicht vorwerfen, ich wäre einseitig."

Er sah sie fragend an, während er eine Gruppe Touristen mit Einkaufstüten die Straße überqueren ließ. „Das verstehe ich nicht."

„Ich gestehe, dass ich in den letzten zwei Jahren nicht nur ein Vorurteil gegen reiche Männer, sondern auch gegen ihren Lebensstil entwickelt habe."

Shayne lachte herzlich. „Ich wusste, dass ich Sie nicht nur wegen Ihrer langen Beine und Ihres schönen Gesichts mag!" rief er. „Sie haben auch Humor."

Bliss schwieg, weil ihr seine Bemerkung zu gefährlich war.

„Jetzt sind Sie an der Reihe", meinte er nach einer Weile.

„Womit?"

„Jetzt müssen Sie etwas Nettes über mich sagen."

„Oh." Sie tat, als müsste sie angestrengt nachdenken. „Das habe ich doch schon getan. Das ist ein hübscher Wagen."

„Das wäre nur ein Kompliment, wenn ich ihn entworfen hätte. Versuchen Sie es noch einmal."

Bliss überlegte erneut. „Sie sehen nicht gerade schlecht aus. Wenn ich darüber nachdenke, erinnern Sie mich stark an Michael."

„An Mike?" Er hatte sich schon gefragt, ob ihr die Ähnlichkeit mit seinem älteren Bruder aufgefallen war. „Wirklich?"

Sie betrachtete ihn prüfend. „Sie sehen auch seinem Bruder Roarke ähnlich."

„Sie kennen Roarke?"

„Wir sind einmal zusammengetroffen. Im Moment lebt er mit einer stellvertretenden Staatsanwältin zusammen. Die beiden haben bei mir einige Möbelstücke für ihr Haus gekauft."

Roarke hatte Antiquitäten gekauft! Das war ganz neu. Shayne

beschloss, diesen Fall möglichst schnell abzuschließen, damit er die Frau kennen lernen konnte, die ein solches Wunder vollbracht hatte. Lässig fragte er: „Läuft etwas zwischen Mike und Ihnen?"

„Wir sind nur gute Freunde."

Shayne gefiel es gar nicht, wie erleichtert er über ihre Antwort war. Er hatte lediglich beruflich mit ihr zu tun. Das durfte er nicht vergessen.

Bliss lehnte sich entspannt zurück und genoss den warmen Fahrtwind. „Wohin fahren wir?"

„Möchten Sie sich nicht überraschen lassen?"

„Ich hätte zumindest gern eine Ahnung."

„Also gut, ich schlage ein Picknick vor."

„Ein Picknick?"

„Keine gute Idee?"

„Eine wunderbare Idee", räumte sie ein. „Ich hatte nur gedacht, Sie würden etwas anderes vorziehen."

„Ein überteuertes Restaurant, in dem einem die Kellner mit einem falschen französischen Akzent eine zwölfseitige Weinkarte überreichen?"

„So ungefähr." Sie seufzte. „Tut mir Leid, das ist wieder mein Vorurteil, nicht wahr?"

„Das kommt bei Ihnen automatisch", erwiderte Shayne sanft. „Vermutlich gibt es dafür einen Grund. Möchten Sie ihn mir verraten?"

„Nein, zumindest nicht heute", wehrte sie entschieden ab.

„Wie Sie wollen. Wir haben viel Zeit, um einander kennen zu lernen."

„Ach ja? Wie lange wollen Sie denn in der Stadt bleiben?"

„Das kommt darauf an."

„Worauf?"

„Wie meine Geschäfte laufen."

„Ach ..." Bliss konnte ihre Enttäuschung darüber nicht verbergen, dass er nicht ihretwegen nach New Orleans gekommen war. Doch das war eine unsinnige Reaktion. Schließlich hatte sie ihn gar nicht wiedersehen wollen. Wann hatte sie sich eigentlich zu einer solchen Lügnerin entwickelt?

6. KAPITEL

„Ich habe ein Haus in der Stadt gekauft", behauptete Shayne beiläufig. „Und ich brauche jemanden, der mir beim Einrichten hilft."

„Das glaube ich nicht!" erwiderte Bliss fassungslos.

„Was?"

„Denken Sie wirklich, Sie können sich den Zugang zu meinem Bett erkaufen?"

„Zu Ihrem Bett?" Er hielt vor einer roten Ampel. Touristen bestiegen an der Ecke einen grünen Rundfahrtenwagen. „Glauben Sie wirklich, dass ein attraktiver, reicher und geistreicher Mann wie ich Geld braucht, um Frauen ins Bett zu bekommen?"

Nein, bestimmt gab es zahllose Frauen auf mindestens zwei Kontinenten, die sich nach einer solchen Gelegenheit sehnten. „Falls das nicht der Grund ist, muss ich Ihnen sagen, dass ich keine Almosen annehme. Von niemandem."

„Verdammt, jetzt seien Sie doch nicht so empfindlich", antwortete er gereizt. „Ich wollte Ihnen ein Geschäft vorschlagen, nicht mehr und nicht weniger. Ich habe ein Haus, das eingerichtet werden muss. Es stammt noch aus der Zeit vor dem Bürgerkrieg. Also sollten die Möbel antik oder zumindest sehr gute Reproduktionen sein. Und da ich den Unterschied nicht erkenne, brauche ich eine Expertin. Nachdem ich Sie überprüft habe ..."

„Sie haben mich überprüft?"

„Natürlich, und ich habe nur Gutes über Sie gehört. Also ist es vernünftig, wenn ich Sie bitte, die Aufgabe zu übernehmen." Er fuhr weiter, als die Ampel Grün zeigte. „Und glauben Sie mir ... wenn ich mit Ihnen ins Bett gehen will, werden Sie das sofort wissen. Ich bin nämlich sehr zielstrebig und geradeheraus."

Das war zwar die größte Lüge, aber sie musste ihm glauben. Das war nicht nur für ihn wichtig, sondern auch für sie, falls sie tatsächlich mit gefährlichen Leuten zu tun hatte. Mochte sie auch eine Diebin sein, nützte sie ihm lebendig doch viel mehr als tot.

Shaynes Stimme hatte zuletzt hart geklungen. Seine Miene war wie versteinert. Als sie an der Trinity Episcopal Church vorbeifuhren, kam Bliss zu dem Schluss, dass Shayne Broussard nicht der lässige Playboy war, für den sie ihn gehalten hatte.

„Wann wollen Sie mir denn dieses angebliche Haus zeigen?“ Sie konnte noch immer nicht glauben, dass seine Behauptungen stimmten.

„Jetzt gleich. Ich wollte dort mit Ihnen essen.“

„Allein?“

„Fürchten Sie sich mit mir allein in einem leeren Haus, Bliss?“

„Nein“, erwiderte sie nicht ganz ehrlich.

„Sie sollten sich aber fürchten. Ich könnte doch ein perverser Vergewaltiger oder gar ein Killer sein.“

In Paris hatte sie ähnlich gedacht. „Sind Sie einer?“

„Natürlich nicht. Allerdings würde ich es Ihnen auch kaum eingestehen, wäre ich einer.“

„Das ist auch wieder richtig.“

„Wenn wir uns eine Weile in dem Haus aufhalten, bekommen Sie ein Gefühl dafür, was mir vorschwebt. Dann wissen Sie schon, worauf Sie sich einlassen, bevor Sie den Auftrag übernehmen.“

„Das klingt vernünftig“, bestätigte sie. „Aber warum haben Sie überhaupt ein Haus gekauft?“

„Meine Firma handelt mit Gas und Erdöl. Darum wollte ich schon lange ein Büro in Louisiana eröffnen. Dann habe ich Sie kennen gelernt. Und einige Tage später hat mir ein Makler, mit dem ich arbeite, das Haus angeboten.“

„Ist es groß?“ Sie hatten den Garden District erreicht.

„Riesig. Es ist wie eines dieser Herrenhäuser, die mit dem Geld erbaut wurden, das durch die Baumwolle hereinkam. Es wartet viel Arbeit auf Sie.“

Er hatte ein schlechtes Gewissen, weil er sie dermaßen hinters Licht führte. Doch dann dachte er wieder an die auf der Party verschwundenen Juwelen.

Es war eine wunderbare Herausforderung. Darüber hinaus hätte Bliss sicher alle ihre Rechnungenn bezahlen und ein Jahr lang schwarze Zahlen schreiben können. „Warum ausgerechnet ich?"

„Ich sagte doch schon, dass Sie mir empfohlen wurden. Außerdem habe ich in Paris sofort bemerkt, dass Sie eine Frau mit besonderem Geschmack sind."

„Ich dachte, als Erstes hätten Sie meine langen Beine bemerkt."

„Das ist richtig. Ihre beruflichen Fähigkeiten kamen erst an zweiter Stelle, aber sie sind mir aufgefallen."

Da sie schon lange mehr kein so nettes Kompliment bekommen hatte, fühlte sich Bliss sehr geschmeichelt. „Die Einrichtung des Hauses könnte sehr teuer werden", warnte sie.

„Ich betrachte es als Investition, die mir auf jeden Fall besser gefällt als die Aktien, die mir mein Börsenmakler verkauft."

„Sagen Sie nichts gegen Aktien", erwiderte sie und dachte an Zeldas eiserne Reserve, die Alan gestohlen und Michael zurückgeholt hatte.

„Sie sind langweilig."

„Und Sie langweilen sich nicht gern", erwiderte sie.

„Stimmt."

Im Französischen Viertel standen die Häuser direkt am Bürgersteig, und die Gärten waren hinter den Häusern verborgen. Im Garden District dagegen waren die herrlichen Herrenhäuser auf typisch amerikanische Art weit von der Straße zurückgesetzt. Die üppig grünenden und blühenden Vorgärten waren von Hecken, Mauern und Zäunen umgeben.

Shayne hielt vor einem schmiedeeisernen Tor auf der Prytania Street.

„Wir sind da", erklärte er, beugte sich aus dem Wagen und tippte eine Ziffernreihe in einen Schaltkasten, der in einer Säule untergebracht war. Gleich darauf öffnete sich das Tor.

„Das ist Ihr Haus?“ flüsterte Bliss beeindruckt und betrachtete das herrliche Gebäude im griechisch-römischen Stil, der vor dem Bürgerkrieg in den Südstaaten höchst beliebt gewesen war.

„Stimmt etwas damit nicht?“

Er hielt erneut zwischen Säulen, die zu beiden Seiten der Zufahrt standen. Eine elektronische Kontrollanlage überprüfte den Wagen, ehe sich das Tor einer Garage für mindestens drei Wagen öffnete.

„Es ist so ... groß.“

„Das sagte ich doch schon.“ Shayne fuhr in die Garage. Das Tor schloss sich hinter dem Jaguar. „Glauben Sie, dass Sie der Aufgabe nicht gewachsen sind?“

„Nein, absolut nicht“, wehrte sie ab. „Ich hatte nur nichts in diesen Ausmaßen erwartet. Wie ist es innen?“

„Das werden Sie gleich sehen, aber keine Sorge, das Haus ist in gutem Zustand. Der frühere Eigentümer ließ es renovieren. Jetzt muss es nur jemand so einrichten, dass es im früheren Glanz erstrahlt.“ Er stieg aus, half Bliss aus dem Wagen, holte einen Weidenkorb vom Rücksitz und tippte einen Code in einen Schaltkasten neben der Tür, die von der Garage ins Haus führte.

„Beeindruckende Sicherheitsmaßnahmen“, stellte sie fest.

„Man kann nicht vorsichtig genug sein. Und man weiß nie, wann einem ein Einbrecher oder Juwelendieb einen Besuch abstattet.“

Hätte sie Shayne nicht besser gekannt, hätte sie gedacht, dass er jetzt zornig auf sie war. „Die Vorstellung macht mir Angst. Ich sorge mich ohnedies immer, Diebe könnten in meinen Laden eindringen. Aber ich könnte nicht schlafen, müsste ich mir auch noch Gedanken machen, dass jemand in mein Haus einbrechen könnte.“

„Keine angenehme Vorstellung“, bestätigte er. Sie hatte ihren Beruf verfehlt. Falls sie jemals aufhörte, Juwelen zu klauen, sollte sie Schauspielerin werden. Bestimmt wäre sie mit Preisen für die beste Darstellung überhäuft worden.

Durch die Tür erreichte man eine geräumige Halle mit hohen Decken, erlesenen Stuckarbeiten und einem Wandgemälde, das sich über die ganze Länge des Raums hinzog und das Leben in den Südstaaten vor dem Bürgerkrieg darstellte.

„Wundervoll!“ rief Bliss begeistert.

„Und leer.“ Er verschwieg, dass Cunningham gar nicht darüber begeistert gewesen war, aus dem der Regierung gehörenden und als Versteck dienenden Haus die gesamte Einrichtung zu entfernen. „Nehmen Sie den Auftrag an?“

„Ich wäre verrückt, wenn ich ablehnen würde.“ Durch einen Torbogen betrat sie eine Diele mit Marmorboden. Eine geschwungene Treppe bildete den Blickpunkt. „Zeigen Sie mir auch den Rest des Hauses?“

„Nach dem Essen. In den ersten Stock führen mindestens dreißig Stufen hinauf. Ich möchte nicht, dass Sie vor Hunger ohnmächtig werden, herunterfallen und sich Ihren hübschen Hals brechen.“

Als er sanft über ihren Nacken strich, konnte sie einen leichten Schauer nicht unterdrücken. Shayne war ihr plötzlich viel zu nahe. Rasch wich sie zurück. „Ich habe doch schon gesagt, dass ich noch nie ohnmächtig geworden bin.“

„Wie gut für Sie. Dabei wollen wir es auch belassen.“ Shayne führte sie durch einen zweiten Durchgang. „Ein Picknick sollte man im Freien abhalten.“

In dem von Mauern umgebenen Garten blühten leuchtend bunte Blumen. „Es ist wirklich schön hier“, stellte Bliss fest. Ein Lufthauch strich an ihr vorbei. Die Blumen dufteten, Bienen summten, Schmetterlinge flatterten von Blüte zu Blüte. „Ich bin froh, dass ich mich habe überreden lassen.“

Bliss war so begeistert, dass sie sofort daran dachte, das Innere des Hauses optisch dem Garten anzupassen. Die Räume waren so groß und wirkten so steif, dass Blumenmuster und Grünpflanzen sie auflockern mussten.

Shayne packte soeben den Korb aus, hielt inne und beobachtete, wie der Wind mit ihren Locken spielte. Ihre grünen Augen wirkten sanft und unschuldig. Wie konnte eine Diebin so schöne Augen haben? Ihre vollen, weichen Lippen lockten ihn.

Er wollte sie berühren, die Finger in ihr Haar schieben, ihre Wange streicheln und sie küssen. Er wollte ihr die grüne Seidenbluse und den kurzen Rock ausziehen, sie auf die Kissen auf der weißen Gartenbank drücken und sie ...

Bevor ihm die Fantasie wieder durchging und er nicht mehr klar denken konnte, erinnerte Shayne sich daran, dass er auf Bliss angesetzt war. Er hatte den Auftrag, sie zu beobachten und sich in ihr Leben zu schleichen. Sie war eine Verdächtige.

Der Küchenchef des Hotels hatte sich selbst übertroffen. Auf dem frischen grünen Salat lagen Avocados und Artischockenherzen. Es gab einen gesonderten Behälter mit pikant gewürzten Krabben, dazu Schokoladen-Eclairs und eine Flasche Champagner.

Bliss sah zu, wie er die Flasche geschickt öffnete. „Was feiern wir?"

Er schenkte den Champagner ein und reichte ihr einen Kelch. „Sie können es sich aussuchen. Unsere erfolgreiche Zusammenarbeit ..."

„Ich habe noch nicht zugestimmt, mit Ihnen zu arbeiten."

„Dann feiern wir das Wiedersehen." Er stieß mit ihr an. „Ich habe mehr an Sie gedacht, Bliss, als gut ist. Und mehr, als ich erwartet hätte."

Instinktiv wich sie zurück und schob ihn von sich. „Das hört sich an, als wären Sie nicht sonderlich glücklich darüber."

„Ich bin nicht daran gewöhnt, dass sich Frauen in meine Gedanken und meine Arbeit einschleichen."

Sie dachte daran, dass sie so gut wie gar nichts über ihn wusste. „Woher stammen Sie eigentlich?"

„Von überall", erwiderte er ausweichend.

„Das ist keine sehr genaue Antwort."

„Als ich klein war, sind wir oft umgezogen. Darum habe ich

mich nirgendwo heimisch gefühlt." Höchste Zeit, das Thema zu wechseln. „Wenn Sie nicht auf gute Zusammenarbeit oder das Wiedersehen trinken wollen, wie wäre es dann mit einem Toast auf uns beide?"

„Ich sagte doch schon ..."

„Ich weiß, Sie möchten keine Beziehung haben. Aber wir könnten doch wenigstens Freunde sein. Mike O'Malley hat immerhin für mich gebürgt." Shayne richtete den Blick auf ihre Lippen. Bliss hielt den Atem an, als er sachte ihren Arm streichelte. „Sie wissen doch, dass Sie mich zum Wahnsinn treiben?" fragte er leise.

„Ja?" flüsterte sie.

Er stellte sein Glas auf den Tisch. „Betrachten Sie das jetzt als eine faire Warnung, Bliss. Wenn Sie nicht sofort sagen, dass ich Sie in Ruhe lassen soll, werde ich Sie küssen." Langsam legte er den Arm um ihre Taille und zog sie so nahe zu sich heran, dass sie die Wärme seines Körpers fühlte.

Sie sollte ihm sagen, dass er sie in Ruhe lassen musste. Sie sollte ihr Glas ebenfalls auf den Tisch stellen und vor diesem Mann und der Versuchung fliehen. Doch Zelda hatte schon oft gesagt, dass man sich gelegentlich nicht an die eigenen guten Ratschläge halten konnte.

Sie rechnete es Shayne hoch an, dass er sie warnte, anstatt sich einfach zu nehmen, was er wollte. Schließlich konnte sie niemandem etwas vormachen. Seine Einladung zum Essen hatte sie bestimmt nicht akzeptiert, weil sie Appetit auf pikant gewürzte Krabben hatte.

„Deine Zeit ist um."

Anders als beim ersten Mal war dies kein kurzer Kuss, und diesmal gab es kein zärtliches Herantasten mehr, sondern nur ungeduldiges, stürmisches Vordringen. Shaynes Glut riss Bliss mit und machte ihr Angst, doch gleichzeitig weckte es in ihr den Wunsch nach mehr.

Unfähig, einen klaren Gedanken zu fassen, schlang sie ihm die

Arme um den Nacken, schmiegte sich an seinen starken, muskulösen Körper und hörte wie aus weiter Ferne Glas klirren.

Sie war so weich, so warm und willig. Shayne drückte sie fester an sich und löste eine wahre Kettenreaktion in ihr aus. Und sie kam ihm entgegen, als er ihren Mund erforschte. Er drückte heiße Küsse auf ihren Hals, hörte, wie sie seinen Namen hervorstieß. Bliss legte den Kopf zurück, hob ihm die Brüste entgegen. Er musste sich beherrschen, um ihr nicht mit einem Ruck die Bluse aufzureißen. Stattdessen begnügte er sich damit, die harten, aufgerichteten Brustknospen über dem Stoff mit den Fingerspitzen zu reiben.

„Shayne ..."

„Schon gut, Schatz", flüsterte er und zog ihr die Bluse aus dem Rock. „Keine Angst, ich tue dir nicht weh."

Noch nie hatte Bliss ein solches Verlangen erlebt, auch nicht solche Angst, die sie gleichzeitig als höchst erregend empfand. So hatte sie sich überhaupt noch nie gefühlt, hatte nicht einmal gewusst, dass es möglich war. Und trotzdem sehnte sie sich nach einer Steigerung. Sie war vollkommen verwirrt von ihren Gefühlen. „Shayne, bitte ... ich denke nicht ..."

„So ist es gut", sagte er leise. „Nicht denken, Schatz, nur fühlen." Jetzt presste er sie so fest an sich, dass sie seine Erregung spürte.

Ihre Knie gaben nach. Sie konnte nicht mehr aus eigener Kraft stehen und hörte sich selbst stöhnen. „Shayne!" hauchte sie, als er liebkosend eine Brustspitze zwischen Daumen und Zeigefinger rollte. „Bitte nicht! Ich kann nicht ..."

Er war nahe daran, seine eiserne Selbstbeherrschung zu verlieren. Er schaffte es gerade noch, sich zurückzuhalten, holte tief Luft und sah Bliss in die Augen. „Du meinst das ernst?"

„Ja." Sie wurde rot, weil sie sich anfangs so hemmungslos verhalten hatte. „Ich wollte nicht, dass alles so schnell außer Kontrolle gerät."

„Wenn du mir Gelegenheit gibst, verspreche ich dir, von jetzt an ganz langsam weiterzumachen."

Bei dem sinnlichen Klang seiner Stimme konnte sie kaum widerstehen. „Ich kann mich mit dir auf keine Beziehung einlassen."

„Kannst du nicht?" Er küsste ihre Fingerspitzen. „Oder willst du nicht?"

Bevor sie ihm völlig zu erliegen drohte, entzog sie ihm die Hand. „Spielt das denn eine Rolle? So oder so, die Antwort ist nein."

Er betrachtete sie lange. „Du hast natürlich Recht", sagte er dann. „Ich wurde so erzogen, dass der Mann sich auf jeden Fall zurückzieht, wenn die Lady nein sagt."

Wieso war sie eigentlich enttäuscht, dass er so schnell aufgab? Plötzlich fühlte sie seine Finger an ihrem nackten Bauch, doch er schob nur wieder die Bluse in den Rock.

„Ich habe dir ein Essen versprochen."

Sie sah ihn an, als würde er chinesisch mit ihr reden. „Du willst essen?"

„Ich habe Hunger, und du doch sicher auch."

„Ja, schon, aber ..." Verlegen wandte sie sich ab und tat, als würde sie den Brunnen betrachten.

„Ich werfe dir nicht vor, dass du es dir anders überlegt hast. Ich bin nicht nachtragend."

Jetzt sprach er wieder so locker und entspannt wie zu Beginn. Sie sah ihn forschend an, konnte jedoch nicht erkennen, was er dachte oder fühlte.

„Ich begreife dich nicht."

„Da gibt es nicht so viel zu begreifen, Bliss. Ich bin ein durchschnittlicher Mann mit durchschnittlichen Wünschen. Wenn mich eine schöne Frau reizt, dann begehre ich sie. So einfach ist das. Aber ich zwinge nie eine Frau. Es ist immer am schönsten, wenn die Frau das Gleiche will."

Er wirkte so erfahren, so gewandt – genau wie Alan ...

„Ich wette, dass dich schon viele Frauen begehrt haben."

Er lächelte, doch seine Augen blieben von diesem Lächeln

unberührt. „Ein Gentleman spricht nie über seine Erfahrungen."

Es war höchste Zeit, das Thema zu wechseln. Bliss deutete auf die Glasscherben. „Ich habe das Sektglas zerbrochen."

„Du kannst meines haben." Er drückte es ihr in die Hand. „Trink. Der Champagner wird dir schmecken. Es ist die gleiche Marke, die wir in Paris hatten."

„Es überrascht mich, dass du dich noch daran erinnerst."

„Ich erinnere mich vollständig an diesen Abend, Bliss, auch daran, dass ich noch nie eine Frau so begehrt habe wie dich, als ich dich küsste." Jetzt wirkte sein Lächeln echt.

Sie trank einen Schluck. „Glaubst du, dass wir trotzdem zusammenarbeiten können?"

„Natürlich, sofern du den Auftrag haben willst."

„Sicher, aber nach diesem Vorfall ..."

„Wir haben uns geküsst, mein Schatz. Mehr ist nicht vorgefallen. Zugegeben, es war ein ganz besonderer Kuss, aber eben nicht mehr."

Nur ein Kuss? Beim Urknall war vermutlich weniger Energie freigesetzt worden. „Du hast Recht", versicherte sie trotzdem.

Shayne griff nach der Flasche und stieß mit Bliss an, und als sie auf eine erfolgreiche Zusammenarbeit tranken, hoffte Bliss, dass es kein fataler Fehler war.

7. KAPITEL

Während Bliss mit Shayne aß, betrachtete Zelda wütend den Mann, der an ihrer Tür geklingelt hatte. „Du hast vielleicht Nerven, dich hier zu zeigen! Wenn du Bliss suchst ..."

„Ich wollte mit dir sprechen." Alan stellte den Fuß in die Tür.

Zelda verschränkte die Arme. „Wir haben uns nichts mehr zu sagen. Meine gute Erziehung verbietet mir, dir ins Gesicht zu sagen, was du tun sollst. Jedenfalls, mein Junge, interessiert mich nicht, was du willst."

„Und wenn ich dir erkläre, dass Bliss in Gefahr schwebt?"

„Wenn du von diesem Mann sprichst, den sie in Paris kennen gelernt hat ..."

„Sie hat jemanden in Paris kennen gelernt? Wen?"

„Ich weiß seinen Namen nicht. Ein reicher Mann, der sich für sie interessiert. Das ist keine Überraschung, weil sie ein großartiges Mädchen ist. Leider scheut sie vor Männern zurück, weil sie sich an dir die Finger verbrannt hat."

„Ich wollte ihr nicht schaden."

„Trotzdem hast du das sehr gut hingekriegt, ganz zu schweigen davon, dass du mich bestohlen hast."

„Das war nicht persönlich gegen dich gerichtet."

„Nein, so verdienen bloß Mistkerle wie du ihren Lebensunterhalt."

„Das stimmt allerdings", bestätigte er ungerührt. „Ich gebe zu, dass es ein Fehler war, Bliss zu heiraten. So tief wollte ich mich nie verstricken."

„Du wolltest sie nur verführen, sie ausrauben und dann verschwinden."

„Das hatte ich vor. Genau genommen sollte sie gar kein Opfer werden. Schließlich war klar, dass sie nicht viel hatte. Aber Bliss war so vertrauensvoll, so unschuldig, dass ich dachte, ich könnte mich ändern und zu dem Mann werden, den sie verdiente."

Zelda ließ sich nicht beeindrucken. „Eine hübsche Ansprache, Alan. Bestimmt wirkt sie wundervoll bei den meisten Frauen, aber nicht bei mir."

Er nahm die Sonnenbrille ab und strich sich über das Gesicht. Bei genauerem Hinsehen wirkte er ungewöhnlich hager. Er hatte ein blaues Auge und einen Bluterguss am Kinn. „Wir müssen uns unterhalten, Zelda."

„Ich habe dir nichts zu sagen."

„Ich wusste gar nicht, dass du so lügen kannst. Ohne Zweifel hast du mir sogar eine ganze Menge zu sagen, aber deine Vorwürfe müssen warten. Hier geht es um Leben und Tod."

„Als ob ich mich darum kümmern würde, ob du lebst oder tot bist", wehrte sie verächtlich ab.

„Nicht ich bin in Lebensgefahr, sondern Bliss."

„Was?" Zelda betrachtete ihn misstrauisch. „Alan, ich schwöre dir, wenn das wieder einer deiner Tricks ..."

„Es ist keiner." Er sah sich um, als fürchtete er Spione oder Mörder. „Wenn du mir vertraust ..."

„Für wie dumm hältst du mich?" fragte sie.

„Es ist kein Trick", wiederholte Alan. „Falls Bliss tatsächlich in diese Geschichte verwickelt ist, wie ich denke, schwebt sie in Lebensgefahr. Du musst sie warnen."

„Warum tust du das nicht?"

„Sie würde nicht mit mir sprechen."

„Glaubst du wirklich, dass ich mit dir spreche?"

„Ja", bestätigte er grimmig. „Denn wir haben etwas gemeinsam, Zelda, altes Mädchen. Ob es dir gefällt oder nicht, aber uns beiden liegt das Wohlergehen deiner Enkelin am Herzen."

Sie sah ihn noch einmal lange und sehr nachdenklich an. Endlich öffnete sie seufzend die Tür und ließ ihn in das gemütliche kleine Haus eintreten.

„Erstaunlich." Bliss sah sich jeden Raum des Hauses an, das Shayne einrichten wollte. Es war ein Traum. Nicht einmal Donald Trump oder einer der Rockefellers hätte sich heute noch so etwas leisten können.

„Ist das original?" fragte sie und blickte zum Deckengemälde im Speisezimmer hoch.

„Das nehme ich an. Das Haus wurde von einem Tabakpflanzer erbaut, der kurz vor dem Bürgerkrieg von Virginia hierher zog."

„Dann wurde es also nach dem Krieg erbaut?" Sie strich mit den Fingern über den vergoldeten Rahmen eines mindestens drei Meter hohen Spiegels.

„Während des Krieges."

„Das ist nicht dein Ernst", sagte sie überrascht und lehnte sich an die Umrandung eines Kamins.

„Der Bau begann 1861 und wurde 1866 beendet."

„Eine erstaunliche Leistung, wenn man bedenkt, welche Engpässe damals herrschten."

„Das Haus ist ein Beweis dafür, dass man alles erreicht, wenn man es sich nur intensiv genug wünscht."

Ihre Absätze klapperten auf dem Holzfußboden, als sie das hintere Wohnzimmer betrat, von dem aus Terrassentüren in einen anderen Teil des Gartens führten. Dieser Abschnitt war wie ein französischer Park des neunzehnten Jahrhunderts angelegt, und Blumenbeete und Bäume fügten sich einer strengen Ordnung.

Vor dem Erkerfenster würde sich ein Tisch hübsch machen, dachte Bliss, dazu ein viktorianischer Sessel und ein Zweiersofa, aber nicht mit dem üblichen Samt. Das hätte zu schwer gewirkt. Grüner Damast hätte eine Fortsetzung des Gartens gebildet.

„Faszinierend", sagte Shayne leise.

„Was?"

„Zuzusehen, wie dein Verstand arbeitet. Du hast völlig entrückt gewirkt."

„Ich habe mir vorgestellt, wie das Haus früher eingerichtet war."

„Und wie es wieder aussehen kann." Er bekam beinahe ein schlechtes Gewissen, weil er sie betrog. Auch wenn sie eine Juwelendiebin war, liebte sie eindeutig Antiquitäten. „Du nimmst den Auftrag an?"

„Sehr gern", erwiderte sie lächelnd.

„Dann sollte ich dich darauf aufmerksam machen, dass ich eng mit dir zusammenarbeiten und alle Pläne besprechen will. Ich werde dich zu Auktionen begleiten."

„Wir müssen auch über das Budget reden."

„Was ist, wenn ich sage, dass der Preis keine Rolle spielt?"

„Du hast offenbar keine Ahnung, worauf du dich einlässt", erwiderte sie lachend. „Wäre ich unehrlich, könnte ich dich finanziell ruinieren."

Er strich ihr eine Locke aus dem Gesicht. „Was für ein Glücksfall, dass du ehrlich bist."

Plötzlich war er ihr viel zu nahe. Bliss wich ihm aus und betrachtete ein Gemälde, das ein auf einem Hügel gelegenes Chateau darstellte. „Ja, ein Glücksfall", sagte sie leise. So gern sie das Haus einrichten wollte, fürchtete sie doch, dass sie sich dabei unweigerlich in diesen Mann verlieben würde. „Ich möchte den Auftrag haben, Shayne", sagte sie entschieden und drehte sich wieder um. „Mehr will ich aber nicht."

Was für eine Lügnerin! Dachte sie wirklich, er hätte ihr nicht angesehen, was sie empfand? „Ich bin enttäuscht, Bliss."

„Weil ich von vornherein klarstelle, dass ich keinen Sex mit dir haben will, um den Auftrag zu bekommen?"

„Nein, sondern weil du nicht im Zweifel für mich entscheidest. Ob du es glaubst oder nicht, ich zerre nicht jede Frau, mit der ich geschäftlich zu tun habe, ins Bett."

Es gefiel Shayne, dass sie rot wurde, aber es störte ihn auch. Wie sollte er objektiv bleiben, wenn er vermutete, dass sie diese Unschuld nicht spielte?

Langsam ging er auf sie zu, blieb vor ihr stehen und legte die Hände an ihre Wangen. „Ich gebe zu, dass ich mit dir schlafen möchte, Bliss. Aber ich bin bereit zu warten, bis du es auch willst."

Und das war ihr Problem, weil sie seit jener magischen Nacht in Paris davon träumte. „So einfach ist das nicht."

„Nein, aber ich wurde stets misstrauisch, wenn etwas einfach war." Er streichelte ihre Wange. „Wir beschränken uns auf eine rein geschäftliche Beziehung, so lange du willst."

„Danke."

Bliss schwor sich, stark zu bleiben. Sobald sie in Gefahr geriet, Shayne Broussards Zauber zu erliegen, wollte sie an Alan denken.

Während sie durch das Haus gingen, hielt Shayne ganz harmlos ihre Hand, bewies jedoch, wie gut er ihre Gedanken lesen konnte. „Glaube mir, Schatz, wenn wir uns endlich lieben, wirst du deinen Exmann völlig vergessen."

Bliss fürchtete, dass er damit absolut Recht hatte.

Eine Woche nach seinem Besuch mit Bliss in dem Haus, das der Regierung als Versteck für wichtige Zeugen diente, öffnete Shayne die Tür seines Hotelzimmers. Sein älterer Bruder trat ein, ohne auf eine Einladung zu warten.

„Dir ist doch klar, dass ich dir eigentlich die Zähne einschlagen sollte!" schimpfte er.

Shayne holte zwei Flaschen Bier aus der Bar. „Was habe ich denn jetzt wieder verbrochen?"

„Bliss schwebt seit einer Woche wie auf Wolken, plant und telefoniert und wälzt Kataloge. Sie glaubt wirklich, dass sie dein verdammtes Haus einrichten wird!"

„Ist das alles?" Shayne unterdrückte sein schlechtes Gewissen und reichte Michael eine Flasche. „Ich schade niemandem. Bliss verliert kein Geld, und die Unkosten werde ich ihr ersetzen."

„Was ist mit der Versteigerung in New Iberia?"

„Ich habe in diesem Fall ein großzügiges Spesenkonto und kann genug kaufen, um sie glücklich zu machen."

„Glücklich?" Michael öffnete die Flasche und nahm einen tiefen Schluck. „Dieses Wort würde ich nicht verwenden. Was meinst du denn, wie sie die Wahrheit aufnehmen wird? Du benützt sie, und ich helfe dir auch noch dabei!"

„Es stört dich, dass ich dich ungewollt mit hineingezogen habe?"

„Ich habe dir schon einmal gesagt, dass Bliss eine ganz besondere Frau ist", erwiderte Michael grimmig. „Ich will nicht, dass sie verletzt wird. Und es macht mich wahnsinnig, dass ich indirekt an der Geschichte beteiligt bin."

Shayne stellte mit Unbehagen fest, dass er auf die enge Beziehung seines Bruders mit Bliss eifersüchtig war. „Was ist genau zwischen euch?"

„Wir sind nur Freunde“, versicherte Michael. „Aber falls du das nicht wissen solltest – es gibt Menschen, die Freundschaft genau so sehr schätzen wie Sex.“

„Und manche Menschen brauchen noch mehr.“

„Verdammt, Shayne!“ brüllte Michael.

„Als du mich das letzte Mal so angeschrien hast, musste ich gewaltige Prügel von dir einstecken.“

„Du hast sie verdient. Lue Anne Comeaux war erst siebzehn. Selbst wenn du nicht der Meinung warst, dass sie mehr als ein schnelles Vergnügen auf dem Rücksitz deines Wagens verdient hatte, hättest du im Knast landen können. Sie war minderjährig.“

„Ich war erst achtzehn“, erinnerte Shayne seinen älteren Bruder. „Und sie hat sich mir sechs Wochen lang an den Hals geworfen. Und zu unserer Verabredung ist sie sogar mit einem Kondom in der Handtasche gekommen.“

„Du hättest sie behutsam abweisen müssen.“

„Kein Achtzehnjähriger hätte Lue Anne abgewiesen.“

„Falls sie ihrer Schwester ähnlich war, kann es sein, dass Lue Anne leicht zu haben war“, räumte Michael ein. „Roarke hat sich Prügel eingehandelt, als er den Ruf der älteren Comeaux-Schwester verteidigen wollte. Trotzdem hast du dich nicht richtig verhalten.“

Shayne seufzte. „Manches ändert sich nie. Du bist noch immer so streng und chauvinistisch wie früher.“

„Das habe ich schon öfters gehört.“

„Hast du denn auch schon gehört, dass Frauen mittlerweile wählen dürfen? Und die Pille nehmen? Ganz zu schweigen von ihrem Recht, beim Sex die Initiative zu ergreifen?“

Michael störte sich nicht an der Anspielung, dass er rückständig war. „Willst du damit sagen, dass Bliss sich an dich herangemacht hat?“ fragte er scharf.

„Nein, aber sollte sie es tun ... Verdammt, wenn wir uns in ihrem Laden miteinander vergnügen oder in dem alten Haus zusammen in eine antike Badewanne steigen, so geht das nur uns etwas an."

„Ich will nicht, dass sie verletzt wird."

„Sie ist eine Juwelendiebin und ..."

„Den Teufel ist sie!" Michael knallte die Flasche so hart auf den Tisch, dass Schaum herausspritzte. „Seit du dich in der Stadt aufhältst, bist du jede Nacht in die Treasure Trove eingedrungen. Ja, ich habe dich beobachtet", bestätigte er, als Shayne ihn überrascht ansah. „Na los, du Heißsporn! Hast du auch nur den kleinsten Beweis gefunden?"

„Nein, aber ..."

„Kein Aber. Du hast keinen Beweis gefunden, weil es keinen gibt. Ich bin Detektiv. Und kenne Bliss seit einiger Zeit. Glaubst du, ich hätte es nicht gemerkt, wenn meine Vermieterin in Juwelenschmuggel verwickelt wäre?"

„Du hättest es sicher gemerkt, wärst du nicht dermaßen für sie eingenommen. Sie ist eben nicht so dumm, die Juwelen im Laden zu verstecken. Da es keine Unterlagen über einen Banksafe gibt, liegen die Juwelen vermutlich in ihrem Haus. Und da kommst du ins Spiel. Sie hat erwähnt, dass du mit ihrer Großmutter befreundet ..."

„Kommt nicht in Frage!" wehrte Michael entschieden ab. „Ich werde dir nicht helfen, in Bliss' Privatsphäre einzudringen. Es ist schlimm genug, dass ich ihr nicht gesagt habe, wer und was du bist."

„Wenn du sie wirklich für unschuldig hältst, würdest du doch nur helfen, ihre Unschuld zu beweisen."

Michael fluchte wie ein Matrose. „Ich kann es einfach nicht glauben, dass ich mich von dir in diese Geschichte hineinziehen lasse!"

„Ich bitte dich nicht um einen Gefallen. Die Regierung will dich als Berater engagieren. Glaube mir, Mike, meine Vorgesetzten zahlen ein großzügiges Honorar, um diesen Verbrecherring platzen zu lassen."

„Bliss Fortune gehört zu keinem internationalen Ring von Juwelendieben."

Shayne waren allmählich ebenfalls Zweifel gekommen. Während seiner Arbeit für die „Firma" hatte er alle Anzeichen kennen gelernt, wenn jemand etwas vortäuschte. Nichts davon traf auf Bliss zu.

Er nahm einen Schluck Bier. „Hilf mir, ihre Unschuld zu beweisen."

„Verdammt!" Michael schüttelte den Kopf. „Hast du nie daran gedacht, dich zur Ruhe zu setzen, ein hübsches kleines Haus mit einem weißen Gartenzaun zu beziehen und dir zwei Komma fünf Kinder und einen Hund anzuschaffen wie der viel zitierte Durchschnittsamerikaner?"

„Ich habe schon daran gedacht."

„Und?"

„Und ich habe entschieden, lieber den Rest meines Lebens in einem Gefängnis zu verbringen."

„Roarke hat früher ähnlich dahergeredet. Jetzt ist er mit Daria wirklich glücklich."

„Freut mich für ihn. Wenn dieser Fall gelöst ist, können wir vier uns vielleicht treffen und auf seine neu entdeckte häusliche Ader anstoßen. Bis dahin aber bin ich hinter einer Juwelendiebin her, und dafür brauche ich deine Hilfe."

Michaels Miene wirkte versteinert. Trotzdem war Shayne überzeugt, dass sein Bruder ihn nicht im Stich lassen würde. „Verdammt." Michael wirkte alles andere als begeistert. „Was für einen verrückten Plan hast du dir denn diesmal ausgedacht?"

Bliss arbeitete fast rund um die Uhr. Es war nicht weiter überraschend, dass Zelda sich wie eine Glucke aufführte und sich sorgte, weil sie nicht genug aß und schlief. Und dann war da noch diese seltsame und wirre Geschichte von Alan und Juwelendieben und einem Kollier mit imitierten Steinen, das während der Party in Paris verschwunden war.

„Das ist nur wieder ein Trick von ihm", versicherte sie ihrer Großmutter.

„Du hast sein Gesicht nicht gesehen, Schätzchen", mahnte Zelda. „Er ist übel zusammengeschlagen worden."

„Wie schön." Bliss trank einen Schluck Kaffee und schälte eine Banane. Sie musste nach dem Laden sehen und dann mit Shayne zu einer Versteigerung auf einer Plantage in New Iberia fahren. „Wahrscheinlich war das ein wütender Ehemann, mit dessen Frau er rumgemacht hat."

„Er sagt, dass er sich deinetwegen Sorgen macht."

„Von wegen!" Bliss wollte nicht über ihren betrügerischen Exmann sprechen. Sie wollte nicht einmal an ihn denken. „Ich muss jetzt los." Sie verabschiedete sich von ihrer Großmutter mit einem Kuss auf die Wange. „Warte nicht auf mich. Es kann spät werden."

„Vielleicht könntest du deinen Freund diesmal mitbringen, damit ich ihn endlich kennen lerne", schlug Zelda vor.

„Er ist nicht mein Freund, sondern ein Kunde."

„Wie du meinst", entgegnete ihre Großmutter wissend. „Wenn man Antiquitäten transportiert, kann man sich ziemlich schmutzig machen. Erstaunlich, dass du dieses Kleid angezogen hast."

„Es ist kühl", behauptete Bliss und strich über das zart geblümte Kleid.

„Es ist aus Seide."

„Darum ist es ja kühl. Seide atmet. Außerdem ist es waschbar", behauptete Bliss.

„Na dann." Zelda lächelte. „Das ist natürlich etwas ganz anderes."

Als Bliss bei der Treasure Trove eintraf, war sie nicht mehr so überzeugt, die richtige Wahl getroffen zu haben. Wenn schon Zelda sie so leicht durchschaute, musste Shayne erst recht erkennen, dass sie sich extra für ihn hübsch angezogen hatte.

„Entscheide dich endlich", murmelte sie frustriert. Sie dachte pausenlos an Shayne und träumte nachts von ihm. „Das ist nur natürlich“, behauptete sie und stellte ein Kaleidoskop beiseite. Bestimmt sah es hübsch aus auf dem Mahagonitisch, den sie für seine Bibliothek gefunden hatte. „Er hat mir den größten Auftrag meines Lebens verschafft. Natürlich denke ich ständig an ihn.“

Sie war so in Gedanken versunken, dass sie die Glöckchen am Eingang nicht hörte.

„Du sprichst tatsächlich noch immer mit dir selbst“, sagte eine tiefe und sehr vertraute Stimme.

Bliss drehte sich hastig um und wurde zu ihrer Überraschung nicht wie sonst wütend. Hercules dagegen sprang aus seinem Körbchen, stellte sich vor Alan Fortune, machte einen Buckel und fauchte.

„Hallo, Alan.“

„Hallo, Bliss.“ Nach einem finsteren Blick auf den Kater, den er stets gehasst hatte, sah er sich im Laden um. „Hübsch hast du's hier. Es sieht aus wie in einem Fabergé-Ei.“

„Du musst es ja wissen. Bestimmt hast du schon eines gestohlen.“

„Das Glück blieb mir bisher verwehrt.“ Er griff nach dem Kaleidoskop, hielt es vor sein Auge und blickte zum Schaufenster. „Hast du dich jemals gefragt, worin der Reiz dieser Dinge liegt?“

„Sie sind hübsch und machen Spaß.“

„Stimmt.“ Er drehte die Röhre, damit die bunten Glasplättchen die Lage veränderten. „Ich glaube aber, dass die Leute sie mögen, weil sie ein Abbild des Lebens sind. Ständig verändert sich alles.“

„Worauf willst du hinaus, Alan?“

Er stellte das Kaleidoskop zurück. „Ich bin wegen der Juwelen hier, Bliss.“

„Wegen der Juwelen?“

„Es war ein hübscher Streich, und ich habe keine Ahnung, wie du es geschafft hast. Vor allem hätte ich nie gedacht, dass du eine verbrecherische Ader hast. Aber jetzt ist es genug. Mach der Sache ein Ende, bevor du im Gefängnis landest ... oder etwas Schlimmeres passiert."

„Wie bitte? Ich verstehe kein Wort."

„Verdammt, Bliss! Ich weiß, dass ich dich nicht anständig behandelt habe, aber ..."

„Das ist vorsichtig ausgedrückt, Alan. Du hast mich verführt und geheiratet, bevor mir klar war, was überhaupt passiert. Du hast mich die ganze Zeit betrogen, hast mich bei deinen Freunden im Jetset lächerlich gemacht, und dann hast du sogar noch meine Großmutter bestohlen."

„Niemand ist perfekt", gab er zu. „Was verlangst du von mir? Soll ich gestehen, dass ich mich scheußlich verhalten habe, auf die Knie fallen und dich um Verzeihung bitten?"

„Das wäre ein Anfang, aber es ist unnötig. Es ist aus und vorbei, Alan. Endgültig." Sie schüttelte den Kopf. „Früher habe ich ständig an dich gedacht. Ich habe mir vorgestellt, wie du in einem brennenden Wagen von einer Brücke stürzt oder wie du von Alligatoren gefressen wirst, nachdem dein Boot im Bayou gekentert ist. Ich wollte sogar Geld auf Marie Laveaus Grab legen und sie bitten, einen Voodoo-Fluch über dich zu sprechen. Aber das ist vorbei, Alan. Es ist, als hätte es dich nie gegeben."

„Verdammt, hör auf, so stur zu sein! Hat Zelda dir nichts von der Gefahr gesagt?"

„Sie sagte etwas von einer Halskette und von einer Fälschung. Aber ich habe mich nicht für diese Geschichte interessiert."

„Es ist keine Geschichte! Begreifst du nicht? Jemand hat dir eine Falle gestellt."

„Wer?"

„Ich weiß es nicht. Und ich hätte gar nichts erfahren, würde Angela nicht im Schlaf sprechen."

„Wer ist Angela?"

„Unwichtig. Vielleicht hast du Recht, dass ich in deiner Schuld stehe, weil ich dir Schmerz zugefügt habe. Darum riskiere ich mein Leben und warne dich. Diese Juwelen sind nicht echt. Sie gehören zu einer Falle!“ Er legte die Hände auf ihre Schultern und drückte so fest zu, dass es schmerzte. „Du hast mein Todesurteil unterschrieben, Bliss.“ Verzweifelt und verängstigt schüttelte er sie. „Und du könntest das nächste Opfer sein!“

Bevor sie antworten konnte, flog die Tür der Treasure Trove auf. Alan wurde quer durch den Raum geschleudert und landete vor einer Uniform aus dem siebzehnten Jahrhundert auf dem Boden.

„Wenn Sie aufstehen, breche ich Ihnen alle Knochen!“ drohte Shayne. „Und wenn Sie diese Frau noch einmal anfassen, bringe ich Sie um. Und danach schneide ich Sie in kleine Stücke und verfüttere Sie an die Alligatoren!“

Shayne stand mit geballten Fäusten drohend vor ihrem Exmann. Sie schwankte zwischen Begeisterung und Entsetzen.

„Shayne ...“ Beruhigend legte sie die Hand an seinen hart angespannten Arm.

„Halt dich da raus, Bliss.“

Ohne Alan aus den Augen zu lassen, nahm er den Degen eines Südstaatenoffiziers von der Wand, zog ihn aus der Lederscheide und hielt die Spitze an Alans Hals.

„So“, sagte er mit einem eisigen Lächeln, das Bliss Angst einjagte. „Wo waren wir stehen geblieben?“

8. KAPITEL

„Wer, zum Teufel, sind Sie?“ Alan versuchte, sich aufzuspielen, und versagte kläglich.

„Ich bin Shayne Broussard, der Mann, der Sie zu Ihrem Schöpfer schicken wird.“

„Ich habe schon von Ihnen gehört, Mr. Broussard. Sie sind in Europa dafür bekannt, dass Sie sich an allen möglichen Geschäften beteiligen.“ Alan entspannte sich allmählich. „Sie würden es nicht riskieren, wegen Mordes im Gefängnis zu landen.“

„Wollen wir wetten?“ Shayne zielte unverändert mit dem Degen auf Alan Fortunes Kehle. „Wenn Sie meinen Ruf kennen, wissen Sie auch, dass ich mächtige Freunde habe, die dafür sorgen würden, dass ich wegen einer gerechtfertigten Tat keinen einzigen Tag im Gefängnis verbringen müsste.“

„Gerechtfertigt? Ich habe nur mit meiner Exfrau gesprochen, als Sie wie ein Irrer in den Laden stürmten, mich gegen die Wand schleuderten und mir mit dem Tod drohten. Was ist daran gerechtfertigt?“

„Sie hatten Bliss angefasst.“

„Na und?“

„Außer mir berührt sie niemand.“

„Ach, Eifersucht? Glauben Sie mir, ich bin nicht auf Sex aus. Sie gehört Ihnen.“

So verstört Bliss auch über Shaynes gewalttätiges Verhalten war, traf sie Alans Bemerkung doch. Woher nahm dieser Mann sich das Recht, sie einem anderen zu überlassen? „Zu deiner Information, Alan ...“

„Halt dich raus, Bliss“, schnitt Shayne ihr das Wort ab. „Das geht nur Fortune und mich etwas an.“

„Du bist genauso schlimm wie er!“ rief sie gereizt. „Diese Sache geht nur mich und meinen ehemaligen betrügerischen, verlogenen und verbrecherischen Mann an.“

„Wieso gestehst du nicht, was du wirklich für mich empfindest?“ fragte Alan spöttisch.

„Sie hat Recht. Also halten Sie den Mund.“ Shayne drückte die Degenspitze etwas fester in seine Haut.

Alans Selbstsicherheit schwand augenblicklich. „Verdammt, lassen Sie das. Sie sind verrückt, Broussard.“

„Das kann ich nur bestätigen“, sagte Michael vom Eingang der Treasure Trove her. „Will mir vielleicht jemand erklären, was hier los ist? Oder stellt ihr die Kampfszenen aus ‚Vom Winde verweht‘ nach?“

„Diese Ratte hat Bliss bedroht“, sagte Shayne.

„Ist der Kerl ein Selbstmörder oder einfach dumm?"

„Vermutlich beides."

„Es war gar nichts", versicherte Bliss erschrocken, als ihr Mieter genauso wütend wurde wie Shayne. Erneut fiel ihr die Ähnlichkeit zwischen den beiden Männern auf. Allerdings wirkte Michael jetzt noch gefährlicher als Shayne.

„Er hat auch Hand an sie gelegt", fuhr Shayne fort.

Michael fasste nach seinem Schulterhalfter. „Dann sollten wir ihn ins Bayou schaffen und dort erschießen."

„Gut gemacht, Jungs", versicherte Alan gespielt heiter. „Ihr habt mir Todesangst eingejagt. Ich habe meine Lektion gelernt. Ihr habt diese Runde gewonnen."

Shayne und Michael wechselten einen Blick. Michael nickte.

„Sie haben noch immer nicht verstanden", erklärte Shayne geduldig. „Es geht einzig und allein darum, dass es keine weiteren Runden mehr geben wird."

„Und darum müssen wir Sie umbringen", fügte Michael hinzu.

Bliss war zur Überzeugung gelangt, dass sie keine so schlechte Menschenkennerin sein konnte, dass sie nicht nur ihren Exmann, sondern auch ihren Mieter und Shayne falsch beurteilt hatte. Darum entspannte sie sich und genoss die Vorstellung.

„Das ist doch nur ein Scherz, oder?" Alans Stimme bebte, während er nervös die beiden vor ihm stehenden Männer ansah.

„Ich scherze nie, wenn es um Mord geht", versicherte Shayne freundlich. „Aber ich gebe jedem noch eine Chance."

„Der Kerl ist doch nur eine Ratte." Michael griff nach seiner Pistole.

„Das weiß ich", bestätigte Shayne seufzend. „Aber ich bin nun einmal ein anständiger Mensch. Darum will ich sogar ihm eine Chance geben."

„Wir sollten ihn wegschaffen und abknallen", sagte Michael abfällig.

„Das ist zwar ein reizvoller Vorschlag, aber ich habe eine bessere Idee." Shayne betrachtete die an der Wand befestigten Degen, während Alan immer blasser wurde. „Haben Sie schon einmal von Dueling Oaks gehört?“

„Im Park? Wo sich die Idioten früher duelliert haben, um ihre angebliche Ehre zu retten?“ fragte Alan verächtlich.

„Richtig“, bestätigte Shayne. „Ich wollte schon immer einmal ein Duell veranstalten.“

Michael griff das Stichwort auf. „Um die Ehre einer Frau zu retten“, fügte er hinzu.

Shayne zog den Degen von Alans Hals zurück und führte einige Stöße in der Luft aus. „Der liegt wirklich gut in der Hand. Ich liebe die alten Mantel-und-Degen-Filme im Fernsehen. Ich glaube, ich lebe im falschen Jahrhundert.“

„Vielleicht warst du in einem früheren Leben selbst ein Pirat“, warf Michael ein.

„Möglich.“ Shayne betrachtete Alan. „Die Zeiten haben sich geändert. Mir bleibt vermutlich nichts anderes übrig, als Sie laufen zu lassen.“

Alan raffte sich hastig auf. „Ich habe nicht gelogen, Bliss“, warnte er. „Es geht um Leben oder Tod.“

Damit war er verschwunden.

Bliss blickte ihm nach, wie er über die Magazine Street lief, und sah nicht, wie die beiden Brüder einen Blick wechselten.

„Was hat er gemeint?“ fragte Michael.

„Ich weiß es wirklich nicht“, antwortete sie ausweichend.

Es war schlimm genug, dass Michael wusste, dass sie auf einen Betrüger hereingefallen war. Michael und Shayne sollten nicht erfahren, dass Alan sie irgendwie mit dem Diebstahl einer Halskette in Zusammenhang brachte. Sofern sie es richtig verstanden hatte, handelte es sich ohnedies nur um falsche Steine. Also war das Ganze kein großes Problem. Vermutlich zog Alan wieder eine betrügerische Nummer ab. Es war besser, sich gar nicht um ihn zu kümmern.

„Er sagte, dass es um Leben und Tod geht“, drängte Shayne, während Hercules sich schnurrend an seinen Beinen rieb.

„Alan hat schon immer übertrieben", versicherte Bliss lächelnd. „Ich begreife nicht, was ich jemals an ihm gefunden habe." Sie reckte sich und küsste Michael auf die Wange. „Es ist schrecklich von mir, aber ich habe sein Gesicht genossen, als du gedroht hast, ihn zu erschießen. Danke."

Michael lächelte, betrachtete sie jedoch besorgt. „Gern geschehen."

„Und du warst großartig." Sie trat zu Shayne und wollte auch ihn auf die Wange küssen, doch er drehte den Kopf. Der Kuss dauerte nicht lange, raubte ihr aber trotzdem den Atem.

„Setz es auf meine Rechnung", sagte er hinterher leise.

„Wolltet ihr beide nicht zu einer Versteigerung in New Iberia?" Lilah hatte unbemerkt den Laden betreten.

„Richtig." Bliss rang nach Luft. „Wenn wir nicht sofort aufbrechen, kommen wir zu spät."

Michael und Lilah sahen ihnen nach, als sie den Laden verließen und zum Jaguar gingen.

„Was war hier denn los?" fragte Lilah.

„Keine Ahnung", behauptete Michael scheinbar unbesorgt und wandte sich ab.

Während der Fahrt aus der Stadt dachte Shayne darüber nach, wie viel sich seit seiner Jugend verändert hatte. Das betraf auch ihn. Er war nicht mehr der junge Mann, der Louisiana auf der Suche nach aufregenden Abenteuern verlassen hatte.

In den letzten zehn Jahren hatte er in Ankara Mokka getrunken und wäre beinahe mit durchgeschnittener Kehle im Rinnstein gelandet. Er hatte serbische Blockaden in Bosnien umgangen und mit einer aufregenden Reporterin auf der griechischen Insel Seriphos Ouzo getrunken. Er hatte den Sonnenaufgang am Kilimandscharo beobachtet und leidenschaftlich eine dunkeläugige Schönheit in einem Beduinenzelt in der Wüste von Abu Dhabi geliebt. Doch er war der Abenteuer und der Frauen überdrüssig geworden. Und er hatte den Fehler begangen, am

Seineufer einen Spaziergang mit einer Frau zu machen, die ihn zu einem Rückblick auf sein Leben zwang.

„Das ist ein sagenhaftes Land“, stellte Bliss fest, während sie immer tiefer ins Bayou vordrangen und die Zivilisation hinter sich ließen.

Er hatte das Verdeck des Jaguars nicht geschlossen. Es roch nach Zuckerrohr und Zypressen. „Es ist eine andere Welt“, bestätigte er, während sie an zwei Jungen in einem Ruderboot vorbeifuhren. Der Anblick löste Erinnerungen daran aus, wie er mit Roarke und Mike zum Angeln gefahren war.

„Warst du schon einmal hier?“

„Ja.“ Er konnte nicht in Details gehen.

„Mein Großvater war ein Cajun“, erklärte sie. „Er erbte das Haus seiner Eltern am Bayou Teche. Ich habe herrliche Erinnerungen an die Sommer, die ich dort verbrachte.“

Shayne mochte diese Frau schon viel zu sehr. Dass sie die gleiche Herkunft hatten, machte sie noch reizvoller und gefährlicher.

„Aber die übrige Zeit hast du in der Stadt gelebt?“

„Ja. Grandpère Dupree war in der Navy. Als er ausschied, ließ er sich in New Orleans nieder und eröffnete ein Restaurant, aber das hielt sich nicht lange.“

„Es ist ein hartes Geschäft.“

„Besonders wenn man jeden Obdachlosen speist, der an die Hintertür kommt.“

„Großzügigkeit und Geschäftssinn lassen sich oft nicht miteinander vereinigen.“

„Richtig.“ Bliss strich sich die Locken aus der Stirn. „Aber ich bin lieber auf meinen Großvater Dupree stolz als reich. Seinetwegen bin ich ins Antiquitätengeschäft eingestiegen. Zelda hat unser Haus mit Stücken von Flohmärkten eingerichtet. Dadurch habe ich schon früh gelernt, Schätze zwischen Krimskrams zu entdecken.“

Shayne wollte ihr gern glauben. Die Erfahrung hatte ihn

jedoch gelehrt, niemandem zu vertrauen. „Vielleicht ist es für dich nicht wichtig, reich zu sein, aber die Diamanten, die du in Paris getragen hast, gehören keiner Armen."

„Sie gehörten meiner Mutter."

„Vermutlich hat sie reich geheiratet?"

„Sie hat nie geheiratet. Die Kinder in der Schule haben sich einen Spaß daraus gemacht, mir vorzuhalten, dass ich ein Bastard bin."

Shayne zuckte die Schultern. „Ich habe noch nie etwas von Schubladendenken gehalten. Du hast es also als Kind schwer gehabt?"

„Manchmal ja. Mom war oft krank. Die meiste Zeit war ich bei Großmutter Zelda." Sie seufzte und schüttelte den Kopf. „Das ist nicht wahr. Mom war nicht krank. Sie war Alkoholikerin."

„Das tut mir Leid", erwiderte Shayne aufrichtig. Vielleicht war ihre schwere Kindheit der Grund dafür, dass sie später kriminell geworden war.

„Es war nicht so schlimm, wie es klingt. Wenn sie trank, war sie sehr still und in sich gekehrt."

„Du sprichst von ihr in der Vergangenheit."

„Sie starb, als ich vierzehn war."

„Tut mir Leid", wiederholte er.

„Mir hat es auch Leid getan." Sie hatte das Glück gehabt, bei Zelda und Dupree in einem Haus voll Liebe aufzuwachsen.

„Es überrascht mich, dass du die Diamanten nicht verkauft hast."

„Warum hätte ich das tun sollen?"

„Erstens könntest du sicher das Geld brauchen, und zweitens sind sie vermutlich mit unschönen Erinnerungen verbunden."

„Nein, im Gegenteil. Wenn ich sie trage, erinnern sie mich daran, dass meine Mutter vor meiner Geburt für kurze Zeit verliebt war. Damals war sie glücklich. Und darum fühle ich mich ihr nahe."

Shayne dachte erneut, dass Bliss absolut ehrlich wirkte. Und er dachte daran, dass sein Bruder sie für unschuldig hielt. Dann betrachtete er ihre gebräunten Schenkel und dachte zuletzt, dass er durchdrehte, wenn er sie nicht bald lieben konnte.

„Ich würde deine Großmutter gern kennen lernen“, sagte er.

Bliss lachte. „Dir wird vermutlich gar nichts anderes übrig bleiben. Zelda sagte heute, dass sie dir auflauern wird, wenn ich dich nicht für Sonntag zum Essen einlade.“

„Hört sich großartig an.“

Michael hatte sich geweigert, ihn einzuführen. Stattdessen wollte er die Leute überprüfen, mit denen Alan Fortune in letzter Zeit zusammengetroffen war. Shayne hatte daher schon nach einer Möglichkeit gesucht, in Bliss' Haus zu gelangen.

Tagsüber hielt ihre Großmutter sich fast ständig im Garten auf. Daher kam ein Einbruch nicht in Frage. Und nachts konnte in der Dunkelheit zu viel schief gehen.

„Ich muss dich allerdings warnen. Zelda ist eine unverbesserliche Kupplerin“, bemerkte Bliss beiläufig.

„Großartig.“ Er lächelte verwegen. „Ich habe zwar versprochen, dich nicht zu verführen. Das heißt aber nicht, dass ich dich nicht begehre. Ich könnte eine Verbündete brauchen.“

„Es ist einfach, etwas zu begehren“, sagte sie leise. „Manchmal zu einfach.“

„Stimmt, aber du darfst eines nicht vergessen, Bliss.“

Beim harten Klang seiner Stimme sah sie ihn fragend an. „Was?“

„Ich bin nicht Alan Fortune.“

„Das weiß ich“, versicherte sie und legte ihm die Hand auf den Schenkel.

Es durchzuckte Shayne heiß. Ob Bliss ahnte, was sie mit dieser Geste bei ihm auslöste? Vermutlich handelte sie nur impulsiv.

„Was immer auch zwischen uns geschehen mag, Shayne, eines weiß ich. Du würdest mich nie belügen wie Alan.“

Er redete sich ein, dass er nicht wie ihr Exmann war. Er machte nur seine Arbeit. Sie selbst war für diese Situation verantwortlich, weil sie sich mit Schmugglern und Dieben eingelassen hatte.

Doch als die Sonne am Himmel höher stieg und auf das dunkle Wasser zu beiden Seiten der Straße schien, meldete sich erneut sein schlechtes Gewissen.

9. KAPITEL

Die Versteigerung fand in einem alten Herrenhaus auf einer Plantage statt. Es stammte aus der Zeit vor dem Bürgerkrieg und hatte eindeutig schon bessere Tage gesehen. Es erinnerte Shayne an die verfallenen Häuser, die er als Junge zusammen mit Roarke erforscht hatte. Damals hatten sie versucht, einander mit Geschichten von unsichtbaren weinenden Frauen und Geistern in den Uniformen der Süd- und der Nordstaaten Angst einzujagen.

„Ist das nicht schön?" fragte Bliss, während sie vorsichtig über den schadhaften gepflasterten Weg auf das Haus zugingen. Sie blieb fast andächtig stehen.

Er begutachtete die brüchigen Fundamente. „Es wird bald ins Bayou stürzen."

„Es müsste nur von jemandem, der es liebt, ein wenig hergerichtet werden."

„Es müsste abgerissen werden. Dieses Haus wird von Termiten aufgefressen, Bliss."

„Darum könnte sich ein Kammerjäger kümmern." Sie blickte über die aufgelassenen Reisfelder hinter dem Haus. „Wie viel Land wohl dazugehört?"

„Du willst es doch nicht kaufen?" Er kannte den Stand ihres Bankkontos. Sie hätte jede Menge Juwelen stehlen müssen, allein um die Fundamente zu erneuern.

„Nein." Sie strich über eine der Säulen an der Vorderfront. „Aber es ist ein schöner Traum."

Der Anblick ihrer streichelnden Hand reichte aus, um sein Verlangen zu wecken. Es dauert nicht mehr lange, schwor er sich.

„Hast du die Welt schon immer durch eine rosarote Brille betrachtet?“

„Ich fürchte, ja.“ Eine uralte Eiche spendete Schatten. Bliss nahm die Sonnenbrille ab. „Du sagst das, als wäre es ein Fehler.“

„Auf diese Weise handelt man sich leicht Schwierigkeiten ein.“

„Ich weiß.“ Sie seufzte, als sie an Alan dachte. „Trotzdem nehme ich lieber von Menschen nur das Beste an und werde manchmal enttäuscht, als ständig nur das Schlimmste zu wittern.“

Genau so hatte er gelebt – immer nur das Schlimmste erwartend. Er hatte Abenteuer gefunden, aber zu welchem Preis?

„In der Theorie ist das gar nicht schlecht.“ Shayne legte den Arm um sie und zog sie näher zu sich heran. „Also wenn du an mich denkst, erwartest du nur das Beste?“

Da sie sich noch nie selbst belogen hatte, konnte sie nur ehrlich antworten. „Ja.“

Leidenschaft schwang in diesem einen Wort mit. Shayne wusste, dass das Warten endlich vorüber war. „Soll das heißen, dass nicht nur ich seit neuestem nachts oft schweißgebadet erwache?“ fragte er und spielte mit einer ihrer Locken.

Die Berührung und sein verführerischer Blick ließen sie schwach werden. Trotz der Feuchtigkeit, die über dem Bayou lastete, wurde ihre Kehle trocken. „Nicht nur du“, flüsterte sie.

Als sie ihn so offen und ehrlich ansah, wusste er, dass Michael Recht hatte. Diese Frau stahl genauso wenig Juwelen wie er selbst. Und das bedeutete, dass Alan Fortune vielleicht auch Recht hatte und Bliss in Lebensgefahr schwebte.

Ich muss ihr die Wahrheit sagen, entschied er. Wenn er sie über alles informierte, fand er sicher heraus, was hier vor sich ging. Und wahrscheinlich rettete er ihr auf diese Weise das Leben.

„Wir müssen miteinander reden.“

Bliss lächelte. „Merkwürdig, aber ich hatte nicht den Eindruck, dass du unbedingt mit mir reden willst.“

„Bliss!“ Der Zeitpunkt war ungünstig. Endlich war sie bereit, mit ihm ins nächste Bett zu sinken, und jetzt schwenkte er auf eine andere Linie um. „Nichts hat sich daran geändert. Ich begehre dich mehr als je zuvor. Aber es gibt da etwas …“

Er verstummte, als jemand zu ihnen trat.

„Nun ja“, sagte eine kultivierte Männerstimme, „es überrascht mich, Sie hier zu sehen, meine liebe Bliss. Ich hätte gedacht, unser kleiner Wettbewerb in Lafayette hätte Ihnen die Lust auf Auktionen verdorben.“

„Ich habe keine Ahnung, was Sie meinen, Nigel“, erwiderte Bliss schneidend. So hart hatte sie bisher nicht einmal gesprochen, wenn es um ihren Exmann ging.

„Darüber haben wir doch schon diskutiert, meine Liebe. Sie können unmöglich bei dieser gewaltigen Konkurrenz mithalten. Sie haben einfach zu wenig Geld.“

„Tut mir Leid, mein Freund“, mischte Shayne sich ein, „aber Sie haben da etwas falsch verstanden.“

Der Antiquitätenhändler wandte sich fragend an ihn. „Ich glaube nicht, dass wir uns kennen. Ich bin Nigel Churchill. Und Sie …?“

„Shayne Broussard.“

„Aha.“ Er nickte nachdenklich. „Der geheimnisvolle Mann, über den alle reden. Ich habe gehört, dass Bliss Sie als Kunden an Land gezogen hat. Da es in unserer Branche jede Menge Gerüchte gibt, habe ich nicht weiter darauf geachtet.“

„In diesem Fall stimmen die Gerüchte. Bliss richtet mein neues Haus ein.“

„Nun, wenn Sie es leid sind, sich mit Amateuren herumzuschlagen, können Sie mich gern anrufen.“ Er holte eine Karte aus einem Lederetui. „Ein Mann in Ihrer Position arbeitet sicher nur mit den Besten zusammen.“

„Sie haben Recht, und darum habe ich mich an Bliss gewandt. Sie ist alles andere als ein Amateur. Und Sie, Churchill, können dahin verschwinden, woher Sie gekommen sind. Vor Ihnen steht der Mann, der Sie heute bei jedem Stück, das Sie kaufen wollen, überbieten wird.“

Bliss konnte nicht zulassen, dass er sich ihretwegen verausgabte. „Shayne ..."

„Keine Sorge, Schatz, ich weiß, was ich tue."

Obwohl es ihr gefiel, ihrem Feind etwas von seiner eigenen Medizin zu verabreichen, hatte sie nicht vergessen, dass Nigel bei der letzten Auktion über scheinbar unbegrenzte Mittel verfügt hatte.

„Hoffentlich weißt du das wirklich", erwiderte sie leise und ließ sich von Shayne ins Haus führen, in dem die Versteigerung stattfinden sollte.

Vier Stunden später wandte sich Bliss fassungslos an Shayne. „Wir haben tatsächlich alles bekommen, was wir wollten!"

„Ich sagte dir doch, dass ich weiß, was ich tue."

Er wusste nicht, worüber er sich mehr freute – über Cunninghams Gesicht, wenn er die Rechnung für den heutigen Tag erhielt, oder über Bliss' Begeisterung, als er und Nigel Churchill sich gegenseitig überboten hatten.

„Aber das kostet dich ein Vermögen." Sie hatte gewusst, dass er reich war. Allerdings hatte sie nicht geahnt, wie reich.

„Ich brauchte Möbel, und dieser Mistkerl brauchte eine Lektion über anständige Geschäftspraktiken."

Er betrachtete den Antiquitätenhändler, der jetzt nicht mehr so selbstzufrieden wirkte. Churchill stand neben seinem Rolls-Royce Corniche und unterhielt sich mit einer Brünetten, die Shayne entfernt bekannt vorkam.

„Ich würde gern feiern", sagte Bliss.

„Du hast meine Gedanken gelesen." Er legte die Arme um sie. „Was hältst du von einem tollen Essen?"

Bliss wollte niemandem mehr etwas vormachen. „Eigentlich dachte ich mehr an eine private Feier – nur wir beide, ganz alleine", erwiderte sie leise.

„Ich möchte, dass du dir ganz sicher bist."

„Das bin ich."

Was war denn mit ihm los? Eine wunderschöne Frau bot sich ihm an, und er wurde plötzlich von Bedenken gepackt.

„Du weißt, dass ich mich seit dem ersten Abend danach sehne, dich zu lieben."

Sie nickte und versuchte, in seinem Gesicht zu lesen. Sie hatte ihren ganzen Mut gebraucht, um ihm dieses Angebot zu machen. Wenn er sie jetzt zurückwies ...

„Und ich habe mir gewünscht, dass du dich von mir lieben lassen willst."

„Ja", erwiderte sie lächelnd.

Shayne wäre mit ihr am liebsten ins nächste Motel gefahren, doch erneut verspürte er den Drang, unbedingt ehrlich zu sein. Oder zumindest so ehrlich, wie das unter den gegebenen Umständen möglich war.

„Es ist nur so, Bliss ... Ich glaube, dass du eine Frau bist, an die man sich für immer binden muss. Und das kann ich dir nicht bieten."

Obwohl sich ihr Herz zusammenkrampfte, dachte sie, wie sehr dieser Mann sich doch von ihrem Exmann unterschied. Alan hatte sie vom ersten Moment an belogen. Shayne dagegen war stets ehrlich gewesen. Jetzt fiel ihr ganz besonders auf, wie sehr er sie an Michael O'Malley erinnerte, und zwar nicht nur im Aussehen.

„Ich verstehe." Sie lächelte gezwungen. „Ich verlange nicht, dass du dich für immer bindest, Shayne", versicherte sie, obwohl gerade das ihr größter Wunsch war. „Wir sollten einen Tag nach dem anderen angehen ... und eine Nacht nach der anderen."

Shayne schwankte zwischen dem Drang, ihr alles zu gestehen und dem Drang, seinem Verlangen nachzugeben. Woher kamen bloß plötzlich diese Skrupel? Was sollte er tun? Er wusste sehr genau, dass er letztlich an seinen eigenen Vorteil dachte, aber er redete sich ein, dass er Bliss verletzte, wenn er sie abwies. „Ich bezahle die Sachen, die wir gekauft haben, und sorge dafür, dass sie geliefert werden", sagte er. „Dann fahren wir."

Sie atmete tief auf „Ich warte im Wagen." Ohne sich daran zu stören, dass sie von anderen gesehen werden konnte, beugte sie sich zu ihm und gab ihm einen flüchtigen Kuss, der viel mehr versprach.

Shayne reichte ihr die Schlüssel und sah ihr nach, während sie zum Jaguar ging. Und ausnahmsweise kreisten seine Gedanken nicht um ihre äußerliche Schönheit, sondern um ihr Herz.

Wenn er sie verletzte, was mittlerweile unvermeidlich schien, würde Michael ihn umbringen. Das wäre aber noch nicht so schlimm gewesen wie der Abscheu, den er dann für sich selbst empfinden würde.

Er murmelte eine Verwünschung, holte seine Kreditkarte hervor und gab noch etwas mehr von Onkel Sams Geld aus.

Bliss konnte es kaum erwarten, als sie von dem alten Haus wegfuhren.

„Ich würde dich gern in mein Haus bringen“, sagte Shayne. „Aber dort gibt es keine Möbel. Und wenn ich dich auch überall und unter allen Bedingungen lieben möchte, wäre ein Bett doch nicht schlecht.“

Bliss war nicht daran gewöhnt, so lässig über Sex zu sprechen. „Mein Haus kommt auch nicht in Frage“, erwiderte sie leise. Was hätte Zelda wohl gesagt, wenn sie mit diesem Mann auftauchte und dann in ihrem Schlafzimmer verschwand? Möglicherweise hätte sie gejubelt und eine Ananastorte gebacken, die sie stets zu besonderen Anlässen machte.

„Ich könnte dich in mein Hotel mitnehmen, aber das ist so unpersönlich.“

Bliss war erleichtert, dass er das Hotel mied. Sie war mit Thelma London, der Nachtmanagerin des Whitfield Palace Hotels, zur Schule gegangen und wusste, was für ein schreckliches Klatschmaul sie war. Thelma hätte in der ganzen Stadt verbreitet, dass Bliss Fortune mit ihrem Kunden schlief. Sie zwang sich zu einem unbekümmerten Lachen. „Ich komme wir wie ein Teenager vor, der verzweifelt einen Ort zum Schmusen im Auto sucht.“

Shayne lachte, als er sich daran erinnerte, wie er auf einsamen Straßen im Bayou mit Mädchen herumgeknutscht hatte. „Es gibt eine Möglichkeit, aber ich muss unterwegs halten und einen Anruf erledigen", schlug er vor.

„Einverstanden." Das gab ihr die Gelegenheit, Mut zu sammeln.

Er hielt auf dem Parkplatz eines kleinen Supermarktes und rief von einer Telefonzelle an.

„Alles geregelt", erklärte er, als er wieder einstieg. „Vorausgesetzt, du hast nichts gegen eine längere Fahrt."

„Es ist ein schöner Abend für eine Fahrt." Die Luft wirkte wie gereinigt nach dem leichten Regen, der während der Versteigerung gefallen war.

„Was hältst du von Booten?"

„Ich habe mir nie den Kopf darüber zerbrochen. Warum?"

„Einer meiner Freunde besitzt eine Hütte im Bayou. Er benützt sie an diesem Wochenende nicht und überlässt sie uns, falls wir sie haben wollen." Er legte eine kleine braune Tüte auf den Rücksitz. „Es gibt dort immer Lebensmittel und alles andere, was man unbedingt braucht, und ich habe zwei Zahnbürsten gekauft."

Bliss hatte ihn in den annähernd zwei Wochen, die sie miteinander verbracht hatten, nur mit einer anderen Person gesehen. „Dieser Freund ist nicht zufällig Michael?"

„Genau der." Er verschwieg, dass Michael und Roarke und er das Blockhaus zu gleichen Anteilen geerbt hatten. „Stört es dich, dass er weiß, dass du die Nacht mit mir verbringst?"

Bliss überlegte. „Nein, eigentlich nicht. Außerdem kann ich ihn immer überreden, dich zu erschießen, falls du mich schlecht behandelst."

Shayne lachte, obwohl an ihren Worten etwas dran war. Sicher, Mike würde ihn nie erschießen. Sollte er Bliss allerdings zu sehr verletzen, konnte sein großer Bruder ihn als Punchingball benützen.

„Er sagte, wenn er nichts mehr von uns hört, verständigt er deine Großmutter und füttert den Kater."

„Das ist sehr aufmerksam von ihm."

„So ist Mike eben."

Er verschwieg auch, dass sein Bruder ihn davor gewarnt hatte, Bliss zu verletzen. Shayne bog auf eine einspurige Lehmstraße ein, verdrängte alle negativen Gedanken und konzentrierte sich auf die vor ihnen liegende Nacht.

Die Sonne sank bereits, als Shayne an einer kleinen Anlegestelle hielt, an der ein flaches Boot vertäut lag.

Bliss hätte zwar ein stabiler wirkendes Fahrzeug bevorzugt, vertraute Shayne jedoch restlos und stieg ein. Er startete den Motor. Als sie ablegten, erinnerte Bliss sich an eine andere Bootsfahrt, die sie mit diesem Mann unternommen hatte. Jetzt wurde ihr bewusst, dass sie sich schon an dem ersten Abend in Shayne verliebt hatte.

„Wir haben Glück!" sagte er laut, um den Motor zu übertönen. „Durch den Regen ist das Wasser gestiegen. Manchmal muss man an schlammigen Stellen staken. Wir sollten ohne Probleme durchkommen.

„Du warst offenbar schon öfter hier."

„Ein paar Mal", erwiderte er ausweichend. „Mike kommt oft zum Jagen und Angeln hierher."

Kein Lufthauch regte sich. Zikaden stimmten ihr Lied an. In der Abenddämmerung schwirrten Leuchtkäfer zwischen den Ästen der Zypressen, von denen Flechten hingen. Hinter einer Biegung erweiterte sich der Fluss zu einem See.

Am Ufer stand unter einer uralten Eiche eine Hütte auf Stelzen.

„Wir sind da." Shayne stellte den Motor ab. „Es ist nicht das Whitfield Palace, aber wenigstens sind wir hier ungestört. Und es ist romantisch."

Bliss war erleichtert, dass sie keine halb verfallene Hütte vor sich sah. Die Veranda war mit Jalousien versehen. Eine Außentreppe führte zur Garconnière, dem Raum unter dem Dach, wo ursprünglich die jungen Männer der hier lebenden Großfamilie geschlafen hatten. Die Hütte aus Zypressenholz fügte sich harmonisch in die Umgebung ein.

„Sehr hübsch“, lobte sie. „Und perfekt für diese Gegend.“

Er war erleichtert, dass es ihr gefiel. Erst jetzt merkte er, wie viel ihm an ihrer Meinung lag. Er half ihr aus dem Boot und warnte sie, auf den Planken zu bleiben, weil sie sonst im Schlamm versinken könnte.

Dabei war er in Gefahr, selbst zu versinken und nicht mehr loszukommen, wenn auch in einer ganz anderen Hinsicht. Früher hatte er die flüchtigen Beziehungen zu Frauen genossen, die so wenig wie er an festen Bindungen interessiert waren. Bliss komplizierte sein Leben. Trotzdem hätte er sich nicht mehr von ihr lösen können.

Die Einrichtung war rustikal und beschränkte sich aufs Wesentliche – handgefertigte Fichtenholzmöbel, moosgrüne Vorhänge vor den mit Fliegengittern versehenen Fenstern. In einer Ecke des Hauptraums stand ein schwarzer Ofen, der als Kamin fungierte, wenn man die Türen öffnete.

„Ich kann mir nicht vorstellen, dass Mike das gemacht hat“, meinte Shayne, als Bliss die Vorhänge lobte. „Das war bestimmt diese Frau, mit der Mikes Bruder zusammenlebt.“

„Daria Shea“, sagte Bliss.

„Du kennst sie?“

„Jeder kennt Daria. Sie ist stellvertretende Staatsanwältin und hat vor einigen Monaten für Schlagzeilen gesorgt. Sie wäre beinahe umgebracht worden, als sie gegen eine Gruppe Prominenter ermittelte, die ein geheimes Exekutionskommando aufgestellt hatten, um tatsächliche oder vermeintliche Verbrecher hinzurichten. Bei der Gelegenheit hat Roarke sie kennen gelernt. Sie ist sehr nett.“

„Das hat auch Mike schon gesagt.“

Wenn sie sich nicht täuschte, klang er alles andere als zufrieden. „Hast du Roarke jemals getroffen?"

„Ja."

Als er nicht mehr dazu sagte, sprach sie endlich ein Problem an, das sie seit ihrer Rückkehr aus Paris beschäftigte. „Ist dir eigentlich klar, dass du so gut wie alles über mich weißt, ich aber gar nichts über dich?"

Shayne erstarrte. Er hatte schon lange darauf gewartet, dass sie dieses Thema anschnitt.

„Das stimmt nicht ganz. Ich weiß nicht alles über dich. Zum Beispiel kenne ich nicht den Namen des Jungen, der dich zum ersten Mal in deinem Leben geküsst hat."

„Billy Roberts. Wir waren in der zweiten Klasse, und er hat mir auf dem Spielplatz der Schule aufgelauert und ließ mich nicht mehr vom Karussell herunter, wenn ich ihn nicht küsste."

„Das zählt nicht, weil der Kuss erzwungen war." Shayne blickte zufrieden in die knisternden Flammen im Ofen. „Der Junge hatte damals Glück. In der heutigen Zeit würde man ihn wegen sexueller Belästigung verhaften. Also, wen hast du zum ersten Mal freiwillig geküsst?"

„André Robicheaux. Es war auf einer Party im Mardi Gras. Ich war schon während der ganzen High School rasend in ihn verliebt."

„Der glückliche André! Weißt du, was aus ihm geworden ist?"

„Er ist verheiratet und hat vier Kinder. Ich bin die Patentante seiner jüngsten Tochter."

Sie war eine Frau, die nicht nur mit ihrer ersten großen Liebe eng befreundet war, sondern auch mit der Frau dieses Mannes. Das war ein weiterer Beweis dafür, wie schlecht er und Bliss zusammenpassten Bliss schätzte alte Beziehungen offenbar genau wie alte Möbel. Sie war tief in diesem heißen, schwülen Land verwurzelt, das sie sicher nie verlassen würde.

Er dagegen konnte nicht an einem Ort mit einer Frau sesshaft werden. Darin war er wie sein Vater. Roarke war genauso gewesen, bis er sich in eine stellvertretende Staatsanwältin verliebt hatte, die Vorhänge nähen konnte. Das Leben hatte Shayne zynisch gemacht. Aus Erfahrung vertraute er nur seinen Brüdern, sonst niemandem. Bliss dagegen schenkte ihr Vertrauen viel zu leicht.

„Dann war André vermutlich auch dein erster Liebhaber", meinte er.

„Alan war mein erster Liebhaber." Sie stockte. „Du bist mein zweiter."

Das war das Stichwort, diese ganze Farce auf der Stelle abzublasen.

„Wenn das stimmt, sind die Männer in New Orleans blind oder verrückt."

„Keines von beidem." Sie holte tief Atem und sah ihm in die Augen. „Ich habe auf einen Mann gewartet, den ich lieben kann."

Lieben. Das Wort traf ihn wie ein Schlag. „Bliss ..." Sein Beruf erforderte große Redegewandtheit. Trotzdem war er jetzt um Worte verlegen.

„Tut mir Leid." Sie streichelte seine Wange. „Das wollte ich nicht sagen, höchstens ... nun ja ... später." Sie hatte ihn nicht verscheuchen wollen. Von Shayne erhoffte sie sich ein unvergessliches Erlebnis auf einem Gebiet, das mit Alan alles andere als aufregend gewesen war. „Du hast mir erklärt, dass du dich nicht für immer an mich binden kannst. Und das hat mir gezeigt, wie ähnlich wir einander sind."

„Inwiefern?" fragte er überrascht.

„Wir respektieren beide die Wahrheit, ganz gleich, wie schmerzhaft sie auch sein mag. Und da du ehrlich zu mir warst, wollte ich auch ehrlich zu dir sein."

Ob Roarkes alte Schrotflinte noch im Schrank im Schlafzimmer stand? Wahrscheinlich wäre es einfacher gewesen, sich gleich zu erschießen, als darauf zu warten, dass alles zusammenbrach. Diese warmherzige und ehrliche Frau verdiente einen besseren Mann als ihn.

„Ich weiß nicht, was ich sagen soll." Wenigstens entsprach das der Wahrheit.

„Du brauchst gar nichts zu sagen, Shayne." Lächelnd schlang sie die Arme um seinen Nacken. „Liebe mich einfach."

Er hatte versucht, sich ehrenhaft zu verhalten. Aber er war schließlich nur ein Mensch und kein Heiliger. Diese Rolle beanspruchte in der Familie O'Malley Mike für sich.

Shayne küsste Bliss, hob sie hoch und trug sie ins Schlafzimmer.

10. KAPITEL

Das Bett war bequem, aber nicht unangenehm weich. „Man versinkt wie in einer herrlich duftenden Wolke", flüsterte Bliss glücklich.

„Die Matratze ist mit Spanischem Moos und mit Kräutern, die ich nicht kenne, gefüllt", erwiderte Shayne.

„Wenn ich nach meinen Gefühlen gehe, sind es magische Kräuter." Sie genoss es, mit Shayne an diesem verborgenen Ort allein zu sein.

Die Matratze raschelte, als er sich neben sie setzte. „Glaube mir, Liebling, ich kenne dieses Gefühl." Er hauchte einen Kuss auf ihren Mund. Als er langsam ihre Bluse aufknöpfte, begann sie zu beben.

Er hatte nie eine Frau kennen gelernt, die so leicht rot wurde und schon bei der kleinsten Berührung erschauerte. Die Frauen, mit denen er ins Bett gegangen war, hatten große Erfahrung besessen. Für sie war Verführung nichts weiter als ein genussvolles Spiel gewesen, dem sie sich möglichst oft und mit wechselnden Partnern hingaben.

Unter der zart geblümten Bluse trug Bliss ein elfenbeinfarbenes Hemd mit hauchdünnem Spitzenbesatz. „Du bist so schön", sagte er und küsste sie auf die Schulter.

Nie zuvor hatte Bliss sich so sehr gewünscht, einem Mann zu gefallen. Sie wollte unwiderstehlich sein und ihn alle anderen Frauen vergessen lassen. Frauen wie diese elegante Blondine, die sie in dem Schlafzimmer in Paris getroffen hatte. Frauen, die schon mit dem Wissen auf die Welt gekommen waren, wie man Männer becirct.

„Hast du Angst vor mir?“ fragte er lächelnd.

„Nicht vor dir, nein.“ Sie konnte kaum sprechen, als seine Finger über ihre Brüste glitten. „Ich war nur nie gut in ... Also, ich bin nicht gerade sehr auf das Körperliche ... Ich fürchte, ich kann dir nicht geben, was du willst.“

Sie wirkte so verletzlich, dass er nervös wurde. Nicht einmal bei seinem ersten Liebesabenteuer auf der Ladefläche des Pick-ups, den er sich von Roarke geliehen hatte, war er so unsicher gewesen, ob er sich auch richtig verhielt. „Darüber brauchst du dir nie Gedanken zu machen, Bliss.“ Er unterdrückte das Verlangen, ihr die Kleider vom Leib zu reißen. „Du musst mir vertrauen“, meinte er beschwörend und empfand ungewohnte Zärtlichkeit.

„Das tue ich“, hauchte sie. „Vollkommen.“

Ihr bedingungsloses Vertrauen löste erneut Schuldgefühle bei ihm aus. „Denk nicht daran, was du mir geben willst“, flüsterte er an ihren Lippen. „Lass dich einfach von mir verwöhnen.“

Er küsste sie, bis ihr schwindelig wurde und sie ihm nicht einmal hätte widersprechen können, wenn sie es gewollt hätte. Er unterbrach den Kuss nur, um ihr die Schuhe auszuziehen. Zuerst hatte sie zur Versteigerung Pumps mit hohen Absätzen anziehen wollen, damit ihre Beine betont wurden. Letztlich hatte ihr praktisches Denken gesiegt, und sie hatte sich für flache rosa Schuhe entschieden, die Ballettschuhen nachempfunden waren.

Behutsam löste Shayne die Bänder, die kreuzweise über ihre Waden liefen, und drückte einen Kuss in ihre empfindliche Kniekehle. Instinktiv verkrampfte Bliss sich.

„Entspann dich“, sagte er beschwichtigend und streichelte ihr Bein. „Alles ist gut. Ich werde dir nie wehtun.“

Das war die größte Lüge des Jahrhunderts. Er würde ihr wehtun. Möglicherweise war das von Anfang an unvermeidlich gewesen. Es überraschte Shayne allerdings, dass auch er nicht ohne Narben davonkommen würde.

Um ihre Anspannung zu vertreiben, strich er Bliss sacht über die Schultern und die Arme, beugte sich über sie und küsste sie, bis er spürte, dass ihre Nervosität nachließ.

„Sehr gut", flüsterte er und hauchte Küsse auf ihren Hals. „Du bist so süß, so weich", fügte er hinzu und ließ die Lippen über den dünnen Stoff wandern, der ihre Brüste bedeckte.

Sie begehrte ihn heftiger als je zuvor und fühlte sich doch mit jeder Sekunde träger, während er sie liebkoste. Plötzlich war ihr Hemd wie durch Zauberei verschwunden. Bliss war so entspannt, dass sie nicht einmal verlegen wurde, als er die Knöpfe an ihrem Rock öffnete und ihn ihr langsam auszog.

Er war geduldig und zärtlich, der Märchenprinz, von dem sie oft geträumt hatte. Er war der Mann, den sie nach der grausamen Enttäuschung in ihrer Ehe nie zu treffen geglaubt hatte. Doch dieser Mann existierte tatsächlich. Shayne zeigte ihr, was es wirklich bedeutete, einander zu lieben.

Regen hatte eingesetzt, die Tropfen klopften auf das Dach. Vor dem Schlafzimmerfenster klingelte ein Windspiel. Die zarten Töne der Glöckchen mischten sich mit ihrem Seufzen und Stöhnen.

Shayne ließ sich viel Zeit und genoss es, wie unschuldig und natürlich Bliss reagierte. Wieso hatte er jemals erfahrene Frauen bevorzugt?

Als er die zarte Haut ihres Schenkels küsste, holte sie tief Luft und lachte kehlig. Alle sexuellen Turnübungen der Vergangenheit verblassten daneben. Diese Erfahrung würde sein Leben verändern.

„Ich möchte ... ich brauche ..." Sie konnte kaum sprechen, so sehr wurde sie von Lust gepackt.

„Was, Liebling?" Shayne hob ihre Hand an die Lippen. „Sag mir, was du möchtest."

„Ich möchte dich sehen." Sie streckte die Hand nach ihm aus. „Und ich möchte dich berühren. Überall ..."

Er zog ihre Hand an seine Brust und zwang sich zur Geduld, während sie die Hemdknöpfe öffnete. Endlich drückte sie die Hände und dann die Lippen auf seine Brust. Es war fast zu viel für ihn.

„Lieber Himmel, ich habe mich wirklich bemüht", stöhnte er und stieg hastig aus dem Bett, um sich seiner restlichen Kleidung zu entledigen. „Aber ich kann nicht länger warten."

Mit leuchtenden Augen betrachtete Bliss den wundervollen Mann, der erregt neben dem Bett stand. Das ist mein Werk, dachte sie benommen. Oh ja, er begehrte sie! Plötzlich fühlte sie sich so sinnlich und sexy wie nie zuvor.

„Ich auch nicht." Sie richtete sich auf die Knie auf, schlang die Arme um seine Taille und presste die Lippen auf seinen Bauch. „Auf diesen Moment habe ich seit Paris gehofft."

„Dann sind wir schon zu zweit." Shayne beherrschte sich noch so lange, bis er sich den hauchdünnen Schutz übergestreift hatte. Dann erst drückte er sie auf das Bett, schob sich über sie und drang in sie ein.

Bei keiner Frau hatte er sich bisher so wundervoll gefühlt, doch bevor er ihr das sagen konnte, schlang sie die Beine um seine Hüften, und er begann sich zu bewegen – zuerst langsam, dann immer schneller. Gemeinsam erklommen sie die Spirale der Lust, bis sie beide einen rauschartigen Höhepunkt erlebten, der ihnen jenes magische Gefühl absoluten Einsseins schenkte, das nur wahren Liebenden vergönnt ist.

Hinterher lag Bliss in seinen Armen und lauschte auf den Regen, der auf das Dach prasselte. Wenn sie von jetzt an das Klopfen von Regentropfen hörte, würde sie immer an Shayne denken. Noch nie war sie so glücklich und befriedigt gewesen, noch nie hatte sie sich so geliebt gefühlt.

Sie wollte ihm noch einmal sagen, dass sie ihn liebte. Um ihn jedoch nicht zu verschrecken, begnügte sie sich damit, durch das weiche dunkle Haar auf seiner Brust zu streichen und seinem Herzschlag zu lauschen.

Shayne hörte den Regen auf das Dach trommeln. In Zukunft würde er stets an Bliss denken müssen, wenn es regnete. Das war kein glücklicher Gedanke. Nie zuvor hatte er sich so elend und schuldig gefühlt, nie zuvor war er auf sich so zornig gewesen.

Wie hatte er dermaßen die Kontrolle über sich verlieren können? Was würde sie machen, wenn sie die Wahrheit herausfand? Obwohl es schon zu spät war, wollte er sich jetzt zurückziehen, bevor er alles noch schlimmer machte.

„Es tut mir Leid“, flüsterte sie, als er von ihr abrückte.

„Was, um alles in der Welt, tut dir Leid?“

„Ich habe dir doch gesagt, dass ich nicht viel Erfahrung habe. Aber ich habe schon immer schnell gelernt und ...“

„Bliss, hör auf.“ Er schickte sich in das Unvermeidliche, zog sie wieder an sich und küsste sie, um ihre Unsicherheit zu vertreiben. „Es war wundervoll“, beteuerte er. „Du warst wundervoll.“

„Trotzdem ... du bist an diese eleganten Frauen des Jetset gewöhnt und ...“

Frauen, die ihr Mann ihr vorgezogen hatte. Sie sprach es nicht aus, aber Shayne verstand, was sie meinte. „Soll ich etwa Vergleiche anstellen? Glaubst du, ich führe Buch und verteile Noten?“

Bliss fühlte sich schrecklich albern. Hätte sie doch bloß nicht davon angefangen! „Schon gut.“ Sie tastete nach ihren Sachen. Wo war denn ihre Unterwäsche? Es fiel ihr schon schwer, über Sex zu sprechen, wenn sie nicht splitternackt war. „Nicht weiter wichtig.“ Endlich fand sie ihren Slip.

„Natürlich ist es wichtig.“ Er nahm ihr den Slip aus der Hand und warf ihn beiseite. „Es ist wichtig, weil du wichtig bist, Bliss.“

„Ich habe nicht nach Komplimenten gefischt.“

Als sie sich abwenden wollte, hielt er sie fest. „Würde ich Noten verteilen, hättest du mit Abstand die Höchstnote erhalten. Sex ist einfach, Bliss – ja, manchmal sogar zu einfach. Wenn man nicht gefühlsmäßig daran beteiligt ist, wird die Sache bald wie Klempnerarbeit. Man fügt zusammen, was zusammenpasst. Dann wird es reizlos.“ Er stockte kurz und zwang sich zum Weitersprechen. „Wenn ich mit dir im Bett bin, möchte ich nicht an Alan Fortune denken. Darum sage ich das nur ein einziges Mal. Wenn dieser Bastard zu dumm war, um zu erkennen, was für ein Schatz du bist, ist das sein Pech. Wenn er zu selbstsüchtig war, um dir zu zeigen, welche Lust zwei Menschen miteinander erleben können, ist er ein Narr. Und wenn es zwischen euch im Bett nicht richtig geklappt hat, lag das an ihm und nicht an dir.“

Daran hatte sie noch nie gedacht. „Aber alle diese Frauen ...“

„Ich sagte dir doch schon, dass es einfach ist, Frauen zu finden, die mit einem ins Bett wollen. Schwierig ist es, diese ganz besondere Frau zu finden, mit der es einmalig ist.“

Und erstaunlicherweise war sie diese Frau. Shayne hatte es ihr mit jeder Zärtlichkeit und jedem Kuss bewiesen. Sie war nur zu unsicher gewesen, um zu begreifen, was er ihr sagen wollte.

„Du hast Recht.“

„Natürlich habe ich das“, versicherte er sanft.

„Da ist nur noch eine Kleinigkeit.“ Sie legte die Arme um seinen Nacken.

„Und was?“ fragte er und küsste sie liebevoll.

„Selbst wenn du Recht hast und ich etwas Besonderes bin ...“

„Das bist du.“ Wenigstens in diesem Punkt brauchte er sie nicht zu belügen.

„Danke“, erwiderte sie lächelnd. „Aber es ist eine Tatsache, dass ich trotz meiner Ehe ziemlich unerfahren bin. Darum habe ich gedacht ...“ Aufreizend strich sie über seine Brust, seinen Bauch und noch tiefer.

„Was hast du gedacht?“ flüsterte er.

„Nun ja, du weißt doch, dass erst Übung den Meister macht.“

Er lachte herzlich. „Liebling, ich gehöre dir.“

Während sie ihn auf die Matratze drückte und der gleichen

süßen Tortur unterzog, die er vorhin so erfolgreich bei ihr angewendet hatte, dachte sie, dass es stimmte. Er gehörte ihr.

„Wir müssen miteinander reden."

Die Nacht war hereingebrochen. Shayne saß mit Bliss auf seinem Schoß am Tisch, während auf dem Ofen Suppe warm wurde. Er genoss das sinnliche Gefühl von warmer Seide unter seinen Händen.

„Hm." Bliss küsste ihn. „Ich rede gern mit dir. Und ich höre es gern, wenn du mir sagst, wie schön ich bin ... wie heiß ich bin ... wie sehr du mich begehrst." Sie unterstrich ihre Worte mit flüchtigen Küssen.

„Bliss ..." Sie erregte ihn schon wieder. Trotzdem versuchte er, ihr zu erklären, was sie beide zusammengeführt hatte. „Die Sache ist ernst."

„Das hört sich nicht schön an", stellte sie fest.

„Kommt auf den Standpunkt an", erwiderte er zögernd. „Es geht um Alan und ..."

„Du wolltest nicht mehr über Alan sprechen. Und das ist auch besser so. Ich will nicht mit dir über ihn reden, Shayne. Nicht jetzt und nicht hier."

„Es ist wichtig."

„Das verstehe ich schon. Mir ist auch klar, dass wir beide nicht in einem luftleeren Raum leben. Jeder von uns hat seine eigene Vergangenheit. Ich war aber noch nie so glücklich wie jetzt, und ich lasse nicht zu, dass du diese wundervolle Nacht ruinierst."

Er wollte für Klarheit sorgen, doch er hatte sie nun bereits wochenlang belogen. Da kam es auf eine einzige Nacht auch nicht mehr an.

„Ich werde mich hüten, irgendetwas zu ruinieren."

„So ist das schon besser." Sie belohnte ihn mit einem langen Kuss und lächelte unwiderstehlich. „Nachdem wir das erledigt haben, möchte ich dich um etwas bitten."

„Ich erfülle dir jeden Wunsch."

„Seit ich dieses herrliche Fell gesehen habe, träume ich davon, dass wir uns darauf lieben."

Auf diese Idee war nicht nur sie gekommen. „Großartig." Er stand mit ihr auf den Armen auf, trug sie zu dem Fellvorleger und sah sie zärtlich an. „Mit dir wäre es sogar auch auf hartem Stein schön."

Sie lachte, als er sie auf das weiche schwarze Fell legte. „Bei dem Tempo, das wir vorlegen, kommt es vielleicht noch dazu."

Die wundervolle gemeinsame Zeit verging nur allzu schnell. Bliss seufzte, als Shayne am nächsten Tag das Boot an der Anlegestelle festmachte.

„Ich möchte nicht das Paradies verlassen und auf die Erde zurückkehren."

„Wir kommen wieder her", versprach Shayne und übersah dabei bewusst, dass er nach Abschluss dieses Falls wieder verschwinden würde. Dann lockte ein neuer Fall, eine neue Stadt, eine neue Frau.

Als ihm diese Vorstellung absolut nicht gefiel, wurde ihm klar, dass Bliss Fortune mehr getan hatte, als ihm unter die Haut zu gehen. Sie hatte sich in sein Herz gestohlen und sich einen festen Platz darin erobert.

„Ich habe etwas für dich", sagte er, als sie den Wagen erreichten. „Ein Geschenk."

„Ich liebe Geschenke."

„Es ist nichts Großartiges." Womöglich erwartete sie jetzt einen Ring. „Ich meine, es ist nicht sonderlich teuer, und ich habe es auch nur aus einer Laune heraus gekauft, weil ich dachte, dass es dir gefallen könnte, aber ..."

„Shayne", unterbrach sie ihn. „Ich freue mich über alles, das du mir schenkst. Ehrlich."

Ehrlich. Dieses Wort erinnerte ihn immer wieder daran, warum diese Beziehung niemals klappen konnte. Er hatte sich zwar selbst so einigermaßen überzeugt, dass er aus anständigen Motiven handelte, doch letztlich war er nicht besser als ihr verlogener und betrügerischer Exmann.

Er holte einen Karton aus dem Kofferraum und drückte ihn ihr in die Arme.

Verwirrt betrachtete sie die vertraute Verpackung. „Das ist aus meinem Laden."

„Ich weiß." Seine Nerven waren zum Zerreißen gespannt. Noch nie war er so nervös gewesen, wenn er einer Frau ein Geschenk gemacht hatte. „Willst du es nicht auswickeln?"

Sie war über seinen schroffen Ton sichtlich überrascht, stellte jedoch keine Fragen, sondern öffnete das Päckchen.

„Shayne", flüsterte sie. Tränen stiegen ihr in die Augen. „Das ist meine Lumpenpuppe."

„Es ist albern, ich weiß, aber ..."

„Überhaupt nicht."

„Ich habe gesehen, wie du sie für diesen Touristen eingepackt hast. Obwohl ich noch nicht die ganze Geschichte kannte, habe ich dir angemerkt, dass du nicht auf sie verzichten wolltest. Jetzt weiß ich über deine Kindheit und das Alkoholproblem deiner Mutter Bescheid, auch über die Schwierigkeiten in der Schule. Vermutlich hat dir diese Puppe besonders viel bedeutet, und ich freue mich, dass ich sie für dich gerettet habe."

„Sie hat mir immer gut zugehört." Bliss streichelte die roten Locken aus Wollfäden, in denen im Lauf der Jahre so viele Tränen versickert waren. „Aber jetzt bin ich erwachsen, und ich musste die Lieferung aus Paris bezahlen. Da dachte ich, dass ich genug für die Puppe bekommen würde, um wenigstens die Telefonrechnung zu bezahlen." Sie lächelte unter Tränen. „Sie hat mir schon in dem Moment gefehlt, als sie den Laden verlassen hat."

„Ich weiß." Er rang sich ein Lächeln ab. „Ich gebe dir einen guten Rat, Schatz. Solltest du jemals in ein Kasino gehen, spiel nie Poker. Man kann dir mühelos die Gedanken von der Stirn ablesen."

„Das hat Zelda auch stets gesagt, wenn ich als kleines Mädchen einer Strafe entkommen wollte“, erwiderte sie lachend. „Wie gut, dass ich keine Betrügerin oder Spionin geworden bin.“

„Sehr gut“, bestätigte er.

Sie legte die Puppe auf den Kofferraumdeckel, schlang die Arme um Shayne und lehnte sich an seine Brust. „Danke“, flüsterte sie. „Du hättest mir nichts Schöneres schenken können. Diamanten, Smaragde, das ganze Angebot von Tiffany's – nichts hätte mir so viel bedeutet. Ich werde es nie vergessen.“

Er fürchtete, dass der letzte Satz zutraf. Wenn die Wahrheit ans Tageslicht kam, würde Bliss sie nie vergessen und ihm nie verzeihen. Er war so verwirrt, weil er aus diesem Netz von Lügen und Intrigen nicht mehr herausfand, dass er rein instinktiv handelte, die Hände in ihr Haar schob und sie stürmisch küsste, bis sie beide atemlos waren.

Während der Rückfahrt nach New Orleans sprach er kaum ein Wort, doch Bliss versuchte, sich nichts daraus zu machen. Sie war eine unverbesserliche Optimistin. Bestimmt hatte sein Schweigen damit zu tun, dass er sich innerlich auf die Veränderungen in ihrer Beziehung einstellte. Sie vermutete, dass er sich mit unerwarteten Gefühlen herumschlug.

Ihr erging es genauso. Lieber Himmel, was hatte sie nicht alles gefühlt! Sie bog den Rücken durch und streckte die Beine, weil sie noch jetzt spürte, wie anstrengend diese Nacht gewesen war. Allein schon bei der Erinnerung an diese Stunden wurde sie rot ... und lächelte.

Es beunruhigte sie nicht zu sehr, dass Shayne ihr noch nicht viel über seine Vergangenheit erzählt hatte. Schließlich hatte sie verlangt, dass er damit wartete. Außerdem hatte er sich ihr auch ohne Worte geöffnet und ihr seine zärtliche und empfindsame Seite gezeigt, die in einem krassen Gegensatz zu seiner üblichen Selbstsicherheit stand.

Es kommt alles in Ordnung, versicherte sie sich. Vielleicht wusste er es selbst noch nicht, aber sie zweifelte nicht daran, dass er sich in sie verliebte, genau wie sie in ihn.

Verdammt, dachte Shayne, weiß sie denn nicht, was sie mir antut? Diese Frau kämpfte nicht fair. Er suchte nach einem Weg, möglichst unversehrt aus der ganzen Sache hervorzugehen, und sie bewegte sich dermaßen erotisch!

Wenn sie den Rücken durchbog, reckte sie die Brüste vor, und er konnte sich kaum beherrschen, weil er sie mit Küssen überschütten wollte. Und wenn sie die langen Beine streckte, dachte er daran, wie sie diese Beine um seine Hüften geschlungen hatte.

Wusste sie, dass sie ihn um den Verstand brachte?

„Wenn du dich weiter so lasziv windest, Süße", warnte er, „halte ich hier im hellen Sonnenschein am Straßenrand an."

„Leere Versprechungen", erwiderte sie aufreizend.

Shayne hielt das Lenkrad fest mit beiden Händen umspannt. Irgendwann im Verlauf dieser langen, von Liebe erfüllten Nacht war ihm die Kontrolle völlig entglitten.

„Wenn du nichts dagegen hast", sagte Bliss, als sie über die Brücke in die Stadt zurückfuhren, „würde ich vor dem Essen gern in meinen Laden fahren."

„Selbstverständlich."

Er klang verärgert. Sie wünschte sich, dass es für ihn nicht so schwierig wäre und er sich ähnlich wie sie fühlte.

In der Hütte hatte er sich entspannt. Er war nicht wie sonst auf der Hut gewesen. Er hatte sich geöffnet. Vielleicht sollte sie versuchen, mit ihm rund um die Uhr im Bett zu bleiben. In ihrer Fantasie sah sie ihn an dem hübschen schmiedeeisernen Kopfteil angekettet, das sie auf einer Versteigerung in Savannah gekauft hatte.

„Wenn du nicht zum Essen kommen willst, wird Zelda dafür Verständnis haben und ..."

„Ich sagte doch, dass ich komme."

„Schön", erwiderte sie.

Großartig! Jetzt hatte er auch noch ihre Gefühle verletzt. Als er in die Magazine Street einbog, verachtete Shayne sich bereits selbst zutiefst.

„Was ist denn hier los?"

Bliss starrte auf die Streifenwagen, die vor ihrem Laden standen. Auf einigen der Fahrzeuge zuckten noch die roten Lichter. Schaulustige standen auf dem Bürgersteig zu beiden Seiten des gelben Absperrbandes der Polizei.

Shayne fluchte. Cunningham hatte offenbar nicht länger darauf gewartet, dass er die Juwelen fand, und die Sache selbst in die Hand genommen. „Bestimmt hat es bei dir einen Einbruch gegeben." Hoffentlich war es nicht mehr, aber er befürchtete das Schlimmste.

„Ein Einbruch bei hellem Tageslicht?" fragte sie, als hätte sie seine Gedanken gelesen. „Um Himmels willen!" rief sie erschrocken. „Wegen eines Einbruchs kommen doch nicht so viele Streifenwagen! Falls Lilah etwas zugestoßen ist, werde ich mir das nie verzeihen."

„Ziehen wir keine voreiligen Schlüsse." Er versuchte, sie zu beruhigen, doch sie sprang schon aus dem Wagen und lief über die Straße, bevor er den Satz vollendet hatte.

Er stellte den Motor ab und rannte hinter ihr her.

11. KAPITEL

Shayne hatte sich über den Anblick seines Bruders noch nie so gefreut wie jetzt. Michael fing Bliss ab und hinderte sie daran, den Laden zu betreten. Shayne wich einem Taxi aus, auf dessen Kühlerhaube er beinahe gelandet wäre, und beobachtete, wie die beiden miteinander rangen. Bliss wollte nicht nachgeben, aber gegen Mike hatte sie keine Chance.

„Was ist passiert?" fragte Shayne seinen Bruder. „Warum ist dieses Polizeiaufgebot hier?"

Bevor Michael antworten konnte, trat ein Mann in einem verknitterten Anzug auf sie zu. „Mrs. Fortune?" Er zeigte ihr eine

Polizeimarke in einem kleinen Lederetui. „Ich bin Detective Mark Roberts von der Mordkommission, und ich ..."

„Mordkommission? Ist meine Assistentin ..." Bliss schluckte heftig. „Ist Lilah ..." Sie konnte das Wort nicht aussprechen.

„Miss Middleton ist nichts geschehen", versicherte der Detective. „Sie wurde von einem Arzt untersucht und dann nach Hause geschickt."

„Also war es ein Raubüberfall?"

Bliss war so erleichtert, dass Lilah überlebt hatte und unverletzt war, dass sie kaum denken konnte. Sie wusste, dass die Polizei von New Orleans wie in so vielen anderen Großstädten zu wenig Leute hatte. Aber es war doch kaum normal, dass Detectives der Mordkommission einen gewöhnlichen Raubüberfall untersuchten.

„Der Laden wurde ziemlich verwüstet. Daher wissen wir noch nicht, ob etwas geraubt wurde. Dabei können Sie uns helfen. Aber wir haben es auch mit einem Mord zu tun, Mrs. Fortune."

„Mit einem Mord?" Wenn Lilah nichts passiert war und Michael neben ihr auf dem Bürgersteig stand, wer war dann in ihrem Laden gewesen?

„Es geht um Alan, Bliss", sagte Michael leise.

„Um Alan?" fragte sie entsetzt. „Alan hat jemanden umgebracht?" Das konnte sie sich nicht vorstellen. Er mochte eine Ratte und ein Schuft sein, aber seine Waffe war stets der Charme gewesen.

„Alan wurde umgebracht", entgegnete Michael.

„Alan ist tot?" Das erschien ihr noch unglaublicher als die Möglichkeit, ihr Exmann könnte jemanden umgebracht haben.

„Jemand hat ihm aus nächster Nähe in den Kopf geschossen", erklärte Detective Roberts. „Ich muss Sie fragen, Mrs. Fortune, wo Sie sich zwischen Mitternacht und zehn Uhr heute Vormittag, als Miss Middleton den Laden öffnete, aufgehalten haben."

„Sie war mit mir zusammen", sagte Shayne. „Wir haben die Nacht außerhalb der Stadt verbracht."

„Und wer sind Sie?"

Jetzt flog seine Tarnung auf. Shayne wechselte einen kurzen Blick mit Michael. „Mein Name ist Shayne", sagte er langsam. „Shayne O'Malley."

Während er die schicksalhaften Worte aussprach, wusste er, dass er in seinem ganzen Leben nie vergessen würde, wie verletzt Bliss ihn ansah und dabei nach Luft rang.

„Du hast mich nicht verstanden", sagte Bliss zwei Stunden später. Die Polizei hatte sie vernommen. Alans Leiche war abtransportiert worden. Den Anblick ihres toten Exmannes würde sie lange nicht vergessen können. „Ich will nicht mit dir reden, Shayne. Wir haben einander nichts zu sagen." Sie drückte Hercules fest an sich. Zu ihrer Erleichterung hatte sie den Kater hinter einem Schrank gefunden, wo er sich versteckt hatte.

„Das ist nicht wahr", widersprach er. „Ich weiß, dass du mich beschimpfen willst, und glaube mir, Schatz ..."

„Nenn mich nicht Schatz!"

„Wie du willst", lenkte er ein.

Sie verschränkte die Arme und wandte sich von dem Mann ab, der sie dermaßen betrogen hatte ... von dem Mann, in den sie sich in ihrer Dummheit verliebt hatte. Als ihr Blick auf den dunklen Reck fiel, wo Alans Kopf gelegen hatte, flimmerte es vor ihren Augen.

Shayne sah, wie sie blass wurde, und fing sie auf. „Setz dich." Er schob sie auf einen antiken Schaukelstuhl. „Steck den Kopf zwischen die Knie."

„Fass mich nicht an!" Sie bemühte sich um Haltung, wurde jedoch von dem Schwindelgefühl überwältigt.

„Das hilft, Bliss", sagte Michael. „Das Blut muss wieder in deinen Kopf steigen, sonst wirst du ohnmächtig."

„Ich will mit keinem von euch sprechen", erklärte sie. Trotzdem befolgte sie den Rat der Brüder. Es half tatsächlich. „Du bist genauso schlimm wie Shayne, sogar noch schlimmer. Ich dachte nämlich, wir wären Freunde."

„Das waren wir auch, und – wir sind es noch“, widersprach Michael.

„Aber Blut ist dicker als Wasser, nicht wahr?“ Als er nicht antwortete, hob sie den Kopf und war erleichtert, weil ihr nicht sofort wieder schwindelig wurde. „Als du dich zwischen deiner Freundin und deinem Bruder entscheiden musstest, hast du dich auf die Seite deines Bruders geschlagen, richtig? Obwohl dieser Bruder ein Lügner ist.“

„Es ist viel komplizierter!“

Sie wollte soeben antworten, als sich die Eingangstür des Ladens öffnete und Hercules den Neuankömmling mit einem Fauchen begrüßte.

„Guten Tag, Mrs. Fortune“, sagte Cunningham höflich. „Es ist höchste Zeit, dass wir uns kennen lernen.“

Bliss betrachtete ihn vorsichtig. „Wer sind Sie?“

„Ich bin Agent Cunningham.“ Er holte ein Etui aus der Innentasche seines Jacketts und zeigte ihr eine Marke, die der des Detectives sehr ähnlich sah. „Ich bin Shayne O’Malleys Vorgesetzter, der Mann, der ihm den Auftrag erteilt hat, mit Ihnen in Paris Verbindung aufzunehmen.“

„Einen Auftrag?“ Ihr Blick wanderte zwischen Cunningham und Shayne hin und her. „Ich war die ganze Zeit nichts weiter als ein Auftrag?“

Sie hatte geglaubt, nach Alans Betrug so stark geworden zu sein, dass niemand sie mehr verletzen konnte. Offenbar hatte sie sich geirrt. Gewaltig geirrt.

„Ich sagte dir doch“, erklärte Shayne, „dass wir miteinander reden müssen.“

Wäre sie nicht so durcheinander gewesen, hätte Bliss den Stress und den Schmerz in seiner Stimme gehört. Im Moment konnte sie sich jedoch nur auf seinen Betrug konzentrieren.

„Und ich habe dir gesagt, dass es nichts gibt, worüber wir noch reden müssen.“

„Ich fürchte, in diesem Punkt irren Sie sich“, warf

Cunningham kühl ein. „Wir haben mit Ihnen sogar sehr viel zu besprechen, Mrs. Fortune.“ Er setzte sich zu ihr. „Das können wir auf zweierlei Art erledigen. Wir können uns hier in Ihrem hübschen Laden nett und freundlich unterhalten. Oder wir können Sie auf das Polizeirevier mitnehmen, wo die Umgebung sicherlich nicht so ansprechend ist.“

Bliss fand den hässlichen Blutfleck auf dem Fußboden alles andere als ansprechend. Die Alternative war jedoch noch weniger reizvoll.

„Michael?“ Sie vergaß, dass sie nicht mehr mit ihm sprechen wollte, und wandte sich an den Mann, der sie wenigstens über ihre Rechte aufklären konnte. „Darf er das?“

„Leider ja, Schatz. Aber du hast das Recht auf einen Anwalt.“

„Auf einen Anwalt? Wozu brauche ich einen Anwalt? Detective Roberts sagte doch, ich wäre keine Tatverdächtige.“

„Nicht im Mordfall“, fiel Shayne ihr ins Wort. Er hatte ihr die Wahrheit sagen wollen, aber nicht auf diese Weise. „Abgesehen von allen persönlichen Problemen wollte ich mit dir reden, bevor Cunningham auftaucht, weil die Regierung glaubt, dass du mit einem internationalen Ring von Juwelenschmugglern zu tun hast.“

„Was?“ Erneut flimmerte es vor ihren Augen, aber vor Shayne und seinem Vorgesetzten wollte sie keine Schwäche zeigen.

„Sie galten eine Zeit lang sogar als Chefin dieses Rings“, enthüllte Cunningham.

„Eine Juwelendiebin?“ Bliss sah Shayne fassungslos an. „Du hast mich für eine Juwelendiebin gehalten?“

Er warf Cunningham einen mörderischen Blick zu. Bisher hatte er noch kein so plump geführtes Verhör erlebt.

„Anfangs vielleicht, aber ...“

„Und du, Michael?“ fiel sie Shayne ins Wort und wandte sich an seinen Bruder. „Hast du mich für eine Diebin gehalten?“

„Nicht eine Sekunde lang“, erwiderte Michael, ohne zu

zögern. „Ich weiß, dass ich im Moment nicht sehr glaubwürdig wirke, aber Shayne wurde auch schon bald klar, dass du nichts mit den Juwelendiebstählen zu tun hast."

„Ach ja?" fragte sie eisig. „War das, bevor oder nachdem du mit mir geschlafen hast?"

„Verdammt, Bliss, wenn du mir doch bloß zuhören ..."

„Vielleicht könntet ihr beide eure persönlichen Probleme auf später verschieben", warf Cunningham ein. „Im Moment möchte ich diesen Fall abschließen. Das dürfte jetzt möglich sein, da nun klar ist, dass Fortune der Schuldige war."

Alan ein Juwelendieb! Das erschien Bliss nicht völlig unmöglich. Immerhin hatte sie ihm spöttisch vorgeworfen, dass er wahrscheinlich schon einmal ein Fabergé-Ei gestohlen hatte.

„Ich begreife noch immer nicht, was das alles mit mir zu tun hat", wandte sie ein.

„Ich vermute, dass er eine Zeit lang Ihren Antiquitätenladen als Umschlagplatz für gestohlene Ware benützt hat."

„Das ist unmöglich!" Bliss sprang auf. Hercules miaute und sprang auf die Fensterbank. „Seit unserer Scheidung habe ich ihn nicht mehr gesehen, bis ich ihn zufällig in Paris traf."

„Es ist nicht unbedingt nötig, dass Sie direkt in die Sache verwickelt waren", erklärte Cunningham. „Möglicherweise bezahlte er einen der Händler, mit denen Sie zusammenarbeiteten, und der Mann versteckte die gestohlenen Juwelen in der Ware, die Ihnen geliefert wurde. Wenn dann die entsprechenden Stücke zum Verkauf standen, schickte er einen Komplizen, der sie kaufte."

Bliss wollte erneut widersprechen und behaupten, dass das völlig an den Haaren herbeigezogen war. Doch dann erinnerte sie sich daran, dass Alan von ihr eine Halskette zurückverlangt hatte. Sie war so durcheinander gewesen, dass sie gar nicht genau hingehört hatte, aber wenn sie sich nicht täuschte, hatte er von einer der letzten Lieferungen gesprochen.

„Vermutlich wollen Sie eine Liste der Gegenstände, die ich in Paris gekauft habe", sagte sie und rieb sich die Schläfe, weil sie rasende Kopfschmerzen bekam. „Und eine Aufstellung, wo ich sie gekauft habe."

„O'Malley hat das bereits erledigt", erwiderte Cunningham.

Bliss warf Shayne einen wütenden Blick zu. Seine Miene war jetzt wieder undurchdringlich und verriet nichts. „Agent O'Malley scheint sehr tüchtig zu sein."

„Er gehört zu unseren besten Männern", bestätigte Cunningham. „Auch wenn er ungewöhnliche Methoden anwendet, ist er meistens erfolgreich."

„Wie schön zu wissen, dass unsere Steuergelder nicht verschwendet werden", erwiderte Bliss eisig. Mit wie vielen Verdächtigen war er denn im Lauf der Jahre ins Bett gegangen? Plötzlich fiel ihr etwas ein. „Wem gehört denn das Haus, das ich angeblich einrichten sollte?"

„Der Regierung", erwiderte Cunningham. „Es dient als sicheres Versteck für gefährdete Zeugen. Wir haben darin ehemalige Spione, Drogenhändler und Informanten untergebracht."

„Ohne Möbel?" fragte sie, doch dann begriff sie, was vor sich gegangen war. „O'Malley hat das Haus ausräumen lassen?"

„Ich sagte doch, dass seine Methoden ungewöhnlich sind. Und teuer", fügte Cunningham hinzu. „Ich habe vorhin die Rechnung für den gestrigen Einkauf erhalten."

Shayne zuckte die Schultern. „Ich habe nur versucht, am Ball zu bleiben."

Bliss hätte gern gewusst, ob dazu auch gehört hatte, dass er mit ihr schlief. Die Kopfschmerzen wurden schlimmer. Trotz allem konnte sie nicht glauben, dass Shayne die letzte Nacht nichts bedeutet hatte. Sie wollte und musste daran festhalten, dass sein Herz beteiligt gewesen war.

Um das herauszufinden, musste sie ihn direkt fragen. Das konnte sie nicht, so lange Cunningham und Michael hier waren. Und sie wollte auf keinen Fall jemals wieder mit Shayne allein sein.

Sie lehnte Michaels Vorschlag ab, einen Anwalt zu rufen. In den nächsten drei Stunden ging sie ihren Terminkalender und die Bestellungen des letzten Jahres durch. Und sie war alles andere als erfreut, als sich herausstellte, dass sie häufig eine Lieferung aus Frankreich oder Großbritannien erhalten hatte, nachdem es im jeweiligen Land einen spektakulären Juwelendiebstahl gegeben hatte.

„Deshalb galten Sie als verdächtig", setzte Cunningham ihr auseinander. „Um die Wahrheit zu sagen, dachten wir, dass Sie und Ihr Exmann zusammenarbeiteten."

„Wir waren geschieden", erwiderte sie und schloss die Augen, als sie wieder Alans Leiche vor sich sah. Unzählige Male hatte sie sich seinen Tod ausgemalt, aber nie gewollt, dass es wirklich dazu kam.

„Geldgier ist ein sehr starkes Motiv", hielt Cunningham ihr vor. „Auch wenn Sie sich mit der Untreue Ihres Mannes nicht abfinden wollten, hieß das noch lange nicht, dass Sie nicht an seinen Verbrechen mitverdienen wollten."

Der Ärger vertrieb das Bild ihres toten Exmannes. „Offenbar kennen Sie mich nicht gut."

„Nicht so gut wie O'Malley." Er lächelte so anzüglich, dass sie ihn am liebsten geohrfeigt hätte. Sie fühlte Shaynes Blick auf sich gerichtet, sah ihn jedoch nicht an.

„Halten Sie den Mund, Cunningham", warnte Shayne.

„Wie auch immer", meinte Bliss und ignorierte Shayne völlig. „Wenn Sie die ganze Zeit gegen mich ermittelt haben, sollten Sie wissen, dass meine Großmutter und ich kein Luxusleben führen, ich stecke fast jeden verdienten Dollar wieder in den Laden."

„Es gibt ausländische Banken, in denen man illegale Gelder hinterlegen kann."

„Aber Sie haben kein Konto gefunden, das mir gehört."

„Nein."

Sie lehnte sich zurück und schaukelte sanft, während sie über Cunninghams Worte nachdachte. „Ich habe eine Frage."

„Und welche?“

„Wenn Sie mich tatsächlich für eine Verbrecherin hielten, wieso gelte ich nicht als Verdächtige in dem Mord an Alan?“

„Weil Sie mit O’Malley zusammen waren.“

„Ach, sind Sie denn nicht auf die Idee gekommen, er könnte mir nur als Alibi dienen? Dass ich absichtlich die Nacht nicht in der Stadt verbracht habe? Dass ich Alan in die Treasure Trove gelockt haben könnte? Dass ich einen Killer engagiert haben könnte, der ihn ermordet hat?“

„Bliss“, warnte Michael leise, „du solltest nicht so reden, ohne einen Anwalt zu haben.“

„Warum?“ Sie lächelte ihm gespielt fröhlich zu. „Denk doch nach, Michael. Du bist der einzige Mann, den ich kenne, der ständig eine Waffe bei sich hat. Vielleicht bist du der bezahlte Killer. Das bringt doch eine hübsche, ironische Note ins Spiel, findest du nicht? Ist es nicht schlau von mir, dass ich die O’Malley-Brüder in meinem Mordplan gegeneinander ausgespielt habe? Ach ja, diese Theorie hat nur einen Haken. Ich hätte wissen müssen, dass Shayne dein Bruder ist. Aber das wusste ich nicht, weil er ein ausgezeichneter Lügner ist.“

„Nicht alles war gelogen, Bliss“, warf Shayne ein.

Sie ignorierte ihn auch weiterhin. „Dauert das noch lange?“ fragte sie Cunningham. „Ich möchte nach Hause. Zelda macht sich bestimmt schon Sorgen.“

„Ich habe sie angerufen und ihr alles erklärt“, sagte Michael. „Ich habe auch Dr. Vandergrift verständigt und ihn gebeten, zu ihr zu fahren und sich um sie zu kümmern.“

„Was bist du doch für ein lieber und hilfsbereiter Freund“, lobte sie mit sanfter Stimme, warf ihm jedoch einen harten Blick zu.

Michael hielt ihrem Blick stand. „Ich bemühe mich.“

Am meisten ärgerte Bliss sich darüber, dass beide O’Malley-Brüder sich weigerten, vor ihr zu Kreuze zu kriechen. Beide hatten zugegeben, sich falsch verhalten zu haben. Trotzdem verhielten sie sich weiterhin so selbstbewusst, dass sie am liebsten mit Gegenständen nach ihnen geworfen hätte.

Da sie jetzt die Wahrheit kannte, wusste sie auch, woher die Ähnlichkeit der beiden Männer kam. Die zwei sahen einander nicht nur ähnlich, sondern waren es auch vom Wesen her. Und das machte alles noch verwirrender. Sie hatte Michael nämlich für absolut ehrlich gehalten. Schließlich hatte er sogar seinen Beruf aufgegeben, als es um die Wahrung seiner Integrität ging.

Shayne dagegen war ein skrupelloser Lügner, der alles tun würde, um sein Ziel zu erreichen. Für ihn heiligte eindeutig der Zweck die Mittel.

Wie konnten sie gleichzeitig einander so ähnlich und doch so unterschiedlich sein?

„Ich denke, das reicht vorerst, Mrs. Fortune“, erklärte Cunningham. „Nach allem, was O’Malley über Sie zusammengetragen hat, sind Sie weder eine Juwelendiebin noch eine Mörderin. Wenn ich meinen Bericht abliefere, werden meine Vorgesetzten Ihren Fall bestimmt abschließen.“

„Was bin ich doch erleichtert.“ Sie schlug einen spöttischen Ton war, war jedoch tatsächlich froh, dass der Alptraum zu Ende war. „Dann sollte ich mich sogar glücklich schätzen, dass Agent O’Malley so hervorragende Arbeit als verdeckter Ermittler geleistet hat.“ Sie stand auf. „Wenn die Herren mich jetzt entschuldigen wollen. Ich muss aufräumen.“

„Heute nicht.“ Shayne riskierte es, ihren Zorn auf sich zu lenken, und hielt sie an den Armen fest. „Du hast schon zu viel durchgemacht. Ich bringe dich nach Hause und ...“

„Lass mich sofort los, Shayne!“

„Erst, wenn wir ...“

„Shayne“, warf Michael ein. „Lass mich es versuchen. Bliss, ich weiß, dass du im Moment lieber mit einem Alligator spielen würdest, als mir auch nur die Uhrzeit zu sagen. Aber es interessiert mich nicht, wie zornig du bist. Shayne hat nämlich Recht. Du musst hier raus. Außerdem war Zelda völlig fertig, als sie von der

Leiche im Laden hörte. Ich konnte sie kaum daran hindern, sofort herzukommen. Du musst nach Hause. Deine Großmutter braucht dich."

„Zum Teufel mit dir, Michael!" Bliss bemühte sich, die Tränen zurückzuhalten. „Ich würde dich am liebsten ..."

„Ich weiß." Er strich behutsam über ihre Stirn, als wollte er die Kopfschmerzen vertreiben. „Du kannst mich meinetwegen während der Heimfahrt beschimpfen. Das macht mir nichts aus. Dir werden keine neuen Wörter einfallen, die ich nicht schon gehört habe. Bei der Polizei habe ich ein dickes Fell bekommen. Aber lass dich von mir nach Hause bringen, damit du dich um Zelda kümmern kannst und sie sich um dich."

Er war noch immer der warmherzige und fürsorgliche Mann, den sie so gern mochte. Und da sie wusste, wie loyal er war, begriff sie, in was für eine schwierige Lage Shayne ihn gebracht hatte.

Das half ihr, allen Zorn auf Shayne zu richten und sich von Michael helfen zu lassen. „Unter einer Bedingung."

„Unter welcher?" fragte Michael sofort.

„Ein Wort über deinen Bruder, und ich steige aus dem Wagen und gehe zu Fuß nach Hause."

„Abgemacht." Er reichte ihr seine Schlüssel. Zum ersten Mal seit ihrer Ankunft im Laden lächelte er. „Der Wagen steht gleich nebenan. Setz du dich schon hinein, während ich hier abschließe."

Sie blickte sich im Laden um und betrachtete noch einmal den dunklen Fleck. „Danke." Sie griff nach den Schlüsseln, holte Hercules von der Fensterbank und verließ mit zitternden Beinen den Raum.

Shayne holte sie auf dem Bürgersteig ein.

„Fass mich nicht an", fauchte sie, als er den Arm um ihre Taille legte.

„Was bist du doch stark. Du siehst allerdings aus, als würdest du jeden Moment auf der Nase landen." Er nahm ihr die Schlüssel aus den kraftlosen Fingern, schaltete den Diebstahlalarm aus und öffnete die Beifahrertür. „Steig ein."

„Ich nehme von dir keine Befehle entgegen."

„Das ist kein Befehl, sondern ein Vorschlag."

„Ich spreche nicht mit dir." Da sie fürchtete, sonst in Ohnmacht zu fallen, ließ sie sich auf den Beifahrersitz sinken.

„Sehr gut. Wenn du mir zuhörst ..."

„Ich höre dir nicht zu." Sie wollte sich die Ohren zuhalten, doch das hätte so kindisch ausgesehen, dass sie nur starr durch die Windschutzscheibe blickte.

Er beugte sich zu ihr herunter. „Ich weiß, dass ich dir wehgetan habe, Bliss. Ich bekenne mich schuldig. Aber ich kann dir alles erklären, wenn du mir zuhörst."

Sie riss ihm die Schlüssel aus der Hand und schaltete die Zündung ein, damit sie das Radio anstellen konnte. Ein Oldie dröhnte aus den Lautsprechern.

„Verdammt, Bliss!"

Sie erhöhte die Lautstärke.

„Na schön!" überschrie er das Radio. „Dann lasse ich dich jetzt in Ruhe. Aber glaube mir, es ist noch nicht vorüber. Noch lange nicht!"

Frustriert drehte er ihren Kopf zu sich und küsste sie zornig. Dieser Kuss hatte nichts mit den sanften Küssen am Morgen gemeinsam.

„Es ist noch nicht vorüber", wiederholte er schroff. „Vergiss nicht, was wir erlebt haben."

Als ob sie das jemals vergessen könnte! Bliss sah Shayne nach, als er zum Laden zurückkehrte und neben seinem Bruder stehen blieb, der soeben die Tür abschloss. Sie konnte nicht hören, was er sagte.

„Kümmere dich um sie", bat Shayne. „Sie braucht jetzt mehr als einen Freund. Sie braucht einen Beschützer."

Michael warf einen Blick zu Bliss. „Du denkst dasselbe wie ich", sagte er.

„Ja", bestätigte Shayne. „Alans Mörder läuft frei herum, und Bliss ist möglicherweise sein nächstes Opfer."

„Ich werde einen meiner Männer bei ihrem Haus postieren. Dann kümmere ich mich wieder darum, mit wem Alan in der letzten Zeit zusammen war."

„Danke." Shayne hätte gern seinen großen Bruder umarmt. Als er sechs war, war ihm das sehr leicht gefallen, wenn Mike seinen Drachen von einem Baum geholt oder seine Angelschnur entwirrt hatte. „Tut mir Leid, dass ich dich in diese Sache hineingezogen habe."

„Hast du noch nie gehört, dass große Brüder dazu da sind?"

„Ich meine es ernst", versicherte Shayne. „Falls du jemals meine Hilfe brauchst ..."

„Du wirst der Erste sein, an den ich mich wende ... das heißt, falls ich dich finde."

Shayne betrachtete Bliss, die sehr blass aussah. „Ich glaube, das wird in Zukunft viel einfacher sein."

„Spielst du mit dem Gedanken hier zu bleiben?"

„Man wird es irgendwann leid, in Hotels zu wohnen."

„Ja, das sagte auch Roarke, bevor er zu Daria zog."

„Bei mir ist es anders." Auf keinen Fall wollte er zulassen, dass Bliss Vorhänge nähte. Aber er dachte auch nicht daran, sie freizugeben, so lange zwischen ihnen noch Funken knisterten.

„Natürlich ist es anders", meinte Michael lachend. Offenbar glaubte er seinem Bruder kein Wort. „Sobald ich Bliss heimgebracht habe, zeige ich mich im Hotel. Dann werden wir schon sehen, was wir ausgraben."

Michael ging zu ihr, und Shayne holte seinen Wagen aus dem Parkverbot auf der anderen Straßenseite. Er nahm den Strafzettel unter dem Scheibenwischer hervor und legte ihn im Handschuhfach zu den anderen, die er gesammelt hatte. Danach fuhr er zum Hotel. Es war höchste Zeit, dass er mit Cunningham ein ernstes Wort redete.

12. KAPITEL

„Ich weiß nicht, wovon Sie sprechen“, behauptete Cunningham. Shayne war trotzdem überzeugt, dass er mehr über Alan Fortunes Tod wusste, als er verriet. „Wollen Sie andeuten, ich hätte etwas mit Fortunes vorzeitigem Ableben zu tun?“

„Ich will andeuten, dass Sie ihn von jemandem umlegen ließen.“

„Und was hätte ich dadurch erreicht?“ entgegnete Cunningham. „Wenn er mit dem Ring von Juwelendieben zu tun hatte, was wir annehmen, hätte er uns lebendig mehr geholfen als tot. Tote Männer können nicht sprechen.“

Shayne räumte widerstrebend ein, dass sein Vorgesetzter in dieser Hinsicht Recht hatte. Trotzdem ließ ihm seit zwei Tagen etwas keine Ruhe. Er kam allerdings nicht dahinter, was es war.

„Vermutlich wurde er umgebracht, damit er nicht mehr sprechen konnte“, vermutete Shayne.

„Das nehme ich an.“

„Der Mörder könnte ein Profikiller sein, der schon die Stadt verlassen hat.“ Shayne ging auf und ab und dachte angestrengt nach. „Es könnte aber auch jemand aus der Stadt sein.“

„Der beide Fortunes kennt“, bestätigte Cunningham.

„Richtig. Das führt uns zur Großmutter und zu Nigel Churchill.“ Zelda kam selbstverständlich nicht in Frage. Dafür rückte der Antiquitätenhändler auf der Liste der Verdächtigen weiter nach oben.

„Ich wusste nicht, dass Churchill und Fortune miteinander bekannt waren.“

„Sie waren sogar alte Freunde. Bliss hat mir erzählt, dass Fortune sie mit Churchill bekannt gemacht hat.“

Shayne blickte auf das Quarter hinunter, in dem mehr gefährliche Geheimnisse lauerten, als sich die Touristen vorstellen konnten.

„Falls Churchill mit dem Juwelenschmuggel zu tun hat", überlegte Shayne laut, „warum hat er die Sachen dann nicht über seine eigenen Läden laufen lassen?"

„Vielleicht war ihm das zu gefährlich", erwiderte Cunningham. „Da er Bliss' Laden übernehmen wollte, hat er vermutlich ihre Auslandsreisen verfolgt. Dann war es einfach, Schmuggelgut in ihren Sendungen zu verstecken."

„Und hätte der Zoll etwas gefunden, wäre der Verdacht auf Bliss gefallen", bestätigte Shayne. „Trotzdem ist das alles sehr unsicher. Was wäre nun gewesen, wenn jemand den fraglichen Gegenstand kaufte, bevor die Kontaktperson hier in New Orleans ihn in die Hände bekam?"

„Das hätte alles erschwert", räumte Cunningham ein.

„Und es wäre zu riskant gewesen", sagte Shayne.

„Würden Diebe und Spione keine Fehler begehen, könnten wir sie nie fassen."

„Das ist auch wieder richtig."

Doch Shayne wurde das Gefühl nicht los, dass irgendetwas nicht stimmte. Er kam jedoch nicht dahinter, was es war.

„Wenigstens ist Bliss jetzt reingewaschen."

„Leider muss ich Ihnen Recht geben."

„Leider?" fragte Shayne.

„Es wäre viel einfacher, wenn sie die Diebin wäre. Dann hätten wir den Fall schon abgeschlossen."

„Dann steht vermutlich als Nächstes ein Besuch bei Churchill auf dem Programm."

„Ja, aber da er New Orleans verlassen hat und seinen Laden in Savannah besucht, schlage ich vor, Sie warten bis morgen. Auf einen Tag kommt es nicht mehr an."

„Und ob, falls er das Land verlassen will."

„Richtig, aber ich setzte vorerst einen anderen Mann auf ihn an." Cunningham lehnte sich in seinem Sessel zurück. „Ich gehe davon aus, dass Sie einen Tag brauchen, um Ihre persönlichen Probleme mit Mrs. Fortune zu klären."

Shayne betrachtete seinen Vorgesetzten misstrauisch. In den drei Jahren, die sie nun zusammenarbeiteten, hatte er bei diesem Mann nie eine menschliche Regung festgestellt. „Wo liegt der Haken?"

„Es gibt keinen, O'Malley. Ob Sie es glauben oder nicht, ich kenne Ihre Lage." Cunningham steckte sich eine Zigarre an. „Es war auf dem Höhepunkt des Kalten Krieges. Sie war eine sowjetische Agentin, und ich sollte sie anwerben. In diesem Fall gab ich meinen Gefühlen den Vorrang vor meinem Verstand."

„Was ist passiert?"

„Sie lehnte nicht nur mein berufliches Angebot ab, Doppelagentin zu werden, sondern auch mein privates. Dann drohte sie, meinen Namen an ihre Vorgesetzten weiterzugeben. Damit schied ich als Jäger sowjetischer Spione aus."

„Ist sie noch in der Branche tätig?"

Ein Schatten zog über Cunninghams Gesicht. „Ich habe gehört, dass sie einige Monate später bei einem Flugzeugabsturz ums Leben kam."

Als Shayne das Hotelzimmer verließ, war er entschlossen, einiges in seinem Leben zu ändern. Aber zuerst musste er sein Verhältnis zu Bliss klären.

Zelda kam an die Tür. „Sie sind Shayne O'Malley." Ihr strenger Blick erinnerte ihn verzweifelt an Schwester Immaculata, die in der dritten Klasse alle neunjährigen Jungen zum Zittern gebracht hatte.

„Ja, Ma'am, der bin ich", antwortete er höflich.

„Ihnen ist doch klar, dass Sie meiner Enkelin das Herz gebrochen haben."

„Ja, Ma'am, und es tut mir aufrichtig Leid."

Zelda schien ihm auf den Grund der Seele blicken zu können. „Ich wollte mir gerade Eistee machen. Möchten Sie auch einen?"

„Ja, Ma'am", erwiderte er erleichtert. „Vielen Dank."

Sie führte ihn in einen sonnigen Raum mit eleganten Korbmöbeln und Blick auf den Garten. „Ich komme gleich wieder. Setzen Sie sich, Shayne."

„Danke", wiederholte Shayne bescheiden und kam sich auch jetzt noch wie ein neunjähriger Junge vor.

Vielleicht bildete er es sich nur ein, aber während er in diesem heiter wirkenden Raum saß und den Schmetterlingen im Garten zusah, meinte er, Bliss nahe zu sein.

„Bliss hat dieses Zimmer dekoriert, nicht wahr?" fragte er, als Zelda zurückkam und auf einem Tablett zwei hohe Gläser mitbrachte.

„Die Einrichtung hat sie auf einem Flohmarkt in Houma gefunden." Zelda reichte ihm ein Glas. „Die Kissenbezüge hat sie selbst genäht. Der Garten ist mein Werk."

„Sie würden sich mit meiner Mutter großartig verstehen. Sie liebt Gartenarbeit. Wenn man im Garten arbeitet, sagt sie, ist man dem Himmel näher."

Zelda nickte. „Ihre Mutter ist eine kluge Frau. Da frage ich mich natürlich, wieso sie einen dermaßen idiotischen Sohn großgezogen hat."

„Darüber habe ich in letzter Zeit auch nachgedacht." Shayne kostete den Tee. „Schmeckt großartig."

„Wenn man etwas macht, dann sollte man sich die Zeit nehmen, es auch möglichst gut zu machen. Also, hielten Sie meine Enkelin tatsächlich für eine Juwelendiebin?"

„Nein, Ma'am, zumindest zum Schluss nicht mehr."

„Hoffentlich hielten Sie Bliss schon für unschuldig, bevor Sie mit ihr ins Bett gegangen sind."

„Ja, Ma'am." Es war ihm unangenehm, mit einer Frau über Sex zu sprechen, die seine Großmutter hätte sein können.

„Lieben Sie meine Enkelin?"

Das war ja noch schlimmer als das Gespräch über Sex. „Bliss bedeutet mir sehr viel."

„Danach habe ich nicht gefragt." Zelda hielt die blauen Augen unerbittlich auf ihn gerichtet. „Sie wissen natürlich, dass Bliss Sie liebt."

„Ja, Ma'am."

„Bevor ich entscheide, ob ich mich für Sie einsetze, muss ich wissen, ob Sie auch so für sie empfinden. Ich spreche über Tote nicht gern schlecht, aber Alan Fortune war eine verlogene Ratte. Er hat allerdings nur Bliss' Stolz verletzt. Sie haben ihr das Herz gebrochen."

„Das ist mir klar, Ma'am." Er hatte es verdient, dass sie ihm sein Verhalten vorwarf. Wenn es nötig war, um Bliss zurückzugewinnen, wollte er splitternackt die Bourbon Street während des Mardi Gras entlangkriechen. „Es ändert zwar nichts, aber ich schäme mich, dass ich die Sache nicht von Anfang an anders angegangen bin."

„Das ist das Problem mit Lügen", meinte Zelda weise. „Fängt man erst einmal damit an, wird man überrollt. Also, lieben Sie Bliss?"

Jetzt musste er absolut ehrlich sein. „Ich weiß es nicht", gestand er zögernd. „Ich kann Ihnen nur versichern, dass ich noch nie für eine Frau so empfunden habe wie für Ihre Enkelin."

„Mein Dupree sagte immer, er hätte vom ersten Moment an gewusst, dass er mich liebt."

„Ihr Mann war offenbar klüger als ich."

„Nicht klüger, aber er gab seinen Gefühlen vermutlich mehr Raum", erwiderte Zelda. „Sie haben viele Frauen gekannt, nicht wahr?"

Shayne zuckte bei der Frage zusammen. Ob Bliss in der Nähe war und das Kreuzverhör verfolgte? „Ja, Ma'am, ich fürchte, das stimmt."

„Sie brauchen sich dafür nicht zu entschuldigen. Ich würde mir sogar Sorgen machen, wenn ein gut aussehender Mann wie Sie nicht seine Erfahrungen gesammelt hat. Aber es kommt der Zeitpunkt, an dem ein Junge erwachsen und zum Mann und sesshaft werden muss."

„Dazu bin ich bereit." Kaum hatte er die Worte ausgesprochen, begriff er, dass sie wirklich stimmten. „Ich habe erst jetzt festgestellt, wie viel mir New Orleans bedeutet und wie stark ich Heimweh hatte."

„Manchmal dauert es eine Weile, bis man erkennt, dass man das Glück am ehesten im eigenen Garten findet", bestätigte Zelda. „Bliss dachte, es würde ihr gefallen, in der Welt herumzureisen. Aber selbst wenn Alan kein Schuft gewesen wäre, hätte sie dieses Leben bald langweilig gefunden."

„Ich habe noch nie eine Frau kennen gelernt, die mit ihrem Leben so zufrieden und glücklich war." Das stimmte zumindest, bis sie ihn in Paris kennen gelernt hatte.

„Sie wird es wieder sein." Zelda hatte seine Gedanken erraten. „Bliss erholt sich schnell. Sie ist ein sehr starker Mensch. Mein Dupree war auch so. Dem Mann ist alles schief gelaufen, was er versucht hat, aber er hat nie die Hoffnung aufgegeben, einmal den Jackpot zu gewinnen."

„Ich glaube, er hat ihn gewonnen, Mrs. Zelda, als er sich in Sie verliebte."

Zeldas Lachen erinnerte ihn an Bliss. Allerdings erinnerte ihn im Moment alles an sie.

„Sie haben genau die richtigen Worte gewählt", versicherte sie fröhlich. „Sie sind ein Charmeur, Shayne O'Malley. In dieser Hinsicht unterscheiden Sie sich von Ihrem Bruder."

„Mike hat immer alles schlicht und geradlinig angepackt."

„Ein Mann wie ein Felsen", bestätigte sie. „Da wir alle unsere Karten auf den Tisch legen, gebe ich zu, dass ich gehofft habe, Bliss könnte sich in Michael verlieben."

„Das wäre wahrscheinlich besser für sie gewesen", gestand er widerstrebend ein.

„Nach Alan dachte ich eine Zeit lang so, aber jetzt glaube ich, dass es ein Fehler gewesen wäre." Zelda stellte ihr Glas auf den Tisch. „Sie müssen verstehen, wie Bliss die Sache sieht. Nach Alan kommt es ihr so vor, als hätte sich alles wiederholt."

„Natürlich verstehe ich sie, aber ich bin nicht wie Alan Fortune. Absolut nicht."

„Das sehe ich jetzt, und Bliss wird es auch erkennen, wenn sie erst einmal darüber nachgedacht hat. Sie müssen ihr Zeit lassen, Shayne." Sie stand auf und gab ihm dadurch zu verstehen, dass das Gespräch beendet war. „Bis dahin werde ich mich bemühen, sie dazu zu bringen, wenigstens mit Ihnen zu sprechen."

„Danke, Ma'am."

„Das tue ich für Bliss, nicht für Sie. Sie mag fröhlich und heiter klingen, aber sie besitzt einen Kern aus Stahl. Nur dadurch hat sie die Herausforderungen des Lebens überstanden. Sie kann auch sehr dickköpfig sein. Es wird nicht leicht sein, sie zu erobern. Aber sie ist ein kluges Mädchen, und wenn wir alle zusammenhalten, wird sie zur Einsicht kommen."

Shayne hätte Zelda dafür küssen können. Impulsiv achtete er nicht auf ihre ausgestreckte Hand, sondern legte die Hände auf ihre Schultern und hauchte ihr einen Kuss auf die Wange.

„Jetzt weiß ich, wieso Bliss' Großvater sich Hals über Kopf in Sie verliebt hat", sagte er.

„Ein Charmeur", wiederholte sie und errötete leicht. „Genau wie Dupree. Und dieser Mann hat mir die schönsten Jahre meines Lebens geschenkt. Von Ihnen erwarte ich, dass Sie für Bliss das Gleiche tun."

„Ja, Ma'am", stimmte er sofort zu.

Es war nicht so gelaufen, wie er das gehofft hatte. Bliss war nicht ins Zimmer gestürzt und hatte sich ihm nicht an die Brust geworfen. Trotzdem verließ er das kleine Kutschenhaus optimistisch.

Shayne war so tief in Gedanken versunken, dass er nicht sah, dass Bliss im ersten Stock an einem Fenster stand und Tränen über ihre Wangen liefen.

Als Shayne ins Whitfield Palace zurückkehrte, warteten seine beiden Brüder in der Halle auf ihn.

„Hey, Kleiner!“ Roarke versetzte ihm einen Schlag gegen den Oberarm. „Wie lange wolltest du dich denn noch in der Stadt aufhalten, bevor du deinen Lieblingsbruder besuchst?“

„Es war alles ziemlich schwierig.“ Sein Arm schmerzte von dem Schlag, aber Shayne wollte das auf keinen Fall zugeben. Manchmal war es schon sehr unangenehm, der jüngste Bruder zu sein.

„Ja, Mike hat mir alles erzählt. Schlimm mit dir und Bliss.“

„Das gibt sich wieder“, versicherte Shayne seinen Brüdern.

„Hast du mit ihr gesprochen?“ fragte Michael.

„Noch nicht, aber Zelda hat sich lange mit mir über meine Absichten unterhalten. Und sie steht auf meiner Seite.“

„Das sollte helfen“, meinte Roarke. „Bliss hält viel von ihrer Großmutter.“

„Mit gutem Recht“, bestätigte Mike.

„Sie ist eine tolle Frau“, versicherte Shayne.

„Bliss wird ihr später vermutlich einmal sehr ähnlich“, meinte Roarke. „Ein Mann könnte es schlimmer treffen als mit ihr.“

Shayne dachte gar nicht daran, direkt darauf einzugehen. „Übrigens, ich habe gehört, du willst sesshaft werden.“

„Richtig. Es ist vorbei mit meinen ständigen Reisen. Ich bleibe bei der Frau meiner Träume. Da fällt mir ein, dass ich euch beide fragen soll, was ihr am ersten Samstag im September vorhabt.“

„Ich habe noch gar nichts geplant“, antwortete Mike. „Will Daria zum Labor Day eine Party geben?“

„In gewisser Weise.“ Roarke grinste breit. „Wir heiraten.“

„Ihr heiratet?“ Shayne sah seinen Bruder fassungslos an. Das war ja noch schlimmer als erwartet. Andererseits sah Roarke so zufrieden drein, dass es vielleicht doch nicht so schlecht war.

„Ich wusste es!“ Mike versetzte Roarke einen Boxhieb. „Gratuliere, kleiner Bruder! Du bekommst ein richtiges Schmuckstück.“

„Das weiß ich.“ Roarke strahlte.

„Ich warne dich“, fuhr Mike fort. „Wenn du Daria nicht so behandelst, wie sie das verdient, schlage ich dich windelweich.“

„Das dachte ich mir schon“, erwiderte Roarke lässig.

„Und wann lerne ich diese sagenhafte Frau kennen?“ fragte Shayne.

„Morgen.“

„Warum nicht heute Abend?“

„Weil wir heute Abend einen Zug durch die Stadt machen und auf meine bevorstehende Hochzeit trinken“, erklärte Roarke geduldig. „Angesichts des Chaos, das du angerichtet hast, darfst du dich total betrinken, um deinen Kummer zu ersäufen.“

„Reizend von dir.“

„Hey!“ Roarke versetzte Shayne noch einen Schlag. „Dafür sind ältere Brüder schließlich da.“

Sie wählten ein gemütliches irisches Pub auf der Bourbon Street. Shayne war bei seinem zweiten Guinness, als Mikes Funktelefon klingelte.

„Ich muss ins Hotel“, erklärte er nach dem kurzen Gespräch. „Dort ist soeben ein Päckchen für mich abgegeben worden.“

„Im Hotel? Wieso nicht in deinem Büro?“

„Weil ich nach Fortunes Tod nicht überzeugt bin, dass es dort sicher wäre. Und weil ich nicht wusste, wo wir heute Abend landen würden, ließ ich es ins Hotel schicken.“

„Worum handelt es sich denn?“ fragte Roarke

„Hat es mit Fortune zu tun?“ erkundigte sich Shayne.

„Das sollten Fotos sein, die mir eine Freundin aus Atlanta geschickt hat. Sie betreibt einen Archivdienst. Fortune hat ihren Dienst benützt, um sich ständig zu informieren, wann und wo sein Name in Zeitungen auftauchte. Sie hat mir versprochen, alle Informationen über ihn zu sammeln und an mich zu schicken.“

„Gute Idee.“ Shayne nahm einen Schluck und wischte sich den Schaum von den Lippen. „Ich bin beeindruckt.“

„Wieso?“ fragte Mike. „Immerhin bin ich Privatdetektiv.“

„Das weiß ich“, bestätigte Shayne vergnügt. „Ich wusste nur nicht, ob du auch etwas taugst.“

Rechtzeitig wich er der Faust aus, die auf sein Kinn zielte. Lachend verließ er mit seinen Brüdern das Pub.

„Tut mir Leid, dass ich deine Feier gestört habe“, sagte er zu Roarke auf dem Rückweg zum Hotel.

„Schon gut, wir können ein andermal feiern. Ich bleibe von jetzt an hier – und du offenbar auch.“

„Ich bleibe sicher eine Weile“, erwiderte Shayne lässig.

„Bliss hat ihn am Haken“, erklärte Mike.

„Unseren kleinen Bruder hat es offenbar schwer erwischt“, stellte Roarke fest.

Shayne murmelte eine Verwünschung.

Die Fotos bewiesen nur, was Shayne bereits wusste. Alan Fortune hatte viele Frauen gekannt. Bilder zeigten ihn in Monaco mit einer geschiedenen Ölerbin aus Oklahoma, beim Skilaufen in der Schweiz mit der früheren Frau eines Tycoons von der Wall Street, beim Tanzen in einem Club in Manhattan mit einer reichen Schauspielerin.

„Das hier ist interessant.“ Roarke deutete auf ein Bild.

„Bliss’ Hochzeitsfoto“, sagte Mike.

Shayne griff nach dem Zeitungsausschnitt und betrachtete die junge Frau, die ihren Ehemann ansah. Sie wirkte jung und unschuldig.

Shayne hatte erst durch Bliss erkannt, dass er eifersüchtig war. Jetzt war er erleichtert, dass sie ihren Bräutigam nicht so liebevoll ansah wie ihn in ihrer Liebesnacht.

„Sie sieht wirklich fantastisch aus“, meinte Roarke. „Wäre ich nicht verlobt, Shayne, könnte ich versuchen, sie dir abzujagen.“

„Dann müsste ich dich verprügeln, weil du dich mit meiner Frau einlässt.“

„Mit deiner Frau?“ forderte Roarke ihn heraus. „Ich hatte gar keine Ahnung, dass du dich schon an die Dame gebunden hast.“

„Das gibt dir trotzdem nicht das Recht ..."

„Hey, ihr zwei", warf Mike ein. „Könntet ihr euch vielleicht wie Erwachsene benehmen? Wir haben eine Aufgabe zu lösen." Er legte einen weiteren Zeitungsausschnitt auf den Tisch. „Hier ist Fortune mit diesem Antiquitätenhändler."

„Churchill", sagte Shayne.

„Genau", bestätigte Mike.

Das Foto war auf einer Jacht im Hafen von Cannes aufgenommen worden. Die beiden Männer spielten an Deck Karten.

„Einen Moment." Shayne betrachtete die Frau, die hinter Alan stand. An der Hand, die sie ihm auf die Schulter gelegt hatte, funkelte ein riesiger Diamant. „Die kenne ich."

„Wirklich?" Mike sah sich das Foto genauer an. „Wer ist es?"

„Ich weiß ihren Namen nicht, aber sie hat mit Fortune in Paris gesprochen ... auf der Party."

„Auf der die Juwelen gestohlen wurden? Auf der Party, auf der du Bliss kennen gelernt hast?"

„Genau. Sie hat auch gestern nach der Versteigerung mit Churchill auf dem Parkplatz gesprochen." Offenbar hatte sie das Kollier in dem Apartment in Paris gestohlen, vermutlich in Nigel Churchills Auftrag.

„Ich habe dir gleich gesagt, dass nicht Bliss es getan hat", meinte Mike.

Shayne achtete nicht auf ihn. „Wer ist das da im Hintergrund? Er kommt mir bekannt vor."

Mike kniff die Augen zusammen. „Zu verschwommen."

„Versuch es damit." Roarke holte ein Schweizer Armeemesser aus der Tasche und klappte ein winziges Vergrößerungsglas heraus. „Vielleicht hilft das."

Shayne hielt es über das Blatt und fluchte, weil das Gesicht unscharf blieb. Als er jedoch ein Stück zurückwich, erkannte er es.

„Das ist Cunningham!" rief er.

„Wer ist Cunningham?" fragte Roarke.

Mike und Shayne wechselten einen grimmigen Blick. „Mein

Boss", antwortete Shayne, griff nach dem Telefon und tippte hastig eine Nummer ein. „Ich weiß, ich soll ihr Zeit lassen", sagte er, nachdem er kurz mit Bliss' Großmutter gesprochen hatte. „Aber hier handelt es sich um einen Notfall. Es geht um Fortunes Mörder ... Was?" rief er. „Was ist ihr denn eingefallen, wieder dorthin ..."

„Gib her!" Mike nahm seinem Bruder den Hörer weg. „Zelda, hören Sie, ich möchte Ihnen keine Angst machen. Es kommt alles in Ordnung. Ich lege jetzt auf und fahre mit Roarke und Shayne zur Treasure Trove. Sie müssen 911 anrufen. Sagen Sie einfach, dass ich verlangt habe, dass sie einen Streifenwagen zum Laden schicken. Wir haben es möglicherweise mit einer Geiselnahme zu tun. Nein", versicherte er hastig, „regen Sie sich nicht auf! Sie wissen, dass ich nie zulassen würde, dass Bliss etwas passiert. Es kommt alles in Ordnung. Wir brauchen nur Unterstützung, klar?"

Er nickte, während Zelda antwortete.

„Sehr gut! Also, warten Sie in Ruhe ab. Wir bringen Ihnen Ihre Enkelin sicher und wohlbehalten nach Hause zurück."

Er legte auf und wandte sich an seine Brüder, die bereits an der Tür warteten.

„Los, gehen wir!"

13. KAPITEL

Bliss war dem Leibwächter, den Michael ihr zugeteilt hatte, durch ein Loch in der Hecke entkommen. Sie wollte aufräumen, damit sie den Laden morgen früh wieder öffnen konnte.

„Wie konnte er das tun?" fragte sie sich leise, als sie die Tür der Treasure Trove aufschloss und den Alarm ausschaltete. „Wie konnte er mich lieben, obwohl alles nur eine Lüge war?"

„Nicht alles", sagte eine tiefe Stimme, als sie das Licht einschaltete.

„Was machen Sie hier?“ fragte sie Cunningham zornig. Wenn er glaubte, sie noch einmal verhören zu können, hatte er sich getäuscht.

Bliss wollte schon verlangen, dass er den Laden verließ, als sie die Waffe in seiner Hand entdeckte. Die Pistole deutete auf sie.

„Ich habe natürlich auf Sie gewartet.“

Ruhig bleiben, ermahnte sie sich. „Woher wussten Sie, dass ich heute Abend wieder herkommen würde?“

„O'Malley hat mich genauestens über Sie informiert, und davor hat Alan oft über Sie gesprochen.“

„Sie haben Alan gekannt?“

„Sehr gut sogar.“

„Sie waren mit ihm befreundet?“ fragte sie betroffen.

„Wir waren Geschäftsfreunde. Aber wenn Männer zusammenkommen, reden sie gern über Frauen. Alan hatte viele Schwächen, und Sie waren seine größte.“

„Das begreife ich nicht.“ Noch eine schreckliche Enthüllung an diesem fürchterlichen Tag.

„Als er herausfand, dass wir Ihnen die Diebstähle anhängen wollten, die unsere Regierung und Interpol zum Wahnsinn trieben, wollte er Ihnen leider helfen. Er wollte Sie von der Halskette befreien, damit man sie nicht in Ihrem Laden findet.“

„Davon hat er kein Wort gesagt.“

„Das konnte er nicht, sonst hätte er sich belastet. Allerdings hat er Sie dadurch in eine noch größere Gefahr gebracht.“

„Das verstehe ich nicht.“ Die rasenden Kopfschmerzen kehrten zurück.

„Sie wissen zu viel.“

„Ich weiß gar nichts!“ rief sie aus.

„Das haben Sie schon behauptet, aber wir können das Risiko nicht eingehen.“

„Wir?“ Hoffentlich steckte Shayne nicht auch in dieser Sache!

„Churchill und ich.“ Er lächelte. „Sie fürchteten wohl, ich könnte O'Malley meinen.“

„Ich will nicht über ihn sprechen."

„Sehr gut. Dann sprechen wir darüber, was Alan Ihnen erzählt hat und was Sie an O'Malley weitergegeben haben."

Schlagartig erkannte Bliss, dass nicht nur sie, sondern auch Shayne in Gefahr schwebte. Ein Blick in die eiskalten Augen des Regierungsagenten bewies, dass dieser Mann Shayne ohne Gewissensbisse töten würde.

„Ich habe Agent O'Malley gar nichts erzählt. Wir haben nicht über Alan gesprochen."

„Das glaube ich nicht. Sie waren mit O'Malley intim. Und er hat gegen Sie und Ihren Exmann ermittelt. Bestimmt hat O'Malley Sie nach Alan gefragt."

„Er hat es versucht, aber meine Ehe war alles andere als glücklich. Ich wollte nicht darüber sprechen."

„Das soll ich Ihnen glauben?"

„Es ist die Wahrheit."

„O'Malley ist nicht so leicht zufrieden zu stellen." Cunningham betrachtete sie eingehend. „Vielleicht, Mrs. Fortune, hat er Gefühle für Sie entwickelt."

Daran wollte Bliss nicht denken. Dann hätte sie Shayne nämlich verzeihen müssen, und dazu war sie nicht bereit.

Als sie nicht antwortete, kehrte Cunningham zum ursprünglichen Thema zurück. „Wenn Fortune Sie nicht in Einzelheiten eingeweiht hat, warum haben Sie dann den Bären verschwinden lassen?"

„Welchen Bären?" Automatisch blickte sie zu der Vitrine mit den Plüschtieren.

„Den Steiff-Bären, den Sie in Paris gekauft haben."

„Ach, den. Ich habe ihn nicht verschwinden lassen, sondern verkauft." Plötzlich begriff sie. „In dem Bären befanden sich die Juwelen?" wollte sie wissen.

„Kluges Mädchen", lobte er. „Das ist für uns schief gelaufen."

„Ich nehme an, Shayne sollte die Juwelen in dem Bären finden und mich verhaften. Das hätte von den wahren Dieben abgelenkt."

„Das war unser Plan", bestätigte er. „Aber jeder Plan hat seine Fehler. Wenigstens waren die Juwelen nicht echt."

Das also hatte Alan gemeint. Ein neuer schrecklicher Gedanke kam ihr. Alan hatte mit Zelda über die Juwelen gesprochen. Falls Cunninghain das wusste, wollte er auch ihre Großmutter töten? Nur über meine Leiche, schwor sie sich und hoffte, dass es dazu nicht kommen würde.

„Warum?" fragte sie, um den Mann am Reden zu halten. „Warum haben Sie sich überhaupt mit Nigel zusammengetan?"

„Natürlich wegen des Geldes. Als ich auf Churchills Ring von Juwelendieben stieß, hätte ich ihn hinter Gitter bringen können. Oder ich konnte sein Partner werden."

„Das ist abscheulich."

„Wir haben keine Witwen und Waisen bestohlen", entgegnete er. „Die Eigentümer dieser Juwelen konnten den Verlust verkraften. Außerdem waren sie alle versichert."

„Jetzt verstehe ich, wieso meine Versicherungsbeiträge so hoch sind."

Bevor er antworten konnte, heulte auf der Straße eine Sirene auf. Gleich darauf verkündete eine Stimme über Lautsprecher, dass die Polizei den Laden umstellt hatte.

„Verdammt", fauchte er, „das ist O'Malleys Werk!" Er packte Bliss am Arm und drückte ihr den Pistolenlauf an die Schläfe.

„Was machen Sie jetzt?"

Er schob sie zu dem Büro hinter dem Laden. „Wir verhandeln", erwiderte er eisig. „Und Sie sind der Einsatz."

„Verdammt, ich hätte wissen müssen, dass Cunningham dahintersteckt", sagte Shayne.

„Warum hättest du ihn verdächtigen sollen?" fragte Roarke.

„Ich wusste immer, dass der Kerl nichts taugt."

„Alles kommt in Ordnung", versicherte Michael. „Der Kerl kommt da nicht mehr heraus. Er muss Bliss laufen lassen."

Shayne hätte gern seinen Optimismus geteilt. „Du kennst

Cunningham nicht. Er verhält sich wie eine Ratte. Wird er in die Ecke gedrängt, beißt er zu."

Es musste eine Möglichkeit geben, Bliss aus dem Laden zu holen. Aber welche?

Bliss hatte sich in ihrem Leben noch nie so gefürchtet, aber sie wollte sich nicht kampflos ergeben.

Cunningham schob sie vor sich her. Als sie sich der Ladentheke näherten, kam ihr eine Idee.

Ohne lange über das Risiko nachzudenken, riss sie sich los, fiel auf die Knie und landete in dem Blutfleck, den sie hatte wegputzen wollen.

„Verdammt!" schrie Cunningham.

Bevor er reagieren konnte, hatte sie sich hinter die Theke gerollt, nach dem Pfefferspray gegriffen –, es auf das Gesicht des Agenten gerichtet und auf die Düse gedrückt.

Während er röchelte und hustete, sprang sie auf, packte eine schwere Vase und schlug sie ihm auf den Kopf. Bei der Flucht musste sie leider durch die Pfefferwolke laufen.

Als sie aus dem Laden stürmte, hustete sie genauso heftig wie Cunningham.

Shayne sah, wie die Tür der Treasure Trove plötzlich aufflog. Die bereitstehenden Polizisten hoben die Pistolen.

„Nicht schießen!" schrie er gleichzeitig mit einem Sergeanten.

Shayne lief zu Bliss, packte sie und zerrte sie hinter einen der Streifenwagen.

„Lass ... mich ..." Ihre Lungen brannten. „Lass mich los!"

Er dachte gar nicht daran. „Alles in Ordnung?"

„Was denkst du denn?" fragte sie hustend. Ihre Augen tränten. „Sehe ich vielleicht so aus?"

Michael kauerte sich neben sie. „Was ist denn passiert?"

„Pfefferspray ..." Bliss holte tief Luft. „Ich habe ihm das Zeug ins Gesicht gesprüht, das du mir gegeben hast."

„Braves Mädchen. Jetzt solltest du nicht mehr sprechen. Wir

bringen dich ins Krankenhaus, damit sie dich untersuchen können."

„Ich will nicht ins Krankenhaus."

„Lieber Himmel, bist du stur", murmelte er. „Aber diesmal hast du keine Chance, Bliss. Notfalls nehmen dich alle drei O'Malley-Brüder in die Mangel, bis du zustimmst."

Hustend sah sie ihn an und lenkte ein. „Aber ich bleibe nicht im Krankenhaus."

„Das entscheidet der Arzt", sagte Shayne.

Auch wenn es ihr schwer fiel, weil er sie in den Armen hielt, ignorierte sie ihn.

„Ich bleibe nicht im Krankenhaus", wiederholte sie.

Eine Stunde später saß sie im Tulane Hospital auf einem kalten Untersuchungstisch. Roarke war zu Zelda gefahren, um sie zu beruhigen. Michael war bei Bliss. Shayne lief im Wartezimmer auf und ab.

„Ich verdanke dir mein Leben", sagte sie zu Michael. Sie hustete jetzt nicht mehr, aber die Lungen brannten noch wie Feuer.

„Du hast Cunningham ausgeschaltet", erwiderte er.

„Aber ich wette, dass du die Polizei gerufen hast. Damit hast du verhindert, dass er mich sofort erschießt."

„Ich habe Zelda gebeten, die Polizei zu rufen", gab Michael zu. „Aber hätte Shayne mich nicht in diese verrückte Untersuchung verwickelt, wären wir Cunningham nie auf die Spur gekommen."

Michael hatte von einem Freund bei der Polizei erfahren, dass sich der Agent durch Selbstmord der Verhaftung entzogen hatte.

„Hätte Shayne mich nicht in diese verrückte Untersuchung verwickelt, wäre gar nichts passiert", behauptete Bliss. „Und Cunningham und Alan könnten noch leben."

„Cunningham vielleicht", bestätigte Michael. „Alan war jedoch ein Risiko und wäre auf jeden Fall ausgeschaltet worden. Und nicht Shayne hat den Verdacht auf dich gelenkt, Bliss. Churchill und Cunningham haben einen Sündenbock gesucht."

„Und sie haben mich gewählt."

„Ja, weil deine Reise nach Paris zeitlich passte. Außerdem warst du Churchill ein Dorn im Auge, weil du ihm deinen Laden nicht verkaufen wolltest. Auf diese Weise schlug er zwei Fliegen mit einer Klappe."

Sie fühlte sich plötzlich sehr erschöpft. „Können wir heimfahren?"

„Sicher. Ich kümmere mich um den Papierkram. Shayne wird da draußen schon verrückt. Ich ..."

„Nein." Sie schüttelte energisch den Kopf. „Ich will ihn nicht sehen."

„Wie du meinst", sagte Michael nur und ging.

Der nächste Monat schleppte sich endlos hin. Bliss war genau so stur, wie Zelda vorhergesehen hatte. Sie nahm Shaynes Anrufe nicht entgegen und antwortete nicht auf seine Briefe. Sie schickte auch alle Geschenke zurück – Pralinen, Blumen, rosa und purpurfarbene Alligatoren aus Plüsch, einen Parfumflakon, der angeblich Marie Antoinette gehört hatte. Shayne gab trotzdem nicht auf.

Er musste dreimal nach Washington fliegen, um vor seinen Vorgesetzten auszusagen. Je öfter er über seine Arbeit sprach, desto klarer wurde ihm, dass er seine Integrität in Frage gestellt hatte, um ans Ziel zu kommen. Er reichte seinen Abschied ein.

„Wollen Sie das wirklich, O'Malley?" fragte der Chef des Büros in Washington.

„Absolut, Sir." Shayne legte seine Marke auf den Schreibtisch.

„Wir brauchen einen Mann, der Cunninghams Platz einnimmt. Ich habe Sie empfohlen."

Cunningham hatte fast an der Spitze einer exklusiven Pyramide gestanden. Früher hätte Shayne das Angebot sofort angenommen. Durch Bliss hatte er jedoch eines erkannt – Macht korrumpierte.

„Ich fühle mich geehrt, Sir, aber ich kann der Agentur nicht mehr dienen."

„Warum nicht? Sie haben ausgezeichnete Arbeit geleistet, als Sie Cunningham entlarvten und den Ring platzen ließen, der uns so viele Schwierigkeiten gemacht hatte."

Shayne sah keinen Sinn darin zu erklären, dass er sich auf die Suche nach seinem Gewissen machen wollte. „Sie kennen doch den Ausspruch, Sir, dass man immer dann aufhören soll, wenn es am schönsten ist."

Er lächelte wie gewohnt, schüttelte dem grauhaarigen Mann hinter dem Schreibtisch die Hand und verließ das Büro.

Am nächsten Morgen saß Shayne im Büro seines Bruders und ging die Bücher durch.

„Woher willst du wissen, ob du überhaupt Geld verdienst oder nur verlierst?" fragte er und versuchte, aus diesem Wust von Zahlen schlau zu werden.

„Sehr einfach. Wenn meine Schecks nicht platzen, verdiene ich Geld. Wenn ich auf meine Reserven zurückgreifen muss, bin ich verschuldet."

„Du berechnest deinen Klienten unterschiedliche Sätze?"

„Es kommt auf die Umstände an."

„Was ist mit dem hier? Du hast vermerkt, dass er voll bezahlt hat."

„Und?"

„Ich finde aber keinen Vermerk über den Eingang eines Schecks."

„Wahrscheinlich gab es keinen Scheck."

„Dann hat der Klient bar bezahlt?"

„Nein. Ich habe gratis gearbeitet."

„Gratis?" Shayne sah Mike ungläubig an. „Warum?"

„Der Klient ist Polizist. Er hat mir einmal während der Unruhen auf dem St. Louis Friedhof das Leben gerettet. Ich stand in seiner Schuld. Als sich sein jüngster Sohn mit einer Gang herumtrieb, habe ich den Jungen ins Staatsgefängnis gebracht. Dann habe ich dafür gesorgt, dass ihn einige der Typen, die ich im

Laufe der Jahre verhaftet hatte, fertig machten ... natürlich nur in meinem Beisein und durch Anschreien. Danach habe ich ihn wieder heimgebracht. Jetzt geht er zur Schule und schneidet mit Auszeichnung ab."

„Mein Bruder, der heilige Michael, von Beruf Privatdetektiv."

„Ich habe doch gesagt, dass ich meinem ehemaligen Kollegen einen Gefallen schuldig war. Ich weiß, dass du in einer anderen Welt gearbeitet hast. Aber in meiner kleinen Welt passen Freunde aufeinander auf."

„Das ist in meiner Welt auch so", erwiderte Shayne. „Man passt auf seine Freunde auf, damit sie einem kein Messer in den Rücken jagen."

„Du solltest dir bessere Freunde suchen."

„Genau das finde ich auch." Shayne blickte von den Büchern hoch. „Und du könntest einen Geschäftsberater brauchen."

„Das ist teuer."

„Stimmt, aber wenn du mich wirklich nett bittest, gewähre ich dir vielleicht einen Rabatt unter Brüdern."

Michael war nicht sonderlich überrascht. „Bewirbst du dich um eine Arbeit?"

„Ja."

Mike tat so, als müsste er überlegen. „Ich glaube nicht, dass das klappen könnte."

„Und warum nicht? Wenn du denkst, dass ich das nicht kann ..."

„Hey, ich kenne deine Zeugnisse vom College. Du hast bestens abgeschnitten. Du arbeitest sicher gut, aber ich kann mir nicht vorstellen, dass du von mir Anweisungen annimmst."

Daran hatte Shayne auch schon gedacht. „Das finden wir nur heraus, wenn wir es versuchen."

„Ich mache dir einen anderen Vorschlag", sagte Mike. „Es klappt sicher besser, wenn wir Partner werden."

Die Idee sagte Shayne sofort zu. „Ich möchte mich aber regulär einkaufen."

„Das ist nicht nötig."

„Für mich schon."

„Gut." Michael unterdrückte ein Lächeln. „Du willst zwar aus dem Spionagegeschäft heraus, aber wie wäre es, wenn du gelegentlich doch eine Untersuchung durchführst?"

„Sehr gern." Shayne war überzeugt, dass Michael nie zu unsauberen Methoden greifen würde.

„Dann ist das abgemacht." Michael hielt ihm die Hand hin. Shayne schlug ein. „Rufen wir Roarke an", schlug Michael vor. „Dann können wir die unterbrochene Feier fortsetzen."

„Gleich." Shayne holte ein Blatt Papier aus der Tasche. „Du musst mit deiner Unterschrift bestätigen, dass ich bei dir angestellt bin."

Michael überflog das Schreiben. „Du kaufst ein Haus?"

„Ja." Shayne sah seinen Bruder herausfordernd an.

„Toll", sagte Michael nur und unterschrieb.

Toll, dachte auch Shayne, als sie das Büro verließen, um Roarke im Pub zu treffen. Jetzt hatte er Arbeit und ein Haus. Blieb nur noch ein Punkt übrig.

„Verdammt, verdammt, verdammt." Bliss drehte den Schlüssel in der Zündung, aber der Motor sprang nicht an.

Als Michael von einer Beobachtung zurückkam, fand er Bliss vor, wie sie ratlos unter die offene Motorhaube ihres Wagens blickte.

„Brauchst du Hilfe?"

„Vermutlich kennst du dich nicht mit Motoren aus."

„Es reicht, um den Automobilclub anzurufen", log Michael. Er tat es nur, um ihr zu helfen.

„Ich rufe ein Taxi. Ich habe versprochen, zum Abendessen daheim zu sein."

Sie erwähnte nicht, was Michael ohnedies wusste, nämlich, dass sie viel zu viel arbeitete, um nicht an Shayne zu denken. Und das war schwierig, da er jetzt für Michael arbeitete. Sie hatte sogar überlegt, ob sie der Detektivagentur kündigen sollte. Doch Shayne sollte nicht erkennen, dass sie noch immer litt.

Er benützte die Hintertür, wodurch er nie in ihren Laden kam, und wenn sie doch einmal zusammentrafen, redeten sie nicht miteinander. Darüber hinaus hatte sie alle Geschenke zurückgeschickt, abgesehen von dem gestrigen. Dem hatte sie leider nicht widerstehen können.

Natürlich musste sie es auch zurückgeben. Er sollte nicht denken, dass es für ihn in ihrem Leben einen Platz gab.

„Ich könnte dich doch fahren", schlug Michael vor. „Ich fahre ohnedies in deine Richtung."

„Wirklich? Ich möchte nicht, dass du einen Umweg machst."

Lächelnd tippte er ihr auf die Nasenspitze. „Dafür sind Freunde doch da. So ist es besser", meinte er, als sie sein Lächeln erwiderte.

„Was ist besser?"

„Du hast mich endlich angelacht. Ich dachte schon, es könnte noch einen Monat dauern, bis du mir so weit verzeihst."

„Ich habe dir schon längst verziehen."

„Aber nicht Shayne."

„Das fällt mir schwer", erwiderte sie und wandte sich ab, weil er sie zu sehr an den Mann erinnerte, den sie liebte.

„Ihm fällt es auch schwer", erklärte Michael.

„Ich weiß." Sie seufzte. „Lilah hat ihn unter ihre Fittiche genommen."

„Lilah ist eine nette Frau."

„Ja." Bliss überlegte, wie nett Lilah Middleton zu ihrem neuen Mieter war. Sie sah auf die Uhr. „Also, wenn ich rechtzeitig daheim sein will ..."

„Gehen wir." Michael schloss die Motorhaube und hatte nicht das geringste schlechte Gewissen, weil in seiner Hosentasche die Magnetspule ihres Starters steckte.

Während sie das Französische Viertel verließen, unterhielten sie sich unbekümmert. Michael erzählte von seinem heutigen Einsatz, Bliss sprach über eine bevorstehende Versteigerung, auf die sie sich freute.

„Ich will unbedingt zwei Regency-Stühle haben. Churchill hat mich in Lafayette überboten, aber jetzt verkauft die Regierung alle seine Sachen. Das ist meine Chance."

„Diesmal bekommst du die Stühle."

„Ich schätze Männer mit Selbstvertrauen."

„Ich habe Vertrauen zu dir, Bliss. Bei deiner Fähigkeit, Schwierigkeiten zu überwinden, bei deiner Großzügigkeit und der Fähigkeit zu verzeihen ..."

„Ich habe doch gesagt, dass ich nicht über Shayne sprechen will."

„Wir sprechen über dich", erwiderte er und hielt vor einem Haus im viktorianischen Stil. Es erinnerte auf den ersten Blick an ein Lebkuchenhaus, musste aber dringend neu angestrichen werden. Die Stufen zur Veranda wirkten geradezu gefährlich, aber das Haus bot großartige Möglichkeiten.

„Was ist das?"

„Ein Haus, das du dir für mich ansehen sollst."

„Willst du es kaufen?" fragte sie interessiert.

„Das steht im Moment nicht zur Debatte, aber ich könnte deinen Rat als Expertin brauchen."

Sie sah noch einmal auf die Uhr. Auch wenn sie Zelda nicht enttäuschen wollte, konnte sie diesem Haus nicht widerstehen. „Wir können einen schnellen Rundgang machen, aber von bautechnischen Dingen verstehe ich nichts. Dafür brauchst du einen Bauunternehmer."

„Es wurde bereits inspiziert", entgegnete er und half ihr auf den baufälligen Stufen.

„Das Fundament ist fest. Es gibt keine Termiten. Die Baustruktur ist stabil, und die Fenster brauchen nicht ausgetauscht zu werden. Man muss sie nur neu verglasen. Nur das Dach muss erneuert werden."

„Da hast du wirklich Glück."

Er schloss wortlos die kunstvoll geschnitzte Tür mit einem schönen Glaseinsatz auf und ließ Bliss eintreten.

Es ging schon auf den Abend zu, aber die Sonne tauchte die Diele noch in ein warmes Licht. „Der Fußboden ist wundervoll", stellte Bliss fest und strich über die Mahagonibretter. Ihre Stimme hallte in dem leeren Haus wider.

„Alles ist noch original erhalten. Warte, bis du das Schlafzimmer im ersten Stock siehst." Michael deutete auf die schmale Treppe mit einem handgeschnitzten Geländer.

„Oh!" Sie blieb wie verzaubert in der Tür stehen, zu der Michael sie geführt hatte, und betrachtete das schimmernde Holz und die hellen Wände.

Ein großes Bett mit einem geschnitzten Kopfteil und vier zierlichen Säulen, die mindestens drei Meter hoch waren, stand mitten im Raum. Die weiße Bettwäsche war mit breiten Spitzenborten besetzt. Auch die Vorhänge an den Fenstern waren aus Spitze.

„Herrlich", flüsterte sie. Das Bett, in dem sie am liebsten versunken wäre, erinnerte sie an die mit Spanischem Moos gefüllte Matratze in der Hütte, in die Shayne sie gebracht hatte.

„Freut mich, dass es dir gefällt", sagte eine leise Stimme hinter ihr, die sehr ähnlich wie Michaels klang.

Sie wirbelte herum und stand dem Mann gegenüber, der die Schuld daran trug, dass sie sich in letzter Zeit so schlecht gefühlt hatte.

14. KAPITEL

„Wo ist Michael?"

„Er hat sich ganz plötzlich an eine andere Verabredung erinnert."

„Und er hat mich hier bei dir zurückgelassen."

„Ja." Shayne betrat das Zimmer. „Nachdem du das gestrige

Geschenk behalten hast, habe ich gehofft, wir könnten jetzt miteinander reden."

Bliss wich vor ihm zurück. „Das war ein Fehler." Warum hatte sie bloß dieses Windspiel behalten?

„Es sind die gleichen Glöckchen wie in der Hütte." Er kam weiter auf sie zu.

„Du musst sie zurücknehmen." Bliss blieb stehen, als sie gegen das Bett stieß.

„Zu spät. Jetzt gehören sie dir." Er zog eine rosa Nelke aus einer Kristallvase auf dem Nachttisch. „Hast du eine Ahnung, wie sehr ich dich vermisst habe?"

Nicht so sehr wie ich dich, dachte sie, sprach es jedoch nicht aus.

„Gut, versuchen wir es mit einer anderen Frage", sagte er, als sie nicht antwortete. „Hast du eine Ahnung, wie sehr ich dich liebe?"

Seit Wochen sehnte sie sich nach diesen Worten. Worte, von denen sie unzählige Male geträumt hatte. Worte, von denen sie nicht wusste, ob sie ihnen jemals wieder Glauben schenken konnte. „Warum sollte ich das glauben? Nachdem du dich so abscheulich benommen hast."

„Ja, abscheulich", bestätigte er und sah ihr tief in die Augen. „Ich hätte es verdient, wenn du nie mehr etwas mit mir zu tun haben wolltest." Er streichelte ihre Haut mit den zarten Blütenblättern.

Wie sehr sie sich nach seiner Berührung sehnte! „Ich sollte wirklich nichts mehr mit dir zu tun haben." Bliss versuchte, empört zu klingen, seufzte jedoch, als er über ihre Lippen strich.

„Kann schon sein." Er beobachtete, wie ihre Lippen sich öffneten, und konnte sich kaum noch zurückhalten. Doch nachdem er so lange auf seine Chance gewartet hatte, wollte er nichts riskieren. „Darf ich dir nur vorher noch einen Rat geben?"

„Welchen?"

„Meine Mutter hat uns Jungen immer geraten, wir sollten uns nicht aus Starrsinn ins eigene Fleisch schneiden."

„Ich weiß", flüsterte sie. „Zelda sagt das auch oft."

„Ich kann es nie wieder gutmachen, dass ich dein Vertrauen missbraucht habe, Bliss. Aber wenn du mir noch eine Chance gibst, werde ich dich für den Rest unseres Lebens dafür entschädigen. Wir sind füreinander geschaffen, Liebling. Wirf dein Glück nicht weg, nur weil du mich bestrafen willst."

„Woher soll ich wissen, dass du jetzt die Wahrheit sagst? Woher soll ich wissen, dass du mich nicht verlässt, sobald ich dir wieder mein Herz schenke?"

„Ich arbeite jetzt für Mike", erinnerte er sie.

„Das stimmt, aber vorher hast du für Cunningham gearbeitet. Du bist in der ganzen Welt herumgereist. Woher soll ich wissen, dass du jetzt tatsächlich sesshaft werden willst?"

„Vielleicht genügt es, dass ich dieses Haus gekauft habe?"

„Du hast es gekauft? Aber ich dachte, Michael ..." Jetzt sah sie den Raum mit anderen Augen und malte sich aus, wie sie beide herrliche Sonntagvormittage in diesem Bett verbrachten. Und dann fiel ihr Blick auf den Schaukelstuhl in einer Ecke des Raums. „Ist das nicht ..."

„Das ist deine Lumpenpuppe. Du hattest sie vergessen."

„Ich weiß." Sie hatte die Puppe vermisst, war jedoch zu stolz und starrsinnig gewesen, um sie zurückzuverlangen.

„Ich habe das Haus unmöbliert gekauft", erklärte er. „Nur das Bett, den Tisch und den Schaukelstuhl habe ich angeschafft."

„Er ist sehr schön. Wie hast du ihn gefunden?"

„Lilah hat die Annoncen in der Zeitung gelesen."

„Lilah?"

„Ich verstehe nichts von Antiquitäten. Darum habe ich sie um Hilfe gebeten."

„Und sie hat dir geholfen?"

„Sie hat dich nicht hintergangen, Bliss. Sie wollte mir nur helfen, dich zurückzugewinnen."

„Und wieso glaubst du, dass ich dir verzeihe, wenn du einen Schaukelstuhl kaufst ... und nicht einmal in meinem Laden?“

„Weil ich dachte, dass du gern unsere Kinder in diesem Stuhl schaukeln willst“, lautete die Antwort.

„Unsere Kinder?“

„Ich will dich heiraten, Bliss.“ Er warf die Nelke auf das Bett und nahm Bliss in die Arme. „Ich will Kinder mit dir haben. Viele Kinder mit blondem Haar und grünen Augen.“ Er schob die Hand unter ihre Bluse und streichelte ihren Rücken. „Hier in New Orleans, wohin wir gehören. Und wenn wir alt und grau sind, will ich zusehen, wie du auf der Veranda der Hütte im Schaukelstuhl sitzt und unserer Horde von Enkelkindern beibringst, wie man Krabben für das Abendessen fängt.“

„Vermutlich werde ich dann diese Krabben kochen müssen, um die hungrige Horde zu füttern.“

„Die Kinder werden für dich einspringen“, versprach er. „Ich werde dann nämlich schon alt sein und viel Ruhe brauchen. Und darum denke ich, dass ein Nickerchen mit Großmama besser ist.“

Sie lachte. „Du wirst nie genug bekommen?“

„Nie“, versicherte er erleichtert. „Was sagst du dazu, Bliss? Mein leeres Haus braucht Möbel, Liebe und Kinder. Und ich brauche eine Frau, die richtige, die einzige Frau, die mir hilft, es auszufüllen.“

Shayne O'Malley hatte sie belogen und benützt, er hatte sie zur glücklichsten Frau auf der ganzen Welt gemacht und dann tief ins Unglück gestürzt. Doch als sie ihn jetzt ansah, erkannte sie, dass sie ihm glaubte, wenn er ihr Liebe schwor. Das Leben mit diesem Mann würde stets ein Abenteuer bleiben.

„Bliss?“

Er wartete noch immer auf ihre Antwort, und er hatte schon lange genug gewartet. Bliss fand, dass sie beide schon lange genug gewartet hatten. Sie legte die Arme um seinen Nacken und lächelte. „Ja, aber unter einer Bedingung.“

„Was immer du willst.“

„Wenn wir uns so viele Kinder wünschen, sollten wir gleich jetzt anfangen."

Er lachte erleichtert auf. „Niemand soll behaupten können, ich hätte meiner Frau auch nur einen Wunsch abgeschlagen."

Er zog sie mit sich auf das Bett. Nachdem er jahrelang in der ganzen Welt hinter Abenteuern hergejagt war, hatte er das größte Abenteuer hier in seiner Heimat gefunden.

Und als Bliss seinen liebevollen Kuss leidenschaftlich erwiderte, erkannte Shayne, dass er endlich heimgekehrt war.

– ENDE –

JoAnn Ross

Michael: der Beschützer

Roman

Aus dem Amerikanischen von
M. R. Heinze

MIRA®

1. KAPITEL

Michael O'Malley kannte keine schönere Frau als Lorelei Longstreet. Das lange Haar fiel wie Seide auf ihre nackten Schultern. Ein so hell leuchtendes Blond konnte man normalerweise nur künstlich erzielen. Michael kannte Lorelei jedoch schon, seit sie Zahnspangen getragen hatte. Daher wusste er, dass ihre Haarfarbe echt war.

Ihre grauen Augen funkelten wie Silber im Kerzenschein, als sie geschmeidig wie eine Katze das Schlafzimmer betrat. „Weißt du, wie lange ich auf diesen Moment gewartet habe?" fragte sie mit einem sinnlichen Lächeln. „Schon seit einer Ewigkeit", beantwortete sie selbst die Frage.

Genau wie früher bekam Michael Herzklopfen. Ihr Reiz wurde nicht dadurch gemildert, dass sie nur spielte. Sie sah ihm tief in die Augen, während sie herausfordernd langsam den schmalen Träger ihres Santinnachthemds von der Schulter schob. Er schluckte heftig, als der zweite Träger folgte und das Nachthemd, das sich wie eine zweite Haut um ihre weiblichen Kurven schmiegte, auf den Boden glitt.

Plötzlich hielt sie eine Pistole in der Hand. „Tut mir Leid, Schatz, das ist nicht gegen dich persönlich gerichtet. Geschäft ist Geschäft."

Sie lächelte bedauernd, als sie den Abzug betätigte.

Der Bildschirm wurde schwarz.

„Verdammt." Michael starrte verdrossen auf den Fernseher. Was war denn mit ihm los? Bisher hatte er sich nicht für einen Masochisten gehalten, aber wenn es um Lorelei Longstreet ging, war er es eindeutig.

Vor einem Jahrzehnt hatte er sie zum letzten Mal persönlich getroffen. Noch länger war es her, dass er sie in den Armen gehalten und geküsst hatte. Trotzdem überlegte er jetzt beim Ansehen der Videokassette von „Hot Ice", ihrem jüngsten Erfolg, was aus ihnen hätte werden können.

Hätten sie wirklich geheiratet, wie sie es sich ausgemalt hatte, wenn er damals mit ihr nach Los Angeles gegangen wäre? Und hätte sie von ihm ein Kind bekommen? Wäre sie trotzdem einer der größten Stars von Hollywood geworden? Und hätte sie ihn dann auch weiterhin geliebt ... sofern sie ihn überhaupt jemals geliebt hatte?

Das war absolut kein angenehmer Gedanke. Er trank den letzten Schluck von dem Bier, das er zusammen mit der Pizza bestellt hatte.

Ja, sie hatte ihn geliebt – soweit ein junges Mädchen überhaupt im Stande war zu lieben. Michael war schon oft vorgeworfen worden, dass er geradezu aufreizend selbstsicher war. Nur wenn es um Lorelei ging, fühlte er sich unsicher.

Bei der Trennung war er achtzehn und Lorelei erst siebzehn gewesen. Sie hatte die dritte und fünfte Klasse übersprungen und den Abschluss der High School vorzeitig geschafft. Weinend hatte sie ihn angefleht, das Baseball-Stipendium anzunehmen, damit er zusammen mit ihr in Los Angeles aufs College gehen konnte. Doch dann hätte seine Mutter sich allein mit seinen beiden jüngeren und anstrengenden Brüdern herumschlagen müssen.

Er hatte dieses unbeschreiblich schöne Mädchen geliebt. Und es hatte ihn geschmerzt, ihrem Flugzeug nachzublicken. Trotzdem war er in New Orleans geblieben. Er war der Mann in der Familie, weil sein Vater, ein preisgekrönter Fotoreporter, ständig in der Welt herumreiste.

Natürlich waren sie beide damals zu jung gewesen, sodass ihre Romanze ein Opfer der Entfernung und der Zeit wurde. Seither hatte er andere Frauen kennen gelernt. Trotzdem blieb stets ein Platz in seinem Herzen für das erste Mädchen, das er jemals geliebt hatte, reserviert. Dieses Mädchen hatte sich in der Zwischenzeit zu einer kühlen, erotischen Blondine entwickelt, wie man sie in Hitchcock-Filmen fand.

Es hätte nicht geklappt, redete Michael sich ein, wie er das schon seit Jahren tat.

An der entgegengesetzten Küste des Kontinents fühlte sich das Objekt von Michaels Frust absolut nicht wie einer der meistgefeierten Stars des amerikanischen Films. Die Außenaufnahmen in Santa Monica gerieten immer mehr zum Alptraum.

Zuerst war es einem Fan trotz verstärkter Sicherheitsvorkehrungen gelungen, zu Lorelei vorzudringen und ihr ein zehnseitiges Liebesgedicht zu überreichen. Und das vor laufender Kamera, wodurch er die beste Aufnahme der aktuellen Szene verdorben hatte. Lorelei spielte eine menschenscheue Krimiautorin, deren Leben immer mehr einem ihrer Romane ähnelte. In dieser Szene musste sie vom Ende einer Landungsbrücke springen, um ihrem Verfolger zu entkommen. Darüber hinaus hatte ihr das verrückte Verhalten des Fans Angst gemacht.

Es war zwar schon August, aber das Meer war noch immer kalt. Bei der dritten Wiederholung hatte sie schon bereut, dass sie stets darauf bestand, alle Stunts selbst zu machen. Außerdem war der Regisseur Eric Taylor ein Perfektionist. Er beharrte auf dem Standpunkt, wenn eine Aufnahme gut war, dann waren zehn Aufnahmen noch besser.

„Schnitt!“ rief Taylor endlich. „Das Licht geht weg.“

„Schnitt!“ wiederholte der Regieassistent.

„Endlich“, murmelte Lorelei, während die Garderobiere mit einem Handtuch und einem Sweatshirt zu ihr eilte. Dankbar zog sie das Sweatshirt über das nasse Kleid, das sich verführerisch, aber wie ein Eispanzer um ihren Körper schmiegte, und lief zum Wohnwagen, um sich umzuziehen.

„Ich hätte nie gedacht“, sagte eine tiefe Stimme, „dass blaue Haut so attraktiv sein könnte.“

Sie warf dem Mann, der mit einem Laptop auf dem Schoß neben dem Wohnwagen saß, einen gespielt finsteren Blick zu. „Das ist alles deine Schuld. Du hättest dir eine andere Möglichkeit einfallen lassen können, wie sie ihrem Verfolger entkommt.“

„Natürlich“, bestätigte Brian Wilder, der Drehbuchautor. „Aber so war es am einfachsten, dich ins Wasser zu kriegen.“

„Und wir wollen doch unser männliches Publikum nicht enttäuschen, oder?“

„Das ist kein Drehbuch für einen Kinderfilm“, erwiderte er lachend. „Schatz, die Szene mit dir in dem nassen Kleid wird die Umsätze an den Kinokassen gleich am ersten Wochenende hochschnellen lassen.“

Lorelei lächelte, obwohl sie schrecklich fror. Brian gehörte zu Hollywoods Lieblingen. Gerade mal Anfang Dreißig, war er schon einer der gefragtesten Drehbuchautoren, und die Produzenten rissen sich um ihn. Er war bereits mehrfacher Millionär, besaß ein riesiges Haus in Bel Air, ein Strandhaus in Santa Barbara und eine Ranch im San Fernando Valley.

Darüber hinaus war er laut *Cosmopolitan* der begehrteste Junggeselle Hollywoods. Das war der vierte Film, in dem sie zusammenarbeiteten, und Lorelei hatte festgestellt, dass Brian Ruhm und Geld nicht zu Kopf gestiegen waren.

„Es ist wunderbar, wenn man dermaßen für seine Arbeit geschätzt wird“, scherzte sie. Ihre Zähne klapperten, sie hatte eine Gänsehaut, und sie kam nicht mehr rechtzeitig nach Hause, um ein heißes Bad zu nehmen und dann pünktlich zu ihrer Verabredung zum Abendessen zu erscheinen. Bei diesem Essen wollte sie dem Eigentümer eines bekannten Restaurants in Beverly Hills erklären, dass ihre nunmehr drei Monate dauernde Beziehung zu nichts führte.

„Du bist eine tolle Schauspielerin, Lorelei“, versicherte Brian ernsthaft. „Aber wie du selbst in ‚Hot Ice‘ sagst – Geschäft ist Geschäft. Darum dreht sich alles beim Film, meine Liebe. Du hast einen Körper wie die schaumgeborene Aphrodite. Da kannst du nicht erwarten, dass die Leute dich als großartige Shakespeare-Darstellerin sehen wollen.“

Leider hatte er absolut Recht. Lorelei hatte in ‚Hot Ice‘ die rachsüchtige Einbrecherin sehr gut gespielt. Aber sie wünschte sich vergeblich, dass das für ihre Fans mehr zählte als ihr spärlich bekleideter Körper.

„Ich spiele mit dem Gedanken, das Handtuch zu werfen.“ Seit Monaten trug sie sich schon mit der Absicht, bereute die Worte jedoch im selben Moment.

„Das ist nicht dein Ernst!“

Jetzt konnte sie keinen Rückzieher machen. „Ich habe gesagt, dass ich mit dem Gedanken spiele. Noch ist nichts entschieden.“

„Was möchtest du denn sonst machen?“

„Ach, viel“, erwiderte sie ausweichend. Auf keinen Fall wollte sie verraten, dass sie seit fast einem Jahr an einem Drehbuch schrieb, einer Liebesgeschichte unter Jugendlichen. Die Handlung erinnerte deutlich an ihre eigene gescheiterte erste Liebe. „Jedenfalls würde ich nicht so schnell verhungern.“

Brian betrachtete sie eingehend. „Dir ist kalt, das ist alles. In der letzten Zeit hast du zu hart gearbeitet. Bei unserer Rückkehr von den Dreharbeiten in New Orleans möchte ich dem Studio eine für dich maßgeschneiderte Geschichte verkaufen. Darum sage ich nur ungern, dass du wirklich eine Pause brauchst.“

Als ob sie das nicht selbst wüsste! „Ich brauche trockene Sachen, bevor ich mir den Tod hole“, erwiderte sie lächelnd. „Ich sehe schon die Schlagzeilen. Schauspielerin zu Eisblock gefroren! Bekannter Drehbuchautor schuld an ihrem tragischen Ende!“

Es war ihr gelungen, Brian abzulenken. Er widmete sich wieder seinem Computer. Bestimmt warteten morgen früh in ihrer Garderobe wieder zahlreiche überarbeitete Textseiten auf sie.

In dem engen Wohnwagen zog sie die nassen Sachen aus und schlüpfte für die Heimfahrt in Jeans und T-Shirt. Wie hatte sie jemals glauben können, das Leben eines Filmstars wäre wundervoll?

Der Mann saß allein in dem dunklen Raum vor dem Fernsehschirm und beobachtete, wie Lorelei nach einer schnellen Dusche ein schlichtes Seidenkleid anzog. Es betonte die verlockenden Formen ihres Körpers und war in dem gleichen kühlen Hellgrün wie die Dekoration ihres Schlafzimmers gehalten. Der Mann wusste jedoch, dass Lorelei alles andere als kühl war.

Er sah zu, wie sie das lange, glatte Haar bürstete, und genoss es, wie das Kleid hochrutschte, als sie sich beim Schminken zum Spiegel beugte. Eine Frau, die mit Spitze verzierte Strümpfe einer Strumpfhose vorzog, musste einfach sinnlich und zutiefst erotisch veranlagt sein.

Lorelei Longstreet war so verführerisch wie die sagenumwobene Sirene am Rhein, deren Namen sie trug. Nachdem er sie monatelang geduldig beobachtet hatte, würde sie nun bald ihm gehören.

Der Mann lächelte. Während sie ihre lockenden Lippen schminkte, schlang er eine Wäscheleine um die Finger und malte sich aus, wie er Lorelei Longstreets schlanke Hände damit fesselte.

Lorelei war erleichtert, als in der nächsten Woche wieder auf dem Studiogelände gedreht wurde. Sie war kein nervöser Typ, aber die jüngsten Vorfälle hatten sie vor den Gefahren des Ruhms gewarnt.

Sie aß gerade in der Garderobe Hüttenkäse mit Tomatenscheiben, als es klopfte.

„Hier ist etwas für Sie gekommen, Ms. Longstreet!“ rief einer der vielen Assistenten Eric Taylors.

Sie öffnete die Tür, bedankte sich bei dem jungen Mann und riss den Umschlag auf. Vermutlich hatte Brian ihr wieder überarbeitete Seiten geschickt.

In dem Umschlag steckte jedoch nur ein weißes Kuvert. Sobald sie ihren Namen darauf las, lief ihr eine Gänsehaut über den Rücken. Sie stürzte zur Tür, aber der Assistent war schon verschwunden.

Lorelei schlug die Tür zu, lehnte sich dagegen, schloss die Augen und versuchte, sich zu beruhigen. Leider klappte das nicht mehr. Mit zitternden Händen griff sie nach dem Telefon und wählte eine Nummer, die sie mittlerweile auswendig kannte. Sie gehörte der Polizei von Los Angeles.

Zwanzig Minuten nach ihrem Anruf traf Detective Matt Gerard ein. „Sie haben den Umschlag nicht geöffnet?“ fragte er.

„Nein. Sie sagten doch, ich sollte keine Spuren zerstören“, erwiderte sie mit bebender Stimme. Sie brauchte nicht auszusprechen, dass sie sich davor fürchtete, was ihr „treuester Verehrer“ diesmal geschrieben hatte.

„Braves Mädchen.“

Da der Detective hart an dem Fall gearbeitet hatte, störte Lorelei sich nicht an seinen Worten, aus denen männliche Herablassung sprach. Sorgfältig schnitt er den Umschlag auf und holte das Blatt heraus, ohne etwas zu berühren. Allerdings würde das Labor vermutlich auch diesmal keine Fingerabdrücke finden.

„‚Meine geliebte Lorelei,‘“, las er vor. Wie jedes Mal hatte der Fan eine Schreibmaschine benützt. „‚Bei den Außenaufnahmen in Santa Monica hast du dich selbst übertroffen. Allerdings hat es mir das Herz gebrochen, dich dermaßen frieren zu sehen. Ich habe beobachtet, wie du auf den Armen Gänsehaut bekamst und deine Brustspitzen sich durch das eiskalte Wasser aufrichteten. Und ich habe mir vorgestellt, wie ich dich aufwärmen könnte.‘“

Lorelei bekam auch jetzt Gänsehaut. Sie hoffte vergeblich, der Briefschreiber würde nicht ins Detail gehen. Hilflos musste sie sich bis in die kleinsten Einzelheiten anhören, welche sexuellen Fantasien sich dieser kranke Geist ausgedacht hatte. Am liebsten hätte sie gar nicht zugehört. Der Detective hatte ihr jedoch erklärt, wie wichtig es war, dass sie auf jedes Wort achtete. Es war schließlich möglich, dass der Schreiber ungewollt einen Hinweis auf seine Identität lieferte, den nur sie erkennen konnte.

„‚Ich habe mir ausgemalt, wie ich dich an die Pfosten deines Bettes fessele‘“, las Gerard in nüchternem Ton vor. „‚Und ich habe uns beiden im Spiegel an der Innenseite der Tür deines Kleiderschranks zugesehen.‘“ Er sah sie forschend an. „Der Mann war in Ihrem Haus.“

„Offenbar.“ Lorelei konnte kaum sprechen. „Meine Haushälterin hat mir letzte Woche einen Zettel hingelegt. Ein Mann war da, der angeblich den Kabelanschluss für das Fernsehen überprüfen wollte."

„Und sie hat ihn hereingelassen?

„Sie war nicht unvorsichtig", verteidigte Lorelei ihre langjährige Angestellte. „Ich hatte sie gebeten, wegen der Bildstörungen anzurufen. Sie hätte niemanden ins Haus gelassen, der sich nicht als Techniker ausweisen konnte."

„Ausweise kann man fälschen", erwiderte er.

„Ginge es nach Ihnen, müsste ich mich in meinem Haus einschließen, nicht arbeiten, keine Anrufe annehmen und jeden erschießen, der an meiner Tür klingelt. Ich könnte nicht einmal Pizza bestellen."

Er ließ seinen Blick über ihre Jeans und das weiße T-Shirt gleiten. „Ich kann mir nicht vorstellen, dass Sie viel Pizza essen."

Damit traf er den Nagel auf den Kopf. Lorelei erinnerte sich nicht mehr, wann sie das letzte Mal eine Pizza mit Pepperoni gegessen hatte.

„Das ist doch jetzt unwichtig", entgegnete sie gereizt. „Sie wollen mich unter Hausarrest stellen, bis dieser Mann geschnappt wird."

„Kein Verrückter lässt sich durch das Gesetz davon abhalten, jemanden zu verfolgen", erklärte er energisch. „Er lässt sich auch nicht daran hindern, jemanden umzubringen."

„Ich weiß", räumte sie seufzend ein. „Es ist alles so frustrierend und erschreckend."

„Es ist klug von Ihnen, Angst zu haben. Dadurch bleiben Sie wachsam." Er richtete seine Aufmerksamkeit wieder auf den Brief. „‚Ich habe mir die Angst und die Erregung in deinen Augen ausgemalt, als ich dein Nachthemd aufschnitt ... das meergrüne, das zu der Farbe deiner Schlafzimmerwände passt und ...'"

„Um Himmels willen!" fiel Lorelei ihm ins Wort.

„Was ist denn? Ist doch logisch, dass er sich Ihre Garderobe angesehen hat, wenn er in Ihrem Schlafzimmer war und ..."

„Nein", unterbrach sie ihn erneut. „Das können Sie nicht

wissen. Gestern Abend war ich zum Abendessen mit Freundinnen zusammen. Kein besonderer Anlass, nur einige Frauen, die sich einmal im Monat treffen. Gestern hatte ich Geburtstag ... und ich bekam ein Geschenk."

„Sagen Sie bloß, das war ein Nachthemd."

„Ein meergrünes Nachthemd, das ich in einem Katalog gesehen hatte. Es war so schön, dass ich es gleich anzog, als ich heimkam."

Gerard fluchte. „Der Mistkerl hat eine Kamera in Ihrem Schlafzimmer eingebaut."

Sie fröstelte bei der Vorstellung, dass sie dieser Mann, der sie seit Monaten belauerte, im Schlaf beobachtet hatte.

„Das reicht", entschied der Detective. „Sie müssen die Reise nach New Orleans absagen."

„Das geht nicht. Die Waldbrände in diesem Sommer haben uns gezwungen, dreimal einen neuen Drehort zu suchen. Wir hinken bereits gewaltig hinter dem Zeitplan her und ..."

Diesmal fiel Gerard ihr ins Wort. „Das ist Taylors Problem."

„Sicher, aber ich stehe mit meinem Namen für den Film ein. Und das Studio will Eric die Kontrolle entziehen, wenn er die Dreharbeiten nicht bis zum Labor Day abgeschlossen hat. Außerdem finde ich, dass es sicherer wäre, die Stadt zu verlassen."

„Nicht wenn Ihnen dieser Kerl folgt."

Damit hatte er nun auch wieder Recht.

„Ich werde mich mit der Polizei von New Orleans in Verbindung setzen", entschied Gerard. „Zuerst aber schicke ich unsere Fachleute zu Ihrem Haus. Sie sollen die Kamera oder die Kameras entfernen und nach Fingerabdrücken suchen."

„Glauben Sie denn, er könnte welche hinterlassen haben?"

„Nein", erwiderte er. „Die Geräte, die er in Ihrem Haus eingebaut hat, liefern uns höchstens einen Anhaltspunkt, wenn sie sehr ungewöhnlich sind. Und wir können hoffen, dass er umso eher einen Fehler begeht, je mehr er sich auf seine krankhaften Fantasien fixiert."

„Es klingt nicht sonderlich ermutigend, dass mein Verfolger sich noch steigern wird."

„Es ist nicht meine Aufgabe, jemanden zu ermutigen. Ich muss Sie nur am Leben erhalten und diesen Verrückten schnappen, bevor er die Grenze zwischen Fantasie und Mord überschreitet. Eines wissen wir jedenfalls schon jetzt."

„Und was?"

„Der Kerl kennt sich mit Kameras aus."

„Das ist in dieser Stadt nicht ungewöhnlich."

„Sicher, aber es ist trotzdem eine neue Erkenntnis. Ich möchte noch einmal mit Taylor und allen anderen, die an diesem Film arbeiten, sprechen."

„Sie verdächtigen doch niemanden, mit dem ich zusammenarbeite?"

„Es ist meine Pflicht, alle zu verdächtigen."

Er hatte auch in diesem Punkt Recht. Trotzdem fand Lorelei es deprimierend.

Auch wenn Eric Taylor oft unentschlossen war, wenn es um seine Arbeit ging, zeigte er sich sehr entschlossen, als er von dem jüngsten Brief erfuhr.

„Ich engagiere sofort einen Leibwächter, der dich rund um die Uhr beschützt", erklärte er. „Das hätte ich sofort machen sollen."

„Das ist nicht nötig", wehrte Lorelei auch jetzt wieder ab.

„Du hast das nicht mehr zu entscheiden."

„Es geht aber um meinen Beruf und mein Leben."

„Es geht zwar um dein Leben", entgegnete der Regisseur. „Falls dir aber etwas vor Beendigung der Dreharbeiten zustößt, wird dieser Film zur Pleite. Also habe ich ein berechtigtes Interesse an deinem unvergleichlichen Luxuskörper. Und darum werde ich für ausreichenden Schutz sorgen."

„Wie schön du dich doch ausdrückst", entgegnete sie gereizt.

„Wenn du jemanden suchst, der sich gewählt ausdrückt, geh zu Wilder. Ich bin nichts weiter als ein entnervter und überarbeiteter Regisseur. Und ich will verhindern, dass irgendwelche kleinkarierten Erbsenzähler mir den Auftrag für diesen Film entziehen.“ Er wandte sich an Gerard, der mit verschränkten Armen an der Wand lehnte. „Könnten Sie dieser dickköpfigen Magnolie aus Stahl erklären, dass ein Leibwächter die perfekte Lösung wäre? Ganz besonders, weil wir so viele Außenaufnahmen haben?“

„Ein Bodyguard könnte wirklich nicht schaden“, bestätigte der Detective.

2. KAPITEL

Michael gab nun schon seit einer Woche auf einem Kasinoschiff beim Black Jack die Karten. Seine Kleidung roch nach Zigarettenrauch, und er konnte den Alarm, wenn ein Jackpot getroffen wurde, nicht mehr hören. Wie freute er sich bereits auf die relative Ruhe in seinem Büro!

Nachdem er den Dienst bei der Polizei von New Orleans quittiert hatte, war er selbstständiger Privatdetektiv geworden. Die Arbeit bei der Mordkommission hatte ihm gefallen. Allerdings war er in einen politischen Streit geraten, der von verschiedenen Interessensgruppen im Tourismusgeschäft ausgetragen wurde. Es sollte vertuscht werden, dass ein Mann, der im Französischen Viertel mehrere Frauen vergewaltigt hatte, zum Mörder geworden war.

Michael hatte seine Pflicht erfüllt und den Killer unschädlich gemacht. Danach hatte er jedoch einem System, das Geld über unschuldige Menschen stellte, den Rücken gekehrt. Er hatte die Polizei verlassen und die Blue-Bayou-Detektei eröffnet. Allerdings reizte es ihn nicht, für den Rest seines Lebens Ehemänner auf Abwegen aufzuspüren. Daher hatte er sich auf Personen- und Firmenschutz spezialisiert.

Angesichts der unsicheren Zeiten bekam er mehr Aufträge, als er annehmen konnte. Das war einer der Gründe gewesen, aus denen er seinen Bruder Shayne liebend gern als Partner aufgenommen hatte. Shayne war erst vor kurzer Zeit nach New Orleans zurückgekehrt, nachdem er ein Jahrzehnt für den Geheimdienst gearbeitet hatte.

Shayne begrüßte ihn mit einem Lächeln, als er das Büro betrat, das sich im Französischen Viertel über einem Antiquitätenladen befand.

„Vermutlich hast du deinen Mann geschnappt", sagte Shayne.

„Ich bin immer erfolgreich. In diesem Fall war es allerdings eine Frau."

Michael sah sich um. Auch nach drei Monaten Zusammenarbeit mit seinem Bruder hatte er sich noch nicht an die Veränderungen gewöhnt. Früher war das Büro behaglich gewesen. Jetzt war es mit modernsten Geräten und Computern ausgestattet. Michael vermisste zwar die geliebte Unordnung, musste aber zugeben, dass Shaynes Buchhaltungssystem viele Probleme löste.

Er holte aus der Kühltasche zwei Flaschen Bier, öffnete sie und reichte seinem Bruder eine.

Shayne nahm einen langen Schluck. „Das hat mir wirklich bei meinen Reisen im Ausland gefehlt", meinte er und betrachtete genussvoll die Flasche.

Michael setzte die Flasche an die Lippen. „Ich dachte, Europa wäre ein Paradies für Biertrinker."

„Da drüben fließt das Bier wie Wasser", bestätigte Shayne. „Ich habe mich allerdings in Kreisen bewegt, die Champagner bevorzugen."

„Muss hart für dich gewesen sein, so viele Jahre die Rolle eines Playboys im Jetset zu spielen", meinte Michael.

„Richtig", stimmte Shayne amüsiert zu. „Aber jemand musste sich opfern, damit Amerika frei bleibt."

Michael ließ sich auf das neue Ledersofa fallen, legte die Füße auf den Tisch und trank. Im Sommer lastete die Schwüle schwer auf der Stadt. Die Klimaanlage schaffte es nicht, für die nötige

Abkühlung zu sorgen, und das Hemd klebte ihm bereits am Rücken.

Shayne dagegen wirkte in seinem weißen Seidenhemd wie aus dem Ei gepellt. Michael konnte keine einzige Knitterfalte entdecken. Kein Wunder, dass sein Bruder so lange seine Rolle im Jetset erfolgreich gespielt hatte.

„Apropos Lebensstil", sagte Shayne. „Ich bin ein wenig enttäuscht, dass das Leben eines Privatdetektivs nicht so verläuft, wie es immer im Fernsehen gezeigt wird."

„Langweilst du dich schon?"

Es hätte Michael nicht überrascht. Shayne hatte wie Roarke, der dritte Bruder, die Rastlosigkeit des Vaters geerbt. Roarke hatte allerdings seine Wanderschuhe an den Nagel gehängt und sogar angekündigt, er wollte am Labor Day die Staatsanwältin Daria Shea heiraten.

Shayne war eine Beziehung mit der Vermieterin des Detektivbüros eingegangen, mit der Antiquitätenhändlerin Bliss Fortune. Daher hoffte Michael, der jüngste der O'Malley-Brüder könnte Roarkes Beispiel folgen.

Michael hätte Shayne nicht so sehr vermisst, sollte er wieder fortgehen, aber ihre Mutter hätte es getroffen. Nein, gestand Michael sich ein, das stimmt nicht. Er hatte sich daran gewöhnt, dass seine Brüder wie in alten Zeiten wieder in New Orleans waren. Jetzt trug er auch nicht mehr die ganze Last der Verantwortung auf seinen Schultern.

„Ich langweile mich überhaupt nicht", versicherte Shayne. „Deine lachhafte Buchhaltung liefert mir mehr als genug Arbeit. Ich hatte mir nur vorgestellt, wir hätten wie Thomas Magnum ständig unzählige schöne Frauen in Bikinis oder Unterwäsche um uns herum."

„Wozu brauchst du denn andere Frauen? Du hast doch Bliss."

„Stimmt", bestätigte Shayne nachdenklich und fügte nach einem Schluck hinzu: „Sie ist anders."

„Sie ist etwas Besonderes", betonte Michael. Er hatte sich mit der warmherzigen Antiquitätenhändlerin schon angefreundet, bevor Shayne ein Auge auf sie geworfen hatte.

Shayne seufzte. „Ja, sie ist etwas Besonderes."

Michael wurde hellhörig. „Hast du Probleme?" erkundigte er sich.

„Nein, eigentlich nicht. Ich muss mir nur so einiges überlegen."

„Tu ihr nicht weh, sonst muss ich dich töten, obwohl du mein kleiner Bruder bist."

„Das würde dir ähnlich sehen", erwiderte Shayne mit einem mutwilligen Lächeln, das Michael nur zu gut kannte.

„Worauf hast du dich denn jetzt wieder eingelassen?" fragte er wissend.

„Ich?" erwiderte Shayne unschuldig.

„Ist sonst noch jemand hier? Versuch erst gar nicht, mir auszuweichen. Ich kenne mittlerweile alle deine Tricks."

„Ach, was bist du doch misstrauisch", erwiderte Shayne tief seufzend. „Ich werde gern deine Entschuldigung annehmen, wenn du bereust, dass du mir nicht vertraut hast."

In Wahrheit vertraute Michael auf der Welt nur zwei Menschen, seinen Brüdern. Und natürlich seiner Mutter, aber um die ging es hier nicht.

„Irgendetwas ist da im Busch", drängte er.

„Ich habe heute einen interessanten Anruf erhalten", erklärte Shayne und war sichtlich erleichtert, dass sie nicht länger über sein Liebesleben redeten. „Und zwar von einem möglichen neuen Klienten aus Los Angeles. Er kommt geschäftlich in unsere schöne Stadt und sucht Personenschutz. Der Auftrag wird sich über ungefähr 3 Wochen erstrecken."

„Dann hat er die richtige Nummer gewählt."

„Genau das habe ich auch gesagt. Zuerst betonte ich, wir wären die Besten auf diesem Gebiet. Dann wies ich auf unsere hervorragenden Verdienste hin. Und danach meinte ich, mit einiger Mühe könnten wir trotz vollen Terminplans einen neuen Klienten annehmen ... für unseren üblichen Satz von tausend Dollar pro Tag plus Spesen."

„Tausend Dollar pro Tag?" Michael stellte die leere Flasche auf den Tisch.

„Plus Spesen", fügte Shayne hinzu.

„Das ist der doppelte Satz der Blue-Bayou-Detektei."

„Stimmt, aber wir sind ja jetzt auch zu zweit. Außerdem kann dieser Typ es sich leisten, Mike. Und wir gleichen dadurch aus, dass du letzte Woche gratis gearbeitet hast."

„Hättest du den Fall ablehnen können? Shayne, der Ehemann hatte dieser Frau ihr Kind weggenommen! Direkt vor ihrem Haus! Und die Polizei dachte gar nicht daran, ihn zu suchen."

„Das kleine Mädchen war allerdings zufällig auch die Tochter dieses Mannes."

„Der Vater ist ein ständig betrunkener Kleinbetrüger. Der Richter hat nicht nur der Mutter die Vormundschaft übertragen. Er entschied auch, dass der Vater das Kind nicht ohne Aufsicht sehen darf."

„Leider hat der Richter keine Möglichkeit gefunden, wie sie von dem Typ Unterhalt für das Kind bekommt. Und darum konnte sie auch keinen Detektiv bezahlen, der ihr Kind sucht."

„Es hat sie viel Geld gekostet, von Pittsburgh herzukommen", erinnerte Michael seinen Bruder. „Außerdem musste sie als Kellnerin unbezahlten Urlaub nehmen. Warum hätte ich ihre Probleme noch verschlimmern sollen?"

„Das ist mein großer Bruder." Shayne prostete Michael mit der Flasche zu. „Der heilige Michael, Beschützer wehrloser Tiere, Frauen und Kinder."

„Manchmal muss man ganz einfach helfen." Michael gefiel es nicht, welche Wende das Gespräch genommen hatte. Seit wann war eine gute Tat ein Verbrechen?

„Du hast Recht", stimmte Shayne überraschend zu. „Willst du die Wahrheit hören? Ich hoffe, ich hätte unter den gleichen Umständen genau wie du gehandelt. Trotzdem müssen wir Miete und

Essen bezahlen, ganz zu schweigen von den Saisonkarten für die New Orleans Saints. Und daher ist es nur recht und billig, dass wir in diesem Fall wie Robin Hood vorgehen."

„Du meinst, wir sollen die Reichen berauben, um den Armen zu helfen?"

„Hast du eine bessere Idee?"

„Nein", gab Michael zu. „Wie alle deine Einfälle ergibt das um drei Ecken herum einen Sinn."

„Aber natürlich." Shayne mangelte es so wenig wie seinen beiden älteren Brüdern an Selbstbewusstsein. „Also, es geht um Folgendes. Ein Filmteam kommt für Außenaufnahmen nach New Orleans."

„Und wir sollen dafür sorgen, dass die Arbeit nicht gestört wird", warf Michael ein.

„Nein, es dreht sich um den Star der Produktion. Jemand verfolgt diese Frau."

„In Los Angeles?"

„Ja, aber der Detective der Polizei von Los Angeles meint, der Kerl könnte verrückt genug sein, ihr hierher zu folgen. Der Regisseur ist Eric Taylor, der diese bekannten Action-Filme macht. Ich habe ihm versichert, du hättest große Erfahrung mit dieser Art von Verfolgern."

Zu große Erfahrung, dachte Michael grimmig. Die Frau, die er einst heiraten wollte, war von zwei Männern verfolgt worden. Und der zweite Verfolger hätte sie beinahe umgebracht. Wäre er nicht rechtzeitig zur Stelle gewesen ...

„Wer ist der Star, auf den wir aufpassen sollen?" fragte Michael und schob die Gedanken an jenes Weihnachtsfest von sich.

„Du wirst es nicht glauben", erwiderte Shayne breit lächelnd. „Es handelt sich um eine alte Freundin von dir."

Michael blieb die Luft weg. Das darf nicht wahr sein, dachte er. Es gab zwar im Leben viele Zufälle, aber einen solchen Streich konnte ihm das Schicksal nicht spielen!

„Diese alte Freundin hat vermutlich einen Namen."

Shayne lehnte sich in dem Ledersessel zurück, der mehr gekostet hatte als Michaels erstes Auto, und lächelte höchst zufrieden. „Es ist keine andere als Lorelei Longstreet."

„Ich habe einen Privatdetektiv gefunden", erklärte Eric, als er mit Lorelei auf dem Balkon ihres Hauses in Malibu saß.

Die Nachbarhäuser standen so nahe, dass Lorelei sie fast mit ausgestreckten Händen berühren konnte. Als sie dieses Haus mietete, hatte sie wegen der Strandlage bereitwillig auf Abgeschiedenheit verzichtet. In letzter Zeit war sie allerdings nicht mehr sicher, ob das eine gute Entscheidung gewesen war.

Sie strich mit der Fingerspitze über ihr Weinglas. „Ich hasse das alles."

„Ich weiß", versicherte er. „Ich habe zwar behauptet, dass es mir um den Film geht, Lorelei, aber in Wahrheit könnte ich es mir nie verzeihen, wenn dir etwas zustoßen würde."

„Mir wird nichts zustoßen", behauptete sie heftig.

„Dafür werde ich sorgen."

Schweigend beobachtete Lorelei einen jungen Mann, der mit einem Golden Retriever am Wasser entlanglief, das im Sonnenschein funkelte. Wie sie den Mann und den Hund um ihre Sorglosigkeit beneidete!

Sie wusste, dass sie sich in das Unvermeidliche schicken musste, bis ihr Verfolger geschnappt wurde. „Hast du die Detektei angerufen, die Detective Gerard empfohlen hat?"

„Ja, die Blue-Bayou-Detektei."

„Hübscher Name." Zu hübsch für eine Firma, die mit möglichen Killern zu tun hatte.

„Der Mann, mit dem ich gesprochen habe, war sehr freundlich."

Der Regisseur betrachtete eine junge Blondine, deren Bikini kaum etwas von ihren Reizen verhüllte. Früher hätte Lorelei sich nichts dabei gedacht, dass er auf jede attraktive, spärlich bekleidete Frau reagierte. Seit sie jedoch diese Probleme hatte, fragte sie sich, ob nicht sogar ein von ihr bewunderter Mann wie ihr Regisseur der irre Verfolger sein konnte.

Eric seufzte, als die junge Frau einen durchtrainierten Muskelmann umarmte, und wandte sich wieder Lorelei zu. „Dieser O'Malley hat mir versichert, dass die Agentur Erfahrung mit Verfolgern hat. Das bestätigt, was wir von Gerard gehört haben."

„O'Malley?"

Das ist er bestimmt nicht, sagte sie sich. In New Orleans leben viele Nachkommen früher irischer Einwanderer.

„Shayne O'Malley", bestätigte Taylor. „Dem Akzent nach dürfte er ein Einheimischer sein."

„Ja." Bei dem vertrauten Namen bekam sie Kopfschmerzen. Also war Shayne Privatdetektiv geworden. Das sah ihm ähnlich. Er war von den drei Brüdern stets der lebenslustigste gewesen. Sie konnte sich gut vorstellen, dass er wie ein Fernsehheld lebte, auch wenn Privatdetektive normalerweise nicht so lebten, wie sie in Serien dargestellt wurden. „Er ist ein Einheimischer."

„Kennst du ihn?" fragte Taylor.

„New Orleans ist ein Dorf." Früher war ihr die Stadt so klein erschienen, dass sie unbedingt nach Los Angeles ziehen wollte. „Ich kenne die Familie."

„Die Welt ist klein."

„Ja, allerdings." Sie verzichtete auf die wichtigste Frage, die ihr auf der Zunge lag. Dem Adlerauge des Regisseurs entging nichts, und sie wollte ihm keinen Einblick in ihr Privatleben bieten.

„Dann kennst du vermutlich auch seinen Partner", meinte Taylor beiläufig, betrachtete sie jedoch sehr interessiert. Großartig! Seine jetzige Frau – die dritte oder vierte – gehörte zu den schlimmsten Klatschtanten von Hollywood.

„Kommt auf den Partner an", entgegnete sie und setzte ihre ganze Schauspielkunst ein, um so lässig wie er zu wirken.

„Das ist sein Bruder."

„Roarke?" Auch ihm sah das ähnlich. Die beiden jüngeren

O'Malley-Brüder hatten viel gemeinsam. Beide waren intelligent, wagemutig und sorglos. Lorelei konnte sich gut vorstellen, dass die zwei gemeinsam eine Detektei aufgemacht hatten.

„Nein, Matthew, Mark oder so ähnlich. Etwas aus der Bibel."

Taylor konnte ihr keinen Sand in die Augen streuen. Er besaß ein sagenhaftes Gedächtnis. „Michael", sagte sie, obwohl er den Namen sicher nicht vergessen hatte.

„Richtig, wie der Erzengel. Ich wusste doch, dass der Name aus der Bibel stammt." Er schenkte Wein nach, lehnte sich zurück und betrachtete sie, als würde er sich eine Filmszene überlegen. Und genau das tat er auch. Lorelei kannte seinen Hang, das Privatleben aller Menschen in seinem Umfeld auf Tauglichkeit für einen Film zu durchleuchten.

Eric Taylor hatte sogar seinen früheren Drogenmissbrauch, die katastrophalen Ehen und die Scheidungen in verschiedenen Filmen verwertet. Letztlich waren das nichts weiter als leicht veränderte Autobiographien gewesen. Seine letzte Frau hatte ihn verklagt, als er in einem Film ihre Behandlung wegen Alkoholismus in der Betty-Ford-Klinik zeigte.

„Ich bin mit Michael zur Schule gegangen", berichtete sie nach einer Weile. „Und er hat jahrelang unseren Rasen gemäht."

„Aha, die Prinzessin und der Mann aus dem Volk, Liebe im Bayou, heiß und leidenschaftlich und mit viel nackter Haut. Könnte ein richtiger Renner werden."

Lorelei musste sich zusammennehmen, um zu lachen. Er war der Wahrheit unangenehm nahe gekommen. „Deine Fantasie geht wieder einmal mit dir durch, Eric. Wir haben zwar dieselbe Schule besucht, aber Michael war älter als ich. Daher kannten wir uns kaum." Das war allerdings eine glatte Lüge.

„Du hast ihn nach deinem Umzug nach Los Angeles aus den Augen verloren?"

„Ja." Damals war sie jung und verliebt gewesen und hatte geglaubt, Michael würde ihren Bitten nachgeben und ihr nach Kalifornien folgen. Als er das nicht tat, war sie zur Überzeugung gekommen, dass er sie nicht liebte, zumindest nicht so sehr wie sie ihn.

„Dann weißt du also auch nicht, dass er Polizist wurde?"

Michael? Das passte perfekt zu ihm. Er war stets überzeugt gewesen zu wissen, was für jeden das Beste war. Alle wollte er beschützen. Damals hatte sie es ihm verübelt, dass er mit ihr nicht ins Bett ging, weil sie zu jung für einen so bedeutenden Schritt war. Als Polizist konnte er sich um ganz New Orleans kümmern und allen vorschreiben, was sie zu tun hatten.

Davon sagte sie natürlich nichts zu Eric. „Und jetzt ist er Privatdetektiv?" fragte sie beiläufig.

„Ja. Sein Bruder Shayne hat mir erzählt, dass er bei der Mordkommission war. Und er besitzt Erfahrung mit Verfolgern. Einmal ging es um zwei Männer, die hinter einer Frau her waren, mit der er befreundet war. Ich glaube, sie war Reporterin bei einer örtlichen Fernsehstation."

„Ich kann mir gut vorstellen, dass man als Fernsehreporterin ungewollt Aufmerksamkeit auf sich zieht", bemerkte Lorelei.

„Auch als Sexgöttin des Kinos", erwiderte Eric.

„Ich nehme an, dass Michael diese Verfolger geschnappt hat?"

„Sein Bruder sagte, er würde immer alle schnappen. Jedenfalls hat er Desiree Dupree gerettet."

Das war ein schöner Name, der Lorelei entfernt bekannt vorkam. „Sie war die Reporterin?"

„Ja. Ich weiß allerdings nicht, ob sie ihren Familiennamen bei der Heirat beibehalten hat. Sie hätte es auf jeden Fall tun sollen", meinte Eric. „Der Name wirkt auf dem Bildschirm viel besser als Desiree O'Malley."

Lorelei war überzeugt gewesen, dass sie wegen Michael O'Malley nicht mehr leiden konnte. Es war schon so lange her, dass sie sich getrennt hatten. Doch jetzt traf es sie wie ein Schock, dass er geheiratet hatte. Plötzlich erinnerte sie sich wieder an einzelne Szenen und war den Tränen nahe.

Sie hatte keine Ahnung, wie lange sie sich ihren Erinnerungen hingab. Als sie endlich in die Gegenwart zurückfand, betrachtete Eric sie aufmerksam.

„Stimmt etwas nicht?“ fragte er.

„Nein“, versicherte sie. Es ist aus und vorbei, begriff sie. Endgültig.

Eigentlich war das keine Überraschung. Sie hatte nicht erwartet, dass ein Mann wie Michael ewig auf sie warten würde. Sein Leben ging sie nichts mehr an. Es schmerzte sie auch nicht, dass er eine Frau namens Desiree und vielleicht auch mehrere Kinder hatte.

Wahrscheinlich hatte er auch einen Hund. Kinder wünschten sich doch immer einen Hund. Sie hatte sich jedenfalls einen gewünscht, auch wenn sie ihn nie bekommen hatte.

Es war ihr nicht weiter wichtig, was Michael O'Malley machte oder mit wem, redete sie sich ein.

Was war sie doch für eine Lügnerin!

3. KAPITEL

Eric hatte alles mit Shayne arrangiert. Daher nahm Lorelei an, der jüngste O'Malley-Bruder würde sie am Flughafen abholen. Als sie jedoch die Halle betrat, blickte sie Michael O'Malley direkt in die Augen.

Sie konnte ihn gar nicht übersehen, weil er die Menge der Wartenden um einen ganzen Kopf überragte. Das Haar trug er jetzt kürzer, aber es war noch immer schwarz wie eine mondlose Nacht über dem Bayou. Und seine Augen erinnerten sie an eine tropische Lagune.

Er war stets kräftig gewesen und hatte mit den Jahren noch gehörig zugelegt. Bestimmt war er im Personenschutz sehr erfolgreich.

Während Lorelei seine breiten Schultern, die mächtige Brust und die muskulösen Arme betrachtete, durchströmte es sie heiß, und jähes Verlangen stieg in ihr auf. Der Mann ist verheiratet, erinnerte sie sich streng. Finger weg! Der Rückzug war ihr abgeschnitten. Sie hatte gegen Detective Gerards Rat darauf bestanden, nach New Orleans zu kommen. Das Studio würde Außenaufnahmen niemals zulassen, ohne den Star zu schützen. Also zeigte sie ein höfliches Lächeln und befahl ihrem Herzen, mit diesem albernen Klopfen aufzuhören.

„Hallo, Michael." An ihrem Handgelenk funkelte ein Diamantarmband, als sie ihm die Hand reichte. „Was für eine nette Überraschung. Ich habe Shayne erwartet."

„Ihm ist etwas dazwischengekommen", erwiderte Michael und schüttelte ihre schmale Hand. Seine Drohungen waren Shayne dazwischengekommen. Eigentlich war sein Bruder wild darauf gewesen, ihre berühmte Klientin abzuholen.

„Hoffentlich ist es nichts Schlimmes."

„Wir werden damit fertig."

„Eric hat mir erzählt, dass ihr Partner seid." Sie zog die Hand zurück.

Er führte sie zum Gepäckband. Lorelei hätte am liebsten seine Hand von ihrem Arm geschoben, wollte jedoch ihre Zusammenarbeit nicht mit einem Misston beginnen lassen. Er blieb dicht neben ihr stehen, als sie das Band erreicht hatten.

„Wir sind seit einigen Monaten Partner."

„Bestimmt seid ihr beide bewaffnet, nicht wahr?" Sie warf einen Blick auf das dunkle Sportjackett, das er über einem Polohemd trug. Vielleicht verbarg sich darunter ein Schulterhalfter, oder er hatte die Pistole wie ein Filmpolizist hinten in die Jeans geschoben. Es ärgerte sie, dass sie diese Vorstellung erregend fand.

Michael rechnete damit, gleich eine für Hollywood typische Lektion gegen Waffen aller Art zu hören. „Waffen gehören zu unserer Arbeit und sind beim Personenschutz manchmal sehr hilfreich."

„Das kann ich mir denken", versicherte Lorelei, ohne sich an seinem ironischen Ton zu stören. Sie lächelte einigen Geschäftsleuten zu, die an einer Bar in der Halle standen und versuchten, ihre Aufmerksamkeit auf sich zu lenken. Es war dieses automatische Lächeln, das sie bei allen öffentlichen Auftritten zeigte. „Ich staune nur, dass ihr euch nicht schon längst gegenseitig erschossen habt."

Michael ärgerte sich über ihr aufreizendes Lächeln für die lüsternen Geschäftsleute, amüsierte sich jedoch über ihren Scherz. „Wir haben gelegentlich Meinungsverschiedenheiten. Aber Shayne hat akzeptiert, dass ich der Boss bin, obwohl wir Partner sind."

„Du kehrst also noch immer deine Überlegenheit heraus?" Sie erinnerte sich an frühere Ringkämpfe. Manchmal hatten sich Roarke und Shayne gemeinsam mit Michael angelegt, waren aber jedes Mal unterlegen gewesen.

„Man muss eben einsetzen, was man hat."

Sein tiefes Lachen löste unerwünschte Empfindungen in ihr aus. Die unbekümmerte Stimmung wurde von einer geradezu greifbaren Spannung ersetzt, während sie an Zeitungsständen, Imbissbuden und Souvenirläden mit winzigen Tabasco-Fläschchen und grinsenden Plastikkrokodilen vorbeigingen.

Lorelei hatte stets ausgesprochen, was ihr in den Sinn kam. Dadurch galt sie in Hollywood als Ausnahmefall. Jetzt fand sie, dass sie alle Karten auf den Tisch legen sollte. Sie blieb stehen und wandte sich an Michael.

„Ich muss auf der Stelle etwas klären."

„Schieß los!" Er rechnete nicht mit einer Entschuldigung für ihr damaliges unreifes Verhalten, aber doch wenigstens mit einer Erklärung.

„Ich war von Anfang an gegen diesen Plan, und ich bin auch jetzt nicht damit einverstanden."

„Verstehe." Michael fand in ihrem Gesicht Spuren einer inneren Anspannung, die in ihrer Stimme nicht zu hören war. „Sprechen wir jetzt darüber, dass das Studio einen Leibwächter für dich engagiert hat? Oder geht es darum, dass die Blue-Bayou-Detektei und somit ich den Auftrag bekommen hat?"

„Es geht ganz allgemein um den Leibwächter. Ich habe nichts gegen dich persönlich, Michael." Das war eine Notlüge, damit sie nicht eingestehen musste, dass er ihr das Herz gebrochen hatte. „Ich gebe einfach meine Privatsphäre nicht gern auf."

Michael hatte nicht grundlos die höchste Aufklärungsrate bei der Polizei erlangt und die meisten Geständnisse erzielt. Er verstand es, einen Verdächtigen zu durchschauen. Lorelei war gut, sehr gut, aber sie log. Auch wenn sie es nicht zugeben wollte, störte es sie, dass er wieder in ihrem Leben aufgetaucht war.

„Hast du nicht schon auf deine Privatsphäre verzichtet, als du Filmstar wurdest?"

Sein Tonfall deutete an, dass Schauspielerinnen in seinen Augen nicht viel höher standen als die Frauen, die sich in den Fernstern der Bourbon Street auszogen.

„Was ich auf der Leinwand mache, hat nichts mit meinem Privatleben zu tun."

„Du magst das glauben, aber offenbar ist ein ganz bestimmter Kerl da ganz anderer Meinung."

Lorelei wich seinem Blick aus. „Wahrscheinlich ist er nicht gefährlich. Du hast keine Ahnung, wie viele Männer mir in Briefen ewige Liebe schwören. Meine Sekretärin gibt gar nicht alles an mich weiter, aber ich bekomme etwa ein Dutzend Heiratsanträge pro Woche ... und noch mehr eindeutige Anträge."

„Kein Wunder."

Auch er hatte sich ‚Hot Ice' unzählige Male angesehen. Bestimmt dachten die meisten Männer, die sie in der Rolle der aufregenden Einbrecherin sahen, nicht an Heirat, sondern daran, sie ins nächste Bett zu zerren.

„Aber hier geht es um Einbruch und versteckte Kameras. Dieser Kerl schießt weit über das Ziel hinaus."

Nachdem die Polizei die Kamera aus ihrem Schlafzimmer entfernt hatte, war eine von Eric beauftragte private Sicherheitsfirma angerückt. Zwar hatten ihr die Spezialisten nach einer genauen Suche versichert, dass es keine Kameras und Wanzen mehr im Haus gab. Trotzdem hatte Lorelei es seit diesem Angst einflößenden Brief nicht mehr in ihrem Schlafzimmer ausgehalten.

„Du hast Recht“, räumte sie ein.

„Natürlich, und darum wird während deines Aufenthalts in Louisiana immer jemand bei dir sein, Shayne oder ich oder jemand, dem wir vertrauen.“

Es beruhigte sie keineswegs, dass ihr ein Mann, bei dem sie sich wieder wie sechzehn fühlte, ständig nahe sein sollte.

„Das heißt wohl, dass du von jetzt an alles bestimmst.“

„So ist das nun mal beim Personenschutz.“

Einige Reisende erkannten Lorelei und betrachteten den Mann an ihrer Seite. Wahrscheinlich wollten sie herausfinden, ob auch er eine Berühmtheit war. Manche Leute störten sich auch nur daran, dass sie beide im Weg standen. Michael und Lorelei merkten es nicht einmal.

„Und wenn wir uns nicht einigen?“

„Dann bleiben uns zwei Möglichkeiten. Du kannst deinen Regisseur dazu bringen, mich zu feuern ...“

„Das habe ich schon versucht“, erwiderte sie leise. „Leider ist er ungewöhnlich starrsinnig.“

„Bestimmt nicht so starrsinnig wie ich. Und das bringt mich zur zweiten Möglichkeit.“

„Und die wäre?“

„Wir könnten ringen. Drei Durchgänge. Wer den anderen zweimal auf die Matte legt, hat gewonnen.“

„Das ist nicht fair. Du bist stärker als ich.“

„Ich kann dir nicht widersprechen.“

Michael staunte selbst, dass er sich allmählich amüsierte. Jahrelang hatte er sich eingeredet, dass Lorelei ihm nichts mehr bedeutete. Als er ihr jetzt mit der Spitze des Zeigefingers über die Nase strich, sah er ein, dass er sich geirrt hatte.

Schweigend warteten sie auf Loreleis Gepäck. Michael betrachtete erstaunt die Gepäckscheine.

„Stimmt was nicht?“

„Ich habe mit mehr gerechnet.“

„Aha, du hast einen Filmstar aus Beverly Hills mit unzähligen riesigen Koffern erwartet.“

„Ja, so ungefähr“, gestand er.

„Tut mir Leid, dich zu enttäuschen.“

Als er ihr einen männlich forschenden Blick zuwarf, wünschte sie sich, anstelle ihrer üblichen Reisekleidung, bestehend aus schwarzer Jeans, langärmeliger weißer Bluse und Turnschuhen, etwas Aufreizendes angezogen zu haben.

„Im Gegenteil“, erwiderte er leise und viel sagend. „Ich bin absolut nicht enttäuscht, Lorelei. Ich habe immer gesagt, du würdest zu einer Schönheit heranwachsen.“ Er lächelte verführerisch. „Ich habe Recht behalten.“

Im letzten Moment konnte sie verhindern, in diesen blauen Augen zu versinken. Früher hatte sie stets Michaels Anständigkeit bewundert. Wie hatte er sich in den zurückliegenden Jahren verändert!

Der Michael O'Malley, den sie gekannt und geliebt hatte, hätte nie eine Frau so lustvoll betrachtet, wenn er daheim eine Ehefrau hatte. Lorelei schwankte zwischen Wut und Enttäuschung.

„Was ist mit Desiree?“ fragte sie. „Ist sie schön?“

„Desiree? Woher weißt du von ihr?“

„Die Leute reden.“

„Offenbar hat Shayne deinem Regisseur etwas erzählt.“

„Offenbar“, erwiderte sie eisig.

„Ja, wenn du schon die Sprache darauf bringst ... Desiree ist schön – innerlich und äußerlich“, entgegnete er.

Wofür hielt er sie eigentlich? Glaubte er den Unsinn in den Klatschzeitschriften? Dachte er, sie würde mit einem verheirateten Mann ins Bett gehen, weil sie in ihren Filmen oft eine unmoralische Frau spielte?

„Du bist ein Glückspilz."

„Roman ist der Glückspilz", erwiderte Michael und wurde allmählich über ihren herablassenden Ton wütend.

„Roman?"

„Roman Falconer."

„Der Autor?"

„Ja. Bevor er Autor wurde, war er Staatsanwalt." Roman war auch einer der wenigen Politiker, die Michael respektiert hatte, auch wenn er den Mann einmal tatsächlich wegen Mordes hatte verhaften wollen.

Endlich setzte sich das Gepäckband in Bewegung. Lorelei achtete nicht darauf, sondern strich sich durch das Haar. Michael sah die Diamanten an ihrem Handgelenk glitzern. Ob ein Liebhaber ihr das Armband geschenkt hatte?

„Ich erinnere mich an Roman. Er war einer unserer Nachbarn." Auch Desiree Dupree hatte kurze Zeit in ihrer Nähe gewohnt, war dann jedoch von ihrer Großmutter in ein Internat in Europa geschickt worden.

„Ach ja, das hatte ich vergessen." Michael hatte zwar an jedem Samstagvormittag den Rasen gemäht, war jedoch nie ins Haus eingeladen worden.

„Ich verstehe das nicht", sagte Lorelei.

Ihm erging es ähnlich wie ihr. „Was verstehst du nicht?"

„Was hat Roman Falconer mit deiner Frau zu tun?"

„Mit meiner Frau?" fragte Michael verblüfft. „Hast du gedacht, ich wäre mit Desiree Dupree verheiratet?"

„Stimmt das nicht?"

„Natürlich nicht. Verdammt, Lorelei, wofür hältst du mich? Ich würde keiner Frau sagen, dass sie schön ist, wenn ich verheiratet wäre!"

Lorelei wurde rot. In Louisiana gab es zwar keine Erdbeben wie in Kalifornien, aber sie wünschte sich trotzdem eines, damit sich die Erde öffnete und sie verschlang. Da sie nicht im Boden versank, blieb ihr nur eine Möglichkeit.

„Ich muss mich offenbar bei dir entschuldigen."

Da sie ihn mit ihrem Duft schon die ganze Zeit zum Wahnsinn trieb, beschloss Michael, sie eine Weile leiden zu lassen. Nur ein wenig.

Es machte sie nervös, dass er sie ausdruckslos betrachtete. Wahrscheinlich war das noch ein Überbleibsel aus seiner Zeit als Polizist. Hinter ihr beschwerte sich jemand. Sie wich ein Stück zur Seite. Michael folgte ihr, als wären sie durch unsichtbare Fesseln miteinander verbunden.

„Na?" Sie verschränkte die Arme. „Sagst du gar nichts?"

„Ich dachte, du sagst etwas. Wolltest du dich nicht entschuldigen?"

Sie sah ihn gereizt an. Nur dieser Mann hatte ihr Temperament jemals so in Wallung versetzen können. Erneut wichen sie beide zur Seite und machten für ein junges Pärchen Platz, das zwei Reisetaschen vom Band nahm.

„Eric hat sich wohl geirrt." Als er noch immer nichts sagte, biss sie die Zähne zusammen. „Er hat behauptet, du hättest zweimal beruflich mit Desiree Dupree zu tun gehabt."

„Das stimmt auch", bestätigte Michael. Sein letzter Fall als Detective bei der Polizei von New Orleans hatte sich um Desiree gedreht.

„Er erwähnte auch, ihr zwei würdet zusammenleben."

„Das haben wir eine Zeit lang getan." Michael überlegte, was er ihr erzählen sollte und ob es sie überhaupt interessierte. „Es hat nicht geklappt."

„Oh." Dass er nicht verheiratet war, machte diesen Mann noch gefährlicher. „Tut mir Leid."

„Das ist schon längst vorbei." Es schmerzte jetzt nicht, weil es auch damals nicht geschmerzt hatte. Nur eine Frau hatte ihm jemals das Herz gebrochen, und diese Frau stand leider viel zu dicht neben ihm. Er musste schnellstens auf neutralen Boden zurückfinden und wandte sich dem Gepäckband zu. „Sind das deine Sachen?"

Sie wandte den Blick von seinem verschlossenen Gesicht ab und betrachtete die Koffer. „Ja."

Der Bann war gebrochen. Michael klemmte sich beide Koffer unter einen Arm und führte Lorelei zum Ausgang.

Die Filmmannschaft war im Fairmont abgestiegen. Michael hatte Lorelei jedoch unter falschem Namen im Whitfield Palace Hotel angemeldet.

„Nicht einmal du kannst mein Eintreffen in der Stadt geheim halten", bemerkte sie, während sie mit dem privaten Aufzug für VIPs zur Suite unter dem Dach hinauffuhren.

„Das ist vermutlich unmöglich", stimmte er zu. „Aber so bist du wenigstens abends nach den Dreharbeiten von den anderen Mitgliedern des Teams getrennt."

„Willst du andeuten, ich könnte den Verfolger kennen und sogar mit ihm zusammenarbeiten?"

„Möglich. Es überrascht mich, dass Gerard noch nicht davon gesprochen hat."

„Er hat es erwähnt", räumte sie zögernd ein. „Ich habe ihm aber versichert, dass er sich irrt."

„Und er kam nicht darauf zurück?"

„Er hat mich nicht informiert, was er unternimmt. Ich hatte allerdings den Eindruck, dass er meinem Instinkt vertraut."

„Das kann ich mir nicht vorstellen. Wahrscheinlich hat er so viel zu tun, dass es für ihn einfacher war, dich an mich weiterzugeben."

„Meinen Fall an dich weiterzugeben", verbesserte sie ihn. „Niemand gibt *mich* weiter."

„In Ordnung, du hast Recht." Michael schwor, sich weder von ihrem verführerischen Duft noch von ihrer so energisch betonten Unabhängigkeit von seiner Arbeit abhalten zu lassen. „Allerdings gehe ich kein Risiko ein. Mehrere Männer aus eurer Filmcrew kommen als Verdächtige in Frage."

„Das glaube ich nicht!" Sie stemmte die Hände in die Hüften und sah ihn kampfbereit an. „Nenne mir einen!"

„Fangen wir mit John Nelson an."

„John?"

„Als Kameramann verfügt er über das technische Wissen, das nötig war, um die Kamera in deinem Schlafzimmer einzubauen."

„Er mag über das Wissen verfügen, aber er würde so etwas nie tun. Außerdem interessiert John sich von allen Männer in unserer Gruppe am wenigsten für mich. Er ist nämlich schwul."

Michael war nicht im Geringsten überrascht. „Er neigt leider auch dazu, auf Pferde zu wetten, und er ist bei den Buchmachern hoch verschuldet."

„Was hat das mit mir zu tun, wenn er in finanziellen Schwierigkeiten steckt?"

„Wie viel würden gewisse schmierige Klatschzeitschriften oder Pornoverlage für Nacktaufnahmen von dir zahlen?"

Jetzt konnte sie eine Gänsehaut nicht mehr unterdrücken. Die Kopfschmerzen kehrten zurück, ebenso ein Brennen im Magen. Sie holte eine Rolle Magentabletten aus der Tasche und schob drei in den Mund.

„Das würde er nie tun", behauptete sie erneut. „Wir sind Freunde. Im letzten Winter hat er mir sogar angeboten, bei ihm zu wohnen, nachdem mein Haus durch ein Gewitter unter Wasser gesetzt worden war."

„Dadurch hätte er die Aufnahmen nur noch einfacher machen können."

Lorelei fluchte, wie sie das früher nie getan hätte. Der Aufzug hielt auf der obersten Etage.

„Das erklärt noch immer nicht, wieso er mich plötzlich verfolgen sollte."

Michael antwortete nicht.

„Mir gefällt das alles nicht", sagte sie leise, als sich die Türen öffneten.

„Dann sind wir schon zu zweit."

Vom Aufzug aus erreichte man eine Diele mit Marmorboden. An den Wänden schimmerte eine elfenbeinfarbene Seidentapete, der Rahmen des bodenlangen Spiegels war vergoldet, ohne überladen zu wirken. Es duftete schwer nach Rosen, Gladiolen und Lilien.

„Ich habe nicht die Einrichtung gemeint, sondern dass du gegen meine Freunde ermittelst."

Michael zuckte bloß die Schultern, holte einen elektronischen Schlüssel aus der Jackentasche und schob ihn in einen Schlitz der Tür am Ende der Diele. „Ich hätte auch gegen deine Feinde ermittelt, aber erstaunlicherweise scheinst du keine zu haben."

„Das hätte ich dir gleich sagen können."

Auch jetzt störte er sich nicht an ihrem scharfen Tonfall. „Abgesehen natürlich von dem Kerl, der dich verfolgt." Er öffnete die Tür und ließ Lorelei den Vortritt. „Bei einem verspäteten Mittagessen sprechen wir über die anderen Mitglieder des Filmteams."

„Ich lasse normalerweise das Mittagessen ausfallen."

„Solltest du nicht tun. Du bist zwar wunderschön, aber du solltest mehr Fleisch auf den Rippen haben." Er achtete nicht darauf, dass sie zornig nach Luft schnappte. „Ich lasse jedenfalls nie ein Mittagessen ausfallen. Und nachdem ich eine Stunde auf deine verspätete Maschine gewartet habe, bin ich hungrig genug, um einen Alligator zu essen."

„Vielleicht läuft der Küchenchef los und fängt einen für dich", erwiderte sie übertrieben freundlich.

„Gute Idee", erwiderte er locker. „Ich bin aber auch mit einem doppelten Cheeseburger zufrieden. Das Whitfield Palace hat fünf Sterne, serviert aber trotzdem die besten Hamburger in der ganzen Stadt. Und die Fritten sind hier fast so gut wie im ‚Port of Call'."

„Ich esse kein Fleisch mehr." Sie verschwieg, dass sie sich nicht erinnern konnte, wann sie sich das letzte Mal Pommes frites gegönnt hatte. Es war nicht einfach, eine Sexgöttin zu sein.

„Wie du willst", entgegnete er gleichgültig. „Meinetwegen kannst du Mineralwasser oder Champagner oder etwas anderes trinken, das bei Filmstars gerade in Mode ist. Ich esse jedenfalls."

Bisher hatte sie sich nur still geärgert, aber mit seiner machohaften Art brachte er das Fass zum Überlaufen. Sie öffnete schon den Mund, um ihm unmissverständlich klar zu machen, was sie von ihm hielt, als es ihr bei seinen nächsten Worten die Sprache verschlug.

„Und bei der Gelegenheit kannst du mir gleich die Namen von allen Männern nennen, mit denen du in den letzten sechs Monaten geschlafen hast."

4. KAPITEL

Bevor Lorelei verbal auf Michael losgehen konnte, erhob sich von einer Couch ein Mann, der ihr entfernt bekannt vorkam. Er lächelte ihr viel herzlicher als Michael zu.

„Hallo, Engel." Er umarmte sie. „Höchste Zeit, dass du dich hier wieder zeigst."

Erst jetzt erkannte sie ihn. „Hallo, Shayne." Die freundliche Umarmung milderte ihren Zorn ein wenig. „Es ist schön, wieder hier zu sein." Aus dem verwegenen Jungen, an den sie sich erinnerte, war ein hinreißend attraktiver Mann geworden. „Es war zumindest schön, bis Michael beschloss, mich dem dritten Grad zu unterziehen."

Lachend streichelte Shayne ihre Wange. Das war zwar sehr vertraulich, genau wie die Umarmung, wirkte auf Lorelei jedoch bei weitem nicht so intim wie jede Geste seines Bruders.

„Das ist seine Spezialität. Als ich zurückkam, empfing er mich mit einer entsicherten Pistole in der Hand."

„Das hatte vermutlich damit zu tun", erwiderte Michael trocken, „dass ich dich dabei ertappte, wie du mit einer entsicherten Pistole in der Hand in das Haus eingebrochen bist, in dem mein Büro liegt."

Shayne hatte sich zwar in Bliss Fortune verliebt, und Michael glaubte ihm auch, dass er nicht mehr von einer Frau zur anderen wanderte. Trotzdem gefiel es Michael gar nicht, Lorelei in den Armen seines Bruders zu sehen. Und noch weniger gefiel ihm das umwerfende Lächeln, das sie Shayne schenkte.

„Ist das wahr?" fragte Lorelei und ärgerte Michael durch ihr herzliches Lachen noch mehr. Er fand den Vorfall, der ihn und Shayne das Leben hätte kosten könne, gar nicht lustig. „Du warst schon immer unverbesserlich."

Shayne lachte mit ihr, und Michael hätte ihn am liebsten niedergeschlagen. Zwischen den beiden herrschte nicht annähernd eine solche Spannung wie zwischen ihm und Lorelei auf dem Flughafen und während der Fahrt zum Hotel. Die zwei führten sich auf, als wären sie noch immer Jugendliche, die sich an einem Sommernachmittag die Zeit vertrieben.

„Das ist eine lange Geschichte", meinte Shayne.

„Du musst sie mir unbedingt erzählen. Allerdings werde ich dir vermutlich kein Wort glauben. Du warst immer der schlimmste Lügner in der Familie O'Malley, vielleicht sogar von ganz Louisiana", sagte sie lachend. „Und jetzt seid ihr beide Partner. Erstaunlich."

„Manchmal glaube ich es selbst kaum", versicherte Shayne. „Aber es stimmt." Er lächelte jungenhaft und betrachtete bewundernd ihr Gesicht. „Weißt du, als ich nach Louisiana zurückkam, dachte ich, die tollen Zeiten wären für mich vorüber. Wer hätte gedacht, dass ich das Glück habe, die schönste Frau von Hollywood zu bewachen?"

Sie schmollte geziert. „Michael findet mich zu dürr."

Shayne begutachtete sie daraufhin sehr eingehend. „Ich finde keinen Grund zur Klage."

„Danke." Sie warf Michael einen triumphierenden Blick zu. „Er will außerdem eine Liste all meiner Liebhaber."

„Au!" Shayne sah seinen Bruder vorwurfsvoll an.

„Falls ihr zwei es vergessen haben solltet", erwiderte Michael. „Wir sind nicht zum Plaudern hier, sondern sollen Lorelei beschützen. Ihr Selbstbewusstsein brauchen wir nicht aufzubauen. Dafür sorgen schon ihre treuen Fans."

Shayne verzog bei der scharfen Ermahnung das Gesicht, während Lorelei sich wieder maßlos ärgerte. Shayne versprach, morgen nach den Aufnahmen auf dem Saint Louis-Friedhof Nr. 1 zu ihnen zu stoßen. Er umarmte Lorelei noch einmal und verließ die Suite.

Erneut herrschte zwischen Lorelei und Michael ein unbehagliches Schweigen. Lorelei dachte jedoch nicht daran, sich einschüchtern zu lassen.

„Hast du vorhin nicht gesagt, du könntest einen Alligator essen? Oder war es eine Kuh?" Sie ging über den weichen Teppichboden ans Telefon und streckte Michael den Hörer hin. Shayne hatte sie ein echtes Lächeln geschenkt. Jetzt war dieses Lächeln nur gespielt. „Vielleicht kommst du in bessere Stimmung, wenn du einen Cheeseburger gegessen hast."

Michael bezweifelte es. Er gab die Bestellung beim Zimmerservice auf und fand, dass ihm der Filmstar, den er bewachen musste, schwer auf die Nerven ging. Offenbar musste er sich jeden Cent des horrenden Honorars, das Shayne vom Studio verlangte, mühsam verdienen.

Lorelei geriet in Versuchung, den teuersten Champagner zu bestellen, fand das jedoch zu kindisch. Letztlich entschied sie sich für ein Kännchen Tee und ging nach nebenan, um ihre Sachen aufzuhängen. Michael folgte ihr.

„Du lässt mir doch hoffentlich etwas Freiraum?" Lässig holte sie einen Stapel Dessous aus dem kleineren Koffer und verstaute ihn in der obersten Schublade einer Kommode. „Die Wanne wäre zwar groß genug für zwei Personen, aber ich teile mein Bad mit niemandem."

Der Anblick von so viel Spitze und Satin regte Michaels Fantasie gewaltig an. Und als er sich vorstellte, wie er den dunkelroten BH öffnete, ahnte er die drohenden Probleme.

Entschlossen wehrte er die Visionen ab und konzentrierte sich auf Loreleis Frage. „Ich betrete ein Badezimmer nur, wenn ich dazu aufgefordert werde."

„Wie beruhigend", entgegnete sie lächelnd. „Und da ich auch nie mit Mitarbeitern und Kollegen schlafe, gibt es zwischen uns keine Probleme."

„Hat jemand von Schlafen gesprochen?"

„Ich meinte es im übertragenen Sinn."

„Ich auch." Er lächelte mutwillig, und Lorelei verstand plötzlich nicht, wieso sie vorhin Shayne attraktiver gefunden hatte als seinen Bruder.

Shayne O'Malley verströmte Charme wie Cary Grant oder James Bond. Die meisten Frauen fanden ihn bestimmt unwiderstehlich.

Aber Michael ... Michael O'Malley verkörperte puren Sex. Er erinnerte sie an eine Renaissancestatue, aber nicht aus Marmor. Marmor war zu glatt, zu poliert. Michael war ein Mann, der wie aus einem gewaltigen rauen Granitblock gehauen wirkte. Garantiert hatte er sich am Morgen rasiert, aber an Kinn und Wangen zeigte sich jetzt schon ein Bartschatten. Seine Mundpartie wirkte sogar, wenn er lächelte, mehr männlich-markant als schön.

„Nun", meinte sie, „so lange wir uns verstehen, sollte es keine Probleme geben."

„Absolut keine."

Es klopfte nebenan an der Tür. Während Michael dem Zimmerkellner öffnete, fuhr ihm durch den Kopf, dass Lorelei möglicherweise die größte Herausforderung seines Lebens darstellte.

Sie hörte das Öffnen der Tür, das Klappern eines Servierwagens, das Schließen der Tür. Essensgeruch zog ins Zimmer. Prompt knurrte ihr Magen.

Da sie Michaels Fragen ohnehin nicht entkommen konnte, ging sie ins Wohnzimmer hinüber. Sie hatte schon auf der ganzen Welt in Whitfield Palace Hotels gewohnt und kannte den Luxus, den diese Hotelkette bot. Daher überraschte es sie nicht, dass der

Tisch mit weißem Leinen, Silberbesteck und Kristallgläsern gedeckt war. In einer Vase aus kostbarem Waterford-Kristall stand eine leuchtend rote Rose.

Michael zog das Jackett aus, hängte es über die Stuhllehne, hob den Deckel von seinem Teller und betrachtete mit sichtlichem Genuss seinen Hamburger. Lorelei war gewöhnt, dass derartige Blicke auf sie gerichtet waren. „Was habe ich dir gesagt? Großartig! Willst du wirklich nichts?"

Sie riss den Blick von dem Schulterhalfter los, das vom Jackett verdeckt worden war, und betrachtete den Teller. „Ich sagte doch schon, dass ich kein Fleisch esse."

„Wie wäre es mit Schellfisch?" Er schenkte ihr eine Tasse Tee ein. „Austern? Krabben?"

Bei der Erwähnung von zwei ihrer Lieblingsgerichte lief ihr das Wasser im Mund zusammen. „Von der Cajun-Küche wird man schrecklich dick." Dankend nahm sie die Tasse entgegen und setzte sich auf die Ecke der Couch.

„Das ist ja das Gute daran. Und die scharfen Soßen."

Das konnte sie nicht abstreiten. „Ich muss auf mein Gewicht achten. Als ich mich das erste Mal selbst auf der Leinwand sah, kam ich mir riesenhaft vor – wie Gulliver im Land der Zwerge."

„Außer dir hat auf der ganzen Welt garantiert niemand so gedacht." Michael erinnerte sich noch deutlich, wie er fast erstickt wäre, als Lorelei in einer Großaufnahme aus einem Pool stieg – wie die Venus aus der Muschel. Das lange hellblonde Haar fiel wie nasses Seegras auf ihre Schultern.

Sie versuchte, den lockenden Duft des geschmolzenen Käses zu ignorieren. „Die Kamera lässt jeden dicker aussehen. Brian Wilder hat mich erst letzte Woche darauf aufmerksam gemacht, dass die Leute mich nicht als großartige Shakespeare-Darstellerin sehen wollen."

„Wilder." Michael nahm einen Bissen. „Der Drehbuchautor."

„Den meine ich. Und er setzt kein Geld bei Glücksspielen."

„Er trinkt auch nicht und nimmt keine Drogen", fügte Michael hinzu. „Nach meinen Informationen hat der Typ zwar das Image eines flotten Junggesellen, aber er ist absolut sauber. Vermutlich geht er nicht einmal bei Rot über die Straße."

Lorelei ärgerte sich über seinen misstrauischen Ton. „Nicht jeder verstößt gegen das Gesetz."

Er tauchte eine Fritte in Ketchup und schob sie sich in den Mund. „Das denkst du."

„Du nicht?"

„Schatz, ich war lange genug Polizist, um zu wissen, dass es keinen absolut gesetzestreuen Bürger gibt."

„Wirklich nicht?" Sie lächelte ihn kühl an. „Nur zu deiner Information, du Gesetzeshüter – hier sitzt die Ausnahme vor dir."

Michael antwortete nicht sofort, sondern griff nach der Gabel und bediente sich beim Krautsalat. „Angenommen, in einem Geschäft gibt dir jemand zu viel Geld zurück. Was machst du?"

„Ich weise natürlich auf den Fehler hin."

„Was ist mit der Steuer? Eine reiche Frau wie du hat doch da sicher ein wenig gemogelt."

„Ich habe einen sehr guten Steuerberater." Sie ließ sich von seinem bohrenden Blick nicht einschüchtern. „Er wird dafür bezahlt, legale Abschreibmöglichkeiten aufzuspüren."

„Schlupflöcher."

„Abschreibmöglichkeiten", wiederholte sie. „Vergiss nicht, dass ich in der Neuverfilmung von Al Capones Lebensgeschichte mitgespielt habe. Ich habe mir gut gemerkt, dass zwar alle Polizeibehörden versagten, das Finanzamt ihn aber schließlich zur Strecke brachte."

„Steuerschwindel ist zu einem Volkssport geworden", meinte er. „Allerdings ist das nur was für Dummköpfe. Wie ist es denn mit zu schnellem Fahren?"

„Was soll damit sein?"

Er führte gerade wieder eine dick mit Ketchup überzogene Fritte zum Mund, stockte und sah sie scharf an. „Du bist dafür bekannt, dass du dich nicht an Geschwindigkeitsbeschränkungen hältst."

Sie lächelte entwaffnend. „Officer, wollen Sie damit sagen, dass diese Schilder am Straßenrand nicht nur empfohlene Richtgeschwindigkeiten anzeigen?"

„Ich will damit sagen, dass du vermutlich bald wieder zum Fahrunterricht geschickt wirst."

Sie zog die Augen schmal zusammen. „Du hast mich tatsächlich überprüft?"

„Aber sicher." Er schob die Fritte in den Mund und kaute dermaßen genüsslich, dass Lorelei am liebsten nach ihm geschlagen hätte.

„Du hast mich doch nicht verdächtigt, mich selbst zu verfolgen?"

„Also, wenn du es schon zur Sprache bringst ... der Gedanke kam mir tatsächlich."

„Was?" Sie konnte sich kaum noch beherrschen. „Wie kannst du so zynisch sein!"

„Nicht zynisch, sondern gründlich. Du drehst gerade einen Film über eine Frau, die verfolgt wird. Der Zeitplan und das Budget wurden bereits überzogen ..."

„Das ist nicht meine Schuld."

„Das habe ich auch nicht behauptet", erklärte er unbeeindruckt. „Es ist allerdings eine Tatsache, dass Eric Taylor als Erster die Polizei gerufen hat. Und ihm sitzen die Manager in den Armani-Anzügen im Nacken und wollen ihm die Kontrolle über den Film entziehen. Wenn nun etwas Aufsehenerregendes passiert ... wenn zum Beispiel das Leben die Kunst imitiert ... Also, ich verstehe zwar nichts vom Filmgeschäft, aber sogar mir ist eines klar: Ein solcher Vorfall würde die zu erwartenden Zuschauerzahlen hochschnellen lassen."

„Ich würde niemals und unter gar keinen Umständen einem dermaßen lächerlichen Plan zustimmen."

Er zuckte die Schultern und griff nach der Kaffeetasse, die in seinen großen Händen winzig und zerbrechlich wirkte. „Ich kann mich nicht erinnern, dass ich dir das vorgeworfen habe."

„Du hast es angedeutet."

„Wenn ich etwas zu sagen habe, Lorelei, sage ich es auch. Ich deute nichts an. Stimmt, meiner Meinung nach würde so manche Schauspielerin aus Reklamegründen bei so etwas mitmachen. Du hast zwar keine so blütenweiße Weste, wie du mir einreden wolltest. Aber ein Bleifuß auf dem Gaspedal deines Mercedes Coupés bedeutet noch nicht, dass du die Polizei missbrauchst, um in ein paar Talkshows auftreten zu können."

„Danke sehr."

„Bitte sehr. Ich verdächtige dich zwar nicht, aber das heißt nicht, dass es sich nicht doch um einen Schwindel handelt."

„Eric würde das nie machen."

„Bist du sicher?"

„Darauf würde ich mein Leben verwetten."

„Und möglicherweise tust du genau das."

Lorelei sprang wütend auf. Wie konnte er dermaßen auf ihren Nerven herumtrampeln! „Das ist lächerlich! Dieser Verfolger ist eindeutig besessen, aber ich kann und will nicht glauben, dass er mich umbringen möchte. Er hat beteuert, dass er mich liebt."

„Er wäre nicht der erste Mann, der eine Frau zu Tode liebt."

Seine grimmige Miene wirkte auf sie wie eine kalte Dusche. „Du sprichst von Desiree?"

„Ja", bestätigte er und erinnerte sich daran, dass die Frau, die seine Geliebte gewesen und seine Freundin geblieben war, beinahe von dem Vergewaltiger im Französischen Viertel ermordet worden wäre. „Der erste Mann, der sie verfolgte, war krank. Ich war zwar froh, als er hinter Gitter kam, aber er war weitgehend harmlos."

„Und der zweite?" fragte sie leise.

„Er hatte schon vorher gemordet." Michael hatte den Tod einer durchgebrannten Jugendlichen nicht verhindern können. Wahrscheinlich würde ihn das immer belasten. „Und er hätte weitergemordet."

„Wenn du ihn nicht aufgehalten hättest."

„Ja."

„Hast du ..." Sie stockte und wählte sorgfältig ihre Worte. Eric hatte ihr offenbar nicht alles erzählt. Sie warf einen Blick auf das schwarze Schulterhalfter. „Hast du ihn erschossen?"

„Ja."

Da Desiree jetzt verheiratet war, wusste Lorelei, dass diese Geschichte ein relativ glückliches Ende genommen hatte. Michael war allerdings gezwungen gewesen, den Mann zu töten, der seine Geliebte verfolgt hatte. Plötzlich begriff sie, dass sie vielleicht in einer ähnlichen Gefahr schwebte. Die Beine versagten ihr den Dienst. Sie ließ sich in einen Sessel sinken.

Im nächsten Moment stand Michael vor ihr und legte ihr die Hand an den Hinterkopf. „Steck den Kopf zwischen die Knie."

„Ich brauche nicht ..."

„Sei still und tu es! Ich bekomme viel Geld dafür, dass ich auf dich aufpasse, Lorelei. Und ich lasse mir meinen Ruf nicht dadurch ruinieren, dass du schon am ersten Tag ohnmächtig wirst."

„Ich werde nie ohnmächtig."

„Wie schön für dich. Dabei wollen wir es auch belassen." Sanft, aber entschieden drückte er sie nach unten. Da es schwierig war zu widersprechen, wenn vor ihren Augen weiße Punkte flimmerten, gehorchte sie.

Allmählich konnte sie wieder klarer sehen.

„Fühlst du dich besser?"

„Ein wenig." Vor ihren Augen verschwamm zwar nicht mehr alles, aber Michaels streichelnde Finger brachten sie erneut aus dem Gleichgewicht.

„Da." Er stellte ein Glas Wasser vor sie hin. „Wahrscheinlich hast du auf dem Flug zu wenig getrunken."

„Ich hatte schon vergessen, wie gern du herumkommandierst", murmelte sie und ärgerte sich darüber, dass das kalte Wasser besser als der feinste Champagner schmeckte.

„Und ich hatte vergessen, wie starrsinnig du sein kannst",

entgegnete er. „Du warst immer schrecklich verwöhnt, Lorelei." Und er war nach diesem reichen, schönen und verwöhnten Mädchen verrückt gewesen. „Die Leute in Hollywood haben dich offenbar genau wie deine Eltern behandelt."

Lorelei hatte wegen ihrer unterschiedlichen Lebensumstände stets ein schlechtes Gewissen gehabt. Michael war nicht arm. Sein Vater war Fotoreporter, der bedeutende Preise gewonnen hatte. Sie war allerdings in Reichtum und mit allen möglichen Privilegien aufgewachsen, während er ständig gearbeitet hatte. Und er war rund um die Uhr damit beschäftigt gewesen, Roarke und Shayne aus Schwierigkeiten herauszuhalten.

Sie sah ihm direkt in die Augen. „Ich habe nicht alles bekommen, was ich wollte."

Sie flüsterte nur, aber Michael verstand jedes Wort klar und deutlich.

Er war überzeugt gewesen, die Asche ihrer Liebesgeschichte wäre längst erkaltet. Doch als Lorelei ihn jetzt ansah, fand er noch einen Rest von Wärme.

„Nicht nur dir ist es so ergangen." Er legte Pommes frites auf einen Teller mit Goldrand. „Komm, du fühlst dich gleich besser, wenn du etwas isst."

„Ich habe doch schon gesagt, dass ich auf mein Gewicht achten muss."

„Ich mache dir einen Vorschlag. Du isst genug, um nicht in Ohnmacht zu fallen, und ich achte auf dein Gewicht."

Michael mochte ein Chauvinist sein und herumkommandieren, aber er war absolut selbstständig und unabhängig. Und das unterschied ihn von all den Männern, die sie kannte und die viel Zeit und Energie für die intriganten und lächerlichen Spielchen von Hollywood einsetzten.

„Ich kann mir dich nicht als Polizist vorstellen."

„Wieso denn nicht? Erzeuge ich denn kein Vertrauen?"

Lorelei vergaß, dass sie nichts essen wollte, griff nach einer Fritte und kaute geistesabwesend, während sie Michael betrachtete. „Natürlich tust du das, aber darum geht es nicht. Ich kann mir nur nicht vorstellen, dass du Befehle befolgst."

„Das konnte ich mir auch nicht vorstellen. Wahrscheinlich haben sich meine Vorgesetzten deshalb nicht sonderlich bemüht, mich zu behalten."

„Das war ihr Fehler."

„Täusche ich mich, oder ist soeben ein Kompliment über deine rosigen Lippen gekommen?"

Lorelei lächelte entspannt. „Ich glaube, ich war bisher zu abweisend zu dir."

„Das ist unter den gegebenen Umständen nur zu verständlich."

„Ja, wahrscheinlich." Sie biss in die nächste Fritte, die wie die erste perfekt geraten war – außen goldbraun und knusprig, innen weiß und locker. „Es ist ja nicht so, als hätte ich Angst ..."

„Solltest du aber haben", warf er ein.

„Ja, stimmt. Aber da Eric die unerschrockenen O'Malley-Brüder engagiert hat, um auf mich aufzupassen, überlasse ich dir und Shayne die Hauptsorge."

„Dafür werden wir bezahlt", bestätigte er.

„Und sehr gut, wie ich gehört habe."

„Du bist es zweifellos wert."

Sie musste wieder lächeln. „Zweifellos." Lorelei griff nach der nächsten Fritte. „Könnte ich Ketchup dazu haben?"

Er stellte die Schale auf das Tischchen neben ihrem Sessel.

„Das Schlimmste ist, dass mir die Kontrolle entgleitet." Das Ketchup schmeckte stark nach Tabascosoße und weckte Erinnerungen an heimliche Ausflüge mit Michael zur Fischerhütte seines Onkels Claude im Bayou. „Ich habe mich damit abgefunden, dass man in meiner Branche ohnedies wenig Kontrolle hat. Aber jetzt ... Michael, wir sprechen über mein Leben. Ich habe hart daran gearbeitet, mein Privatleben vor der Öffentlichkeit abzuschirmen. Ich empfinde diesen Mann als üblen Eindringling."

„Ich weiß." Plötzlich spürte er das Verlangen, sie an sich zu ziehen, ihren Rücken zu streicheln, ihr seidiges Haar zu küssen und sie zu lieben. Hastig setzte er sich wieder an den Tisch und biss von dem Burger ab, der seinen neu erwachten Appetit nicht stillen konnte. „Ich werde dich nicht im Stich lassen, Lorelei."

Vor einem Jahrzehnt hatte er zu ihr die gleichen Worte gesagt. Das war am Abend vor ihrem Abflug nach Los Angeles gewesen. Damals hatte er ihr versprochen, dass sie heiraten würden, ein eigenes Heim und Kinder haben würden. Doch als sie zu Thanksgiving heimkam, hatte er sie und alle Schwüre vergessen.

Damals waren sie beide jung gewesen. Es war dumm von ihr gewesen, zu erwarten, dass sich ein Achtzehnjähriger bereits an ein Mädchen band. Das machte nicht einmal ein so verantwortungsvoller Junge wie Michael. Letztlich war jeder seinen eigenen Weg gegangen, wie ihre Eltern, die stets gegen die Romanze gewesen waren, vorhergesagt hatten.

Jetzt hatte das Schicksal Michael wieder in ihr Leben gebracht. Und ihr Verlangen galt nicht mehr einem attraktiven, ernsten Jungen, sondern einem Mann. Noch war sie nicht bereit, ihm ihr Herz anzuvertrauen. Aber Lorelei wusste, dass sie ihr Leben in Michael O'Malleys Hände legen konnte.

„Ich kriege ihn, Lorelei." Seine tiefe Stimme unterbrach ihre Gedanken.

„Ich weiß", erwiderte sie und war ehrlich davon überzeugt.

5. KAPITEL

Zu ihrem größten Erstaunen aß Lorelei nicht nur die Pommes frites auf, sondern auch den Krautsalat. Und sie hatte sich nur wenig überzeugend gewehrt, als Michael noch zwei Portionen Brotpudding bestellte.

„Wenn ich weiter so esse, bringt mich die Garderobiere um", klagte sie.

„Dann läufst du eben morgens etwas mehr", entgegnete er und

beobachtete zufrieden, wie sie die Karamell-Whisky-Soße vom Löffel leckte.

Es überraschte sie nicht, dass er über ihren Morgensport Bescheid wusste. Erst als die Briefe eintrafen, hatte sie darauf verzichtet und stattdessen in ihrem Wohnzimmer zu Aerobic-Kassetten getanzt. „Um dieses Übergewicht loszuwerden, muss ich bis Baton Rouge und zurück laufen."

„In New Orleans nimmt man alles leicht", erinnerte er sie. „Man genießt unbeschwert."

„Du hast leicht reden", entgegnete sie. „Du gibst dich bestimmt nur selten Ausschweifungen hin." Dafür, dass sie ihn über zehn Jahre nicht gesehen hatte, schätzte sie ihn sehr gut ein. „Außerdem musst du kein Stripper-Kostüm anziehen."

„Ein Stripper-Kostüm?" Die Vorstellung gefiel ihm zwar persönlich, aber es war schon schlimm genug, dass sie sich bei Dreharbeiten vor der Kamera in Dessous zeigte. Wenn ihr Verfolger sie erst einmal in einem knappen Slip und einem winzigen BH sah, brach womöglich die Hölle los.

„Sofern man zwei Streifen Pflaster und ein paillettenbesetztes Dreieck von der Größe einer Augenklappe überhaupt Kostüm nennen kann", fügte sie hinzu.

Michael nahm sich vor, ihren Zeitplan zu überprüfen. Shayne war mehr oder weniger schon ein verheirateter Mann, und es wäre doch ein Jammer, wenn er bei der fraglichen Szene Wache schieben müsste.

„Ich dachte, du bist die Heldin, die Gute."

„Bin ich auch, aber ich nehme in dem Film eine Stelle als Stripperin an, um eine ganz bestimmte Person für mein Buch zu beobachten."

„Und diese Person landet als Leiche im Bayou."

„Du hast das Drehbuch gelesen?"

„Das war eine reine Vorsichtsmaßnahme. Da der Film bereits ein Stück im Stück darstellt, dachte ich, dein Verfolger könnte eine weitere Ebene hinzufügen wollen."

„Wie eine Zwiebelschale“, sagte sie leise.

„Richtig. Verfolger neigen dazu, auf mehreren Ebenen zu denken. Sie mögen verrückt sein, aber in ihren Köpfen spielt sich viel ab. Manchmal muss man einfach Geduld aufbringen und eine Schicht nach der anderen abtragen.“

Sie konnte sich gut vorstellen, wie er das machte. Als Jugendliche hatte er sie mit seiner unerschöpflichen Geduld zum Wahnsinn getrieben. Sein Charakter hatte sich im Lauf der Jahre offenbar nur noch weiter gefestigt.

Obwohl Michael darauf bestanden hatte, die Vorhänge zu schließen, und ihre innere Uhr durch die Reise nach Osten durcheinander war, fühlte Lorelei, dass es schon spät war. Der Wind frischte auf. Im Hof schlugen die Wedel der Bananenbäume gegen die Fenster. Blitze zuckten hinter den geschlossenen Vorhängen.

„Vom Golf zieht ein Gewitter auf“, sagte Michael, als hätte er ihre Gedanken gelesen.

Also war ihre Nervosität nicht nur auf Michaels Nähe zurückzuführen. Obwohl sie in New Orleans aufgewachsen war, hatten Gewitter sie stets nervös gemacht, genau wie Maggie in ‚Die Katze auf dem heißen Blechdach‘.

„Weitere Verzögerungen haben Eric gerade noch gefehlt.“

„Bis zum Morgen soll es vorüber sein.“ Er betrachtete sie zärtlich. „Erinnerst du dich an die Nacht, in der dieser Hurrikan nicht wie vorhergesagt Florida traf, sondern zu uns zog?“

„Wir mussten die Nacht in der Hütte deines Onkels verbringen.“ Diese Erinnerung war wie so viele, die mit Michael verbunden waren, gleichzeitig gut und schlecht, hauptsächlich allerdings gut. „Ich hatte Todesangst.“

„Ich auch“, gestand er lächelnd, lehnte sich zurück und streckte die langen Beine aus.

„Du hattest Angst?“ Er hatte es perfekt überspielt, hatte sie beruhigt und beteuert, er werde dafür sorgen, dass ihr nichts zustieß. Dieses Versprechen hatte er natürlich gehalten.

„Das war ein höllisches Unwetter", erinnerte er sie.

„Nicht so schlimm wie jenes, das uns daheim erwartete."

„Ich hatte dich in Gefahr gebracht, indem ich dich an diesem Wochenende mit ins Bayou nahm. Dein Vater war absolut im Recht, als er mich erschlagen wollte."

„Dad würde nie jemanden schlagen. Gewalt ist in seinen Augen unwürdig. Mir wäre es allerdings lieber gewesen, er hätte mich ganz altmodisch übers Knie gelegt, anstatt mir für den Rest des Sommers Ausgehverbot zu erteilen."

„Uns beiden, Schatz."

Das waren die längsten und schlimmsten Wochen seines Lebens gewesen. Damals hatte er ausnahmsweise gegen alle Regeln verstoßen, an die er sich sonst eisern hielt. Es gab Möglichkeiten, Dr. Longstreets Verbot zu umgehen. Und in jenem heißen Sommer hatte Michael alles darangesetzt, um sämtliche Möglichkeiten auszuschöpfen.

„Steht die mächtige Eiche noch vor deinem Fenster?"

„Sie wurde vor einigen Jahren von Wurzelfäule befallen", erwiderte sie seufzend. „Mutter schrieb, dass sie ein Vermögen ausgegeben haben, um den Baum zu retten, aber der Schaden war schon zu weit fortgeschritten."

„Schade", meinte er und lächelte über die intimen Erinnerungen.

„Ich kann noch immer nicht glauben, dass ausgerechnet du jede Nacht in mein Schlafzimmer geklettert bist."

„Du solltest die Macht der Hormone bei männlichen Jugendlichen nicht unterschätzen", meinte er lachend. „Lorelei, ich war verrückt nach dir. Um bei dir zu sein, habe ich sogar den Zorn deines Vaters riskiert."

Die Unterhaltung erinnerte sie deutlich an diese Nächte voll Zärtlichkeit und Leidenschaft. Niemals würde sie bereuen, was damals geschehen war. Und sogar heute noch wünschte sie sich, Michael hätte ihnen beiden die Erfüllung der Leidenschaft zugestanden.

„Du hast damals gesagt, dass du von mir geradezu besessen bist“, erinnerte sie ihn.

Sie hatten auf ihrem Bett gelegen. Die Plüschtiere hatten sie auf den Boden geworfen. Lorelei trug nur das Unterteil eines rosa gepunkteten Babydoll-Pyjamas. Michaels ausgebleichte Jeans bildete einen starken Kontrast zu seiner nackten Brust, die von der Arbeit auf den Docks tief gebräunt war.

Der Anblick hatte sie damals schwindelig gemacht. Bei der Erinnerung wurde ihr auch heute noch leicht schwindelig.

„Es war Besessenheit. Lorelei, damals wäre ich durch die Hölle und wieder zurück gegangen, um bei dir zu sein. Darum verstehe ich wenigstens bis zu einem gewissen Grad, was im Kopf deines Verfolgers vor sich geht. Er kann bei Tag und Nacht nur an dich denken.“ Michael stand auf. „Und darum wird er einen Fehler begehen. Er kann sich nicht mehr konzentrieren. Und er wird sich wahrscheinlich nicht länger von dir fernhalten können.“

Auch Lorelei erhob sich. „Ich finde das nicht sehr tröstlich.“

„Es sollte dich aber trösten, weil er bald aus der Dunkelheit auftauchen wird, und dann schnappen wir ihn.“ Er legte die Hände auf ihre Arme. „Und du kannst unbesorgt weiterleben.“

Es fühlte sich schön an, wie er sie festhielt und sie sanft und beruhigend ansah. Lorelei war in diesem Moment völlig zufrieden. Sie wünschte sich gar nichts mehr, höchstens, dass er sie etwas näher zu sich heranzog und ...

Sie hörte, wie er leise etwas sagte, und war überzeugt, dass nur ihr Wunsch der Vater des Gedanken war.

„Entschuldige, hast du gesagt ...“

„Ich habe ‚Bett‘ gesagt“, bestätigte er. „Du musst morgen zeitig zu Dreharbeiten, und durch den Zeitunterschied zur Westküste hast du schon zwei Stunden verloren.“

„Du hast Recht.“ Erst jetzt fühlte sie, wie müde sie war. „Bleibst du hier?“

„Ich schlafe auf der Couch.“

„Ich dachte, es gibt zwei Schlafzimmer.“

„Das Wohnzimmer liegt dazwischen. Ich lasse dir so viel Privatsphäre, wie nur möglich ist, aber ich muss in deiner Nähe bleiben."

Sie würden nur durch eine Tür voneinander getrennt schlafen. Die Frage war, ob sie da überhaupt Ruhe fand.

„Na schön, dann gehe ich jetzt zu Bett."

„Gute Idee. Ich bestelle einen Weckruf. Willst du morgen früh laufen? Ich kann auch dafür sorgen, dass wir allein sein, wenn du lieber den Fitnessraum auf dem Dach benützen willst."

Sie war lange von daheim fort gewesen. Zu lange, hatte sie auf der Fahrt vom Flughafen durch das Französische Viertel festgestellt. Und sie hatte diese Stadt, die mit keiner anderen in Amerika zu vergleichen war, vermisst.

„Wenn das Gewitter vorüber ist, möchte ich lieber laufen, sofern du nichts dagegen hast."

„Nein, gar nichts." Er zuckte die breiten Schultern und lenkte damit ihren Blick wieder auf die Pistole, die er nicht abgelegt hatte. Dieser Anblick erinnerte Lorelei daran, dass sie beide zwar viel besser als erwartet miteinander auskamen, dass es sich jedoch nicht um einen Freundschaftsbesuch handelte. „Ich laufe jeden Morgen und freue mich über Gesellschaft."

Nachdem das geregelt war, ging sie ins Schlafzimmer und schloss die Tür. Sie wusch Gesicht und Hände, putzte sich die Zähne und ließ sich in das bequeme Bett fallen. Die Anstrengung von der Reise und die Aufregung über Michaels unerwartetes Auftauchen hatten sie so erschöpft, dass sie überzeugt war, sofort einschlafen zu können.

Trotz der Müdigkeit kamen ihre Gedanken nicht zur Ruhe. Lorelei blickte zur dunklen Zimmerdecke hoch und erlebte noch einmal jeden Moment ihrer gemeinsamen Vergangenheit.

Der Sturm heulte vor den Fenstern. Die Geräusche mischten sich mit Sirenen. Durch die Tür hörte sie gedämpfte Stimmen. Wahrscheinlich hatte Michael den Fernseher eingeschaltet. Ob er sich einen Sexfilm ansah? Lorelei drehte sich auf die andere Seite und klopfte gereizt auf das Kopfkissen. Die Angst der letzten Zeit wurde von viel gefährlicheren Gefühlen abgelöst.

Die Laken waren glatt wie Seide, aber in ihrer überhitzten Fantasie stellte Lorelei sich vor, Michael raue Hand zu spüren. Unruhig rollte sie sich auf den Rücken. Eines der Kissen fiel zu Boden und stieß dabei das Wasserglas vom Nachttisch.

Die Verbindungstür flog auf. „Was ist passiert?"

„Nichts." Vor dem Bildschirm des Fernsehers hob Michael sich nur schemenhaft ab. Er hatte das T-Shirt ausgezogen. Seine Füße waren nackt. Als sie merkte, dass er auch noch den obersten Knopf der Jeans geöffnet hatte, hätte sie sich am liebsten eine Ecke des Lakens in den Mund gestopft, um nicht laut aufzustöhnen. „Ich habe nur das Wasserglas umgestoßen."

Sie wusste nicht, ob er ihr überhaupt zuhörte, so sehr konzentrierte er sich auf ihren Körper in dem pfirsichfarbenen Nachthemd aus Satin. Es schmiegte sich an ihre erhitzte, feuchte Haut. Ob Michael ihre aufgerichteten Brustspitzen sehen konnte?

Er konnte sie sehen.

„Na schön." Michael richtete den Blick wieder auf ihr Gesicht. „Hauptsache, es ist alles in Ordnung."

„Ja", brachte sie nur hervor.

„Gut." Er fuhr sich mit den Fingern durch das schwarze Haar, mit Fingern, die in ihrer Fantasie ihren Körper gestreichelt und gereizt hatten. Der Anblick seines zerzausten Haares weckte in ihr den Wunsch, seinen Kopf an ihre Brüste zu drücken. Er betrachtete das Kissen und die Decke, die neben dem Glas auf dem Bodenlagen. „Ist dir heiß? Ich kann die Klimaanlage höher stellen."

„Nein, Michael, wirklich, es ist alles bestens. Tut mir Leid, dass ich dich gestört habe."

Er zuckte die Schultern. „Ich habe nur ferngesehen. Die Nachrichten", fügte er hinzu, damit sie nicht glaubte, dass er sich einen Sexfilm ansah.

„War schon die Wettervorhersage?"

„Nachts regnet es. Morgen früh klart es auf."

„Das ist gut für Eric."

„Ja."

Sie sahen einander sekundenlang schweigend an.

„Gute Nacht, Lorelei", sagte er rau.

„Gute Nacht, Mike", erwiderte sie sanft.

Es kostete Michael eine gewaltige Anstrengung, die Tür nicht zuzuschlagen. Seine Haut prickelte, als er sich auf die viel zu kurze Couch fallen ließ. Er versuchte, sich darauf zu konzentrieren, als die schwangere Desiree die Geburt eines Leopardenbabys im Audubon Zoo verkündete.

Die Nachrichtensprecherin war hübsch wie immer. Allerdings erkannte er unter ihren Augen dunkle Ringe, die nicht einmal das dicke Studio-Make-up verdecken konnte. Sie war offensichtlich müde, keine Überraschung in ihrem Zustand. Roman sollte sie nicht arbeiten lassen, fand Michael und musste bei der Vorstellung lachen, irgendjemand könnte ihr vorschreiben, was sie tun sollte. Das wäre nicht einmal Desiree Dupree Falconers energischem Ehemann geglückt.

Außerdem ging Desiree ihn nichts mehr an, mochten sie auch weiterhin gute Freunde sein. Und das war gut so, weil es schon schwer genug war, zehn Nächte mit Amerikas Sexidol in dieser Suite eingesperrt zu verbringen.

Lorelei hörte sein Lachen und hoffte nur, dass es nicht ihr galt. Sie hatte sich vorgestellt, in ihre Heimatstadt als Hollywood-Star zurückzukehren, der Männer, die sie vor Jahren enttäuscht hatten, zum Frühstück verspeiste.

Sie hatte nicht damit gerechnet, beim Wiedersehen von einer dermaßen unbeschreiblichen Erregung gepackt zu werden. Und noch weniger hatte sie mit Wärme und Trost gerechnet.

Für so etwas hatte sie keine Zeit. Die schwierigsten Szenen des Films standen ihr noch bevor, und die Dreharbeiten waren ohnedies gefährdet. Ein verrückter Fan verfolgte sie. Ihre Eltern hielten sich derzeit zwar in Rom auf, würden aber zurückkehren, bevor sie die Stadt verließ. Und das bedeutete, dass es vermutlich erneut zum Streit kam, weil ihre Eltern ihren Beruf für unpassend hielten.

Sie hatte keine Zeit für eine Affäre. Sie durfte sich nicht verlieben.

Während sie in dem viel zu großen Bett auf dem Rücken lag und auf das Klopfen der Regentropfen am Fenster lauschte, kam Lorelei zu dem Schluss, dass sie allmählich den Verstand verlor.

Als sie am folgenden Morgen durch die erwachenden Straßen des Französischen Viertels lief, hatte der Regen keine Abkühlung gebracht. Lediglich die Schwüle hatte zugenommen. Lorelei kam es so vor, als würde sie unter Wasser laufen. Sie war dankbar, dass Michael nur ein mäßiges Tempo anschlug. Auch wenn sie sich stets in Form hielt, hätte sie doch mit seinen langen, muskulösen Beinen nicht mithalten können.

Einer Pause im Café du Monde stimmte sie zu. Sie wollte nur Kaffee trinken, aß aber letztlich doch etliche Kuchenstücke.

„Wenn ich weiter so unbeschwert genieße, werde ich fett wie eine Kugel", stöhnte sie.

„Mach dir deshalb keine Sorgen." Michael wurde von Verlangen gepackt, als sie weißen Zuckerguss von den Fingerspitzen leckte. Er musste sich zurückhalten, um ihre Finger nicht in seinen Mund zu schieben. „Es wäre ein Verbrechen, nach New Orleans zu kommen und das Essen nicht zu genießen."

„Hier gibt es einfach zu viele Verführungen", stellte sie fest, als ein Tablett mit dampfender Schokolade vorbeigetragen wurde.

„Stimmt genau." Michael warf die Papierserviette auf den Tisch und stand auf. Am liebsten hätte er Lorelei den ganzen Tag für sich behalten, aber er bekam nicht tausend Dollar plus Spesen pro Tag dafür, dass er sich vorstellte, Puderzucker auf ihrem Körper zu verteilen und ihn wieder wegzulecken. „Wir sollten zurücklaufen. Dann kannst du gerade noch duschen, bevor du zu den Aufnahmen musst."

Lorelei hätte den ganzen Tag hier sitzen und beobachten

können – den kleinen Jungen, der an der Ecke für ein paar Münzen Stepptanz vorführte, die verzierten weißen Schaufelraddampfer auf dem breiten Mississippi und den Schiffsverkehr, der seit Jahrhunderten die Lebensader des Deltas bildete.

Sie gehörte jedoch nicht zu den Schauspielern, die ständig für Schwierigkeiten und Verzögerungen sorgten. Lorelei war stets pünktlich, kannte ihren Text und stand für die Aufnahmen bereit. Also unterdrückte sie einen Seufzer und machte sich wieder auf den Weg.

Der Teufel sollte sie holen! Er hatte gedacht, Lorelei wäre anders als die anderen. Er hatte geglaubt, sie wäre nicht wie all die schönen Frauen Hollywoods eine Schlampe. Ihr Aussehen war zwar unbeschreiblich sündig, aber er war trotzdem überzeugt gewesen, dass sie ein gutes und reines Herz besaß. Manchmal hatte er sogar beobachtet, wie ihre zarten Wangen sich leicht röteten, und er hatte sich eingeredet, dass sie schüchtern war.

Heute Morgen war er ihr gefolgt und hatte sie beobachtet, wie sie in einer weiten Shorts lief, in der ihre schlanken Beine noch aufreizender wirkten. Und er hatte der Versuchung nicht widerstehen können und sogar riskiert, entdeckt zu werden. Nachdem er eine Abkürzung über die Pirate's Alley genommen hatte, stand er in einem Toreingang, als Lorelei vorbeilief. Sie war ihm so nahe gewesen, dass er mit ausgestreckter Hand diese herrlichen Brüste, die unter dem feuchten weißen T-Shirt wippten, hätte berühren können.

Dieser Mann hätte ihn natürlich gestört, dieser große Kerl, der Lorelei seit ihrer Ankunft wie ein Polizeihund begleitete. Nach dem Besuch des Detectives in L.A. hatte er schon damit gerechnet, dass das Studio einen Leibwächter engagieren würde. Trotzdem ärgerte er sich darüber, war allerdings überzeugt, den Mann leicht umgehen zu können. Schließlich hielten ihn alle für klug und einfallsreich.

Nur seine Mutter tat das nicht. Er runzelte die Stirn, als er an diesen Drachen dachte, der ihm jahrelang sein Leben zur Hölle gemacht hatte. Unerträgliche Kopfschmerzen setzten ein, ein Stechen und Pochen, als würde es seinen Schädel zerreißen. Daran war sein Vater gestorben – an einem Schlaganfall.

Es hatte natürlich nie eine Anklage gegeben, aber er wusste, dass sein Vater ermordet worden war. Seine Mutter hatte ihn umgebracht, indem sie ihn mit ihrem ständigen Keifen und Kritisieren pausenlos aufgeregt hatte. Nachdem ihr Ehemann begraben worden war, hatte sie sich ihrem Sohn zugewandt, um ihn zu quälen und zu vernichten. Doch er war stärker als sein Vater. Jetzt lag sie unter der Erde, verscharrt wie Müll.

Das Pochen in der Schläfe ließ nach, die blutroten Schleier vor den Augen verzogen sich. Er richtete seinen Verstand wieder auf seine Mission, einen Verstand, den er kaum von seinen Eltern geerbt haben konnte. Seine Eltern waren Verlierer gewesen. Das hatte in ihm stets den Verdacht geschürt, er könnte adoptiert worden sein.

Anfangs hatte er Lorelei nur lieben wollen. Es bereitete ihm Sorge, dass es keinen Mann in ihrem Leben gab, und es erschien ihm wie eine moderne Tragödie, dass eine so warmherzige und sinnliche Frau zur Enthaltsamkeit gezwungen war. Was für eine Verschwendung!

Doch jetzt hatte er sie mit dem Privatdetektiv gesehen. Und er hatte beobachtet, dass sie einander betrachteten, als wollten sie sich gegenseitig verschlingen. Danach konnte er gar nicht anders. Er musste seinen Plan ändern.

Er hatte zugesehen, wie sie trotz des unebenen Pflasters und ihrer unterschiedlichen Körpergröße absolut im gleichen Takt durch das Viertel liefen.

Er hatte verfolgt, wie locker sie miteinander sprachen, hatte die flüchtigen Berührungen gesehen, wenn beide dachten, unbeobachtet zu sein.

Diese zwei gingen miteinander so vertraulich um, dass nur ein Schluss möglich war. Sie hatten die letzte Nacht miteinander verbracht, eingeschlossen in der Suite im Whitfield Palace. Sie hatten im Bett geschwitzt und gestöhnt und die Laken zerwühlt, ganz wie eines dieser sexbesessenen Paare aus einem von Loreleis Filmen.

Dem Detektiv durfte er keine Vorwürfe machen. Jeder wusste, dass Männer für ihre animalischen Triebe nicht verantwortlich waren. Wären Männer nicht dermaßen stark sexorientiert, hätte die Menschheit schon vor endlosen Zeiten das gleiche Schicksal wie die Dinosaurier erlitten.

Doch in dieser chaotischen Welt war es wichtig, für Ordnung und Anstand zu sorgen. Und diese bedeutende Rolle in der Gesellschaft fiel den Frauen zu. Jeder Mann, der Lorelei sah, musste sie begehren. Es war ganz normal, sich vorzustellen, wie ihr langes hellblondes Haar über die nackten Schenkel des Mannes strich, wie ihre feuchten Lippen sich an seiner intimsten Stelle anfühlten. Es war für ihn auch normal, sich ihre Schreie vorzustellen, wenn er ihr wehtat ... und das musste er wohl, um ihr beizubringen, wie eine Frau sich richtig verhielt.

Er hatte sie für eine Göttin gehalten, doch sie hatte ihn bitter enttäuscht, indem sie sich auf Sex mit dem Detektiv einließ. Vielleicht hatte sie es sogar mit seinem Bruder getrieben, als er kurze Zeit im Hotel war.

Die Vorstellung von Lorelei, die sich in den Armen beider Brüder gleichzeitig wand, diese Orgie von Armen, Beinen und Zungen, quälte ihn dermaßen, dass er eine Entscheidung traf.

Er musste seine Fantasien ausleben und Lorelei endlich haben. Dann musste er ihr wehtun. Und wenn diese schöne und betrügerische Schlampe zuletzt um Gnade flehte und um ihr wertloses Leben bettelte, musste er sie töten.

6. KAPITEL

Die Wettervorhersage stimmte. Am Morgen war es nach dem nächtlichen Regen klar. Doch bei der ersten Außenaufnahme auf dem St. Louis-Friedhof Nr. 1 fehlte die Sonne.

Spezialmaschinen erzeugten Nebel, der über die Erde trieb, sich wie Fangarme um Loreleis Beine legte und die weißen Gräber verhüllte.

„Unheimlich", stellte sie fest. Trotz der Temperatur von fast dreißig Grad fröstelte sie.

„Freut mich, dass es dir gefällt", raunte eine Stimme aus den Nebelschleiern heraus.

Lorelei zuckte zusammen und entspannte sich wieder, als sie Brian erkannte. „Schreibst du denn nie eine Szene, in der die Sonne scheint und ich trocken bleibe?"

„Was hätte das denn für einen Sinn?" fragte er lächelnd und wandte sich an Michael, der schweigend neben ihr stand. „Sie müssen O'Malley sein, der Bodyguard."

„Und Sie sind Wilder, der Drehbuchautor."

„Richtig." Brian betrachtete Michael genauer. „Eric hat erwähnt, dass Sie noch nicht lange Privatdetektiv sind."

„Stimmt, aber ich habe vorher in einer ähnlichen Branche gearbeitet."

„Ich wollte nicht andeuten, dass Sie nicht gut sind", versicherte Brian hastig. „Ich wollte nur wissen, ob Sie nach dem Polizeidienst nicht vielleicht auch an eine andere Tätigkeit gedacht haben."

„Nein."

Brian ließ sich von der knappen Antwort nicht beeindrucken. „Vielleicht könnte ich Sie überreden, Schauspieler zu werden."

„Schauspieler?" rief Michael lachend. „Ich und Schauspieler?"

„Sie besitzen eine sehr männliche Ausstrahlung. Könnte man sie auf der Leinwand einfangen, würden Sie einen perfekten

Helden abgeben, sogar einen größeren als Stallone oder Schwarzenegger."

Michael fragte sich, ob in Hollywood alle irre waren. Wenn er an die Telefongespräche mit Loreleis Regisseur zurückdachte, war er davon überzeugt. Nur Lorelei bildete eine Ausnahme. Sie hatte es geschafft, erstaunlich normal zu bleiben.

„Vielen Dank, aber ich wechsle lieber nicht die Branche", erwiderte er.

„Nun ja, ich verstehe, dass Ihre Arbeit gewisse Höhepunkte bietet", meinte Brian scherzhaft und warf Lorelei einen viel sagenden Blick zu. „Ist doch toll, wenn man rund um die Uhr sagenhafte Frauen bewacht und dafür auch noch bezahlt wird."

„Es hat seine Vorteile", bestätigte Michael trocken.

„Darauf möchte ich wetten." Brian nahm den Detektiv erneut unter die Lupe. „Also, Sie sind offenbar ein Mann, der sich nicht so leicht überreden lässt. Ich arbeite allerdings an einem Drehbuch, das für Sie geradezu ideal wäre. Sollten Sie sich dazu durchringen, Probeaufnahmen zu machen, gehen Sie einfach zu John. Sagen Sie ihm, ich würde Sie schicken."

Eher trocknete das Bayou aus, als dass Michael dieses Angebot des Drehbuchautors annahm. „Sie meinen John Nelson."

„Ja." Brian deutete auf einen großen blonden Mann, der sich mit dem Assistenten an der Nebelmaschine unterhielt. „John ist zwar ein launischer Künstler, aber keiner kann Stimmungen so gut wie er einfangen." Brian begutachtete noch einmal Michaels Gesicht. „Er könnte Sie auf der Leinwand so aussehen lassen, als wären Sie aus Stein gehauen."

„Was für eine Vorstellung", bemerkte Michael, als er mit Lorelei zum Wohnwagen der Maske ging. Der Regisseur stand davor und besprach die für den heutigen Tag geplanten Szenen. Ihre Schuhe knirschten auf den zerstampften weißen Muscheln, die in diesem Landesteil anstelle von Kies verwendet wurden.

„Er hat es als Kompliment gemeint."

„Ich weiß, aber sei doch ehrlich! Kannst du dir vorstellen, dass ich so meinen Lebensunterhalt verdiene? Bei dem Betrieb hier habe ich das Gefühl, als wären alle Beteiligten nichts weiter als große Kinder."

„So sehr unterscheidet sich unsere Arbeit von deiner nun auch wieder nicht", meinte sie.

„Wieso?" fragte er und blieb stehen.

„Du hast deinen Lebensunterhalt verdient, indem du Räuber und Polizist gespielt hast, Michael. Du hattest zwar mit schweren Verbrechen zu tun, aber Polizist sein zu wollen hat auch immer irgendetwas mit einem Kindheitswunsch zu tun."

Er verschränkte schweigend die Arme.

„Außerdem habe ich genug Serien im Fernehen verfolgt ..."

„Ach, da hast du dich also über das wahre Leben informiert?" fragte er.

„Ich habe mich auch mit einem echten Polizisten unterhalten, als ich eine Polizistin spielen musste." Sie dachte gar nicht daran, sich von ihm reizen zu lassen. Eine der schwierigsten Szenen lag vor ihr. Sie sollte zum ersten Mal in der Filmhandlung ihren Verfolger treffen, und darauf freute sie sich absolut nicht. „Wenn man einen Verdächtigen zu einem Geständnis bringen will", erklärte sie, „gewinnt doch normalerweise der bessere Schauspieler, oder?"

„Es schadet nicht, wenn man seine Rolle gut spielt", räumte er ein.

„Siehst du? Also warst du schon als Detective ein Schauspieler. Jetzt bist du Privatdetektiv, vermutlich nach Cowboy und Superman der beliebteste Berufswunsch kleiner Jungen."

„Ich wollte immer Batman sein. Sein Kostüm hat mir viel besser gefallen. Eine Fledermaus sieht schärfer aus als dieses große rote S."

Lorelei musste lächeln. „Damit wäre die Beweisaufnahme abgeschlossen. Du bist jetzt ein Schauspieler, Michael, und du warst es schon jahrelang. Du nennst es nur ernsthafte Arbeit."

Er musste zugeben, dass sie nicht ganz Unrecht hatte. „Wenigstens bin ich mein eigener Herr."

„Das ist richtig. Bleibst du bei den Aufnahmen in meiner Nähe?“

„Natürlich.“

„Ich war mir da nicht sicher. Schließlich bin ich nicht allein. Ich dachte, du machst dir keine Sorgen, während ich arbeite.“

„Taylor bezahlt uns dafür, dass wir dich rund um die Uhr bewachen. Und das werden wir auch tun. Abgesehen vom Geld wissen wir auch nicht, ob es nicht ein Mitglied eurer Crew ist. Solange du in New Orleans bist, wird immer einer von uns an deiner Seite sein, entweder Shayne oder ich.“

„Selbst wenn ich zum Abendessen bei meinen Eltern gehe?“

Was für Batman der Riddler war, waren für Michael die Longstreets. Sie hatten ihn schon damals abgelehnt, als er mit Lorelei ging. Und er vermutete, dass sie in den zurückliegenden Jahren ihre Meinung nicht geändert hatten. Aber er war Chef der Blue-Bayou-Detektei, und darum kam es gar nicht in Frage, dass er Shayne zu seinen Widersachern schickte.

„Sind wir denn zum Abendessen eingeladen?“ fragte er gespielt lässig.

„Noch nicht, aber das kommt bestimmt noch.“ Lächelnd tätschelte sie ihm die Wange. „Keine Sorge, Michael, vielleicht gibt mir Dennis von der Requisite eine Augenbinde und eine Zigarette für dich mit, bevor meine Eltern dich exekutieren.“

Sie lächelte ihm noch einmal zu und ging durch den Nebel zu Eric Taylor, der sich angeregt mit Wilder unterhielt. Die beiden taten so wichtig, als würden sie eine Invasion planen und nicht einfach einen Film drehen. Michael lehnte sich gegen einen pyramidenförmigen Grabstein und sah zu, wie der Kameramann, seiner Größe und dem blonden Haar nach zu schließen skandinavischer Herkunft, zu Lorelei trat.

John Nelson warf einen Blick zu Michael. „Das ist also der Mann, den Taylor zu Ihrem Schutz eingestellt hat.“

„Das ist er.“

„Groß ist er ja.“

„Stimmt", bestätigte sie.

„Er wirkt auch kräftig."

„Er wirkt nicht nur so, er ist es."

„Ich nehme an, er ist bewaffnet?"

„Leider ja. Macht es Sie nervös, dass ein Bewaffneter bei den Dreharbeiten ist?"

„Im Gegenteil. Ich finde es aufregend. Bestimmt kommt der Typ auch gut bei Frauen an", fügte der Kameramann hinzu und wandte die hellblauen Augen nicht von Michael.

„Keine Ahnung." Lorelei wollte sich nicht vorstellen, dass Michael mit anderen Frauen zusammen gewesen war. „Er hatte etwas mit einer Nachrichtensprecherin hier in New Orleans, aber es hat wohl nicht geklappt."

„Dann ist er also heterosexuell?"

„Natürlich." Plötzlich begriff sie den Grund für seine Fragen. „Ach, Sie dachten ..."

„Nicht ich", wehrte John für ihren Geschmack eine Spur zu hastig ab. „Aber Dennis hat sich Chancen ausgerechnet." Sie sahen zu dem Mann an der Nebelmaschine hinüber. „Ihr Leibwächter mit seinem Machogehabe gefällt ihm."

Lorelei hätte taub sein müssen, um nicht die Eifersucht in der Stimme des Kameramanns zu hören.

„Michael sieht gut aus. Ich verstehe, wieso sich jeder zu ihm hingezogen fühlt." Und das war bestimmt die Untertreibung des Jahrhunderts. Auch ihr Blut war mächtig in Wallung geraten, seit sie in New Orleans angekommen war. „Aber Sie sind jetzt schon so lange mit Dennis zusammen, John, dass ..."

„Im nächsten Monat feiern wir unseren fünften Jahrestag."

„Na, sehen Sie", meinte sie beruhigend. „Sie brauchen sich gar keine Sorgen zu machen."

„Vor allem, wenn Ihr Detektiv wirklich nicht schwul ist", meinte John zuversichtlich, als müsste er sich selbst Mut machen. „Aber meine Liebe, ich denke, Sie sollten sich Sorgen machen", fügte er lächelnd hinzu und ging zu den anderen.

Lorelei stieg in den Wohnwagen der Maske. Sie war schrecklich nervös, als das wasserfeste Make-up mit einem feuchten Schwamm auf ihrem Gesicht aufgetragen wurde. Nichts half dagegen. Vielleicht lag es an der Stimmung, die durch die Grabsteine und den Nebel erzeugt wurde.

Michael sah zu, wie sie geschminkt wurde. „Du wärst nicht normal, wenn dich das alles hier nicht nervös machen würde“, sagte er ruhig.

Sie warf einen warnenden Blick auf die rundliche, mütterlich wirkende Frau.

„Achten Sie gar nicht auf mich“, meinte die Maskenbildnerin, während sie behutsam den Lidschatten auftrug. „Ich höre nie zu. Betrachten Sie diesen Wohnwagen als Beichtstuhl. Alles bleibt vertraulich.“ Sie zog mit dem Konturenstift die Umrisse von Loreleis Lippen nach. „Allerdings hat der Detektiv Recht. Es ist nur natürlich, wenn Sie sich fürchten. Ich meine, da draußen läuft ein Irrer herum und beobachtet und belauert Sie.“

„Wissen denn alle über den Kerl Bescheid?“ fragte Lorelei, während sie gehorsam die Lippen mit einem Papiertuch abtupfte.

„Sicher.“ Die Maskenbildnerin trug zwei Lagen roten Lippenstifts und zuletzt Gloss auf, damit Loreleis Lippen ständig feucht wirkten. „Und das ist gut so. Auf diese Weise können wir alle aufpassen, ob sich jemand zeigt, der nicht zu uns gehört.“ Sie wandte sich an Michael. „Das ist doch richtig so, oder?“

„Ich bin für jede Hilfe dankbar, und wenn jemand die Augen offen hält, hilft das.“

Lorelei fiel allerdings auf, dass er nicht erwähnte, der Verfolger könnte zum Drehteam gehören.

„Na bitte, sehen Sie?“ Die Maskenbildnerin lächelte ihr aufmunternd zu und verstärkte das Make-up auf Loreleis Wangen. „Wir sind alle eine Familie, Lorelei. Sie brauchen sich keine Sorgen zu machen. Wir kümmern uns um unsere Leute.“ Sie drückte Lorelei mit einer Herzenswärme an sich, die diese von ihrer eigenen Mutter nie empfangen hatte. „Es kommt alles in Ordnung.

Und sie sieht perfekt aus, finden Sie nicht auch?" fragte sie Michael.

„Sie sieht großartig aus", bestätigte er. „Du bist tatsächlich großartig", bemerkte er, als sie den Wohnwagen gemeinsam verließen. Er streckte die Hand aus, als wollte er ihre Wange streicheln, zog sie jedoch wieder zurück, um das Make-up nicht zu verwischen. „Und du bist eine der mutigsten Frauen, die ich jemals kennen gelernt habe."

Lorelei gefiel dieses Kompliment noch besser als seine Bemerkung über ihr Aussehen. „Warum? Weil ich nicht zusammenbreche, wenn ein Verrückter hinter mir her ist?"

„Die meisten Frauen würden zusammenbrechen."

„Ich nicht", entgegnete sie energisch. „Das würde nichts bringen. Dieser Kerl darf mich nicht fertig machen." Sie ließ den Blick über den Friedhof schweifen, der mit den Grabsteinen aus weißem Marmor wie eine Totenstadt wirkte, und unterdrückte ihre Angst. „Außerdem werden die meisten Frauen nicht von den O'Malley-Brüdern beschützt."

„Du hast eben Glück", meinte er lächelnd.

„Genau meine Meinung."

Lorelei war nicht im Geringsten überrascht, als Brian ihr zehn Minuten vor Beginn der Dreharbeiten etliche Seiten mit überarbeitetem Text reichte.

„Das verstehe ich nicht", sagte sie, nachdem sie den Inhalt überflogen hatte. „Ich dachte, ich werde im Film von einem Mann verfolgt, den ich in meinem Kriminalroman erfunden habe."

„Stimmt" bestätigte Brian. „Aber dann sah ich Dennis mit der Nebelmaschine arbeiten. Und ich dachte, es wäre toll, wenn wir zusätzlich eine Geschichte um Wiedergeburt einbauen."

„Ein Mann, der vor zweihundert Jahren gelebt hat", murmelte sie, während sie weiterlas. „Nachts lieben sie sich in den Träumen der Heldin, und jetzt sollen wir auch noch glauben, dass die Heldin tagsüber seine Biographie schreibt?"

„Ich finde das logisch“, behauptete Brian lächelnd.

„Ich wünschte, du würdest das Drehbuch nicht ständig von einem Tag auf den anderen ändern.“ Sie sah ihn gespielt zornig an.

„Das ist nur die Schuld des Computerzeitalters. Müsstest du nämlich das ganze Drehbuch immer wieder neu tippen, würdest du nicht so schnell etwas umschreiben.“

Er schenkte ihr ein gewinnendes Lächeln. „Als ich das Honorar für mein erstes Drehbuch bekam, ersetzte ich meine alte Schreibmaschine sofort durch einen Computer.“

„Ich habe Probleme“, erklärte Lorelei ehrlich frustriert, „bei diesen ständigen Änderungen meine Rolle überzeugend zu spielen. Ich verstehe allmählich die Motive der Person, die ich spiele, nicht mehr.“

„Motivation ist nur wichtig bei den Schauspielerinnen, die glauben, dass sich die ganze Welt um sie dreht. Du brauchst nichts weiter zu tun, als ängstlich und angespannt dreinzusehen.“ Der Drehbuchautor hauchte ihr einen Kuss auf die Wange und ließ sie allein, damit sie den neuen Text lernen konnte.

Lorelei hatte zwar nie eine Schauspielschule besucht, wollte aber doch den Charakter der Person, die sie spielte, verstehen. „Na schön“, sagte sie zu sich selbst. „Mal sehen, was wir im Moment wissen. Mary Beth Wyndom hat sich stets für intelligent und äußerst vernünftig gehalten. Sie schreibt zwar Romane, aber die von ihr erfundene Handlung ist in erster Linie absolut logisch. Die Detektivin, die Heldin ihrer Romane, folgt einer Reihe von Hinweisen und Spuren und bringt ihre Fälle durch harte Arbeit und klare Überlegungen zum Abschluss.“

Bisher hatte sie genau diesen Charakter dargestellt, eine Frau, die Vampire, Geister und ähnliche Fantasieprodukte anderen Autoren überließ.

„Von Voodoo und Beschwörungen habe ich nie etwas gehalten. Und meine Eltern würden mich einliefern lassen, wüssten sie, dass ich einen Mann zweihundert Jahre nach seinem Tod an seinem Grab treffen möchte.“

Michael hörte, wie Lorelei von ihrer Filmrolle plötzlich in der ersten Person sprach, als wäre sie zu der von ihr dargestellten Frau geworden. Wahrscheinlich befand sie sich jetzt in einer anderen Welt.

Lorelei versank immer weiter in ihrer Rolle. Der Liebhaber entsprang nur ihrer Fantasie. Er war nachts nicht wirklich bei ihr, aber morgens fand sie Spuren von Küssen und Bissen auf ihrer Haut, Beweise dafür, wie leidenschaftlich er sie geliebt hatte. Und Nacht für Nacht wuchs diese Leidenschaft. Trotzdem verlangte es sie ständig nach mehr und ...

„Es geht los, Lorelei!"

Sie erwachte aus ihren Fantasien und sah sich um. Michael stand neben ihr und beobachtete sie sehr interessiert.

„Das war faszinierend."

„Was denn?" Sie verstand nicht sofort, was er meinte.

„Zuzusehen, wie dein Verstand arbeitet. Verwandelst du dich immer in die Person, die du darstellst?"

„Nicht immer." Allmählich fand sie in die Realität zurück. „Aber Brian ist ein guter Autor. Es ist zwar schlimm, dass er das Drehbuch ständig umschreibt, aber er schafft Figuren, mit denen ich mich identifizieren kann." Sie lächelte verlegen. „Manchmal ist es fast so, als würden wir unbewusst unsere Gedanken austauschen."

Sie ging zu Wilder und besprach etwas mit ihm. Michael ließ sie nicht aus den Augen. Es gefiel ihm gar nicht, dass sie zu dem Autor eine so enge geistige Verbindung besaß.

Sobald die Kamera lief, verwandelte Lorelei sich in Mary Beth Wyndom. Sie kannte Mary Beths Gedanken, Hoffnungen und Ängste.

Die Leute, die Kameras, die Nebelmaschine und das Mikrophon über ihrem Kopf – all das schwand aus ihrem Bewusstsein.

Sie war jetzt allein auf dem Friedhof. Die Gräber waren durch den dichten Nebel kaum zu erkennen und wirkten wie stumme weiße Geister. Sie trug ein lila Kleid. In dem schwachen Licht des Morgens sah ihre Haut glatt und kalt aus wie der Marmor um sie herum. Am Oberteil des Kleides war über dem Herzen ein weißer Blütenzweig befestigt.

Vorsichtig ging sie den unebenen, mit Muscheln bestreuten Weg entlang. Warum trug sie eigentlich Schuhe mit so unpraktischen hohen und dünnen Absätzen? Eitelkeit konnte gefährlich sein. Als ob ihr Leben nicht schon gefährlich genug gewesen wäre! Sie musste unwillkürlich lachen.

Es roch nach Regen, Kamelien, Jasmin, Magnolien und Dieselöl vom nahen Fluss. Sie stolperte über eine Vase mit künstlichen Blumen, sank auf die Knie und hielt sich an der Ecke eines Grabes fest, das im weichen Untergrund zu versinken drohte.

In diesem Moment glaubte sie, ihren Namen wie einen Hauch zu hören ... Mary Beth ... Aber nein, das war nur das Rascheln des Windes in den Bäumen.

Sie richtete sich wieder auf, wanderte weiter zwischen Gräbern hindurch und blieb manchmal stehen, wenn sie Schritte hinter sich vernahm. Doch sobald sie anhielt, hörte sie nur gedämpft den Verkehr auf der Basin Street und die traurigen Klänge eines Altsaxophons aus dem Franzöischen Viertel.

Ihre Nerven waren zum Zerreißen angespannt, das Herz schlug ihr bis zum Hals. Angst hielt sie gepackt. Gleichzeitig wurde sie von Vorfreude weitergetrieben.

Sie fühlte, dass er sie beobachtete und abwartete. Der Mann, den sie auf dem Friedhof treffen wollte, war hier. Der Mann, der sie in ihren Träumen verfolgt hatte und der ihre geheimsten Wünsche kannte. Der Mann, der sie so wunderbar küsste und streichelte. Er war hier, obwohl das absolut nicht logisch war. Und er war auch der Mann, von dem der Roman handelte, den sie gerade schrieb.

Ein Mann, der vor zweihundert Jahren gestorben war.

Sie kam an einem Grab vorbei, das dick mit Staub bedeckt war, in den ein X neben dem anderen gezeichnet war. Münzen,

Muscheln und Glasperlen bedeckten den Boden rings um das Grab, in dem angeblich Marie Laveau lag, die Voodoo-Königin aus dem letzten Jahrhundert. Jedes X stand für einen Wunsch. Die Opfergaben drückten Dankbarkeit für erfüllte Wünsche aus oder sollten den Geist der Toten gnädig stimmen.

Endlich hatte sie ihr Ziel erreicht. Ihr Herz schlug endlich ruhiger.

„Ich bin hier, Philippe." Behutsam strich sie über den Namen, der in den weißen Stein gemeißelt war. Philippe Villars Marigny de Dubreuil, der mutige, verwegene jüngste Sohn eines wohlhabenden kreolischen Plantagenbesitzers, war im Duell getötet worden. Seine Feinde hatten ihn einen Piraten und Teufel genannt. Doch für Mary Beth war er der Traummann.

„Mary Beth", erklang ihr Name. Sie schloss die Augen, glaubte, seinen Kuss zu fühlen. *„Ma Belle."*

Als er zum ersten Mal in ihrem Schlafzimmer erschienen war, hatte Mary Beth sich damit abgefunden, dass seine Zärtlichkeiten so flüchtig waren wie Nebel. Bisher hatte es ihr genügt, weil sie noch nie so leidenschaftlich geliebt worden war. Doch jetzt wollte sie mehr.

Sie hatte sich gut auf dieses Treffen vorbereitet, war im Voodoo-Museum von St. Ann gewesen, hatte Räucherstäbchen abgebrannt und Münzen vor Marie Laveaus Grab gelegt. Sie war sogar im Bayou mit einer Voodoo-Priesterin zusammengetroffen.

Und jetzt war sie endlich bereit.

Langsam öffnete sie zwischen den Brüsten einen Knopf nach dem anderen. Sobald das Kleid bis zum Saum offen war, ließ sie es von den Schultern gleiten. Darunter trug sie einen weißen Body und schimmernde halterlose Strümpfe mit einer Borte aus feinster Spitze.

„Ich bin hier, Philippe", flüsterte sie, schloss die Augen und streckte einladend die Arme aus.

Sie brauchte nicht lange zu warten. Kräftige Finger strichen über ihren Hals. Sie neigte den Kopf zurück, bot sich ihm an, ließ das Haar nach hinten fallen und öffnete erwartungsvoll die Lippen.

„Ja, du bist hier, meine Liebe." Die Finger, die in einem schwarzen Lederhandschuh steckten, drückten fester zu. Als Mary Beth erschrocken die Augen aufriss, blickte sie nicht in die Augen des Phantom-Geliebten aus ihren Träumen. Ihre schlimmsten Alpträume hatten sich erfüllt.

Sie wollte schreien, aber der Dämon erstickte jeden Laut. Ein Skalpell blitzte auf, und sie fühlte den kalten Stahl auf ihrer Haut.

Alles um sie herum wurde dunkel ...

Stille senkte sich über den Friedhof.

„Schnitt!" rief Eric Taylor endlich, wobei er nicht so energisch klang wie sonst.

„Schnitt!" wiederholte der Regieassistent und hörte sich ebenfalls mitgenommen an.

„Lieber Himmel", murmelte Brian Wilder.

„Das hat ja bestens geklappt", stellte John Nelson zufrieden fest.

Michael blickte auf die spärlich bekleidete Lorelei hinunter, die wie tot auf dem Kiesweg lag, und brachte kein Wort hervor.

7. KAPITEL

Eine Dreiviertelstunde später saß Lorelei mit den anderen Mitgliedern des Filmteams im Acme Oyster House. Ein Schild, typisch für die lässige Atmosphäre von New Orleans, verkündete, dass sich vielleicht bei Gelegenheit eine Kellnerin am Tisch zeigen würde.

Jetzt trug Lorelei nicht mehr das Film-Make-up und hatte Jeans und ein T-Shirt angezogen. Trotzdem lenkte sie in dem beliebten Lokal so viel Aufmerksamkeit auf sich, dass Michael klar wurde, wie unmöglich es für Lorelei war, ein ungestörtes Leben zu führen.

„Dieser erstickte Aufschrei hat sich gut gemacht, Lorelei“, meinte Brian. Er aß eine Auster und spülte mit Bier nach.

„Er hat der Szene den letzten Schliff gegeben“, bestätigte Eric, trank seinen Wodka und bestellte per Handzeichen noch einen.

„Der Schrei war gar nicht gespielt.“ Lorelei fröstelte sogar bei der Erinnerung. „Warum hast du mir nichts von dem Skalpell gesagt?“

„Eric und ich haben erst im letzten Moment entschieden, dass wir es einbauen“, erwiderte Brian. „Und wir dachten, dass deine Reaktion echter ausfällt, wenn du vorher nichts weißt.“

„Es hat großartig funktioniert, Lorelei“, versicherte John. Er liebte offenbar seine Arbeit. „Ich habe eine Handkamera benützt. Dadurch wirkt alles unruhiger und bedrückender.“

„Einen Moment dachte ich wirklich, das Skalpell wäre echt“, beklagte sie sich. Eigentlich hatte sie sich an Salat halten wollen, war jedoch schwach geworden und hatte sich zwei Austern gegönnt. „Ist euch Genies nicht der Gedanke gekommen, Michael könnte das Skalpell auch für echt halten? Wenn er nun eingegriffen hätte ...“

„Natürlich haben wir daran gedacht, meine Liebe“, versicherte Eric. „Darum haben wir Mr. O’Malley auch vorher informiert.“

„Du hast gewusst, dass sie mir Todesangst einjagen werden?“ fragte sie.

Michael genoss seinen gebratenen Katzenwels. „Ich wusste, dass das Drehbuch verändert worden war“, erklärte er. Wie war er bloß ins Filmgeschäft geraten? „Ich hatte allerdings keine Ahnung, wie die neue Szene ablaufen würde.“

Sie betrachtete die vier Männer, denen sie bisher vertraut hatte. „Ihr alle wärt jetzt bei weitem nicht so zufrieden, wenn ich einen Herzinfarkt erlitten hätte.“

„Ausgeschlossen“, versicherte Brian zuversichtlich. „Dein Herz ist stark, Lorelei. Wahrscheinlich dreht Hitchcock sich im Grab um, weil er nicht mehr mit dir arbeiten kann.“

Von solchen Komplimenten ließ sie sich nicht beeindrucken.

„Da wir gerade von Gräbern sprechen ... Darf ich wenigstens fragen, ob mein Verfolger, der schon vor zweihundert Jahren gestorben ist, auch ein Vampir ist?“

„Das habe ich noch nicht entschieden“, entgegnete Brian. „Wäre vielleicht nicht schlecht ...“

„Vor allem, wenn du zu ihm in sein Schattenreich gehen solltest“, meinte Eric.

„Und Blut wirkt immer gut auf der Leinwand“, fügte John fröhlich hinzu.

„Vielleicht stellt sich zuletzt aber auch heraus, dass du verrückt bist und dir nur alles eingebildet hast“, fuhr Brian fort.

„Ich würde eher sagen, ihr seid verrückt“, entgegnete sie.

„Das steht ohnedies fest.“ Brian zupfte sie freundschaftlich am Haar. „Und du bist es ebenfalls, Schatz. Wären wir nicht verrückt, würden wir für IBM arbeiten oder Versicherungen verkaufen.“

Die Unterhaltung stockte. Alle widmeten sich dem Essen.

Shayne traf ein, als sie gerade berieten, was sie zum Nachtisch bestellen sollten. Er sah hinreißend aus in einer schwarzen Jeans, einem schwarzen Seiden-T-Shirt und einem cremefarbenen Jackett aus Rohseide, das Lorelei sofort als Kreation von Armani einstufte.

„Braucht jemand einen Privatdetektiv?“ fragte er fröhlich.

„Allmächtiger“, raunte John Nelson Lorelei zu. „Wer ist dieser griechische Gott?“

„Shayne O’Malley“, flüsterte sie. „Der jüngste Bruder.“

„Der jüngste?“ Der blonde Kameramann ließ den Blick von Shayne zu Michael wandern. „Es gibt mehr als zwei?“

„Drei. Roarke fehlt noch.“

„Sieht er ...“

„Er sieht so gut wie die beiden anderen aus.“

„Zum Glück haben wir die Nebelszene hinter uns“, bemerkte John seufzend, während Michael seinen Bruder vorstellte. „Ich bezweifle, dass Dennis heute überhaupt noch vernünftig arbeiten kann.“

Am Nachmittag ging die Arbeit schneller voran. Hauptsächlich wurde nur der Friedhof aus verschiedenen Blickwinkeln gefilmt, um die Stimmung richtig einzufangen. Lorelei unternahm einen Spaziergang und fuhr mit der Fähre über den Fluss nach Algiers Point und wieder zurück.

Shayne war die ganze Zeit in ihrer Nähe, doch er erzeugte in ihr nicht annähernd das gleiche erotische Prickeln, das sein Bruder mit einem einzigen Blick schaffte.

Als am späten Nachmittag die Schatten im Französichen Viertel länger wurden, erklärte John, dass er nicht mehr genug Licht hatte.

„Macht nichts", entschied Eric. „Hören wir heute früher auf. Dann können wir Souvenirs kaufen, bevor wir zum Empfang gehen."

Den Empfang hatte Lorelei völlig vergessen. Nach der heutigen Arbeit hatte sie sich auf ein langes, heißes Bad, Essen auf dem Zimmer und vielleicht eine Komödie im Fernsehen gefreut. Vorausgesetzt natürlich, Brian brachte ihr nicht wieder unzählige Seiten mit neuem Text zum Lernen.

„Eric ..."

„Ausgeschlossen, Schatz", wehrte er ab, weil er schon erriet, was sie wollte. „Die Stadtverwaltung ist uns enorm entgegengekommen und hat sogar die dienstfreien Polizisten bezahlt, die uns die Leute vom Hals gehalten haben. Als Gegenleistung möchten sich der Bürgermeister und etliche einflussreiche Bürger zusammen mit Amerikas Sexgöttin fotografieren lassen. Das kann ich ihnen nicht verwehren."

Obwohl er Recht hatte, freute Lorelei sich nicht auf den Abend. „Manchmal wünsche ich mir, es wäre noch wie früher", sagte sie leise. „Damals wurden Filme ausschließlich im Studio gedreht, und wir mussten nicht für Außenaufnahmen jeden Bürgermeister und Polizeipräsidenten küssen."

„Das gehört zum Geschäft", entgegnete der Regisseur locker und sah Lorelei dann grinsend an. „Vergiss nicht, dass du dafür in der so genannten guten alten Zeit den Weg über die Besetzungscouch hättest nehmen müssen."

Lorelei entschied sich für eine andere Taktik. „Ich habe vergessen, geeignete Kleidung für den Empfang mitzubringen."

„Kein Problem. Du kannst dir etwas aus dem Fundus aussuchen."

„Dann bleibt mir die Wahl zwischen einem blutigen Kleid, einem durchsichtigen Unterkleid und dem Kostüm der Stripperin."

„Kauf dir etwas, und wir setzen es als Werbekosten ab."

„Und du glaubst, ich finde auf Anhieb etwas Passendes?"

„Warum nicht? Wenn meine Frau an einem einzigen Nachmittag auf dem Rodeo Drive ungefähr so viel ausgibt, wie der Staatshaushalt aller Länder der Dritten Welt ausmacht, solltest du doch ein schlichtes Cocktailkleid finden können."

Lorelei ergab sich in ihr Schicksal. „Was ist?" fragte sie Shayne, als sie mit ihm zur Einkaufsmeile an der Canal Street unterwegs war. „Hat Eric dich als meinen Begleiter beim Empfang des Bürgermeisters eingeteilt?"

„Michael ist an der Reihe. Er ist nachts und vormittags im Dienst."

„Vermutlich bin ich nicht euer einziger Fall", meinte sie.

„Nein", bestätigte er lächelnd. „Nicht der einzige, aber der wichtigste."

Lorelei erwiderte sein Lächeln. Bei Shayne konnte sie beinahe vergessen, warum er bei ihr war. Sie waren wie Freunde, die einen Spaziergang durch das Viertel unternahmen.

„Ich kann noch immer nicht glauben, dass du endlich sesshaft wirst", sagte sie, als sie am Old Absinthe House vorbeikamen, in dem angeblich im Jahr 1815 Andrew Jackson und die Lafitte-Brüder die Verteidigung der Stadt geplant hatten. „Du hast doch stets behauptet, New Orleans wäre zu klein für dich."

„Ich hatte große Pläne", bestätigte er. „Und viele von ihnen habe ich auch verwirklicht."

„Als Spion?“ Davon hatte sie gerüchteweise von einer Cousine gehört, die Shayne O’Malley vor einigen Jahren in Tibet getroffen hatte.

„Als Agent der Regierung“, verbesserte er sie. „Ich war eine Art reisender Bürohengst.“

Dieser Mann war nie und nimmer ein Bürohengst gewesen, reisend oder nicht, aber Lorelei ließ das Thema fallen. „Michael hat auch erwähnt, dass du jetzt eine feste Beziehung zu einer Frau hast.“ Ihre Cousine hatte ihr von der heißen, aber kurzlebigen Affäre mit dem aufregenden O’Malley-Bruder vorgeschwärmt.

„Sie heißt Bliss Fortune. Sie besitzt einen Antiquitätenladen. Und sie ist unsere Vermieterin. Das Büro der Blue-Bayou-Detektei liegt über dem Laden.“

„Ich weiß noch nicht, wieso Michael dich dabei ertappt hat, als du in den Laden eingebrochen hast“, sagte Lorelei.

„Das ist eine lange Geschichte. In Kurzfassung – ich hielt Bliss für eine internationale Juwelendiebin und wollte sie schnappen. Und ich hatte keine Ahnung, dass Michael das Büro über dem Laden gemietet hatte. Es ist gut ausgegangen. Niemand ist zu Schaden gekommen, Bliss war unschuldig, und wäre sie nicht so verdammt stur, könnten wir bis an unser seliges Ende zusammen glücklich sein.“

Lorelei lächelte. „Sag bloß nicht, dass es eine Frau gibt, die deinem männlichen Charme widerstehen kann.“

„Sie hat mich nicht direkt abgewiesen, aber sie hat mich betteln und flehen lassen. Nun ja, das konnte ich verstehen. Schließlich hatte ich mich als reicher Sammler ausgegeben, um an sie heranzukommen, und ihr nicht die Wahrheit über mich und meinen Job gesagt.“ Er blieb stehen. Nicht einmal damals, als sein berühmter Vater nicht zur Feier seines neunten Geburtstags erschienen war, hatte er so unglücklich dreingesehen. „Hast du Zeit für einen Drink? Ich brauche den Rat einer Frau.“

Sie sah nicht einmal auf die Uhr. Shayne war stets ein guter

Freund gewesen. Wenn er sich aussprechen musste, zog sie lieber Michaels Zorn auf sich und kam zum Empfang zu spät.

„Ich nehme nur Tee, weil es ein langer Abend wird“, meinte sie. „Und morgen früh muss ich wieder zeitig aufstehen. Aber ich unterhalte mich gern ohne Zuhörer.“

Ohne Michael. Der Name fiel nicht, doch beide dachten an ihn.

Sie wählten eine Bar mit frischem Sägemehl auf dem Fußboden, sauberen Gläsern und coolem Jazz.

Shayne wartete, bis sie ihren Eistee bekam und er sein Bier. „Ich habe ein Haus gekauft“, eröffnete er Lorelei.

„Gratuliere.“

„Es ist nicht sonderlich groß, aber es bietet genug Platz für Kinder. Und Bliss kann wunderbar einrichten.“

„Dann lebt ihr also zusammen?“

„Ja, seit zwei Monaten.“ Er strich mit dem Finger über sein beschlagenes Bierglas. „Ich habe ihr auch einen Heiratsantrag gemacht, den sie angenommen hat.“

„Sehr gut“, bestätigte Lorelei und wartete auf das eigentliche Problem.

„Sie ist schwanger.“

„Ach.“ Da er von geplanten Kindern gesprochen hatte, nahm sie an, dass Bliss welche wollte. „Ist der Zeitpunkt falsch?“ fragte sie vorsichtig.

„Genau!“ Shayne schlug mit der Faust auf den Tisch. „Ich möchte sofort heiraten und ... na ja, du weißt schon ... eine ehrbare Frau aus ihr machen.“

Lorelei musste bei dem altmodischen Ausdruck ein Lächeln unterdrücken. Michael war offenbar nicht der einzige machohaft denkende O’Malley-Bruder. „Und: Was hat sie denn dazu gesagt? Sie will noch warten?“

„Das behauptet sie wenigstens“, bestätigte er.

„Vielleicht fürchtet sie, dass du sie nur wegen des Kindes heiraten willst.“

„Ich sagte doch, dass ich ihr schon früher einen Heiratsantrag gemacht habe, den sie auch angenommen hat."

„Stimmt. Vielleicht will sie keine schwangere Braut sein. Die meisten Frauen malen sich schon als kleines Mädchen ihre Hochzeit aus. Möglicherweise will sie sich nicht dick und rund fühlen, wenn sie vor den Altar tritt."

„Man sieht ihr noch gar nichts an", entgegnete Shayne. „Abgesehen von ihren Brüsten, die wirklich großartig ... na ja, das musst du nicht unbedingt hören." Seufzend strich er sich durch das Haar. „Wenn wir sofort heiraten, wie ich das möchte, könnte sie alles anziehen, was sie will. Die Leute zählen heute nicht mehr die Monate bis zur Geburt nach. Und wenn es doch jemand tut, ist er kein wahrer Freund, richtig?"

„Richtig." Lorelei lehnte sich zurück. „Ich fürchte, ich verstehe es auch nicht. Hast du ihr deine Gefühle erklärt? Hast du gesagt, warum du sie jetzt heiraten willst?"

„Natürlich."

„Und?"

„Sie will mich auf keinen Fall vor dem Labor Day heiraten."

„Bis dahin dauert es nicht mehr lange."

„Mir dauert es zu lange. Außerdem verstehe ich ihre Denkweise nicht."

„Ich weiß nicht, wovon du sprichst."

„Sie behauptet, dass sie Roarke und Daria nicht die Schau stehlen will."

„Roarke heiratet?"

„Ja, am Labor Day. Er heiratet Daria Shea, eine Staatsanwältin. Er hat vor einigen Wochen beim Fernsehen gekündigt und lebt jetzt mit ihr in ihrem Haus am Irish Channel. Er schreibt ein Buch über seine Abenteuer als Kriegsberichterstatter."

Erstaunlich. Zwei von drei O'Malley-Brüdern waren schlagartig häuslich geworden. Ob es an der Luft lag? Oder am Wasser?

„Was soll ich denn nun machen?" fragte Shayne.

„Kannst du Bliss nicht die Entscheidung überlassen?"

„Sie ist schwanger“, erwiderte er. „Ihre Hormone machen Kapriolen. Sie kann ganz eindeutig nicht mehr klar entscheiden.“

Lorelei bezweifelte das zwar, doch sie kannte Bliss nicht und wollte Shayne auch nicht verärgern. „Dann wird dir nichts anderes übrig bleiben, als sie behutsam zu überzeugen.“

„Ja, das dachte ich auch“. Er beugte sich lächelnd zu ihr und küsste sie auf die Wange. „Danke, Lorelei, du bist ein Schatz.“

Michael stand auf, als Lorelei aus dem Schlafzimmer der Hotelsuite kam. Sie sah sagenhaft aus. Das bestickte Corsagenkleid aus silberfarbener Seide umschmeichelte ihre schlanke Figur, an den Ohren glitzerten keine Diamanten, sondern Modeschmuck, der fast bis auf die nackten Schultern reichte.

„Wenn du deinen Verfolger aus seinem Versteck locken willst, könnte ich mir keinen besseren Köder vorstellen“, sagte er.

„Heute Abend möchte ich nicht an ihn denken.“ Michael sah in seinem dunkelblauen Anzug, dem weißen Hemd und der roten Krawatte umwerfend aus. Sie hielt ihm ein Armband hin. „Und ich werde mich nicht in Sack und Asche kleiden, nur weil er sich irgendwo da draußen herumtreibt.“

„Er treibt sich garantiert da draußen herum.“ Michael befestigte das bereits vertraute Armband an ihrem Handgelenk.

„Bist du davon überzeugt?“

„Ja.“ Sie duftete nach Rosen. Michael wünschte sich, sie könnten sich einfach einen schönen Abend machen. Aber er war nun einmal ein Privatdetektiv, der das Leben seiner Klientin schützen musste. „Der Kerl hat angerufen, während du mit Shayne im Französischen Viertel eingekauft hast.“

„Er hat angerufen?“ Sie blickte zum Telefon.

„Er hat eine Nachricht auf deinem Anrufbeantworter hier im Hotel hinterlassen. Ich habe sie gehört, als ich herkam.“

„Ich habe den Anrufbeantworter nicht abgehört. Wann hat er angerufen?“

„Fünf Minuten nach fünf.“

Um fünf Uhr hatte sie in dem Laden ein Kleid nach dem anderen probiert, um eines zu finden, das Michael O'Malley umwerfen würde.

„Hast du seine Stimme erkannt?"

„Unmöglich. Er hat sie elektronisch verzerrt."

„Vermutlich hat es wie in der Barszene von ‚Star Wars' geklungen."

„Ja. Du hast das schon einmal gehört?"

„Leider." Sie holte tief Atem, um ruhig zu bleiben. „Was sagte er?"

„Das Übliche", erwiderte Michael unbehaglich. „Krankhaftes Zeug, Lorelei. Du brauchst es dir nicht anzuhören."

Nein, das war wirklich nicht nötig. Sie erinnerte sich noch gut an die künstlich klingende Stimme, die ihr all die schrecklichen Dinge schilderte, die der Verfolger mit ihr machen wollte. Michael hatte Recht. Der Mann war krank.

„Konntest du feststellen, ob es ein Ferngespräch war?"

„Ein Ortsgespräch. Er hatte dich eindeutig beobachtet. Er sprach davon, dass Shayne ins Oyster House kam. Und er hat die Szene auf dem Friedhof beschrieben, auch das Skalpell, das bis zuletzt nicht im Drehbuch auftauchte."

„Was?" rief sie entsetzt. „Er war auf dem Friedhof?"

Kein Wunder, dass ihr die Szene so echt vorgekommen war. Sie hatte die Präsenz ihres Verfolgers tatsächlich gefühlt. „Ach, du lieber Himmel", flüsterte sie und ihre Stimme zitterte.

„Hey, ist doch gut." Michael nahm sie in die Arme und strich über ihr Haar. „Das ist gar nicht so schlecht."

Sie lehnte den Kopf an seine Schulter. „Ich will dir ja nicht widersprechen. Aber wir sind offenbar nicht einer Meinung, was ‚gar nicht so schlecht' heißt."

„Er hat einen Fehler gemacht", erklärte er. „Die Polizisten, die uns der Bürgermeister zur Verfügung stellte, hatten den Friedhof für die Dreharbeiten abgeriegelt."

„Und?" fragte sie.

„Kein Fremder kam nahe genug heran, um die Szene zu beobachten."

„Er könnte ein Fernglas benützt haben", wandte sie ein. „Oder eine Kamera mit Teleobjektiv. Letztes Jahr habe ich einen Film über eine Fotografin gedreht, die sich leidenschaftlich in einen Polizisten verliebt und ihm auf Schritt und Tritt folgt und ..."

„‚Gefährliche Leidenschaft'", warf er ein. „Den Film kenne ich. Du warst großartig."

„Danke." Sie freute sich, dass er sich ihre Filme angesehen hatte. Ob er im Kino darüber nachgedacht hatte, wie es zwischen ihnen gelaufen wäre, hätte er sie damals nicht sitzen gelassen? Beinahe hätte sie laut gelacht. Sie wurde von einem Verrückten verfolgt und kam noch immer nicht von ihrer Jugendliebe los!

„Was ist denn?"

Sie hatte wieder zu zittern begonnen. „Nichts." Lorelei schniefte, hielt die Tränen zurück und musste lachen. „Es klingt lächerlich, aber ich habe gerade gehofft, dass du bei meinen Filmen gelitten hast."

„Und wie ich gelitten habe", bestätigte er. „Fühlst du dich dadurch besser?"

„Ja, allerdings."

„Dann haben sich die Qualen gelohnt."

Michael wollte mit ihr darüber reden, was zwischen ihnen geschehen war. Jetzt war jedoch nicht der richtige Zeitpunkt. „Dein Film war zwar gut, aber dein Verfolger kann nicht die gleiche Methode angewendet haben. Das war wegen des vielen Nebels unmöglich, den dieser Assistent gemacht hat."

„Dennis", warf sie ein. „Er heißt Dennis."

„Ja, Nelsons Freund, wodurch er eigentlich aus dem Rennen ausscheiden sollte."

„Du schließt ihn aber nicht aus dem Kreis der Verdächtigen aus?"

„Ich schließe niemanden aus, Lorelei. Bisher hätte es jeder

Mann in Los Angeles sein können. Aber nach diesem Anruf schrumpft die Liste der Verdächtigen."

Wenn Michael Recht hatte, kannte sie ihren Verfolger. Vielleicht hielt sie ihn sogar für einen Freund.

„Es kommt alles in Ordnung", versicherte er noch einmal.

Und weil Michael das sagte, glaubte Lorelei es.

8. KAPITEL

Der Empfang des Bürgermeisters fand in einem Bankettsaal des Jean Lafitte Hotels im Französischen Viertel statt. Lorelei wurde einer scheinbar endlosen Zahl von Politikern, Größen der Gesellschaft und mehreren Profi-Footballspielern vorgestellt.

Zwei Personen erkannte sie sofort. Roman Falconer war einer ihrer Lieblingsautoren und darüber hinaus ein ehemaliger Nachbar. Im Moment interessierte sie sich allerdings mehr für seine Frau, die Nachrichtensprecherin Desiree Dupree Falconer.

„Was für eine angenehme Überraschung." Sie lächelte dem Autor zu. „Ich habe Ihr neuestes Buch auf dem Flughafen von Los Angeles gekauft, aber nicht damit gerechnet, Sie hier zu treffen."

„Außer mir konnte der Bürgermeister vermutlich nicht so schnell einen anderen Autor auftreiben", erwiderte Roman amüsiert.

„Seien Sie nicht so bescheiden. Ihre Bücher sind sehr erfolgreich, besonders die beiden über den Vergewaltiger, der zum Mörder wurde. Nach dem zweiten Buch hatte ich wochenlang Alpträume."

„Ich auch", antwortete er schlicht und wechselte einen Blick mit seiner Frau.

„Ich habe mir heute Abend beim Anziehen Ihre Nachrichtensendung angesehen", sagte Lorelei zu Desiree. „Sie sind sehr gut."

„Danke.“ Desiree lächelte ungezwungen, doch Lorelei hatte den Eindruck, dass diese Frau, die eine Affäre mit Michael gehabt hatte, sie kritisch musterte. „Ich habe auch immer Ihre Arbeit bewundert.“ Bevor Lorelei antworten konnte, wandte Desiree sich an Michael. „Hi!“

„Hi, Schönheit.“ Er drückte sie nach Loreleis Geschmack viel zu lange an sich.

Plötzlich wurde sie eifersüchtig. Daran änderte auch nichts, dass Desiree deutlich sichtbar schwanger war. Roman störte sich offenbar nicht an der Umarmung. Ihm machte es nichts aus, dass seine Frau mit ihrem ehemaligen Liebhaber befreundet war.

„Kaum zu glauben“, bemerkte Roman, „dass dieses kleine Mädchen, das mit seinem Fahrrad über den Rasen meiner Eltern fuhr, Filmstar wurde.“

Lorelei war froh, dass er für eine lockere Stimmung sorgte. „Daran erinnern Sie sich noch?“

„Die Reifenspuren trieben unsere Gärtner zum Wahnsinn“, erwiderte er lachend und wandte sich an seine Frau. „Hätte deine Großmutter dich nicht nach dem Tod deiner Eltern ins Internat geschickt, wärst du mit Lorelei in dieselbe Klasse gegangen.“

„Was für ein Zufall“, bemerkte Desiree und sah Michael an.

Schweigen senkte sich über die beiden Paare.

„Wie lange bleiben Sie denn hier?“ fragte Roman und versuchte, die erneut aufkommende Spannung zu vertreiben.

„Wenn das Wetter mitspielt, halten wir uns noch eine Woche in der Stadt auf.“

„So lange“, sagte Desiree leise.

„Ja.“ Lorelei sah sie herausfordernd an. „So lange.“ Erst jetzt fiel ihr ein, dass Desiree nicht wusste, dass Michael sie als Bodyguard begleitete. Desiree hatte sie gemustert, wie sie vermutlich jede Bekannte ihres Freundes mustern würde.

„Vermutlich werden Sie sehr beschäftigt sein“, meinte Desiree. „Aber vielleicht könnten wir vier uns mal zum Abendessen treffen.“

„Großartig“, stimmte Michael zu, bevor Lorelei ablehnen konnte.

„Dann ist das abgemacht.“ Roman sah zum Bürgermeister hinüber, der schon ungeduldig wartete. Neben ihm stand eine elegante Frau. „Wir halten Sie offenbar von Ihren Fans ab.“

Lorelei unterdrückte ein Stöhnen. „Das ist kein Fan, sondern meine Mutter.“ Da ihr nichts anderes übrig blieb, ging sie auf die Gruppe reicher und bekannter Persönlichkeiten zu. „Bitte“, raunte sie Michael zu. „Verrate meiner Mutter nicht, dass du mein Leibwächter bist.“

„Das würde ich nicht im Traum machen.“ Michael war nicht nachtragend. Es bereitete ihm allerdings großes Vergnügen, so zu tun, als wäre er für heute Abend mit Lorelei verabredet. Vor allem, da Maureen Longstreet ihn damals gehörig hatte leiden lassen.

Maureen runzelte nur leicht die Stirn, als sie ihre Tochter zusammen mit dem Mann sah, dem sie einst ihr Haus verboten hatte. Sie trug ein schwarzes Cocktailkleid. Das aschblonde Haar war etwas dunkler als das ihrer Tochter. Die Hochfrisur betonte die ausgeprägten Wangenknochen. Ihre Haut war so blass, als wäre sie noch nie der südlichen Sonne ausgesetzt gewesen.

„Hallo, Mutter“, sagte Lorelei förmlich.

Maureen bot ihr die Wange an. „Hallo, Liebes. Hallo, Michael“, fügte sie hinzu.

Er nickte nur. Bei dieser Frau kam er sich wieder wie ein verlegener Jugendlicher vor. Erst nachdem er sich in Erinnerung gerufen hatte, dass er bei der Polizei zweimal ausgezeichnet worden war, rang er sich ein Lächeln ab. „Guten Abend, Mrs. Longstreet. Sie sehen sehr gut aus.“

„Sie auch“, erwiderte sie sichtlich verwundert und musterte den Anzug, den er auf Shaynes Drängen hin gekauft hatte. „Ich habe gelesen, dass Sie mehrere Auszeichnungen erhalten haben. Ihre Mutter muss stolz auf Sie sein.“

„Ja, Ma’am. Allerdings glaube ich, dass sie schon vorher stolz auf mich war.“

„Bestimmt." Sie betrachtete ihn über den Rand ihres Champagnerkelches hinweg. „Habe ich nicht auch in der Zeitung gelesen, dass Sie den Polizeidienst quittiert haben?"

„Ja, Ma'am."

„Und jetzt sind Sie Privatdetektiv?"

Michael überhörte Lorelei zuliebe den missbilligenden Unterton in Mrs. Longstreets Stimme. „Ja, Ma'am."

„Entspricht Ihre Arbeit der Darstellung in Fernsehserien? Autorennen und Schießereien?"

„Nein, wir haben uns auf Personenschutz spezialisiert."

„Personenschutz?" fragte sie sofort.

Verdammt! Michael hätte sich ohrfeigen können. Diese Frau schaffte ihn. Normalerweise war er viel vorsichtiger.

Lorelei kam ihm zu Hilfe. „Ist Dad auch hier?"

„Leider musste dein Vater zu einem Medizinerkongress nach San Francisco. Er kommt aber am Freitag nach Hause. Selbstverständlich erwarten wir dich zum Abendessen."

„Michael und ich werden sehr gern kommen", erwiderte Lorelei lächelnd.

Michael genoss es, dass sich Maureen Longstreets Gesicht verdüsterte.

„Dann ist das also klar", meinte sie spröde. „Wir freuen uns", fügte sie mit einem kühlen Blick zu ihm hinzu, drehte sich um und ging weg.

„Weißt du", sagte Michael, „als ich noch bei der Polizei war, musste ich damit leben, dass mich während der Arbeit jederzeit eine Kugel treffen könnte. Aber ich würde mich lieber mit den schlimmsten Verbrechern herumschlagen, als mir einen bohrenden Blick deiner Mutter einzuhandeln."

Lorelei lachte bei der Vorstellung, dass dieser Mann sich vor irgendetwas fürchten könnte.

„Das ist gar nicht lustig", klagte er. „Bei ihr fühle ich mich wieder wie achtzehn."

„Sie hat dich allerdings nicht so angesehen, als wärst du noch achtzehn", versicherte Lorelei. „Ich fand, dass sie von dir sehr beeindruckt war."

„Du irrst dich garantiert."

Lorelei ließ den Blick von seinem dunklen Haar über seinen muskulösen Körper bis zu den blank polierten Schuhen gleiten und legte die Hand auf seine Brust. „Nein, bestimmt nicht. Du siehst heute Abend sehr attraktiv aus, Michael. Meine Mutter war beeindruckt."

Er seufzte zwar, weil er ihr noch immer nicht glaubte, betrachtete sie jedoch seinerseits sehr genau. Und Lorelei entging nicht der verlangende Ausdruck in seinen Augen.

Nur vage bekam er mit, dass die anderen Gäste sie aufmerksam beobachteten. Ihm selbst kam es so vor, als wären sie ganz allein. „Wie lange musst du hier bleiben?" fragte er und hielt ihre Hand fest.

„Ich habe meine Schuldigkeit getan", erwiderte sie lächelnd. „Und ich muss morgen zeitig aufstehen. Keine schlechte Idee, ins Hotel zu fahren und ins Bett zu gehen."

Michael war klar, dass sie nicht davon sprach, allein ins Bett zu gehen. Und er wusste, dass er Privatleben und Beruf miteinander vermischte, was er sonst vermied. Doch im Moment war ihm das egal.

„Ich möchte nicht, dass du deinen Schönheitsschlaf versäumst."

Zwischen ihnen herrschte eine solche Spannung, dass es Michael nicht gewundert hätte, wenn Funken gesprüht hätten.

Er führte sie durch die Menge. Es war allerdings unmöglich, unbemerkt zu entkommen. Immer wieder wurden sie von Gästen angehalten, die sich alle als Loreleis Fans bezeichneten.

„Du bist sehr beliebt", stellte er während der Fahrt zum Hotel fest.

„Im Moment bin ich in Mode", räumte sie ein. „Aber Ruhm vergeht schnell. Man erlangt ihn nur schwer und kann ihn nicht festhalten."

„Ruhm ist wichtig für dich." Das war keine Frage, sondern eine Feststellung.

„Eigentlich nicht. Ich wollte stets nur Schauspielerin sein. Leider lassen sich Veranstaltungen wie heute Abend nicht vermeiden."

„Ein schweres Schicksal, von wichtigen Leuten umschwärmt zu werden."

Lorelei gefiel sein ironischer Ton nicht. „Dabei bleibt es leider nicht. Und du wirst doch wohl nicht glauben, dass ich gern von einem verrückten Fan verfolgt werde."

„Teilweise wird dieser Mann durch Veranstaltungen wie heute Abend ermutigt."

„Wie bitte?" fragte sie in dem eisigen Ton, den er von ihrer Mutter kannte. „Ich habe dich vermutlich falsch verstanden. Wirfst du mir vor, dass ich meinen Verfolger ermutige?"

„Du tust es nicht absichtlich, aber du bist zu offen, Lorelei, und zu freundlich."

„Ich lasse mich von diesem Psychopathen nicht in die Isolation treiben. Ich will so normal wie möglich leben."

Michael lachte geringschätzig. „Ich widerspreche dir nur ungern, Schatz, aber ein Empfang beim Bürgermeister gehört nicht zum normalen Leben der meisten Menschen."

„Sicher, und du weißt auch, dass ich nicht hingehen wollte, aber ..."

„Genau das meine ich."

Sie seufzte. „Ich weiß nicht, worauf du hinauswillst."

„Du wolltest nicht zum Empfang gehen. Nach diesem anstrengenden Tag und angesichts der morgigen Termine wäre das auch vernünftiger gewesen."

„Eric hatte alles eingefädelt. Es blieb mir nichts anderes übrig."

„Doch. Du hättest nur nein sagen müssen."

Lorelei überlegte. „Er hatte es dem Bürgermeister versprochen."

„Dazu hatte Eric kein Recht, ohne dich vorher zu fragen."

„Ich weiß, aber er hat es nun mal getan."

„Und du hast keine andere Möglichkeit gesehen, als sein Versprechen zu erfüllen."

„Ja, richtig."

„Die kleine Miss Perfekt", bemerkte er. „Ich hätte doch gedacht, dass du nach allem, was du erreicht hast, nicht mehr versuchst, es allen Menschen recht zu machen."

„Was ist daran falsch, wenn man auf andere Rücksicht nimmt?" fragte sie abweisend.

„Kommt darauf an, was man darunter versteht. Du bist zu diesem Empfang nur gegangen, weil du einen egozentrischen Mann nicht enttäuschen wolltest, der das Wort ‚Rücksicht' nicht einmal kennt. Einen Mann, der meiner Meinung nach so viel Entgegenkommen gar nicht verdient."

„Eric ist mein Freund."

„Und genau deshalb hat er dich heute zu Tode erschreckt und dich anschließend vorgeführt, als wärst du ein Pferd, das er gerade gekauft hat? Ich muss dir eines sagen, Schätzchen. Wenn in Hollywood Freunde so miteinander umgehen, bin ich froh, dass ich in New Orleans geblieben bin."

„Es ist einer meiner besten Freunde", entgegnete sie. „Darum hat er dich auch als Bodyguard engagiert."

„Er hat mich engagiert, um seinen verdammten Film zu retten."

Es gefiel Lorelei gar nicht, dass er Recht hatte. „Das stimmt zwar auch, aber du hast mir noch immer nicht erklärt, wieso ich meinen Verfolger durch mein Erscheinen auf dem Empfang ermutigt habe."

„Schatz, jeder Mann, der dich in diesem Kleid sieht, träumt davon, dich ins nächste Bett zu zerren." Er selbst hatte auch kaum an etwas anderes gedacht. „Aber ich bin vom eigentlichen Thema abgekommen. Es ist eine bewiesene Tatsache, dass hauptsächlich Stars verfolgt werden, die freundlich und offen wirken."

„Stimmt das?" fragte sie überrascht.

„Ja. Ich muss allerdings auch zugeben, dass dieser Empfang heute Abend vermutlich nicht viel geändert hat. Wir wissen mittlerweile, dass dein Verfolger an dem Film mitarbeitet. Also kennt er deine Wesensart – neben vielen anderen Dingen, die er offensichtlich auch über dich weiß. Es würde sicher nichts bringen, wenn du dein Verhalten in der Öffentlichkeit völlig veränderst."

Er dachte an die drei Männer aus dem Filmteam, die beim Empfang gewesen waren – Taylor, Wilder und Nelson. Die beiden ersteren hatten Lorelei mit offener Bewunderung betrachtet, aber das war kein Wunder. Dass Nelson nicht reagiert hatte, bewies lediglich, dass er mit Sicherheit schwul war. Trotzdem kam er als Loreleis Verfolger in Frage.

Ein Problem blieb allerdings bestehen, was diese drei Männer anging. Verfolger besaßen normalerweise ein sehr unterentwickeltes Selbstwertgefühl. Das traf auf keinen der drei zu.

„Ich will nicht in deinem Leben herumschnüffeln", sagte Michael. „Aber ich muss wissen, ob du jemals etwas mit Eric Taylor oder Brian Wilder gehabt hast."

„Du meinst eine Affäre?"

„Ja, auch eine Affäre für eine Nacht."

Sie warf ihm einen empörten Blick zu. „Ich habe nie Affären für eine Nacht."

„Freut mich für dich", erwiderte er und zeigte nicht, wie erleichtert er darüber war. „Und längere Affären?"

„Du magst viel über heiße Affären bei Dreharbeiten gelesen haben. Aber ich habe eine eiserne Regel, was Sex mit Männern angeht, mit denen ich arbeite."

„Das soll wohl nein heißen."

„Sehr schlau! Bei so viel Scharfsinn überrascht es mich nicht, dass du Detektiv geworden bist."

Er überging ihren Spott. „Hast du jemals angedeutet, dass du nach Fertigstellung des Films zu einer Beziehung bereit wärst?"

„Natürlich nicht. Wir sind lediglich Freunde ... eigentlich nicht einmal Freunde, sondern nur gute Bekannte."

„Wilders Verhalten dir gegenüber geht allerdings manchmal weit darüber hinaus."

Lorelei ärgerte sich, dass sie rot wurde. „Brian flirtet gern. Er glaubt, dass er auf Frauen unwiderstehlich wirkt, weil er einer der begehrtesten Drehbuchautoren Hollywoods ist."

„Ich könnte mir vorstellen, dass manche Schauspielerin mit ihm ins Bett geht, damit er für sie eine Rolle in einem seiner nächsten Drehbücher schreibt."

„Durchaus möglich. Mir hat er nie einen solchen Vorschlag gemacht, und ich habe es ihm ganz sicher nicht angeboten. Wir helfen uns gegenseitig. Er bekommt für ein Drehbuch mehr Geld, wenn ich die Hauptrolle übernehme. Umgekehrt fördert es meine Karriere, in einem Film von Brian Wilder zu spielen. Keiner von uns würde diese erfolgreiche Verbindung mutwillig durch Sex zerstören."

„Das ist eine sehr professionelle Einstellung."

„Filmemachen wirkt vielleicht auf Außenstehende aufregend, aber in Wirklichkeit ist es ein Geschäft, in dem nur absolute Profis überleben."

Michael warf ihr einen Blick zu. „Angenommen, du würdest nicht mit Brian Wilder arbeiten, würde er dich dann reizen?"

„Fragst du jetzt als Privatdetektiv?"

„Nein." Er fuhr in die Tiefgarage, parkte, stellte den Motor ab und wandte sich zu ihr. „Ich frage als Mann, der dich vor langer Zeit gebeten hat, ihn zu heiraten." Er spielte mit ihrem Haar. Seine Hand strich leicht über ihre nackte Schulter.

Lorelei war überzeugt gewesen, nicht mehr das Mädchen zu sein, das von Rittern in strahlender Rüstung träumte, die sie auf dem Streitross in ihre Burg entführten. Nein, das stimmte nicht. Sie hatte nur von einem einzigen Ritter geträumt ... von Michael O'Malley, und auch das hatte sie für beendet gehalten. Doch als er sich zu ihr beugte und ihr tief in die Augen sah, war klar, was er wollte. Und sie begriff, dass sich ihre Gefühle für diesen Mann nicht verändert hatten.

„Nein", flüsterte sie. „Brian sieht sehr gut aus und erinnert mich irgendwie an Tom Cruise. Ich ziehe aber den großen, dunkelhaarigen und gefährlichen Typ vor."

„Gefährlich?"

„Gefährlich." Sie legte die Hand an seine Wange. „Gefährlich für meinen Verstand." Sachte strich sie über sein Gesicht. „Gefährlich für mein Herz." Ihre Fingerspitzen glitten zärtlich über sein Kinn. „Und unglaublich gefährlich für meinen Körper." Mit der anderen Hand führte sie seine Finger an ihre linke Brust. „Hier fühlst du, was du mit mir anstellst", flüsterte sie. „Mein Herz schlägt zum Zerspringen."

Er lächelte, als er es tatsächlich heftig schlagen fühlte ... genau wie sein Herz. „Willkommen im Club." Er hob ihre Hand an die Lippen. „Ich begehre dich."

„Ich weiß." Ihr unsicheres Lächeln erinnerte ihn an die süße, unschuldige Lorelei, die er einst gekannt und geliebt hatte. „Und du brauchst kein Detektiv zu sein, um herauszufinden, dass ich dich auch begehre."

Es wäre so einfach, ging es Michael durch den Kopf. Nur einige Schritte zum Aufzug, die kurze Fahrt nach oben ... und alle seine Träume würden wahr. Doch würde sich dadurch etwas ändern? Absolut nichts! „Es gibt nur ein Problem." Er ließ ihre Hand los.

„Ich will jetzt nicht an Probleme denken", wehrte sie leise ab. „Nicht heute Abend."

„Besser heute Abend als morgen früh. Ich halte es mit Arbeit und Vergnügen genau wie du."

Lorelei glaubte ihm kein Wort. „Du hast Desiree kennen gelernt, als sie verfolgt wurde und du diesen Mann gesucht hast."

„Stimmt, aber wir kamen erst zusammen, als der Kerl hinter Gittern war."

Sie sah ihn lange an. „Ich glaube fast, das stimmt."

„Ich würde dich nie belügen."

„Aber du hast sie begehrt."

Er sprach nicht gern über eine andere Frau, die noch dazu verheiratet und schwanger war, während er sich nach Lorelei sehnte. „Die meisten Männer hätten sie begehrt, aber wir wurden Freunde, bevor wir ein Liebespaar wurden."

„Und jetzt seid ihr wieder Freunde." Lorelei erinnerte sich daran, wie die beiden sich umarmt hatten.

Hörte er Eifersucht in ihrer Stimme? „Ein Mann muss sich seine Freunde sorgfältig aussuchen."

„Eine Frau auch." Sie fühlte, wie die erotische Stimmung allmählich schwand. „Willst du mir damit sagen, dass wir nur Freunde sein sollten?"

Hielt sie ihn für verrückt? „Nein, verdammt!" Er widerstand dem Wunsch, sie leidenschaftlich zu küssen. „Ich will damit sagen, dass wir uns vorerst zurückhalten sollten."

Sie hatte sich schon immer darüber geärgert, dass er stets Recht hatte.

„Hat dir noch niemand gesagt, O'Malley, dass du für einen Pfadfinder bereits zu alt bist?"

„Glaub mir, Schatz", erwiderte er und öffnete lachend die Fahrertür. „Ich bin alles andere als ein Pfadfinder."

Michael O'Malley mochte kein Pfadfinder sein, aber er kam ihrer Vorstellung von einem Ritter in schimmernder Rüstung noch immer am nächsten.

Der Teufel sollte sie holen!

Der Mann saß in der Dunkelheit und sah zu, wie sie mit ihrem Leibwächter Hand in Hand zum Aufzug der Tiefgarage ging. Ihr Kleid glitzerte und schimmerte. Er hatte gedacht, sie wäre in Hollywood die einzige wirklich reine Frau. Deshalb hatte er sie zu seiner Auserwählten gemacht. Nur sie konnte den Schmerz in seiner Brust und das Dröhnen in seinem Kopf mildern.

Anfangs hatte er sie sogar für eine Jungfrau gehalten, die sich nur für ihn aufsparte. Doch hier in New Orleans hatte sie Flagge gezeigt. In Hollywood hatte sie wie eine Nonne gelebt. Hier hatte sie wie eine Schlange die Haut abgestreift und ihr hässliches Innenleben preisgegeben. Er hatte gesehen, wie sie den Detektiv heute Abend angestarrt hatte. Die beiden hatten garantiert miteinander geschlafen. Und beim Kleiderkauf war sie mit Shayne O'Malley so locker umgegangen, dass sie es möglicherweise auch mit ihm trieb.

Trotz allem hatte er ihr noch eine Chance eingeräumt. Doch jetzt betraten die beiden den Aufzug und fuhren nach oben. Und in der Hotelsuite zogen sie sich garantiert gegenseitig aus und fielen übereinander her.

Diese Frau, die er auf ein Podest erhoben hatte, war doch nichts weiter als ein Stück Dreck.

Ihm wurde übel, als er sich vorstellte, wie Lorelei und der Detektiv sich wie Giftschlangen wanden. Er öffnete die Tür des Leihwagens und übergab sich auf den Betonboden.

Dann, als er wieder ruhig denken konnte, startete er den Motor und verließ die Garage. Und er entwarf einen Racheplan.

9. KAPITEL

Lorelei war erleichtert, als an den drei folgenden Tagen alles glatt lief. Und sie gewöhnte sich zu ihrer größten Überraschung an Michaels Gesellschaft. Sie genoss es, mit ihm über alles zu reden. Wenn eine Szene abgedreht war, sah er sie bewundernd an. Und er übte mit ihr abends im Hotelzimmer den Text, den Brian immer wieder veränderte. Sie waren enge Freunde geworden.

Früher hatte sie jegliches Fitnesstraining gehasst und sich nur dazu gezwungen, um die Figur zu halten. Jetzt gehörte es zu den Höhepunkten des Tages, morgens mit Michael zu laufen, auch wenn sie gar nicht daran denken durfte, was die Frühstückspause ihrer Linie antat.

Doch sie machte sich wegen ihres Gewichts keine Sorgen

mehr. Schließlich blieb sie nur kurze Zeit in New Orleans. Danach musste sie in ihr altes Leben zurückkehren, und das köstliche Essen, zu dem Michael sie verführte, würde der Vergangenheit angehören. Es wäre dann nur noch eine schöne Erinnerung genau wie der Jazz und das Klingeln der Glöckchen am Geschirr der Pferde, die Kutschen mit Touristen durch das Französische Viertel zogen. Genau wie das Tuten der Schaufelraddampfer auf dem breiten Mississippi. Und auch Michael würde dann nur noch eine schöne Erinnerung sein.

„Was ist los?"

Erst jetzt merkte sie, dass sie geseufzt hatte. „Nichts."

Er gab nicht so leicht auf. „Machst du dir wegen der nächsten Szene Sorgen?"

Sie waren zu der Bar unterwegs, in der die von ihr gefürchtete Stripszene gefilmt werden sollte. „Ich bin nicht wild darauf", gestand sie. „Erics Auffassung nach ist es jedoch die Schlüsselszene."

„Eine Schlüsselszene?" wiederholte er. „Ist das ein neuer Ausdruck für schamlos?"

Seine Meinung war für sie wichtig geworden. „Hältst du die Szene für zu gewagt?"

Er zuckte die Schultern. Hätte er doch bloß den Mund gehalten! Was verstand er schon vom Filmgeschäft? Lorelei hatte in ihrer beneidenswerten Karriere stets die verlockende Frau gespielt. Er hatte kein Recht, sie zu kritisieren, auch wenn er letzte Nacht nicht schlafen konnte bei der Vorstellung, dass sie sich heute ausziehen würde. „Wenn Eric die Szene für so wichtig hält, hat er wahrscheinlich Recht. Immerhin wurde jeder deiner Filme ein Kassenschlager."

„Ich wusste nicht, dass du meine Karriere so aufmerksam verfolgt hast." Es gefiel ihr, dass er in der Vergangenheit öfters an sie gedacht hatte.

„Das habe ich gar nicht getan. Ich sagte doch, dass ich Nachforschungen angestellt habe, nachdem Shayne deinen Fall übernommen hatte."

„Ach so." Also hatte er überhaupt nicht an sie gedacht.

„Aber wenn dieser Film nur halb so gut wird wie ‚Hot Ice', landest du bestimmt wieder einen Riesenerfolg."

„Du hast ‚Hot Ice' gesehen?" Trotz der vielen erotischen Szenen in diesem Film war sie auf ihre Arbeit stolz. Es war ihr gelungen, eine Frau mit mehr Tiefgang darzustellen, als in Brians Drehbuch vorgesehen war.

„Mindestens zehnmal", gestand er lächelnd ein. „Du warst großartig. Du hast die seelischen Konflikte dieser Einbrecherin so glaubhaft dargestellt, dass sie sehr sympathisch wurde. Ich habe gut verstanden, dass der Polizist ihr nicht widerstehen konnte, obwohl er wusste, dass er zuletzt verlieren würde."

„Danke." Er hatte ihr soeben das schönste Kompliment gemacht, das sie sich vorstellen konnte. „Wie ist das mit dir?" fragte sie, als er bremste, damit eine Touristengruppe die Straße überqueren konnte. „Du bist der geradlinigste Mann, den ich kenne. Könntest du dich in eine solche Frau verlieben?"

„Auf der Stelle", erwiderte er ernst.

An seinem funkelnden Blick erkannte Lorelei, dass sie nicht mehr von ihrer Filmrolle sprachen. Sie wurde nervös. „Wir müssen miteinander reden."

„Höchste Zeit." Allerhöchste Zeit, dachte er, aber besser spät als nie.

„Ich kann mich nicht auf die heutigen Aufnahmen konzentrieren, weil mich unsere Beziehung verwirrt."

Wenigstens sprach sie von „unserer Beziehung". Das war in Michaels Augen schon ein Fortschritt. „Gehen wir es der Reihe nach an", schlug er vor. „Am wichtigsten ist die Stripszene. Danach fahren wir ins Hotel zurück und essen etwas früher als sonst. Und dann können wir uns unterhalten."

Seit einem Jahrzehnt wartete sie auf eine Erklärung, warum er sie damals sitzen gelassen hatte. Eine Zeit lang hatte sie sich sogar ausgemalt, ihn dafür kriechen zu lassen. Doch jetzt hatte sie eine neue Chance mit Michael bekommen und wollte nicht länger auf der Vergangenheit herumreiten. Sie würden über alles wie zwei intelligente Erwachsene sprechen, mit der Vergangenheit abschließen und danach in die Zukunft blicken.

Dabei tauchten allerdings neue Probleme auf. Vorausgesetzt, Michael wollte überhaupt eine gemeinsame Zukunft mit ihr – war er für ein Leben als ‚Mr. Lorelei Longstreet' bereit?

Doch jetzt schoss sie weit über das Ziel hinaus. Sie bedeutete Michael etwas, und er wollte zweifellos mit ihr ins Bett. Aber bisher hatte er nicht einmal angedeutet, dass er auch in Zukunft mit ihr zusammen sein wollte.

Du bist unmöglich, Lorelei, ermahnte sie sich. Du führst dich wie damals in der High School auf, als du seinen Namen in alle deine Schulhefte geschrieben hast. Und sie hatte gedacht, erwachsen zu sein! Wenn es um Michael O'Malley ging, war sie offenbar noch immer sechzehn.

„Wir sind da."

Lorelei wurde aus ihren Gedanken gerissen. Sie hatten den schmuddeligen Nachtklub in der Bourbon Street erreicht, der für die nächsten sechs Stunden gemietet worden war. Sie hatte darauf bestanden, dass die Kellnerinnen und Tänzerinnen, die sonst tagsüber hier arbeiteten, das Doppelte an Lohn und zu erwartenden Trinkgeldern erhielten. Eric hatte sie deswegen ausgelacht und ihr vorgehalten, sie wäre viel zu weichherzig. Das hatte sie nicht abgestritten – und sie hatte auf ihrer Forderung bestanden.

„Also, dann bringe ich es hinter mich."

„Tu das." Michael zeigte genauso wenig Begeisterung wie sie.

Schlagartig wurde ihr klar, warum sie sich vor dieser Szene scheute. In ihren früheren Filmen hatte sie auch keine Nonne gespielt. Es hatte viele Schlafzimmerszenen und Aufnahmen unter der Dusche gegeben. Doch nie hatte Michael O'Malley dabei zugesehen.

„Dir ist doch klar, dass ich das nicht wirklich bin?" fragte sie und hielt ihn fest. „Ich spiele nur eine Rolle. Die Frau, die sich da auszieht ... das bin nicht ich."

Er hatte sie noch nie so ernst gesehen. Ihre Fingernägel gruben sich durch das Jackett in seine Arme. „Ich kenne den Unterschied zwischen Spiel und Leben, Lorelei. Das kannst du mir ruhig zutrauen."

„Dann wirst du also nicht eifersüchtig sein?"

Sein Lachen vertrieb die Spannung, die wie eine Gewitterwolke über ihren Köpfen hing. „Ich bin Detektiv, Schatz, kein Heiliger. Natürlich werde ich schrecklich eifersüchtig sein. Und ich werde jeden Mann in diesem Club verwarnen."

„Verwarnen?"

„Sie dürfen dich ansehen, aber nicht berühren. Wenn einer von ihnen mein Mädchen auch nur antippt, schieße ich ihn über den Haufen."

Mein Mädchen. Wieder kam sie sich wie eine Sechzehnjährige vor. „Das würdest du nicht tun."

„Willst du wetten?" Er lächelte nicht, aber Lorelei war sicher, dass er nur scherzte. Es konnte nur ein Scherz sein ... oder?

Während sie sich noch den Kopf zerbrach, küsste Michael sie.

Die Flammen von früher waren nicht erloschen und flackerten sofort hoch. Lorelei konnte nicht mehr denken, so sehr riss Michaels Kuss sie mit. Er schob die Hand unter ihren Pullover und berührte sie. Seit Tagen hatte sie sich danach gesehnt.

Mit der Zunge erkundete er ihren Mund und entlockte ihr ein lautes Stöhnen. Der Kuss war köstlicher als aller Champagner, stieg mehr zu Kopf als echter Cognac und war gefährlicher als der Schnaps, den sein Onkel Claude draußen im Bayou selbst brannte.

Lorelei raubte ihm den Verstand, und er wollte, dass dieser süße Sinnenrausch niemals aufhörte. Er wollte ihr den Pullover und die Jeans ausziehen, wollte sie zu seiner Geliebten machen. Schon vor Jahren hätte er das tun sollen, bevor sie das Flugzeug bestieg. Doch er beherrschte sich.

„Wenn wir so weitermachen, werden wir verhaftet", murmelte er und hauchte prickelnde Küsse auf ihren Hals.

„Was sollte uns schon geschehen", flüsterte sie. „Du hast bestimmt Freunde bei der Polizei."

„Freunde, die sich einen Spaß daraus machen würden, mich für einen Verstoß gegen Paragraph 288 einzubuchten."

Sie drückte die Lippen an seinen Hals. „Was ist das für ein Paragraph?"

„Unsittliches Verhalten." Er seufzte auf unter ihren Küssen. Wusste sie, dass sie ihn zum Wahnsinn trieb? „Ganz zu schweigen von dem beliebten Paragraphen 311 ... sittenwidriges Entblößen in der Öffentlichkeit."

Sie spürte, wie er erschauerte. Noch nie hatte sie sich als Frau so stark gefühlt. „Keiner von uns beiden macht etwas Sittenwidriges."

„Noch nicht." Er schob sie ein Stück von sich. „Aber wenn du mich weiter so küsst, kann ich für nichts mehr garantieren."

„Ach was", wehrte sie lächelnd ab. „Du bist der verantwortungsvollste Mann, den ich je kennen gelernt habe, Michael."

Das hörte er gar nicht gern. Es klang so langweilig und uninteressant. Aber vielleicht war er das auch, wenn man ihn mit den interessanten Männern verglich, mit denen sie sich in Los Angeles traf. Sanft streichelte er ihr Haar. „Wir sollten hineingehen."

„Ja, das sollten wir." Sie war in ihrer Laufbahn noch nie zu spät zu einem Drehtermin erschienen. Bisher hatte sie aber auch noch nie so wenig Elan gezeigt.

Michael führte sie in die Bar und redete sich ein, dass hier keine erwartungsvolle Stimmung herrschte. Doch die Blicke aller Männer folgten Lorelei, während sie im Waschraum der Damen verschwand, der zur Garderobe umfunktioniert worden war. Michael hatte ihn bereits überprüft und für sicher befunden. Jetzt warteten sämtliche Männer im Lokal darauf, dass Lorelei sich auszog.

Der Gedanke baute ihn nicht gerade auf. Michael unterdrückte seine Eifersucht und konzentrierte sich darauf, Loreleis Verfolger aufzuspüren. Leider war die Liste der Verdächtigen lang.

„So, Leute!“ rief Eric endlich. „Wir drehen! Ruhe!“

„Ruhe!“ wiederholte der Regieassistent. „Szene sechsunddreißig, die erste. Kamera läuft!“

Michael hatte das Drehbuch gelesen und sich dabei geradezu masochistisch vorgestellt, wie Lorelei in die Rolle der aufregenden Kriminalromanautorin schlüpfte, die als Stripperin arbeitete. Trotzdem war er nicht darauf vorbereitet, was ihn erwartete.

Hinter der Bühne hörte man das Dröhnen eines Motorrads. Jeder Mann im Raum wirkte angespannt wie Elvis, Michaels alter Jagdhund, wenn er eine Witterung aufgenommen hatte.

Der Motor wurde lauter. Lorelei rollte auf einem Polizeimotorrad herein, bekleidet mit schwarzer Lederjacke, hautengen Ledershorts und über die Knie reichenden Stiefeln. Der Schauspieler, der den Ansager des Clubs darstellte, rief: „Und hier ist Officer Offenherzig!“

Allein schon der Anblick ihrer langen Beine, mit denen sie das Motorrad umspannte, reichte aus, dass Michael sie von der Bühne zerren wollte, weg von den begehrlichen Blicken der anderen Männer. Von jetzt an konnte es nur noch schlimmer werden.

Mit einem verführerischen Lächeln stieg sie vom Motorrad, wiegte die Hüften zur aufreizenden Musik einer Bluesband und zog eine Pistole aus dem tief auf der Hüfte hängenden Halfter.

Kein Polizist würde seine Waffe so tragen, dachte Michael, sah aber ein, dass es bei dieser Vorführung nicht so sehr auf Realismus ankam. Lorelei spreizte die Beine, die in den glänzenden schwarzen Stiefeln noch länger wirkten. Und dazu diese unglaublich hohen Absätze! Michael begriff nicht, wie sie darauf stehen, geschweige denn tanzen konnte.

Sie richtete die Waffe auf die Zuschauer. „Keine Bewegung, ihr Kerle!“ Trommelwirbel. Sie drückte ab, und ein Funkenregen kam aus der Mündung.

Dann ging es erst richtig los.

Anders als viele der Mädchen im Französischen Viertel, die in den Fenstern der Clubs durch ihren Tanz Kunden anlockten, stellte Lorelei nicht sofort alle ihre Reize zur Schau.

Zuerst nahm sie die Uniformmütze ab, hob sie von dem in Locken gelegten silbrigblonden Haar, drehte sie dreimal in den Händen und warf sie in die Zuschauermenge. Das war nicht vorhergesehen, stellte Michael fest, als der Pizzabote sie auffing und grinsend aufsetzte.

Die Lederhandschuhe kamen als Nächstes an die Reihe. Wie Lorelei sie mit den Zähnen von jedem einzelnen Finger zog, wirkte es geradezu unanständig.

Die Zuschauer machten mit und schrien, sie sollte mehr ausziehen. Und sie gehorchte, öffnete den Reißverschluss der Lederjacke und enthüllte einen schwarzen Leder-BH, der mit Ketten zusammengehalten wurde und einen atemberaubenden Einblick bot. Ihre Haut wirkte durch das schwarze Leder noch heller und glitzerte. Offenbar hatte die Maskenbildnerin einen entsprechenden Puder auf Loreleis Schultern und Brüsten verteilt.

Michael konnte sich nicht entscheiden, was für ihn schwerer zu ertragen war – Loreleis laszive Bewegungen, mit denen sie auf der kleinen Bühne hin und her stolzierte und dabei die Jacke hinter sich herzog, oder die verlangenden Blicke der Männer in der Bar. Keiner konnte den Blick von ihr lassen.

„Lieber Himmel“, murmelte Brian, der neben Michael stand. „Ich habe diese verdammte Szene geschrieben, und trotzdem macht sie mich scharf.“

Er war nicht der Einzige. „Lorelei ist gut“, stimmte Michael zu.

„Gut? Diese Frau ist Weltklasse. Wenn sie fertig ist, kann keiner der Männer mehr aufrecht gehen.“

Um dem Autor nicht ins Gesicht zu schlagen, rammte Michael die Hände in die Gesäßtaschen seiner Jeans.

„Schnitt!“ rief Eric plötzlich.

„Schnitt“, wiederholte der Regieassistent.

Die Band hörte zu spielen auf. Lorelei blieb stehen und schützte die Augen mit der Hand gegen das grelle Scheinwerferlicht.

„Was ist denn los? Sagt bitte nicht, dass ich noch einmal von vorne anfangen muss."

Selbst Michael staunte über ihre Verwandlung, obwohl er gewusst hatte, dass sie nur spielte. Eben war sie noch Officer Offenherzig gewesen, die aufregendste Stripperin der Bourbon Street, und jetzt war sie die Lorelei, die er kannte. Das Mädchen, das er einst geliebt hatte.

„Du machst das großartig, Schatz", versicherte Eric. „Aber du schwitzt nicht."

„Das kommt daher, dass es hier drinnen fast null Grad hat", klagte sie. Sofort tauchte die Garderobenfrau auf und brachte ihr einen seidenen Umhang.

„Ich habe verlangt, dass die Temperatur abgesenkt wird, damit dein Make-up nicht unter den Scheinwerfern schmilzt", erklärte Eric. „Aber ich möchte, dass du erhitzt und verschwitzt aussiehst."

„Ich kann viel auf Stichwort machen, Eric", erwiderte Lorelei. „Schreien, weinen, in Ohnmacht fallen, aber nicht schwitzen. Das übersteigt mein Talent."

„Kein Problem." Er rief nach der Maskenbildnerin, die mit einer Plastikflasche erschien. Seufzend gab Lorelei den Umhang zurück, breitete die Arme aus und drehte sich langsam, während die Frau eine Mischung von Wasser und Babyöl auf ihre Haut spritzte.

„Schon besser." Eric nickte zufrieden. „Gehen wir einige Takte zurück. Und weiter!"

„Szene sechsunddreißig", rief der Regieassistent. „Die zweite. Kamera läuft!"

Michael gab es nur sehr ungern zu, aber der Regisseur hatte Recht. Zuvor hatte Lorelei wie eine nicht von dieser Welt stammende Göttin gewirkt. Durch die auf Lippen, Brüsten, Bauch und Schenkeln schimmernde Feuchtigkeit wirkte sie menschlich – und noch erregender.

Sie wandte dem Publikum den Rücken zu und sah lächelnd über die Schulter. Zum ersten Mal fiel Michael auf, dass ihr strahlendes Lächeln ihre Augen nicht erreichte.

Sie öffnete den BH, wandte sich wieder zur Kamera, hielt ihn vor den Brüsten fest. Die dünnen Ketten glitzerten silbrig im Scheinwerferlicht. Wegen der ohrenbetäubenden Musik konnte man zwar nichts hören, aber Michael war überzeugt, dass jeder Mann im Club scharf Luft holte und darauf wartete, dass sie den BH fallen ließ.

Und dann drang etwas in sein Bewusstsein, ein Knacken über der Bühne. Michael stieß einen Schrei aus, schnellte auf die Bühne, warf sich gegen Lorelei und riss sie mit sich.

Im nächsten Moment krachte ein riesiger Scheinwerfer auf die Stelle, wo Lorelei soeben noch gestanden hatte.

10. KAPITEL

Es ging alles so schnell, dass die Zuschauer einige Sekunden brauchten, um es zu begreifen. Die Band spielte weiter, bis ein Musiker nach dem anderen aufhörte. Die Leute redeten aufgeregt durcheinander.

„Verdammt!“ schrie Eric und drängte sich zur Bühne vor. „Was ist denn passiert?“

„Na, was wohl?“ erwiderte Brian. „O’Malley hat Lorelei soeben das Leben gerettet.“ Er schwang sich auf die Bühne und ging neben Lorelei, die noch immer unter Michael lag, in die Hocke. „Ist dir was passiert?“

„Nein!“ stieß sie hervor. „Ich bekomme nur keine Luft.“

„Tut mir Leid“, sagte Michael und rollte sich von ihr, obwohl sie sich verdammt gut anfühlte. Gleichzeitig zog er die Pistole aus dem Schulterhalfter.

„Lieber Himmel!“ Eric wich zurück, als er die Waffe sah.

„Ist das wirklich nötig?“ fragte Brian.

„Ja.“ Jetzt klopfte Michaels Herz zum Zerspringen. Er holte das Funktelefon aus dem Jackett und wählte die Nummer seines Büros. „Komm ins Le Girls Cabaret“, sagte er knapp, als Shayne sich meldete. „Nein, ihr ist nichts passiert, aber es war knapp. Ich will sie ins Hotel zurückbringen, während du die Leute hier befragst.“ Er überlegte einen Moment. „Und verständige Dirkson im Polizeihauptquartier. Er soll einige Männer herschicken.“

„Sie rufen die Polizei?“ fragte Eric. „Ist das wirklich nötig?“

Michael betrachtete Lorelei. Sie saß auf der Bühne und wirkte geschockt. „Ihr Star ist beinahe umgekommen“, erwiderte er. „Ja, ich meine schon, dass wir die Polizei verständigen müssen.“

„Sie wollen doch nicht behaupten, dass das kein Unfall war.“ Brian sah ihn betroffen an. „Ich meine, ich kenne die Probleme mit dem liebeskranken Fan, aber man weiß doch, dass diese Typen ihre Fantasien nie in die Tat umsetzen.“

Michael hätte ihn am liebsten erwürgt. „Behaupten Sie jetzt bloß, Sie hätten für ein Drehbuch Nachforschungen über besessene Fans angestellt.“

„‚Gefährliche Leidenschaften‘“, erwiderte Brian.

„Den Film habe ich gesehen. Er war recht unterhaltsam, hat das Problem aber nicht richtig aufgezeigt. Sie haben wohl übersehen, dass John Hinckley vor den Schüssen auf den Präsidenten Jodie Foster einen Brief geschrieben hat. Darin stand, dass in seiner Welt Fantasien wahr werden können. Jedermann sah Tage später im Fernsehen in unzähligen Wiederholungen den Beweis.“

Er hörte, wie Lorelei vor Schreck scharf Luft holte. Das war gar nicht so schlecht. Sie hatte seiner Meinung nach bisher die Gefahr, die von dem Verfolger ausging, nicht hundertprozentig erfasst. Daher hatte sie auch nur zögernd zugestimmt, dass Taylor einen Leibwächter engagierte.

„Trotzdem könnte es auch ein Unfall gewesen sein“, gab Eric zu bedenken.

„Sicher, aber ich gehe kein Risiko ein, bevor wir keinen Gegenbeweis haben.“ Er steckte die Waffe ins Halfter zurück, wandte sich an die Garderobiere und bekam auf seine Bitte sofort den Umhang, den er Lorelei um die Schultern legte.

Er half ihr gerade beim Aufstehen, als Shayne hereinkam, gefolgt von zwei Männern in Jeans und T-Shirt. Michael kannte sie aus seiner Zeit bei der Polizei. Der eine war sein ehemaliger Partner, der ihn mit grimmiger Miene begrüßte.

„Komm, Schatz.“ Michael legte den Arm um Loreleis Schultern. „Shayne hat Verstärkung mitgebracht. Wir verschwinden von hier.“

Sie zitterte am ganzen Körper. Ihre Zähne klapperten, so sehr fror sie.

„Alles ist in Ordnung“, versicherte Michael immer wieder, sobald sie in seinem Wagen saßen. „Dir wird nichts passieren.“

„Ich weiß.“ Es war ihr schrecklich unangenehm, dass sie dermaßen die Kontrolle über sich verloren hatte, aber sie konnte das Zittern nicht stoppen. „Als du mit Brian über diese besessenen Fans gesprochen hast, ist mir eines klar geworden.“

„Und was?“

„Er könnte mich tatsächlich umbringen.“

„Nur über meine Leiche.“ Michael lächelte ihr zu und hoffte vergeblich, sie würde dieses Lächeln erwidern. „Und ich bin ein ziemlich großes Hindernis.“

Er übertrieb nicht. Lorelei erinnerte sich sehr gut daran, wie er mit ihr zusammengeprallt war und sie zu Boden gerissen hatte. Bestimmt hatte sie davon eine Woche lang blaue Flecken.

„Ich stehe in deiner Schuld, O'Malley“, murmelte sie. „Ganz gewaltig.“

„Du schuldest mir gar nichts.“

Bisher hatte sie Michael für einen zuverlässigen und umgänglichen, wenn auch ziemlich starrsinnigen Mann gehalten. Jetzt wirkte er stahlhart, ein Mann, der es zu seinem Beruf gemacht hatte, Verfolger und Serienmörder zur Strecke zu bringen. Auf seine Art war Michael genauso gefährlich wie ihr Verfolger.

„Wahrscheinlich sagst du jetzt gleich, dass du nur deine Pflicht erfüllt hast."

Er warf ihr einen scharfen Blick zu. „Du weißt, dass das nicht stimmt."

Ja, sie wusste es. Es hatte nichts damit zu tun, dass er bezahlt wurde. Tief in seinem Herzen war Michael O'Malley ein Held. Er konnte niemanden im Stich lassen, der Hilfe brauchte. „Ich stehe trotzdem in deiner Schuld."

Michael fragte sich, wann sie so starrsinnig geworden war. Das Mädchen, an das er sich erinnerte, war viel sanfter und nachgiebiger gewesen.

Sie hatte sich zwar brennend gewünscht, Schauspielerin zu werden, doch es hätte genügt, sie zu bitten, bei ihm zu bleiben. Dann hätte sie New Orleans nicht verlassen und wäre nicht nach Kalifornien gegangen. Doch letztlich hätte sie ihm das für den Rest ihres Lebens verübelt.

„Du kannst mir den Gefallen zurückzahlen", sagte er. „Bring Wilder dazu, diese Szene aus dem Drehbuch zu streichen."

Vor Überraschung vergaß sie einen Moment sogar ihre Angst. „Du hältst sie also noch immer für zu freizügig?"

Er zuckte die Schultern und bog in die Tiefgarage des Hotels ein. „Was weiß ich. Ich weiß nur, dass du noch nie eine so heiße Szene gespielt hast, und wenn ich dabei noch einmal zusehen muss, gibt es gewaltige Probleme."

„Warum?"

„Weil ich dann gar nicht anders kann, als alle Kerle in dem Lokal für ihre Gedanken umzubringen."

„Woher willst du denn wissen, was sie denken?"

„Weil sie das Gleiche denken, was jeder Mann denken muss, wenn du dich dermaßen produzierst."

„Oh ... Hattest du auch solche Gedanken?"

„Das weißt du doch sehr genau."

Allmählich wurde ihr wieder wärmer. „Gut."

Michael murmelte eine Verwünschung, während er neben dem VIP-Aufzug parkte.

Lorelei hielt sich für eine moderne und unabhängige Frau. Trotzdem protestierte sie nicht, als Michael sie ins Badezimmer führte und auf die Bank vor dem Schminktisch setzte. Er ließ Wasser in die Marmorwanne laufen, die so groß war, dass man beinahe darin schwimmen konnte. Während sie beobachtete, wie er mit seinen starken Händen den Kristallbehälter mit dem Badesalz öffnete, packte sie plötzlich der Wunsch, ihn auf die flauschige grüne Badematte zu ziehen ... oder noch besser in die Wanne, die wie für zwei Personen geschaffen war.

„Fertig", erklärte er. Da er ihr den Rücken zuwandte, ahnte er nicht einmal, was sie gerade dachte. „Kannst du dich allein ausziehen?"

Sie wollte ihn schon bitten, ihr dabei zu helfen, erinnerte sich jedoch an seine Regel, Arbeit und Vergnügen nicht zu vermischen. Um keine Zurückweisung zu riskieren, solange ihre Nerven noch dermaßen angeschlagen waren, beherrschte sie sich.

„Ich komme schon zurecht", behauptete sie. „Diese Sachen kann man mühelos ausziehen."

„Erinnere mich bloß nicht daran", sagte er leise. Ehe sie widersprechen konnte, bückte er sich, hob ihren Fuß an, öffnete den Reißverschluss des schwarzen Lederstiefels und zog ihn ihr aus. Das Gleiche machte er mit dem zweiten Stiefel. „Auf der Bühne hast du wie der wahr gewordene Traum eines jeden Motorradfans ausgesehen."

Sie hätte sich so gern von Michael lieben lassen! Nur in seinen Armen hätte sie jetzt vergessen, was geschehen war, und sie wollte alles vergessen.

Lorelei fuhr sich mit der Zungenspitze über die Lippen. „Soll ich das als Kompliment verstehen?"

Ihre Stimme bebte nicht mehr, sondern klang sinnlich weich. Michael war nicht sicher, ob sie sich tatsächlich so schnell erholt hatte oder ihm nur etwas vorspielte, damit er sich nicht weiter um sie sorgte.

Er ließ ihren Fuß los, bevor er die Zehen mit den perlweiß lackierten Nägeln küsste. „Du fühlst dich offenbar schon besser."

Er betrachtete sie mit widerstreitenden Gefühlen. Er wollte sie beschützen und gleichzeitig über sie herfallen. Er musste ihren Verfolger stellen, wollte sie aber am liebsten weit wegbringen, wo niemand sie beide finden konnte. Dabei dachte er an die Hütte, die ihm zusammen mit Roarke und Shayne gehörte. Dort hätte er Lorelei ungestört nach Herzenslust lieben und die übrige Welt vergessen können.

„Ich komme zurecht", versicherte sie noch einmal.

„Natürlich." Er trat den Rückzug an, bevor er der Versuchung nachgab. „Ruf mich, wenn du etwas brauchst."

Lorelei sah ihm nach, bis er die Tür hinter sich geschlossen hatte. Dann erst stützte sie den Kopf in beide Hände und weinte lautlos, eine Nachwirkung des Schocks und ihrer aufgewühlten Gefühle.

Sobald sie sich beruhigt hatte, stemmte sie sich hoch und legte den Rest des albernen Kostüms als Officer Offenherzig ab. Bei der ersten sich bietenden Gelegenheit wollte sie es verbrennen.

Sie lehnte sich gegen das weiche Wannenkissen zurück und genoss das warme Wasser, als es an der Tür klopfte. Ihr Tagtraum, dass Michael und sie sich an einem sonnigen Strand von Tahiti liebten, platzte.

„Komm herein!"

Ein angenehmer blumiger Duft stieg Michael entgegen, als er die Tür öffnete. Der Anblick von Lorelei, die bis zu den Schultern unter Badeschaum verborgen war, das Haar hoch gesteckt, reichte aus, um jeden Mann um den Verstand zu bringen.

„Du möchtest bestimmt Tee."

„Danke", erwiderte sie mit einem zurückhaltenden Lächeln. „In Filmen gibt der Held der Heldin immer einen Brandy, nachdem die Verbrecher sie beinahe umgebracht haben."

„Nur in Filmen. Tee hilft dir besser als Alkohol. Aber wenn du Brandy haben willst, kann ich dir einen aus der Minibar holen."

„Nein, nicht nötig." Als sie ihm die Hand entgegenstreckte, tropfte Schaum von ihrem nackten Arm.

Er reichte ihr die Tasse, obwohl er Lorelei viel lieber aus dem duftenden Wasser geholt hätte.

Sie nahm einen Schluck, obwohl sie Michael viel lieber zu sich in die Wanne gezogen hätte, und seufzte wohlig. „Herrlich! Vielen Dank."

„Gern geschehen." Er hätte gleich wieder gehen sollen, setzte sich jedoch auf den Wannenrand und griff nach einem Schwamm. „Dreh dich um. Ich wasche dir den Rücken."

„Sehr schön." Jetzt hätte sie sich doch etwas Stärkeres als Tee gewünscht. „Gehört dieser persönliche Service immer dazu, wenn du Frauen beschützt?"

Er tauchte den Schwamm tief ins Wasser und drückte ihn über ihrer Schulter aus. „Du bist die Erste."

Sie sahen einander an und konnten die Blicke nicht mehr voneinander wenden. In diesem Moment wussten beide, dass es kein Zurück mehr gab.

„Wie könnte ich dann ein so charmantes Angebot abweisen?" fragte Lorelei etwas unsicher.

Michael strich mit dem rauen Schwamm über ihre glatte Haut und erinnerte sich, wie er einmal nach Las Vegas geflogen war, um einen Häftling zurückzubringen. Am Abend vor der Übergabe des Gefangenen hatte er im Caesar's Palace beim Black Jack zehn Dollar gewonnen, zwanzig an den Einarmigen Banditen verloren und ein zu teures Bier getrunken. Als er Vegas verließ, war er zu dem Schluss gekommen, dass man in dieser Stadt nicht gewinnen konnte.

Jetzt betrachtete er Lorelei, die Frau, die er noch immer liebte. Bei ihr erging es ihm ähnlich wie in Las Vegas. Wenn es darauf ankam, ihren Reizen zu widerstehen, konnte er einfach nicht gewinnen.

Er ließ die Hand sinken.

„Michael?“ Sie sah ihn unschuldig fragend an. „Stimmt etwas nicht?“

Er wollte schon lügen, dass alles in Ordnung wäre. „Du ... jagst mir Angst ein“, erwiderte er.

„Ich?“ fragte sie fassungslos. „Ich jage dir Angst ein?“ Sie hätte es nicht für möglich gehalten, dass dieser Mann überhaupt Angst kannte.

„Nicht direkt du“, erwiderte er grimmig. „Es sind mehr die Gefühle, die du bei mir auslöst.“

„Ich verrate dir etwas, O'Malley“, erwiderte sie leise und strich behutsam über seine Wange. „Wenn wir schon von Gefühlen reden – du jagst mir ebenfalls Angst ein.“

Das Atmen fiel ihm plötzlich schwer. „Vielleicht sollten wir uns voneinander zurückziehen und uns damit abfinden.“

„Das könnten wir“, stimmte sie zu und ließ die Finger über seinen Hals gleiten. „Du könntest mich aber auch lieben, wie ich mir das schon lange wünsche.“

Es wäre so einfach gewesen, doch Michael hatte noch nie einfachen Möglichkeiten vertraut. „Lorelei ...“

„Du hast mir heute das Leben gerettet.“ Sie legte die Hand an seine Brust und sah ihm unverwandt in die Augen. „Jetzt musst du mir helfen, damit ich mich wieder lebendig fühle.“

„Dann soll ich es als einen Akt der Wohltätigkeit betrachten?“

Loreleis Verlangen war bereits dermaßen gewachsen, dass sie es wahrscheinlich nicht überlebt hätte, wenn er ihr tatsächlich widerstanden hätte. „Meinetwegen. Vielleicht hilft es dir dabei, deine alberne Regel zu missachten.“

Michael bewunderte sie dafür, dass sie nach diesem Tag noch scherzen konnte. Und weil er ihr einfach nicht widerstehen konnte, warf er das Handtuch.

Seufzend legte Lorelei die Arme um seinen Nacken.

Er hauchte einen Kuss auf ihren Mund. „So vieles hat sich verändert, aber deine Lippen schmecken noch wie früher.“

„Sag mir, wie sie schmecken“, verlangte sie lächelnd.

„Hollywoods schönste Sexgöttin braucht doch nicht nach Komplimenten zu fischen.“

„Alle Frauen wollen Komplimente hören, O'Malley.“ Ein wohliger Schauer lief ihr über den Rücken, als er einen Kuss auf ihre Wange drückte und sanft an ihrem Ohr knabberte. „Sogar Sexgöttinnen.“

Mit der Zungenspitze fand er die empfindsame Stelle hinter ihrem Ohr, die noch kein anderer Mann entdeckt hatte. „Du willst Komplimente hören?“ Er schob eine Hand durch den Schaum auf ihre Brust. Unter der zärtlichen Berührung begann sie wieder zu zittern. „Manchmal schmeckst du nach Sonnenschein ... nach Frühlingsregen ... bei anderen Gelegenheiten ...“

„Was ist bei anderen Gelegenheiten?“ Ihr Herz schlug schneller, als er die Brustspitze streichelte und sie küsste, bis sich in ihrem Kopf alles drehte.

„Bei anderen Gelegenheiten sind deine Küsse heiß und verführerisch.“ Er drückte die Lippen auf ihren Hals. „Ich werde von dir nie genug bekommen, Lorelei.“

Das hatte sie hören wollen. Sie erwiderte hingebungsvoll seinen Kuss. Nimm mich, dachte sie und brauchte die Worte nicht laut auszusprechen. Er wusste, was sie wollte, hörte sie seufzen, fühlte ihre Hände, die seine Schultern und seinen Rücken streichelten.

Michael erfüllte nur zu gern ihren Wunsch, zog sie aus dem Wasser und drückte sie an sich. Eng umschlungen verließen sie das Badezimmer, sanken auf das Bett, ohne sich daran zu stören, dass von Loreleis Körper Wassertropfen flossen.

Michael wollte sanft sein, wollte sie langsam erobern und ihr zeigen, dass es sich gelohnt hatte, so lange zu warten. Doch das lange unterdrückte Verlangen brach sich unweigerlich Bahn. Er rollte sich mit ihr herum und presste die Lippen auf ihre Brust. Es fiel ihm schwer, sich wieder zurückzuziehen, als Lorelei nach Luft schnappte.

„Tut mir Leid."

„Wehe, du entschuldigst dich!" Sie zerrte an seinem Hemd, dass die Knöpfe nach allen Richtungen flogen. Sie genoss die Leidenschaft, stachelte ihn noch mehr an. „Ich will dich, Michael! Ich habe schon viel zu lange gewartet."

Sie kam ihm so bereitwillig entgegen, dass er sich nur hastig das Hemd vom Leib riss und sich der restlichen Kleidungsstücke entledigte. Dann ließ er sich wieder auf sie sinken, packte ihre Hände und hielt sie hinter ihrem Kopf fest.

Mit der anderen Hand streichelte er ihre empfindsamste Stelle und trieb sie mühelos zum Höhepunkt. Keuchend und um Gnade flehend bäumte Lorelei sich auf. Dennoch gönnte er ihr keine Ruhe. Sie erbebte unter einem zweiten Höhepunkt, aber er fuhr beharrlich mit seinen betörenden Liebkosungen fort.

„Lorelei ..."

Sie flüsterte unverständliche Worte, ließ den Kopf auf dem Kissen hin und her rollen. Die Nadeln lösten sich, das Haar fiel offen über ihre Schultern und Brüste.

„Sieh mich an."

Es fiel ihr unendlich schwer, die Augen zu öffnen und ihn anzublicken.

„Du gehörst mir." Er verwöhnte sie, entlockte ihr erneut ein Stöhnen. „Du hast immer mir gehört."

„Dir ..." Mehr als dieses eine Wort brachte sie nicht hervor. Sie sehnte sich verzweifelt danach, ihn zu berühren, und weinte fast vor Erleichterung, als er ihre Hände losließ. „Ja, ich bin dein", hauchte sie und brachte nun ihn zum Stöhnen, als sie ihn aufreizend streichelte.

Er konnte sich kaum noch zurückhalten, küsste sie verzehrend, legte die Hände auf ihre Hüften und drängte sich zwischen ihre Schenkel. Mit einer einzigen kraftvollen Bewegung verschmolz er mit ihr.

Lorelei schrie lustvoll auf, schlang die langen Beine um ihn und gab ihn nicht frei, während er sich immer wieder mit ihr vereinigte, wie es kein anderer Mann jemals getan hatte. Lorelei hielt ihn umklammert, presste die Hände auf seinen harten, muskulösen Rücken und erlebte gemeinsam mit ihm die Erfüllung ihrer Lust.

Michael sank befriedigt auf sie. Lange schwiegen sie. Nur ihr heftiger Atem war zu hören.

„Leben wir noch?“ flüsterte Michael schließlich.

„Ich glaube schon“, erwiderte sie. Das warme Pulsieren zwischen ihren Schenkeln war ein eindeutiges Anzeichen dafür.

„Fein.“ Um nicht zu schwer für sie zu werden, rollte er sich auf die Seite und zog sie mit sich.

„Dafür hat sich das Warten eindeutig gelohnt“, hauchte sie.

Er konnte kaum lachen, so atemlos war er. Sanft streichelte er sie und legte die Hand auf ihren Po. „Es war vermutlich nicht einfach, deine Ansprüche zu erfüllen. Du bist wirklich wunderbar.“

Es verletzte sie, dass seiner Meinung nach solche Leidenschaft für sie normal war. Für eine ernsthafte Diskussion fehlte ihr die Kraft, aber sie wollte doch einiges berichtigen.

„So etwas habe ich noch nie erlebt“, sagte sie und schmiegte sich an ihn.

„Wahrscheinlich hätten dich die meisten Männer vorher abgetrocknet.“ Erst jetzt merkte er, wie feucht das Bett war.

„Das habe ich nicht gemeint.“ Nur mit Mühe konnte sie weitersprechen. „Ich meine, dass ich nie gefühlt ... dass ich nie so viele ... normalerweise habe ich mit Glück einen einzigen ...“ Sie stammelte. Für ein solches Gespräch hätte sie einen Drehbuchautor gebraucht. „Lassen wir das.“

„Nicht aufhören“, bat er lächelnd, stand auf und hob sie hoch. „Du steigerst mein Selbstwertgefühl ganz unglaublich.“

„Freut mich.“ Als ob ein Mann wie er es nötig gehabt hätte, dass man sein Selbstwertgefühl steigerte! „Wohin gehen wir?“ fragte sie.

„Wieder ins Bett. Aber in ein trockenes.“

„Oh.“ Es war ihr nicht einmal aufgefallen, dass das Bett nass geworden war. „Sehr klug von dir, eine Suite mit einem zweiten Schlafzimmer zu nehmen."

„Du baust mich immer mehr auf." Lachend zog er die Brokatdecke von dem breiten Bett. „Du bist eine großartige Frau."

Vorsichtig ließ er sie auf das Laken gleiten, und jetzt nahmen sie sich auch Zeit für liebevolle Küsse und zärtliche Berührungen.

„Unglaublich, wie ich mich bei dir fühle", flüsterte sie seufzend, als er sie hingebungsvoll streichelte.

„Und wie fühlst du dich?" Er küsste das winzige Muttermal auf ihrem Rücken.

„Als würde ich schweben", hauchte sie.

„Kein schlechter Anfang." Er fuhr mit der Zungenspitze über ihre Wirbelsäule. „Vielleicht bringe ich dich sogar zum Fliegen."

Im Laufe dieser Nacht stellte Lorelei fest, dass Michael O'Malley ein Mann war, der Versprechen einlöste und ihre kühnsten Träume wahr machte.

11. KAPITEL

Das hartnäckige Klingeln des Telefons weckte Lorelei aus einem leichten Schlummer.

„Lass mich abheben", bat Michael und griff über sie hinweg, als sie verschlafen nach dem Hörer tastete. „Nur für den Fall ... Ja?"

Erstaunlicherweise hatte sie in dieser herrlichen, von Liebe erfüllten Nacht den Verfolger völlig vergessen. Jetzt kehrte sie ernüchtert in die Wirklichkeit zurück und verkrampfte sich, als Michael sich im Bett aufsetzte.

„Ja." Er nickte, beugte sich zu ihr und küsste sie auf die fest zusammengepressten Lippen. Damit wollte er ihr zeigen, dass sie von dem Anrufer nichts zu befürchten hatte. „Ja, ich sage es ihr." Als sie sich an ihn schmiegte, streichelte er ihren Rücken. „Wir sind noch ungefähr zwei Stunden hier. Danach bringe ich sie weg.

Es ist sinnlos, dass sie sich als Zielscheibe anbietet, wenn es nicht nötig ist.“ Er legte auf.

„Wer war das?“

„Taylor. Er hat für heute alle Dreharbeiten abgesagt.“

„Kann er sich das leisten?“

„Das ist nicht dein Problem“, erwiderte Michael. „Beklage dich nicht über einen unerwarteten freien Tag. Also“, fragte er und zog sie auf sich, „wo waren wir stehen geblieben?“

Viel später saßen sie im Wohnzimmer am Tisch. Lorelei hatte früher nie viel zum Frühstück gegessen. Heute hatte sie Erdbeeren mit Sahne und ein Croissant bestellt, das so locker war und so köstlich nach Butter schmeckte, dass es bestimmt unglaublich viele Kalorien enthielt. Es machte ihr nichts mehr aus.

Michael besaß einen gesunden Appetit. Lorelei sah ihm zu, wie er Rührei, Bratkartoffeln und Schinken mit Pepperoni verschlang. Nachdem er letzte Nacht so viel Energie verbraucht hatte, brauchte er eine reichhaltige Mahlzeit.

„Wohin fahren wir?“ fragte sie.

„Zu mir, würde ich vorschlagen. Hier bist du wirklich eine Zielscheibe, da der Verfolger mit Sicherheit zur Filmmannschaft gehört.“

„Zu dir?“ fragte sie und schob sich eine Erdbeere in den Mund. „Ins Bayou?“

„Nein. Die Hütte steht zwar noch, aber es dauert zu lange, dort hinzukommen und da du ja morgen weiterdrehen musst ...“

„Dann hast du also nichts dagegen“, stellte sie fest.

„Wogegen?“

„Ich dachte schon, du könntest mich daran hindern, den Film fertig zu stellen.“

„Es gefällt mir gar nicht, dich wieder einem Risiko auszusetzen“, gab er zu und legte das Besteck auf den Teller. „Aber ich verstehe, dass du deinen Vertrag erfüllen willst.“

„Danke, das ist sehr rücksichtsvoll von dir.“

„Ich bin eben gar nicht so schlecht.“

Sie wusste, dass sie sich auf gefährliches Gebiet wagte. Trotzdem brauchte sie Klarheit. „Was ist, wenn der Film abgedreht ist?“

„Dann kehrst du nach Los Angeles in dein gewohntes Leben zurück.“

Das wollte Michael zwar nicht, aber er hielt den Zeitpunkt für falsch, um über eine gemeinsame Zukunft zu sprechen. Außerdem hatte Lorelei hart für ihre Karriere in Hollywood gearbeitet. Warum sollte sie alles aufgeben? Nur weil sie beide zusammen im Bett einfach großartig waren?

Lorelei hatte sich auf eine Diskussion eingestellt. Sie hatte sich sogar schon zurechtgelegt, was sie über die Schwierigkeiten sagen wollte, wenn sie ihre Karriere in Hollywood verfolgte und er hier in New Orleans arbeitete. Sie wollte erklären, dass sie beide intelligente Menschen waren, die sich auf einen Kompromiss einigen konnten. Dass er sich jetzt so gleichgültig gab, schmerzte sie.

„Willst du mich wieder fallen lassen?“

„Natürlich nicht. Ich wollte nur sagen, dass ... Was heißt denn ‚wieder‘?“

„Also, ich bin zwar nicht nachtragend, aber du musst doch zugeben, dass du damals Schluss machen wolltest.“

„Ich? Mein Schatz, du hast ein sehr schlechtes Gedächtnis. Ich bin nicht derjenige, der keinen Brief beantwortet hat. Und ich bin auch nicht derjenige, der sich zu Thanksgiving geweigert hat, ans Telefon zu kommen.“

Zu Thanksgiving hatte er ihr einen Verlobungsring schenken wollen. Der Diamant war winzig gewesen, aber Michael hatte dafür drei Monate lang auf das Mittagessen verzichtet und in den Docks zwei Schichten gearbeitet, um ihn bezahlen zu können. Zornig spießte er Bratkartoffeln auf und schob sie in den Mund, um Lorelei nicht zu sagen, wie sehr sie ihn verletzt hatte.

„Von welchen Briefen sprichst du?“

Er legte die Gabel weg und nahm einen Schluck Kaffee. „Ich

habe nicht täglich geschrieben, wie wir uns geschworen hatten, aber ich habe dir geschrieben, und zwar oft."

„Aber ich habe nie ... Das muss Julie gewesen sein."

„Wer ist Julie?"

„Meine Zimmergefährtin im Wohnheim der Uni. Ihre Mutter und meine Mutter waren zusammen auf dem College. Die beiden haben bestimmt einen Plan ausgeheckt, damit ich keine Briefe von dir bekommen."

Das überraschte ihn nicht sonderlich. Es machte ihn wütend, aber er konnte sich gut vorstellen, dass Maureen Longstreet zu einer solchen List gegriffen hatte.

„Bleibt immer noch die Tatsache, dass du meine Anrufe nicht entgegengenommen hast, als du zu Thanksgiving daheim warst."

„Ich habe gar nicht gewusst, dass du angerufen hast", behauptete sie.

Damals war jedes Mal ihre Mutter, ihr Vater oder die Haushälterin ans Telefon gegangen. Zuletzt hatte ihre Mutter kühl erklärt, Lorelei wollte ihn nicht sehen und nicht mit ihm sprechen. Michael glaubte ihr jetzt, dass sie nichts erfahren hatte. Trotzdem ...

„Vermutlich warst du zu sehr mit deinen Kommilitonen an der Uni beschäftigt, um mir zu schreiben", bemerkte er betont lässig und nahm noch einen Schluck Kaffee, obwohl er etwas Stärkeres hätte vertragen können.

„Ich habe dir geschrieben!"

Sie sah ihn mit großen Augen an. Ihre Hand zitterte. Michael hatte genug Verdächtige verhört, um zu erkennen, wenn jemand log. Lorelei log nicht.

„Verdammt." Er legte den Kopf an die Rückenlehne des Sessels und schloss die Augen. Die einzige Erklärung, die ihm spontan einfiel, passte ihm gar nicht. „Mom muss deine Briefe weggeworfen haben."

„Deine Mutter? Ich denke, sie mochte mich."

„Sie mochte dich auch", bestätigte er und öffnete die Augen.

Der Schmerz in ihrem Gesicht berührte ihn tief. „Aber sie hat auch nie einen Hehl daraus gemacht, dass wir beide in ihren Augen viel zu jung waren, um uns schon fest zu binden. Sie fürchtete, du könntest schwanger werden. Dann hätte ich das Studium aufgeben müssen, um dich zu unterstützen."

„Damit ich schwanger werden konnte, hättest du mit mir ins Bett gehen müssen. Du hast dich aber standhaft geweigert."

Michael musste nun doch lachen, weil sie sichtlich eingeschnappt war. „Nur deinetwegen habe ich mich eisern beherrscht. Wärst du schwanger geworden, hättest du deinen Traum von der Schauspielerei aufgeben müssen. Hättest du mit sechzehn geheiratet, wärst du heute kein großer Star."

Damit hatte er wieder einmal eindeutig Recht. Wahrscheinlich wäre sie in Louisiana geblieben, hätte ihn geheiratet und eine Familie gegründet. Und sie hätte immer davon geträumt, was sie alles hätte erreichen können.

„Das hättest du mir letztlich nie verziehen", fügte er hinzu.

Auch in diesem Punkt hatte er Recht. Wie sollte sie ihm erklären, dass sie in den letzten Jahren oft von der Familie geträumt hatte, die sie mit ihm hatte gründen wollen?

„Wir werden nie wissen, wie es unter anderen Voraussetzungen mit uns gelaufen wäre", meinte sie endlich zögernd.

„Wahrscheinlich hast du Recht."

Der Türsummer ertönte.

„Das wird Shayne sein. Ich habe vergessen, ihn anzurufen und ihm zu sagen, dass ich auch die Tagschicht übernehme." Michael warf die Serviette auf den Tisch und ging an die Tür.

„Wie geht es dir?" fragte Shayne, als er sich zu Lorelei an den Tisch setzte und vom Teller seines Bruders eine Scheibe Schinken nahm.

„Gut, wirklich", versicherte sie, als er ihr einen forschenden Blick zuwarf.

Shayne gab sich lässig und trug teure Kleidung, heute eine maßgeschneiderte Hose und ein cremefarbenes kragenloses

Hemd. Lorelei hatte trotzdem schon herausgefunden, dass Shayne O'Malley nicht der unbekümmerte Playboy war, für den man ihn halten konnte. Vermutlich war er genauso energiegeladen und für Feinde so gefährlich wie sein älterer Bruder. Das steigerte ihre Neugierde auf die Frau, die den ehemaligen Geheimagenten erobert hatte.

„Gut", meinte er endlich und wandte sich an Michael. „Ich habe die Namen, die du mir gegeben hast, durch alle Datenbanken laufen lassen, in die ich mich einhacken konnte. Alle sind sauber." Er reichte seinem Bruder einen braunen Umschlag. „Für dich habe ich auch etwas", sagte er zu Lorelei. „Es lag unten an der Rezeption. Ich musste es öffnen", entschuldigte er sich.

„Verstehe." Hoffentlich endete dieser Zustand bald, damit sie ihre Privatsphäre zurückbekam. „Das ist ein Drehbuch von Brian", erklärte sie Michael, nachdem sie den Umschlag geöffnet hatte. Sie überflog die Notiz, die an das Deckblatt geheftet war. „Er schreibt, dass er versprochen hat zu warten. Aber da ich heute nichts zu tun habe, meint er, dass ich es vielleicht lesen möchte."

„Interessant, dass er annimmt, du hättest heute nichts zu tun", warf Michael ein.

Obwohl sie vor diesen beiden Männern keine Geheimnisse hatte, wurde sie rot. „Vermutlich meinte er die abgesagten Dreharbeiten."

Michael lachte, und Shayne widmete sich demonstrativ den restlichen Bratkartoffeln. Als er aufstand, hatte er alles aufgegessen. „Da du hier die Lage unter Kontrolle hast, Mike, werde ich noch einige Ermittlungen anstellen. Im Moment lasse ich über meinen Computer ein Programm laufen, das eine Verbindung zur Bank of America herstellt. Bei meiner Rückkehr weiß ich vermutlich schon mehr über den Zahlungsverkehr aller Beteiligten."

„Du nimmst Einsicht in die Bankkonten der Mitglieder unseres Filmteams?" fragte Lorelei betroffen. Sie begriff nicht, wie Michael so etwas zulassen konnte. „Verstößt das nicht gegen das Gesetz?"

„Wir bewegen uns dabei in einer Grauzone“, erklärte Shayne. „Angenommen wir hätten nach dem gestrigen Vorfall den Namen eines Verdächtigen, dann könnte die Polizei von Los Angeles einen Richter dazu bringen, einen Durchsuchungsbefehl auszustellen. Wir haben aber noch keinen Namen, und wir haben auch nicht mehr viel Zeit.“

„Trotzdem ...“ Sie wandte sich an Michael, der neben dem Tisch stand. „Es überrascht mich, dass du zu solchen Methoden greifst.“

Seine Miene wirkte wie versteinert. „Ich lasse nicht zu, dass dir etwas passiert, Lorelei.“

Sie konnte es kaum fassen. Dieser Mann, dessen Prinzipien so unerschütterlich waren wie der Felsen von Gibraltar, handelte ihretwegen gegen seine Überzeugung! „Allmählich begreife ich, warum du deinen Abschied bei der Polizei genommen hast.“

„Behauptest du, dass ich als Polizist gegen das Gesetz verstoßen habe?“

Lorelei kannte ihn zu gut und liebte ihn zu sehr, um sich von seinem harten Blick einschüchtern zu lasen. „Natürlich nicht, Michael, aber du engagierst dich ... manchmal vielleicht sogar zu sehr.“ Als er nur die Schultern zuckte, wollte sie ihm vorhalten, dass er nicht die ganze Welt retten konnte. Doch er hätte sicher nicht auf sie gehört. „Desiree kann froh sein, dass du damals für sie da warst“, erklärte sie schlicht, stand auf und trat zu ihm. „Und ich bin auch froh.“ Sie stellte sich auf die Zehenspitzen und küsste ihn.

Als der Kuss nicht endete, räusperte sich Shayne. „Ich muss los“, verkündete er. „Falls etwas ist, bin ich im Büro.“

Weder Lorelei noch Michael hörte, wie er amüsiert lachend die Suite verließ.

Michaels Haus stand in dem Teil von New Orleans, der unter dem Namen Faubourg Marigny Historic District bekannt war. Obwohl man dieses Viertel vom Französischen Viertel aus zu Fuß in nur wenigen Minuten erreichte, tauchte man in die Welt des letzten Jahrhunderts ein. 1806 war dieses Wohnviertel entstanden. „Faubourg" war das französische Wort für „Vorort". Französische und spanische Kreolen hatten sich hier angesiedelt.

In den folgenden Jahrzehnten waren Einwanderer aus Italien, Irland und Deutschland in die angrenzenden Straßen gezogen. Lorelei wusste noch aus ihrer Schulzeit, dass früher so viele Deutsche zwischen der Esplanade und den Elysian Fields gewohnt hatten, dass man diesen Teil „Klein Sachsen" nannte.

„Von hier kommst du bequem zu deinem Büro", stellte sie fest, als sie an alten Häusern vorbeifuhren, in denen jetzt Jazzclubs und Restaurants untergebracht waren.

„Stimmt, aber deshalb bin ich nicht hierhergezogen."

„Warum dann?" Als sie die Stadt verlassen hatte, war es mit dieser Gegend bergab gegangen. Jetzt blühte sie wieder auf. „Das Französische Viertel liegt noch näher."

„Es hat sich seit deinem Weggang stark verändert", erklärte er. „Dort denkt man nur noch an schnelles Geld, das man mit Touristen verdienen kann. Sogar die vornehme Gegend des Garden Districts, in dem deine Eltern wohnen, wird von Rundfahrtenbussen heimgesucht. Nur dieses Viertel hier ist noch unberührt."

Lorelei musste ihm Recht geben. Die berühmteste alte Brauerei, die Jax Brewery, war in ein modernes Einkaufszentrum verwandelt worden. Und die Souvenirläden und Geschäfte für T-Shirts schossen überall aus dem Boden wie Unkraut.

„Außerdem gefällt es mir hier", fuhr er fort und bog von der Frenchmen Avenue in eine gepflasterte Einfahrt. „Die Leute gehen noch lieber zu Fuß, als das Auto zu nehmen. Nach Sonnenuntergang ist vor den Clubs zwar so einiges los, aber tagsüber sind die Straßen hier verschlafen."

Sie lachte, verstummte jedoch, als sie das Haus betrachtete, neben dem er parkte. „Das gehört dir?"

„Es gehört in erster Linie der Bank, aber sie lässt mich hier wohnen." Er stellte den Motor ab und steckte den Zündschlüssel ein.

„Es ist entzückend." Das Haus besaß einen fünfeckigen Grundriss, um sich dem keilförmigen Grundstück anzupassen. Außerhalb des Französischen Viertels waren derartige Grundstücke nicht ungewöhnlich. Die Städteplaner hatten die Straßen den Windungen des nahen Flusses anpassen müssen.

Das aus Ziegeln errichtete Haus im französischen Stil stand direkt am Bürgersteig. Es war in Kaffeebraun, Rot und Blau, den traditionellen Farben der Kreolen, gestrichen.

„Ich bin noch am Renovieren." Michael schloss die Tür des historischen Gebäudes auf. „Angesichts der nötigen Arbeiten und meiner finanziellen Mittel ist das eine Lebensaufgabe."

„Eine Herzensangelegenheit", stellte sie fest und betrachtete das Wohnzimmer. An den Wänden lagen die rosafarbenen handgefertigten Ziegel frei. An der Decke konnte man wunderbare Balken aus Zypressenholz bestaunen. Ihre Mutter hatte Michael zwar nie gemocht, aber sein Haus würde ihr sicher gefallen.

„An guten Tagen ist es wirklich eine Herzensangelegenheit", bestätigte er. „Dann gibt es Zeiten, in denen ich an meinem Verstand zweifle, weil ich meinen Pensionsfonds in dieses Haus gesteckt habe."

„Vermutlich ist das Geld hier besser aufgehoben als auf einem Sparbuch." Sie schob sich an den Holzböcken vorbei, auf denen eine Eichentür lag, die er abgeschliffen hatte, und ging durch einen Torbogen in den Innenhof.

„Der Innenhof war einer der Gründe, aus denen ich mich zum Kauf entschlossen habe", sagte er, als sie einen begeisterten Ruf ausstieß.

„Wäre mir genau wie dir ergangen." In dem dreieckig geschnittenen Patio wucherten subtropische Pflanzen, ein Springbrunnen plätscherte. Eine etwa dreihundert Jahre alte Eiche warf Schatten auf die Terrasse aus roten Ziegeln. Lorelei war in dieser Stadt aufgewachsen, die für ihre malerischen Innenhöfe und

Gärten berühmt war. Dies war einer der schönsten Innenhöfe, die sie jemals gesehen hatte. „Was für eine wundervolle Oase der Ruhe."

„Freut mich, dass es dir gefällt." Michael fühlte sich wieder wie ein verlegener Junge, dem die Worte fehlten. Es sollte ihn eigentlich nicht berühren, dass ihr das Haus gefiel, in das er sich auf den ersten Blick verliebt hatte. Es sollte ihm sogar völlig egal sein, was sie dachte.

„Ich bin restlos begeistert."

Lorelei ließ sich von ihm herumführen und bestaunte ein Zimmer nach dem anderen. Der achteckige Raum neben dem Schlafzimmer, in dem Michael zurzeit sein Arbeitszimmer untergebracht hatte, wäre für ein Kind perfekt gewesen. Auf einmal gefiel ihr die Vorstellung, Michaels Kinder in diesem entzückenden Haus großzuziehen.

Er sah zu, wie Lorelei über das handgeschnitzte Kopfteil seines Bettes strich. Es war aus Pinie mit vier hohen Pfosten. Er war darin geboren worden, und seine Mutter hatte es ihm für sein Haus geschenkt. Jetzt stellte er sich vor, wie er Lorelei in diesem Bett liebte, wie sie hier seine Kinder zur Welt brachte, wie sie beide ihr Leben lang sonntags im Bett frühstückten.

Doch solche Gedanken waren nicht nur gefährlich, sondern vor allem voreilig. Im Moment musste er für Loreleis Sicherheit sorgen. Und dafür brauchte er einen klaren Kopf. Er durfte sich keinen romantischen Fantasien hingeben, mochten sie auch noch so reizvoll sein.

„Wahrscheinlich willst du das Drehbuch lesen, das Wilder dir geschickt hat", sagt er.

„Ja, wenn du nichts dagegen hast. Ich will zwar nach diesem Film eine Zeit lang ausspannen, aber Brian wird mich bestimmt fragen, ob ich es mir angesehen habe."

„Und wir wollen ihn doch nicht enttäuschen", bemerkte Michael. Er mochte den Drehbuchautor nicht. Und er war eifersüchtig auf Wilders Freundschaft mit Lorelei, ganz zu schweigen von seinem guten Aussehen, das jede Frau ansprechen musste.

„Wenn es dir lieber ist, dass ich es nicht lese ..."

„Nein, lass dich nicht aufhalten. Ich sollte ohnedies einige Berichte schreiben."

In den nächsten Stunden hielten sie sich im Hof auf. Lorelei seufzte, als sie das Drehbuch zu Ende gelesen hatte.

Michael blickte von seiner Schreibarbeit hoch. „Entspricht es nicht deinen Vorstellungen?"

„Oh doch, es ist sogar sehr gut. Aber ich fürchte, wir haben schon zu viele Filme zusammen gemacht. Er gerät allmählich auf ein eingefahrenes Gleis."

„Aha", erwiderte Michael, obwohl er keine Ahnung hatte, was sie meinte.

„Es geht wieder um eine Frau, die in Gefahr gerät. Und es spielt hier in New Orleans."

Michael verstand zwar ihre Sorge, auf einen bestimmten Typ festgelegt zu werden. Es gefiel ihm jedoch, dass ihre Arbeit sie wieder zu ihm zurückbringen würde. „Ich habe in der Zeitung gelesen, dass New Orleans für Dreharbeiten immer beliebter wird."

„Stimmt, aber diese Geschichte ist schrecklich düster. Nach allem, was ich durchgemacht habe, reizt es mich nicht sonderlich, in einer ehemaligen Sklavenunterkunft gefangen gehalten zu werden."

„Ich kann mir gut vorstellen, wieso du diese Rolle nicht spielen willst", meinte Michael vorsichtig. Er hatte das Gefühl, sich genau wie draußen im Bayou auf unsicherem Boden zu bewegen.

Eigentlich wollte er ihr erklären, dass sie hierher nach New Orleans und zu ihm gehörte. Irgendwie würden sie es schon so einteilen können, dass sie zusammenleben konnten. Doch dann erinnerte er sich daran, dass ihm andere Frauen, vor allem Desiree, vorgeworfen hatten, er wäre ein Macho, der dazu neigte, immer alles bestimmen zu wollen. Darum hielt er sich mit Ratschlägen zurück. Lorelei sollte sich von ihm nicht bedrängt fühlen, auch wenn es ihm schwer fiel, ein moderner Mann zu werden.

Lorelei konnte sich nicht erklären, warum er ein so finsteres Gesicht machte. Sie hatte ihm doch erklärt, dass sie mit Brian nur befreundet war.

„Es gibt da allerdings noch ein Problem", fuhr sie seufzend fort. „Er wird es mir wahrscheinlich verübeln, wenn ich ablehne. Offenbar hat er an mich gedacht, als er dieses Drehbuch schrieb."

„Passt es denn dermaßen genau auf dich?" Michael mochte es gar nicht, dass ein anderer Mann Loreleis Gedanken und Gefühle so gut kannte.

„Die Hauptperson wird als Opfer dargestellt", erklärte Lorelei. „Ich wäre kein so williges Opfer. Und sie ist auch viel unschuldiger gezeichnet. Aber das sind die einzigen Unterschiede. Ansonsten passt es auf mich. Brian hat übrigens einen seltsamen Fehler begangen. Er hat ständig meinen Namen und nicht den der Hauptperson getippt."

Michael sträubten sich die Nackenhaare. „Darf ich es lesen?" fragte er behutsam, um Lorelei nicht zu erschrecken. Solange sie bei ihm war, konnte ihr nichts passieren.

„Natürlich." Lächelnd reichte sie ihm das Drehbuch. „Während du liest, möchte ich gern dein Bett benützen." Humorvoll fügte sie hinzu: „Aus unerfindlichen Gründen habe ich letzte Nacht nur wenig geschlafen."

„Fühl dich hier wie zu Hause. Du kannst alles benützen, auch mein Bett." Er warf einen Blick auf das Drehbuch und schwankte, was er tun sollte. „Soll ich dir Gesellschaft leisten?"

„Das Angebot klingt verlockend, aber dann käme ich vermutlich nicht zum Schlafen."

„Schließen wir einen Kompromiss", schlug er vor, weil sie tatsächlich müde aussah. „Du ruhst dich aus, ich lese das Drehbuch, und dann komme ich zu dir und wecke dich."

Lorelei stand auf, setzte sich auf seinen Schoß, schmiegte sich an ihn und küsste ihn sanft und liebevoll.

Er strich über ihr helles Haar und berührte die Spitzen ihrer Brüste, die sich unter seinen Liebkosungen aufrichteten. „Vielleicht lese ich das Drehbuch doch erst später."

„Lies es jetzt", wehrte sie lachend ab. „Ich muss nach der letzten Nacht erst wieder zu Kräften kommen."

Er liebte es, sie zu betrachten und zu berühren und hier mit ihr zu sitzen. Plötzlich wurde Michael bewusst, dass er sie einfach liebte. Früher hätte ihn als eingefleischten Junggesellen dieser Gedanke erschreckt. Jetzt war er einfach schön.

„Soll das heißen, dass du mit mir nicht mithalten kannst?"

Sie strich über seine Brust und spielte mit den Knöpfen an seinem Hemd. Vor seinen Augen verwandelte sie sich. Sie war nicht mehr die Lorelei, das Mädchen, das er geliebt und verloren hatte. Sie war auch nicht die Frau, in die er sich wieder verliebt hatte. Jetzt wurde sie zur personifizierten Verführerin aus sämtlichen Filmen, die er jemals gesehen hatte – Bette Davis in ‚Jezebel', Vivien Leigh als Scarlett O'Hara, Kim Novak als rätselhafte Schöne in ‚Vertigo', Loreleis aufregende Einbrecherin in ‚Hot Ice'. Er war von ihrer Verwandlung fasziniert.

„Glaub mir, Liebling", flüsterte sie und knabberte spielerisch an seinem Ohrläppchen, „es geht nicht darum, ob ich mit dir mithalten kann, sondern darum, ob und wie lange du mit mir mithalten kannst."

„Niemand soll jemals behaupten, Michael O'Malley hätte sich vor einer Herausforderung gedrückt."

Lorelei lachte tief und sinnlich, legte das Rollenspiel wieder ab und lachte fröhlich. „Ich liebe dich, Michael! Nein, du brauchst nichts zu sagen. Jetzt nicht. Du bist ein Mann, der stets genau überlegt, und es ist alles so schnell gegangen. Bestimmt willst du sagen, dass Gefahr stark anregend wirkt, aber das ist nicht der Grund für meine Gefühle. Ich liebe dich wirklich. Vielleicht habe ich nie aufgehört, dich zu lieben. Trotzdem werde ich warten, bis du dir deiner Gefühle für mich sicher bist."

Sie gab ihm noch einen innigen Kuss, verschwand im Haus

und ließ Michael allein zurück. Er wollte ihr folgen, sah das Drehbuch auf dem Tisch und erinnerte sich an seine Verantwortung. Er musste es zuerst überprüfen. Danach konnte er Lorelei erklären, was er fühlte, und er konnte ihr die ganze Nacht lang zeigen, wie sehr er sie liebte.

12. KAPITEL

Zehn Minuten, nachdem Lorelei den Garten verlassen hatte, klingelte das Telefon. Michael griff nach dem schnurlosen Handgerät, das er ins Freie mitgenommen hatte, und meldete sich nach dem zweiten Signalton.

„Ja?"

„Hey, Mike, wie läuft es bei euch?"

„Du würdest mir kein Wort glauben." Doch dann erinnerte Michael sich daran, wie verliebt Shayne seine Bliss ständig betrachtete und wie er sich nach ihr sehnte, wenn sie auf einer Einkaufstour die Stadt verließ. Vermutlich würde sein Bruder ihn doch verstehen.

„Vielleicht würde ich dir sogar sehr viel glauben", erwiderte Shayne heiter, als habe er Michaels Gedanken erraten. „Ich störe nur ungern deinen freien Tag mit Lorelei, aber für heute Abend wird eine Gewitterfront mit Sturm und Regen erwartet."

„Ja und?"

„Taylor hat entschieden, dass er heute die Arbeit doch nicht ausfallen lassen kann. Es wird gedreht."

„Verdammt." Michael betrachtete die Seiten, die er schon gelesen hatte. Lorelei hatte Recht. Dieses Drehbuch hielt sich zu sehr an das wahre Leben. Er wollte einige Anrufe erledigen und Erkundigungen einziehen.

„Kein Problem", versicherte Shayne, als Michael ihm erklärte, worum es ging. „Ich kann Lorelei zum Lagerhaus begleiten. Eigentlich sollte ich ohnedies tagsüber im Dienst sein."

Das hielt Michael zwar für eine praktische Lösung, aber ...

„Ich werde gut auf sie aufpassen, Mike", versicherte Shayne. „Ich werde sie behüten, als wäre sie Bliss."

Mehr konnte Michael nicht verlangen. Und Shayne war schließlich kein Amateur. Er hatte zwar kaum jemals darüber gesprochen, was er in den letzten zehn Jahren getan hatte, aber als Geheimagent oder Spion – oder was immer er gewesen war – hatte Shayne sicher zahlreiche gefährliche Situationen überstanden.

„Ich mache mir Sorgen um Lorelei", gestand Michael.

„Ich weiß. Das ist der Nachteil, wenn man verliebt ist", erwiderte Shayne. „Aber die guten Seiten überwiegen die Nachteile."

Da Bliss vor kurzer Zeit in höchster Lebensgefahr geschwebt hatte, wusste Michael, dass sein Bruder ihn sehr gut verstand.

„Dafür, dass du nur mein kleiner Bruder bist", scherzte er, „bist du gar kein so schlechter Junge."

„Für einen großen Bruder bist du auch nicht übel", erwiderte Shayne lachend. „Ich bin in zehn Minuten bei dir."

Zehn Minuten, dachte Michael, als er die Verbindung unterbrach. Am liebsten hätte er Lorelei geweckt und sie leidenschaftlich geliebt. Die Vorstellung, Shayne könnte sie beide überraschen, dämpfte jedoch seine Lust.

Später, dachte er und betrat das Schlafzimmer. Lorelei lag in seinem Bett, sie hatte sich auf den Bauch gerollt und wirkte noch verführerischer als in seiner Fantasie.

„Bis später", sagte er, als er sich eine Viertelstunde danach mit einem Kuss verabschiedete.

„Bis später", wiederholte sie.

Und dann war sie fort. Michael betrachtete den Himmel mit den dunklen Wolken, die vom Golf hereinzogen, und verwünschte die Gewitterfront, die seine romantischen Pläne durchkreuzt hatte.

Sobald Michael das Drehbuch zu Ende gelesen hatte, sorgte er sich noch mehr. Er fuhr zu seinem Büro. Der Computer, den

Shayne aufgestellt hatte, spuckte seitenlange Ausdrucke aus, die einen Einblick in die finanzielle Lage aller Leute boten, die zu den Aufnahmen nach New Orleans gekommen waren.

Da er Nelsons Spielschulden kannte, war Michael nicht überrascht, dass der Kameramann kein Sparbuch besaß und seine Kreditkartenkonten im Minus standen. Dennis, der Assistent, und sein Freund hatten dagegen nie Schulden gemacht, wenn man einmal von einem fünf Jahre alten Mustang, der inzwischen abbezahlt war, absah. Eric Taylor wiederum gab das Geld mit vollen Händen aus. Allerdings verdiente er auch genug.

Michael überprüfte die Schecks, die Brian Wilder in den letzten drei Monaten ausgestellt hatte.

„Interessant", murmelte er, als sein Blick auf eine bestimmte Eintragung fiel. Er wollte schon nach dem Telefon greifen und einen ortsansässigen Grundstücksmakler anrufen, als die Glocke über der Tür im Erdgeschoss leise bimmelte.

Es war Montag, der Tag, an dem Bliss ihren Laden nicht öffnete. Von Shayne wusste er, dass sie heute erst am späten Nachmittag von einer Versteigerung aus Houma zurückkehren würde.

Michael zog die Pistole aus dem Schulterhalfter, öffnete langsam die Bürotür und schlich lautlos die Treppe hinunter.

Shayne parkte vor dem Gebäude, in dem gedreht werden sollte. Das Lagerhaus war für eine Woche gemietet worden. Michael hatte es schon vor zwei Tagen überprüft. Es störte ihn zwar, dass es viele Ecken gab, die man nicht einsehen konnte. Sie waren sich jedoch einig gewesen, dass keine Gefahr bestand, solange sie Lorelei nicht aus den Augen ließen.

Nach dem gestrigen Vorfall war Shayne allerdings bei weitem nicht mehr so zuversichtlich wie noch vor zwei Tagen.

Er öffnete die Tür mit dem Schlüssel, den Taylor ihm durch einen Boten ins Büro geschickt hatte, und ging zwischen aufgestapelten Kisten hindurch. „Hallo, ist da jemand?" rief er.

Als er nur das Echo seiner eigenen Stimme in dem riesigen Gebäude hörte, wurde ihm augenblicklich klar, dass es sich um eine Falle handelte.

„Was ist?“ fragte Lorelei erschrocken, als er die Pistole aus der Hosentasche zog.

„Keine Fragen“, flüsterte er. „Wir nehmen den Weg zurück, auf dem wir hereingekommen sind. Sollte mir etwas zustoßen, läufst du, so schnell du kannst, und rufst Michael vom Autotelefon an. Dreh dich auf keinen Fall um und kümmere dich nicht darum, was hinter dir geschieht“, fügte er hinzu.

„Ich verstehe das nicht. Wo sind denn die anderen?“

In diesem Moment krachte ein Schuss. Shayne fluchte und taumelte. Er blutete an der Schulter.

„Oh nein!“ Sie ließ sich neben ihm auf die Knie fallen.

„Verdammt, du sollst verschwinden!“ Shayne sprach schleppend. „Weg von hier.“

„Ich kann dich nicht zurücklassen.“ Ohne auf das Blut zu achten, schob sie die Arme unter seine Achselhöhlen und zog ihn über den Betonboden.

„Lauf“, drängte er. Seine Augen wirkten glasig. „Ruf Michael an ... damit er Bescheid weiß ...“

„Schon gut“, wehrte sie ab und duckte sich, als der nächste Schuss krachte und die Kugel an ihr vorbeizischte. „Alles kommt in Ordnung ... nur noch einige Meter bis zur Tür ...“

Shayne konnte sie nicht mehr hören. Er war bewusstlos geworden. Plötzlich war er viel schwerer. Sie hatte Herzklopfen und bekam kaum noch Luft. Trotzdem versuchte sie verzweifelt, diesen Mann, der für sie wie ein Bruder war, in Sicherheit zu bringen.

Sie war nur noch zwei Meter von der Tür entfernt, als direkt vor ihr ein Mann von einem Kistenstapel sprang. „Warum hast du es denn so eilig, Schätzchen?“

Lorelei starrte den Mann an, den sie für einen Freund gehalten hatte. „Oh nein, nicht du!“

„Tut mir Leid.“ Brian Wilder lächelte so strahlend wie immer, doch das irre Flackern in seinen Augen machte ihr Angst. „Hast du Eric erwartet? Oder vielleicht John? Oder Dennis?“

„Eigentlich habe ich mit keinem von euch gerechnet, obwohl Michael mich gewarnt hat.“ Shayne stöhnte zu ihren Füßen. Zu ihrem Entsetzen richtete der Drehbuchautor die Waffe auf die Brust des Ohnmächtigen. „Bitte, Brian“, flehte sie, „ich tue alles, was du verlangst. Ich gehe mit dir, wohin du willst. Aber verschone Shayne.“

„Du hast noch immer nicht begriffen.“ Sein freundliches Lächeln stand in schroffem Gegensatz zu seinem Verhalten. „Du musst ohnedies mit mir gehen, Lorelei. Und du musst alles tun, was ich will. Dir bleibt gar nichts anderes übrig. Und ich darf keine Zeugen zurücklassen.“

Lorelei stieß einen markerschütternden Schrei aus, als er abdrückte. Sie erinnerte sich daran, was Shayne von ihr verlangt hatte, und floh aus dem Lagerhaus.

Brian, der sich gerade davon überzeugen wollte, dass der Detektiv tot war, fluchte.

„Miststück!“ brüllte er, ließ den Mann liegen, dem er mitten in die Brust geschossen hatte, und lief hinter Lorelei her.

Sie hatte fast schon den Wagen erreicht, als er sie einholte, am Haar packte und zu Boden riss. Lorelei fühlte noch, wie sie mit dem Kopf auf den Asphalt aufschlug. Dann wurde es um sie herum dunkel.

Michael umrundete ein Regal mit Teddybären und richtete die Pistole auf einen Mann, der wie sein Spiegelbild aussah. Sein Spiegelbild in zwanzig Jahren.

„Verdammt!“ Ungläubig betrachtete er seinen Vater.

„Was ist los, Michael?“ fragte Patrick O’Malley lässig, als wären seit dem letzten Besuch bei seinem Sohn nicht fünfzehn Jahre vergangen. „Erkennst du deinen eigenen Vater nicht mehr?“

Fluchend steckte Michael die Waffe weg. Er hasste es, dass dem geschulten Auge seines Vaters nichts entging und dass er jetzt bestimmt sah, wie sehr ihm die die Hände zitterten. „Ich hätte dich erschießen können."

„Vermutlich gab es Zeiten, in denen du das sehr gern getan hättest", stellte Patrick fest.

Michael verzichtete auf eine Antwort, die ohnedies überflüssig war. „Was machst du hier?"

„Hat Roarke dir nichts gesagt?"

„Was sollte er mir sagen?"

„Ich habe ihn vor einem Monat angerufen und ihm versprochen, dass ich zu seiner Hochzeit herkomme."

„Wahrscheinlich hat er es nicht erwähnt, weil er überzeugt war, dass du dich doch nicht zeigst ... wie bei allen seinen Geburtstagsfeiern."

„Zu seinem sechsten Geburtstag war ich hier", widersprach Patrick. „Ich erinnere mich noch daran, weil es so schwierig war, einen Platz in einer Maschine zu bekommen, die den Sudan verließ. Und ich habe es auch zu seinem elften Geburtstag geschafft."

„Das war sein zwölfter, und du bist eine Woche zu spät gekommen."

Patrick zuckte die breiten Schultern. „Eine Woche macht keinen so großen Unterschied."

Selbst wenn Michael sich nicht um Lorelei gesorgt hätte, wäre er nicht in der Stimmung gewesen, sich mit diesem Mann zu unterhalten, der seine Familie verlassen und seinem ältesten Sohn die Rolle des Mannes im Haus überlassen hatte.

„Dad, Roarke wird sich bestimmt freuen, dass du hier bist." In Wahrheit war Michael sich da gar nicht so sicher. Roarke lehnte den Vater nicht so heftig ab wie er selbst, liebte ihn aber auch nicht. „Im Moment muss ich allerdings etwas erledigen und ..."

Oben im Büro klingelte das Telefon. Er lief die Treppe hinauf.

„Blue-Bayou-Detektei!" meldete er sich nach dem dritten Klingeln. „Ja, Dirkson", sagte er, sobald er die Stimme seines ehemaligen Partners bei der Polizei erkannte. „Was gibt es?"

Michael lief eine Gänsehaut über den Rücken. „Ich komme sofort!" Er knallte den Hörer auf den Apparat und rannte los.

„Was ist passiert?" rief Patrick und lief hinter seinem Sohn her.

„Shayne ist angeschossen worden! Sie haben ihn ins Tulane gebracht. Und Lorelei ist verschwunden!"

„Shayne wurde angeschossen? Wie geht es ihm? Er ist doch nicht ..."

„Verdammt, ich weiß es nicht!"

Michaels Hände zitterten so heftig, dass er die Wagentür erst beim dritten Versuch öffnen konnte. Sein Vater hatte ihn eingeholt. Michael wollte nichts mit diesem Mann zu tun haben, um den seine Mutter so viele Jahre geweint hatte. Er konnte seinen Vater aber auch nicht hier stehen lassen.

Er warf sich hinter das Steuer, entriegelte die Beifahrertür und jagte mit kreischenden Reifen los, bevor Patrick sich anschnallen konnte.

„Lorelei?" fragte Patrick, während sie durch die Straßen jagten. „Ist das die kleine Longstreet, mit der du früher mal was hattest?"

Michael warf ihm einen finsteren Blick zu. „Woher weißt du das?"

„Deine Mutter hat es in ihren Briefen erwähnt. Sie hat auch geschildert, wie sie die Briefe abfing, die dir dieses Mädchen vom College schrieb. Ich war gar nicht damit einverstanden."

Noch eine Überraschung an diesem an Überraschungen so reichen Tag. „Mom hat dir geschrieben?"

„Fast jeden Monat."

„All die Jahre über?"

„Natürlich."

„Natürlich!" Michael schüttelte den Kopf. „Ich nehme an, du hast nie geantwortet."

„So oft wie möglich."

Michael entdeckte im Rückspiegel zuckende Rotlichter. Es gab zwei Möglichkeiten. Er konnte versuchen abzuhauen. Oder er konnte anhalten und sich herausreden. Nach so vielen Jahren bei der Polizei würde ihm das sicher gelingen.

Da er sich nicht auf eine möglicherweise tödliche Verfolgungsjagd einlassen wollte, hielt er an, sprang aus dem Wagen und ging zum Streifenwagen hinüber. Zum Glück erkannte ihn der Cop. Michael erklärte ihm die Notlage und durfte weiterfahren, diesmal sogar mit Polizeieskorte.

„Ich bin beeindruckt, aber nicht überrascht“, stellte Patrick fest. „Deine Mutter hat mir geschrieben, dass du bei der Polizei hoch angesehen bist.“

„Mom hat dir ja offenbar jahrelang jede Menge Informationen geliefert“, sagte Michael mit zusammengebissenen Zähne.

„Da du selbst nie verheiratet warst, solltest du nicht die Beziehung zwischen Eheleuten beurteilen“, erwiderte Patrick ruhig. „Ich liebe deine Mutter auf meine Weise. Das hat sie immer verstanden.“

Michael hielt vor der Notaufnahme des Tulane Medical Centers. Seine Antwort bestand in einem besonders wüsten Fluch.

Als Lorelei erwachte, lag sie auf einem Bett. Der Raum um sie herum war dunkel wie ein Grab. Erst nach einer Weile erkannte sie eine flackernde Kerosinlampe, die auf einer Säule stand. Schatten, die Dämonen ähnelten, tanzten an den Wänden.

Ihr Kopf, ihre Arme und besonders ihre Handgelenke schmerzten. Sie wollte sich an die Stirn fassen, hörte ein metallisches Klirren und merkte erst jetzt, dass sie an der Wand hinter dem Bett angekettet war.

„An deiner Stelle würde ich das nicht tun“, sagte eine ruhige und vertraute Stimme. Die rostigen Bettfedern knarrten, als Brian sich auf die Kante der Matratze setzte. „Du würdest deine Handgelenke nur noch stärker aufreißen.“

Sein Blick war bei weitem nicht so sanft wie seine Stimme. Im gelblichen Licht der Laterne erkannte Lorelei den fiebrigen Glanz des Wahnsinns in seinen Augen.

Sie konzentrierte sich auf den einzig wichtigen Punkt. Sie musste am Leben bleiben. Natürlich kam Brian nicht ungeschoren davon und wurde irgendwann geschnappt. Es ging jetzt nur darum, dass sie noch lebte, wenn Michael eintraf.

„Wo sind wir?" fragte sie. Die Fenster waren durch hölzerne Läden verschlossen. Lorelei hatte keine Ahnung, wie lang sie bewusstlos gewesen war. Es gab nicht einmal einen Anhaltspunkt, ob draußen Tag oder Nacht war.

„In meinem Versteck", erwiderte Brian lächelnd.

„Das sagt mir gar nichts."

„Du brauchst nichts zu wissen, da du diesen Raum nicht mehr verlassen wirst."

Genau das fürchtete sie. Sie drängte die schreckliche Angst zurück und zwang sich dazu, möglichst sanft dreinzusehen. „Ich bin eine Frau", erklärte sie gespielt schüchtern. „Du weißt doch, wie neugierig wir sind."

„Ja", bestätigte er lächelnd. „Ich weiß auch, was für eine Schlampe du bist."

Sie rang erschrocken nach Luft. „Brian, du irrst dich. Wenn du mich befreist, könnten wir miteinander reden und ..."

„Nein!" Er versetzte ihr zwei schallende Ohrfeigen. „Ich bin nicht dumm, Lorelei. Du wirst dich nicht um die verdiente Strafe drücken." Er runzelte die Stirn und berührte mit dem Zeigefinger den Riss, den sein Siegelring auf ihrer Wange hinterlassen hatte. „So hatte ich das nicht geplant", sagte er, als würde er mit sich selbst sprechen. „Als ich auf Motivsuche für mein Drehbuch dieses Plantagenhaus fand, stellte ich mir vor, wir beide würden hier leben. Ich wollte dich verehren und in das Wunder der Liebe einführen. Du warst unschuldig und hättest bestimmt Angst gehabt ..."

„Ich habe auch jetzt Angst", gestand sie. Wenn er sie in ein Plantagenhaus gebracht hatte, waren sie bestimmt irgendwo am

Fluss oder im Bayou. Keine ermunternde Vorstellung. Das Sumpfland umgab New Orleans in einem Umkreis von vielen Meilen. Wie sollte Michael sie da rechtzeitig finden?

Es war unmöglich. Sie war auf sich selbst gestellt. Plötzlich tauchte eine entsetzliche Erinnerung auf.

„Du hast Shayne erschossen!" Tränen stiegen ihr in die Augen.

„Er hat den Tod verdient, weil er dir das angetan hatte."

„Er hat mir gar nichts angetan. Er war mein Freund."

„Genau das meine ich." Brian lachte hart. „Der Kerl war viel zu sehr dein Freund, wenn du verstehst, was ich meine." Sachte strich er über ihren Körper. Sie schauderte. „Begehrst du mich?" fragte er und drückte schmerzhaft ihre Brust. „Oder hast du Angst vor mir?"

Lorelei konnte nur hoffen, dass sie die wichtigste Rolle ihres Lebens überzeugend spielte. „Beides", flüsterte sie, legte Angst in ihren Blick und versuchte, auch unfreiwillige Lust zu zeigen. „Ich habe Angst davor, dass du mir wehtun wirst ..."

„Ja, das werde ich." Als er nach ihrer anderen Brust fasste, biss sie sich auf die Unterlippe, um nicht aufzuschreien.

„Ich habe aber auch Angst davor, dass es mir gefallen könnte", sagte sie und zwang sich, ihm direkt in die Augen zu sehen.

Er betrachtete sie überrascht. Erst nach einer Weile sagte er: „Du hast es mit diesem Detektiv, mit O'Malley, getrieben."

Zuerst wollte sie es abstreiten, doch dann erinnerte sie sich an die Kamera in ihrem Schlafzimmer in Malibu. Vielleicht besaß Brian einen Beweis für seinen Vorwurf. Die Vorstellung, er könnte sie mit Michael beobachtet haben, war widerlich. Trotzdem schaffte sie es, ihren Abscheu nicht zu zeigen.

„Das hat mir nichts bedeutet", behauptete sie. „Ich dachte, Michael könnte meine Gedanken von dem Mann ablenken, den ich wirklich begehre." Langsam ließ sie die Zungenspitze über die trockenen Lippen gleiten. „Es hat nicht geklappt."

„Sprichst du von mir?"

Täuschte sie sich, oder war er jetzt verunsichert? Hörte sie

Hoffnung in seiner Frage mitschwingen? In den ersten Briefen hatte er ihr ewige Liebe geschworen. Die Drohungen hatten erst später eingesetzt. „Zwischen uns hat es immer geknistert, Brian. Wir hätten sonst gar nicht so gut zusammenarbeiten können. Hättest du mich nicht perfekt verstanden, hättest du nicht so wundervolle Drehbücher für mich schreiben können."

„Das stimmt, die habe ich nur für dich geschrieben." Er ließ die Hand über ihre Taille zu ihrer Hüfte gleiten. „Für keine andere."

„Das weiß ich." Unter seiner Berührung bekam sie Gänsehaut. Am Beginn ihrer Karriere hatte sie eine Frau gespielt, die in einem Brunnen gefangen war und auf der unzählige Kakerlaken herumliefen. Es war grauenhaft gewesen, aber hätte sie jetzt die Wahl gehabt, hätte sie sich für die Kakerlaken entschieden.

Sie musste ihn am Reden halten. Das war ihre einzige Chance.

Er legte die Hand auf ihren Schenkel und grub die Finger in ihre Haut. Bestimmt hinterließ es blaue Flecken. „Ich habe dich für rein gehalten."

Die Flecken würden wieder verschwinden. Der Tod dagegen ließ sich nicht rückgängig machen. „Das ist mir jetzt klar." Nur mit Mühe schaffte sie es, einen reuigen und gleichzeitig versöhnlichen Ton anzuschlagen. „Mir ist nun auch bewusst, dass ich dich und unsere Freundschaft verraten habe. Aber es ist die Wahrheit, Brian ... ich habe nie begriffen, was du für mich empfindest. Ich habe dich geliebt, das stand fest. Ich habe von dir geträumt, doch du hast nie etwas gesagt. Woher sollte ich wissen, dass du für mich auch so empfindest?"

„Du hättest meine Gedanken lesen müssen, genau wie ich deine", hielt er ihr vor.

„Vielleicht bin ich nicht so klug oder so intuitiv wie du. Brian, du bist Autor. Wenn man Personen und Geschichten erfindet, braucht man viel Fantasie und Einfühlungsvermögen. Ich bin nur eine Schauspielerin, die den herrlichen von dir geschriebenen Text spricht."

Sie hatte so dick aufgetragen, dass er sie garantiert durchschaute. Aber Brian fühlte sich offenbar geschmeichelt, weil sie nichts weiter war als Ton, den er nach seinen Vorstellungen formen konnte.

„Möglicherweise hast du Recht", sagte er nachdenklich und streichelte ihre Wange. „Vielleicht habe ich die Lage falsch eingeschätzt."

Bevor sie das bestätigen und ihn bitten konnte, ihre Fesseln zu lösen, damit sie ihm ihre Zuneigung zeigen konnte, wurde die Stille unterbrochen.

„Ein Boot!" Er sprang auf, trat ans Fenster und stieß die Läden auf. Das angekündigte Gewitter hatte sie fast schon erreicht. Das Land war in ein unheimliches gelbes Licht getaucht. Am Horizont zuckten Blitze.

„Wahrscheinlich ist es nur ein Fischer", behauptete sie, um ihn zu beruhigen. Jetzt war er wieder gefährlich nervös und angespannt.

„Es könnte auch O'Malley sein." Er schlug die Fensterläden zu und zog die Waffe, mit der er Shayne erschossen hatte, aus dem Gürtel. „Ein Bruder ist erledigt, einer steht noch aus", erklärte er lachend und blieb kurz an der Tür stehen. „Ich komme bald wieder."

Lorelei zerrte mit aller Kraft an den Ketten, sobald sie seine Schritte auf einer Holztreppe hörte. Sie musste sich befreien, solange Brian fort war. Die Handschellen schnitten ihr zwar in die Handgelenke, aber aufgerissene Haut war ein geringer Preis für die Freiheit.

Wenn sie sich nicht täuschte, lockerte sich die linke Handschelle. Lorelei schloss die Augen, biss die Zähne zusammen und legte ihre ganze Kraft in den nächsten Versuch. Endlich gab der Mörtel nach, ein Ziegel bröckelte, und sie konnte die Hand befreien.

Hastig drehte sie sich um, kniete sich auf das Bett und benützte den eisernen Haken, der in der Wand eingemauert gewesen war, als Meißel. Das ging natürlich nicht ohne Lärm ab. Sie fürchtete, dass Brian es auch unten im Erdgeschoss hörte.

Doch letztlich spielte das keine Rolle, da er sie ohnedies töten wollte. Und wenn sie schon sterben musste, wollte sie wenigstens die Chance haben, um ihr Leben zu kämpfen.

Michael verschlug es die Sprache, als er seinen Bruder in der Ambulanz auf einem Behandlungstisch sitzen sah. Shayne verzog das Gesicht, während eine Schwester ein Desinfektionsmittel auf seiner Schulter verteilte.

„Ich dachte, du wärst tot!"

„Einen Moment lang dachte ich das auch", erwiderte Shayne grimmig. „Die erste Kugel hat eine Ader getroffen. Darum hat meine Schulter entsetzlich geblutet. Aber dem Himmel sei Dank für kugelsichere Westen."

„Ja." Michael betrachtete den dunklen Fleck auf Shaynes Brust, genau über dem Herzen. Es hatte nicht viel gefehlt, und er hätte seinen Bruder verloren.

„Mike, ich fühle mich entsetzlich wegen Lorelei."

„Wir werden sie finden."

„Wäre ich doch bloß vorsichtiger gewesen! Hätte ich nur das Lagerhaus zuerst allein überprüft!"

„So darfst du nicht denken. Wärst du allein hineingegangen, hättest du Lorelei im Wagen zurücklassen müssen. Du hattest keine Ahnung, dass es sich um eine Falle handelt. Letztlich bin ich derjenige, der sie überhaupt fort ließ. Falls ihr etwas zustößt, ist es meine Schuld."

„Aber ich habe den Fall übernommen. Ich sollte sie beschützen", widersprach Shayne.

„Jungs, ihr verschwendet eure Zeit." Patrick war es gelungen, sich an dem Drachen an der Rezeption der Notfallambulanz vorbeizumogeln. „Ich habe gelernt, dass es nichts bringt, wenn man zurückblickt. Ihr müsst jetzt weitermachen und das Mädchen finden."

„Dad?“ Shayne sah seinen Bruder ungläubig an. „Was, zum Teufel, macht er hier?“

„Das ist eine lange Geschichte, für die ich jetzt keine Zeit habe. Ich muss Roarke anrufen.“

„Sag ihm, dass ich zu seiner Hochzeit gekommen bin“, bat Patrick.

„Das kannst du ihm selbst sagen“, erwiderte Michael und verließ den Behandlungsraum.

Fünf Minuten später kannte er den Namen des Maklers, der Brian Wilder ein verfallenes Plantagenhaus an der Great River Road verkauft hatte, und er wusste auch die genaue Adresse. Danach sorgte er dafür, dass Daria Shea, Roarkes Verlobte, im Laden auf Bliss wartete und sie beruhigte, falls in den Nachrichten verbreitet wurde, dass Shayne angeschossen worden war. Außerdem rief er den zuständigen Sheriff an und bat um ein Sondereinsatzkommando, das schnellstens zur Plantage fahren sollte.

Roarke versprach, ihre Mutter anrufen und ihr zu versichern, dass Shayne mit einer Wunde an der Schulter und einer Rippenprellung davongekommen war.

Michael spielte auch mit dem Gedanken, über Roarke seine Mutter zu warnen, dass Patrick wieder da war. Da sie aber ihren Söhnen den jahrelangen Kontakt zum Vater verschwiegen hatte, beschloss er, erst mal gar nichts zu unternehmen.

Michael überließ es Shayne, sich erst einmal mit ihrem Vater auseinander zu setzen. Er verließ das Krankenhaus und fuhr zum Fluss – und zu Lorelei.

Lorelei zuckte zusammen, als Brian aufschrie. „Das ist der Sheriff!“ Im selben Moment konnte sie sich befreien.

Das war nur der erste Schritt. Sie musste aus dem Haus fliehen.

Alle Läden waren geschlossen. Regen trommelte auf das Dach. Wind heulte über den Fluss. Sie öffnete die Läden und stellte enttäuscht fest, dass es bis zum schlammigen Erdboden drei Stockwerke waren.

Sie konnte unmöglich springen. Also musste sie es mit der Treppe versuchen und eine Tür finden, ohne wie Shayne erschossen zu werden. Tränen flossen ihr über die Wangen, als sie sich an Michaels Bruder auf dem Betonboden erinnerte. Er hatte viel Blut verloren. Und Brian hatte ihm aus nächster Nähe in die Brust geschossen. Das hatte er nicht überlebt.

Sie wischte die Tränen weg. Nach gelungener Flucht konnte sie um ihn trauern. Er hatte sein Leben für sie geopfert. Jetzt musste sie dafür sorgen, dass sein Opfer nicht umsonst gewesen war.

Sollte sie den Männern in dem Boot, das sie jetzt sehen konnte, etwas zurufen? Bestimmt hätte man bei dem Dröhnen des Motors und dem Heulen des Windes nichts gehört. Aber vielleicht konnte sie mit der Laterne ein Zeichen geben.

Als sie sich vom Fenster abwandte, krachte im Haus ein Schuss. Im nächsten Moment wurde vom Fluss aus zurückgeschossen. Sie hielt den Atem an. Vielleicht hatten sie Brian getroffen. Doch gleich darauf hörte sie seine Schritte auf der Treppe.

Er blieb in der offenen Tür stehen. „Was machst du da?"

Er hielt noch die Pistole in der Hand. Lorelei wartete auf den Knall und den Schmerz, doch er schoss nicht, sondern wollte sie festhalten.

Im letzten Moment wich sie aus. Er grub die Finger in ihre Bluse, zerriss den Stoff und fluchte. Sie schrie, riss sich los und schlug nach ihm. Die schwere Kette an der Handschelle traf ihn ins Gesicht.

Es knackte. Jetzt schrie Brian. Blut floss aus seiner Nase. Lorelei nutzte die Gelegenheit, floh aus dem Raum und rannte die Treppe hinunter. Sie hörte ihn hinter sich. Die Säule fiel krachend um, als Brian dagegenprallte. Dann kamen seine Schritte wieder näher.

Sie erreichte den ersten Treppenabsatz, als sie hinter sich Zischen und Fauchen hörte und ein greller Blitz zuckte. Lorelei warf einen Blick zurück. Das Kerosin war aus der Laterne, die auf der Säule gestanden hatte, ausgelaufen. Das alte, trockene Holz brannte wie Zunder.

Flammen züngelten die Treppe herunter, näherten sich Brian, über dessen Gesicht Blut lief.

Lorelei lief schneller, stolperte über die Kette, die von ihrem Handgelenk baumelte, verlor das Gleichgewicht und stürzte kopfüber die Treppe hinunter. Auf dem nächsten Absatz blieb sie liegen. Ohne auf den Schmerz im Fuß zu achten, stemmte sie sich hoch. Brian war nicht zu sehen.

Das Herz schlug ihr bis zum Hals, während sie die letzten zehn Stufen nahm. Vor Erleichterung schrie sie auf. Die Treppe endete direkt an der Haustür. Hinter ihr schrie Brian, sie solle stehen bleiben. Eine Kugel zischte an ihrem Kopf vorbei und schlug in den Türrahmen.

Lorelei streckte die Hand nach der Klinke aus. Nur noch ein Schritt trennte sie von der Freiheit.

Michael raste wie von Sinnen, traf aber trotzdem erst zehn Minuten nach dem Sheriff ein. Flammen schlugen aus den Fenstern des Hauses.

„Der Kerl hat auf uns geschossen“, erklärte der Sheriff. „Dann verschwand er wieder im Haus, und kurz darauf haben wir die Flammen gesehen. Danach fiel wieder ein Schuss.“

„Im Haus?“

„Ja.“

Michael wollte nicht glauben, dass er zu spät gekommen war. Er würde sich nie verzeihen, falls Wilder Lorelei umgebracht hatte.

„Ich gehe hinein.“

Der Sheriff hielt ihn am Arm fest. „Das können Sie nicht machen.“

„Das Haus ist vollkommen ausgetrocknet. Es brennt wie Papier. Ich lasse nicht zu, dass Lorelei verbrennt.“

„Sie mögen ein guter Polizist gewesen sein, O'Malley“, erklärte der Sheriff. „Aber hier bestimme ich, und ich sage, dass Sie draußen bleiben."

„Ich gehe hinein, Sheriff." Michael zog die Pistole. „Sie können mich nur daran hindern, indem Sie mir in den Rücken schießen."

Er lief auf das Haus zu.

„Feuer einstellen!" befahl der Sheriff.

Michael warf sich gegen die schwere Haustür, als Lorelei gerade die Hand danach ausstreckte. Die Tür prallte gegen sie und schleuderte sie zu Boden. Bevor sie begriff, was geschehen war, hob Michael sie hoch und trug sie aus dem Haus. Dicht neben seinem Kopf schlug eine Kugel in den Türrahmen.

Regen prasselte auf die Erde, Blitze zuckten über den Himmel, und der Donner rollte unaufhörlich, während Michael Lorelei in Sicherheit brachte.

„Michael?" Sie konnte es nicht glauben, dass er tatsächlich hier war. Und doch hatte sie nie die Hoffnung aufgegeben.

„Alles ist gut!" Noch vor einer Minute hätte er Wilder am liebsten umgebracht. Doch jetzt drückte er Lorelei an sich und dankte Gott, dass sie noch lebte. Nur das zählte. „Alles ist gut", wiederholte er immer wieder. „Dir ist nichts geschehen." Er bedeckte ihr Gesicht mit Küssen.

Sie zitterte wie Espenlaub. „Aber Shayne ..."

„Dem geht es auch gut."

Das war doch nicht möglich! „Ich habe gesehen, wie er ..."

„Er hat eine kugelsichere Weste getragen. Die Schulterwunde ist nicht so schlimm, wie es ausgesehen hat."

„Dem Himmel sei Dank!"

Lachend und weinend klammerte sich Lorelei, von Blitzen in grelles Licht getaucht, an ihn.

Und dann taumelte Brian, wie in einem Horrorfilm in Flammen eingehüllt, ins Freie, die Waffe noch in der Hand.

Der Drehbuchautor, den sie für einen Freund gehalten hatte, hob sterbend noch einmal die Waffe, als wollte er schießen.

Die Mitglieder des Sondereinsatzkommandos feuerten eine Salve ab.

„Es ist vorüber“, sagte Michael, drückte Lorelei fest an sich und drehte sich so, dass sie den Toten nicht sehen musste.

So grauenhaft die Ereignisse dieses Tages auch gewesen waren, fühlte Lorelei doch, wie das Entsetzen einem anderen Gefühl Platz machte.

Sie sah Michael an. „Ich widerspreche meinem Ritter, der mir soeben zum zweiten Mal das Leben gerettet hat, nur ungern. Trotzdem irrst du dich.“ Sie lächelte liebevoll unter Tränen. „Das ist erst der Anfang.“

EPILOG

Im Bayou war es heiß und schwül. Trotzdem beklagte sich keiner der Hochzeitsgäste.

Die zahlreichen Verwandten von Michaels Mutter hatten das Essen zubereitet und sich dabei selbst übertroffen. Es gab Krabben, die nach verschiedenen alten Familienrezepten zubereitet wurden, Jambalaya-Reis-Eintopf mit Fleisch, Austern und Krabben, außerdem Sumpfkrebse, Katzenwels und gegrillte Alligator-Filets mit einer scharfen Tabasco-Soße.

Sumpfgas leuchtete phosphoreszierend grünlich, während die Sonne im Wasser versank. Funken flogen von den Grillfeuern in den abendlichen Himmel. Glühwürmchen schwärmten um die Zweige der alten Zypressen, von denen Spanisches Moos hing. Sie schienen zur Cajun-Musik zu tanzen, die Michaels Cousins spielten, um die Gäste vor der abendlichen Zeremonie zu unterhalten.

„Jetzt gibt es keinen Rückzug mehr“, sagte Roarke, der mit seinem älteren Bruder unter einem Bogen aus duftendem Jasmin stand.

Michael sah ihn warnend an. „Hör mal Kleiner, du willst

doch nicht etwa kneifen?“ Von allen O’Malley-Brüdern war Roarke ihrem Vater am ähnlichsten, was die Rastlosigkeit betraf.

„Natürlich nicht“, antwortete Roarke. „Ich habe die Wanderschuhe an den Nagel gehängt.“

Die flotte Musik verstummte, sanfte Geigen setzten ein. Roarke lächelte strahlend, als Daria Shea in einem weißen Kleid im Mittelgang zwischen den Klappstühlen auf ihn zukam.

Das dunkle Haar hatte sie elegant hochgesteckt. Vermutlich gab es für diesen tollen Stil einen Namen, den Michael allerdings nicht kannte. Ihre Augen wirkten dadurch jedenfalls noch größer als gewöhnlich.

Normalerweise musste sie sich in ihrem Beruf als Staatsanwältin dezent kleiden und trug meistens strenggeschnittene Kostüme. Der weiße Traum aus Spitze wirkte daher jetzt auf alle, die sie kannten, umso überraschender. Es war ein Kleid, das einer Märchenprinzessin würdig gewesen wäre.

Michael beobachtete seinen Bruder aus den Augenwinkeln und lächelte. Roarke betrachtete Daria sehnsüchtig und schien gar nicht überrascht zu sein, dass sie insgeheim einen Hang zur Romantik besaß.

Erneut setzten die Geigen ein. Shayne, der auf Michaels anderer Seite stand, straffte sich.

„Fall mir bloß nicht in Ohnmacht“, raunte Michael ihm zu.

„Kann durchaus passieren“, gestand Shayne. „Ich fühle mich, als würde ich gleich einen Herzinfarkt bekommen.“

„Willkommen im Club“, sagte Roarke.

„Bliss bringt mich um, wenn ich sterbe und sie noch vor unserer Hochzeitsnacht zur Witwe mache.“

„Lieber Himmel“, murmelte Michael. „Was ist denn bloß los mit euch beiden? Nach allem, was ihr überstanden habt, ist das hier für euch doch das reinste Kinderspiel. Es ist nur eine Hochzeit, nichts weiter.“

„Hey, versteh mich nicht falsch“, meinte Shayne. „Ich freue

mich darauf, verheiratet zu sein. Unerträglich ist nur dieser Pomp, diese Zeremonie ... Sieht Bliss nicht wunderbar aus?“

„Sagenhaft“, bestätigte Michael.

Bliss Fortunes rötliche Lockenpracht leuchtete im goldenen Schein des Sonnenuntergangs. Die grünen Augen besaßen die gleiche Farbe wie das Spanische Moos, das der Florist in ihren Lilienstrauß geflochten hatte. Ihre Diamantohrringe, die sie von ihrer Mutter geerbt hatte, funkelten und blitzten. Das schlicht und gerade geschnittene Kleid aus elfenbeinfarbenem Satin war bis über das Knie geschlitzt. Hätte Michael nicht gewusst, dass sie ein Kind unter dem Herzen trug, hätte er es seiner Vermieterin und zukünftigen Schwägerin nicht angesehen.

Sie blieb einen Moment stehen und überreichte den Strauß ihrer Großmutter Zelda, die in der ersten Reihe saß. Auf Zeldas breitkrempigem Strohhut leuchteten Mohnblumen, und sie selbst strahlte vor Freude.

Neben Zelda saßen Mary und Patrick O’Malley. Die beiden hielten wie Jungverliebte Händchen. Michael waren während des ganzen Tages die Blicke aufgefallen, die sie tauschten. Sie hatten sich eindeutig versöhnt. Allerdings begriff er nach wie vor nicht, wie ein Mann die Frau, die er angeblich liebte, verlassen und ihr jahrelang fernbleiben konnte. Trotzdem freute er sich so, dass er seinem Vater nicht länger böse war, vor allem da dieser nun wirklich endgültig hier bleiben wollte.

Michaels Mutter lächelte, seit ihr Mann wieder aufgetaucht war. Weil sie sich dermaßen freute, hatte Michael auch darauf verzichtet, sie auf die vor langer Zeit verschwundenen Briefe anzusprechen. Letztlich war doch noch alles gut ausgegangen, und darauf kam es schließlich an.

Als Bliss Shaynes Hand ergriff, blickte Michael zu Loreleis Eltern. Die Longstreets hatten ihr Verhalten ihm gegenüber seit jenem verhängnisvollen Brand im Plantagenhaus verändert. Maureen hatte ihn sogar bei der Rückkehr umarmt und zum Helden erklärt. Der gute Doktor hatte sich zwar wesentlich zurückhaltender gegeben, hatte sich aber doch dafür bedankt, dass Michael sein „kleines Mädchen“ gerettet hatte.

Endlich akzeptierten ihn die Longstreets nach all den Jahren. Darüber war Michael erleichtert. Allerdings hätte er auch mit ihrer Abneigung leben können. Für ihn war nur wichtig, dass Lorelei ihn liebte.

Zum dritten Mal setzten die Geigen ein. Und plötzlich verstand Michael nur zu gut, wie Roarke und Shayne sich fühlten. Er bekam Herzklopfen, als Lorelei in einem bodenlangen weißen Kleid erschien. Es wirkte nur auf den ersten Blick schlicht, reichte fast bis zu den Knöcheln, umspielte ihre Waden wie ein Wasserfall aus Seide und erinnerte an die faszinierenden Filmstars der vierziger Jahre.

Das hellblonde Haar trug sie offen, weil sie wusste, dass es ihm so am besten gefiel. Anstelle eines Schleier hatte sie eine weiße Magnolienblüte ins Haar gesteckt.

„Mund zumachen, Bruderherz“, flüsterte Shayne amüsiert. „Du verschluckst sonst noch ein Glühwürmchen.“

Michael hatte sich nie für einen Romantiker gehalten, aber diesen Tag würde er sein Leben lang nicht vergessen. Wie aus weiter Ferne hörte er seine Mutter leise weinen, den Priester sprechen und seine Brüder das Ehegelöbnis wiederholen.

Als Lorelei ihm laut und deutlich Liebe und Treue schwor, ergriff er ihre Hand, steckte ihr den Ring an den Finger und versprach, sie für alle Zeiten zu lieben. Nie zuvor hatte er ein Versprechen so ernst gemeint.

Lorelei überlegte, ob sie dem Drehbuch ihres neuen Films – laut Eric das Erste einer ganzen Reihe von Filmen, die er mit ihr produzieren wollte – noch eine Schlussszene hinzufügen sollte. Bisher hatte sie gefürchtet, eine Hochzeitsszene könnte zu kitschig sein, doch jetzt war sie so glücklich, dass sie anders darüber dachte.

„Sie dürfen Ihre Bräute küssen“, erklärte der Priester.

„Höchste Zeit“, sagte Roarke.

„Endlich", fügte Shayne hinzu. Die beiden hatten warten müssen, bis auch Michael und Lorelei getraut waren.

Als Michael Lorelei küsste, schlang sie die Arme um seinen Nacken und erwiderte lachend den Kuss.

„Hey", protestierte Roarke nach einer Weile. „Dürfen wir auch Hollywoods neueste Drehbuchautorin küssen?"

Alle drei O'Malley-Bräute wurden zum größten Vergnügen der Gäste abwechselnd von allen drei O'Malley-Brüdern geküsst. In der Nähe flog ein Fischreiher hoch, als die Cajun-Band eine flotte Version des Schlusschorals bei Hochzeiten anstimmte.

Überglücklich ergriff Lorelei Michaels Hand, und gemeinsam gingen sie im Schein der untergehenden Sonne ihrer Zukunft entgegen.

– ENDE –

Nora Roberts

Cordina's Royal Family

„Eine königliche Affäre"

Prinzessin Gabriella de Cordina und Reeve MacGee – eine bezaubernde Romanze der Erfolgsautorin Nora Roberts.

Band-Nr. 25029

6,95 € (D)

ISBN 3-89941-037-8

Nora Roberts

Cordina's Royal Family

„Ein königlicher Kuss"

Ein Herz und eine Krone:
Schauspielerin verliebt sich in Kronprinz – Happy End nicht ausgeschlossen.

Band-Nr. 25039

6,95 € (D)

ISBN 3-89941-050-5

Nora Roberts

Cordina's Royal Family

„Eine königliche Hochzeit"

Agentin Lady Hannah Rothchild muss die fürstliche Familie von Cordina vor einem Anschlag schützen – unmöglich, dabei von Prinz Bennett zu träumen…

Band-Nr. 25056

6,95 € (D)

ISBN 3-89941-071-8

Nora Roberts

Sommerträume

Nur für einen Sommer

Wer ist der geheimnisvolle Top-Autor Hunter Brown wirklich? Das will die Journalistin Lee während eines romantischen Campingtrips in die Canyons herausfinden…

Sommer, Sonne und dein Lächeln

Auf einer Fototour quer durch die USA mit ihrem Kollegen Sidney erkennt Blanche, dass sie nicht länger die Liebe aus ihrem Leben ausschließen kann.

Band-Nr. 25059
6,95 € (D)
ISBN 3-89941-074-2

MIRA®